# 芥川賞候補

# 1989-1995
# 傑作選
## 平成編①

鵜飼哲夫＝編　春陽堂書店

# はじめに

数ある文学賞の中でも、未知の才能が登場する芥川龍之介賞（芥川賞）は、落ちた作品まで話題になる特異な賞です。創設八十五年、令和二（二〇二〇）年七月に選考会が開かれた第一六三回でも、受賞した高山羽根子、遠野遥とともに話題になったのは石原燃「赤い砂を蹴る」でした。

石原は、第一回芥川賞に落ちた太宰治の孫で、一九七〇年年代に三度ノミネートされたものの受賞しなかった津島佑子の長女です。候補作が主催の日本文学振興会から発表された段階で、「3代目の正直なるか」と話題になり、惜しくも次点になってからもいくつかのインタビュー記事が新聞に掲載されました。

それまでも現芥川賞選考委員の山田詠美、島田雅彦ら、落選しても注目される作家は数多くいました。デビュー作「風の歌を聴け」などで二度落ちた村上春樹の場合、『芥川賞はなぜ村上春樹に与えられなかったか』（市川真人著）という新書まで出版されています。本人からしたら、いらぬお節介かもしれませんが……。

もし、候補作や選評が公開されていなかったら話題は生まれなかったでしょうが、文学界の興業主ともいえる菊池寛の創設した芥川賞は特別でした。昭和一〇（一九三五）年の創設時からこの公開性を、あらゆる賞に先駆けて徹底してきたからです。候補作の公開により、読者はどの作が受賞にふさわしいか、甲論乙駁《こうろんおつばく》できます。選考会の前にネット上などで「芥川賞予想」をするのは、今日ではすでになじみの風景になっています。

同時に始まった直木三十五賞（直木賞）が、ある程度実力のある作家がノミネートされるのに対して、ペンの力で未知の冒険をする新人を選ぶ芥川賞は、「新しさ」の解釈を巡って選考委員同士が激突するのもしばしばで、受賞作だけではなく選評まで話題になるのも特色です。

無名の新人だった石川達三の「蒼氓」を第一回に選んだ芥川賞ですが、これを記事にしなかった新聞社も多く、創設者の菊池寛は憤慨しました。それが世間の耳目を集めたのは、後に日本人最初のノーベル文学賞作家となる川端康成の選評公開がきっかけでした。川端が、太宰の候補作「逆行」について、「作者目下の生活に厭な雲ありて、才能の素直に発せざる憾みあった」と記したことに、まだ一冊の作品集もなかった太宰が、「私は、憤怒に燃えた。（略）刺す。そうも思った。大悪党だと思った」という抗議文を発表したためです。

平成時代では、舞城王太郎「ビッチマグネット」が落選した第一四二回、池澤夏樹の選評が注目されました。「かつて芥川賞は村上春樹、吉本ばなな、高橋源一郎、島田雅彦に賞を出せなかった（中略）今回の授賞作なしという結果の失点は大きいと思う」。

川端をはじめ、大岡昇平、三島由紀夫、吉行淳之介、丸谷才一ら歴代委員の選評が全集に収録されたように、批評も文学で、選評を読めば、惜しくも受賞を逃した名作の存在を知ることもできます。

『芥川賞候補傑作選』は、このように一部の選考委員から評価されたものの受賞に至らなかった作品から、今日読んでも面白い、受賞作に負けない傑作を三十代の編集者と選び、選評も一部を抜粋して掲載しました。後に芥川賞や直木賞を受けた作家の作品、今日でも文庫で手に入る作品や長編は紙幅の関係もあり、原則として掲載しません。すぐれた小説は、時代を映す鏡でもあります。時代ごとに並べることで、日本の変わりゆく姿も感じてもらえたら幸いです。

あなたにとっての「これぞ、もう一つの芥川賞作品」は何でしょうか。新しい文学をつくるのは作家だけではありません。作品を読み、「なんだ、これは！」と言葉にならない感動を覚える。そんな読み手もまた、新しい文学の担い手になると信じています。メールや手紙、SNSなどで一押しの芥川賞候補作をお知らせください。

二〇二〇年九月

編　者

はじめに　i
渇水　河林満　001
琥珀の町　稲葉真弓　059
毀《こわ》れた絵具箱　多田尋子　107
アンダーソン家のヨメ　野中柊　187
量子のベルカント［書籍初掲載］　村上政彦　333

後生橋《グソウ》〔書籍初掲載〕……小浜清志 433
キオミ……内田春菊 537
漂流物……車谷長吉 585
変〔特別掲載〕……車谷長吉 622
解説　安部公房、中上健次と平成初頭の芥川賞　鵜飼哲夫 647
選考委員一覧〔第一〇一回～第一一三回〕 670
芥川賞授賞作・候補作一覧〔第一〇一回～第一一三回〕 672

# 凡例

一、掲載作品の初出・底本は作品末に記載した。
一、掲載作品の底本については、最新のものを優先しつつ、適宜選択した。
一、本文の校訂にあたっては、明らかな誤記・誤植は訂正し、脱字は補った。
一、ルビは底本に従いつつ、読みにくいと思われる漢字には補足した。
一、今日からみて不適切な表現もあるが、
時代背景と作品の価値を鑑み、そのままとした。
一、各作品末に、該当作品に関する芥川賞選考委員の選評を抜粋の上掲載した。
なお、選評は『芥川賞全集』(文藝春秋)より引用した。

編集部

# 渇水

河林満

## 1

相棒の木田とともに、市内御影町の小出秀作の水道を停水執行していたとき、小出のふたりの娘たちは家にいた。というより、途中で帰ってきた。小学五年と三年の彼女たちは、家の裏の便所にちかいところにある、水道のメータボックスに屈み込んでいる岩切と木田の前に微笑みながらあらわれた。

「おじさんたち、何しているの？」

突然の声に、岩切はおどろいて顔をあげた。二人は、手になにかの実をもっていた。停水執行ということを、どう説明しようかと迷っていると、上の子が、

「もう、お水が止まってしまうの？」

といった。すこしも曇ったところのない素直な声だった。この子たちとは、何度も顔を

合わせている。岩切は立ちあがって、

「それ、なんの実なの？」

ときいた。ふたりの掌にはうすあかい果汁がついていた。

「これ、蛇苺《へびいちご》の実よ」

そっと掌をひらいてみせたのは、下の娘だった。この辺りの雑草に、よく蛇苺がなっているのを岩切は子供のころから知っていた。九月のなかばになると、秋祭りの神輿《みこし》が、泥道に伸びた雑草を踏みしだいて、土手を駈けのぼり、川に入るのだ。木田が、判断をあおぐように自分をみつめている。額をぬぐうと、思ったより汗がふきだしている。

「ちょっと待ってもらえるかな。いま、水を溜めさせるから」

岩切は木田にいった。木田は、わかりましたといって、メータボックスの脇の止水栓に近づいた。

三日前から、容赦のない炎暑の夏がつづいていた。解除される見通しのない、給水制限が都から出されていて、多摩地域にあるこのS市も、それに倣っていた。市内のプールは、どこも、開店休業を余儀なくされていた。泳ぎにいけない子供達が、冷房のきく公民館や図書館で、何人か集まっては、宿題をかたづけているというのを、岩切はよく耳にした。

川の風がふいてくる。草のにおい、焼けた石のにおいがまじった風だ。小出の家は、川の土手下にあった。セメント工場の隣だったので、風には石灰のにおいもまじっていた。

土手にのぼると、遠くの国道の鉄橋や、オレンジ色の電車のわたる中央線の鉄橋もみることができた。そのむかし、戦争が終わった夏に、台風で大増水した川へ電車がおちてたくさんの死者がでたことがあったが、いまは水嵩《かさ》も減って、ゆるい二筋の流れを蛇行させているだけだった。流れと流れのあいだにはびっしりと葦《あし》が群生し、こちらの、土手に近いところには、白く乾いた石が日に晒《さら》されていた。対岸は、隣の市だった。段丘になっていて、何ヶ所か、緑地のなかに住宅が密集するのが見えた。

開栓器とよばれる、身の丈ちかい長い鉄の棒で、木田は、地中に一メートルほど埋まっている止水栓を、体の重さをかたむけながらゆっくりと開けていった。彼の首筋に汗が光っている。いまさっき、同じような格好で、止めたばかりだったのだ。

「いいですよ」

開栓器をひきぬいて、木田がいった。まだ、量水器は取り外してなかった。

岩切は、恵子という上の娘に向きなおると、すこし表情をきびしくしていった。

「きょう、お母さんはかえってくるよね?」

「ええ。帰ってきます」

「もう、お母さんには何回もお知らせしてあるんだけど、どうしても今日お水を止めなくてはいけないの。それで、いまバケツとか洗面器とかボールとかに、水を溜めてください。それから止めますから」

恵子は、すこし困ったような顔をした。色がくろく、大きな目をしている。洗い込まれた半袖の白いブラウスを着て、黄色いスカートをはいている。妹は、久美子といった。ふたりは、おそろいの服装だった。

「こっちへきてください」

思案顔のあと、恵子はそういって岩切の前を歩き、玄関のほうへ誘った。岩切は、しかたなく、木田に待っていてくれるように頼むと、上の娘のあとについて玄関のなかにはいった。靴脱ぎ場の脇に、下駄箱があり、上に水槽がおいてあった。出目金が三匹、泳いでいる。

「いくら、たまっているんですか？」

恵子は、まるい卓袱台《ちゃぶだい》に蛇苺の実をおくと、こっちへふりむいた。大人びた顔をしていった。このとき久美子が、岩切の横をすりぬけて部屋に上がり、姉とおなじに手のなかの実を卓袱台においた。岩切は、水槽のなかの出目金が、ゆっくりと向きをかえて、こちらに口先をつきだしてくるのをみながら、

「あのね、恵子ちゃんが、心配しなくてもいいことなんだよ」

いいながら、矛盾した思いにとらわれてもいた。

「でも、わたし計算できます、ちょっと、待っててください」

奥の部屋へ、恵子は入っていった。久美子は、蛇苺の実を茶碗にいれてかたづけてしま

うと、テレビの上から持ち出したおはじきで遊びはじめた。

子供が帰ってこなければよかったのだと、岩切はタイミングの悪さを思った。水道の量水器をいれてあるメータボックスに、小出秀作の妻、娘たちの母親の手紙は、今日は入れられてなかった。これまで、この家に何回停水の予告を出したことだろう。予告を出し、なんの音沙汰もなく、ついに停水執行にくるとボックスのなかに手紙がはいっているのだった。『すいどうやさんへ』と書いてある。『みずをとめないでください。かならずおしはらいします。みずをとめないでください。はずかしいことですが、うちはふつうのうちではないのです。』鉛筆書きの字体は、筆圧に差があって、切迫した感じと妙になげやりな感じが滲んでいた。それをみると、岩切は止めるわけにはいかなかった。いったい何がふつうではないというのか。岩切は、その手紙を見ると、逆に水を止めてくださいと言われている気になった。水を止めてください、そうすればわたしの家はふつうになるのです……手紙を見ると、自嘲的な気分になるのが自分でも不思議だった。

が、支払いはその後もなかった。岩切が訪れて顔をあわせても、はかばかしい答えは出なかった。しかも会えたのは一、二度にすぎない。支払えない状況を理解したうえで、分納の計画をたてさせ、それに印鑑を捺印した約束の書類を作るのが岩切の仕事だった。が、その書類すら、小出秀作については作ることができないでいた。

水道料の支払いには、口座振替、納入通知書による支払い、それと集金があった。集金制度は、もともと収納率がわるかったが、六年まえの料金改定からさらにひどくなって、一年前に廃止された。小出秀作は、ちょうどまる三年分滞納していた。集金扱いの分と、集金の廃止とともに自動的に移行した納入通知書扱いの分と。

久美子のおはじきの音が、家のなかにひびいている。いっぱいに開けはなった窓で、風鈴もなっている。窓は、高目にとりつけられていて、家のなかはすこし暗かった。物干しのビニール紐に干された、白い手ぬぐいのこちらがわに、陰りができてきた。

岩切は、家の脇の古い万年塀からつづくセメント工場を見やった。砂利を運ぶベルトコンベアーが、ゴンドラのように空中をわたる隙間から、池が光って見えた。水田に水をひいた、むかしからある池だ。が、セメント工場から流出した毒性の物質で、そこにいた魚が全滅したことがある。その時も夏で、日の光に輝く池の表に、魚の白い腹が浮き上がった。

「これで、計算します」

恵子は、電卓をもってあらわれた。ひどく不格好な、ゲタのように大きな計算機だった。両端をていねいにもって、お盆でお茶でも出すようにして、恵子は岩切の前においた。

「おじさん、いくらかいってみてください。計算しなければならないんでしょう?」

恵子の口調には、どこか、かいがいしささえあった。

岩切は、黒鞄のなかの滞納整理薄をぬきとると、小出秀作の滞納金額のいくつかをいってみた。彼女からとる気などある訳はなかった。金だってそれほど持ってもいなかったろう。ただ、数字をならべてあげたいと思ったにすぎない。恵子は、復唱しながら人差し指で几帳面にその数字のキーをおした。が、どうしたことか、数字はとどまらずに表示板から消えてしまう。

「電池がないのじゃないかな」

しばらくして、岩切はいった。

「これは、電池がいらないやつだって、おとうさんがいっていました」

怒ったように、下を向いたまま、恵子はいった。それでも、彼女はやめなかった。すんなりした、かしこそうな指が、まっすぐに何回も数字を突っついている。

「恵子ちゃん」

ある瞬間、岩切はいった。

「きのう、おかあさんはかえってきたよね」

「はい」

「今日もかえってくるよね」

恵子は、すこしうつむいた。

「かえってくるよ」

そのとき、答えたのは、妹の久美子だった。おかっぱ頭で、姉とおなじように、よく日にやけて黒かった。さっき、自分の脇をとおりぬけたとき、川の匂いがしたのを岩切は思い出した。

水を、止める。そのために、岩切は、風呂場の水、台所のボール、洗面器と、思いつくかぎりの器に水を溜めさせた。「これにもいれておいて」と久美子がいったのは、出目金の泳ぐ水槽だった。古い水を半分すて、新しい水をいれた。出目金は、新しい水をよけて水槽の隅にいちど行き、そこから浮上して水面に口先を出した。

次の停水世帯への移動を考えれば、なるべくはやく処理したほうがいい。が、こうしているうちにも母親が戻ってこないかという期待があった。彼女が働きにでていて、帰宅がしばしば夜更けになるということは、娘たちから聞いていた。なんということもなく、近所からも耳にしていた。父親が、もう何ヶ月も家にかえっていないことも、聞き及んでいた。が、ひょっとして母親がかえってくるのに出会う。その瞬間をどこかで期待していた。岩切は、母親宛に、かならず連絡してくれるように書いた文面をもって、この家に再三おとずれた。それでも依然として連絡はなく、やむをえず停水執行にくると、あの手紙がポックスに入っていたのだ。いちどは『すいどうやさんへ』とだけ、ノートの切れ端にかいただけの手紙があった。他にはなにも書かれていない。切れ端は、幅のひろい罫線が印刷してあって、子供の学習ノートだと知れた。水道の職員と、むかいあっての話し合いに困難があるというなら、その手紙にどうしてこまかな内容を書いてもらえないのか。このままでは、対処のしようがない。停水を執行する理由だけが進行する……岩切は、そんなことを手紙の返事に書いてやりたかった。それは憚《はばか》られた。仕事に関することだからかまわない、といえばかまわないのであったろう。が、書きつづけていくうちに、なにか『余計』なことに逸脱していく気がした。『余計』を察知した母親は、強硬な市民となってわめきたてるかもしれない。水道料金になんの関係があるのか、えらそうな説教はやめてくれ。だいたい市役所は生意気だ、市民を馬鹿にしている。そのとおりです、といってうなずくだろうか。『余計』なこと。それは親身になっていくことか。それとも、ひょっとしたら、自分の思想をかたってしまうことか。いや、思想なんてたいしたものでなく、ようするにおしつけがましい説教だ。止めること、止められることへの、うんざりするような思い入れ。規則どおりだけで終始できない弱い心。返事を、書く。それに、彼女はどう答えるだろう。そして、じつはおれの家も、ふつうじゃないんだ、と書いたならば。

水道管をつたわる水の音が、とだえた。玄関の岩切の耳にも、外にいる木田の耳にもそれは届いていたはずだ。

「これで、もう、お水を溜めておく入れ物はないね？」

と、台所から出てきた恵子に岩切はいった。

恵子はだまってうなずいた。

「おかあさんがかえってきたら、すぐ連絡をくれるようにいってちょうだいね」

「はい。わかりました」

こんどは、顔をあげて恵子はいった。

かえってくるよね、おかあさんは……神経質にまたいいかけたが言葉にはせず、玄関から裏へまわると、岩切は、

「よし、もういちど止めてください」

と、木田にいって、川の方へ目をやった。あの川に、神輿が入る。大勢の見物客が土手の上にならんで、喝采をおくる。いまその土手を、自転車の籠に、スーパーマーケットの白い袋を入れた中年の女が、ちらちらとこっちを見ながらうさんくさそうに降りていく。


小出秀作はどんな男か、と岩切はその辺りを集金していた者にきいたことがあった。いや、とても人当たりのいい人ですよ。金払いはともかく、会った目には好人物です。そんな答えだった。が、何度たずねてもいっこうに、夫婦のどちらにもあえずにいたある日、雪がふった。雪の日ならあえるだろう。その勘があたった。最初で最後の出会いだったが。

玄関の前は雪でうまり、土手も真っ白だった。ふりつづいている雪が灰色に濁った川におちて、こころなしか水嵩がましたようにみえた。

小出秀作は、炬燵《こたつ》から、丹前を着て出てきた。障子戸と炬燵までの距離が、ひどくせまかった。もう、これだけ水道料が滞納となっていて、停水しなければならない。岩切は、なかばまくしたてるように、状況を説明した。小出は、いま金がないといった。が、すぐさま取り消すように、ちょっと待ってくれ、といって奥へひっこんだ。ふたたび、あらわれると、いきなりしわくちゃの千円札を三枚だして、岩切の前に差し出した。滞納の額にはとうていおよばない。これではたりず、すぐあと入れてもらえないと、停水の対象であることはかわらない。そう、岩切はいった。そして最後に、止めることが目的ではもちろんありませんが、と付け加えた。

「お兄さんも、きついね」

ある瞬間、すさんで生気のない目でいった。低い声だった。岩切は、黙った。怖いわけではなかった。ちょっと黙っていてくれ。そう、彼の目はいっていた。なにかが溜まってきそうな沈黙だった。

ややあって、小出秀作は、

「寒いから、なかへはいんなよ」

といった。いや、ここで、といいかけたが、「失礼します」といって岩切はなかへ入り、後ろ手で玄関の戸を閉めた。炬燵の上に、酒の瓶があった。が、岩切の目をひいたのはそれではなかった。一メートルはありそうな模型の客船があったのだ。

「りっぱなお船ですね。本物みたいだ」

「むかしはよお、これでも船乗りやってたんだよ。タンカーだったけどな」

小出秀作は、炬燵に膝をいれ、岩切にもはいるよう指でてまねいた。それから、いざるように岩切が炬燵にちかづくのを、じっとみていた。

「これ、プラモデルでしょう。よくできてますね」

満更、お世辞でもなかった。

「いまから、十年以上前には、二等航海士をやって、あちこちまわってたんだぜ。それが、たまたま病気をもらってよお。いちど陸にあがるはめになってよお。なんとかなおしたものの、こんどは船にのりはぐれてなあ。ついてねえんだよ。いまはずっとこっちで仕事してきてるけどよお。パッとしなくてな。いまでも、もう一回乗ってみたいと思っているよ。だいたいこどもの頃から、船はすきだったからな。学校だって、水産学校ででているしな、田舎だけれど」

促されもしない身の上話に、慣れているくちぶりだった。

「ご出身はどちらですか?」

「出身? 福島の海沿いだよ、おれも女房も。……女房は、真面目だけがとりえの女だがな」

福島の海ときくと、岩切はなつかしくなった。そこには母方の祖母が生きていた。産みの母親はもう三十年もまえに、岩切がずっと小さいときに死んでいて、その墓もあった。が、それ以上のこと、具体的な地名をたずねることはしなかった。きくのは面倒なことだし、知らされるのも迷惑なことだ。彼が、答える答えないはべつにしても。

「……ずいぶん、ながいこと、田舎にはいたなあ」

小出秀作は、溜息をつくと、そういった。話を水道料金にもどそう。岩切は思案して、窓のむこうにふる雪をみた。土手のうえでさっきより激しさをましている。雪というより、おびただしい蛾がふりつむようだ。

「こんな日は、水道管もたいへんだろ」

不意に彼がいった。岩切と同じに、外をみていた。

「雪がふるような日はかえってあたたかいんですよ。管が破裂するのは、雪が降りそうな日のあけがたにおおいですね」

「でもよ、この辺の水はうまいよな。おふくろもいつかいってたよ、ここへ越してきたときに飲んでよ、冷たくてうまかったって」

「そういわれますね、よく」

「川の水かい？」

小出秀作は、窓のむこうを指さした。

「いいえ、地下水です、S市の場合は」

「地下水か……」

「そうです」

「どのくらい掘ってるんだ」

「百五十メートル下らしいです。なんでも、むかし一メートルたまるのに一万年かかったそうです。だからいまS市の市民がのんでいるのは」

「百五十万年前の水というわけか」

小出秀作は、感心したようにいった。それから、思いついた口調で、

「だったらよ、ほとんどただだろうよ、え、お兄さん？」

「……」

「もともと自前なんだろ、え？」

「まあ、水と空気と太陽はただにすべきだ、という学者もいるにはいたんですけどね」

「だろう。そうだよ、きまってるよ」

あんた百五十メートル自分で掘んなよ。自分で掘って、泥と水でぐしゃぐしゃになったらどうなんだよ。岩切は、胸の内でつぶやいた。

小出秀作は、しばらく黙っていたが、ちいさな声で、

「ほら、その……よく芝居かなにかで、木の葉っぱを金にかえるのがあるだろう。おれもよお、来年の秋になったら山にいって、とびきりみごとな金色の葉っぱをもってくるから

よお、それまで待ってなよ。え、お兄さん」

そういうと、妙に熱っぽい目で、岩切をみた。それからまた、あの荒んだ生気のない目に戻ると、

「どうせ止めるなら、東京中の水を止めちまいなよ」

「………」

「え？」

「また、お邪魔します」

話し過ぎた気がして、岩切はたちあがった。今日のところは、これでいい。玄関をあけ、外へでると、なぜか小出秀作もついてきた。

「すこし暗くなってきましたね」

岩切は、雪空をみあげ、それから腕時計に目をやるともう四時をまわっていた。

「町から違いからな、この辺は。夜になると棺箱のなかみてえに真っ暗になる」

「………」

「水は百度で沸騰し、零度で凍結する。正直なもんだな、俺なんかちっとも沸騰しねえよ。わかしかたを、忘れちまったよ」

岩切は、自分のすこし横で、小出秀作がこっちを盗み見ているのを知っていた。

停水してから、木田に頼んで買ってきてもらったアイスキャンデーを、四人で食べた。食べ終わるまでに、母親が帰ってくると考えたわけではなかった。が、岩切は、娘たちといましばらく一緒にいたいと考えた。この家の父と母の不在が、夏の日射しのように眩《まぶ》しい。停水することで、自分がその不在に立ち会ってしまっているのに、岩切はそこを覆う影になろうとしていた。それはどこか自分の恥のようだった。

悪質、というか、役所泣かせの使用者はまだ他にもたくさんいた。いずれは、かれらも必要に応じて停水するだろう。また、しなければならない。が、いまここで、小出秀作の停水執行を、なにがなんでもしなければいけない、というのではないはずだ。条例によれば、「その理由の継続する間、給水を停止することができる」とあって、必ず停止しなくてはならない、というのではない。むろん、これは停水執行のうらづけだから、収納率、公平な受益者負担の立場から、行政側は積極的に応用していく。が、小出秀作の停水執行を保留してもどったとしても、現場の担当者の判断として、それは、当局の信頼を左右するほどのものではなかったろう。

「学校のプールがつかえなくて、つまらないね」

木田が、恵子とはなしていた。

「でも、いつもプールいくより、この川であそんじゃうよ」

「川も水がすくないからなあ。なにして遊ぶの」

「魚釣り」

久美子がいった。

「魚、つれるの？」

木田が驚いていっている。が、魚はたしかにまだここでも釣れるのだ。岩切が、子供のころ、水量はもっと多かった。蛇籠とよばれる石の堤のしたが、ふかんどといってかなりの深さになっていた。そこに魚はたくさんかたまっていた。イモリとかうす気味のわるい生き物もいた。いまの、遠目には干潮の浜辺のようにみえるほどの、川の姿からは想像できない。

「でも、やっぱりプールへいきたいだろう」

「いきたいけど、遠いしなあ」

久美子がいった。たしかに、ここから学校は遠かった。

「うちのおとうさんねえ、船がすきなんです」

恵子が、急にいった。

「そうだね」

と岩切がうなずくと、すこしふしぎそうな顔をした。

「おとうさん、よくボートやりにいくよ。そしてかえりにおみやげをかってきてくれる」

久美子が、いった。

「川は海にいくから、川のそばがすきなんだって」

また、久美子がいった。

「そう、そうなの」

木田が、静かにうなずいている。岩切は、たちあがった。めずらしくひときれの雲が出て、ほんのすこし日をさえぎった。川からの風が、少女たちの髪をなびかせた。岩切は、空を見上げた。あの高いところで、熱風と熱風が、透明な血みどろのたたかいをしている。

「連絡をくれるように、かならずいうんだよ」

別れ際、岩切は、車の窓からもういちどいったが、恵子はこたえなかった。ただ黙って笑ってみせた顔が泣き笑いにみえた。

## 2

その日は、始業時刻をまわらないうちから、営業課の三台の電話は、使用者からの問い合わせで塞がっていたのだった。冷房がまだきいてこない。あちこちで扇子をあおぐ姿が目についたが、収納係は対応に追われている。お宅様の使用者番号をおっしゃってください。それはいつ入金されたのですか。停水予告がそちらにいっているはずですがね。そんな文句が、はやくも暑くなり始めている空気のなかで、取り交わされていた。

岩切は、机の上で、釣り銭用の現金を千円札から五円玉までかぞえ、きっちり二万円あるのを確かめた。それを黒鞄に収める。領収書、領収印、滞納整理薄のうつし、停水したことを明示する貼紙、手帳がはいっていた。

「これ、調べてくれないかな。この人、なんか払っているらしいよ」

営業課長が、係長のところまでくると、メモをおいた。課長の席まで、電話がはいっているのだ。係長は、メモをうけとると、ことしの四月に入所した若い村田に指示した。

係は六人で構成している。そのうち、実際の停水執行にまわるのは三人で、あとは事務所で外からの問い合わせに対応した。隣の係にも停水にからむ電話は入って、停水日は一日じゅう険しさにみちた。係の机のうえには、銀行からの納入通知書の控えの束や、停水予定一覧表、滞納整理簿などが散らばっている。

「係長、このひと一昨日も電話してきて、直接くるといった人ですよ、たしか」

村田が、書類に目をとおしながら、ききとりにくい声でいった。

「そうか、わかった。とりあえず、リストから抜いておいてくれ」

いったあと、下の小森に伝えておくようにと、さらに指示した。

岩切はたちあがり、地下にある詰め所に向かった。

一班から三班までの編成で、このS市全体の停水を分担していた。水道料金が、半年分滞納になると、停水の対象になる。現場の者と事務所の者が一組になって、停水をおこなった。詰め所は、さまざまな水道工事をおこなう現場作業員の控室になっていて、岩切たちのロッカーもおかれていた。そこで、相棒の木田とおちあうことになっていた。ドアをあけると、思いがけずに木田が出てくるところだった。

「おう、ちょうどよかった」

岩切がいうと、

「おはようございます。いま、車をまわしますから、上で待っていてください」

そのまま廊下を小走りにはしっていった。

岩切は、革靴からスニーカーにはきかえた。部屋を出ていきがてら、なかをふりかえると、先に下へ降りていた職員の小森たちが、ふざけていた。岩切は彼に係長の伝言をつたえた。なにかを占うつもりなのか、彼は他の者と住宅地図の上に鉛筆をたて、倒れる方向をみていた。方向は決まっている、と岩切は思い、地図は車に積んであるはずだと考えた。

詰め所から、中庭へ出て、公用車の駐車場のある裏庭へきたとき、指の切り傷の痛みがすこしもよくならないのに岩切は気づいた。けさ、朝食の仕度をしていて、人差し指の先をステンレスの包丁で切った。血が、みるまに膨れあがってきた。すぐ洗い流したが、あとから滲んできて、なかなかとまらない。しばらく口のなかに入れて、舌の裏で指のはらを舐めた。もう何年も、指に怪我をするなどということはなかった。岩切はそう思った。

生温かい血が、脈搏にあわせておしだされてくる。痛さよりも、血を出したことが、奇妙に新鮮だったが、唾と一緒にはきだすと、意外なほどの血の量だった。

タオルできつく拭き、薬箱から、バンドエイドを取り出して貼った。八月の終わりに近いこの時期では、化膿するかもしれない。が、剝きだしのままでは、きょう一日落ち着いて仕事もできない。

今朝は、包丁をそれ以上つかうのを断念した。妻が風邪で寝込んだようなとき、ニラを卵でとじ、少しの鶏肉をおとした味噌汁を岩切はつくったものだ。妻は、しんそこ温まったという幸福感を漂わせた気配で、「おいしい」と喜んだ。が、その妻は、ちょっと用足しに行ってくると言って実家に帰ったまま、もう二週間も戻らない。来年は、小学校に上がる娘もいっしょだった。

うすいブルーの薬箱のなかには、バンドエイドのほかに何もはいっていなかった。しばらく傷のことを忘れて、岩切は、からっぽの薬箱を眺めていた。それから、娘が近所の子と病院遊びとかをやっていて、玩具をつかわずになぜかそっくり本物をつかっていたらしいことを思いだした。が、そのためにからっぽなのか。常備薬に、妻はわりとこだわっていて、富山の薬売りがこないかといっていたのに。

「お待たせしました」

同僚の木田が、車から降りてきていった。裏庭の前は新館の一Fで、課税課と保険課が

ある。白い半袖シャツ姿の職員が、立ち働いている。岩切は、空を見上げながら、

「今日も暑くなりそうだな」

といった。

木田は、開栓器を右手にもっていたが、岩切の指のバンドエイドに気付くと、

「切ったんですか」

と聞いてきた。

「ああ。へまやっちゃったよ」

「なんでまた」

「いや、めずらしく庖丁《ほうちよう》使ったんだよ」

「あ、これは痛そうだ。奥さん、留守しているんですか？」

木田は傷をのぞきこみ、また、岩切をみあげるようにした。どちらに返事をしてよいのか一瞬とまどって、女房は実家へかえっているという言葉を、岩切は喉の奥でのみこんだ。

「血がにじんでますねえ……」

と呟くと、

「それじゃあ、鞄を持ちにくいでしょう」

「しかたないさ」

木田は、開栓器を左手にもちかえ、それを杖のようにして身をあずけると、また岩切の

指先に目をちかづけた。指を鉤型《かぎ》にすると、

「今日一日、この指は停水には気苦労はなさそうだ」

と、岩切はいった。木田は要領をえない顔付きのまま、

「包帯にかえたほうがいいんじゃないんですか。保健室へ行きましょうか」

「だいじょうぶだよ」

いいながら、岩切はなぜともなく、突然の新鮮さで包帯の白さを想いえがいた。親指と中指で黒鞄の取っ手を摑み、試しに顔の高さまであげてみる。やはり、不安定ですぐ落としそうになる。これでは胸に抱きかかえるように持ったほうがよさそうだ。鞄を路《みち》におとして、釣り銭をなくしたことが、いままで何回もあった。

腕時計をみた。午前九時をまわっていた。この仕事をはじめてもう六年がたった。だいたいの所要時間は見当がつくが、しかし、終わってみないとわからないところがあった。今日の停水予定は、十三件だった。

車に乗り込むと、中はもう蒸し暑い。白いボディーがうっすらと埃を被っていて、それが妙に暑さをそそった。給水制限がだされてから、洗車もひかえていた。頭から水をかぶりながら洗ったら、さぞ気持がいいだろう。もっとも、無頓着にする者もいたが。

岩切は窓をあけた。車は走りはじめていた。木田は車の運転がうまい。ほとんど衝撃もなく発進する。見あげると夏空が白熱した感じでひろがっている。夏の空はむかしはもっ

と高かったような気がするが、しかし、あの空からもう四十日も雨は降っていないのだ。が、こんなときでも、停水は執行しなければならなかった。

昨日の夜、ビールをのんだあと、岩切はテレビにタイマーをいれて寝た。いつもは、妻がテレビのスイッチをいれ、目覚ましがわりにした。それでも、妻はかならず枕元で、岩切をゆり起こした。背の高いわりにはふっくらとしたやわらかい妻の掌の感触は、はじめてさわったときから岩切が惚れていたものではなかったか。目覚めるまぎわのその感触を独り寝の床で岩切は期待していた。深酒をした翌朝など、自分がまるで盲人で、掌でしか妻を知らないもののような、不意の人なつかしさに陥ることもあった。が、このごろ、突然テレビが鳴り出しても、妻の気配は台所を離れなかった。

布団の上で、テレビが七時のニュースをながしていた。誰かが捕まったというニュースだった。珍しくもない話だが、停水の日の前後は、そんな事件を伝えるアナウンサーの声が、妙に息苦しく胸にはりついてくる。条件反射のように、この気持を避けることも慣れることもできない。岩切は寝床に腹這いになったまま、灰皿をひきよせ、煙草に火をつけると一息すった。灰皿は、誰かの結婚式の引き出物だったが、妻がかくしてしまっていたものだ。妻がいなくなると、止めていた煙草にまた、手をつけた。最初の一服は、頭をくらくらさせた。

川の土手下の、狭い借家に七年もいた。岩切だけ、いつもひとりで寝た。奥の六畳間は妻と娘が床をならべ、和洋箪笥《だんす》を置いておくともうゆとりはない。箪笥を仰ぐ格好で三人が寝るか、岩切が妻の床にはいるかしかなかったが、独り寝のほうが体がらくなのは当然だったから、岩切はそうした。妻は、家をもちたがった。実家の援助もあるとまでいった。が、岩切はその気がなかった。本当は、子供もほしくはなかった。生まれてみれば、子供はかわいい。が、それでも、ほしくない気持に嘘はなかった。

妻の実家は、S市から電車で三十分ほどのところにあった。電話を、三日まえにも入れた。職場で市民からの、苦情電話がかかってくるのを厭《いと》う気持が顔をだして、自分からかけた電話なのに、胸騒ぎがするのが自分でも奇妙だった。いつかえってくるつもりだ、お店が忙しいのか？　いいながら、岩切は、大衆食堂をいとなむ妻の実家の、その商売を自分が話題にするのが、久し振りのことだと思っていた。わたしの家は、もう何十年も駅前で食堂をやっているの。結婚する前にそうきいたとき、ふつうの会社員の家だった自分にはない賑やかさを連想し、そしてそれは事実だった。もしかしたら、あの賑わいを、おれは好いたのではなかったか。なるべく早く帰ります、という妻の声は、いつもとかわらなかった。が、岩切が思い切って、さみしいからね、……といったとき、そういうことはもういわないでと、妻は強い口調でいった。電話を切ってから、洗濯好きな妻がひとことも自分の身の回りのことをいわなかったのに気づいた。

独りぐらしは嫌いではなかった。岩切の親は同じ市内にいたが、母親は継母だった。始終いさかいをくりかえして、家を出たのが十七歳のときだ。昼間の高校を中退し、定時制に鞍替えしながら、いろんな職種を転々とした。最初は米屋の店員だった。つぎは弁当屋にいって、沢庵《たくあん》のしっぽを切った。全日制高校の、理科の実験助手になったこともあった。あの日、自分も高校生のくせして、職員室で教頭から『職員』として居並ぶ先生がたに紹介されたときは、顔から火がでた。中学のときは、登校拒否生徒の不良だった。その彼にとって、学校が職場になることはおそろしく不可解なことだった。なぜあんなところにつとめたのか。いまもよくわからない。後年、歳をとれば、だれもがきがつく人生の常識みたいなものが、あの朝の光景にはひそんでいたはずなのだが。

汲み取り式便所の、いっとう安いアパートにひとりで住んでいたあいだも、途中二回ほどの転居でも、一ヶ所にずっとはいないという思いがあった。だから、住居表示もしなかった。いつか岩切あてに配達にきた郵便屋が、目の前の彼の部屋がわからずに右往左往したことがある。名前くらい出しておけと、かなりの剣幕で叱られた。岩切は苦笑した。たまたまそのとき、彼も郵便屋をしていたのだ。

市役所水道部の職員に採用され、三十歳になったとき、アルバイトにきていた妻としりあって結婚した。岩切は寝間着というものが嫌いだった。「あなたはほんとうにパジャマが嫌いなんだから」と妻はよくなげいた。彼女が枕元に用意していても、結婚以来、ただのいちども、岩切はパジャマを身につけたことがなかった。意地悪をしてでは、もちろんない。下着のまま床にはいったほうが、飛び起きて、すぐ着替えられる格好のほうが、気にいっていた。本当なら、服をきたまま寝たいくらいだ。が、それはおかしなことだったろうか。

テレビのニュースが、また別の犯罪の解決をつたえていた。自分の白いコートかなにかを、頭からすっぽりとかぶった男の姿が、大写しになった。被りものの下で、男は自分の息の臭いを、ひたすら嗅いでいるのではないか。あるいは自分の薄笑いにたえているのではないか。

岩切は体を拭くために庭へでた。風呂場の前の、せまい洗い場で顔を洗い、シャツをぬぐ。この洗い場は、廃棄された資材で、水道部の仲間が数年前に設けてくれた。雨の日以外はまいにちここで顔を洗い、体をふく。庭の正面は土手になっていて、その向こうは川だ。土手をつたわって、夏の温度に熱せられながらも、川風がふいてきた。ここが気にいって、新婚生活をはじめた。同じ形の借家が、十棟、土手にそってならんでいた。家主はこの近くに広がる梨畑を所有する大地主だった。ここから、東に五百メートルほどいくと、セメント工場があった。

岩切は庭にちいさな花壇をつくっていた。ブロックの囲いのなかに、向日葵《ひまわり》が植わっている。手入れはほとんどしていないのに、種は毎年かってに地におち、大輪の花を日に傾けていた。囲いをはみだして、分厚い肉質の、緑の葉のうえに人の首のような花弁をつけているやつが、いちばん大きかった。タオルを肩にかけ、種をひとつつまむと、空になげた。隣家の際の、砂場におちた。砂は白く乾ききっていた。買って何年もたつ、玩具のシャベルの赤が、砂の上でひどく派手にみえた。

「料金をためて、水道まで止められてしまう人って、どんな人なの？」

こうしているとき、一度だけ、妻はきいてきたことがあった。あの日も停水の朝だった。自己紹介をせねばならないときにいつもきかれることを妻がいうのに岩切は少し腹をたてた。

「ごく、ふつうの人だよ」

岩切は、不機嫌を隠さなかった。

「でもやっぱりだらしがないんでしょう」

「はらうときは、全部はらう人もいるさ」

「ためると大きいわよね。ためたくても、たまらないものもあるけれど」

妻はそういいながら、洗濯機へ、ホースの水を注いだ。岩切は、大事なことをいいわすれた気がして、いつもより念入りに体を拭いた。

「水なんか、本当はただでいいんだ」

するりと、言葉がついて出た。

「ただで？」

妻の声は低かった。岩切の不機嫌さにおびえているようでもあった。

「水と空気と光はただでいいんだ」

岩切は背中をむけて、家の中へはいった。日向《ひなた》に慣れた眼に、家の中は暗かった。

誰でも、いうようなことをいうなと、岩切は呟いた。

「庭へ出て、体をふいたところまではよかったんだよな」

「そうですよ、味噌汁をつくろうなんて気をおこさなければよかったんですよ。パンでもかじっているか、なんならぼくの家にきてくれてもよかったんですよ。まあ、弟とふたりで殺風景なところだけど」

木田は、ときおり指先を気にする岩切に同情した。車は、駅前の繁華街をぬけて、飛行場のみえるところまできていた。S市は、全面積の五分の三をこの飛行場にとられている。戦後、駐留してきた米軍が、一年に一度、基地を開放した。岩切も子供のころ、輸送機のなかに入って遊んだ。基地から米軍は撤退して、いまはときどき自衛隊のヘリコプターが飛び上がる。S市から西にむかう線路に沿って、金網が張りめぐらされている。これだけは昔とかわらない。岩切は、中の飛行機をよく見にきた。継母と喧嘩したようなとき、ここへ逃げて来て一日をつぶすこともあった。今日のような暑い日に、ろくに接《は》ぎもあててもらえぬボロのランニングシャツ姿で見ていると、顔にも、胸の裸の部分にも金網の菱形がはりついた。時々なんの脈絡もなく、あの形はちっともかわっていないと、岩切は思った。

「最初は旭町のシャクナゲ荘ですよね」

木田がいった。

「そうだ、またあそこからだ」

「あそこも留守がおおいんですよね」

「居留守もおおいよ」

信号でとまった。五本の交差点ほどさきまで、いっせいに信号の赤がともっている。すぼまっていく道路のむこうに、山並みがみえた。冬なら雪を被った富士山がのぞめる。信号が青にかわる。

木田のきている、開襟シャツからかすかに糊のにおいがした。岩切は、白い支給品のワイシャツに紺のズボンだ。木田は、まいにち現場にでるのに、かならずクリーニング屋にだしたのを身につけた。岩切より、六歳下でことし三十歳だった。まだ独身で、結婚する気もない。そんなところが、岩切は気にいっていた。ここへきて、まだ二年だが、停水のコンビを組み、毎月ずっと一緒だった。彼が、土中に埋まる止水栓を止め、量水器をはずし、岩切はその理由を話し、説得をし、徴収する。十三件の停水。交差点を通過しながら、その日、小出秀作の家の停水を岩切は考えていた。停水の順序は、市役所を起点に、近いところから遠いところへといく。停水して、途中で使用者から連絡が入れば、遠方からの帰途、そこへ寄り滞納者を『入金』扱いにして開栓する。滞納者が銀行へふりこんだというのなら、その領収書の確認をする。そして開栓。小出秀作は入金しているだろうか。支払い用紙は、もう何回もいれてあったが。

六階だてのホテルがみえ、左折すると、目的の場所だった。一台通れるくらいの、細い路地をぬけていく。ホテルができてからこの付近は日陰になった。旧《ふる》いアパートや木造の建物が、日陰のなかに密集していた。

踏切をこえて路地を右折するところに、新藤医院という歯医者がある。そばの電柱に看板がかかっていたが、すこし傾いていた。ずいぶん前に、ここから五歳くらいの女の子が、口のまわりを血だらけにして出てきたのを岩切は、見た覚えがあった。その子はひとりで、泣きもせずに、血のついたハンカチを口にあてがって平然と歩いていった。このかどを通るたびその姿を思い出した。

Sの駅構内にむかう線路はこの踏切をこえたあたりで、急なカーブになる。踏切をすぎると、車掌が揺れに注意するようながすアナウンスをながした。が、それでもよろめく乗客はおおく、岩切も、いつか娘と二人でのっていたときもよろめいた。

路地は湿っていた。いつまでもしみこんでいかない、油のような湿り気だった。車が、やっとはいるシャクナゲ荘の横の空き地で、木田は駐車した。このアパートはもう三十年くらいの築造だ。いちど、ベージュ色に外壁が塗り替えられたが、それもいまはひび割れている。二階へあがる手摺も錆色《さび》に変色していた。車からおりると、湿気の多い、鬱陶《うっとう》しい空気が、首のあたりにまつわりついてくる気がした。木田は先におりて、ライトバンの後部をあけ、開栓器と、庭いじりにつかうようなシャベル、それとキャップをとりだした。それから木田は真っ白な軍手をはめた。下ろし立てだった。他の職員は、洗ってまた使うのに、彼は一回ごとに新品の軍手をはめて仕事した。岩切は黒鞄をさげて、彼の段取りが整うのを待っていた。

１０３号室。岩切はその前にたち、滞納整理簿をみた。イサワヨシコ。この家も、五回ほど訪問しているが、まだいちども料金を徴収できていない。岩切が行く前に、集金員がもう何度もきている。ここには三十五、六の女が住んでいるということだった。整理簿には、停水にいたる経過がしるされている。お客様番号、住所と氏名、年度や月分と未納金額、若干のメモ欄からの帳票になっている。これを見るとおおよその未納状況がわかった。このほかに、手帳を岩切は用意して、各世帯の印象や支払いへの姿勢などを自分にひきつけるように書き止めた。訪問日時、対話の内容、家庭の状況、その他もろもろのことだ。厭《いや》な気分をはねのけて、停水執行を自分自身に納得させるように、それをつくる。停水した使用者が、生き馬の目を抜く勢いで、訳のわからぬ抗弁や、いいがかりをつけてきたようなときには、その中身にそって言葉の武装をする……

シャクナゲ荘の通路は、裸電球がふたつ天井に点っていた。夏の午前の光は入り口からわずかに届くだけだった。突き当たりに、共同便所があった。アンモニアの匂いが、澱《よど》んだ空気をしのびぬけて、目にしみてくる。

「ここですね」

木田が、ドアの左をゆびさした。蓋の一部が欠けた量水器のボックスがあった。岩切はうなずき、ドアをノックした。

「だれだい？」

嗄《しわが》れた声がした。

「水道です。S市水道部です」

岩切は、はっきりと発音した。聞こえたかどうかはわからない。聞こえたと判断した。が、それきりドアの奥から声はなかった。三十秒待った。一分待った。木田はその間、長い開栓器をもったまま、うす暗い廊下をいったり来たりしていた。向かいの部屋のドアにつくりつけられた郵便箱に、三日ぶんくらいの新聞のたばがたまっている。その隙間から、真新しい封書が、身をのりだして息をつくようにはさまれている。青森県の住所と、女の差出人の名前が判別できたが、濡れた足袋のように封書は分厚くふくらんでいた。

「おかしいな」

岩切は、ひとりごちた。

「止めますか？」

木田は、開栓器を脇にはさみ、軍手をきっちりはめなおした。うすぐらい暗さの中で軍手は生白かった。

「よし止めるか」

アパートの廊下の脇には、糠味噌をつけているらしいポリバケツや、古雑誌がうずたかく積まれていた。木田は、蓋の一部が欠けたボックスをのぞきこんだ。なかに紙屑や布団綿のようなものが、かなり積もっているのがみえる。中央に握り拳大の、人工心臓に似た量水器がすえられている。そこを連結する細い鉛管の表面に水滴がついて、天井の弱い照明にかすかにひかっていた。量水器をみると、計測のためというより、地下水を血液のように循環させるなまなましい臓器を岩切は連想した。

木田は軍手の腹で、水滴のついた管を丁寧に拭い、量水器の泥を持参したボロ布でふいた。そして、メータボックスから五十センチほどはなれた止水栓の蓋を開け、長い開栓器をさしこんだ。なかは円筒だから暗くみえない。はじめは、手探りで、聴診器で患者の内部の音をきくように止水栓を摑まえたあと、こんどは上からのしかかるようにして、体重を両腕にこめるとゆっくり右にまわした。水道管にたいして、プラスの形になるように、まわすのだ。これで締まる。水はでなくなる。最近は、丙止栓というのが量水器のそばについていて、ひねれば水は簡単にとまった。が、ここは旧い築造のために、それがないので、乙止めというこの止水栓をわざわざつかうのだった。丙止栓は、上からキャップという袋をかぶせるように取り付けると、もう素人の力ではあけることは出来なかった。このやりかたのほうがずっと簡単だった。

木田は、開栓器を注意ぶかくひきぬいた。どこか無骨な風情で開栓器はゆるゆるともちあがってきた。それから、手際よく量水器を外した。

そのとき、突然、ドアが開いた。

「あんたたち、なにしてるのさ」

岩切と木田はいっせいに顔をあげた。捩《ね》じ上げたといったほうがいいかもしれない。六十歳をすぎた感じの女が、こっちをみすえている。額の真ん中にほくろがあった。髪は白と黒の油でぬりかためたように、頭の骨の形にそってはりついている。裸の電球が女の背後に低く垂れ、そのために眼のくぼみが影になっている。

「S市水道部ですが」

岩切は、おちつきはらって答えた。

「かってになにしてるんだ」

「いえ、さきほど声をおかけしたのですが、ご返事がなかったものですから」

女は、暑苦しい長袖をきていた。部屋のうしろのテレビのうえに、大きな招き猫がのっかってこっちをみていた。

「だから、そこでなにしているのさ。え、あんたたち」

「水道料金未納のため、水をとめました。イサワヨシコさんの滞納金額はこうなっています」

滞納整理簿の写しを岩切は見せた。が、女はちらりともみない。

「このうちはね、あたしが大家から借りているんだよ。かってにいじらないでほしいね。かってにさわったら、あんたたち泥棒だよ」

短気な木田がとなりで、ムッとするのがわかった。

「それ、なんの真似なのよ」

水気にしめった量水器をゆびさした。木田の足元だった。

女の声は、静かな廊下に妙にひくくひびいた。不思議な説得力のある声だ。一瞬だけ、自分が不当な行為をしでかしている錯覚をおこす……

「催告書、警告書、さらにはその前の段階の払い込み用紙もはいっているはずです。払い込み用紙は私が直接お届けしましたから、ごぞんじでしょう」

女は、無言だった。しらをきっているのはわかった。しかし、しらをきっているのかどうかは、本人に聞かないと分からないのかも知れなかった。

「イサワヨシコさんですよね？」

「………」

なお無言だった。いつきても留守だったので、この女が当人かどうかわからない。委託集金員が最初はきていたが、いなかったり、都合が悪いといわれたりして次第にたまってくる。

「お支払いいただけますか？」

「水をとめられるおぼえはないよ」

「お宅さまはもう、一年以上もたまっているんですよ」

「はやく、もとどおりにしておきなよ。邪魔になるだろう。ああ、いろいろずらしてしまってさ」

木田と岩切は、顔をみあわせた。

「この古新聞とかはすぐかたづけますよ。でもね、奥さん、メータボックスの上は物をおいてはいけないことになっているのですよ」

木田がわざと丁寧にいっているのが分かった。

「うるさいね。大家を呼ぶよ。ここの大家は警察にもヤクザにも顔がきくんだからね。呼んでほしいのかい」

木田と岩切はまた、顔をみあわせた。

「お宅さまはイサワヨシコさんですよね」

「そうだよ、ここはヨシコの家さ」

露骨にそういって、その年のいった女は、顔をそむけた。慢性の馴染み深い疼痛《とうつう》かなにかのように、重苦しい厭な気分が、このとき胃の下あたりからおこってくる。

「帰れよ!」

その時、奥から、別の若い女の声がした。岩切は耳をすました。目の前の年のいった女は、黙ったまま顔色ひとつかえない。

「帰れっていってるんだよ!」

喘ぐような声だった。玄関からあがった、四畳半の隣からそれはきこえてきた。

「おたくさまが、イサワさんですか?」

もういちど聞いた。

「あの子だよ」

やはり顔つきをかえない。

「帰れよ!」

「………」

「帰れよ!」

「………」

宥《なだ》めかかりたくなるほどの、極端な吐露が女の声にはあった。怒鳴ることはない、ちゃんと話をすればよいではないか。払えなければ払えないといってくれればよいではないか。

「帰れよ！」

女は苛立っている。山でも動かそうとするような、奇妙な迫力がある。

「帰れっていっているだろう！」

岩切は、踵《きびす》を返した。停水を執行した、そしてそれを解除する理由のない以上、この場にいることもない。が、アパートを出るとき、つかのまおとずれかけた安堵とは裏腹な、どす黒い感情がふつふつと湧いてきた。料金の徴収もできず、ふつうの話し合いもできず、厭なものだけをやりとりしてしまった。よくないタイプの執行だ。むしろ使用者に会わないで、黙って停水してきたほうが楽だ……。だが、この後味の悪さは本当は、それほど嫌いではなかった。好きでもなかった。こんなことを続けていると別の人格になっていく、という心配などしなかった。あの若い村田のように、そんな職員もいたが。

「やれやれ、なにもわかっていないですね。あのひとたち」

木田は、車の後部に用具をいれおえると、軍手をはずしながらいった。それから、運転席にのりこみエンジンをかけた。岩切は、足元に置こうとした黒鞄を、不意のうっとうしさで後部座席に放りなげた。釣り銭の小銭が、なかで崩れる音がした。

「あれは完全にCクラスですね」

「そんなところかな」

Ａは恭順、Ｂはふてくされ、Ｃは反抗といった具合に、停水対象者に、岩切がつけた評価だった。木田に教えこんだわけではなかったが、彼のほうがよく口にした。もっとも、水道部の他の仲間はそんないいかたはしなかった。

「なんで、ああも話が通じないんですかね」

「いや、通じているんだよ」

すこし考えてから、岩切はいった。

「そうですかね」

「そうだよ」

払う気がないのか、払えないのかそれはわからない。が、一件の停水は終わった。

新藤歯科医院の前をぬけ、車は路地から広い通りへでた。まぶしい青空がいやに高くみえた。

「つぎ、どこですか？」

窓をあけて、片手ハンドルのまま、木田がいった。

岩切は、さっきのあの喘ぐような女の声を、思い出していた。ああいう声を、小出秀作は、いやその女房は、もっていただろうか。正面から低く迫る女の声を、市の職員というより蝿か何かになって躲したい気持だった。そしてその蝿の目で、女の目をのぞきこみたいと。

午前中は、七件の停水を執行して終わった。そのほとんどが、アパートの独身男性だった。いつもいく食堂で昼食をとり、近くの公園の木陰で、すこし休んだ。日盛りのなかで、自動車や、すべての物体はゆらゆらと陽炎《かげろう》を背負っているようにみえた。道路のアスファルトは溶け、白熱してひどくまぶしかった。真昼のひととき、車の流れが熄《や》んだそこは、見慣れた場所であるにもかかわらず、他国の寡黙な風景を想わせた。

午後の仕事にかかるとき、無線で水道部に問い合わせたが、どこの停水予定世帯も入金していなかった。小出秀作もまだ入金していなかった。このまま停水せざるをえないだろうと、岩切は考えていた。

次の停水も、アパートだった。八光荘といって、市内北東部の横山町にあった。そこは、生活保護をうけている人や、独り暮らしの学生が多かった。生活保護をうけている世帯は、福祉事務所長の証明があれば、基本料金までは免除された。基本料金そのものはたいした額ではない。三十立方メートルまでがその範囲内だった。独り暮らしでも、風呂でもあって毎日沸かすのならともかく、三十立方を使い切るのはそうたやすいことではなかった。が、いくら使用しても、基本料金しか免除にならないのに、全額免除になると誤解している人がすくなくなかった。それで、そうではないのです、基本料金だけで、たいした免除というわけではないのです、というと、みんながっかりした顔をするのだった。なかには露骨に不機嫌さをかくさない人もいた。「水と空気と太陽は本当はただのほうがいいんですがね」と岩切がとりなすようにいうと、一瞬、なにをいわれているのかといった顔付きになった。それから「そうもいかないでしょうが……」と半分馬鹿にされたのかといった口調でいった。馬鹿にするつもりなどもうとうない。が、半分はやけくそで、ただが実現するならそれにこしたことはない、と思ったのは事実だ。

三件ある、八光荘の停水予定者のうち、二件は案の定留守だった。木田は、岩切が「止めるぞ!」というのをまちかまえていたように、手際よくリズミカルに止めていった。比較的あたらしいこのアパートは、みな丙止栓が備えつけられていた。

その次の停水はワンルームマンションだった。声をかけると、不意にドアが開いた。若い男が、なかから出てきた。この時間にいるのは、たぶん学生であったろう。パンツひとつで、上も裸だった。

「なんです?」

停水にきた、と岩切はいった。

「停水? なんだそりゃあ」

男は、素頓狂な声をあげ、後ろをふりかえった。座敷の窓が開け放たれていた。その右に、しろい布団がしいてあるのがみえた。脇には、下着らしい黄色い布が丸められていた。

「なんで、止められなけりゃならねえんだよ」

「お宅様は、一年間、料金を滞納しています。納入通知書は、返送されてもこないし、間違いなくふた月にいちどこちらへ配達されているはずです」

「いきなりこられても、払えるわけねえだろう。なにいってるんだよ」

「いきなりでは、もちろんありません。私がくるのは、今日で五回目です。先週の今日も現実に停水予告のビラをいれにきています」

「そんなの、知るかよ。そんなもの見ちゃあいねえよ」

岩切は思い出した。二年前にも、ここへ停水にきて、その時は不在で止めた。あとから母親が市役所まで支払いにきたあの男だった。

「水なんか、止めんなよな」

語気を、低く強めて、男はいった。チョコレートでも塗ったように、男の体は日にやけてたくましかった。

「おさめていただけますか」

「だから、いきなりきてもねえっていっているだろう」

岩切はいった。

「それでは、申し訳ないが、停水ということになります」

「市役所でも、そんなことするのかよ、え？」

「それが目的ではありませんが、やむをえずすることがあります」

「へえ、いい度胸してるじゃねえかよ」

男は、壁によりかかっていた体を立て直し、すこし身構えた。

「水は」と岩切はいった。「流れもするし止まることもあります。蛇口の先だけ流れているのではなく、そのずっと手前の浄水場から流れ、浄水場の淵源《えんげん》は、遠い川や山にさかのぼります。また、台所のながしから出ていく生活排水は、終末処理場で処理され、川をへて海へいきます。けっして、お宅さまがひねる蛇口の先だけ、水は存在するのではありません。それは、こちらの水をお宅がひとりでつかっても、十人でつかっても、同じ事です。水は流れ、止まり、また流れる。そういうものです」

「おめえ、何いいてえんだよ。おめえ、市役所かよ?」

岩切は、しばらく男と睨み合っていた。そのとき、

「あたしが払うわよ。いくらなの?」

といって、若い女がでてきた。衣服をまとっていたが、爪を真っ赤に塗っている。バッグから一万円札を抜きとると、男に渡した。男は、それを、岩切をめがけて放り投げた。黒鞄を脇にはさみ、深く体をおって、乱雑に脱ぎ捨てられた靴のうえに落ちた札を、岩切はひろった。領収書をひったくるように受けると、男は神社の仁王像のように、いい具合に焼けた顔を怒らせた。岩切は、ドアを閉めた。後ろから、口汚ない陰惨な言葉が大声で追いかけてきた。

「木田よお、あした、どっか涼しいとこへでもいかないか」

車にのりこむと、黒鞄をまたうしろへ投げ出して、岩切はいった。

「ええ。いいですね」

とあっさりいったあと、

「ああいう若いのは、ほんとは止めたほうがいいんですよね」

木田は、うんざりするようにいった。

「そうでもないさ。ああいうのは、止めても止めなくても、同じことだよ」

いいながら、自分は小出秀作の停水を断行するだろうと、岩切は思っていた。

## 3

翌日の午後、岩切は木田と一緒に、滝を見に行った。武蔵五日市の駅をおりて、バスに十分ほどゆられると、その滝への入り口はあった。駅で、缶ビールを半ダースほど買った。たぶんそれだけでは足らないだろうが、帰りにまたこの町でのめばよいと、岩切は木田と話した。駅前は、夏休みも残り少なくなった、子供づれの家族や、身近な避暑をたのしむ若い者が多かった。駅の売店で、ビールを買うのに、木田は並ばねばならなかった。

木田の買い物を待って、夏の帽子をかぶった小学生をみているうち、岩切は自分の子供を思い出していた。もう、半月もあっていないが、どんな夏休みをおくっているのだろう。幼稚園の夏休みに海にいこうと、去年も今年も岩切は子供と妻にいってきた。それは、人並みのはずだ。いま目前に生きているものは、可愛いし、子供は子供で愛情を受ける権利もある。そのことに自分は不服などない。ただ、これ以上の家族を望まないし、自分の家をもとうとは思わないだけなのだ。子供への思いや育つことへの懸念、妻への感謝や場合によってはうっとうしさ、あるいは、ひとつの屋根の下に住むことそれ自体への心の振幅、それらはいまのままでも、充分なのだ、つまり、充分に濃密なのだ。子供のとき、継母に苛められて、泣き泣き飛行場の金網にへばりついた自分も、その時はそれで満たされていて、充分に濃密だった。なかなか飛びもせずに、エンジンの唸りばかりをあげていたあの巨大な輸送機は、そのことを自分に伝えてきた。けっして、不幸とか、そんなものではなかった。いまもそれは変わらない。妻は、しかし、いったいなにを、どうだというのか。

岩切は、小学生をみながら、もうひとつのこと、きのう停水した小出秀作の娘たちのことを思い出していた。母親から、結局、連絡はなかった。午後八時まで待機して、家に帰る途中に前を通ったとき、だいぶん暗かったが玄関があいていて、その奥の水槽がみえた。出目金の泳ぐ水槽だった。そこにテレビの青い色がうつり、ちかちか跳ねるのがわかった。人の姿はみえず、通りすがりの一瞥《いちべつ》だったが、岩切のなかに、その跳ねる色がしばらく残った。

昨日の停水件数、十三件のうち、けっきょく十一件がアパートだった。あと一件は、無届け転出の、もぬけの殻になっていた。

「以前は集金制度で、ずいぶんのこっていたんでしょう。このごろは、口座の引き落としと、通知書だから、たまったとしてもそんなふるい面倒な奴じゃあなくて、いいですよね」

木田は、ビールを飲みながらそういった。滝は、バス停から歩いて一キロほどだった。

「料金改定してから時間もたって、使用者もだんだん慣れてきたしな」

「あげたばかりのときは、ずいぶん大変だったんでしょう？」

「そりゃあ、すごい苦情だった。文句をいわれるのは、いつも現場だからな」

「きのう止めた、ほら、あの女の子のいる……あそこなんか、むかしはたまっていなかったんでしょう？」

「そうらしい。おれが、あそこを回りはじめたのは、そんなに古くからじゃないからな。いつごろからだったのだか……」

「岩切さん、あそこ止めたの、気にしているんでしょう？」

「いや、べつに。なんでそんなことというんだ。どの家を止めるんだって、気の重い話じゃないか」

「それはそうですけど……母親がいつかえるかと、ちょっと、しつこくきいていたし」

「きのうは、連絡がなかったが、テレビがついていたしな。いざとなれば、隣近所というものもあるし……でも、へんないいかただが、あの家はいちど止められたほうがいいんだよ。なんというか、そのほうが、こう、活気づくよ」

「停水されて、活気づくんですか?」

「………」

「あ、いや、べつに嫌味でいったんじゃあ、ないんですが」

「……わかっている、承知してるよ」


岩切は、勢いよく二本目のふたをあけて、ビールをのんだ。

濃い緑の木々が、山の高いところまでおいしげり、太い枝をいくえにもさしかわしていた。そのあいだから、三段になって、激しい水音とともに滝が流れ落ちてくる。滝壺の、冷たく透明な水に、絶え間ない波紋がひろがっていた。濡れた赤銅色の岩肌が、爬虫類の皮膚に似た、妙になまなましい艶をおびて、滝の両側に聳《そび》えていた。その岩肌とおなじ色の岩の大小が、滝壺の水の底に沈んでいる。が、みつめていると、波紋のために、息をひそめながらその岩がにじり寄ってくるような錯覚をもたらした。

「しかし、気持いいなあ。やっぱり、ここまでくると涼しいですねぇ」

木田は、おおきく背伸びをしながらいった。

「あたりまえの話だが、垂直な滝だね。ほんとにまっすぐだ。昔の行者があれに打たれたくなるのもわかるよ」

滝の飛沫の細かな水滴が、体を濡らすのが心地よかった。

「この滝の名の由来が、さっき案内に出ていましたよ。なんでも、僧侶が煩悩をはらう、なんとかという仏具に関係があるということですよ」

滝壺からながれた水は、そのまままちいさな渓流となって、村里のほうへ流れていく。渓流の脇は、さっき登ってきた林道となっていた。そこを、中年の夫婦らしい登山者が、上気した顔をしてやってきた。

「木田君よ」

岩切は、不意に思い出していった。

「なんですか？」

「東京中の水を止めてみたいもんだな」

「え？……」

「工事の断水なんてものじゃないぞ。おまけに、電気もガスも止める。それから供給すべき世帯を選んで、最初に水を開ける」

「なんですか、それ。戒厳令ですか？」

木田は、からかい半分でいった。

「だいたい水資源は利根川水系だから、都内だとK取水口、多摩地域だとA取水口だな。こいつを押さえれば、たぶん止まるよ、東京中が」

「いいですねぇ、征服するわけですね」

木田は、すこしあかい顔をして、上機嫌だった。

「そうしておいて、総理大臣と取り引きする。いや、天皇とかな」

「何をですか？」

「水と空気と太陽をただにしろ、ってね」

「ええ、それだけですか、なんか庶民的だな。それに、空気と太陽はもともとただでしょう？」

「まあ、そういうことにしておくんだよ」

「そうですね、水も東京はやすくないですしね」

そこで、岩切と木田は、乾杯した。岩切はウイスキイを混ぜていたので、酔いがすこしけわしくなった。

さっきの登山者夫婦が、滝の直前まで木橋をわたってきた。夫は、リュックからカメラを取りだすと、滝の前で妻にポーズをとらせた。岩切と木田は、ふたりをよけて、飲む場所を変えた。それからもういちどそっちを見ると、妻のうしろいっぱいに瀑布があった。

岩切は、一瞬、酔いがひくのを感じた。空似だったが、小出秀作の女房に似ているような気がした。

帰途、林道をおりながら、最後に見ると、滝は木々の茂みに隠されて、一筋のしろい飛沫になっていた。町のなかの、どこにでもある、ありふれた排水孔からでる飛沫とかわらなかった。

## 4

月曜日の朝になった。テレビのニュースで、岩切はまた目をさました。前の日、夕方からふいに雨雲がわきおこったかと思うと、激しい雨を降らし始めた。夜明けちかくなって止んだが、台所のガラス戸の隙間から吹き込んだ雨が、床をぬらしていた。

外へ出て、いつものように、自転車で岩切は職場にむかった。土手にのぼり、空を見あげると、まだ雨雲のなごりがうすく鈍い色としてのこっていた。風がなまあたたかかった。川の匂いも、いつもよりすえた感じがした。土手を終わりまでいって、降りる。ネムの大木の脇を通る。セメント工場の前を通り、バイパスへでる。セメント工場の隣にある、小出秀作のすむプレハブ造りの家の、窓が半分あいていた。岩切は、それを見てなんというともなく安堵を感じた。物干しのビニール紐に、白いタオルがぶらさがっていた。そこを過ぎてから、岩切は、タオルが水でも吸ったように重そうだったのに気がついた。

自転車置き場にきたとき、始業時間が迫っていて、岩切は駆け足でタイムカードにむかった。二、三の知った顔にであったが、なにか今日にかぎってしんとしている気がした。新館の二階に上がるとき、水道の詰め所の者に出会った。木田はきているかとたずねると、休みだと、その男は無愛想にこたえた。どうしたのだろう。木田がいないことが、ふだんは思ったこともないのに、妙に心細い感じがした。昨夜も、おととい滝を見にいったのに続いて、また飲んだ。妻の実家へ行こうとして、結局やめたのだった。

昨夜の深酒のためだろう。息が臭いのがじぶんでもわかる。水道部の人影がぼやけて見える気がした。

席につくと、朝の挨拶もそこそこにすぐ係長がたちあがってきた。岩切のそばへくると小声でいった。

「課長がよんでるよ」

そっちの席をみたが、課長の姿はなかった。視線をずらすと、いつも非常勤の職員がつかうおおきなテーブルに見知らぬ男と一緒にいた。雑談しているようにみえた。

「あれは？」

岩切は係長にきいた。

「警察の人らしいよ」

「警察?!」

驚いて声をあげると、近くにいた誰かが、

「あのひと刑事さんなんですか?」

と、囁ききれないうわずった声でいった。それに気付いた課長がこっちをみた。

「岩切君!」

岩切は、面倒なことの予感のなかで、課長の前にたった。動悸がしてきて、足がすこしふるえた。

「まあ、すわって」

深く腰を落とし、それでいて上体をかまえるようにして、岩切は課長の斜めに坐《すわ》った。目の前の男と、トライアングルの形で三人は向かい合った。これ以上の震えをおそれて、岩切は椅子の支柱に縛りつけるようにして足を組んだ。

「こちらはS署の警察のかただ」

「加東です」

身だしなみのさっぱりした、温和な表情をうかべて、男はいった。四十二、三歳だろう。課長は、反対に気の重そうな顔をしていたが、

「先週の金曜日の、二十六日の停水に、御影町の小出秀作は入っていたかな」

「ええ。止めました」

「死んだんだよ」

「え？」

一瞬、小出秀作が交通事故にでもあったのかと、岩切は思った。

「ふたり女の子がいたんだね。十一歳と八歳の。その子たちが御影町からH市にかかる鉄橋の手前の踏切で、列車にはねられたんだ。下の子は即死。上の子は風圧でとばされて重体だそうだ。昨日の日曜のあさはやくのことだそうだ」

「………」

膝にあてがっていた手が、震えるのがわかった。口のなかが乾いている。三日まえにあったばかりの少女たちの顔がうかんだ。

「母親は二、三日かえっていないようでした。どこか夜の勤めをやっていたようでしたが。父親はもうながいことかえっていなかったようです。いろいろ近所で事情をきいた話なんですがね」

加東刑事は、温和な表情のままいくらか口元を引き締め、八月二十八日の早朝に、あの姉妹が踏切から鉄橋よりにすこし寄ったところで、身を横たえて、朝一番の上り電車にはねられたことを、あらためてのべた。顔ににあわない低い声だった。

家の居間のテーブルの上に一枚の水道の領収書が残されていたということ。家のなかは人形やおもちゃがちらばっていて、下の子の絵日記もひらかれたまま、蛇苺の実がふたつみっつ散乱していたということ。近所の公園で前の日、おそくまで二人が遊んでいたということ。そのさいジュースとパンをたべていて、近くの主婦が声を掛けているなどということものべた。また、小田の家の玄関のたたきに、船の模型が横倒しになっていたともいった。

「事故ではないんですか？」

岩切はようやくいった。課の職員のほとんどが、いつのまにか、岩切の背後にたって固唾をのんでいた。温度がもう高くなりはじめていた。

「運転士はブレーキをかけたがまにあわなかった、といっています。ブレーキをかけたとき、上の子はこちらへむかって寝返りをうったともいっていました。事故というより、これは自殺と考えられます」

「自殺……」

岩切は口ごもった。

「ふるい領収書があったというんだな。二十六日の停水のときに、料金を支払ったということはなかったんだろ」

課長が、小さな声で問いかけた。

「もちろんです。過去、三年間、あそこは支払いがありませんでした」

そういったがどこまで言葉になっているかわからなかった。

「無理に止めたんじゃないんだろう」

「とくに無理をしたということはありません。滞納状況はかなりのものでしたし、あの家にはずっと……」

そこで、言葉がとぎれた。

加東刑事は、温和な目をかすかにひからせたあと、椅子を岩切のほうにすこし引くと、

「それで、いろいろお聴きしたいことがあるんですが」

と、いった。

量水器を外す前に、水を溜めさせた。あのとき、出目金の泳ぐ水槽に、水を入れるといった久美子の姿を、岩切は思い出した。

初出：『文學界』一九九〇年六月号［発表時作者三九歳］／底本：『渇水』文藝春秋、一九九〇年

## 第一〇三回芥川賞選評より〔一九九〇（平成二）年上半期〕

**日野啓三**　辻原登の「村の名前」は、いかにも商社員の主人公の商用体験記のような形で始まり展開してゆくのだが、（中略）現実と意識を重層的に捉えて、多層的な小説世界を作り出してゆく想像力の粘り強さは、衰弱しがちな純文学に新しい力を与えるものと歓迎したい。（中略）河林満の「渇水」を気持よく読んだが、もう一、二作読んでみたい。

**河野多恵子**　『渇水』の主人公は水道料の長期滞納世帯を廻って解決する職掌の地方公務員。よい文章で、水と未納金と人間とを巧みな取り合わせで描いてゆく。成功作かと思いつつ読んだが、結末の小学生姉妹の自殺で失望した。

---

**河林満**　かわばやし・みつる

一九五〇（昭和二五）〜二〇〇八（平成二〇）年。福島県いわき市生まれ。四歳で母親と死別。都立立川高校定時制卒業。十八歳から小説の習作を始める。郵便局勤務を経て、七三年から立川市役所に二十五年間勤務。一九九〇年、「渇水」で第七〇回文學界新人賞。同作が第一〇三回芥川賞候補になる。「穀雨」で第一〇九回芥川賞候補。九八年に市役所を退職し、夜警などをしながら小説に専心していた。五十七歳の時、脳出血で死去した。著書に『渇水』がある。

# 琥珀の町

稲葉真弓

少年は、夢の中でしばしば死んだ弟に会う。弟は、銀杏《いちょう》や欅《けやき》などの木々に囲まれ、いつも秋の匂いを放っている。それは彼等が長く住んだ町の匂いでもあった。

弟が死んでから丸一年以上が過ぎ、少年は新しい町に来た。弟の死と前後するように、勤めていたミシンの会社が倒産した父親は、今、この工業地帯にある石油会社の夜警をしている。学校も替わったし、銀杏林に囲まれた借家も引き払った。

「毎日、あの子が死んだ交差点を見て暮らすのはいや。あの子がここでいなくなったのだと思うとたまらないの。ここにはいられない。もういたくない」

そう言って泣いてばかりいた母親は、この頃やっと弟の名前を口にしなくなった。くぼんでいた頰《ほお》にもほんのりと肉が付きはじめている。

少年はぼんやりと町を歩いている。遠くにガス会社の銀色のタンクがあり、彼の家はそのタンクを真正面に見る位置にあった。

球体に反射する太陽のせいか、町には眩《まぶ》しい光が満ちている。雨の日のタンクは陰鬱な空の色を映して縮こまっているが、晴れた日には、光を一杯に吸う大きな銀色の果実のように見える。港のほうから工場内につながる貨物列車の引き込み線も、レールの面をにぶく光らせ、あたりには晩秋の静謐《せいひつ》が漂っている。埠頭《ふとう》に降ろされた荷を工場へと運んでいた引き込み線は、使われなくなって久しいらしく、枕木と枕木の間に痩せた草が伸びていた。

車の行き交う道路や商店街の代わりに、高いブロック塀やコンテナを積み上げた空き地が続き、影だけが濃い。工場の向こうは運河の淀みが広がり、様々な高さの煙突が湾べりに並んでいる。

彼は毎日、貨物の引き込み線とは別の線路が走る小さな駅から電車に乗り、三駅先の学校へと通う。彼が使う駅は不思議な駅だった。朝夕は工場に勤める人々がせわしなく改札口を通り抜けるが、昼間の利用者は数えるほどしかいない。ホームから見えるのは、化学工場や薬品会社などの広大な敷地と、空っぽになった寮やアパートの建物だけ。少年はこの町を、眠っている大きな動物の背中のようだと思う。動き出すことがあるのかないのかさっぱりわからない怠惰な動物の背中には、いつも凹凸の激しい影だけがひっそりと漂っている。おまけに、このあたりの建物は数年前から不動産屋に買い占められ、古いアパートや寮を出ていく者はあっても、工場の敷地内にある社宅に住みつく者はほとんどいない。

父親が石油会社の工場の夜警になるときも、工場内の社宅に住むと決めた時も母親は反対だった。少年は、林の家から引っ越すことになった頃、毎晩父親と母親の諍《いさか》いの声を聞いたものだ。

「あんな寂しいところに住むなんて。買い物も不便だし、林ひとつないじゃない。ガスタンクを見ただけで体に悪い場所だって気がするわ。都心の家は高くて無理だとしても、なにも石油くさい工場の中に住むことはないと思うけど」

父親は言った。

「何年もこの家から、満員電車に揺られて通勤したんだ。したいようにさせてくれないか」

父親は、林のある家から毎日、もみくちゃにされながらミシンの会社に通い、夜は夜でくたびれたなめし革のようになって帰ってきた。あの頃の父親は、ろくに話もしなかったし、脂の浮いたひどい顔色をしていた。

「しばらくでいい。思いきり眠りたいんだ」

本当は、予告もなく死んだ息子のことや、二十年近く働いた会社が倒産したことを忘れたかったのかもしれない。工場の警備員になってからの彼は、朝、仕事を終えて帰ってくるとひたすら眠っている。いやになるほど眠ったら、この寂しい町からまた出ていくのだろうか。しかし父親も母親も、すぐに引っ越しをするだけの余裕がないことを少年は知っていた。

少年は、自分の家の前を通り過ぎ、広大な工場のはずれへと向かう。家に帰っても、父親は眠っているだろうし、母親は革工芸の教室にでかけていない。このごろ母親はよく都心に出かけるようになった。昔、講師をしていた革工芸の教室を、また手伝うようになったのだ。この町の静けさから抜けだし、数時間都心の喧騒の中に身を置いて帰ってくるようになってくると、母親の顔から不機嫌はぬぐわれ、どことなく浮き浮きしている。最近、この町に関しての悪口を言わなくなったのも革工芸の仕事を見つけたことと無関係ではないのだろう。昨夜も母親は、工場の中にぽつんと建つ社宅が革工芸の仕事をするのに適していると言っていた。アパートやマンションでは、塗料の匂いや革を打つハトメの音などを絶えず気にしなくてはならないのに、ここでは窓をあけっぱなしにしていてもだれも文句はいわないからだ。

少年は、すたすたと歩き続ける。父親を起こさないように、家の中をそっと歩くのには慣れているが、今日はなんとなくむしゃくしゃして真っ直ぐに帰る気がしないのだった。

つい先ほど、彼は一人の少年と喧嘩をしてきたばかりだった。彼を「のろま大王」と名付けた同じクラスの少年は、彼よりもずっと背丈も大きく、力も強い。彼にできることはその大きな少年が彼をこづくたびに、じっと見返すことだけだった。あっちへつんのめり、こっちへよろめきながら、彼は一度も声をあげなかったが、大きな少年をにらんだつもりの目は傷付いた小動物のように濡れていた。

「来いよ。かかってこい。なんだよ、その目は」

彼がよろめくたびに、大きな少年の声はとげとげしくなっていった。

「なんとか言えよ。のろま大王……おまえを見ているだけでむかむかする」

その同級生から逃れて町に帰り着き、ほっとしたとき、猛烈に腹が立ってきた。あんな目をしなくてもよかったのだ。黙ってじっとうつむく必要なんてなかったのだ。

少年は、まだ新しい学校になじめずにいることや、学校で「のろま大王」と呼ばれていることなどを、両親に話したこともなければ、できれば知られたくはなかった。

鈍く輝く引き込み線が、工場の中に吸い込まれていくのを目で追いながら、彼は線路から離れて突堤の先へと歩いていく。そこには、薄い油を浮かべた海があった。

波頭が夕日を受けてオレンジ色に輝いていた。空は、淡い青から群青にかわり、衰えかけた太陽の赤が雲の端を明るいピンクに染めている。

弟がいればいいのに……ふと少年は思う。弟は林の家に住んだきりで、海辺の風景を知らない。この町には、生き物の気配に満ちた林はないけれども、埠頭の寂しい風景だって弟がいれば少しは違ったものに見えるだろう。新しい遊びだって、たくさん考えることができたに違いない。

少年は、表情も声もそっくりだった双生児の弟の顔を思い浮かべる。ひどく似ていることから、彼は弟をどこかでわずらわしく感じていた。それなのに弟が笑うとき、彼はなぜ弟が笑っているのか聞かなくてもわかったし、黙っているときも弟が今、何に心をとらえられているのか察することができた。真夜中、彼等は二段ベッドから風の通り道になっている林の中に耳を澄まし、どちらからともなく「あれは野良犬の歩く音だね」「違うよ、あれは隣のおじさんの足音だ」とひそやかな音を聞き分けながら諍いをし、最後にはたいてい意見は一致したものだ。夜中にトイレに行きたくなってじっと我慢しているとき、ベッドの下の段から弟の心細い声が彼の心をみすかしたように「お兄ちゃん、起きてよ、おしっこ、一緒に行ってよ」と訴えたこともあった。

別の日、彼等は林の中で相手をつかまえようと走り回っていた。子供の頃の彼等は、いつも色違いの同じ型の服を着ていた。弟の青い服と彼の緑色の服が、木々の間を駆け抜けていく。彼は時に息を切らして足を止める。すると弟もまた、同じような呼吸で足を止める。反発しあうこともあったが、たいていのときには互いを求め合うことのほうが多かった少年と弟は、二人でいさえすれば何時間でも、一対になって遊んでいられる兄弟だった。

幼稚園に入り、たくさんの友達ができたときも、彼は弟が傍らにいないと妙に落ち着かなかった。弟が誰か別の友達とたのしげにしていると、それだけでいらいらしてくる。なのに遠くから「おにいちゃん」と声を上げながら弟がにっと笑うとき、彼は自分と弟の間に透明な風が流れ、他人にはわからない形でふっと絡みあうのを感じるのだった。

少年は、黙っていても通じあう弟と一緒にいるときの自分しか知らなかった。昨日も今日も遠い先も、ずっと離れることのない友達でいるはずだった弟が消えたときから、彼は妙に居心地の悪い毎日を送っていた。その喪失感は、弟の色だった青い服を見たり、空っぽのベッドの下の段を意識したりするとき、はっきりと感じられる。この町にきてから、喪失感が濃く感じられるのは、ここには弟と彼とが共有した風景のかけらが一つもないからかもしれなかった。

少年はぎゅっと目を閉じる。ふいに走り出した弟が、間近に近づいたトラックをよけようとして体をねじったときのびっくりしたような表情や、車輪がキナ臭い匂いをたてて鋭くきしんだ音を、まだはっきりと覚えていた。弟の着ていた青い服が、ちょうど胸のポケットの白いイニシャルのあたりから赤い血に染まっていったこと、同時に唇が、林の家の周りの土の色とそっくりに変わっていったこと……。少年は、弟がいたはずの傍らにいつも心地の悪い空間がぽっかりと穴を開いているような気がするのだ。

僕はここが好きじゃない……たぶん、好きじゃないと思う。少年は突堤に立つたびに呟く。淀んだ風の匂いを嗅ぎながら、彼の瞼《まぶた》には林に舞い落ちるたくさんの木の葉や、土の匂いや、木々の影が浮かんでくる。だからといって林のある町に帰りたいとは思わないし、どこへ行きたいのかもわからない。ただいつも彼は、林の中に自分の大切ななにかを忘れてきたような気がするのだった。

夕日がタンクに当って、工場の周りは真っ赤だ。乾いた秋の風の中で体を動かすと、セーターや髪が時々静電気の音を立てる。

「いい感じだ」

彼は、目を細める。セーターとシャツの間で暖まった空気が、湾の冷たい空気にさらわれて、新鮮な新しい空気で一杯になる。

細めた目で、彼は突堤の先の海を見ていた。油のせいか、夕暮れの海はぎらぎらしている。海の面に複雑な色が綾となって浮かび、時々いくつもの小さな波頭が光る。

少年はひっそりと息をしていた。教室にいるとき、いつも緊張して呼吸が荒くなるのを感じるが、ここでは名前を呼ばれることもないし、背中をつつかれることもない。

彼はのどかに口を開き、体が自由になっていくのを感じる。大きな少年にこづかれた背中や、摑まれた腕のあたりがまだ火照っていたが、呼吸は自然だ。少年は、工場の長い塀にもたれて、突堤にぶつかってはたぷたぷと音をたてているたくさんのものを眺める。空き缶やビニールのロープ、紙コップや枯れ草、マーケットの袋や発泡スチロールの屑などが、錆色に染まってゆるやかに行き来していた。その屑の上に、夕日の赤さがにじんでいる。

彼は、こんな時間の光が好きだった。西の方角に沈んでいく太陽は街並みに隠れて見えないが、刻々と変わっていく光のたくさんのきらめきが寄せる屑の上にも輝いて、じっと見ていると眠くなってくる。その眠さには、心地良い解放感が混じっていた。

少年は、屑を眺めながら考えている。病院から林の中の家に運ばれてきた弟は、頭から顎まで白い包帯で巻かれていて、いつもの弟の顔とはまるで違って見えた。少年が見たのは彼の唇だけだ。それだってひどく歪み、包帯の隙間から紫の風船のように盛り上がっていた。

あれは、本当に弟だったのだろうか。……屑のたゆたいをぼんやりと眺めながら、少年は、最後にみた弟の姿がまたも心の中でぎごちなく揺れるのを感じるのだった。


「ランドセルを玄関に置いたまま出かけるのはやめなさいって何度もいったでしょ」

食事の後、いつものように母親の声が台所から追いかけてくる。彼は、玄関に放り投げてあったランドセルを抱えるとのろのろと階段を上がる。部屋は真っ暗で、カーテンを開くと遠くにビルの明かりが点々としていた。タンクは闇の中に沈んで、もうどこにも姿は見えないが、空には石油会社の煙突から上がる薄い煙がたなびいていた。

少年は、二段ベッドの上の段にもぐりこみ、そっと手足を伸ばす。身長がこのところぐんぐん伸びていて、前には届かなかったベッドの支柱にともすれば足の爪先が触れる。林の家にいるときより、確実に五センチは伸びていた。

彼は小さな溜め息をつく。弟を残して自分だけが大きくなるのは奇妙な気分だ。少年はふと、弟の使っていた下の段に降りたくなった。生きていたら、弟だって同じように五センチは伸びているに違いない。彼はランドセルや洋服を吊してある下段に降り、そっと体を伸ばしてみる。

「こいよ。ここへ」

目を閉じて、見えない弟の体の形をなぞってみる。そういうことをしているとき、まだ弟が傍らにいて、彼の手をまさぐってくるような思いにとらわれる。子供の頃の自分の手は、ひどく柔らかかったが、弟の手はもっと柔らかで頼りなかったような気がする。その手を、なぜあの交差点で放してしまったのだろう。

突然少年は跳び上がる。階段の下から母親の声がしたからだった。

「もう寝たの？　いやに静かじゃない」

「まだだよ。宿題をしている」

答えながら少年は、あわててベッドから体を起こす。

母親は、少年がベッドの下の段を使うのを嫌っている。弟が死んでから間もなく、こんなふうに下の段に寝そべっていたとき、母親が部屋に入ってきて震える声で言った。

「ベッドの下の段では寝ないでって言ったでしょ。たまらない気持ちになるのよ」

母親はあのころ、下の息子そっくりの少年をみるたびに動揺し、ヒステリックになっていた。

少年はベッドから離れ、勉強机のランプをつける。母親が、台所のテーブルに革を打つ道具を並べる音が階段の下から上ってくる。今夜も、バッグやペンケースやコースターなどを作るつもりなのだろう。父親が出かけた後のひっそりとした家の中に、甲高い金属の音が響き始める。

少年は、工場の塀に沿って埠頭のほうへと歩いていた。どんよりとした曇り空が海の上に広がっている。今日のタンクの色は光を失った灰色だ。

少ランドセルをまた玄関に放り投げてきた。帰ったら母親はきっと小言を言うだろう。少年は塀と運河とを隔てている細いアスファルトの護岸を歩きながら、濃い薬品の匂いを嗅ぐ。海から吹く湿気を帯びた風が高い空中で渦を巻き、煙突から出る煙を下界へと送り込んでいるのだ。たくさんの工場、様々な太さの煙突、そして煙突から吐き出される匂いが一つになって塀にぶつかり、また海のほうへと運ばれていく。

曇っているせいかあたりはすっかり暗くなっている。少年は無意識にぽきぽきと指の骨を折り曲げ、関節を鳴らす。大きな少年のことを思うとき、彼はいつも指を神経質に鳴らさずにはいられないのだった。大きな少年に打ちかかっていくことなどできはしないくせに、指の関節の骨を鳴らすことだけはうまくなった。

人気のない工場の外れに意外とその音は大きく響き、彼は自然に微笑している。同時に彼は注意深く耳を傾けた。かすかな音が、塀を曲がった向こうから聞こえてくるのだ。

長い塀の向こうは隣接する工場の敷地だ。コンテナや、産業廃棄物を詰めたドラム缶が積み上げてある。こんな夕方の時間には、工場から廃棄物を運び出すトラックも姿を消しているし、作業員もいない。少年はそっとコンテナの並ぶ奥を見回す。

塀の隙間の前に座り込んでいるのは老人だ。白髪混じりの髪を無造作に後ろで一つに束ね、よれよれの服を着ていた。異様に肩幅が広くて、首が肩の中にもぐりこんでいる。男は股を広げ、地面にはいつくばるようにして塀の隙間を覗き込んでいた。

少年は立ち止まったまま、黙って老人を眺めていた。油染みのあるごわごわした感じの灰色のコートをひっかけ、黒い布の靴からは裸のかかとがはみだしている。老人は、傍らのバケツから塀の中に向かって、生暖かい湯気をたてる魚の腸や頭を投げ込んでいるのだった。少年が聞いた音は内臓を投げるたびに男が舌を鳴らすくぐもった音らしい。

塀の向こうには、どこから集まったのかおびただしい野良猫が、老人の投げる魚に群がっている。黄色い縞模様の猫、大きな黒猫、とがった顔の子猫もいた。

不意に猫の何匹かが顔を上げ、少年の気配に身構える。厚い肩越しに振り返った老人は、下から少年を見上げた。その荒々しい、鋭い目に少年はたじろぐ。

「あの……僕……」

後退りながら頬に血が上るのを感じた。一人で大人と話すのは、初めてのような気がした。次になにを言ったらいいのかわからなくて言葉につまる。咄嗟にうつむいた少年を老人は長い間みつめていた。やがてバケツを差し出しながら、穏やかなだみ声で言った。

「猫の餌だよ。やってみるかい？」


生ぐさい匂いがまだ手に付着している。その夜、少年は二段ベッドに寝そべりながら、男との会話を思い出していた。なぜ、母親はいない、と言ってしまったのか、よくわからなかった。夢中になって餌を投げているうちに、間もなくバケツの中は空になり、老人は立ち上がった。

「そろそろ晩飯の時間だろ」

少年はぼんやりと男を見上げる。猫に餌を投げている間、男は、どの猫が一番臆病で、どの猫がこのあたりのボスなのかを教えてくれたが、ろくに聞きもしないで少年は塀の前に屈み込んでいたのだ。

「母はいないんだ。父は夜警だし……晩御飯はいつも僕一人で食べるから」

嘘をついた自分に戸惑いながら、少年はもう老人と一緒に歩き始めていた。老人はほんの少し足をひきずりながら、ゆっくりと振り返った。

「本当に、帰らなくていいのか？」

「うん、まだいい」

十数分後、彼は工場街の外れにある古びたアパートの一部屋にいた。その部屋からも、大きな銀色のタンクが見えた。

手を洗って部屋を見回す。流しには、二つ、三つの鍋がきちんと重ねられ、布団も上げて部屋の隅に積んである。なにひとつ飾りのない部屋の隅には、ゴムで束ねた何年もの郵便物が重ねてあった。

何度も洗ったはずなのに、まだ匂いのする手のひらを眺めながら、少年はあの小さな部屋を思い出していた。男は気を悪くしなかっただろうか。

「晩飯、一緒に食べていくか。ろくなものはないが、飯を食う時は一人より二人のほうがいいからな」

「あの……僕、やっぱり帰るよ」

老人が冷蔵庫の前に屈み込み、中を覗いている隙に、振り返りもせずに部屋を出てしまった彼の態度に、不愉快な思いをしたのではなかっただろうか。少年は、老人の部屋の冷蔵庫がひどくがらんとしているのを見てしまったのだ。

同時に少年は、足音を聞きつけて、一斉に顔を上げた敏捷な生き物の気配を思い出しながら、微笑する。

「僕が餌をやっても、逃げなかったっけ」

野良猫は一定の距離より決して人には近付かない。投げられた餌へと目を細めつつも、老人と少年のいる位置を注意深く確かめ、耳をぴんと立てたまま餌を食べた。その猫たちの、鋭く緊張した耳の形を思いながら、少年は昔飼ったことのあるトカゲのことを思い出していた。林の中で捕まえたトカゲは、彼と弟が飼った唯一の生き物だった。トカゲを入れたコーヒーの瓶は、春から夏にかけて部屋の押し入れの中に隠されていた。母親にみつからないように、時々彼と弟は窓辺にガラス瓶を出しては、陽に透かしてみたものだ。茶色の目をした小さな生き物は、彼等が入れてやる蚊や羽虫を薄い舌で巧みに掬い取ってはよく食べた。

死んだのは、夏のことだ。蒸し暑い夜、窓辺に瓶を出しっぱなしにして、彼等は寝てしまった。真夜中、窓から吹き込む激しい雨と雷鳴で目が覚めると、開けたままの窓辺にカーテンが翻っていた。翌朝、下の水たまりに瓶を見つけたとき、トカゲの体は色褪せ、全体がふやけて見えた。

あのトカゲは林の中に埋めてやった。ガラスの瓶の底に青い草を詰めて、弟が穴を掘った。墓のある位置はもう思い出せないが、弟が「今度は死なないものを飼うんだ」といったことだけははっきりと覚えている。弟は同じ夏の終わり、林の外の交差点でトラックにはねられたのだ。

少年はほっと溜め息をつく。トカゲのことを思い出すと、自然に弟のことも思い出さずにはいられなかった。こんなことが月のうちに何度かある。弟の髪の柔らかな匂いが、下から立ち上ってくるのを嗅ぐ夜もある。夢の中で呼ばれたような気がして飛び起き、周りを見回すこともあれば、自然に涙がにじんでくることもあった。

午後の薄日が部屋に差し込み、磨かれた鍋の底を光らせていた。少年は、老人の部屋のベランダから、下を流れる運河を見下ろす。古い木造のアパートの周辺はひっそりとしていて、運河の水も動かない。このあたりのアパートは多くが廃屋になっていて、いずれは大きなビルが建つのだろう、いたるところに不動産屋の所有を示す表示板が打ち付けてある。

音を消したテレビが、部屋の隅で何人かの俳優の顔をクローズアップさせているが、老人は振り返りもせずにガス台に向かっている。部屋には、さっきから、濃い匂いがこもっていた。

ここへくるのは、二度目だった。一度目は日曜日の昼、階段を上ろうか止めようか迷って結局部屋にはいかなかった。夕方、男を初めてみた工場の塀の外れに行ってみると、男は最初の日と同じように、野良猫に餌を投げていた。彼が近付いていくと、男は無愛想な顔で顎を動かし、バケツを少年に差し出した。魚の頭を投げながら、老人は尋ねた。

「生き物は好きか?」

うなずいたあと少年は、赤くなる。「うん」と答えながらも、彼の手つきは老人のように大胆にはなれない。どこかで猫が飛びかかってはこないか、ひっかかれやしないかとおびえているのだ。びくびくしている自分を老人に笑われたくなくて、彼は腹に力を込め、いきむような顔で猫に餌を投げる。

今日、彼は猫の餌が煮えるのを部屋で待っている。学校から帰ると、ランドセルを玄関に投げ、埠頭のほうではなく真っ直ぐに、老人のいるアパートのほうへ歩き出していた。先日、老人が「市場から売れ残った魚のアラや内臓をもらって、部屋で煮てから埠頭に行くんだ」と言っていたのを覚えていたからだ。

老人の住むアパートには、彼の他にはだれも住んではいないらしく、窓は閉ざされ、埃で白く曇っている。二階のベランダには老人のものらしいわずかばかりの洗濯物が干してあるだけだ。

老人はもうここに、十年以上も一人で住んでいるのだと言っていた。去年まで都心の魚市場で働いていたこと、魚のアラは、その都心の市場の馴染みが欲しいだけくれるのだということ、アパートはいずれ建て替えられる予定で、住人はここ一年ほどの間に次々と引っ越していき、とうとう最後の一人になってしまったこと。少年はいつのまにか老人に関するそんなもろもろのことを知るようになっていた。

アラが煮えると彼等は、青いプラスチックのバケツに湯気の立つ塊を投げ込み、アパートの部屋を出る。老人は部屋を出るなり胸に手を入れて、長い鎖を引っ張り出す。その鎖の先にくすんだ色の部屋の鍵と小さな革の袋がぶらさがっていた。

彼等は錆の浮いた鉄階段を下り、不動産屋の所有地になっている空き地をいくつかくぐり、近道を通って工場の塀にたどり着く。老人は時々、少年にもバケツを持たせる。足が悪いせいか足取りはあぶなっかしく、いくばくか歩くとバケツを地面に置いて、「おい、坊主」と声をかけるのだ。

少年は顔を真っ赤にして腕に力をこめ、バケツを運ぶ。運びながら少年は、いくらか得意になっている。老人が振り返るたびに彼は平気な顔を装って笑う。塀のところに着くと老人は軽く舌を鳴らす。少年もまた真似をして、チッチッと舌を鳴らしてみる。その音とともに、猫がどこからともなく集まってくるのをここ何日かの間に覚えたのだ。

「捨てられたのが一匹、二匹と集まって暮らしているうちにどんどん増えて、あの白いのは黒い猫の子供だ、父親はあの痩せた茶色の。こっちのプチと太ったミケは兄弟だな。兄弟でも全然似ていないし仲が悪い」

聞いているだけでこんがらかって、どの猫とどの猫が姉妹で夫婦なのか呑み込めない。けれども少年は猫を見ているだけで面白かった。塀に首を擦り付けて、声を張り上げている猫、餌の前に屈み込みながら、絶えず周りを威嚇しているトラ猫、隅っこで体を丸めて食べている臆病な猫、子供がいるらしく大きな腹をゆすりながら餌を食べにくる母猫など……。

猫たちは、ときおり少年と老人の気配を窺いながら耳をそばだてたり、あとずさったりする。その一時の緊張が過ぎ、バケツの中の餌がなくなると同時に、彼等は塀に沿って素早く去っていく。倉庫のほうへと行く猫もいれば、引き込み線に沿って工場の裏手へと歩いていく猫もいる。自分で決めた道があるらしく、彼らの姿はどこかゆうゆうとしている。それでいて、少年にはいつもふっつりと姿が消えるように見えるのだ。

「どこへ行くのかな。あいつら、全然振り返らないね」

「きっと猫の通路があるんだろう」

「通路?」

「人間には見えない、猫だけの通路だな。餌の匂いを嗅ぎ付けるとそこから出てくるが、やつらの隠れ家を探そうとしてもなかなかみつけられない。死ぬとき、猫は姿を消すっていうが、きっとその通路の奥に体を隠すんだろう」

少年は、老人のゆったりとした太い声を聞きながら、首をかしげる。

「それって、引き込み線みたいな道?」

「さあな、道っていうものは、やたらくっきりとみえないほうがいいんだ。どこへ続いているかなんてろくに考えないうちにどこかに迷い込んで、そうこうしているうちに、あっさりこの世とおさらばさ」

この話はもうお終いだというように、老人はバケツを持って立ち上がる。

老人が黙っているから、少年も黙っている。塀の外れの道を右に曲がれば少年の家のある工場の入口だし、左に曲がれば老人のアパートのある運河のほとりへ出る。少年はほんの少しためらい、左へと曲がる。

彼等は、来たときと同じように、取り壊された家の跡や、だれもいないがらんとした公園の中を突っ切り、狭い運河のほとりにやってくる。老人は、運河の端に立つと、顎で湾の向こうをしゃくってみせた。

「若い頃、あのあたりの町に住んでいたことがある。干し魚の匂いのする町で、朝早く船が海に出ていって、夜には魚を一杯積んで戻ってきた」

老人は目を細める。

「魚が売れなくなって、町を離れたんだが、あの頃の岸は、夜、海岸を歩くと足の下で蛆《うじ》のつぶれる音がしたたな。湾に船を出すと来る日も来る日も、この都会からし尿やごみを運ぶ船とすれちがったものだ。街中がビルの建設ラッシュで、見る間に人で膨れ上がっていった時代だったよ。そんなやつらの吐き出す糞やごみを船で海に捨てていたんだ。岸に蛆だってわくさな」

老人は「蛆といってもどんなものかわからんだろう?」と尋ね、少年がうなずくと、肩をすくめて続けた。

「白くて小さくて、腐ったものに取りつく虫さ。岸には、蛆を食べる蟹が何百匹も群がって、甲羅がつやつやと光っていた。犬や猫の死骸も流れてきたよ。ごみと一緒に捨てられたものだろうが、やっぱり蛆だらけで腹が大きくふくれあがっていた。そんな訳で、湾で捕れた魚は、売れなくなっちまった。あのいまいましい船のせいでなにもかもが変わったってわけだ」

老人の声は怒っているようにも聞こえた。

少年は、老人の見ている遠い岸の影を見ていた。おだやかな低い影だ。陸の形は曇った空に溶け込み、どこから始まりどこで終わっているのか定かではない。老人の太い声が、途切れがちに届く。

「昔のことを思うと真っ先に、白い浜や最後に水揚げした魚の光る腹のことを思い出す。腹を裂くと、蛆を餌と間違えて食べていたやつもいたな。そんな魚を山ほど海に返してやったよ。今でも向こう岸をみるたびに、蛆やら魚の腹やら、頭の中がぬらぬらしたもので一杯になる」

アパートの階段のすぐ下はもう海だ。その運河に寄せるごみを眺め下ろしながら、老人は独り言のように言った。少年は、老人の太い指が魚の腹を裂くしぐさをするのを、笑いながら眺めていた。学校では彼は滅多に笑い顔を見せないが、老人と一緒にいるとなんでもないことで笑えるのだ。

間もなく老人は少年の肩に手を触れ、顎をしゃくる。帰れという合図だ。少年は黙って老人に空のバケツを渡す。

運河の風は冷たい。少年は老人が足をひきずりながら階段を上るのを見送る。大きな影が、階段の下に積み上げられた古い家具や錆びた自転車などのがらくたの上をゆっくりと移動していく。それらのがらくたは、このアパートを出ていった住人が、残していったものだ。

老人の手には、郵便受けの中にあったちらしや、年金の支払い通知書、光熱費の領収書などが握られている。きっとまた、ゴムで束ねて取っておくのだろう。鉄の階段を上る足音が消え、部屋の鍵が外れる音を確かめると、少年は家に向かって走り出す。

毎日、学校から帰ったあと、どこへいくのかと母親は尋ねるが、少年は老人のことを話す気にはなれなかった。友達というには年が離れ過ぎていたし、話せば母親がどんな人かとしつこく聞きそうな気がする。尋ねられても、どう答えていいのかわからないから、少年は老人のことを母親には言いたくないのだ。

老人が部屋にいるとき、運河に向いた窓は開かれ、留守の時は閉ざされている。窓が閉ざされているときの彼は、真っ直ぐに工場の塀の外れに行ってみる。老人がそこにもいないとき、少年は一人で埠頭で遊ぶ。目を閉じて風の匂いを嗅いだり、埠頭に打ち寄せるごみを丹念に眺めたり、塀のわれめに顔を突っ込んで、猫がいないかどうか覗き込んだりする。

老人が来るとき、独特の足音がする。擦り減った布製の黒い靴を軽く引きずりながら、男は足早に近付いてくる。魚のアラではなく、マーケットの袋から煮干しを取り出す日もあれば、自分の夕食用に買ったらしいチクワの包みを取り出すこともある。それらを老人は、きまって小さくちぎっては猫たちに投げてやるのだった。

老人はいつも憂鬱げな怒ったような顔をしているが、塀の前の少年を見ると無器用そうに唇を吊り上げて笑う。刻まれた深い皺《しわ》が、少年や猫を前にしているときだけゆるやかにほどけて、無防備な表情になる。濃い酒の匂いを放っている時には、ひどく饒舌《じょうぜつ》になることもあった。

たくさん聞いた話の中で、少年は水夫の話が好きだ。いつも同じ話だが、日によって微妙に違う。

「その男は、工事現場や日雇い仕事がいやになってふいと海に出ていった。魚や海の匂いが懐かしくなったのさ。海の上は退屈だが、それなりに一日は過ぎる。喧嘩をしたことはあるか？　喧嘩はいい。妙に体がほてって生き生きする。退屈すると無性に喧嘩をしたくなったものさ」

老人の目は、こんな話をしているとき、濡れたように輝く。いきなりシャツをめくりあげると、ほんの少しの力で腕の筋肉を巧みに動かして見せたりする。

老人は腕の肉を見やりながら言っている。

「いま思えば、じっと蛆の消えるのを待っていりゃ良かったな。待ってさえいりゃ、なにもかもが消えることはなかったんだ。今は、どんづまりのもっと向こうにいるというわけさ」

老人は太い首を振り振り、壁を拳で打つ真似をしながら「分かるか？　どんづまりさ」と目をむいて見せる。少年はあわててうなずく。

「わかるさ」

どんな話でも、少年は不思議に楽な相槌が打てた。

別の日、老人は魚影が海の色を変えることや、船のマストからマストへと絶え間なく行き交って、地球を何周もするという海鳥の話をしたりする。

少年は黙って聞いている。男が重く無愛想な口を開くとき、少年の中でもなにかが開くのだ。目の前にある錆びついたレールが、この町からかなたへと伸び、その無限の果てにあるものが少年の憂鬱を消し、息づまるような憧れへとかきたてる。老人がぽつりぽつりと語る世界は、少年に力強い未知の世界を垣間見せてくれる。

ある日、老人はいつも首にぶらさげている鍵の鎖を繰ると、胸の奥から革の袋を取り出した。中から現れたのは、手のひらの凹みに収まる大きさの飴色に光る石だ。それが琥珀《こはく》という名の石であることを少年は初めて知った。

透かすと半透明の柔らかい光球の中に、いくつもの泡が小魚の溜め息のように浮かんでいた。その泡の間に、昆虫の羽のかけららしきものが閉じ込められている。つややかに磨かれ、老人の汗と脂を吸った金色の湾曲の底に、ひからびた羽は沈んでいた。

「トンボだ」

老人は、倒木からにじむ樹液が石化して琥珀になる過程をぽつぽつと話して聞かせる。

「ゆっくりと透明になっていくのさ。死んだトンボや蝉や、枯れた花やらを樹脂でくるみこみながら、その時の時間のまま透き通っていく。石の中にはもう始まりも終わりもないんだ。だから石の中の泡は、きっと大昔の匂いがするだろうよ」

老人は、その石を最後の航海で買ったのだと言った。透き通った飴色の面に、老人の暗い目の輝きが映っている。

「悪運が逃げていくのだそうだ。きっと閉じ込められた生き物の霊のせいだな」

老人はそっと溜め息をつきながら続けた。

「俺にはなんの役にもたたなかったが」

航海から戻ったら、一緒に暮らしていた女と幼い子供の姿が消えていたと、老人は口ごもりながら言った。

「しかたがないな。家を放りだしてほっつき歩いていたんだから。家にいつけなくて勝手なことをしていたものは、結局家をなくすようにできてるもんさ」

老人は苦い声で言ったが、なんだかそんな自分を空自慢しているようにも聞こえた。

「ちょっといい？」

少年は手を伸ばして石を受け取ると、滑らかな表を撫でたり、トンボの羽をしげしげと眺めたり、老人が呆《あき》れて笑い出すまで、石を転がしていた。少年には、窓からの陽に透かして見る金色の光が、昔住んだ家の周りを囲んでいた林の中の光とそっくりに思えたのだ。林にトンボが閉じ込められているようにも思える。少年はタンクのほうへ石を掲げてみる。夕暮れのタンクはあかあかと燃えていたが、琥珀の中の金色はもっと燃えていた。少年は反射するタンクのせいで濃い輝きに満ちている石の表に目をこらし、自分があの林の時間から、ずいぶん遠くにきてしまったように感じる。


部屋には濃い酒の匂いがする。老人が今日は朝から酒を飲んでいるのだ。雨のせいか運河の淀みや煙突から吐き出される薬品の匂いが、立て付けの悪い木窓の隙間から流れこんで酒の匂いと混じりあっていた。

少年はもうこんな匂いには慣れていた。自分の家にはこれよりもひどい臭いが漂っているのだ。母親が正式に革工芸の教室の講師になったのはつい先日のことだが、それから母親は毎日台所で金具の音を立てたり、塗料をシンナーで溶かしたりしている。父親がうんざりしたように文句を言うのも、のべつまくなしに家の中に漂う革製品の臭いのせいに違いなかった。母親は言っていた。

「もうすぐ作品展があるのよ。それに、家を買うにはお金がいるじゃない。この子の教育費だってこれからたくさん必要だし……嫌味をいっているわけじゃないの。いつまでもこの寂しい町にはいたくないもの」

最近の母親は教室の仕事に夢中だ。いつか都心に自分の教室を持つのだと、父親に話していたこともある。少年はこの町が以前ほど嫌いではなくなっている。だから母親の声をほとんど無視して聞いていたが、ここが仕事に適していると言ったり、ここから出ていくと言ったりする母親をむちゃくちゃだと思うのだ。父親は眠ってばかりいるし、母親は教室の仕事のことばかり話している。

今日の老人は、猫に餌をやる時間がきても腰を上げなかった。傍らには、洗濯したばかりの黄ばんだ下着が放り出され、伸びきったゴムが端から飛び出していた。

「寒くなると足が痛んでな」

声には元気がない。こんな日の老人は無口だ。彼の足には、大きな傷跡があるが、冬が近づくとその傷がうずくのだ。老人が船を降りたのは、昔しでかした喧嘩のせいらしかった。

少年は古いアパートの軒を打つ雨の音を聞きながら、老人が話し出すのを辛抱強く待っていた。しかし今日の老人は眉間に深い皺を刻み、じっと一点をみつめたまま動かない。

やがて老人は言う。

「したくてももうあんな暮らしはできないだろうな。今は、ただ妙に似たような毎日があるだけさ。このままくたばってもいいんだが、いつか手紙が来そうな気がしてな……こないかもしれんが……」

老人は、首をすくめると寒そうに酒をつぐ。そのまま眠り込みそうな気配だった。少年は海の話を期待していたのに、話が思いがけないほうへと転んだので途方にくれている。少年はぐちを聞くのはそれが初めてではないが、ぐちを言うときの老人は、小さく哀れに見え、少年を落胆させるのだ。少年は、先日老人が取り出して、そのまま床にころがしてあった飴色の石をなんとなく弄んでいた。

老人は目を細め、しわがれた声でつぶやく。

「その石を買ったのは、もう、二十年以上も前のことだ。持っていていいこともなかったが、悪いこともなかった」

老人はまた酒を口に含み、石を眺めている少年を見て笑う。

「気にいったんだろ。もっていきな」

「でも」

「みやげにと買ったんだが、もういいんだ。今思うと、もっと値打ちのあるものを買っておけば良かった。少しは暮らしの足しにはなっただろうからな。だが、そんなものでも本物には違いないよ。水銀灯に透かすとぎらっと緑色に輝くからな。正真正銘の本物だけがもつ色だ。やってみたらいい」

間もなく老人は、いつものように「帰れ」と顎をしゃくる。

部屋を出るとき、酒を抱えた老人は音を消したテレビに向き合い、少年に背を向けていた。大きな厚い背中に、白っぽい蛍光灯の光が落ちている。

「じゃ、またくるね」

老人は首だけを前後に動かし、少年に向かって背中越しに手を振った。


冬の間、老人は滅多に塀の前には姿を現さなかった。足の痛みがひどいのか、部屋から出る気配もない。窓はいつもぴったりと閉ざされ、夕暮れになっても明かりはなかなかつかない。闇の中で足を抱え、テレビに向ってうずくまっている老人の姿が浮かび、少年はなんとなく部屋を訪れるのが恐かった。足が痛むとき、老人はたくさん酒を飲む。琥珀をもらってから何度か部屋に行ってみたが、たいてい彼は泥酔していて、乱暴な口調で少年を追い払うのだ。

そんなある日、少年は女か男か判断のつかぬざらざらした声と、それに答える押し殺した声のやりとりを聞いた。階段を上ると、老人の部屋のドアが開いていて、入口に厚ぼったいコートを着た小柄な男が立っていた。コートの下からは派手な花柄のシャツが覗いている。このあたりをうろついている不動産屋だった。小柄な男は、粘りのある優しい声で言っていた。

「いい加減にきりをつけてもらわないとねえ。あんたみたいにいつまでも居座っていられたんじゃ、迷惑なんだな。そういう迷惑、わからないのかなあ。ここはね、もうすぐビルになるんだよ。湾を見下ろす素晴らしい高層ビルだよ。小さなアパートを潰して平地にして、臨海公園やスポーツクラブ付きのマンションやオフィスビルを作る予定なんだから……」

「何度来ても、同じだよ。時が来たら出るさ」

ぼそりとした老人の声が届いてくる。

「そういっていつまでもごねるんだから。なにもね、追い立てているわけじゃない。こうしてお願いしているんでしょ。残っているのはあんた一人なんだから……あんた一人のために、いつまでも待っているわけにはいかないんだよ。こっちの立場も……」

ねちねちと言いかけた男は、急につぶれたような声を上げ、腰を浮かした。ドアのところに老人の大きな姿が現れ、筋肉の浮いた腕をいきなり突き出したのだ。少年はぎょっとして思わず体をすくめる。老人の腕全体が大きなナイフのように見えたからだ。老人は、相変わらず押し殺した声で言った。

「時が来たら出ると言っただろう。同じことを何度もいわなくても聞いているよ。それともその貧相な耳に聞こえるようにもう一度、言ってやろうか」

少年は息をのんで、老人の動きを待っていた。もう腕は腕にしかみえないが、力のみなぎった筋肉の素早い動きだけははっきりとわかる。

小柄な男はあきらかに怯えたらしく、手を泳がせながら立っている。老人は、ふっと息をととのえるように肩を引き、穏やかに言った。

「言っておくが、俺は蛆虫をみると、無性につぶしてやりたくなるんだよ」

その直後、音を立ててドアが閉じ、小柄な男は寒々とした廊下に取り残されていた。少年は素早く階段を降りる。

「またきますよお。何度でもね、どうせ蛆虫ですからねえ」

小柄な男がドアに向かって叫び、薄笑いを浮かべて階段を駆け降りていったあと、少年はしばらく階段の下で、老人の部屋を窺っていた。しかし、ドアは開かなかったし、ベランダに出る気配もない。ひっそりと静まった運河のほとりで、彼はなおしばらくためらったあと、ゆっくりと工場の中の家に戻っていった。

老人の不機嫌と泥酔が目に見えるようで、訪ねるのをためらっているうちに何日かが過ぎ、少年は手持ち無沙汰だった。老人と会わないでいるとき、彼はポケットの中に忍ばせた琥珀の面を指で撫でたり、手のひらにくるみこんだりする。部屋にいるときも、琥珀を透かしていろいろなものを眺めている。冬の海がゆったりと琥珀の中で揺れるのを眺めたり、机の蛍光灯の光の下で飽きもせずトンボの羽を眺めたりする。ガスストーブの炎が琥珀の中を這うのも、彼は何度か見た。

相変わらず、秋の色に染まっている林が透けて見えたりしたが、今はもっと広いものが見える。白い紙の上に琥珀を置いてじっと見詰めていると、泡の中にたくさんの声が聞こえたりする。中でも美しいのは、老人が言ったように、水銀灯の光の下で見たときだ。幸い、工場の中は夜通し水銀灯が点っていて、しかも人気がない。少年は、昼の光でみる琥珀とはまるで違った石の顔を発見したのだ。水銀灯の下で見る石が、澄んだ緑の蛍光色を放つのを目にしたとき、彼は思わず大きな息をついていた。淡い飴色の光とは全く違う澄んだ緑の中に、繊細なトンボの羽や泡が鮮やかに浮かび上がっていた。

少年は母親が眠ってしまうと窓を開け、工場の明かりのほうへとかざしてみる。老人は石には昔の時間がつまっているといったが、確かにその光は、この世のどんな光とも違っていた。時にぎらりと彼を誘い、冷たく拒絶する光だ。石の中に、どこまでも青い底なしの空間が広がっている。

学校の図書館で、石に関する本を読んでみた。たくさんの石の間に、琥珀の写真も載っていて、老人が言ったのと同じようなことが書かれていた。彼はさらに本の中で、琥珀をこすると電気を発することも知った。彼は石をこすりながら指の先や頬にかすかな風を感じる。髪に近づけると髪が電気を帯びて立ち上がる。

「いいぞ」

少年は笑う。何度も同じことをやってみる。水銀灯の光の下で、体のあちこちに緑の輝きを押し当てながら、石が生きているのをはっきりと感じる。石は、電気を放ちながら、内側から青く燃えているのだ。それを老人に早く知らせたくて、少年の胸はうずうずしている。


暖かい冬の午後だった。老人の部屋は、タンクの照り返しであかるんでいる。今日も酒を飲んでいたらしいが、部屋はきちんと片づいていた。いつものように、音を消したテレビがつけっ放しになっている。あれからあの女みたいな不動産屋は来たのだろうか。部屋の気配をうかがいながら、少年は老人の傍らに座る。

「石が生きているよ。こすったら電気も起きたよ」

少年が老人に向かって、息を切らすような口調で積極的に話しかけるのは初めてのことだ。老人は低く笑いながら言う。

「だから言っただろう。悪くないさ」

「トンボも生きているみたいに見えたよ」

「ああもちろん、生きているさ。トンボだけじゃない。目をこらすといろんなものが見える。人によって見えるものは違うがね」

老人はあっさりと肯定し、少年は拍子抜けしている。本当は、弟のことを話してみたかったのだ。目にみえないそよぎが石の奥からくるのを感じるたびに、少年は弟もまた、目にみえないどこかに、静かに漂っているのを感じることができるのだ。不安な喪失感は消えて、石の中からやさしい声がする。昼間の光でみる石の中には彼等が遊んだ林の光があり、そこにひっそりといる弟が見える。弟は、もう彼の心の奥でぎごちなく揺れる影ではなく、その遠い光の中で今も遊んでいることがわかるのだ。トンボやたくさんの泡に囲まれて、弟は、夜になると輝く石の緑の光の中で眠っている。そこはとても遠いけれども、見ようと思えば毎晩だって見ることができる場所だ。その切ないような感情を伝えたいのだが、うまく言葉がでてこない。

老人は少年の弾んだ声を満足気に聞きながら言う。

「緑をみたかい？　あの光はいい。みんなあの緑の光の中から来たのさ。そしてあの光の中へと帰っていくんだ」

「みんな？」

「ああ……みんなだ。ただし、どうやって帰って行くのかは誰も知らないな」

「それって、猫の道みたいだね」

「そうさ……同じようなものだな」

老人は低く笑う。深く柔らかい皺が目のあたりに集まり、先日の低い声も、荒々しい腕の力も隠されている。少年はいくらかほっとして笑う。相変わらず、老人は寡黙で無愛想だ。不動産屋と向き合っていた老人は、少年を驚かせるような顔つきをしていたが、こうしていると安全で大きな影の中に包まれているように思える。

ちょっと誘うように言ってみる。

「このごろ、猫のところに行かないね。あとで行ってみる？」

今日の老人は機嫌がいいが、鍋の中にアラはないし、出かける気配もない。

「もう行かないことにした」

老人の声はそっけない。がっかりして少年は尋ねる。

「どうして」

「猫は猫で生きるさ。そうだろ？　ここを出ることにしたのさ。潮時だな。潰してビルにするんだとさ」

老人の口調は再び怒ったように無愛想になっている。

何度かあの男がきたのかもしれなかった。少年は床に投げ出された老人の足を眺める。まだ足はひどく痛むらしく、古びた靴下で何重にも包まれている。

「どこへいくの？　ここからいなくなるの？」

声が震える。老人は、太い首をかしげ、遠い目をした。

「さあな、どこへとまだ決めちゃいないが、魚の匂いのあるところに戻りたくなった」

あの町に帰るつもりかもしれない。少年は老人がよく眺めていた対岸の遠い影を思っていた。どこからが陸でどこからが海か定かではない淡い影をみつめる老人の目は、いつも濡れているように見えたものだ。

「いつ?」

「しばらく先のことさ。暖かくなったら考えるさ」

老人はそう言ったが、魚の匂いのする町という以外、どこへいく当てもないらしいことは、聞かなくてもわかった。

少年が部屋を出るとき、老人は、じっと郵便物を眺めていた。何年もの間に黄ばんだ束は埃をかぶり、家族からのものなど一通もない。それでも老人は、郵便物がくるたびに、丁寧にゴムの間に挟み込むのだ。暮らしには関係のなさそうなダイレクトメールや、電気の領収書などを長い間みつめては深い溜め息をつく。そんなときの彼は、ただの老いぼれた老人に見える。

一月の終わり、都会に雪がふり、テレビは朝から繰り返し町の混乱を伝えていた。電車のダイヤが乱れ、路上で何人かの人がけがをして病院に運ばれたと、ニュースは何度も同じことを伝えていた。少年は居間の床で、熱のためにぼんやりとした頭を横たえ、低く絞ったテレビの音を聞いていた。

彼は数日前からひどい風邪を引き、学校を休んでいた。学校に行かない日々はものうく暖かく、のどかだった。二階の部屋に上がらず、彼はずっと居間の床に寝かされていた。

一日に何度もテレビのニュースの音が耳をかすめていく。その間に父親や母親がそっと家の中を歩く気配がした。その遠い気配を感じながら、彼はうわごとを言い、喉の奥に絡む痰にむせ、無意識に寝返りを打っていた。こんなにひどい病気をするのははじめてだった。母親が父親に向かって「大丈夫かしら。まだ熱が高いけど」と不安げに言っている声や、父親が穏やかな声で、「入院というほどのことはないと医者が言ったのだから」と話している声を聞きながら、昔住んだ林の家にいるような錯覚を覚えていた。あの家にはいつも弟がいて母親がいて、おだやかな会話があった。

自分がなにかうわごとを言っているらしいとき、少年はそれを弟の声と錯覚して、びっくりして目をあけたりした。もう何年も、おばあさんの家に行っていないと、ふと思ったりもした。彼の祖母は、山の中に一人で住んでいるのだ。都会に出てくればいいと、何度か父親が電話で言っていたが、祖母が来たのは、弟の葬式のとき一度きりだ。

「おばあさんはしょっちゅう、僕と弟をまちがえていたっけ。僕のほうが弟だよ、とからかうと、すごく困った顔をしてたな」

少年は、時々意地悪をした自分を思い出し、祖母に悪いことをしたと夢の中で謝ったりした。全部脈絡がなく、瞼に浮かぶものはふわふわして頼りない。

部屋は静かだ。台所からは塗料の臭いは消えて、温まったミルクや粥の匂いがする。少年にはそれも快い。母親が、彼の上に屈みこんではそっと額に手をあてるたびに、父親には山の中のおばあさんがいるが、母親にはもう僕しかいないんだと、妙に大人びたことを思ったりした。

少年が回復して二階の部屋に戻ったとき、路上からはとうに雪は消え、ひんやりとした冬の冷気が漂っていた。まだ濡れている道路や、勾配のある屋根に残っている雪を見下ろしながら、少年は弟のベッドのマットレスの下に隠してあった琥珀を取り出し、弄んでいた。しばらく手に触れなかった石は、微熱の残った手のひらにひんやりと心地よく収まり、夜になると激しい緑の輝きに満ちた。雪のせいか大気は澄み、真夜中の水銀灯の光に透かす石の光は恐ろしく鮮明で、緑の色の一粒一粒がぎしぎしと音を立てているように思えるのだった。そのきしみは、間近でだれかが声にならない声で呼んでいるようにも思えた。たくさんの声や光が自在にその小さな青い宇宙の中で戯れている。

石を眺めながら、老人のことが何度か心に浮かんだ。毎日、階段の下の郵便受けへと降りていくぎごちない足音や、郵便物をまじまじと眺める目は、ひとりぼっちで山の中にいる祖母のものと、どこか似ているようにも思えた。

鍵はかかっていない。少年はドアがあっけなく開く気配に戸惑いながら、そっと体を滑りこませる。

老人の姿はどこにもなく、ベランダ越しの光が、古びた畳の表を均一に洗っていた。部屋の隅にいくつかの段ボールが重ねてあるのを見て、少年はほっとする。老人はまだ引っ越したわけではなく、少しずつ荷物の整理をしているところらしい。いつもつけっ放しになっていたテレビは消えていたが、布団の位置もそのままだ。さっぱりと整った部屋にタンクの反射が満ちて、無人の部屋を不思議な明るさで彩っていた。少年は部屋の中に温かいアラの臭いを嗅いでそっと微笑する。老人がまた、猫に餌をやる気になったのだと思うと、じっとしていられない。もう何日も老人と会っていなかった。

「きっと、あの場所だ」

少年はのろのろと階段を降りる。熱が引いた直後のせいか妙に体が頼りなくて、駆け出したくても駆け出すことができなかった。錆びた階段の手摺りにつかまって、少年は部屋のベランダを見上げる。洗濯物がひるがえっているかと思ったが、そこには明るい午後の光が満ちているだけで、老人のつつましい衣類はなかった。

階段を下り切ったところで、少年は足を止める。運河の面に光が反射していた。濃い緑と灰色を混ぜたような水の上に、いつものようにたくさんのごみが浮かんでいた。その中に見慣れた青いバケツが漂っている。緑に光を乗せて、のどかに水の面で揺れていた。

「どうしてこんなところにあのバケツが浮かんでいるんだろう」

息をつめてバケツのほうへと体を伸ばしかけたとき、足元に光るものをみつけて少年は体を屈める。老人がいつも身につけていた鍵が、引きちぎられた鎖とともに護岸の端に引っ掛かっていた。

拾ってから少年は顔をあげ、ぼんやりと手の甲を口に押し当てた。目は咄嗟に運河の水の上にと注がれる。古い家具や錆びた洗濯機を積み上げたがらくたの山の中にも、少年は老人の姿を探していた。しかし、雨風にさらされた古い家具の間にも、老人の大きな姿はなかったし、近付いてくるいびつな足音もない。水の上には、餌をやるときの青いプラスチックのバケツだけが、アラの重みを乗せて半ば傾きながら揺れているだけだ。そのバケツを拾おうかどうしようか迷ってから、少年は咄嗟に老人といつも歩く人気のない道へと走り出していた。

老人の姿はあれっきりこの町から消えてしまった。翌日も、その翌日も老人の姿は部屋にはなかった。駅にも行ってみたし、塀のわれめも覗いてみた。いそうな場所は全部探してみたけれども、どこにも老人のいる気配はなかった。

彼は毎日この町の隅々を歩き回っていた。老人が住んでいたアパートに似た建物や、庭に草の生えた廃屋の影をみかけるたびに、足をとめて立ち止まり覗き込む。町のいたるところに落ちている濃い影が少年を不安な気分にさせている。老人がどこからやってきたのか知らないのと同じように、ふいにこの町の濃い影の中に紛れ込んでしまったような気分に襲われる。

脈絡もなく歩いた後、どの道を通ったのか見知らぬ運河のほとりへと出ることがある。そのたびに彼の目は暗く濁った水面へと注がれる。動いているのか静止しているのかはっきりとはわからないが、屑を浮かべた水をみつめながら、少年の心は怯えているのだ。なぜ自分の目がこのところ水の面にばかりいってしまうのかもよくわからない。水の面はたえず彼に、ぽかりと浮かんでいたバケツを思い出させる。

三日後も一週間たっても、老人はアパートには戻らなかった。いったいどこへ消えてしまったのか、老人の部屋から家に戻るときも、少年は町のそこここに落ちている影をじっと見詰める。夜、どこか遠くからパトカーや救急車のサイレンの音が聞こえるときも、少年ははっとして顔を上げる。

そんな不安な音を聞いた翌日には、決まって老人のアパートへと行かずにはいられなかった。しかし、部屋には寒々とした明るい冬の光が満ちているだけだ。人の訪れた気配もなく、老人がテレビの前に座った気配もない。少年は部屋の片隅にあるゴムで束ねたダイレクトメールの束をみつめながら、ひょっとしたら、家族が彼を捜しにきたのかもしれないと思ったりもしたし、老人がまた海に戻ったのかもしれないとも考えたりする。それでいて老人は、手際良くあっさりと、ここで過ごした時間に見切りをつけて町を去ったような気もした。

町を歩き回っているとき少年は、無意識に対岸の影を捜していた。建物が途切れるふとした瞬間、湾の果てに老人が眺めていた岸の影が見え隠れする。老人がいるともいないともつかぬ岸の影は、今日も陸と海の切れ目は定かではなく、淡く空の中へと溶け込んでいた。


少年は、その廃屋に何度も滑り込む。老人がこの町からいなくなってから一か月余がたっていた。

彼が学校から帰る時間、町は静まり返っている。人の気配がないぶんだけ、光はひろびろとした公園や路地にあふれていた。少年は以前と同じように一人で突堤にいき、塀のわれめを覗く。こころなしか、猫の家族は増えたようだが、あいかわらず彼らがどこからやってきてどこに消えていくのかはわからない。猫が元気でいるのを確かめると、少年は老人の住んでいた古いアパートへと向かう。もうそこにはだれ一人住んではいない。他の建物と同じように、外壁には不動産屋の所有を示す板が張りつけてある。町は、少年が住むようになったときとなにひとつ変化のない、眠る動物の背中のようなものうさで静まり返っている。老人を見たという噂も、だれかが尋ねてきた様子もない。それなのにまだ、老人の住んでいた部屋に届くわずかばかりの郵便物やちらしだけはあった。

少年はそれらの郵便物を階段の下の錆びた箱から引き出し、拾った鍵を使って部屋をあけ、部屋の床に並べる。

点々と並ぶ古い建物の、くすんだ色の屋根や錆色に染まったベランダ、自転車置場の庇《ひさし》の奥の暗がりや、埃で曇っている窓などをひとつひとつ丁寧に眺めてから、彼は溜め息をつく。そこには、何度みつめても知っている人の影はなかった。不動産屋の男もあれから一度もみかけないが、老人がいなくなった今、しげくこの町に通う必要はなくなったのかもしれない。

部屋に滑り込むとき、彼は静かな安堵に似たなつかしさを味わう。老人の荷物はいつのまにかすっかり処分され、テレビのあった場所には畳の表に白っぽい凹みができている。階段の下に積み上げてあったがらくたも、老人の部屋の荷物が処分されると同時に消えていた。なにひとつ暮らしの気配のないがらんとした部屋にはうっすらと埃がつもり、窓のガラスを透かして、飛ぶ鳥の影や運河の反射だけが見える。台所のステンレスの流しは乾いて、水道も電気も止められていた。

そのしんとした、どこか淡い哀しみをたたえた部屋で、彼は午後の短い時間を過ごす。ときに彼は、ポケットにしのばせた飴色の石を取り出す。冬の光に透かしてみるとき、少年は、琥珀の向こうに見えるタンクの緑に、褐色の淡い輪が浮かぶのを見る。それは、水銀灯の光を透かし見るときの冷たい緑の蛍光色ではなく、西の空に沈む太陽が、タンクに反射するときにできる柔らかな金色の輪だ。濃い影が襞《ひだ》のように重なり合っているこの町にも、金色の光は満ちているのだった。

しかしその光もまた、いつかは消えていくに違いなかった。何日か前、母親がどこで聞きかじってきたのか、こんなことを言っていた。

「住人が減ってね、オフィスビルやテナントビルが建つようになると、もうタンクはいらなくなるんですって。都心の街では、タンクがなくなったところもあるそうよ。代わりにガラス張りのビルができて、きっとここもにぎやかになるわね」

母親が無邪気に言ったように多分この町も、遠い先にはいずれ高層ビルの並ぶ町に変わるだろう。

少年は間もなく取りこわされるであろうだれもいない建物の片隅に座り、そこで琥珀を覗き込む。洋服の端やハンカチでこすりながら、いなくなった弟を思い、老人を思う。石の表は、彼が弄ぶたびにかすかな電気を帯びて空気をかきまぜ、髪やセーターの毛を逆立たせる。少年はその感触を、泣きたいような気分でいつまでも味わう。

やがて、部屋に影が広がる。タンクの縁を彩る金色の輪も、夕暮れの光とともに消えていく。

「みんなそこからやってきた。そしてそこに帰るのさ」

老人の太い声を思い出しながら、少年はぎゅっと手のひらを握り締める。そこがどんな場所かはわからないが、そこにはトカゲがいる。弟がいる。秋の匂いのする林があり、遠くへと続く真っ直ぐなレールの輝きがある。夜になると表情を変え、冷たい無辺の緑に彩られる石の、寂しいけれども澄んだ色の中に横たわっているたくさんの風景や人たち……。いずれはその中に、金色の輪を浮かべたタンクも浮かぶようになるのだろうか。

同時に少年は、相変わらず彼を「のろま大王」と呼ぶ少年の顔を思い浮かべている。無人の部屋で、彼は瞼の裏に輝くナイフを想像しては、繰り返し握り拳を作ってみる。セーターをまくり上げ、息をこらし、顔を真っ赤にして力こぶを作っているとき、少年の目には、明日かあさってかそれとも一年先かもしれないが、素早く空を切る自分の腕の動きがはっきりとみえるのだった。

石をランドセルの底にしまうと、暗くなったアパートを出て運河のへりに腰を落とす。相変わらずたくさんのものが浮かんでいたが、潮の流れにわずかだが早春の匂いが混じっていた。老人が消えた日、運河に浮かんでいた青いバケツはどこへ漂っていったのか、姿を消している。少年は傍らに落ちていた錆びた針金を手にして、ごみ屑の一つをつついてみる。潮に乗って戻ってくるものに苛立ちながら、なおも遠くへと押しやる。

ふいに少年は、汚れたごみと黒い水の間で、緩やかに動いているものをみつけて目をみはる。都市の生暖かい廃液を吸った水の上を、どの水路から紛れ込んできたのか透明なクラゲが群れているのだ。うねうねとゆらめく乳色の生物は、暗い水の間に触手を伸ばし、半球のかさを縮めたり広げたりして彼を誘うようにいつまでも同じところに漂っていた。護岸から数メートル離れた水の上にも、さらに湾へと続く別の運河のほうにも、クラゲは幾十匹も漂い遊んでいるようだった。

少年はその透明な生き物の緩慢な動きを、ぼんやりと眺めていた。都市の水の汚れも運河の暗さも一向に気にしていないらしく、クラゲたちは潮の流れに乗って無秩序に揺れ続ける。

少年はそのクラゲの群れが水の上から消えるまで、同じところにしゃがみこんでいた。ひょっとしたら日暮れの波が連なる湾のいたるところに、都市の暖かい水と戯れるクラゲが住んでいるのかもしれなかった。少年は大人びた微笑を浮かべて、クラゲの群れが淀んだ水の襞の間へと消えていくのを見詰め続ける。見詰めながらつぶやく。

「でも、僕はここにいるんだ」

やがて少年は、針金を手から離して立ち上がる。人気のない狭い水路の上を、光るとも誘い込むともつかぬ形でよぎっていった白いかさの群れは、とうに水の暗さにまぎれこんでいるが、彼等が漂っていた同じ場所におびただしいごみの影だけは残っていた。そのごみの上に、まだわずかだが太陽を跳ね返しているタンクの光がちらついていた。

初出：『文藝』一九九〇年秋季号［発表時作者四〇歳］／底本：『琥珀の町』河出書房新社、一九九一年

## 第一〇四回芥川賞選評より［一九九〇（平成二）年下半期］

**河野多恵子**　有爲エンジェルさん、鷺沢萠さん、稲葉真弓さんは、幾年もまえのことだが、一篇ずつ作品を読んでいた。それぞれに、いい印象が残っていたので、どれどれと期待して読んだが、いずれも推せなくて残念だった。（中略）「琥珀の町」は整いすぎていた。もっと鋭いモチーフで、もっと自由に書ける作者ではないのだろうか。

**大庭みな子**　今まで何度か候補に残っていた小川洋子さんの「妊娠カレンダー」が受賞と決って、あらためてこの数年来の作品を思い返している。（中略）稲葉真弓さんの作品は以前読んだことがあるような気がするが、今回はべつの印象を受け、新たな発見をした気分だった。古風なようで、妙に視覚的な鮮烈さがある。わたしがぼんやり見過したものを、この人は目を据えてしっかりと見たのだと感心した。

**稲葉真弓**　いなば・まゆみ

一九五〇（昭和二五）～二〇一四（平成二六）年。愛知県生まれ。愛知県立津島高校卒。一九七三年、「蒼い影の傷みを」で女流新人賞。編集プロダクションに勤務しながら創作したが、なかなか芽が出ず、倉田悠子などの名義で覆面作家をした。九〇年、「琥珀の町」で第一〇四回芥川賞候補に。九二年、四十二歳で「エンドレス・ワルツ」で女流文学賞。九五年には「声の娼婦」で平林たい子文学賞を受けた。別荘を建てた志摩半島の舞台にした「海松《みる》」で二〇〇八年に川端康成文学賞、一一年には「半島へ」で谷崎潤一郎賞を受けた。六十四歳の時、すい臓がんで死去。二〇年には、覆面作家時代に書いた美少女アニメの小説版『黒猫館・続　黒猫館』（星海社）が復刊された。

# 毀《こわ》れた絵具箱

多田尋子

## 一

集りは、思っていたとおりつまらなかった。ほんとうにきたくなかったのに、何回もさそいの電話をもらって仕方なく出てきたのだった。みんな朋子《ともこ》より年上の人間ばかりで、女は四十か五十ぐらいの人が二人いたが、あとは男である。

北関東の同じ地方都市から出てきて、絵や彫刻や陶芸やイラストなどをやっている仲間の集りだから、新人のあなたはぜひ顔を出しておいた方がいいとくり返しいわれた。春から油絵科に通いはじめた自分なんかがそんな集りに顔を出さなければならない理由はわからなかったが、三人ものちがう人から電話をもらって、とうとう、わかりましたといってしまった。

最初に、この人が五年ぶりの新人といってみんなに紹介されたとき立ちあがってお辞儀をしたあと何人かに質問されたりしたが、それからはそれぞれいくつかにわかれて勝手に喋《しゃべ》りあっているだけで、入口の隅に俯《うつむ》いて坐《すわ》っている朋子は、いつ逃げだそうかとそればかり考えていた。俯いている目には両隣の男の膝が見える。右側の、胡座《あぐら》を組んでいる太い足の男は大声でずっと喋っている。思い出したように、あなたは何町ですかなどと話しかけてくれるが、朋子は小さな声で町の名前をいうだけでやはり顔をあげないから話はそれで終ってしまう。左側の男は正座している。ズボンだけが正座しているのかと思ったほど瘦せている。ズボンだけのような正座の男は、そういえばはじめから一度も声を出していない。それに気がついて顔を見たくなった。少しずつ横向きに顔をあげながら目もできるだけ左側に寄せて脇腹から肩へと見ていったら、見おろしている相手の目とあってしまった。相手は口をすぼめるようにして笑った。色の黒い小さな菱形の顔に大きな鼻とくぼんだ小さい目があった。わたしこんな顔きらいと思い、損をしたような気がしてまた俯いた。だいぶ年上のようだった。

入口の戸があいて、店の人が二人、追加の料理や酒を持ってはいってきた。その後ろをすり抜けて朋子は廊下に出た。階段を降りて店の外まで行ってから、まるめて持っていたジャンパーを着、大きなナイロンバッグを肩にかけて歩きだした。うまくいったと安心したとき、

「内野《うちの》さん」

と呼ばれた。すぐ後ろに見あげるほど細長い男が立っている。

「早技でしたね」

男はそういいながら当然のように並んで歩きはじめた。しかし朋子はこの男を知らない。

どうしてこんなになれなれしくされるのかと思い、立ちどまったまま動かなかった。

「どうしたんです。ぼくですよ、さっき隣に坐っていた」

ああ、あのズボンが正座していた人かと思ったが、やはり知らない人間にはちがいないのだから、はあ？　といって動かなかった。

「お送りしますよ、駅まで」

少し行きすぎた彼はもどってきてそういった。坐っていたときは小柄な男に見えたのにずいぶん背が高いのだな、とは思ったが、いやな感じはかわらない。

「いいです。一人で帰れます」

後ずさりするようにして相手から離れ、道の反対の端を急いで歩いた。

「いいじゃないですか、何もそんなにこわがらなくても。何もしやしませんよ。送ってあげるだけなんだから」

こわがってなんかいない、気味がわるいだけだと思いながら、一所懸命急いで歩くのだが、相手は足が長いのかゆっくりとついてくる。それも癪《しゃく》にさわる。朋子はいきなり歩くのをやめて後ろを向いた。

「わたしはあなたを知りません。知らない人と歩くのはいやです。失礼します」

そういい捨てて、颯爽《さっそう》と歩きはじめられればいいのだけれど、背の低い朋子の歩きかたは、どう考えても彼の目にはちょこまかとあがいているようにしか見えないだろうと思い、なおさら腹がたってきた。

どうせあとからばかにしながらついてきているのだろうけれど勝手にすればいい、わたしは知らないと、まっすぐ前を見て駅についた。汗が出たので構内にはいってからジャンパーをぬいだ。そのとき落したバッグを、横から細長い手が拾った。やっぱりまだいる、しつこいなあと足踏みしたい気持だったが、拾われてしまったのではこのまま帰れない。返してもらわなければ切符も買えない。仕方がないので向きをかえ、

「すみません」

といって手を出した。相手は笑いながら、

「知らない人っていわれたから自己紹介します。内野さんの通っている大学の駅のそばの、あの画材店で経理事務をやっている藤倉です。画材のご用命はどうぞぼくにいってください。よろしく」

と、頭をさげた。

「えー、どうしてわたしの学校知っていらっしゃるんですか？」

朋子はびっくりした。

「毎日うちの店の前を通っているじゃありませんか。顔はよく見てますよ」

「じゃあ藤倉さんは絵とかをやってるんじゃないんだ」

「それが。いや、そうですね。画材屋です」

「だったらどうしてあの集りにいたんですか」

「集っている先生がたに画材をおさめさせていただいてますんで」

店主にいわれて、あずかった祝儀袋を届けにきたのだそうだ。だから、最初から最後まで誰にも声をかけられず、自分も黙ってただ正座していただけだったのか。

「すぐ帰るつもりでしたが、とにかく一緒に飲んでいけっていわれて坐っていました」

この人も、いつ座をはずそうかと折をねらっていたわけだ。そう思ったら少し気持がやわらいだ。

「切符はどこまで買うんです？」

朋子のバッグを持ったまま藤倉がきいた。思わず自分の降りる駅の名前をいってから、あわてて、

「すみません、バッグを」

といったが、彼は切符を買い、朋子に一枚渡した。バッグを、ともう一度いった朋子は、手をのばして彼の脇にはさまれているバッグを引張るようにして取った。なるべく近寄りたくなかったのだが仕方がなかった。切符の値段がわからないので券売機の上の値段表を

見ようとした彼女の肩を、いいからいいからといいながら藤倉が押す。触れられたくないので、すみませんといって、歩くことにした。全く余計なことをと思っていた。

改札口をはいったときも、ホームで待っているときも、電車がきたときも、何度か彼の方を向いて挨拶をしようとしたが、相手はまるでいつもそうしているようにそばに立っていて、とうとう電車にまで乗ってきて席を取り朋子を坐らせた。帰る方向が同じなのだろうか。上京してまだ二ヵ月ぐらいしかたっていない朋子には、東京の地理がよくわからない。今日は、いつも学校に通っている電車とはちがうので、乗りかえる駅をまちがえないようにと、一と駅ごとに駅名を見ていた。

「大丈夫です。乗りかえるときは教えてあげます」

よかった。そうしてもらえればあとは慣れた線だから安心だ。朋子ははじめてありがたいと思い、思わず笑い顔になって子供のようにうなずいた。

「怒った顔もかわいいけど、やはり笑い顔の方がいいですよ」

朋子はまた硬い顔になった。この人はやっぱり変だ。どうしてこんなになれなれしいんだ。

「男の人には気をつけなさいよ。どんなに親切そうな人でも、そういう人ほどこわいのよ」と、故郷を出るときいった母の言葉を思い出して、バッグをしっかり抱き坐りなおした。

「さ、乗りかえです」

朋子はとびあがるように立ち、藤倉に礼をいおうとしたが、彼も立ちあがって降りて行く。え？　この人もここで乗りかえるのかとあわてて自分も降りた。彼はどんどん歩いて行く。朋子は自分の乗りかえる線はどちらの方へ行けばいいのかわからないので上の標識を見ながらさがした。彼に礼をいいそびれたと思ったがやっとわかれられたのでほっとしていた。

「こっちですよ。ぼくについてくればいいんです」

後ろからまたあの声がした。

藤倉は朋子の降りる駅まできて自分も降りた。改札口を出たところで、

「あのう」

と、朋子はおそるおそるいった。

「藤倉さんはどこへ帰られるのですか？　この駅なんですか？」

彼は口をすぼめるようなあの笑いかたをした。

「あなたを送ってきたんですよ。困った人だなあ、どう思ってたんですか？」

「いいっていったのに」

「内野さん、こんな暗い道を一人で帰れますか？」

「帰れます」

「こわくはないんですか」

「こわいけど……、でも」

といいながら、構内のあかるさのなかから、暗くのびる道をうかがうように見た。

「どのくらい歩くんです」

「十五分ぐらい」

「この暗い道を？」

朋子は返事ができなくなって、暗い道を見ていた。

「ぼくはここで帰ってもいいんですか？　一人で行けるんですね」

何もいえずに朋子は俯いた。ほんとうはとてもこわいのだ。藤倉と暗い道とどちらがこわいかと考え、やはり道の方がこわいなあと思った。だからあんな集りには行きたくなかったんだ。朋子はまだ暗くなってからのこの道を歩いたことはなかった。小さいときから暗いのがこわかった。夜、長い廊下の突きあたりにある手洗に行くのがこわくて途中でもらしてしまったこともあるくらいなのだ。

「そんなにべそかいたみたいな顔しないで。こんなことじゃないかと思った。全く危なっかしくて見てられない。いやならぼくは離れてついて行ってあげます」

「すみません。おねがいします。ごめんなさい」

俯いたまま朋子は二、三回頭をさげた。

少し離れてついてくる彼をたよりに、朋子は暗い道を急いだ。ずっと煉瓦《れんが》塀のつづいている裏通りの道である。街灯の光がところどころにあるだけで人の姿はない。半分ぐらいのあたりから住宅地になるが、やはり高い塀や庭木にかこまれて家の光は道までこない。沿って歩いていた植込のなかから急に犬にほえられて、朋子は藤倉のそばまで走った。彼は声を出さずに笑った。

「物騒な道ですね。これではとても内野さん一人では帰れませんね」

彼にしがみつくわけにはいかないから我慢しているが、できるなら洋服の裾でもにぎっていたかった。

ようやく間借りしている家についた。ありがとうございましたとお辞儀をした朋子に、

「これからも帰りが遅くなったときは電話をください。送りにきてあげますから」

と彼は名刺をくれた。まさかそんな勝手なことできるはずないと思いながら、

「藤倉さんのお家は近いんですか？」

ときいた。三十分ぐらいであの駅にこられるからベンチにでも坐って待っていればいいと彼はいった。

「ここで見ていてあげますからお家にはいりなさい。見届けたらぼくは帰ります」

すっかり藤倉に感謝してしまった朋子は素直にうなずいて裏口からはいった。戸をしめて、しばらく彼の足音が遠のいていくのを聞いていた。

学校と自分の借りている部屋とを往復するだけで、友達にさそわれても遅くなりそうなときには朋子はついて行かないことにしていた。学校に行く駅と反対の方角の坂を十分ほど降りると別の駅に出る。その駅のまわりは下町の盛り場でデパートもある。日曜日には大抵その盛り場を歩きデパートを見た。いつも一人だった。故郷とちがい、東京は広すぎて、学校でできた友達はそれぞれ全くちがう方向へ帰る。朋子の住いの近くには誰も知っている人間はいなかった。

今日ははじめてヌードのデッサンがある日だった。新聞紙をひろげた大きさの全紙と呼ばれる木炭紙をはさむ画板から、描きかけの木炭紙をみんな出し、空の画板とバッグを持った。

新しい木炭紙を買うために、学校のある駅のそばの画材店に寄った。

「いらっしゃい、内野さん」

いきなりいわれて、紙をさがしていた目をあげた。藤倉だった。そうだった、彼はここで働いているといっていたんだと思い出した。何がいるのかときかれて、木炭紙を五枚とこたえた。

「全紙ですね?」

「はい。それから木炭一箱」

彼は朋子の画板を自分でひろげて木炭紙をはさんで紐を結び、木炭一箱をバッグにいれてくれた。そして大きな声で木炭紙五枚の値段をいった。え？　という顔をした朋子に、彼は片目をつぶった。

「ありがとうございます」

という彼の声を聞きながら、まるで自分が万引でもしたような気持になって店を出た。

「いやだな、こんなの」

声に出して朋子はつぶやいた。もうこの店にはこないようにしよう。うちの方の下町の盛り場にも大きな画材店はあるのだから。

三つある油絵科の教室にはイーゼルと折畳み椅子とがまわりに積んである。教壇が少し中央に動かされてその上に布をかけた椅子があった。みんなそれぞれイーゼルと折畳み椅子を取って自分の好きな場所に置く。どの教室ももうモデルの正面にあたるところはふさがっている。朋子はその後ろに自分の椅子を置いた。前にいる学生たちの隙間からモデルが見えそうな場所だった。モデルは各教室に一人ずつくるらしい。みんなはじめてのせいか黙って坐って待っている。いつもは騒がしいのだが。

どこにでもいそうな体格のいい普通のおばさんのような人が、買物袋をぶらさげてはいってきて、黒板のわきにある衝立のなかに消えた。そのときもまだその中年の女がモデルだとは朋子は気がつかなかった。助手がきて、

「じゃ、おねがいします」

と、衝立の方に声をかけた。バスローブのようなガウンになったさっきの女が教壇の上にあがり、

「あら今日は四年生の酒井さんなの？　助手さんのかわり？」

といいながら肩からすべらすようにガウンをぬいだ。

「正面向いて足を組んでください」

モデルに親しげに声をかけられた酒井という四年生は、少し赤くなりながらいった。モデルは酒井のいうとおりに足を組む。まわりを動いて眺めながら酒井がいう。

「うーん、そうねえ。やっぱり足は組まずに、片方を引いて、もう一方を前へ出して」

モデルはそのとおりに動く。

「それでいいでしょう」

そういってから彼は学生たちの方を向き、

「二十分描いたら十分休みます。時間がきたらいいますから、はじめてください」

といった。モデルがガウンをぬいだときから、朋子は動悸《どうき》がして、俯いたり人のあいだからそっと見たりして落着かなかった。

静止したようになっていた空気が動きだした。イーゼルや椅子を動かす音が聞え、学生たちの動く気配が湧くようにおきている。みんな描きはじめたのだと朋子は気がつき、自

分もあわてて場所を移した。モデルをななめ前からよく見ることのできる位置だった。描きはじめるともう何も感じなくなる。休憩のときも席を離れず、食パンをむしって消したり描いたりしていた。向う側の肩と、やはり向う側の、椅子の下の方まで引いた足の踵《かかと》が、どうしてもとび出してくる。向う側になってくれない。休憩が終ってモデルがもどっても、モデルの肩はちゃんと向う側に見えるのにどうしていいのかわからなかった。二時間のデッサンももう終りそうだった。紙は黒くなり、パンでは消えなくなった。朋子は消しゴムを出して黒くなった肩や踵のあたりを消しはじめた。後ろに誰かいるような気がしたが、力をいれないようにして丁寧に消していた。

「ちょっとどいてごらん」

後ろにいたのは講師だった。立ちあがった朋子の椅子に腰をおろして、肩と踵を、じりじりとなでるようにゆっくり一息で描いた。

「形にばかり気をとられないで。線の太さや細さ、強さややわらかさ、そんなことも考えてね」

つぶやくようにいって顔も見ずに講師は立ちあがった。

「さあ、ぼつぼつ画板ごとデッサンを並べてください」

という酒井の声が聞えるまで朋子は講師の描いた部分を見ていた。

家に帰ってからも、夕食も作らずにデッサンを見ていた。別の紙に真似て描いたり、太くて薄い線や濃く細い線などをいっぱい描いたりした。線が同じ調子で長く描けない。濃くなったり薄くなったりする。講師の線は一本だった。手がふるえて線がゆれてしまう。何本もの線でごまかしたくなってしまうが、講師の線は一本だった。だめだあと、木炭を放りだし、

「だって、先生はえらい有名な画家だもの。わたしが急にできるわけないじゃない」

と自分を怒るようにいって、でもわたしもなりたいな、あんなに描けるようになりたいなと思いながら、描きちらした別の紙をパレットナイフで何回も突いた。


一ヵ月ほどたったとき、藤倉から電話がきた。このごろ店にこないし、外を眺めていても見かけないけど、具合でもわるくて学校休んでるのではないかと思って、といっている。

「そうではないんですけど、……あのお店の前が通りにくくて」

会うのがいやだからとはいえないのでそうこたえた。

「どうしてなんです」

「だってこのあいだあんなことがあったから」

「どんなことです」

「木炭のお金を取ってくださらなかったでしょう」

なんだ、そんなことか、と笑い声でつぶやいたのが聞えて、朋子はむきになった。

「お店の品物でしょう？　藤倉さんのものではないでしょう？　万引したみたいであの店

の前通れないんです」

大きな声で笑っているのが聞える。彼は声を出さずに暗く笑うのかと思っていたが、あんな陽気な笑いかたもするのかとびっくりして、受話器を少し耳から離した。

「あの木炭は、箱が少しこすれていたでしょう。なかの木炭も二本折れてませんでした？　そういうのは売りものにならないからはねておくんです。あれは売りものではないんです。ばかだなあ、そんなこと気にしてたんですか」

店の前を通らないほんとうの理由はそんなことじゃないんだからと思いながら、それでも朋子はいくらか気がらくになった。

「ああそうか、渡しかたがまずかったんですね」

電話が喋っている。

「こんどからはお宅までお届けしますよ」

うちまでくる？　とんでもない。

「もうお宅の場所わかってますから。なんでもいってください」

こちらからは何もいわないのに、向うはひとりで話している。

「夏休みはどうするんですか？」

話がいきなりとんだ。

「夏休みですか？　えーと、いなかに帰ります」

あたりまえのことをきかれたようで、こたえるのも面倒だった。

「どこか写生にでも行きませんか？　景色のいいところをぼくは知っているのですが。ご案内しますよ」

いなかには、朋子の帰るのを待っている母がいる。いつ帰るのかと、それればかり手紙をよこす。はじめて娘を手放して一人になった母は、ひとり暮しに慣れずにいる。一日でもずらすと自分の気持をおさめられなくなってしまうだろう。帰省のための乗車券はもう買ってある。一と月前から売り出すので、すぐ買っておいた。休みになる次の日のものだ。

「もう切符買ってしまいました」

「いつの？」

「二十一日の」

「休みは二十日からでしょう？」

「はい」

「残念だなあ。じゃその日送ってあげますよ。荷物あるんでしょう？」

「大丈夫です。宅急便で出します」

「始発駅まで送ります。そこを何時に出ますか。その時間に車でお宅まで行きます」

親切にされる心あたりのない相手にそうされるのは不安で、そのわけを考えてしまうのだけど、いくら荷物は宅急便で出すつもりでもその場になれば手に持つ荷物は多いだろうし、それを抱えて電車を乗りかえながら始発駅まで行くことを思えばやはり気が重く、誰かに助けてもらえればうれしいと思わずにはいられない。朋子は迷って黙っていた。自分が勝手な人間のような気がしながら、ここを出る予定の時間を藤倉に計算されて逆に教えられ、結局彼の車に乗せてもらうことになった。

その日、彼は画材店の名前の書いてある小型のワゴン車に乗ってきた。助手席に坐った彼女に、休みはいつまでかとかいつ上京するのかとかきき、駅についても荷物を持ってついてきて列車の網棚にそれをのせ、弁当とお茶と週刊誌を買ってくれた。まるで親みたいだと思い、

「藤倉さんはおいくつなんですか」

ときいた。

「内野さんとは一とまわりちがいますよ」

「わたしは十九ですから、……三十一ですか」

そういいながら、いまはもういない父親のむかしのやさしさを思い出していた。地方に何代も住みつづけてきた家だった。それほど丈夫ではない貧弱な体格の父だったが、実直におだやかに役所勤めをして朋子が高校のとき死んだ。祖父も同じような生きかただったらしい。母は結婚する前、中学校の美術の教員だった。結婚してからも、古くて広い家の端の座敷で庭や花をたまに描くことはあったが、それは地味で目立たないちょっとした慰

みのようなものだったのに、やはりいつの間にか朋子は影響をうけてしまったのだろうか。中学も高校もクラブ活動は美術部だったし、進学も母の卒業した地元の大学の教育学部で美術を専攻しようと思っていた。ところが、ほんとうに絵が描きたいのなら東京の絵の学校に行かなければだめよといったのは母だった。そのとき母は、娘をそうさせたら自分がひとりぼっちになるということに気がついていなかった。朋子が希望のところに合格したときもよろこんだし、上京の準備もうれしそうにやっていた。それなのに一と月ぐらいたったころから、週末には帰ってくるのかと思っていたとか月に一度ぐらい帰るのは当然だとかいいだして朋子を困らせはじめた。それをようやくなだめて夏休みまで四ヵ月我慢させたのだ。「休みになったらその日に帰るから」といってきた。「休みも最後の日までいるから。どこにも行かないから」と。

だから藤倉がいつ上京するのかときいたとき、休みの終りの日をいったのだった。

「少し早めに上京して、写生旅行でもした方がいいですよ。どこか景色のいいところに」

発車までのあいだ隣の席に坐って、彼はまだそういうことをいっている。

「だめなんです。そう母と約束してあるのですから。それに、景色のいいところならいなかにいくらでもありますし。すみません」

車で送ってもらい、弁当や週刊誌まで買ってもらいながら、やはり朋子はそうしかいえなかった。彼は首をかしげ大きく息を吐いて立ちあがった。

「仕方ないな。じゃ気をつけていってらっしゃい」

発車のベルの鳴っているホームに降りた彼は、窓の外からあの少し暗い淋しそうな笑い顔で手を振っていた。

夏休みが終り、「あなたを東京の大学へなどやるんじゃなかった」とまだいっている母と玄関でわかれて、列車に乗った。「わたしは地元の学校に行きたかったのにおかあさんがすすめたんですからね、わすれないで」と苦笑しながらいう朋子に、「あなただってそうなればわかりますよ。人間はかわるんだから。わたしだってこんなに淋しくなるとは思わなかったんだもの」と情なさそうな顔をする。「市さんだってチヨさんだって毎日くるんじゃない。大きな声を出せば聞えるところにいるのに」といっても、「他人じゃしょうがない」と俯いてしまうのだ。父の元気だったころから庭の角に住み、道に面した部分の塀をこわして不動産屋の店にしている市蔵は、母の住む母屋や家作の管理も引受け、妻のチヨは毎日母屋に顔を出して掃除や買物をやってくれている。ほんとうのひとりぼっちになるのは夜だけなのに、それが淋しいらしい。「買物をすませてチヨさんが帰るのは夕方でしょう？　それから朝までがたまらないのよ」ご飯だって一人でたべるんだしときりがない。「わたしだって一人でご飯作って一人でたべてるのよ、同じでしょ」「だって昼間は学校行ってお友達とお喋りできるじゃない？」「おかあさんだってチヨさんや市さんや、それにお友達だって大勢いるでしょうに」

休みのあいだじゅうそういうことをいっていたが、もう行くなとか学校やめろとかはいわなかった。やはり朋子を東京の絵の学校に行かせたいのは本気のようだ。

列車に乗ってしまえば三時間ぐらいで東京につく。朋子は母とのそういうことを思い出しながら、窓の外を眺めていた。終着駅について荷物を網棚からおろし改札口に向って歩きはじめた。そして、そのうちおかあさんも慣れるさとひとりごとをいった。自分だってまだ東京に慣れずにいる。このままもどりの列車に乗って帰ってしまいたいぐらいの気持なのだ。四ヵ月すごしたくらいではまだ友達ともあまり親しくなれてはいないし大家ともほとんど口をきくこともない。淋しいのは朋子の方かもしれないのに母のように淋しいと思わないのはなぜなのだろう。

それでも心細い気持で、さあまたしっかりしなくちゃと思いながら改札口を出たとき誰かに荷物を持ちあげられた。母から、「東京はこわいところよ。泥棒や人さらいやだます人間がいっぱいですからね、気をつけてよ。男の人に油断しちゃだめよ」とまた何度かいわれてきた。だからとっさに荷物を抱きしめた。しかし見あげたら藤倉だった。そういえば藤倉のことはすっかりわすれていた。彼のことを思い出すのと一緒に、あのいやな気持も思い出していた。どうしてこんなにいやな気持になるのか自分でも不思議だった。

「おかえりなさい。待ってたんですよ。休み長かったですねえ」

そういわれても返事のしようがなかった。休みなんかちっとも長いとは思わなかった。母があんなに愚痴をこぼさなかったら、朋子の方からもう東京に行くのやめたといったかもしれないほど上京するのが億劫だった。あのままずっと家にいて、家から地元の大学に通っている方がどれほど楽かしれない。友達だって幼いときからの仲間がたくさんいる。道を歩いていてもきっと誰か知っている人に会う。それがわずらわしいときもあることはあるが。父も母も地元の生れだし親類が多すぎると思うこともあったけれど、それでいやな目にあったことはない。故郷は居心地がいい。一ヵ月以上もいたから根がはえそうだった。

帰省するとき送ってもらった小型のワゴン車に、また間借りしている家まで乗せてもらった。降りて家の入口まで藤倉に運んでもらった荷物を受取って部屋にいれ、大家に挨拶をしてから彼の待っている外に出た。普通ならあがってもらってコーヒーぐらい出すべきだと思うのだが、女一人の部屋ではやはりそうはいかないし、困ったな、ありがとうございましたというだけで帰ってもらうしかないと、迎えにきてほしいとたのんだわけではないけれど楽だったのは確かなのだからわるいような気がしていた。

藤倉は車に乗らずにドアにもたれていた。朋子はそばまで行き、丁寧に礼をいって頭をさげた。

「飯くいに行きませんか。自分で作ってたべるの大変でしょう?」

「これからですか?」

日がかげりはじめたまわりを、朋子は思わず見まわした。早くひとりになって、服を着がえ、ラーメン屋に寄ってから風呂に行き、部屋の掃除や荷物の片づけをしたかった。明日からすぐ授業ははじまるのだ。

「なに、どこかその辺のそば屋にでも行くだけです。車はここに置いといて」

それは困る。こんなところに車を置いておけば目だつんだから。

「車はもっと離れたところに移しておかないと……」

まるで朋子のところに誰かきてずっといるみたいに近所に思われてしまう。

「そうですね。この道せまいしね。じゃ乗ってください。少し離れたところに移しましょう」

車のことをいっているうちにそば屋かどこかへ行くことは決ったようになってしまった。失敗したと思ったが近くの店で簡単にたべるのならちょうどいいかもしれないと思いなおした。たのんだわけではなくても世話になったのだから、部屋にあがってお茶を飲んでもらうかわりにそうすれば朋子の気もすむ。

「大家さんにことわってきますから、そのあいだに移しておいてください」

そういって朋子は家にもどった。

財布を持って出てきたときにはまだ彼はいなかった。しばらくして遠くの方から走ってくるのが見えた。だいぶ遠くまで行ったらしい。行きは車なのでつい遠くまで行ってしまい、もどるのは歩きだから時間がかかった、こんなに遠いとは気がつかなかったといいながら藤倉は汗を拭いた。いつも自分の都合ばかりいって彼を走らせたりしたのは申しわけないと思うのだが、だからといって一緒に並んで歩いたり食事したりするのは気がすすまなかった。

ラーメンだけたべるのかと思っていたのに、彼は幾皿かの料理をたのみビールもとった。お金たりるかなと心配になったが、上京したばかりなので一ヵ月分の生活費が財布のなかにはある。あとで困るかもしれないけど、ここの払いぐらいは大丈夫だろうと思った。

「車なんでしょう？　いいんですかビールなんか飲んで」

彼は朋子のコップにもビールをつぎながら、声を出さずに笑い、

「ビールなんか水ですよ、水」

といって自分のコップのをおいしそうに一息で飲んで、すぐつぎたした。

「藤倉さんってお酒飲みなんですか？」

彼はまた声を出さないでむせるように笑い、

「酒飲みかって正面切ってきかれたのははじめてだなあ。そういうときは何とこたえるべきか。そう、酒なくして何の人生ぞとでもこたえておきましょうか」

とつぶやくようにいいながら、ほら、と朋子のコップにもまたつごうとした。

「わたしは飲めませんから、これも藤倉さんが飲んでください」

朋子はビールのはいっている自分のコップを、彼のコップの隣に並べた。

店を出るとき勘定をはらおうとした朋子を、藤倉は突きとばすようにした。

「冗談じゃありませんよ」

声は低かったが、腕の力は朋子がいままで経験したことないほど強いものだった。よろけて転びそうになった彼女を、彼はまたあわてて抱きとめた。さわられるのもいやだったし、強い力もきらいだった。この人はおとなしそうに見えるけどほんとうは乱暴な人なのだと思った。きらいだったのがもっときらいになった。

「いやあおどろきましたね。ちょっと押したつもりだったのにふっとぶんだもの。内野さんって軽いんだなあ」

嘘ばっかり。あんな強い力で突きとばしたくせに。

「これから気をつけます。わるかったです」

ほんとうに軽く押しただけのつもりらしい。だとすると男の力って凄いんだ。朋子はまた男がこわくなった。

# 二

三年になって教職課程がはじまった。母が美術の教員をやっていたこともあって、とくに考えることもなく朋子は教職課程をとることにした。友達の三分の二ぐらいはとらない。とっている方が少かった。このごろは教員の資格を持っていても、芸術や社会科の教員の口はほとんどないらしい。それにむかしとちがって美大出の人間にも職がふえてきて、就職にはそれほど困らない。デザイン科はもともと人気だけれど、以前はくえないといわれていた油絵科も仕事があるようになった。

大教室で講義のある教育概論や児童心理はほとんど眠っていたが、彫刻や木彫や漆芸はおもしろかった。木切れに荒縄をまいてその上に粘土を重ねて首を作る。いつも一緒に行動している朋子たち三人の女子学生がモデルにさせられて壇の上の椅子に坐った。しかしモデルになっている朋子たちの方も壇の上で、まわりをかこんでいる学生の誰かをモデルにして自分の彫刻を作った。一つの教室にモデルは一人だから、授業が終って教室のまわりの棚に自分の首がずらりと並んでいるのは気持がわるかった。朋子のだけがちがう女の首だった。粘土でできあがった彫刻を石膏《せっこう》液に突込み、白い固りがまた棚に並ぶ。それが完全に乾いてから、ところどころに差し込んである銅片をたよりに外側の石膏をいくつかにわけて丁寧にはがし、そのあともう一度外側の石膏片をつなぎ合せ、なかにまた石膏液を流し込む。できあがった石膏像はみんな朋子の顔で、粘土のときよりは気持わるくなかったけれど、それでも恥かしかった。粘土のときは色のせいか死人の晒《さら》し首みたいでいやだった。石膏は白いからそんな感じはしない。へーえわたしってこんな顔？　と、興味があった。自分の顔の彫刻を見ているのを他人に見られたら、見惚れているように思われそうで、誰もいないとき、モデルにさせられた二人の仲間と三つの教室をまわっては眺めた。とくに横顔や後ろがおもしろかった。自分では見られない角度なので、へーえと思ってしまうのだ。

木彫の講師はかわった先生だった。度の強い眼鏡をかけ、ほとんど口をきかない。大きな顔を俯けて小股で走るようにはいってくる。背が低いので、まんなかあたりの席に坐っていた朋子には、彼が壇にあがるまで見えなかった。しかし壇にあがったのは最初の授業のときだけだった。壇の上で自分の名前をいって、すぐ学生たちのあいだを歩きはじめた。名前は声が小さくて聞きとれなかった。それからは教室にはいってくるなり学生のあいだを動きまわった。学生たちが作っている教材のペン皿の上に顔をこすりつけるようにして一人一人見て歩いてはひとりごとのようないいかたで何かいった。ときに、そこはね、といって坐り込み、眼鏡が板きれにくっつきそうになるほど顔を近づけて彫りだす。そうなると、眼鏡がぶつかって落ちかかったのをずりあげたりしながら夢中になり、授業が終っても気がつかない。助手に声をかけられてきょとんとした顔をあげ、やがて赤くなって恥かしそうに立ちあがる。失敬、きみの作品を台なしにしてしまったと頭を学生にさげるのだった。彫ってもらった学生はみんなに羨《うらやま》しがられた。説明するのも出欠をとるのも助手で、その講師は講座が終るまで、みんなにものをいったのは最初の名乗りだけだった。朋子はとうとうその講師の名前を知らないままだった。

漆塗りがはじまった。配られた教材は表札ぐらいの大きさの蒲鉾《かまぼこ》板のような木片だった。それに力を抜いた入念な紙やすりをかけて砥《と》の粉《こ》を塗り、一週間さきの次の授業から漆を塗ることになった。漆はできるだけ薄くゆっくり一回だけ塗り、一週置きにそれを三回くり返すようにと教えられた。決して厚塗りをしないように。そんなことをやると皺《しわ》ができたり乾かなかったりするから。そう何回も注意されたのに、朋子は失敗してしまった。二回目まではうまくいったが、最後の仕上げの三回目に厚く塗ってしまった。一回目は地肌が透いて見えていて、こんなでいいのかしらと思い、二回目もようやく地肌が見えなくなった程度だった。あと一回また薄く塗るだけではあの漆の光った艶は出ないような気がして、厚く塗ってしまった。塗ったときはよく光ってうまくいったと思ったが、一週あとに見たら皺だらけで押せばぶよぶよと弾力があって乾いていない。こうなるといつまでたっても乾かないのだそうだ。提出は一週間さきの次の授業の日のはずだった。作りなおす時間はない。作品はいつも教室の棚に並べて帰るのだが、その日朋子はぶよぶよの作品を持って帰った。なんとかしてあとの一週間で乾かしてみようと思った。冷房の風のところに一晩置いてみたが変化はなかった。思いついてドライヤーをあてたら、なんだか少し硬くなったような気がした。しかしいい気になってあてつづけているうちに細かい裂け目が出た。もう滅茶苦茶だった。朋子はそれを膝に置いて何回も溜息をついた。今日も午前ちゅうの授業があるのだが行く気にはならなかった。廊下で電話が鳴っている。

「内野さん、電話よ」

大家の呼ぶ声がした。

「何かご用はありませんか」

藤倉だった。彼は月に一回ぐらいこういう電話をかけてきていた。朋子の方に用のあることはないが、「こうでもいわないと電話がかけられませんのでね」と、笑いもしないでいう。文化祭や作品展など大学の行事で遅くなる日は、帰りの電車のなかで友達たちが一人ずつおりていって朋子一人になるといつの間にか後ろに立っていた。見張られているように気味わるく思ったのははじめの一年で、近ごろでは慣れて、きっといるぞ、どこから出てくるのかとあたりを見まわす。だがまだ見つけたことはなかった。朋子がさがしているときはどこにも見えない。今日こそはいないと思って安心し、そのあと不安になる。電車を降りてから自分の部屋までの暗い道を思い出す。いたら気が重くなるのにいないかもしれないと思うと落着かなかった。いないということは病気でもしているのかと心配にもなる。年に一回か二回のことだけれども朋子はいつか彼をあてにするようになっていた。しかし彼は必ずあらわれた。少し俯いた恰好で笑いながら後ろに立っているのだった。それなのにこうやって電話がくるのはやはりうれしいことではなかった。

「用なんかいつもあったことないでしょう」

漆塗りに失敗して苛《いら》だっていた朋子は八つあたりした。

「どうかしたんですか?」

平気な声で藤倉はいっている。朋子は、自分の気持とそうなった原因との二つをうまく整理することができなくて黙っていた。

「何があったんだかいってみてください。ぼくに手伝えることがあるかもしれない」

「もう滅茶苦茶なんだから」

「何が?」

「漆がぶよぶよになって皺だらけで、裂け目までできちゃったんだから」

漆? といって藤倉はしばらく何もいわない。

「いいんです。藤倉さんには関係ないんです」

「ちょっと待ってください。漆っていうと、漆芸の漆? 蒲鉾板の大きいのみたいなのに漆を塗るあれですか?」

「ええ。でももうどうしようもないんです。わたし、困ったなあ。途中までうまくいっていたのに」

情ないいいかたになって、終りの方は声が震えた。電話の向うで彼が声を出して笑っている。笑いごとじゃないんだからと、泣きたいのをこらえていた。

「厚く塗っちゃいましたね？」

返事をしたくなかった。わかってるならわざわざいって、もう一度あの失敗の無念さを思い出させることないじゃないと思った。

「大丈夫です。ぼくが作っておいてあげましょう。提出はいつですか？」

「藤倉さんに作れるわけないでしょう？　材料もないし日にちもないんですから」

「材料はあるんです。おたくの教材は大抵うちで納めさせてもらってるから残品があります。毎年やることは似てますから作りかたもわかってます。提出はいつです？」

「来週の金曜です。あと一週間しかないから無理です。作れっこないです。乾かすのに時間がかかるから」

来週の金曜日ね、といいながらカレンダーでも見ているのだろうか彼の声が遠くなった。しばらくして急に元気な声が聞えた。

「来週の金曜日は祝日ですよ。休み。わかりますか？」

え？　と朋子もカレンダーを見た。ほんとだ。

「とすると二週間あるわけです。大丈夫作れます。漆の色は？」

黒です、といいながら動悸がしてきた。ほんとうに作ってもらえるのだろうか。

「再来週の金曜日、学校に行くときうちに寄ってください。紙袋にいれてわからないように渡してあげますから」

すみません、と彼女は小さな声でいった。

「それは安心していていいですから、来週の飛び石連休は何か予定がありますか？」

来週が休日の多い週だということは、いままで気がつかなかったのだから予定のあるはずがなかった。

「おくにには帰らないんですか？」

「うちへは夏休みに帰りましたから」

そうこたえながら、またどこかへさそわれるのだろうと憂鬱だった。どうやってことわろうか。しかしことわりにくいなあ漆塗りをやってもらうんだし。

「どうですか、動物園へ行きませんか」

動物園？　動物園はおもしろそうだ。

「内野さんのところから歩いてでも行けるでしょう？　木のある公園もあるし、美術館もありますよ。行ったことありますか？」

「いいえ」

「だったら一度行く価値あります。明日の日曜日か、月曜日も休日だから、どっちにします？」

動物園に行くのはいいのだが、彼と並んで歩くのがいやなのだ。

「そのとき、その失敗した作品をぼくにください。同じように作った方がいいですから」

それはそうだと、朋子も思う。

「とすると早い方がいいですね。明日それを渡してもらえば、帰ってからその日のうちに砥の粉塗りまでやれます」

そうですねえと思わず朋子はつぶやいた。

動物園は信じられないほどの広さだった。子供のころ父や母と故郷の動物園によく行ったが、そんなものが五十個も並んでいるような気がした。午前ちゅうから歩きまわって、四時の閉園までいたけれど、あれで三分の一ぐらいしか見られなかったようだ。

「そう一つずつ時間をかけていたら何も見れませんよ」

と藤倉にせかされて、それでも急いでまわった気がしている。

夕食をして部屋にもどったときには夜になっていた。藤倉とこんなに長く一緒にいたのははじめてだった。彼が四国の網元の長男で、本来なら家をつぐはずなのに東京に出てきてしまったのは、生れたとき実母に死なれ、すぐきた継母に育てられて、そのあと五人もの弟や妹が生れたせいだというような話を聞かされた。彼が自分のことを話すのは珍しかった。いじめられたわけではないが小さいときから自分は余計な人間だという意識があっていたたまれなかったのと、気の荒い家業がきらいで絵を描くのが好きだったということもあったらしい。彼が朋子に、気味がわるくなるくらい親切なのは、彼女が絵の勉強をしているからだろうか。彼女のきらいな彼の暗さや強引さも育った環境からくるものかもしれない。彼の存在は便利だし、聞いた話は気の毒だけれども、一日じゅう動物園をつきあって、いやな気持は前より強くなっていた。

朋子は四年生になった。あと一年で卒業である。卒業したあとどうするか、考えておかなければならないのだがと思っていた。

夏休みに帰省したとき、そのことを母の方からいわれた。

「どうしたらいいのかわからない」

縁側に足を投げ出して庭を見ながら、朋子は力のない声でいった。自分で考えてみてもどうせ母の思うとおりにしかさせてもらえないのだから、母が朋子にどうしてほしいのか、それをさきに聞かなければ動きようがない。しかしそれを朋子の方から聞くと母はこじれてしまう。母の方からいい出すまで待って、朋子ののぞむ方向へ、まるで母がそう考えたからそれに従ったという形にしなければうまくいかないのだ。

「お友達はみなさんどうされるの?」

「みんな就職すると思うよ。いまごろみんな仕事さがしで大変なんじゃない。地方に帰る人も、この休みのあいだに地元での就職さきを決めるんだっていってたから」

「油絵をつづける人はいないの?」

「それはいるよ。卒業したら団体展に応募しないかってさそわれてるし、グループ展しようっていう友達もいるし。でも結局働きながらでないとつづかないでしょう？　油絵が売れるなんてことは一生ないかもしれないもの」

母は黙っていた。朋子は、あーあといいながらのばしていた膝をまげて両腕にかかえ、その上に顔を伏せた。

「卒業したら帰ってきてお絵描き教室でもやろうかなあ。そして来年の教職員採用試験受けて、先生になってもいいし。でも受験受かるかわからないからね。受かったって仕事ないんだって。臨時採用とか産休要員とかいうのでも二、三年待つらしいんだ」

「先生になりたいの？」

「べつに」

「だったらなることない。やりたいことをどうしてやらないの？」

ここでほんとうの気持をいうのはまだあぶない。朋子は面倒そうに、うーんとだけいった。

「あなたは小さいときからあんなに絵が好きだったのに」

母は不服そうだった。そして、

「何のために東京の学校に行ったんだか。帰ってくるぐらいなら最初から行くことなかったでしょうに」

と癇《かん》をたかぶらせたいいかたになった。

「淋しいのを我慢して、お金もかけて。みんなあなたがほんとうの絵描きになるつもりならと思ったからよ。わたしはなれなかったけど、あなたはなりたいのかと思ってた」

「なりたいけどさあ」

感情的になっている母の気持をかわすように、朋子は庭を見ながらつぶやいた。

「いまだっておかあさんは淋しいとかお金かかるとかいったでしょう？　それがこれからずっとつづくのよ。無理だよ。おかあさんには」

「いままでだってやってきたんだからこれからだってやれる。もう慣れてあたりまえになってるもの。いまのとおりならずっと大丈夫よ」

でもさあ、と朋子は用心ぶかく言葉をえらびながら、団体展に応募するのもグループ展に出品するのも金がかかる、いままでどおりというわけにはいかないかもしれないというようなことをいった。

「だって授業料がなくなるんだから」

母もいろいろ、考えていっているようだ。それでもまだ確かめておかなければならないことはある。部屋も、いまのところでは百号は描けない。もっと奥行きのある広さがいる。出入りの自由な独立している部屋でなければ夜描いたりすることもできない。母はそれを聞いて、じゃ引越せばいいといった。

「わたしもアルバイトをして、なるべくおかあさんに負担かけないようにするけど」

アルバイト？　と母はつぶやいた。

「そんなことしたらいままでのように帰れなくなるんじゃない？」

いままでどおりってわけには、と朋子が考えるようにいいかけたら、

「だめよ。帰るのはいままでのように春休みと夏休みと冬休みにはちゃんと帰らねば」

と、いきなり高い声をあげた。

「わかったよ。ちゃんと帰る」

母は安心したように、朋子を笑いながら見てうなずいた。

団体展に応募するとなれば、卒業する来年からはじめたい。十月のなかば、朋子をさそった講師のいる会の展覧会はほかの団体展といくつか一緒に同じ美術館でひらかれる。公募の締切が一と月前なので、八月には故郷に帰れないだろう。二月の卒業式が終ったらすぐ帰り、四月には上京してとりかかることになりそうだ。そう考えているうちに、引越しは卒業前にしておいた方がいいと思った。母は夏の盆に帰れないのをいやがったが、そのかわり展覧会が終ったら帰るという朋子の説明を聞いて仕方がないと思ったようだ。応募するなら百号の絵を二枚は出したいし、それを描くのに半年ぐらいかかるということは母にもわかるらしかった。引越しは夏休みが終って上京したらやることになった。

帰省するたびに駅まで送り迎えしてくれる藤倉を、いやだといいながらもういまでは習慣になって、いつもついいるはずだとさがしてしまうのだが、彼はやはりホームにいた。

「部屋をさがすって大変かなあ」

荷物を取りあげかけた彼から体を引くようにして朋子はいった。

「引越すんですか」

彼は驚いたように手をとめて彼女を見あげ、すぐまた荷物を持ちながら、どうしていまごろとつぶやいている。

「だっていまの部屋では大きな絵は描けないし、いろいろ不自由だし」

「ということは、卒業してもこちらにいる？」

「そうなったんです。こちらで絵をつづけるんです」

後ろから荷物を持ってついてきながら、それはよかったと彼はいった。それにしてもよくおかあさんがゆるしてくれましたねえ、とまたひとりごとのようにいっている。

「母の方からうまい具合にいってくれたんだもの」

ふりむいて立ちどまり、荷物を藤倉に持たせて空になっている両手をあげ、やったねといった。

「何といって説得したんです」

「なんにも。そうなるといいなと思って待っていただけ」

車に乗ってから彼はいった。

「心あたりをさがしてみましょう。ぼくの住んでる界隈《かいわい》は貸間の多いところなんです。場末だけど物価はやすいし足の便もいいですから」

「藤倉さんちに近いところ？」

不満そうな声で朋子はいった。

「心配しないでください。近すぎるところをさがして内野さんを困らせることはしませんから。ぼくはきらわれていることとようく知ってます」

朋子は困って黙っていた。俯いたままだった。そんなことない、とぐらいはいわなければわるいと思っていた。しかしきらいなのは確かだからいうことはできない。いくら向うからしてくれるからといっても、困ったときは助けてもらっているのに。自分でもわからない。親切な人だとは思うのだが、そばにいられるだけで不快になるのはなぜなのか。

ハンドルを大きくきりながら藤倉は声を出さずに笑った。

「すべてぼくの勝手。気にしないで下さい。いやがられてもぼくは内野さんのことをかまいたいんだから」

そういうふうにいわれるとますます朋子は居心地がわるくなる。助手席に坐っていた彼女は運転席の彼からなるべく離れるようにドアに体をくっつけた。それを横目で見てまた藤倉は笑った。声を出さずに笑うあの癖はなんとかならないかと思う。それをやられるとばかにされたような気がするし、彼が陰気で卑しく思えてくる。彼は自分を笑っているのかもしれないが。

藤倉のさがしてきた部屋は、彼のところから二駅ほど手前の町の古いベーカリーの二階だった。ガラス戸の玄関のたたきからすぐ二階へあがる木の階段があって、大家に関係なく出入りできる。階段をあがった左側が手洗で、右側に入口の板戸があった。板戸をはいったところは三畳の板の間になっていて、その左右に六畳の部屋がある。東側の窓から西側の窓まで三つの部屋が並んだ細長いかわった貸間のせいかずっと借手がつかなかったらしい。しかし朋子にはちょうどいい間取りだった。流しのある左側の東部屋をベッドや食卓のある居間に、右側の西部屋を仕事場にと決め、入口のあるまんなかの板の間は通り道を残して古カンバスや戸棚や衣裳《いしよう》ケースを置いた。仕事場の部屋には押入をこわしたらしい板張りの部分がついている。それだけ居間より広い。百号二枚のカンバスを並べ、離れて全体を眺めることができそうだった。

家さがしから大家との交渉から引越しまで、朋子が考える時間もないほど何でも藤倉がしてしまった。母へ相談する暇もなかった。敷金だの仲介料だの権利金だの、みんな藤倉がはらってしまっているのだろうが、いくらきいても教えてくれなかった。いますぐははらえないので立替えてもらえてありがたかったが、どうせ母から送ってくるのだからほんとうにわたしが困ったとき助けてもらった方がいいとたのんでやっとききだし、それから母へ連絡した。藤倉が教えてくれなくても大家にきけばわかるのは知っていたが、変に思われそうできけなかった。彼は朋子のことを、自分の姪《めい》だといったらしかった。「おかあさんの弟さんですか？　よく似てられますね」と若い大家はいった。あんな貧相な顔の、あんないやな雰囲気の人間に似ているといわれて、朋子は二、三日考え込んでしまった。しかしやがて、ひょっとするとそうかもしれない、似ているから彼を理由もなく嫌悪するのかもしれないと思いついた。

親がはじめたらしい古い家だが、息子夫婦であとをついだ店は繁昌《はんじょう》しているようだ。パンの並んでいるガラスケースは店の戸のすぐそばに置かれ、その向うは人が一人動ける広さで壁になり、壁の奥はパンを焼く部屋で、そのもう一つ奥に住いがあるようだった。

## 三

団体展に応募するようになってから三年目になった。朋子が一年のときのはじめてのヌードデッサンの授業で助手をやった上級生の酒井も、やはり同じ講師にさそわれて前から応募している。それを知って、朋子はうれしかった。朋子の同期の仲間もいるし、心細くない。最初の一年目は応募した二枚のうち一枚入選した。それはとても幸運なことなのだと仲間たちにいわれたが、何も知らない朋子にはあたりまえのことのように思われた。確かに、一緒に応募した六人のうち入選できたのは二人だけだった。朋子のほかのもう一人は三年上級の酒井で、四年目の今年はじめてはいったとのことだった。二年目には朋子も落選し、酒井だけが二度目の入選をした。「酒井さんは実力だが」とみんなはいった。入選と落選が一対一だからどちらが実力なのか三年目の今年でわかると朋子はからかわれた。

最初の年に簡単に入選したので母もいい気になっていたのだろう、二年目に落ちたときには朋子を怒った。のぼせていい加減に描いたにちがいないといった。一度はいった以上それだけの力があるのは確かなのだから、落ちたのは怠けたからだという。こうなると最初にはいったのは迷惑なことに思われた。三年目の今年こそ、と母はうるさくいいだした。なまじ自分も若いころ絵を描いていただけにいろいろ思いつくらしかった。故郷にいるあいだじゅうそうなので、いままでのように母のところでやすらぐことができなかった。慰めてもはげましてもほしくなかった。自分で、逃げ場がないほどくやんでいるのだ。いなかにいるときぐらい、そういうものから逃げていたかった。これからさきは長いのに、母がこんなでは自分もあおられてつづかないかもしれないと思った。「そんなにあせるのならわたしできないからやめるよ。いまのうちに」母は黙った。「わたしは一生を棒に振るつもりではじめたんだから」

そして三年目も落ちた。落ちるのがあたりまえだった。仲間たちも同じだった。みんながっかりしながら平気だった。朋子は落ちた作品を引取って自分の部屋に並べ、みじめ、みじめ、と長いあいだつぶやいていた。引取りに行くとき小型トラックを運転した藤倉が、トラックからおろした絵をいつものように二階まで運んでくれた。そして帰ったと思ったのに、またもどってきて朋子のななめ後ろに坐っていたようだ。気がついたら彼も一緒になって、みじめ、みじめ、といっていた。前の家のときには部屋にいれたことのなかった彼だったが、この家は彼が見つけて室内の按配《あんばい》までして片づけてもらったのに、具合よく落着いたからもうはいらないでとはいいにくかったし、百号のカンバスを木枠に張ったり額をはめたり搬出入したりするようなことはみんなやってくれるので、仕事場の方は出入りさせないわけにはいかなかった。何がどこにあるか、どの絵具が少くなっているか、朋子より彼の方が知っていて何もいわないのに必要なものを届けにきては仕事場の方にいつまでも坐り込んでいたりした。いままでとちがって、この人もわたしと同類のみじめな人間なのだと思えば、きらいというより情ないという気になる。彼がまだいたのに気がついた朋子は、立ちあがってカーテンのあわせ目から自分の居間にはいった。引越した翌日、また手伝いに彼がきたとき、「こちらの部屋は、このカーテンからはいらないでください。わたしのプライベートな部屋ですから」とはっきりいってあった。だから彼はこちらの部屋にははいってこない。しかし暗くなっても電気もつけずにじっとしているらしい気配を感じつづけているのはたまらない。いつもはそれでも我慢して、やがてカーテンのすぐ向うの出入口の戸をあける音と、お邪魔しましたという声が聞えるまで絶対に知らん顔をしているのだが、今日は絵を運んでもらったんだしとまた弱気になって焼飯を作り、大皿に盛って仕事部屋に行った。電気をつけて絵具箱の上に皿を置いた。

「これ、蓋が毀《こわ》れているから気をつけてください。油断するとひっくり返ります」

藤倉は前と全くかわらない恰好でいた。運送屋にたのめば簡単にすむのに、彼は絶対にそうさせてくれない。一度彼に内緒で運送屋にきてもらったら、少し遅れてきた彼が運送屋にくってかかり喧嘩になった。それからは朋子もあきらめている。自分がそうしたいのだから放っといてくれという。朋子の気配のするところにいたいのだからといわれて、こんな情ない男なんか勝手にすればいいと思うのだが、大抵朋子が負けてしまう。運送屋なら金をはらえば終るが、好意というのは何と重苦しいものだろう。こちらに好意があればそれで返せるが、ない場合にはどんどん借金が溜っていくような気がする。彼が焼飯をたべたくて坐っているのではないことはわかっている。一緒に飯くいに行こうというのを朋子がことわったのだ。でも朋子も空腹になってきて、彼がいるのに一人でたべるわけにはいかない。

「内野さんはたべないんですか」

「わたしはあちらでたべますから」

「そうですか」

といって彼は珍しく、立ちあがりかけた朋子をまっすぐ見ている。彼はいつもほとんど朋子の顔は見ない。朋子は気になって立ちどまった。

「じつは話があるのですが」

彼はまた俯いていった。

「じゃあたべてからまたきます」

いつもとちがう彼のことを気にしながら焼飯をたべてまた仕事部屋に行った。うまかったですといって、彼は黙ってしまった。彼女が、何なのですか、というまでじっと俯いていた藤倉は、すーっと顔をあげて、

「ぼくと結婚してくれませんか」

と、幽霊のようないいかたでいった。朋子は聞えてきた言葉が信じられなかった。彼女が藤倉をきらいなことは知っているはずだった。知っているけどかまわない、ぼくが勝手に何かしてやりたいのだといつもいっていたではないか。朋子は目も口もあけたまま彼を見ていた。しばらくして彼はいつもの声のない笑いかたをした。

「いや、もういいです。驚かしてすみません。後悔しないために一度確かめておきたかったんです。内野さんを知ってからもう七年になりますが、あなたのまわりに男の影が一度

も見えないので。一生結婚しないで絵を描くつもりなんですか。だったらぼくも一生結婚しないで内野さんのお世話をさせてもらいます」

「ちょっと待ってください」

はじめは呆然《ぼうぜん》としていた朋子も腹が立ってきた。どうせわたしはもてない女ですよと思いながら、それにしても全く男っ気がないなあと思った。自分も藤倉と同じように、他人に不快感を与える雰囲気の人間なのだろうか。そう思ったとき鳥肌がたった。

「わたしにだって男性の友達はいます。大学のときの友達やら絵の仲間やら。ただあなたのようにしつこくつきまとわないだけです」

震えながら朋子はいった。

「こ、恋人だっていますとも」

藤倉は薄く笑ってばかにした顔で彼女を見た。こんな女に恋人なんかいるものか、自分だからこそこうやっているが、それはこの女が自分と同類の、誰からも好かれない人間だからだ、と思っているような目だった。朋子は大家から藤倉に似ているといわれてはじめて気がついたが、彼は最初会ったときから直観的に感じていたのだろうか、それでまるで吸い寄せられるように彼女にまとわりつきだしたのか。あの目は、どうせ自分しかいないんだ、いずれは自分のものになると、自信を持っている目だ。

「帰ってください。もう二度とこないでください。あなたのために、みんな遠慮してわたしのそばにこないんです。迷惑しているんです」

赤い顔になって大きな声で怒っている彼女を上目遣いに見ながら、彼はゆっくり帰っていった。全く信じている様子はなかった。その背中にはいままで感じたことのないふてぶてしさがあった。

その夜朋子は眠れなかった。なんとかしなければとあせっていた。腹がたつというようななまやさしいものではなかった。恐怖に近かった。

翌日、朋子は、団体展に応募している仲間の、このところつづけて入選している酒井に電話をした。仲間のリーダーのような彼しか彼女のたのみをきいてくれそうな人間はいないと思った。名簿でさがしてはじめて電話したのだが、ちょうど日曜だったせいか彼はその日の午後に朋子の住いのある駅の喫茶店まできてくれることになった。

「笑われると思うのですが」

酒井に会った朋子は、自分がこれからする話を相手は信じてくれないかもしれないと思いながら、これまでの藤倉との出来事を長い時間かかってあまりうまくなく話した。酒井も大学の近くの画材店にはよく行っていたから藤倉のことは知っていた。それだけではなく、藤倉と朋子のことも知っていた。

「あの人のことを、内野さんのためならタトエ火ノナカ水ノナカって、みんないってましたよ」

朋子の話がひととおり終ったとき酒井はいった。

「内野さんが困っていることもみんな知ってます。誰も誤解なんかしていません」

「だったらいいんですけど」

「ただね、内野さんと一緒に帰ったり喫茶店で喋ったりした男には、あの人から文句がくるという噂でした」

「ほんとうですか？」

「ぼくも一回やられました」

「どんなふうに？」

「電話がきたんです。彼女には手を出さんでくれ、自分は内野さんを守る会の代表だって」

「なんですかそれ」

「いや、そんなものないんだと思いますよ。彼が一人でやってんでしょう。でもそういってあなたのまわりから男の友達を追いはらっているのはほんとうだろうな」

「だからあんなに自信たっぷりでいったんですね、あなたのまわりには男の影がないって。自分しかいないんだから結婚しようって。わたしはぞっとして、恋人はいますといいました」

「へえ？　ほんとうですか、それは」

「いるわけないじゃありませんか。わたしみたいなのにいるわけないです。でもそういったんです。それで、その恋人に酒井さんの名前借りていいでしょうか」

さあ、それは……、といったまま酒井は腕を組んだ。

「酒井さんなら彼も一目置いているし、同じ応募グループにいるのも知っているから、それほど不自然ではないと思うんですけど」

しかしなあ、とやはり酒井は考えている。

「酒井さんには迷惑かけません。納得すれば彼はあきらめると思います。これからわたしの部屋にきてください。おねがいします。一時間ぐらい時間をください。彼を呼んではっきりさせます。おねがいです」

ずいぶん勝手なたのみだと朋子も思う。しかし彼女はほかにたのめる人間も方法も思いつけなかった。

「わたしこわいんです。あの自信にみちた顔をはじめて見せられて震えてしまいました。冗談ではありません。とんでもないことです。わたしは藤倉さんほどきらいな人はいません。ただ気の毒で、それにどんなにことわっても何度でも平気でくり返されるので、つい面倒になっていたのです。便利でもありましたし。ほかに誰も男子の学生は声もかけてくれませんしさそってもらえない。誰もいなかったから淋しいし。まさか彼がまわりにそんなことをしていたなんて知りませんでした」

孤立させて落そうとしたんだな、と酒井は煙草をもみ消しながら笑った。

「気は進まないけど。そんなに彼をきらいなのなら、つきあいましょう。でも一回だけですよ。ぼくは何もいわずに坐っていればいいんですね」

「ええ、ただいてくだされば。すみません。今日だけですから」

ここから電話してきますといって、朋子は立ちあがった。藤倉は昨日のことはわすれたようにいつもの平気な声で、すぐ行きますといった。

酒井をつれて朋子はうちにもどった。カーテンをあけ放した、藤倉を一度もいれたことのない居間の椅子に酒井を坐らせ、コーヒーをいれた。

「さっきも喫茶店でコーヒーでしたけど、これ置いておくだけで飲まなくてもいいです」

「いや、ぼくはコーヒーなら何杯でもいいんです。いつもこんなに本格的にいれるんですか」

二人は話がないのでそういうことをいったりしながらテレビを見ていた。

階段の下のチャイムが鳴って、朋子はインタホンでどうぞといった。そしてまた急いで椅子に坐った。階段のきしむ音がする。いつもの忍び足のような音だ。ドアが叩かれてあけられた。はいってきた藤倉はいつもしめられている左側のカーテンがあけ放してあるのを、おやという感じで見まわし、すぐ椅子に坐っている酒井を見つけて、酒井さん、とつぶやいた。酒井は黙って頭をさげた。

「そちらでお話ししましょう」

といいながら、朋子は仕事部屋の方に行った。あとから二人がきてそれぞれ隅の方へ離れて坐った。

「急においでいただいてすみません。じつは昨日お話ししたことを藤倉さんに信じていただけなかったようなので、はっきりしておきたいと思ったのです。酒井さんのことは藤倉さんもご存知ですよね。この……」

このかた、といいそうになって朋子はあわてた。

「か、彼がわたしの……」

恋人という言葉がいえなかった。口のなかが乾いて呼吸があらくなった。藤倉はくぼんだ小さな目で朋子を見ている。ああだめだ、藤倉に信じさせることはできないと思ったとき、酒井が馴れているふうに膝をくずして胡座になった。

「いいよ、ぼくがいう」

そういった酒井はゆっくり煙草を出して火をつけた。

「こういうことを女にいわせちゃいけねえよな」

とひとりごとをいってから、何気ないいいかたで声をかけた。

「藤倉さん」

藤倉は酒井を見つめた。

「いつか藤倉さんから電話もらいましたよね。内野さんに手を出すなって。それで内緒にしてたんですが、もうばらしちゃった方がいいって彼女がいうものですから。かくしていてわるかったです」

いつの間にかみんな俯いているようだった。どうしていいかわからない時間がすぎていった。藤倉が音もたてずに立ちあがり、ちょっと頭をさげて階段を降りていった。玄関のガラス戸の静かにしまる音がした。こういうときでも静かに動くのは藤倉らしかった。落着いているというのではなく陰々としているのだった。影が一つ消えた感じだった。彼の坐っていたあとは濡れているような気がした。酒井が憂鬱そうにいった。

「女の人って残酷ですね。ぼくに思わずあんな芝居させちゃうんだから。しかしあの人を見ているといらいらしてきますね。何かこういじめたくなるような。そのくせこっちのいうことが何もしみていかない感じ。内野さんがどんなに親切にされても好きになれないっていうの、わかる気がしましたよ」

そういってからやはり憂鬱そうに、

「こういうのって後味がわるいですね。いやな気分だなあ」

とつぶやきながら帰って行った。

これで、こっそりあこがれていた酒井も便利だった藤倉も離れていってしまっていよいよひとりぼっちになったわけだけど大丈夫かなあと、自分でやっておきながら心細くなっていた。知りあいのなかで最も大事に思っていた酒井にあんなことをたのまなければよかったとか、気持はよくないが便利なのは確かだった藤倉なのでこれからは何かと困るだろうなあとか、後悔のようなものがあった。後味がわるいのは朋子も同じだった。しかしやはりもうあの藤倉の顔を見なくてよくなると思えば、ばんざいとでもいいたくなる。しばらくそうやって気が抜けたように坐り込んでからやっと立ちあがり、灰皿やコーヒーカップを流しに運び洗いはじめたとき電話が鳴った。

「藤倉ですが」

さっきの出来事から何の影響もうけていないいつもの声だ。何ということだろう。酒井が帰ってからまだ三十分ぐらいしかたっていないというのに。

「べつにぼくは怒っていませんから気にしないでください」

まるで逆だった。やはり酒井がいったように、何もしみていかない人間なのだろうか。

「いまからそっちへ行っていいですか」

こんどだけはどんなことがあってもしっかり藤倉を押し返さなければ。本気で腹をたてた朋子はかえって低い声になった。

「こないでください」

「でも酒井さんはもう帰ったでしょう？　ぼくは駅で待って、彼が帰るのを見ていたんです。彼が泊るようならあきらめようと思ったのですが、それほどのことじゃないじゃありませんか」

朋子は溜息が出た。いったいどうすればいいのだろう。

「わたしは彼が好きです。そのうち結婚します」

嘘つけ、と自分で思いながら硬い声でいった。

「結婚？　まさか」

藤倉の薄ら笑いが見えるようだ。

「します」

「どうしてあんな男と。あんな男のどこがいいんです。態度ばかりでかくて、あなたのためにに何もする男ではありませんよ。あなたが彼に利用されるだけなのに」

「そうしたいんです」

「いけません。絵が描けなくなります。一生を棒に振ります。ばかな話です」

「かまいません」

「ぼくは一生あなたに奉仕します。もうまちがっても結婚したいなんていいません。ただあなたの役にたちたいだけです」

「いいえ、彼と一緒にやっていきます」

しばらくあいだがあいて、朋子が最もきらいな暗い声が聞えた。

「あなたはばかだ。いまどんな大事なものを捨てようとしているかわかっているんですか」

「わからなくていいです。とにかくもうこれで電話もしないでください。それでは電話を切ります」

「いっておきますが、ぼくは絶対にあきらめませんよ。墓場までもあとをつけていきますからね」

朋子は受話器を置いた。すぐまた電話が鳴ったが放っておいた。呼出し音は二十回ぐらい鳴り、一度切れてからまた鳴りつづけた。その音を聞きながら流しを片づけ、思いついて急いで下におりて鍵をかけた。二階の出入口にも鍵はついている。この鍵をかけると手洗に行くたびに鍵をあけなければならないので夜寝るときしかかけないが、それも念入りにかけた。これからしばらくは用心しようと思った。大家にもいっておかなければと気がついた。彼のことだから、大家とは顔見知りだし朋子を姪だといってあるので、留守のときでも鍵を貸してくれといいかねない。姪でも何でもない、ただ画材屋なので出入りしていたのだが気にいらないことがあったので画材屋をかえたから絶対に彼のいうことは信じないでほしいといっておかなければ。いま彼は駅から電話をしているようだった。駅からは商店街を十分ぐらい歩く。そのあいだにと、また朋子はいちいち鍵をあけ、下のベーカリーの店さきに立った。店には誰もいないので、奥のパンを焼く部屋をのぞき、そこにいた大家にいった。早口だったのか相手は少し驚いた様子だったが、「とにかく藤倉さんが鍵を貸してくれとかわたしにたのまれているからとかいっても、本人に聞いていないからといってことわってください。何かあるときはわたしが大家さんに前もってたのみますから」と、部屋を借りてから部屋代をはらうときぐらいしか話したことのなかった大家に一気に話して、また鍵をかけながら部屋にもどった。長い距離を走ったように息が切れていた。それでもやっと安心して手洗に行きたくなり、部屋の鍵をはずしたときチャイムが鳴った。インタホンをはずして黙っていた。「藤倉です」と、やはりいっている。朋子はインタホンをもどした。チャイムは何回も鳴った。そのあいだ手洗に行き、帰りに階段の上から見たら、ガラス戸に彼の影がうつっていた。朋子は部屋の鍵をかけ、テレビの音を大きくしてベッドに寝転んだ。何日ぐらい辛抱すれば彼はあきらめるかと考えていた。すっかり夜になっていた。自分が空腹なのに気がついて冷蔵庫をあけた。何もなかった。朋子は前にもらってあったクッキーを出し、まだたべられるかとにおいをかいだり、黴《かび》がふいていないかとよく見たりしてから少しかじってみた。何ともないようなのでさっき酒井に出したコーヒーの残りと一緒にたべた。そのころになってやっとチャイムが鳴らなくなった。朋子は居間やほかの電気をみんな消し、もともと電気のついていなかった仕事部屋に行った。仕事部屋は道側だ。玄関を出たところの道が上からよく見える。おそらくそこに藤倉は立って部屋を見あげていると思う。窓をあけて見てみようと思ったのだが、やめた。そうやってこちらが彼に気をとられていることがわかると彼はまたうぬぼれるだろう。彼女は居間にもどって電気をつけ、テレビもつけた。今日は早く寝て明日の午前ちゅうに食糧を買い込んで籠城の準備をしようと思った。三日ぐらいは我慢しなければならないかもしれない。道で会ったりするのがいちばんまずい。

翌日も、翌々日も、昼すぎから電話が鳴り、夕方からチャイムが鳴った。電話は受話器を取って黙って耳にあて、相手が藤倉のときにはそのままもどしたし、チャイムもインタホンを黙って聞いて同じようにした。思ったとおり、三日目には何もなくなった。しかし油断はしなかった。四日目にまた彼はきた。そしてそれからはほんとうに連絡がこなくなった。やっと終ったようだった。それでも道や駅で見張っているかもしれないので、彼女は歩いて一つ遠い駅から故郷に帰った。一人でやってみればちゃんとやれるのに、どうしてもっと早くそうしなかったのだろうと思った。大学にはいって最初の帰省のときからずっとかまわれてきたので一人でやれないような気になっていた。それに彼は絶えず、あなた一人でやれるはずがありませんというものだから、暗示にかかっていたのかもしれない。応募のときの絵の搬出入だって、仲間たちのたのんだ運送屋が五人のところをまわって運んでくれるという。これまでもそうすればいいのにとみんないっていたらしいのだが、いや彼女には彼がついてるからと、遠慮していた話を喫茶店で会ったとき酒井はいっていた。

一と月ばかり故郷ですごし、十月なかばに朋子はもどってきた。ホームに藤倉の姿のないのははじめてだった。大袈裟《おおげさ》にいえば、自由になったという気がした。誰かをあてにするということはそれに束縛されるということにもなるんだと思った。玄関のガラス戸の鍵をあけながら、二十五歳にもなってやっとそれに気がつくなんて遅いんだよと心のなかでつぶやいて部屋にはいり、荷物を放り出してベッドに寝転んだ。いい気持だった。これからシャワーを浴びてラーメンでもたべに行こうと思った。母にことづかった土産を持って大家に挨拶をした。大家は郵便物を階段の下のところに置いてくれている。さっきは荷物が多くて持てなかったので、それを抱えて部屋にもどった。すべて自分のやりたいようにやれる。上京して部屋についたとき誰もいないということはこんなにも気楽なものなのか。朋子は郵便物を見はじめた。通信販売のカタログを一つ一つめくって、見終ると次のにとりかかる。何冊ものカタログを見て古新聞のところに置いた。あとは展覧会の案内やダイレクトメールや銀行引落しの通知ぐらいだ。トランプをめくるように見ながらいらないものはそばのくず籠に捨てていった。一通だけ手書きの封書があった。藤倉の名前だった。彼の影がまたしのび寄ってきたような重い気分になった。朋子はちょっと迷ってからくず籠に捨てた。

汗ばんだ窮屈な外出着をぬぎ、シャワーを浴びてシャツとズボンに着がえた。商店街でラーメンをたべ、買物をして帰ってきた。

寝るころになって、くず籠から藤倉の封書を取った。彼は画材店をやめたようだった。

一年ほど南の方の国に行くらしい。知りあいのいるその国で絵を描いて、民族衣裳や細工物を仕入れて帰国し、それらを売って一年日本で暮し、また次の一年はその国に行くというふうにするつもりだと書いてあった。内野さんが帰京されるころにはもう日本にはいません。帰国したら連絡します。

彼はやはり絵を描きたかったんだなあと朋子は思った。彼が日本にいないのなら、どこかで会う心配もない。彼が彼自身のために計画をたて時間を使うのはいいことだとも思った。「よかったじゃない」と彼女は手紙にいった。南のその国ではほとんど金がいらないらしい。彼はもともと四国の生れだから、南の国はきっと性があうだろう。父親の家業をついだ継母とその子供である弟たちとは近いうち財産わけをして縁が切れるのだといっていた。きっと財産わけが終ったのだろう。朋子に結婚のことなど口走ったのもそのせいかもしれない。朋子とのことも終りがきて、彼はもう日本にいる場所がなくなったような気になり、知りあいにさそわれるままに南の国に行ったのだろうが、それは彼に似合っているように思われた。

何枚かの個展の通知のなかに、酒井の名が書きそえてある案内状があった。案内状は大学の同窓生のものだったが、その余白に、「年末にこの会場でグループ展をやろうという声が出ています。いずれ連絡しますので打合せ会にはぜひ出席してください」と書いてあった。こういう言葉を書きそえてくれるところをみると、彼は朋子に愛想をつかしてはいないのだと思った。団体展に応募するグループからはじき出されずにすみそうだった。しかし消印を見ると半月も前になっている。もう十時で少し時間が遅いかもしれないと思ったがすぐ電話をした。打合せ会はもう終っており、一人二、三枚出品することや費用や日時のことを酒井は教えてくれた。そうですか、いなかに帰っていたんですか、道理で何回電話してもいないのでといい、内野さんも数のなかにはいっていますからがんばってくださいといわれた。卒業してから百号だけしか描いていないので小さな号数の作品は不安だった。しかも二カ月たらずのあいだに二、三枚も描けるだろうか。

結局、朋子は二枚しか描けなかったけれど、グループ展は無事に終った。祭りのように賑やかなばかりで、売れるということはない。親類のものたちに売りつけたりして何枚かの買いあげはあったが、朋子には関係がなかった。持って帰った二枚の絵を見ながら、絵が売れるということは一生ほんとうにないだろうと思った。

年があけて四月になった。四回目の応募の絵にとりかかる時期だった。いままでなら黙っていても藤倉が百号のカンバスの材料を持ってきて張ってくれたが、今年は朋子が一人でやらなければならない。グループ展のとき仲間に紹介してもらった画材店でカンバスを用意した。張りにきてくれた若い店員が、下塗りを手伝いましょうかという。そんなことまでしてくださるんですかと驚いている朋子に、そういっちゃなんだけどお客さんは背が低いから上の方は大変だろうと思ってと彼はこたえた。藤倉もいつも手伝ってくれていたが、自分だからこんなことまでしてやるんだといわれつづけていただけに、なーんだ、という気がした。カンバスはいままでの荒目のものではなく絹目のものにかえていた。下塗りもいままでの白でなく、赤にしてみようと考えていた。朋子はえらんでおいた赤の絵具を見せて、これで塗るつもりといった。店員は、おもしろいですねと乗り気になって、夕方まで手伝ってくれた。塗ってもらえたのは二枚とも上の方だけだったが、彼は帰るとき、こうやる人もいるんですよ、知ってますかといって、丸めた布切れでカンバスの端の方をぽんぽんと軽く叩いてみせてくれた。画面の質感がやわらかくなった。これが乾いてから色をのせるとぼやけたおもしろさが出るんだそうです、そういって彼は帰っていった。

たまには画材屋もかえてみるものだと朋子は思った。藤倉につかまって、ほかからの情報が伝わってこなくなっていた。危いところだったかもしれない。誰かにたよって楽をすると、その分だけ何かを得られなくなるようだ。何でもいい、どうせ落ちるのだからやってみるかと思い、一枚だけぽんぽんと叩いた。予想以上に疲れる作業だった。

しかし、ぽんぽんとやった方の絵が入選した。

いつものように団体展が終ってから故郷へ帰ったとき、三年ぶりにようやく入選したことをよろこんでいる母に、地塗りをぽんぽんやる話をした。母は朋子がびっくりするほど笑い転げた。どうしてそんなにおかしいのかと思ったが、母はそれくらいうれしかったのだろう。そのかたが教えてくださらなかったらあなたはまた今年も落っこってたわけねと、何回もいって笑っていた。

一と月母のところにいて上京した翌日、藤倉の電話がきた。

「いま帰ってきました」

前よりあかるい声だった。もう一年たったのかと思った。そういえば彼のことはほとんどわすれていた。きらいだけどでも彼がいなくなったらさぞ困るだろうと思っていた一年前のいまごろのことを思い出した。一つ一つ大変だぞと思って取組んできたが、やってみればはじめから一人でやるのがあたりまえのことばかりだった。朋子はもう前のように彼のことで重い気持にならなかった。土産があるから届けにいきますという声を聞きながら、二時間で帰ってね、と平気でいえた。

一年ぶりの彼は元気そうには見えなかった。頬がそげたような感じがした。しかし陰々としたものはなくなっていた。五十センチぐらいの南洋の木彫り面は目に貝らしい義眼が光っていて気持がわるかった。これ大きすぎて目が光っていてこわいからいらない、と朋子はいった。

「夜寝られなくなりそうだもの」

そうかあ、内野さんはこわがりだったからなと彼はいいながらそれを包み、次に十センチばかりの銅で作られた仏頭を出した。

「あ、これいい。これほしい」

彼はうれしそうにうなずいて、またほかのを出そうとしている。

「もう、いい。これだけでいいです。好きなのを一つもらうのがいい」

まだほかにもいろいろ、といいながらかついできたのかと思うほど大きな包みのなかをさぐっている彼に、

「あとは売るんでしょう？　一つでもたくさん品物あった方がいいんだから」

といって立ちあがり、コーヒーをいれてきた。藤倉はよく喋った。前のように鬱屈したものを体じゅうから発散させながら押し黙っていられるよりよほどよかった。不愉快にならずにすんだ。彼は一人で喋りつづけていたが、藤倉がくると決ったとき二時間後にベルが鳴るようにして仕事部屋の中央に置いておいた目覚し時計の音で我にかえり、立ちあがってくれた。

「絵はうまくいってますか」

とまた立ちどまりそうなので、

「まあ、なんとか」

といいながら彼の大荷物を引きずって階段のところまで移した。

「これからは商売でいそがしいでしょうからわたしのことは気にしないで。あの仏様とてもすてきです。ありがとう」

といいつづけながら階段をさきにおり、ガラス戸をあけた。

「さようなら。また南国に行かれるときにはお電話でもください」

内野さんはかわったなあ、と、玄関を出てから彼はいったが、朋子は笑って手を振って戸をしめた。こっそり鍵をしめながら、また一年うるさいのかなとやはり憂鬱だった。

この年の応募作は、二枚とも赤い地塗りをぽんぽん叩いた。そして両方入選し、一枚は賞をもらった。

藤倉はときどき電話をくれたが、朋子は、「わたしは真剣に人生をかけて描いているんです、どうか邪魔しないで」とくり返し、彼は「あのお面は高く売れましたよ」とか、「いまこういうエスニックってブームなんですね。ぼくの下手な絵までよく売れます」とか、「地べたに茣蓙《ござ》を敷いて盛りあげておくだけなんです。毎日値札を高く書きかえるのですが売れゆきに関係ないです。一度見にきませんか」などとはしゃいだ声で、無理に朋子に会おうと思いつめる時間がなくなっているようだった。誰か仲間と二人でやっているらしい。やがて、「また行ってきます。帰ったら電話します」といってきた。

藤倉のいない一年はすぐすぎた。

次の年の六回目の応募作も二枚入選し、去年のとはちがう賞をもらった。

落選したときは作品を受取りに行けばいいだけだが、入選すると十月なかばの展覧会のあいだもいたかったし、そのあとの激励会にも出たいので、母のところに帰るのはいままでのようにはいかなかった。だが一と月ぐらい帰るのが遅れるのに母は文句をいわなかった。

いつも母のところからもどるころに帰国する藤倉からやはり電話がきた。

朋子の部屋にはいった彼は、なつかしそうに仕事部屋を見まわした。

「受賞した作品を見せてもらえませんか」

「今年のはこれですけど」

と、裏返して立てかけてある一枚をさし、

「でも去年のを出すのは大変ですよ」

と天井に釣ってある棚をさした。彼は天井のを出しながら、

「ここに仕舞うの大変でしょう。ぼくがいないのにどうしてるんです」

と、息を切らしながらようやく引きずり出した。

「グループの人がたのんでいた画材屋さんを紹介してもらって、その人にやってもらってるんです」

「ぼくがいなくても困らないみたいですね」

彼はむかしの雰囲気でいった。

「困ることばかりだったんですけど、できるだけひとをたよらないようにってがんばってます。力のいることは仕方ありませんが」

二枚の絵を並べて藤倉は黙っていたが、しばらくして溜息をつきながら、

「内野さんはいつもぼくの上にいる。いつまでたっても」

といった。

「上？　わたしはいつもみんなの下にいます。人並のことができないんですから」

「ぼくは外国で、これでも一所懸命絵を描いているんです。こんどこそと思って帰ってくるのに、あなたを追い越すことができない」

「いつかのグループ展のとき、わたしの絵は一枚も売れませんでした。藤倉さんの絵はよく売れているっていってたじゃありませんか。わたしはまだ絵が売れたことないです」

あんな売れかた、と藤倉は自分をばかにしたようにいった。あれは南洋雑貨と同じ売れかたなんだ、そういいながらそばの大きな包みをあけた。背の高さほどの木彫りの匙《さじ》が出てきた。

「あなたは大きなものはきらいだけど、これならこわくないでしょう？」

この前もらった仏頭は、仕事部屋の壁にかけてあった。

「うーん。すてきだけど、やっぱり大きすぎる。持って歩けないもの、動かせません」

この小さいのもあるんだといって、半分ぐらいのを彼は出した。

「もっと小さいのないですか？」

彼はくぼんだ目にあわれむような笑いを浮べ、

「この前のときはてきぱきした感じでかわったと思いましたけど、やっぱりかわらないな

るのを、

あ、そういうところ」

といいながら、三本並んだ十センチぐらいの匙の、すくうところに動物の顔の彫ってあるのを、

「やっぱりこれかな、きっとそうだろうと思っていたけど」

と朋子の手に渡した。

「そう。これです。これください」

彼はやさしい顔をしていた。そういう顔は以前だってしていたのだが、朋子がやさしいと感じたのははじめてだった。

「ぼくがいなくなってからあなたはどんどん成長していっているような気がします。助けているつもりで邪魔をしていたんですね。かわいいところはかわりませんが」

そういわれても、前のようになめられたような気がして腹がたつというふうにはならなかった。迫ってくるような感じがなくなって、離れて眺めているという感じだった。夕日が横顔にあたっていた。そのせいかいつもの黒い顔が黄色く見えた。

「酒井さんとはうまくいっていますか？」

不意をつかれて朋子はあわてた。

「え？　あ、まあ」

「酒井さんがいいんだな。内野さんをうまく自由にさせている彼がいいんだ」

少し淋しそうな声だった。朋子が催促もしないのに立ちあがった。

「ときには寄らせてもらっていいですか？　また、と怒られるかもしれませんが、内野さんの仕事している姿を見ていたいんです」

絵を描いているところを見られるのはほんとうにきらいだった。しかしどういうわけかこのときには、彼なら影のようだから邪魔はしないだろうと思った。いままでの逆だった。何がかわったのか。おそらく朋子が彼をたよらなくなったからだと思う。たよっていればその分重苦しく感じるものだ。あてにしなければ、相手がどうしようと気にすることはない。勿論彼もかわったとは思うが。

朋子が団体展の絵にとりかかってから、彼はときどききて、黙って後ろに坐っていた。それは以前と同じだったが少しも意識せずにいられた。いままでは絶対はいってはいけないとがんばっていた彼女の居間に、黙ってはいってコーヒーをいれてきたり、食事を作ってくれたりした。それも朋子は気にならなかった。コーヒーや食事を持ってくる具合が、彼女の気持にぴったりだった。不思議なほどだった。気がついたときには彼はいなくなっていた。十二時になったら帰るらしかった。彼女がくたびれて肩や腕をまわしたりしているとき、彼は音もたてずに寄ってきて揉んでくれる。非常にうまい。彼女は思わず、極楽、といったほどだった。専門家ですからねと彼は目だけで笑った。資格を持っているらしかった。こんなにいろいろできるのにどうしてどれかでちゃんと暮さないのだろう。風来坊みたいに一年外国で現地人と同じ暮しをして一年地べたで雑貨や絵を売って。いつかそれをいったら、「ぼくは絵描きになりたかったんです、小さいときから。そのためにはくえるようにしておかなければと思って。画材店にいたのも絵が描きたかったからです」とかなしそうだった。「だったらいまはそうなったじゃありませんか。一年絵を描いて一年それを売る。藤倉さんの理想の暮しじゃありませんか」「ええ、ひとりよがりかもしれませんが、絵で暮しているという気でいます」「だからなんですね。藤倉さんはかわられました。何かから解放されたみたいに人間が大きくなられたようです」藤倉はうれしそうな笑顔になった。すぐ恥かしそうに俯いたが体じゅうがうれしそうにふくらんで見えた。

搬入の日がきた。七回目の応募だった。酒井たちのグループでいつもたのむトラックが最後に朋子のところにくるはずなので、その時間あたりに藤倉がきてくれていた。絵が出ていくのを見送りたいのですと彼はいった。以前はいつも彼が運転して一緒に運んだ搬入だったからなつかしいだろうなと朋子も思った。

トラックのくる時間になって、藤倉が絵をかついで一度おり、またもう一枚の絵を持っておりかけた途中で足をすべらせた。上から見ていた朋子は、

「藤倉さんは落ちてもいいけど、絵は落さないで」

と笑いながら冗談をいった。

「大丈夫です。ぼくは死んでも、あなたは守ります」

いままでだったら気障《きざ》に聞えたそういう言葉も冗談として笑って聞いていられた。いつもは部屋から運び出してくれる運転手と、一緒になって荷台に乗せたが、何もほかの絵が乗っていない。運転手にきいたら、今年はお宅だけですといった。気がつかないうちにみんなは応募しなくなっていたらしい。グループ展も一回だけだったし、朋子の方から何も連絡しないので、年に一回搬入のときのトラックの荷台を見て自分もグループなのだと思い出すくらいだっただけに、みんなの様子を何も知らなかった。一度にではなく一人一人やめていったのかもしれない。酒井でさえ何もいわずにやめたのかと淋しかった。卒業してから七年たっていた。三年上の酒井は十年たったことになる。六回つづけて入選しているのに、どういうわけか賞に縁がなかった。やめたのはそのせいだろうか。

しかしこの七年目で朋子は会友になれた。会友になれば一枚は必ず展示してもらえる。でも会友はやはり会員ではないのだ。このあと間もなく会員になれるものもいるが、五年や十年たってもなれなくてやめるものもいるし、会友のまま一生描きつづけていくものもいる。どの運命がいいのか誰にもわからない。朋子はすべてなりゆきだと思っている。応募する会をどの会にするか決めたときからそう思っていた。選んで決めたのではなく大学で教わった講師に声をかけてもらっただけだ。そのあと講師と顔をあわせる折はなかった。彼は会の一番上の常任委員という場所にいる。さきは長くどこまでも遠くつづいている。それに会員や委員になったところで絵が売れるとは限らない。売れる絵がいいとも限らない。だからといって他から高い評価を受けるとも決っていない。会から出れば無名かもしれない。どんな肩書も会のなかのことだ。それはそうだけれどもそれを一つずつ歩いていくのはどんなに大変なことか。上を見るまい下を見るまいただ休まずに歩いていよう。さきはまっ暗なこれからのことを考えて気持が萎《な》えていきそうだった。自分はやりとおせるだろうか。

藤倉は外国へ行き、彼のいない一年がすぎて、八年目の団体展がはじまった。今年から会友だから一枚は必ずはいるとしても、出品した絵が二枚ともはいればいいと思っていたのに、やはり一枚だった。これまで三回二枚ずつ入選していたのだからわるくなったことになる。油断したわけではなかったのにとつらかった。しかし、この会にさそってくれた講師だった常任委員が、珍しく声をかけてくれた。個展をしないかということだった。会場も紹介してくれた。一枚しかはいらなくてくやしかったし、自分ももう二十九歳になったのだから何でもやってみようと思った。期日は次の年の四月だった。七ヵ月のあいだに三十号ぐらいの小品を二十枚。母には正月に一週間しか帰れないといって費用もたのんだ。絵の売れるあてはないからすべて自費を覚悟しなければならない。しかしみんなそうやってきているのだ。誰でも通らなければならない道だった。絵を二十枚描くこと、案内状の印刷と発送、会場との交渉、それらを一人でやるのは、知らないからできたようなものだ。今年は藤倉のいるはずの年だった。いつもなら去年の秋ごろ帰って今年の秋に外国に行く。

それなのに去年の秋から何の連絡もなかった。大抵わすれていて、電話がきてからああそうかもう一年たったのかと思うのだが、今度もわすれていて二十枚の絵を描くのに夢中だったのに、三月ごろ案内状に印刷する絵をえらんだりするころになってふと、そういえば彼は日本にいるはずなのにどうしたのかと思い出した。今回は帰らなかったのだろうか。個展のことは彼がいなくなってからの話だからきっと驚くにちがいないし、いろいろ手伝ってもらえるのにと残念だった。しかしまた他人をあてにしはじめている自分に気がついて、いや彼はやはりいない方がいいんだと自分にいった。前の日も夜遅くまで洋服の準備をしていた。

一週間の個展がはじまった。寝不足の体で一日会場にいた。心配していたがきてくれる人は多かった。みんな知りあいばかりだった。だから一人一人応対しなければならない。食事する暇もなかった。とくに親しい友達のときたのんで手洗に行ったりした。知らない通りがかりの人は五人ぐらいだった。一日がすんで死んだようにようやく眠れた。

二日目はほとんど誰もこなかった。

三日目の昼すぎ、誰もいない会場に、客らしくない若い男が不安そうにはいってきた。その後ろから朋子の友達たちがまとまってはいってきた。あら、あら、といいながら朋子は、いまはいってきた学生のような青年が気になっていた。彼は絵も見ずに朋子の方を見ている。彼女は友達から離れて彼のそばに何気なく立った。

「あの」

と相手は足踏みした。

「内野朋子という人はどの人ですか」

やはりまわりの人を見ながらいった。

「わたくしが内野ですが」

あなたが、とつぶやくなり彼は二、三歩後ずさりした。睨むように全身を見ている。あなたが、とまたいって、こんな女か、という顔をした。朋子はよくわからずに彼の目に全身をさらしていた。青年は寄ってきて耳のそばでいった。

「知ってますか、彼が死んだのを」

何か重大なことだということはわかった。

「誰が？」

青年はくやしそうに床をけった。

「藤倉さんですよ。何かいうことはありませんか」

どうしてこんなにこの青年に憎まれているのだろうと、その方が気になった。

「藤倉さんが死んだ？」

「そうです」

「いつです？」

「一と月ほど前です」

「日本へ帰ってられたんですか?」

「秋ごろに帰ってすぐ入院したんです」

「どこがわるかったんです?」

「肝臓です。前からわるかったらしいのに何もいわずに医者にも行かずに」

そういえばいつか顔色が黄色いと思ったことを思い出した。

「あなたはどなたです?」

「彼と一緒に仕事をしていました」

「ああ仲間といっていたお友達のかた」

「あなたのことはいつも聞いていました」

「どうしてここへこられたんです」

「彼の家の後仕末に行ったら、個展の案内状がきていたのです、太平楽に。彼はあなたに何も連絡してなかったのがはじめてわかりました。ぼくはあなたが知っているのにわざとこないのだと思っていました」

去年の搬入のとき階段で足をすべらせたのは、やはり彼の体が弱っていたからだったのか。

「何も知りませんでした」

あなたは落ちても絵は落さないで。ぼくは死んでも、あなたは守ります。朋子はそのときの会話を思い出しながらいった。

「あなたの連絡さきを教えてください。くわしく話してください」

青年は手帖を出そうとしていた。そのとき朋子の腕を誰かが引張った。

「ちょっときて。買いたい人がいるのよ」

待っててくださいと青年にいって、そちらの方へ行った。用がすんで青年をさがしたが見つからなかった。受付の机にメモでも残っていないかと思ったがなかった。そのまま青年のことはわすれてしまった。

個展が終って暇になったとき、急に青年のことを思い出した。そしてつづけて、藤倉が死んだことをいいにきたんだったと思った。

「え？　藤倉さんが死んだ？」

と、改めて声に出していった。それでも実感はなかった。本人に確かめたくなって彼に電話をかけた。呼出し音がつづいているあいだに、そうか、死んだのなら誰もいないはずだと思った。受話器を耳から離したとき、向うの受話器のはずれる音がした。瞬間、死んでしまった藤倉が幽霊になって電話に出たんだなとあたりまえのように思った。死んでしまった藤倉がなつかしかった。朋子は本気でいった。

「藤倉さんよね」

ああという少ししゃがれた彼の声が聞える。

「藤倉さん、ほんとに幽霊になっちゃったのね」

幽霊？　という声がまた聞えた。いるはずのない彼が喋っている。

「そうかあ。ほんとになっちゃったんだあ」

朋子はうれしくて、

「すぐここにきて。幽霊だからすぐこれるでしょう？　早く、いま」

と、じれたようにいい、天井の方を見あげた。

どこにいるの？　わたしには見えないの？　電話でなきゃ話できないの？　と、彼をさがしながら大きな声でひとりごとをいった。

「内野さん、内野さん」

という声が聞える。どこにいるんだ、どこで呼んでいるんだ、とかなしくなって泣きだしそうだった。わたしには見えないよ、どうしよう。

「もしもし、何があったんです」

手に持っている受話器から藤倉の怒鳴っている声がした。不思議な気がしながら朋子は手の受話器を見つめ、信じられないままゆっくりと耳にあてた。

「しっかりしてください、内野さん。どうしたんです。聞いてますか」

「藤倉さん？」

泣きかけているのがわかるいいかたになった。

「藤倉です」

「ほんとの藤倉さん？」

「ええ」

「おばけじゃないの？」

「おばけではありません。どうしたんです」

力のこもった声だった。

「だって藤倉さんは死んじゃったって……」

声がつまって、うまくいえない。

「いいですか。すぐそちらに行きますから、そのままじっとしているんですよ。二十分だけ我慢して待っててください」

電話だから見えないのに朋子は黙ってうなずいた。受話器をもどし、時計を見た。二十分ずっと時計を見ていようと思った。


秋になって、藤倉はまた南の国に行った。

彼の病気は、ほんとうだったそうだ。去年の秋の帰国の飛行機のなかで腹痛をおこし、空港から病院に運ばれ、伝染性下痢の保菌者として隔離されて、ついでに長年の深酒でいためた肝臓の治療まで受けたので入院が長かったのだという。

一緒に仕事をしている仲間の青年にだけ連絡し、ときどき世話にきてくれる彼から朋子の個展の案内状を見せられて、間もなく退院するが個展にはいかれないと伝えるようたのんだのに、何ということをしてくれたのかとあのとき、藤倉は朋子の話を聞いて呆然としていた。

青年はそのあと彼に、奉仕にあけて奉仕にくれている藤倉さんにいつも邪慳《じゃけん》な女はこいつかと思ったら急に腹がたって、ありがたみがわかるようにおどかしてやりたくなったといったそうだ。

「彼の言葉は気にしないでください。どうしてあんなひどいことをしたのか、ほんとうのことをいわないとぼくの潔白が証明されない気がして。ぼくはあなたが邪慳だなんて思ったこともないし、彼は確かにそういっていましたけどそのたびに自分が好きでやってることで向うにはむしろ迷惑をかけているのに許してもらっているんだと何回もいっていたんですが」

そう藤倉はいっていたが、だったら青年の言葉をみんないうことはない。きっとわざといっているのだ。案外彼が青年に暗示をかけていたりして。

あのとき駆けつけてくれた藤倉へとびつくようにして訴えつづけた朋子の情ない様子を見て、彼はまた自信を持ちはじめたようだった。しかし朋子の方は、あんなにかなしく心細くなって待っていたのに、やがてあらわれた彼を見たとたん以前のようないやな気持になっていた。とびつくように近寄ったときすぐそういう気持になって思わず後ずさった。このごろの少し距離をおいたような彼ではなく、前の日に退院したばかりだというのに勢い込んだ熱気が感じられたからかもしれない。そしてそれはそれからも消えていない。じりっと近寄られたという気がする。

「酒井さんは個展にもきていませんね」

と、そんなことを薄く笑いながらいう。

「このあいだこの仕事場に入場者の署名簿があったので見たのですが」

いままではそんなものを勝手に見たことはなかったのに。

「結局ぼくだけが残ってるんでしょう?」

陰々とからみつくような以前の雰囲気が出はじめていた。

彼は勘ちがいしているのだ。あのとき朋子がかなしくなったのは、彼が死んだと思ったからではなく、ぼくは死んでもあなたは守りますといっていたとおりほんとうに幽霊になったのだと、ありえないことがおきたことで彼にわるかったと思い、でも藤倉さんの思っていたとおりになれてよかったねと彼のためによろこんだのに、声だけ聞えて姿の見えないことで彼がかわいそうになったのだ。折角幽霊になってきているのに見てもらえないでは彼がかなしいだろうと思って涙が出そうだった。

彼は死んだと思い、つい油断をしてやさしくしてしまった。酒井にたのんでやっとあいだをとることができていたのに、みんなひっくり返ってしまった。こんどはどうやって遠ざかろうか。気の重いことだ。来年の秋、彼はまた帰ってくる。

初出：『文學界』一九九一年一〇月号［発表時作者五九歳］／底本：『秘密』講談社、一九九三年

## 第一〇六回芥川賞選評より［一九九一（平成三）年下半期］

**大庭みな子**　松村栄子さんの「至高聖所《アバトーン》」は現代のキャンパスが眼に浮かぶ情景の中で描かれている。（中略）多田尋子さんは今まで何度も最終候補に残っている人で、今度の「毀れた絵具箱」はこれまでにない妙な味を出しているので印象が強かった。及ばなかったのは残念だ。充分書き続ける力のある人だろう。

**三浦哲郎**　私は、今回も多田尋子氏を推した。この人の、平易で気取りのない、けれども勘所をきちんと抑えている文章にも、私は感心している。今回の「毀れた絵具箱」も、その好ましい文章で、地方から出てきたばかりの女の画学生と、ひとまわり年上の画材屋で経理を担当している店員との、風変りな関わり合いという、前回の「体温」とはがらりと変った世界を描いている。（中略）人間のかたくなさ、身勝手さのぶつかり合いを通して、人生というものの重さ、生きるということの厄介さを、象徴的に描き出しているところが、この作品の手柄だと思う。作者には、気を落さずに走りつづけることを願わずにはいられない。

**多田尋子**　ただ・ひろこ

一九三二（昭和七）年、長崎県生まれ。日本女子大学国文科卒。五〇歳になる少し前から小説を書き始め、八五年に短編「凪」を「海燕」に発表し、小説デビュー。八六年、「白い部屋」で第九六回芥川賞候補となり、その後、「単身者たち」「裔の子」「白蛇の家」「体温」「毀れた絵具箱」で計六度、芥川賞候補になる。六度候補になったのは、なだいなだ、阿部昭、増田みず子、島田雅彦に並ぶ歴代最多記録である。九〇年の『臆病な成就』以降、本を出していなかったが、二〇一九年、書肆汽水域から『多田尋子小説集　体温』が復刊され、大人の香りがする恋愛小説集と話題になった。

# アンダーソン家のヨメ

野中　柊

There is no place like home.

――「オズの魔法使い」より

1

　シカゴのオヘア国際空港に降り立つと、サトー・マドコとウィル・アンダーソンは、途方に暮れた。お腹がぺこぺこに空いているのだけれど、食べるものがないのである。ここはロシアじゃなくてアメリカなのだし、マドコとウィルのポケットの中には、幾許《いくばく》かのお金が残っていたから、口に入れるものであれば、いくらでも空港の売店で買うことはできるのだけれど、ふたりはタイや香港など東南アジアの国々を三週間かけて蜜月《みつげつ》旅行してきたばかりで、彼《か》の地では、手間のかかった、それから、当然、真心もこもっているであろう、文化の産物としての「料理」を口にしてきたので、食べるものにはちょっと煩《うるさ》くなっているのだった。

それでも背に腹はかえられず、この消費大国で餓死するというのも馬鹿げた話だから、ふたりは、不承不承、売店でミドルサイズのバタつきポップコーンとキングサイズのm&m's（プレーン）とを購入し、ゲートの脇の椅子に並んで腰かけると、マドコはダイエットコークで、ウィルは薄くて香りのないコーヒーで、それらのジャンクを胃袋に流しこんだ。

「あーあ。タイのごはんが食べたいよお」

マドコは、白い半透明のプラスチックのストローを嚙《か》みながら、情けない声でつぶやいた。

「そうだね」

大小さまざまな荷物をカートにのっけて、慌ただしく行き交う人々をぼんやり眺めながら、ウィルもうなずく。

「飲茶《ヤムチャ》でもいい」

「うん、いいねえ、飲茶」

「もうちょっとましなもの食べないと、あたしの体、発泡スチロールになっちゃうよ」

「うん、わかるよ」

ウィルが溜息《ためいき》まじりにそう言って、深くうなずいて見せると、マドコはぷうっと膨《ふく》れた。

「ねえ、相槌《あいづち》ばっかり打ってないで、何とかしてよ、もう」

「何とかしてったって、仕方がないよ。空港にはこんなもんしか売ってないんだから。でも、家に帰れば、おとうさんがきっと美味《おい》しいもの作って、僕たちのこと、待っててくれてるよ」

「じゃあ、早くお家に帰ろうよお」

「うん、だからさ、今、ウォルターが迎えに来てくれるはずだからさ」

「まったく、もう、ウォルターったら、何してるんだろうね。義理の姉上が遠路はるばるやってきたっていうのに、遅刻するなんてひどいじゃないの。あたしだって何も来たくてこんなところに来たわけじゃないんだから。何なら、このまま、ワシントンDCのあたしたちの新居に行っちゃったっていいのよ。あなただって、もうすぐ国務省でのお勤めが始まるんでしょう?」

ウィルは、プラスチックフードで膨れた胃袋と不機嫌で膨れた妻を持てあまし、マドコは、マドコで、アメリカの空港というものは、どうして、こうも人為的な明るさと欺瞞《ぎまん》的な清潔感に満ち満ちているのだろう、と苛立《いらだ》ちまぎれに考えて、ますますうんざりしてしまった。ここにいると、どういうわけかポップコーンマシーンの内部にいるような気になってしまうのだ。空気が軽く、それでいて重い。透明な圧力の中で大小さまざまの干からびた玉蜀黍《とうもろこし》がはじけて飛んで、発泡スチロール状に膨れたところに毒々しい色の食用染料を塗りつけられて、はい、できあがり。そんな光景が、カラフルな服装をして行き交う、さまざまな瞳と肌の色をした人々を眺めていると、目に浮かぶ。あーあ、とマドコは溜息をついた。

結局、ウォルターが現れたのは、それから小一時間も経ってからのことで、待ちくたびれてすっかり機嫌の悪くなってしまったマドコに、遅れてごめんでも、結婚おめでとうでもなく、ただ無愛想にHi!とだけ言うと、マドコのことを上から下までじろりと眺めおろし、それから少し顎《あご》をしゃくった具合にして、ちょっとは日本人らしくなったじゃないの、とそこで初めて笑顔——それも飛び切りの皮肉なやつ——を浮かべて言った。

三週間前に東京のアメリカ大使館で結婚の手続きを取る以前、ウィルとの婚約時代にも、そんな折にマドコはアメリカにウィルの実家を訪れて夏を過ごしたことが二度ほどあるのだが、そんなマドコはいつも、古ジーンズにプリントの薄くなった洗いざらしのTシャツだとか派手な色合いのショートパンツに伸び切った大振りのタンクトップだとか、すこぶるラフなものを身につけていたのだったが、それは、アメリカンカジュアルってちっともお洒落《しゃれ》じゃなくてやんなっちゃうよ、と思いながらも、周りの人と同じような服装をすることによって、言葉の障壁を越えてアメリカ人と仲良くなろうというマドコの浅知恵といおうか苦肉の策であったにもかかわらず、ウォルターはマドコが、ある日、フィフティーズをねらって着ていたジーンズと赤と白のギンガムチェックのシャツ、真っ赤なソックス、そして黒いコインローファーの組み合わせを見て、どうして、この日本人は酪農カントリーガールのような格好をしているのだろう、と訝《いぶか》ったものだ。そしてマドコの髪をつまんで引っ張ると、こんな黒くてだらしなくウェーブのかかったワカメみたいな髪で無理やりポニーテールにしようったって似合わねえよな、これじゃあピギーテールだよ、とからかって、マドコの気分を害したりもした。そのマドコが、今日は、ウォルターにしてみれば「日本人らしい」——マドコからしてみれば「少女ぶった」大きなレースの襟のついたキャメルのワンピースを着て現れたので——それは、最近めっきり猜疑心《さいぎしん》が強くなって排他的な空港の移民局で足止めを食わないためには、保守的で、なおかつお金には困っていない、といったふうな服装をしているといい、というウィルの助言を容《い》れた結果の服装だったが——口さがないウォルターが、さっそく、思ったままを口にしたのだった。

いつもながら口の悪い弟に呆《あき》れて苦笑いをしながら立っているウィルは、ひょろりと背が高くて、繊細で優しそうな女顔であり、悪くいえば、ちょっとひ弱で軟弱そうにも見えるのに対して、意地の悪いガキ大将のような笑みを浮かべているウォルターはかなり筋肉質で、がっしりと体格がよく、そのふてぶてしい面構《つらがま》えは、ウィルより四つも年下でありながら、兄より、むしろ、老けて見える。まだ大学四年生だというのに、ちょっとしたオトッツァン面なのだ。これからはこんなやつでも、義弟として可愛がってあげなくちゃならないんだ、と思うと、マドコは情けないような気持ちになり、早くも、結婚したことを後悔してしまいそうな自分がこわかった。

空港のパーキングまで重い荷物を運び——ウォルターが有無を言わさず、マドコの手から引ったくるようにして荷物を持ってくれたので、マドコは手ぶらで鼻唄《はなうた》まじりにスキップしながら、パーキングまで行った——車の中では、いとこのシャロンがペーパーバックを読みながら、皆のことを待っていた。シャロンは、ミルウォーキーに住んでいるのだけれど、明日は、ウィルとマドコのウェディングパーティーがウィルの両親の家で開かれることになっているので、わざわざ休暇を取ってやってきたのだった。シャロンは、マドコの姿を見るなり、

「そのコート素敵ねえ」とマドコがワンピースの上にはおっている赤いハーフコートを褒《ほ》め、それから取ってつけたように、結婚おめでとう、と言った。

シカゴの空港からウィルの実家のあるウィスコンシンの小さな田舎町《いなかまち》までの三時間ほどの道のりをウォルターが運転することになり、助手席にはシャロンが、そしてバックシートには新婚カップルが仲良く並んで坐《すわ》った。久しぶりに再会したいとこたちは、やがて賑《にぎ》やかにおしゃべりを始め、ナントカおばさんは女のくせに頭が薄くなってしまった、だとか、じいちゃんは年がいもなくまた新しいガールフレンドを作った、だとか身内のゴシップに盛り上がっていたが、まだ英語に不自由しているうえにウィルの身内の事情に通じて

いないマドコは、積極的に会話に参加することもできず、ただ、んふ、あは、と無意味に相槌を打ち、つまらないジョークにも必要以上に高らかに笑い声をあげ、自分の存在を空《むな》しく主張していたが、心の中では、あーあ、つまんない、と退屈していたのだった。

車の窓から見える景色は、広大な牧草地と玉葱黍畑ばかりで、それも今は冬だから雪に覆われて両者の区別はつけようもなく、夕闇《ゆうやみ》の中、ただただどこまでも続く単調な白い平原を眺めていると、マドコは、眠気と鬱《うっ》気《け》におそわれてしまい、そのうえ、ウォルターがマドコはこれからはウィルのことを旦那さまとか御主人さまって呼ぶのかい？　洗面器にお湯を汲《く》んでウィルの足を洗ってあげるのかい？　ジャパニーズワイフっていうのは、そういうもんなんだろう？　などと意地悪くからかっては笑うものだから、もはや一言も口をきく気にはなれなくなって、黙りこくってぼんやりしてしまっていた。

マドコったら静かねえ。眠っちゃったみたいだよ。ははは、日本人の three S だね。何だよ、それ。知らないのお。日本人が外国に来るとね、silence、smile、そして、しまいには sleep しちゃうって有名な話だぜ。

そんな会話が聞こえたけれど、口を挟む気持ちにもなれず、車のドアにもたれて冷たい窓ガラスに頰《ほお》を押しつけたまま、薄目を開けて見るともなしに外の風景を眺めていると、白い平原の向こうにぽつんと一軒家があり、塀や窓や屋根や、それから庭の木にまで赤、青、黄、緑など色とりどりのイルミネーションが飾られて、ぽかぽか光を放っているのが見えた。それは夢の中の光景のように幻想的でありながら、注意して見ているとイルミネーションが不揃《ふぞろ》いだったり、壊れているのがあったりするのが妙に現実的だったりもして、アレハ何？　アレハ何ナノ？　とマドコは誰かに訊《たず》ねたくてたまらなかったけれど、声を出すのが大儀でたまらず、ただ黙ってウィルの大きな手を握って引き寄せると、ウィルはマドコの視線の行方を追って、

「ああ、あれはクリスマスのイルミネーションだよ」と事もなげに言った。

「だって、もう一月だよ」

マドコが重い口をようやく開いてそう言うと、

「うん、でも、せっかく苦労して飾ったから、もう少し、あのままにしておこうと思ってるんじゃないかしら」とシャロンが言った。そこで、

「あ、ねえねえ、おもしろいジョークをきかせてやろう」

ウォルターが急にはしゃいだ声をあげ、

「クイズなんだけどさ、池で子どもが溺《おぼ》れていました。その池のほとりにはサンタクロースとイースターバニーとジーザス・クライストと賢い女性がいました。さて、この四者のうち、いったい、誰が子どもを助けたでしょう」

「えー、誰かしら。四者とも、いかにも子どもを助けそうなものだけど……」

シャロンは大真面目《まじめ》で考えはじめ、ウィルは、

「僕は答を知ってるよ。このクイズはウォルターのお得意なんだよな」と、さもうんざりしたように言った。

しばらくの沈黙の後、シャロンが、わからないわ、と降参すると、ウォルターは、

「誰も助けなかったんだ。誰も助けられなかったんだよ。だって、この四者は、誰ひとりとして実在しやしないからね」

そう言って、けたたましく笑い、シャロンは、すかさず、You are a jerk《やなやつね》と顔をしかめた。

けれど、マドコには何のことやらさっぱりわからなくて、ただぼんやりしていると、ウィルが小声で説明してくれた。

「ウォルターは、アンチ・クリスチャンでなおかつアンチ・フェミニストだからね、キリスト教やキリスト教の行事のシンボルは存在しないし、賢い女性も存在しない、女は皆バカだって言いたいんだよ」

マドコは、ほんと、やなやつだね、と思わず日本語でつぶやき、ウィルは大きくうなずいた。


長いドライブの末に、ようやくホーム・スウィート・ホームにたどり着いたときには、日はとっぷりと暮れ、気温もかなり低くなっていた。このあたりの気候は、日本でいうなら北海道に似ていて、冬の間は、雪はそれほど降らず、乾燥しているのだけれど、零下

一五度くらいまで冷えこむ日も多い。ヒーターの効いた車内にいても、コートの前をしっかり合わせたくなるような冷えがじんじんと体に染み透ってくるのが感じられ、ドライブウェイに車を停めて、表に出るとたちまち皮膚が痺《しび》れて感覚を失い、鼻水も息も、毛穴から出る空気までが凍りついてしまいそうだった。四人は子どものように先を争ってフロントポーチの階段を駆け上がり、鮮やかなブルーの背景にオレンジ色のパンジーの花をデザインしたステンドグラスのはめこまれた玄関のドアに我先にとなだれこんだ。

ウィルの家は百年以上も前に建てられたヴィクトリア調の木造の家である。二年前の夏マドコが遊びに訪れたときは、ちょうど、ペンキの塗り替えをしていたものだ。真夏の炎天下、家族が揃って——アンダーソン夫妻、ウィル、ウォルター、末娘のミュリエル、そしてマドコまでが駆り出され、梯子《はしご》を上って壁にペンキを塗りたくった。もともとは真っ白な家だったのだけれど、白い家はプレーン過ぎてつまらない、というアンダーソン夫人の意見により、壁はクリーム色を基調とし、柱やポーチの天井など、ところどころに緑とオレンジ色をポイントカラーとして使い、急な傾斜の、ちょっと鯉《こい》のぼりの鱗《うろこ》を思わせるパターンのついた屋根はくすんだ緑一色に塗ることになった。なかなか細かい色分けがあり、手間暇がかかったから、仕上がったのはマドコが日本へ帰った後だったが、ウィルの手紙に同封されていたＢＥＦＯＲＥ＆ＡＦＴＥＲの二枚の家の写真は、どう見てもＡＦＴＥＲの方が数段洒落ていて素敵だった。そうしてみると、アンダーソン夫人の白い家はプレーン過ぎてつまらない、という意見は的を射ていたわけであり、こんなに細々と色分けをしながら家のペンキ塗りができるか、という家族の非難もなんのその、夫人が自分の主張を押し通して完成させた家は、彼女のセンスの良さを証明しているとしか言いようがなく、うーん、やっぱり芸術家は違うんだな、とマドコは唸《うな》った。

アンダーソン夫人は芸術家なので——彼女の作品を初めて見せてもらったとき、その色彩の強烈さにマドコは少なからず驚き、なんだか目がちかちかするね、と遠慮がちにウィルに告げたものだったが——色彩感覚が凡庸でなくどこか優れたものがあるということは、やはり、認めねばならないことだった。アメリカでは、どこに行っても自称アーティストの日曜芸術家がいて、油断しているとそんな輩《やから》に摑《つか》まってへたっぴいな作品を披露されてしまうから重々気をつけなければならないが、アンダーソン夫人は、日曜には世の人々と同様に休みを取り、ウィークデイにしっかりアートして、それによって幾許かの収入も得ているという公私共に認める職業芸術家である。その彼女のI'm an artist.という肩書きに対する誇り高さには、ときには、鼻もちならないものすらあったが、彼女の芸術に対する揺るがぬ持論、真摯《しんし》な姿勢には、確かに彼女の誇り高さに相応するだけのものはあった。

彼女は、芸術は生活の中にあるべきものだ、という固い信念を持っている。私はねえ、一部の特権階級の人たちだけが芸術を独占しているような状況には我慢がならないのよ、あの人たちったら、どうせ、作品をお金に換算して大した財産だ、なんて思っているわけでしょう？　それから、美術館、私あれも大っ嫌いよ、どうして、ああも取り澄ましてゲイジュツ・カンショーとやらができるんだろうね、しーんと静まりかえっちゃって、皆もっともらしい顔して歩き回って、あんなんじゃ疲れちゃって、楽しくもなんともないじゃない？　ほら、たまに、あの鼻もちならない静寂を突き破って、赤ちゃんが金切り声で泣き出しちゃったりするでしょう？　ああいうのを聞くと、私なんか、かえってほっとしちゃうわよ、それとか、会場のベンチでつい居眠りしちゃったオジサンの鼾《いびき》とかね、あはは、と、夫人は、気風《きっぷ》のいい英語でマドコに熱っぽく語ったことがあり、そのときマドコは、ウィルと付き合いはじめたばかりの頃、ふたりで出かけた近代美術館のゴーギャン展で、ウィルが五分もすると疲れた、疲れた、美術館は苦手だ、と言ってベンチに坐りこんでしまうのを、芸術家の息子のくせにいったいどういうことだろう、と訝しんだことを思い出し、なるほど母親の影響か、と納得したのだった。

それからマドコは、いつかウィルが、マドコの着ていたキース・ヘリングのイラストのついたTシャツを見るなり、顔をしかめて、僕、こいつ大嫌い、と言っていたのも思い出した。なんで？　かっこよくない？　とマドコが言い返すと、でもこいつは地下鉄に落書きしてまわるニューヨークの不良小僧のひとりに過ぎなかったんだぜ、と言ったのだった。

「あら、地下鉄の落書きであろうが、トイレの落書きだろうが、いいものはいいわよ」とマドコが反論すると、ウィルは、

「違うよ。僕が言っているのは落書きがくだらないっていうんじゃなくて、おもしろい落書き描いてた小僧はいっぱいいたのにヘリングだけがそれで金儲けしたっていうのが気にいらないって言ってるんだ。あいつは、落書き小僧たちのアイディアを盗んで富を独り占めにした、ずるいやつだって思わない？」と言った。

そのときマドコは、芸術でお金儲けするひとがいて、何がいけないのよ、自分の母親だってアーティストで作品売ってお金もらってるくせに、とお気に入りのヘリングのTシャツにケチをつけられた腹立たしさにまぎれて思ったものだが、その後、夫人は金儲けと言えるほどのお金を儲けていないのだ、ということがわかった。

というのも、彼女は壁画家だからである。彼女はトンネルの側面やビルディングの壁に巨大な絵を描いている。彼女のダイナミックな図柄や色彩は、アートの世界ではちょっと知られたものであり、一目《いちもく》も二目も置かれているのだが、壁画というものは一点仕上げるのにやたら時間ばかりがかかるし、売り買いができるものでもないし、おまけに風雨にさらされて時が経てば色あせて消えてしまうという、ある意味ではワリに合わないアートであり、当然、お金にもなりにくいのだった。それでも、彼女が表現形態としての壁画にこだわり続けるのは、それが生活の一部としてのアートであり、日常的に人々に——芸術にまったく関心のない人々や芸術なんぞクソくらえと思っているような人々にさえ——見てもらえるからで、特権階級の人々ばかりが物知り顔で「美を享受」するという、いやらしくもブルジョワっぽい臭みがないのが、いたく彼女の気に入っているのだった。

私は生活の中のアート、アートとしての家というものにも、とても興味があったから、芸術学校の生徒だったころは教授がびっくりなさるくらい熱心に建築やインテリアについても勉強したものよ、その教授っていうのが私に夢中でね、独身でまだ若い先生だったからね、でも、まあ、私に夢中だったのは、何も、彼ひとりに限ったことじゃないけれど……、と夫人がアート及び芸術学校、建築、インテリア及び家について語りだすと、話は限りなく横道にそれて、聞く者はうんざりさせられる、というのが常ではあったけれど、彼女の若い頃の写真を見ると、確かにハリウッド女優のように妖艶《ようえん》で――髪はマリリン・モンローばりに人工脱色してあって輝くばかりのブロンドだし、胸はジェーン・ラッセルのように先がツンと尖《とが》っていて、まことにグラマラスなのだ――教授をはじめとしてたくさんの男たちが彼女に夢中だったというのはうなずける話であったし、夫人の指揮のもと家族総出でペンキを塗ったウィルの家の外観のみならず、内装の凝《こ》りようを見たら、彼女がアートとしての家に並々ならぬ関心を持ち、熱心に建築やインテリアを勉強したという話も納得できることなのだった。

四人が鼻のアタマを赤くして、玄関のドアを倒さんばかりの勢いで家の中になだれこむと、家の中の空気は、セントラルヒーターのおかげで、猫のお腹のようにぬくぬくと暖かく心地よかった。ああ、あったかい、やっぱり、お家は最高だね、などとはしゃいで、それぞれが重いコートを脱いでいると、二階から妹のミュリエルが降りてきた。

「マドコ、久しぶりね。結婚おめでとう」

彼女は、感じのいい微笑《ほほえ》みを浮かべて、そう言って、マドコの冷えきった体をぎゅう、ときつく抱きしめた。

去年の夏以来会っていなかったミュリエルは、わずか六ヶ月足らずの間にすっかり様変わりしていて、まず第一に腰に届きそうなほど長かったブロンドの髪を思いきりよく切ってショートカットにしてあり、以前はフェアリーテールに登場する妖精を思わせるところのある「絵に描いたような美少女」だったのが、今はさっぱりと中性的で、美少女というよりは、むしろ美少年といった感じになっていた。それに、変わったのは外見だけではなく、仕草や人当たりも柔らかくなって、少し大人びたようにすら思われた。年頃の女の子というものは、わずかの間にこんなに変わるものかとマドコが驚いていると、ミュリエルの背後で、ひょろひょろと背が高く、顔色のあまりよくない男の子が、はにかんだような微笑みを浮かべて、マドコに向かってひょこりと頭を下げた。ミュリエルは、風呂あがりのタルカムパウダーの甘い匂《にお》いのする体をマドコから離して、こちらマーク、と紹介し、マドコは、ふぅん、ミュッちゃんの新しいボーイフレンドなんだ、と察しをつけたが、前のボーイフレンドとはあまりにもタイプが違っていたので、また驚いたのだった。前のボーイフレンドは、筋骨隆々としたハイスクールの花形フットボール選手で、勉強はできないけれど、ちょっとハンサムで、女の子に人気のありそうな感じの男の子だったのだが、マークはどう見ても女の子にちやほやされるタイプではなく、いかにも、音楽（ミニマル・ミュージック）や映画（ヨーロッパの実験映画）や読書（最新のフランスの思想書）を趣味としていそうな、ちょっとマニアックなところのありそうな地味な印象の男の子なのである。

ミュリエルが変わったから好みの男の子のタイプも変わったのか、それとも男がミュリエルを変えたのか。後でマドコがウィルにこっそり訊ねると、さあねえ、去年の秋頃から急に変わったんだよ、今じゃあ、彼女、ヴェジタリアンでエコロジストなんだぜ、まあ、一種のトレンドってやつじゃないかな、きっと、そういうのが学校で流行《はや》ってんだよ、と気のない返事が返ってきたものだが、本当のところは九月から新しくミュリエルたちのハイスクールで教鞭《きょうべん》を執《と》ることになった大学を卒業したての若い女教師が、たいへんにリベラル、というよりは、むしろ、この小さな田舎町ではラディカルとさえいえるタイプの女性で、化粧っけはまったくなく、鼻にピアスをつけて、左の手の甲には小さなゴールデンフィッシュの入れ墨をしており、それだけでも、かなりセンセーショナルだったというのに、ゲイの象徴であるピンクのトライアングルのステッカーを持ち物にぺたぺた貼って、自分が同性愛好者であることを公言して憚《はばか》らず、授業の合間にゲイやエイズに対する偏見を熱っぽく戒《いまし》めたりするものだから、生徒の間では支持派と反発派の二つの派閥ができてしまったのだが、ミュリエルは支持派に属していて、その女教師が語る性差別問題や環境問題に熱心に耳を傾け、多大な影響を受けたのだった。したがって、ミュリエルは、決して、男の子に影響を受けたというわけではなく、少しばかり思慮深くなったということなのだけれど、その思慮の向かう方向や行動パターンは、結局トレンドにのっているに過ぎないという部分もあり、この十七歳の少女は、いい意味でも悪い意味でもノリのいい年頃だということなのだった。

半年足らずの間に、どんな経緯があったのかは、マドコには知るよしもなかったけれど、少しは成長した、ということの結果であるらしいミュリエルの変化は、マドコにとっても好ましいものに違いなかった。昔のミュリエルには子どもっぽい気分のむらがあって、機嫌のいいときと悪いときとでは天と地（もしくは天使と悪魔）ほどの差があったものだけれど、それがなくなったということが何よりもありがたかった。以前、マドコがこの家を訪れて夏を過ごしたときにも、ミュリエルは何度か原因不明の不機嫌に陥り、家庭内に不穏な空気をまき散らしていたが、家族はこぞってハレモノにでも触るような扱いで甘やかすから、彼女はますます図に乗って仏頂面《ぶっちょうづら》をし、それこそ乳幼児のように夜泣きをしたり、むずかったりさえしそうな勢いだった。そして、彼女のやり場のない不機嫌は時として、マドコにも向けられ、邪気があるのかないのかも判定しがたい小さなイジワル針でちくりちくりと刺してくるから、「大好きなお兄さんを自分から奪ったにっくきジャポネーズ」として敵視されているのかしら、とマドコは怯《おび》えたものである。上のふたりの男の子とは年も離れた末っ子で、おまけにひとり娘、なかなかの美少女ときていたから、家族揃って甘やかし、こんなワガママ娘に育ってしまったのだろう、と、マドコは苦々しくミュリエルの美しい横顔を眺めやり、こんな気難し屋の赤ちゃんには、あの宇津救命丸だって効きやしないだろうと意地悪く考えたりもした。

あるときミュリエルのベストフレンドのキャサリーンと話していたら、彼女もやはりミュリエルの不機嫌には手を焼いている様子で、でも今は夏だからよほどいいのよ、と言うのだった。

「どういうこと?」

「あの子はね、冬になると、もっとひどくなるの。ここの冬は、カリフォルニアやフロリダと違って、寒くて陰鬱でしょう。あの子って、気候が暗いと気分まで暗くなっちゃうらしいのよね。だから、冬になると必ずと言っていいほど、ボーイフレンドとだめになっちゃうのよ」

そう声をひそめてキャサリーンは語り、ミュリエルのそんな人柄を「未成熟」と形容してから、ダケド、ソレガ彼女ノ魅力デモアルンダカラ、アタシミタイニ彼女ノコトヲヨク理解シテイルモノガ、彼女ヲ見守ッテイテアゲナクチャネ、としたり顔で言ったので、マドコはそれを、演劇少女で、なおかつ文学少女でもある十七歳の女の子の友達思いの健気《けなげ》なコメントとして受け止めたのだが、後日、ウィルからキャサリーンにはレズビアンの気《け》があって、ミュリエルとふたりきりのとき、彼女にキスを迫って、つれなくあしらわれていたのを目撃した、と重々しい口調で打ち明けられたときには、少なからずショックを受けた。

マドコは夏の終わりに日本へ帰国し、ある小春日和《こはるびより》のぽかぽかと気持ちのいい晩秋の日に、縁側で日向《ひなた》ぼっこをしながら、ほうじ茶にうぐいす餅《もち》のおやつを食べていて、ほろほろ口元からこぼれるきな粉を受けるため膝《ひざ》のうえに敷いていた新聞の健康欄の記事に、ふと目を留めたことがあった。そこには日照時間と人間の精神状態の関係が述べられており、冬になって日照時間が短くなると人の精神状態は落ちこみがちで――ご丁寧にも、タテ軸が日照時間、ヨコ軸が精神状態を指数にしたもののグラフまでがついていて、それはきれいに反比例の曲線を描いているのだった――冬に軽い鬱病になってしまう人もあると書いてあった。マドコは青く澄んだ秋空を眺めやり、はるか遠くアメリカに思いを馳《は》せて、いずれ義妹になるミュリエルのことを考え、ついでウィルと結婚するのが冬だということに気がついて、知らず知らずのうちに気持ちが沈んでいくのをどうすることもできなかった。

そんな事情もあったから、結婚の手続きは東京でやるにしても、ささやかながらウェディングパーティーをぜひこの家でやらせてちょうだい、という申し出がアンダーソン夫妻からあったとき、マドコは、一月といえば冬の最中でもあることだし、せっかくのご厚意は有り難いけれど、できればそんな堅苦しい事はなしにして、直接新居のワシントンＤＣに向かいたいものです、と心から思った。そして、ウェディングパーティーなんて、まっぴらごめんだ、めんどくさいじゃない、と言っていたウィルを通して、そんなご面倒をおかけするには及ばない、と丁重にお断り申し上げたのだけれど、向こうも決して後には引かず、私たちは新しく家族の一員となるマドコのために何かしてあげたい、と言い張るのだった。マドコのために何かしてあげたい、という美辞麗句は、それを拒否するものをツムジ曲がりのヘソ曲がりに仕立ててしまう、という絶大なパワーを持っていたので――それが計算されたものであったかどうかは別としても――マドコもウィルもふたりの申し出に従わないわけにはいかなくなった。でも結局のところ、そのパーティーが新郎新婦のためのものではなく、家族とか親族とか血族といったもののためであるということはあまりにも明らかで、個人主義だとばかり思っていたアメリカにも、しっかり家族主義がはびこっているのだと気づいて、マドコはうんざりしてしまったものだ。

ミュリエルも何だか変わっちまっただろ？　前は天使みたいに可愛かったけど、今は男みたいになっちまって、魅力も何もありゃしないよな、実際、彼女は全然モテなくなったんだよ、とウォルターは、忌《い》ま忌《い》ましそうにマークをじろりと見やってから、マドコに向かってそう言い――ウォルターは、何が嫌いといってヴェジタリアンほど嫌いなものはなく、マークの、ワタクシは野菜しか食べません、と言わんばかりの長ねぎ状に細い肢体を心の底から嫌悪しているのだった――ミュリエルは、あたしは馬鹿なマッチョタイプの男に媚《こ》びないで生きていくことにしたのよ、とウォルターの方には目もくれずに、ウィルに向かって言った。ミュリエルの「お気に入りのお兄さん」は、明らかにウォルターではなくウィルの方なのだ。それというのも、数年前、アンダーソン夫妻が二十回目の結婚記念日のお祝いにヨーロッパ旅行に三週間出かけた折に、ウィルはすでに親元を離れて遠くの大学に行っていたから、ミュリエルとウォルターがふたりきりで家に残されることになり、当時まだハイスクールの生徒だったウォルターが五つ年下の妹の保護者に任命されて、いきなり一家の主《あるじ》のごとく威張りくさり、アンチ・フェミニスト、父権制度の権化《ごんげ》としての萌芽《ほうが》を早くも垣間《かいま》見せ、妹のご機嫌を損ねたからである。ウォルターは、これまで特に決められていなかったミュリエルの門限を六時と決めて、それ以降は決して外出を認めなかったり、彼女のボーイフレンドが家に遊びに来ることを禁じたり、と彼女の生活に干渉したものだから、この時からミュリエルは、この二番目の兄を嫌悪するようになったのだった。ウォルターは、大切な妹が両親のいない間に不良にでもなってしまったら大変だと思って、少しばかり厳しくしたのだ、と後に語ったが、不良といえばウォルターの方がよほど不良で、ハイスクールの昼休みには走って帰宅し、一杯引っかけてから学校に戻るといった具合だったし——ウイスキーでも飲んで、ほろ酔い気分にならないことには、学校なんて、あんなつまらないところ、行ってられやしねーよ、と彼はうそぶくのだった——仲間で集まってパーティーを開くといえば、ドラッグの類いも試しているようだったから、今さら妹が不良になるのが心配うんぬん、などという殊勝な言葉は説得力を持ちようもなく、おまけにミュリエルは、父親にしろ学校の男教師にしろ数ある男友達にしろ、男という男には甘やかされてきたものだから、この唯一自分に甘い顔をしない男に対して根深い警戒心と嫌悪感を抱くことになったのだった。

けれども、ウィルは、弟妹のごたごたに首を突っこむのはまっぴらだとばかりに無関心を装って、ミュリエルに、

「おとうさんとおかあさんは？　おとうさん何か美味しいもの、作っといてくれたかな？」と訊ねた。

「あら、ウォルターから聞かなかった？　おとうさんとおかあさん、まだ、ニューオリンズから戻ってないのよ。明日、帰ってくるって」

「えっ、ニューオリンズ？　僕は聞いてないよ、ふたりがニューオリンズに行っちゃったなんて。何しに行ったんだろ」

「何しにって、遊びに行ったに決まってるじゃない。ヴァケーションよ。それから明日のパーティーのためにごちそうを仕入れてくるって」

「ちぇっ、明日のごちそうより、今日のごちそうの方が大問題だよな。僕たち、飛行機の長旅の後で腹ぺこだもん」

ウィルは苛立ったように言い、

「じゃあ、おまえが何か作っといてくれた？」と訊ねたが、本気で妹が食事の用意をしておいてくれたと思っているわけではなく、一種の皮肉として言っているのだった。

ミュリエルは、女の子だからといって何も料理や掃除のエキスパートになる必要はない、条件のいい結婚をして専業主婦になるだけが女性の生き方ではない、というアンダーソン夫人の教育方針により、幼少の頃から台所に立たせてもらったことがなかったから、料理はまったくできず、彼女が台所で何か食べるものを作ろうとしたら、シリアルにミルクをそそぐことと冷凍食品を電子レンジに突っこんでチーンとするくらいしかないのである。その逆に、ウィルとウォルターは、男の子だから家事をやらなくていいということにはならない、と言われて育ち、料理も掃除も洗濯もしっかり仕込まれているのだった。ただ、几帳面《きちょうめん》なところのあるウォルターは、週に三度きちんきちんと自分の衣類を洗濯し、アイロンまでかけ部屋の掃除もこまめにするくせに、料理だけはバカらしくてやってられない、と言って、缶入りスープを温めたり、ハッシュドビーフをフライパンで炒めて、キッチンにドッグフードのような匂いを充満させて家族の顰蹙《ひんしゅく》を買う他は、料理らしい料理などしたことがないし、ウィルはといえば、料理好きで魚料理やパン作りに関してはセミプロ級の腕前だけれど、掃除や洗濯は大嫌いで、部屋は散らかり放題、クロゼットにはいつも汚れた衣類が突っこまれている、という状態ではあった。

そして、基本的に、この家では、家事一般はアンダーソン氏が一手に引き受けている。夫人は、マドコに、あなたのお家では誰が家事をやるの？　と訊ねたことがあり、母です、と答えると、おかあさんは外で働いていらっしゃるの？　と重ねて訊ね、いいえ、専業主婦です、と言うと、ふぅん、やっぱりねえ、と考え深げにうなずき、うちではボブ（アンダーソン氏の愛称）が家事をやってくれているけどね、どこの家のハズバンドもこんなふうだというわけではないの、だから、アメリカでは、男が家事をやる生活習慣があるだなんて思っちゃだめよ、と語るのだった。

「やっぱり、結局、経済力ね。あなたのおかあさんは専業主婦で、収入がないわけでしょう。私は、外で働いているから、幾らかのお金が入るし、それにボブは大学の教授だからね、時間がたくさんあるわけなのよ。週に一度クラスを教えて、ときどき、午後からオフィスに行くだけですもんね、家事くらいやってもバチはあたんないわよ」と言いながらシャツの袖《そで》をめくって、マドコの前に筋肉質の逞《たくま》しい腕をかざして見せて、

「ほら、これを見てよ。これが労働者の腕よ。私は肉体を酷使して働いているのよ。壁画っていうものは、ちょっとやそっとの体力でできるもんじゃないんだから、女だからなんて甘えを持っていたんじゃできやしないわけよ」と言い切って、誇らしげに自分の腕をさ

するのだった。そのシミの浮き出た、荒れた肌に包まれた年季の入っているらしい筋肉を眺めていたら、マドコは急に疲れを覚えてしまって、ソファに深く身を投げかけて、まあ、いいけどね、と投げやりにつぶやかずにはいられなかったものである。

結局、夕食は、ダウンタウンのデリカテッセンでサンドイッチか何かを買ってきて食べることになり、ジャンクフードに食傷していたウィルとマドコは、ひどくがっかりしてしまった。何にする？　とウィルは不機嫌な声でマドコに訊ね、家に帰ったら、温かいスープと新鮮なサラダと、できれば白身の魚料理、とにかく食事らしい食事がしたいと思っていたマドコは、何にも食べたくない、と気のない返事をし、だめだよ、何か食べなきゃ、と説教口調で言われてしまったから、仕方なく、じゃあ、アイスクリーム、と答えた。

「だめだよ、アイスクリームなんか。もっと、ちゃんとしたもの食べなくちゃ」

「ちゃんとしたもの？　んじゃあね、あたし、魚料理が食べたいな」

マドコが無理を承知で言うと、ウィルは、

「OK、それじゃあ、マドコは、ツナフィッシュサンドイッチだね」としゃあしゃあと答え、ミュリエルに向かって、

「えーと、僕はねえ、ローストビーフサンドイッチ、ピクルスとペッパーをつけてもらってよね」と言った。

ウォルターもシャロンも、それぞれ注文が決まると、ミュリエルはボーイフレンドに寄り添って、

「それじゃあ、私、行ってくる。お金ちょうだい」

片手でボーイフレンドの手をしっかり握り、もう片方の手をふたりの兄に向かって差し出した。ウォルターとウィルは、ほとんど同時にそれぞれのジーンズのポケットを探ったけれど、ウォルターがいち早く皺《しわ》くちゃの一ドル紙幣を数枚と十ドル札を一枚つかみだし、ミュリエルに握らせると、

「マドコにアイスクリームも買ってきてやれよ」と言った。口は悪いが、優しいところがあるのだ、ウォルターには。

ウィルとウォルターはローストビーフサンドイッチを――ウォルターはピクルスが嫌いだと言って、やにわに自分の分のサンドイッチに指を突っこみ、一枚一枚ピクルスをつまみ出し、ウィルの皿に載せた――シャロンはチキンブリトーを、ヴェジタリアンのミュリエルとボーイフレンドは仲良くトマトとパイナップルとチーズののったピッツァと大盛りのポテトサラダを分け合って食べ、マドコはライ麦パンからはみ出しそうなほど具のたくさん詰まったツナフィッシュサンドイッチを半分食べて降参し、最後に皆でアメリカンチェリーとチョコレートナッツの二種類のフレーバーのアイスクリームをデザートに食べた。

食べるものを食べてしまうと、ウィルとマドコは急に長旅の疲れを覚えたから、ＴＶで

CNNを見ながらニュースキャスターの洋服のセンスをけなしている皆に、おやすみを言うと、早々にベッドルームに引き上げることにした。階段を上りかけたふたりの背後でミュリエルが、今晩は私の部屋を使ってよ、ちゃんとベッドメーキングもしてあるからさ、ママがそうしてもらいなさいって、と叫ぶ声がして、ウィルは、ミュリエルのベッドで寝るなんて嫌だな、と顔をしかめた。あのベッドはふたりで寝るには小さすぎるし、かなり背の高いパイプベッドだから、もし落っこちちゃったりしたら怪我《けが》でもしかねないじゃないか、と言うのだ。一方、マドコは、ミュリエルの部屋の少女らしいロマンチックなインテリアが気に入っていたから、ラッキー！　と無邪気に喜んだ。

マドコとウィルが手をつないで上っていく階段の脇の壁には、アンダーソン夫人が描いた絵があり、それは三人の子どもたちが手をつないで階段を上っていく図柄なのだが、力強いタッチでありながら幻想的な雰囲気が漂っている不思議なもので、ふわりふわりと半ば飛ぶようにして階段を上っていく子どもたちの姿は、疲れて足下《あしもと》のおぼつかないウィルとマドコの姿にもどこか似ていた。

ウィルとマドコは、何といっても結婚してから一ヶ月にも満たない新婚カップルだから、バスルームにもほとんど義務的な仲の良さで連れ立っていく。バスルームは、マドコにとって、この家の中では一番のお気に入りの場所である。とにかく広いのだ。ざっと八畳間くらいの広さはあろうか。そのゆったりとした空間にぽつねんとバスタブとトイレットと洗面台があるのは、少しばかり奇妙でもあったけれど、広いというのは、何といっても心がのびのびしてよろしい、とマドコは思っていた。

「どうして、こんなに広いのかなあ？」

マドコが訊ねたら、

「この家は百年以上も前に建てられた古いものだからさ、当時は、家の中にトイレやバスがしつらえてなかったらしいんだよね。それで後から家を改造してバスルームを作ったんだよ。この部屋は以前はベッドルームか何かだったんだ」

そうウィルが説明してくれた。

こんなに贅沢《ぜいたく》にスペースを割《さ》いたバスルームがこの世に存在するなんて、想像したこともなかったマドコは、これを初めて見たときには、ひどく興奮したものだ。そして、さらに、彼女を喜ばせたのは、この部屋の壁一面、天井にまで、ジャングルの絵が描かれているということだった。

「いくら見ても見飽きないよね、このジャングルの絵って。これも、この家のファミリープロジェクトなんでしょ？」

きちんと端から絞っていかなかったために青と赤と白がごちゃ混ぜになってしまって、どこか汚らしい感じのするアクアフレッシュを歯ブラシの上に絞りだしながら、マドコが訊ねた。

「うん、そう。僕たちがまだ子どもだったときに、おかあさんと一緒に描いたんだ。脚立《きゃたつ》に上ってさ」

ウィルは蓋《ふた》を閉めたトイレットに「考える人」さながらのポーズで腰かけて、歯磨き糸で懸命に前歯をしごきながら答えた。

「そのお猿は、僕が描いたし、そっちのバナナはミュリエルが描いた」

「へーっ、じゃあ、ウォルターはどれを描いたの？」

「あいつはねえ、絵が下手だから、一番簡単でシンプルな葉っぱばっかし描いたんだ」

「簡単でシンプルな葉っぱ」とはいっても、大小とりどり、形さまざま、色合いも微妙に違う葉が何枚も重なりあって、うっそうとしたジャングルの濃厚な色彩がよく描かれていて、おまけにほんものの植物——観葉植物の鉢がいくつもいくつも天井からぶら下げられていたり、床に置いてあったりするものだから、このバスルームは、いくら広過ぎることが原因で冬は裸になるのが苦痛になるほど冷えこむにしても、雰囲気だけは、どこに出しても恥ずかしくない亜熱帯のジャングルなのだった。

素敵といえば、ミュリエルの部屋もバスルームに負けず劣らず素敵で、マドコの憧れの部屋だったのだが、何といっても、あの気難し屋のミュリエルの部屋なのだから、遠慮して、あまり足を踏み入れたことはなかったのだけれど、今夜は本人の許可を得て、堂々と一夜を過ごせることになり、マドコの興奮といったらなかった。

「こんな部屋、子どもっぽくて、それほどいいとは思わないけどねえ。第一、あの壁、『クレイマー・クレイマー』の子ども部屋を思わせるものがあるだろ?」

ウィルは、ベッドに腰かけてパジャマに着替えながら、薄いブルーの空に雲が涌《わ》き上がるようにして浮かんでいる絵の描かれた壁を指して言ったが、そう言った途端にダスティン・ホフマンの大きな鼻とメリル・ストリープのマンゴー顔を思い出して、不愉快になってしまった。ウィルは、演技派と呼ばれていい気になっている——と彼には思われてならない——これらのハリウッド俳優が大嫌いなのだった。けれど、そんなウィルの内心を知るよしもないマドコははしゃいで、

「あら、違うわよ。違う。違う。あの映画の子ども部屋の壁に描かれていたのは、図案化されて、もっと単純化された雲と空の絵だったでしょ? この部屋の空は、もっとリアルな筆致で、ほんものと見紛《みまご》うばかりじゃない」と、あらためて、うっとりと部屋の中を眺めまわした。部屋の中央には、アンダーソン夫人がアンティークストアで可愛いひとり娘のために奮発して買った背の高い真鍮《しんちゆう》製のベッドがあり、手編みらしい生成《きな》りの白のたっぷりとしたレースのカヴァーがかけてある。そして、その脇には時代がかった木のドールハウスが床の上にじかに置いてあり、中を覗《のぞ》くと、一階にはリビングルームとダイニングルーム、キッチン、バスルームがあり、二階には三つベッドルームがあって、それぞれの

部屋には小さいながらも実に精巧にできた家具がしつらえてあるのだった。マドコは、まったく、よくできている、と感心しながら、自分の体が小さければ、本当にここに住めるなあ、と思ったりもしたが、バスルームにはバスタブ（小さな水道の蛇口までがついている）、洗面台や鏡もちゃんとあるというのに、トイレットだけがないということに気がついて、それだけわざわざ省略するというのも妙なものだと首をかしげた。

ドールハウスの隣には机があって、その上には、十七歳の女の子の日常を思わせるもろもろのもの——ハイスクールのテキストブックや宿題のプリント、キティちゃんの消しゴムやノート、ショッキングピンクの大きなハートのピアスの片っぽ、キューブリックの映画の中でロリータがかけていたようなハート形のフレームのサングラス、ボーイフレンドの写真などが取り散らかされてあった。また部屋の片隅には、小さな飾り棚兼本棚があり、ガラス細工の動物や木彫りの熊や日本の和紙人形やらが飾ってあって、申し訳程度に置いてある本はといえば、サリンジャーのグラース家のシリーズが二冊、短編集が一冊、そしてフィッツジェラルドの本が一冊（これは言うまでもなくグレート・ギャツビー）、その他に、ヘミングウェイの『誰《た》がために鐘は鳴る』と『武器よさらば』、スタインベックの『怒りの葡萄《ぶどう》』、フォークナーの『八月の光』などのペーパーバックがあったが、『八月の光』などは新品そのもので、ミュリエルがこの本を読破していないことは明らかであり、この部屋の住人があまり読書好きの少女ではないということは、その本棚を一瞥《いちべつ》すればわかることだった。

よほど疲れているのか、ウィルは、おやすみ、と言うと、さっさとベッドにもぐりこんでしまい、マドコもいつまでもうっとり部屋を眺め回してもいられないから——何といっても、明日はウェディングパーティーなのだ、あたしにはビューティースリープが必要だわ——急いでパジャマに着替えると、ベッドの脇にあるサイドテーブルの上のナイトランプに手を伸ばして、そのとき、初めて、そこに金色のリボンのかかった可愛らしいピンクのシクラメンの鉢植えと薄いブルーの封筒に入った手紙があることに気がついた。封筒の表には、ヴィクトリア調とでも言いたいような流麗な筆記体で、Madoko & Will と書いてあったから、ああ、これはミセス・アンダーソンからの手紙だ、と、その筆使いに見覚えのあるマドコはすぐに察して、何かお祝いの言葉がしたためてある手紙だろうと見当をつけて、ためらうことなく封を切った。便箋《びんせん》は、半透明のブルーのデリケートな手触りのものので、確かに結婚のお祝いの手紙らしく、月並みな言葉で始まっていた。

親愛なるマドコとウィル、ウェルカムホーム！　そして結婚おめでとう！　この手紙をあなたたちが読むころは、私は、ボブと一緒に、ニューオリンズでヴァケーションを楽しんでいるはずですが——と、そこまで読んで、マドコは、流麗すぎて判別しがたい、細い糸のようにして延々と続く夫人の字体に苛立って、早くも軽い鼾をたてながら眠りこんでしまっていたウィルをゆすり起こした。

「ねえ、あなたのママからの手紙なの。読んでちょうだい」

「そんなの明日の朝読めばいいじゃない。もう寝ようよ」

ウィルは眠い目をこすりながら、実に迷惑そうに言ったが、マドコが、やだ、今でなくちゃ、やだ、とダダをこねるので、仕方なく半身を起こして、ナイトランプの明かりにかざして、手紙を読み始めた。

親愛なるマドコ&ウィル
ウェルカムホーム！　そして結婚おめでとう！　この手紙をあなたたちが読むころは、私は、ボブと一緒に、ニューオリンズでヴァケーションを楽しんでいるはずですが、明日のお昼前には帰る予定ですから、パーティーの前に家族みんなで昼食を取りましょうね。
パーティーには、親戚一同、ウィルの高校、大学時代のお友達、私やボブのお友達、それからウォルターやミュリエルのお友達も何人か見えることになっています。マドコのご両親がいらっしゃれないのは、本当に残念なことです。パーティーのごちそうの材料はニューオリンズで新鮮な魚介類を仕入れてきて、当日コックさんに調理してもらうつもりだし、ミュージシャンにも来てもらいます。皆で楽しく食べて踊りあかしましょう。今から、パーティーが待ち遠しくてなりません。

それから、最後になりましたが、マドコがウィルと結婚しても、私たち家族の姓を名のってくれないとのこと、少し淋《さび》しい気持ちで受け止めています。ボブとウォルターは、そのことで、かなり気を悪くしたようですが、私とミュリエルは女同士として、マドコの気持ちもわからないではありません。でも、とにかく……

と、そこまで読んで、ウィルはマドコの顔色を窺《うかが》うようにして、ちらりと彼女の横顔を盗み見た。マドコは、そんなウィルを睨《にら》みつけ、続けて、と低い声で言い、ウィルは、このことについては説明しなくちゃと思っていたんだけど……と口ごもり、さらに何か言おうとしたけれど、マドコが、きっぱりとした口調で、いいから最後まで読んでよ、と言ったので、ウィルはしぶしぶながらも先を読む以外になかった。

でも、とにかく、私たちは家族になったのですから、これからも末永く、仲良く助け合ってやっていきましょう。マドコ、たとえあなたが、私たちの姓を名のってくれなくても、あなたが私たちの家族の一員になったことにはかわりありません。これからは、この家はあなたの家で、私たちはあなたの家族です。

愛をこめて
あなたたちのおかあさんより

「なにこれ？」

ウィルが手紙を読み終わるやいなや、マドコはかん高い声で叫び、

「不愉快」と低い声で付け足した。

「あたしが結婚しても、名字を変えないことについて、あなたの家族が反対だったなんて、ぜーんぜん聞いてなかったわよ」

「うん、だって、話す必要もないと思ったからさ。うちの家族がどう思おうと、きみは名字を変えるつもりはなかっただろう？」

今ではすっかり眠気も醒《さ》めてしまったウィルは、うんざりしたように言い、

「そりゃあ、そうかもしれないけど、こんな大切なこと、黙っていることないじゃない」

とマドコは憤慨して言い返した。

「でも、僕は、はじめから、きみが僕の姓を名のる必要はないと思っていたし、きみも同じように考えていると聞いて、僕の家族が何と思おうと、関係ないや、と思ったんだ。だって、このことは僕たちふたりの問題なんだし、最終的には、きみ個人の問題じゃない」

「そうよ。これは、あたしの問題なのよ。でも、あなたの家族は、そうは思っていないみたい。だいたい、あなたの家族ってどうなっちゃってんの？　そりゃあ、日本では夫婦別姓は法律的には認められていないけど、アメリカじゃ、こんなの当たり前のことでしょ。職業上のキャリアを大切に考えて、結婚したって独身時代の姓を変えずに仕事を続けていく女性はたくさんいるわけだし、第一、日本と違ってアメリカには戸籍ってものがなくて

個人の出生証明書があるだけだから、結婚は家と家の結合とか、どちらかがどちらかの家に入るっていうことを意味しないはずじゃない」

「うん、そう。そう。そうなんだ。そりゃまあ、そうなんだけどね」

ウィルは煮えきらないようすで、口の中でもごもご言葉を反芻《はんすう》し、

「でもうちは特別に家族の結束が固いらしいんだな」と言った。

マドコは、なにそれ！ と、再びかん高い声で叫び、わざと大げさな仕草でベッドにつっ伏して見せた。そしてミュリエルの使っているタルカムパウダーの香りが微《かす》かにする枕に顔を押しつけて、

「あたしは、あなたと結婚して、アメリカに住むことになっちゃったけど、それでもニッポン人なのよ。これから先、何年何十年アメリカに住んで、英語がぺらぺらになったって、あたしは、ずっと死ぬまで日本国籍を保持するつもりだし、いつまでも、いつまでも、ニッポンにいるおとうさんとおかあさんの娘なんだからね。この結婚について、あたしのおとうさんとおかあさんがどんなふうに感じて、どれほど反対したのか、あなたにだってわかってるでしょ。大切に育ててきた娘をこんな遠くにやるってことは、親にとっちゃつらいものよ」

と、ほとんど説教口調になり、

「そりゃあ、どんな親だって娘が結婚するっていえば、淋しい思いをするんだろうけど、

近場で結婚するのとこんなに遠くまで来ちゃうっていうのでは、親の感じるであろう喪失《そうしつ》感の程度が違うわよ」

と、このへんから、お涙頂戴的になってきて、マドコの感情もますます高ぶり、

「だから、おとうさんとおかあさんの反対を押しきって、自分の意志を貫いてこの結婚をして、遠くにあのふたりを置き去りにしてきてしまったあたしとしては、ふたりに淋しい思いをさせて心配をかけていることの、せめてもの罪ほろぼしというか、彼らのあたしに対する喪失感を紛《まぎ》らわせるためにも、おとうさんとおかあさんの姓であるところのサトーを、これからも一生名のり続けていくつもりなのよ。そうすることが、あたしのニッポン人としてのアイデンティティにとっても、実に大切なことだと思うし……」

一気に言って、ふぇーと声を上げて泣き真似《まね》をしたら、本当に涙が出てきて、それはとても心地よく枕を濡らした。

けれど、その長演説は、ウィルに、結婚する際に起こったマドコの両親とのごたごたを思い起こさせてしまったらしく、ウィルはひどく不機嫌な声で、

「きみが名字を変えたくないという気持ちを僕は尊重したいと思っているし、僕の母がこんな手紙をきみに対して書いたってことについては本当に申し訳なく思ってるけど、そこで何もきみの親のことまで持ち出してこなくたっていいじゃないか。結婚のことで揉《も》めたとき、僕は、きみの両親はほんとに子離れしていないんだなって呆れたもんだけど、きみ

の方でも親離れしていないんだね。僕は何もきみを略奪してきたわけじゃなくて、僕たちふたりが同意してこの結婚に踏み切ったっていうのに、きみたちは、親娘《おやこ》ともども、僕に罪の意識を植えつけようとしているみたいだ。きみの親が学生結婚は絶対にだめだって言うから、僕は大学院をやめて、国務省に就職まで決めたっていうのに、このうえ責められたんじゃたまらないよ。結局のところは、きみの親もきみ自身も僕が日本人ではなく、アメリカ人だっていうことが気に入らないんじゃないの？」と一気にまくしたて、めそめそ泣き続けるマドコに背を向けて、さっさと羽根布団にもぐりこんでしまった。

マドコは、夫の怒りを背中に感じて怯えたが、このまま泣いていれば、きっとウィルは心配して、あたしの背中を優しく撫《な》でてくれるに違いない、と、しばらくの間、頑張って泣き続けた。けれど待てど暮らせど、ウィルはかまってくれないから、マドコがそっと身を起こすと、彼はすぅすぅ寝息をたてて、すでに眠りこんでいるのだった。すっかり拍子抜けしてしまったマドコは、枕元に置いてあったアンダーソン夫人からの手紙をサイドテーブルの上に置いて、金色のリボンが誇らしげに輝いているシクラメンの鉢植えを見るともなしにぼんやりと眺めた。そしてふと、そのピンク色の花弁の陰にドロシーがいるのに気がついた。もっと正確にいえば、ドロシーと彼女の友達の臆病《おくびよう》ライオンとブリキの樵《きこり》と脳なしの案山子《かかし》を見たのであり、その四人が仲良く腕を組んでステップを踏んでいるシーンがきれいにカラー印刷されている紙袋が鉢植えの後ろに置いてあったのだった。アメリカでは、どういうわけか、映画『オズの魔法使い』が息の長い人気を誇っていて、ギフトショップやちょっとした小物屋に行けば、ドロシーとその仲間たちグッズが各種揃っており、この紙袋もミュリエルがそうした小物屋さんで手に入れたものに違いなかった。

マドコは、サイドテーブルから、その紙袋をひょいとつまみ上げて、何の気なしに眺めたが、子どもの頃から歌とダンスが大好きなミュリエルが、フレッド・アステアの出演している映画や『赤い靴』などと並んで『オズの魔法使い』が大好きで、アンダーソン氏から買ってもらったヴィデオを擦《す》り切れるくらいに何度も何度も繰り返し見ていたことや、ひとり娘を「私のクック・ロビンちゃん」と呼んでめろめろに甘やかしている恰幅《かっぷく》のいいアンダーソン氏の首にぶらさがって、幼いミュリエルがドロシーの科白《せりふ》を真似て、There is no place like home.(おうちに優《まさ》るところなし)と言って、氏を喜ばせている光景が、かつて、この家で頻繁に見られた最も幸福な家族の図であったということなどは知るはずもなかった。

マドコは、赤ちゃんのような無防備さで眠っているウィルの寝顔をしばらく見つめてから、そっとナイトランプの明かりを消すと、羽根布団の中にもぐりこんだ。そして、赤い魔法のルビイスリッパの踵《かかと》を三回合わせてThere is no place like home. と呪文《じゅもん》を唱えた少女について、考えるともなく考えていた。

どうしてドロシーは、あの夢のように美しいエメラルドシティから、埃《ほこり》っぽいカンザスなんかに帰りたがったんだろう。あの田舎町で彼女を待っていたのは誰だったっけ？

睡魔がパジャマの裾《すそ》を引っ張るので、マドコは重い瞼《まぶた》をゆっくりと閉じ、すると間もなく、ドライブの途中、白い平原の向こう側に見た遠い民家の灯が、不意に闇の中で瞬《また》きはじめた。季節はずれのクリスマスのイルミネーションは、瞼の奥で、赤、青、黄色、緑とさまざまな色を放って、いつまでも、いつまでも輝きつづけるようだった。

## 2

目覚めると、部屋の中は、ロールカーテンを通して射しこむ朝の光に照らしだされて白っぽい透明感に満ち満ちており、昨夜はひどくロマンチックでありながらリアリスティックにも見えた壁の上の青空から、今にも古びた絵の具の匂いがしてきそうに思えたので、マドコは、急いでベッドを抜け出し、白い無地のロールカーテンを引き上げて、ほんものの青空を仰ぎ見た。ミュリエルの部屋の窓からは、この家のドライブウェイとお隣の家の敷地が見渡せるのだが、どこもかしこも雪がうっすらと降り積もって、まだ何ものにも汚されることのないまま、朝の光に輝いていた。空は真っ青に晴れ上がっていたし、陽の光はまぶしいほどだけれど、木の枝が凍《い》てついてガラス細工のように繊細な輝きを放っていたから、気温はかなり低いに違いなく、それでも家の中にいるかぎりはパジャマ一枚しか着ていなくてもぬくぬくと温かでいられるのが、マドコには、何だか、たまらなく嬉《うれ》しくてならなかった。ふと気がつくと、ドライブウェイの入口のところに、この家のものではない赤い車が停まっていて、その車には雪が積もっていなかったから、もう早々と朝のうちに今夜のパーティーのゲストが到着したのだろうか。マドコは、階下に下りて確かめてみようと思いたった。昨夜はジャンクしか食べてなくて、あたしにしては珍しく、朝っぱらからお腹が空いているし、ミセス・アンダーソンの手紙に書いてあったことが本当なのか、ウォルターに確かめてみなくちゃいけない。こういうことはお互いにお腹の中にためておかないで、きちんと話し合っておくべきじゃないかしら。臆する気持ちは多少あるにしても、ここで怯《ひる》んではいられない、と、マドコは自分を励ましながら手早く着替えをすませると、羽根布団を頭までかぶって眠り続けているウィルを残して、勇んで階下へ下りていった。

キッチンでは、昨夜はゲストルーム――と言えば聞こえはいいが、かつてはウィルの部屋で、今は、物置同然にガラクタが放りこまれていて雑然としている部屋――で眠ったミユリエルとシャロンがパジャマのままで、朝食にマーマレードをたっぷりのせたトーストを食べていた。ふたりは、マドコにも愛想よくミルクティーを勧めたけれど、ミルクティーの、あのくすんだ色合いが好きになれないマドコは、コーヒーを自分で作っていただくから、と丁寧に断って、ところで、もうゲストが来たの？　ウォルターはどこ？　と訊ねた。するとふたりは冷やかすような笑みを浮かべてから、顎をしゃくってリビングルームの方を指し示した。

その意味深《いみしん》な笑みの意味を図りかねて、マドコがオーク材でできた大きな食卓のあるダイニングルームを抜けて、ドアの陰からリビングルームをそっと覗くと、庭を見渡せる大きな窓のそばの赤いベルベット張りのカウチに、ウォルターと彼のガールフレンドが仲良く並んで腰かけて、何やら囁《ささや》き交わしては、くすくす忍び笑いをもらしたりして、まことに楽しそうにしているのだった。

ウォルターったら、鼻の下がいつもより確実に一・五センチは伸びてるよ、とマドコは心の中でつぶやいたが、以前にも何度か会ったことのあるウォルターのガールフレンドのジュリアがとびきりの美人であることは、マドコも認めるところだったから、まあ、あんなビューティーと一緒にいれば、でれでれしちゃうのも無理もないよね、と、アメリカ人の真似をして大げさに肩をすくめてみた。

いつか、ウォルターは、リビングルームでひとりでTVを見ていたマドコを、ちょっと、ちょっと、と手招きして呼び寄せ、誰もいない書斎に連れこむと、おもむろに背後に隠し持っていた二つ折のカラー写真のピンナップを開いて見せたことがある。それはブロンド、ブルーアイズのバービー人形のような顔だちの若い女性のヌード写真で、彼女はその豊満すぎるくらい豊満な体に一切何も纏《まと》わずに、「悩殺的」なんていう言葉で形容するにふさわしい、陳腐きわまる表情を顔に浮かべているのだった。何よ、これ？　とマドコはむっとして訊ねたが、ウォルターがにやにやしながら、ジュリアの体って、こんな感じだよ、特に、オッパイなんかそっくり、と薄い桜色のキノコを思わせるかたちの乳首を指して、得意になって言うものだから、ますます不愉快になり、そのピンナップをむんずとわしづかみにしてウォルターの手から引ったくると、ウィル！　ウィル！　と叫びながら二階へ駆け上がっていった。ウィルは、何事？　と驚いたようすで部屋から出てきたが、これ見てよ、ウォルターったら、この女の体がジュリアにそっくりって言うんだよ、とマドコが憤慨しながらかざすヌード写真を一目見ると、さっと顔を赤くして照れて笑った。マドコの後を追いかけてきたウォルターは、相変わらずのふてぶてしい笑いを顔に浮かべて、どうだい、オレのガールフレンドは？　きれいな体だろう？　と誇らしげに言い、ウィルの顔を覗きこみながら、まあ、あんたのガールフレンドだって、体はちょっと貧弱だけど、それほど悪くはないよ、可愛いよ、ただ、あの黒い脛《すね》毛だけはいただけないねえ、手入れした方がいいって伝えておいてよ、と言ったのだった。「あんたのガールフレンド」というのは、言うまでもなくマドコのことで、彼女は頭から湯気が立つほど憤慨して、ピンナップをくしゃくしゃに丸めて力いっぱい床に投げつけ、そしてウィルが愛と暴力に満ちた少年劇画のキャラクターさながらに「馬鹿野郎！」と叫びながら、弟に殴りかかってくれるのをじっと待ったが、彼は少し顔を赤らめ、曖昧《あいまい》な笑いを浮かべたまま、床に転がっているこ丸められたピンナップを腰を屈《かが》めて拾い、不遜《ふそん》な表情の弟に、はい、と言って渡したのだった。そのピンナップは再び広げられて——とはいってもヌード嬢の白い裸体には無残にも無数の皺が走り、ピンクのキノコの乳首は見る影もなくなっていたが——ウォルターの部屋の壁を飾ることになり、マドコは、後に、あたしが侮辱されたっていうのに黙ってにやにやしてるなんて、ひどいじゃないの、とウィルを責めたが、ウィルはきょとんとして、侮辱した？　ウォルターはきみを褒めたんだよ、と言うのだった。きみのこと可愛いって言ったじゃない？　でも、でも、あたしの体が貧弱だって……ス、ス、スネ毛、黒いスネ毛はいただけないって……、と、マドコが屈辱で顔を赤くして口ごもると、ウィルは愛と欲情で明るく瞳を輝かせ、でも僕は、きみの体を気に入っているし、黒い脛毛も大好きだよ、と言って、熱情的にマドコの体を抱きしめたものだ。

リビングルームでウォルターに肩を抱かれて楽しそうにお喋《しやべ》りしているジュリアがウォルターの部屋の皺くちゃのピンナップを見て、事の次第を打ち明けられたかどうかは知らないが、ボーイフレンドから陰でヌードモデルに似てると言われるなんざ、ひどすぎる、ジュリアが可哀想だ、と、マドコはドアの陰からふたりのようすを眺めながら考えた。確かにジュリアも、あのヌード嬢と同様に金髪碧眼《へきがん》で、昨今の大学生の女の子にしては珍しくばっちり化粧をしていて、繊維入りのマスカラを二、三度重ね塗りした睫毛《まつげ》は、うっすらとあるソバカスを隠すために少しばかり厚めにパウダーをはたいた頬に濃く影を落とし、かたちのいい横広がりの唇にはパール入りのピンクの口紅が輝いていて、まるでレブロンのコマーシャルに登場するモデルのような外貌《がいぼう》だし、透明感のある白い肌の下には、筋肉などという無骨なものは微塵《みじん》もなくて、脂肪細胞だけが幾重にも重なってマシュマロ状のやわらかな弾力を備えているようだし、その胸にいたってはTシャツやトレーナー、たっぷりとゆとりのある服を着ていても、その豊かな膨らみは隠しようもなく、タイトなドレスを着ているときなどくしゃみひとつで前ボタンが全部はじけ飛んでしまいそうだったから、ジュリアに会うときは、胡椒《こしょう》を持っていけ、というジョークがあるくらいだったけれど、その一方で、彼女はウォルターと同じ州立大学に通って政治学を勉強しており、成績はデキの悪いウォルターより数段上だし、パパの仕事の都合で幼少の頃、ヨーロッパ各地を転々としていたためフランス語、ドイツ語、イタリア語が堪能な才女なのだ。そのうえ、彼女の中には、同性の目から見ても好ましいおっとりした雰囲気と知性に裏うちされた行動力とがアンビバレントに同居していて、ほんとうに魅力的だ。

ウォルターは、ジュリアの真価をわかって付き合っているのかなあ？　などと、ジュリアのために老婆心《ろうばしん》を働かせて、マドコは気を揉んだが、ジュリアが着ている白いアラン編みのセーターの下には、本当にあのヌード嬢のようなピンクのキノコが隠されているのだろうか、と、ふと想像してしまって、ひとり顔を赤くしたりもした。

それでも、いつまでも物陰に隠れてもの思いにふけってもいられないから、マドコは、思いきってリビングルームに入っていき、おはよう、とぎこちなくふたりに声をかけた。

ジュリアはマドコの姿を見ると、顔を明るく輝かせ、結婚おめでとう！　と言って、カウチから立ち上がり、大げさな身ぶりでマドコの体をきつく抱きしめた。

「今の気持ちは、どう？」

「どうって、別に……」

「あら、ごめんなさい。こんなの愚問よねえ。幸せに決まってるもの」

ジュリアは頬を薔薇《ばら》色に紅潮させて、はしゃいで言うと、くるりと振り向いて、ウォルターにうっとりした視線を送り、それから、

「うらやましいわ」とウォルターにともマドコにとも彼女自身にともつかぬ口調でつぶやいた。

「昨夜は、よく眠れた？」

ウォルターは、ガールフレンドが身近にいるせいだろうが、いつになく機嫌のいい声でマドコに話しかけ、その明るい声音《こわね》に勇気を得て、マドコも思いきって切り出した。

「ねえ、ねえ、ウォルター、話したいことがあるんだけど……」

「何？」

「あなた、私が名字を変えなかったことについて、反対してたってほんと？」

そうマドコが言った途端に、ウォルターの表情がみるみる険悪になっていって、いきなりカウチから立ち上がると、何も言わずにドアに向かって歩いていった。

「ちょ……ちょっと待ってよ」

マドコは慌てて、ウォルターを呼び止め、

「ウィルと結婚したからって、どうして、あたしが彼の名字を名のらなければならないの？　ここはアメリカで、夫婦別姓が認められていて、そうしている女性はたくさんいて、それなのに、どうしてあなたは妻は夫の姓を名のるべきだなんて？」と叫んだが、ウォルターはそれを無視して黙って部屋を横切り、捨て科白のかわりにリビングルームのドアを思いきり力をこめて乱暴に閉めると、ものすごい足音をたてて階段を上っていった。

なにあれ？　感じわるい、とマドコは憤慨し、思わず眉間《みけん》に深く縦皺がよったが、同時に、これから先もずっと身内として付き合っていかなければならないというのに、このことが溝《みぞ》になってしまったら、どうしよう、と思うと、不安でならなかった。

ジュリアは、困惑して、ふたりのようすを眺めていたが、心もとない表情のマドコに気づくと、その肩にやんわりと腕を回して、

「大丈夫よ、心配しないでね」とピンクの唇で囁いた。

「でも、ウォルターったら、あたしのこと怒ってるみたい」

「うーん、怒ってるっていうより、ちょっとばかり、がっかりしているんだと思うわ」

「なんで？　どうして、がっかりするわけ？」

「それは、あなたがウィルと結婚して、新しい家族の一員になると思ってウォルターは喜んでいたのに、結局、あなたが彼らの姓にかえなかったから、裏切られたような気がしてるんじゃないかしら」

「でも、そんなふうに考えるのってすごく窮屈じゃない？　アメリカのキャリアウーマンのほとんどは、結婚しても姓はかえないんでしょ？」

「それはそうかもしれないけど、あなたには姓をかえては都合が悪いようなキャリアも仕事も、今のところはないんでしょ。じゃあ、関係ないじゃない？」

マドコは、ジュリアから鋭いところを突かれてしまって、一瞬たじろいだが、ここで怯むわけにはいかなかった。

「そういう問題じゃないのよ。これはあたし個人の問題じゃなくて、女性全体の権利問題なのよね。これまで女性は、長い間、家父長制度にからめとられ、組みこまれてきたわけでしょう。結婚して妻が夫の姓を名のることは、妻が一家の長としての夫に従って生きていくということの誓いでもあり、象徴でもあったわけじゃない？　かつて妻が夫の所有物だった時代もあったんだしね。だから、性差別の根源にある家父長制を打ち砕くためには、女性は結婚によって家にからめとられてしまってはだめなのよ。男女が平等であるためには個人と個人の結婚を確立しなくてはならないのよ」

マドコは、自分が今語っていることが、昨夜、ミュリエルのベッドの中で泣きながらウィルに訴えたこととは違っているということにはおかまいなしで、どこかで聞きかじったフェミニズム理論を切々と訴えていた。

ジュリアは、自分より年上のくせにずいぶん子どもっぽく見える小柄な日本人が、なまりのある英語で演説をぶつのを小首をかしげて黙って聞いていたが、大きなあくびをひとつすると、

「そうね。そういう理論は、よく聞くわよねえ」と言った。

「私、あなたが女性の権利保護とか性差別反対とか、そういう意識が高い人だって知らなかったわ。でも……私、あんまり、そういうこと言い過ぎるのって好きじゃないの。私は愛する人と結婚して、その人の子どもをたくさん産んで、家で家事や子育てをして、のんびり暮らしていきたいわ。専業主婦ってすばらしいと思うのよ。一生を通じて、やりがいのある仕事じゃないかしら。無能な女は他に生きようがないから、家に籠《こも》って子どもを産むしかないなんていう、専業主婦を軽視したこの頃の風潮、私は、大嫌い。すごく馬鹿げてると思うの。いかにもカタログ販売で買いましたって感じのスーツを着て、分厚いソックスにジョギングシューズを履いて、ウォールストリートジャーナル片手に出社して、オフィスではストッキングスとパンプスに履きかえて、女らしい心配りと愛嬌《あいきょう》、男まさりの行動力と決断力で仕事をこなしていく、とか何とか、いくら男性と同様にお金を稼いだっ

て、男女平等でなんかありゃしないわよ。しっかりオフィス内でも性的役割は決まっているんだから。あんな欺瞞的な世界でキャリアウーマンとして身を粉《こ》にして働くより、私は、愛する家族のために働きたいわ。その方がずっと価値のある生き方だと思うもの」

ジュリアは、両手を胸の前で組み、首をかしげて語っていた。

「うーん、でもねえ、そりゃあ、その男性が優しくって、ものわかりがよけりゃあ、いいでしょうけど、横暴で嫌なやつもいるわけだからさ。奥さんのこと殴ったりね」

「あら、殴られる女って、殴らせているのよ。夫の手綱《たづな》をうまく握って、コントロールするべきなのにね。そういうのって、妻の務めのひとつだと思うわ。理屈じゃないわよ、家族って。それは、面倒なことだっていろいろあるけど、暖かいじゃない、家族って」

マドコは、保守派の権化のようなウォルターが、どうしてジュリアのような美人の才女を恋人にすることができたのか、常々、不思議でならなかったが、こうしてジュリアと話してみると、そのわけがわかってくるような気がするのだった。おまえのような保守的な石頭にジュリアはもったいないね、とウィルが冗談めかして言ったとき、ウォルターは大真面目で、何言ってんだよ、ジュリアの方がオレなんかより、よっぽど保守的なんだぜ、と言い、あそこん家《ち》はとにかくオヤジが保守的でさ、ジュリアもその影響を受けたんだろうね、何たって、彼女はファザコンだから、と溜息をついたものだった。でも保守的であることの何が悪いんだよ？　新しいって聞きゃあ、どんなもんにでも手ぇ叩《たた》いて喜ぶなんざ、みっともねえよ。古くからある考え方や習慣には、必ずいいもんがあるんだよ、と、ウォルターは村の長老のような物言いをしていたものだが、今、ジュリアの星の瞬く瞳を目《ま》の当たりにしていると、マドコにもウォルターの哲学が納得されてくるのだった。保守的であることの、いったい、何がいけないっていうんだろう。

十時を過ぎた頃、アンダーソン夫妻が賑々《にぎにぎ》しく帰還した。ふたりは、美味しいものをたらふく食べた、と言って、満足そうににこにこ笑い、今晩のごちそうもしっかり仕入れてきた、と両手にいくつもぶら下げてきたショッピングバッグを指し示した。

「パパのクック・ロビンちゃん」は、お土産《みやげ》を期待してアンダーソン氏にべったりまとわりついていたが、小柄なミュリエルが巨大なアンダーソン氏に引っついているようすは、クック・ロビンというよりは、大木にしがみついているキツツキという感じであり、昨夜は真夜中過ぎまでこの家でねばりにねばり、朝は朝で一番に駆けつけたミュリエルのボーイフレンドのマークは、アンダーソン氏から目の敵《かたき》にされていることをそれとなく勘づいていたので――氏は、どういうわけかマークのことを毛嫌いしていて、アイツは男のくせに痩《や》せこけていて覇気がない、コミュニストか何かじゃないかね、前のやつはスポーツしかできない頭が悪そうな男だったが、今のよりはましじゃないか、と常々言っているのだった――氏の視界に入らないように氏が顔を動かすたびに微妙に位置を変えながらも、遠巻きにミュリエルの姿を見守っていた。ジュリアは、Ｈｅｌｌｏ、ミセス・アンダーソン、

Hello、ミスター・アンダーソン、と鈴の鳴るような声で言い、蝶々《ちょうちょう》さながらにふわりふわりと夫妻を抱擁し――ジュリアは大柄で肉厚だけれど、その育ちの良さからくる洗練された優雅な仕草で、蝶々にも風の中の羽にもなり得るのだった――夫人は、目の前にいる金髪碧眼の肉感的な若い女――家柄もよく教育もあり、将来は息子のために純白のドレスを着るかもしれない女――に数十年前の自分――言い寄る男は限りなく、望みさえすればハリウッド女優にもファーストレディにもなれる可能性を持っていたに違いない、美と才気に恵まれていた自分――の姿を重ね合わせて、本当に美しい娘だこと、と目を細めて満足そうにうなずきながら、息子のガールフレンドに対してというよりは、同類の女として、溢《あふ》れる共感と愛情を覚えてしまい、この娘は、これから先、どのような人生を歩んでいくのだろう、結局、私は芸術を選んでしまって、結果的にはその他の可能性は全て捨ててしまったわけだけれど、決して、自分の選択を後悔したことはない、と感無量になって、思わず瞳を潤ませてしまうのだった。

アンダーソン氏はといえば、世界で一番美しい娘はミュリエルに決まっている、と、常日頃、無邪気にも信じているのだが、ふくよかで柔らかい肉を持ち、軽い眩暈《めまい》を起こさせるような香り――それは当然、タルカムパウダーの匂いなんぞであるはずがなく、ブローニュの森の中で人待ち顔で佇《たたず》む女たちが立ち上らせているであろう香り――を放つ魅力的な息子のガールフレンドに抱きしめられると、恋人にするならば、ミュリエルよりこっちの方がいいな、などと不謹慎なことを考えてしまい、はっとしたりもするのだが、すぐにまた反省の色もなく、ウォルターのやつ、うまいことやりやがって、と微かな嫉妬《しっと》を覚えたり、その一方でこんな上出来の娘をモノにするとは、さすが私の息子だ、と誇らしくもあり、ふいに数十年前の自分の恋――金色の髪に青い瞳の誇り高き女は、私は愛なんか信じない、と言い切って、惜し気もなく貧乏大学院生の前で透き通るような白い肌をさらし、それは凍てつくような冬の宵のことで、古アパートのベッドルームは悲しいくらいに殺伐として美しく、窓の外では雪が音もなく舗道に降りしきっていたはずであり、アンダーソン氏は、この日のことは生涯忘れない、この女はいつか私を去るのだろうけれど、それでもこれは永遠の恋だ、と絶望的(だからこそ甘美)な熱情にかられて思ったものだが、それから三ヶ月ずるずると付き合った後(もちろん、当時の感覚としてはずるずるではなく、輝かしい刹那《せつな》の連続として時は過ぎていったのだが)満開の林檎《りんご》の白い花の下で、子どもができちゃったの、と告げられたときには、陽射しがまぶし過ぎるくらいに明るい春の日だったにもかかわらず、一瞬目の前が真っ暗になるほどの絶望的な(今度は決して甘美ではない)気分にかられてしまい、自分が避妊に留意せず性急に事を行ってしまったことも棚に上げて、ピルも飲まないでいて何が、ワタシハ愛ナンカ信ジナイだ、と女のことが忌ま忌ましくてならなかったが、当時は堕胎が法律的に認められていなかったので、結局は結婚を余儀なくされて、永遠の恋人であるはずだった理想の女と永遠に続くかと思われるほど退屈な日常を生きねばならなくなったという残酷なオチのつく若き日の恋――を思い出してしまい、息子に対して深い同情の念が湧き起こるのを禁じえなかった。

ウィルは、ジュニアハイ時代に自分の誕生日と親の結婚記念日を逆算して、自分が結婚前にできた子どもだということはとっくのとうに知っており、そのときは、パパとママも意外にやるね、くらいにしか思わなかったのだが、ハイスクールに入ってから、クラスメートの女の子と生まれて初めての性行為を持つにいたり、ヴァージン喪失後の一週間は、もし相手の女の子が妊娠してしまったらどうしよう、もし彼女がベイビーを産むと言い張ったら、自分の将来はどうなってしまうのだろう、と仮定法未来形の疑問詞をパラノイア気味に頭に浮かべ、気の小さい思春期の少年らしい精神的危機に陥ったものだが、そのおりに自分の出生にしても望まれたものではなかったのかもしれない、と、はたと気がつき、親に対して「生まれてきてごめんなさい」的な気持ちが湧き起こり、また、それと同時に微かな怒りと憤《いきどお》りを覚えたりもした。そのせいかどうか、しばらくの間は、純愛志向及び結婚願望がやたらと強く、大学に入り親もとを離れてからは、大学で知り合った女の子とたちまちのうちに恋に落ちて、一緒に暮らしはじめた。当然ウィルとしては結婚を前提として彼女と付き合っていたのだけれど、大学卒業を目前に控えてウィルが彼女に、将来は外交官になりたい、と告げると、彼女は、あたしだって自分のキャリアを真剣に考えていきたいから、もし、あなたが外国を転々とするような職業につくのであれば、結婚はできない、ときっぱり宣言したので、悶々《もんもん》と悩んだあげく、純愛と結婚を選ぶことにして、外交官になるという夢は諦《あきら》めた。そのとき、他に特にしたいことがなかったから取りあえず大学院に進むことにしたのだけれど、ごく些細《ささい》なことから彼女とは喧嘩《けんか》別れをしてしまい、自分の将来の夢を捨てさせるほどだった純愛のあっけない破局に唖然《あぜん》としたものだったが、傷心を癒《いや》す目的もあって日本に留学したところ、ガールフレンドと別れたばかりの人恋しさも手伝って、あっという間にジャパニーズガールに恋をしてしまった。今度は苦い経験を経た後だけに無邪気な結婚願望などないつもりだったのだけれど、お互いの国を頻繁に往復して何年か付き合った後、デートに交通費がかかり過ぎるということに音《ね》を上げて、国際結婚にふみきることに決め、それに伴う数々の障害もものともせずにクリアして――恋人の親が学生結婚はだめだと反対すれば、大学院を惜し気もなくやめても見せ――国務省に首尾よく就職を決めて、いずれは外交官試験を受けるという道が開けたから、自分としてはむしろ都合がよかったのだけれど、恋人のジャパニーズガールは、あたしとの愛を貫くために、あなたは将来の夢を犠牲にしてくれたのね、と感激して瞳を潤ませたので、恩を売ろうという明確な意識があったわけでもないけれど、敢《あ》えてそれを否定はせず――熱々ムードで東南アジアに蜜月旅行に出かけたまではよかったけれど、アジアの国々は確かに食べ物は美味しいが、英語がろくすっぽ通じないから、ウィルは旅行の間中、新妻とのふたりだけの世界に閉じこめられているような息苦しさを感じ続け、ふたりの間であれほど燃えあがった（ような気がした）熱愛は、国境を越えて成就した途端に（つまり結婚証明書という紙切れ一枚で処理された途端に）色褪《いろあ》せて魅力のないものに変わってしまったように思われた。そして今では、結婚などというものは動機やきっかけはどうであれ、結局いきつくところは同じなんだし、などとわかったような気になっており、あまり気が進まなかったにもかかわらず、やむなく出来ちゃった婚をしたらしい両親に対する怒りや憤りもなくなって、ただ同情と思いやり、微かな悲哀のようなものすら覚えはじめているのだった。

ウィルは、自分の家族に対して、もちろん、愛着を持っていたけれど、働く母親が家を空けがちで、幼少の頃のスキンシップが不足していたせいか、抱擁や接吻《せっぷん》など、親とべたべたした接触を取るのが、あまり好きではなかったから、一定の距離を置いて、両親に、おかえり、と微笑みをなげかけたが、母親はあっさりとその距離を縮めてつかつかと息子に歩みより、いきなり強く抱きしめて、本当に結婚してしまったのねえ、あんなに小さな赤ちゃんだったのに、と不意に涙ぐんで言った。情にもろいところのあるアンダーソン氏は、その光景を見て、思わず目頭を熱くして、こんなときくらい自分も息子を抱きしめたい、と思ったけれど、何だか照れくさいし、第一、息子がいやがるだろうと考えて思い止《とど》まった。アンダーソン氏は、芸術家で家を空けがちな夫人にかわって、ウィルのオムツをさんざん替えてあげたものだけれど、息子が物心ついた頃から、ぶちはしても抱きしめたり接吻したことはないのだった。

マドコは、リビングルームのドア付近から、こうした家族の図をぼんやりと遠目に眺めながら、どうぞあたしにお鉢《はち》が回ってきませんように、皆このまま、あたしの存在なんか、ついうっかりと忘れてしまって、この場がお開きになりますように、と祈っていた。というのも、マドコがアンダーソンの姓を名のらないことについて、氏が気分を害していたらしいということが心に引っかかっていたし、ウィルと結婚する前は、アンダーソン夫妻をミスター・アンダーソン、ミセス・アンダーソンと呼んでいたのだが、これからは何と呼んでいいやらわからず、声をかけられたら、どう返事をしようかと内心びくびくなのだった。これが日本であれば、ごくごく形式的に、おとうさん、おかあさんと呼ぶところだろうけれど、アメリカでは人によってはおとうさん、おかあさんと呼び、また人によってはミスター・ナニガシ、ミセス・ナニガシと呼び、ファーストネームで友達に呼びかけるようにする人もいるくらいだから、これといった決まりはないわけで、マドコとしては、本当に戸惑ってしまうのだ。はじめはこれまで通り、ミスター&ミセス・アンダーソンでいこうと思っていたのだけれど――何といっても、マドコ本人は、アンダーソンの姓を名のるわけでもないのだから――夫人が、手紙の中で、私たちは家族だ、とあれだけ強調していたところを見ると、やはりこの家の子どもたちがそうしているように、屈託なくおとうさん、おかあさんと呼ぶことが望まれているのだろうか、それとも少しはあらたまってファザー、マザーと呼んだ方がいいのだろうか、でも家族っていう実感が全然ないのに、おとうさん、おかあさんとは呼びにくいじゃないか、と、マドコの心は乱れに乱れるのだった。

アンダーソン夫人は、息子の姿を見た途端に感極まって、思わず、きつく抱きしめてしまったけれど、ふと気がつくと、息子は当惑したような、露骨ではないにしろ迷惑そうな表情を、ちょっと女の子のように綺麗な顔に浮かべていたし、結婚したての新妻は、こうした光景——つまり他者が介在する隙《すき》のない母と息子の密接な関係（誰でもない、この私がこの子を産んだんだもの。おかげでたるみなんか決してなかった私のウエストが五センチも太くなってしまったのよ）を顕著にしてしまった光景——を好まないに違いない、と思い至って——だから、ウィルは迷惑そうな顔をしたんだわ、マドコに気を遣っているのね——慌てて息子から身を離して、マドコの姿を捜した。マドコはリビングルームの入口のところで皆から離れてひとりぽつねんと立っており、その姿はやけに小さく痩せっぽちで貧弱に見えたが、目が合うと、すぐに善良そうな毒のない微笑みを浮かべたから、アンダーソン夫人はほっとして、日本人はわけもなくいつもにやにやしているが、その実、何を考えているのか、さっぱりわからなくて不気味だと言う人もあるけれど私はそうは思わない、あの人たちは本当に善良で感じのいい人たちなのよ、と考えた。

マドコ、そんな隅っこで何をしてるの？　今晩はあなたが主役なのよ、とアンダーソン夫人が大げさに両腕を開いて招くので、マドコは日本人の不気味なにやにや笑いを顔に張りつけて、アンダーソン夫人のもとに駆け寄り、ふたりはお互いの体を固く抱きしめ合った。

「結婚おめでとう」

「ありがとう」

「ウィルのことをよろしくお願いするわ」

「はい」

そんな月並みなヨメとシュウトメの会話を交わしながらも、マドコの心は次の難関に向けて落ち着かず、「難関」は「難関」で夫人の隣で緊張のオーラをまき散らしていた。実に、マドコとアンダーソン氏は、お互いに敬遠し合う仲なのだった。

マドコにしてみれば、アンダーソン氏の大きな体――百キロ以上の重量を誇り、パジャマ代わりに着用しているご自慢の浴衣《ゆかた》を纏っているときなど、まさしく週刊誌などでよく見かける「お家でくつろぐお相撲さん」といった風情《ふぜい》で、まことにご立派を肢体なのだ――はそれだけでおそるべき迫力があり、いくらあの巨体は生来の甘いもの好きのせいだ、可愛いじゃないの――アンダーソン氏はチョコレートやアイスクリームが大好物で、朝食には大きなチョコレートケーキやドーナツをぺろりとたいらげてしまうし、昼食にバナナスプリットやチョコレートサンデーを食べている姿がよく街のソーダファウンテンで見受けられたし、たまにアンダーソン夫人が用意した夕食の後にデザートがなかったりすると、たちまち不機嫌になってしまって、リビングルームに飾ってある壺《つぼ》の中にこっそり非常食として隠してあるハーシーのキャンディバーやm&m'sなどをひとりでもそもそと食べはじめるという大人げのなさなのである——と思おうとしても本能的に感じてしまう恐怖心は拭《ぬぐ》いようもなく、加えて氏の短気と不機嫌と仏頂面は、体だけでなく気も小さいマドコを震撼《しんかん》させ——もちろん、氏の短気と怒りが、これまではお客人であったマドコに直接向けられたことはなかったのだが、遊びに来ていた夏の間は、マドコは、ほとんど毎朝アンダーソン夫妻のお互いを罵《ののし》り合う声で目覚めており、はじめのうちは、ウィルのパパとママが離婚するのは時間の問題ではないかと本気で心配したりもして、ごくごく取るに足りないことをネタに激しく口論するのがふたりの一日のウォーミングアップなのだと知ってからも、氏のFuck you! God damn you! という罵声《ばせい》が聞こえてくると、マドコは、心穏やかではいられず、ひどく怯えたものだ——しまいにはアンダーソン氏の姿を見ると、条件反射的に「さわらぬ神に祟《たた》りなし」という諺《ことわざ》を思い浮かべるようにさえなったのだった。

一方、アンダーソン氏は、極東の島国から来た小娘のことがこわいわけはなかったが、デキの悪い生徒としてハイスクールを卒業した後すぐに軍隊に入り、朝鮮戦争のおりにはGIとして日本に派遣され、軍医の助手を務めて日本人の売春婦の性病の検査を手伝ったりしているうちに、このエキゾチックなイーストアジアの島国が大好きになり、ミッちゃんというガールフレンドまでできてお楽しみを満喫すると、この国に対する興味と関心が抑えようもなく湧き起こってきたものだから、戦争が終わってミッちゃんに別れを告げてアメリカに帰国した後は、迷うことなく軍を除隊し、大学に入学、猛烈に勉強して有名大学の大学院にまで進み、日本研究を行って日本史の博士号を取得、大学教授におさまったという過去の経緯を思うと、善良で単純で丸顔だったミッちゃんは、勉強嫌いの悪ガキだった自分を大学教授にまでのし上がらせてくれた女神とも拝みたい人であり、マドコが、そのミッちゃんの面影を宿しているとは言わないけれど——強《し》いて言えば丸顔のところが共通してはいるが——日本の女性一般に何か恩義のようなものを感じていて、頭が上がらないのだった。そのうえ日本史を教えている現役の教授とはいってもしばらく真面目に日本研究をしていない——こんな田舎の大学で、脳味噌もやる気もない学生に接していたら、学者としての野心なんぞは失《う》せてしまう、と氏は常々自分に言い訳しているのだが——のと年のせいで、日本語をすっかり忘れてしまっていたから、いつか、この小娘に日本語でぺらぺら話しかけられて、大恥をかかされるのではないかという妄想にかられており、彼女のそばにいるときは、いつもひどく緊張していたし、気安く話しかけられないように、あらかじめ硬い表情で接するよう心がけてもいるのだった。

マドコとアンダーソン氏は、ぎこちない笑顔を取り繕《つくろ》って、お互いに歩み寄り、儀礼的な抱擁をした。アンダーソン氏は、おとうさんは、お元気かね？　と訊ね、今回の結婚について、きみのおとうさんは反対なさっていたそうだが、と言うから、やだ、ウィルったら、そんなことまで言っちゃったわけ？　とマドコは冷や冷やして、そのことで氏が気を悪くしているのではないかとそれとなく顔色を窺ったが、氏は、思いがけず、やさしい思いやり深い表情で、父親というものは娘を手放すのはつらいものだからね、と言ったので、マドコは、とりあえず氏が怒っていないということにほっとし、氏の温かな表情と父親というものはウンヌンの科白に胸を熱くした。

昼食を皆そろって食べましょうよ、とアンダーソン夫人が提案し、そのくせ、彼女自身は、私はお風呂に入ってリフレッシュしなくちゃ、と言って、さっさとバスルームに籠ってしまったから――彼女はバスタブにお湯をなみなみと張って、いい香りのするバスオイルを振りかけ、延々とお場につかっているのが好きなので、バスルームに入ったが最後いつ再び姿を現すかわからないというのが常なのだ――いつものことながら、アンダーソン氏が食事の支度をすることになった。「食べること」「食べるもの」に関しては何でも大好き、ときているから、アンダーソン氏は食料品の買い出しに出かけるのも料理をするのもいっこうにかまわないのだが、この家のキッチンに立つたびに、ここは、もうちょっと何とかならないものだろうか、と苛立ってしまうのが常である。来客があったときなど、このキッチンを見ると、決まって、まあ、素敵！　さすがメアリー（アンダーソン夫人のフアーストネーム）の台所は違うわねえ、と溜息まじりに褒め、アンダーソン夫人は、ええ、やっぱり、キッチンってものは、最終的には女の最後の砦《とりで》じゃない？　おざなりにはできないのよねえ、と気取って答えるのだが、アンダーソン氏にしてみれば、料理もしないくせにどうしてキッチンを「女の最後の砦」などと呼べるのだろうか、と腹立たしくてならないのだった。アンダーソン家のキッチンには、「生活の中にこそ芸術はあるべきである」という夫人の信念が貫かれており、壁紙の代わりに缶詰や瓶詰、シリアルやチョコレート、キャンディなど食料品のラベルがぺたぺたとパッチワーク状に貼ってあったり、天井から鍋《なべ》、釜《かま》の類いがさまざまな形の乾燥かぼちゃと一緒にぶら下げてあったり、ガラス張りの食器棚には、彼女のご自慢の手作りの焼き物が、ひどく形のいびつなものまで含めて、ずらりと飾ってあったりと、ユニークといえばユニークこのうえないインテリアなのだが、さらにユニークなことに、このキッチンには冷蔵庫がないのだった。冷蔵庫の、あの無機質な白さと無骨な形、そして、あの角ばった物体の容積がキッチンにおいて占める割合を考えると、どうしたって私のキッチンの美観を損ねるわ、とアンダーソン夫人は主張し、冷蔵庫はあわれ、地下室へ追放されてしまったのである。地下室へ向かう階段がキッチンの隅にあるとはいえ、家族は皆階段を上ったり下りたりするのを面倒がって一度冷蔵庫からキッチンのテーブルの上に持ち出されたものは、永久にそこに放置されてしまう、という憂《う》き目《め》にあうことになり、夏の最中《さなか》など、ミルクがヨーグルトに、バターがグリースに、アイスクリームがミルクセーキに変貌することもしばしばである。アンダーソン氏は、料理をするたびに巨大な体をゆすって地下室の狭い階段を上ったり下りたりするのは、本当にしんどく、いつか心臓発作を起こしてしまうのではないかと不安になってしまうことさえあったから、夫人に冷蔵庫をキッチンに戻そうとやんわりと打診してみたこともあるのだが、夫人から、きっぱりと、階段の上り下りはあなたにとってはいいエクササイズよ、適度の運動をして、少しは体重を減らさなくちゃね、と決めつけられて、おとなしく引き下がる他はなかった。

冷蔵庫以外に追放された家庭電器製品には電子レンジがあるが、電子レンジにいたっては、やはり、その形の味気なさに夫人のクレームがつき、はじめは冷蔵庫同様に地下室に追いやられたのだが、温めたものを地下室から上まで運ぶのは手間だ、と家族は猛反対を表明し、アンダーソン氏もこの時ばかりは、しぶとく夫人に食い下がり、連日電子レンジについてFuck you! God damn you! と口汚く罵りながら口論したのだけれど、さっぱりラチがあかず、ヴァケーションで訪れたアラスカの観光船の上で、波と戯《たわむ》れる鯨《くじら》を眺めながら電子レンジについての議論が蒸し返されたときには、ついに根負けしたアンダーソン氏がFuck! 勝手にしろ！　と叫び、夫人の勝利が高らかに謳《うた》われたのだが、このまま大人しく引き下がるような氏でもなかったから、帰宅するなり腹いせに電子レンジをゴミに出してしまい、夫人を含めて家族皆が不便な思いをすることになったのだが、少しは腹の虫がおさまったのも束の間で結局、一番不自由することになったのは、料理を担当しているアンダーソン氏なのだった。

今晩は、雇いのコックさんが料理してくれるごちそうを盛大に食べるわけだし、昼食はシンプルなものでいいだろう、とアンダーソン氏は判断し、近所のベーカリーでドーナツとマフィン、クロワッサンを買ってくるよう、ウィルを使いに出し、自分は、手早く野菜を刻んで、自然の恵みが目に鮮やかなサラダと胡麻《ごま》油をたっぷり入れた香ばしい中華風ドレッシングを作り、それからベーコンをかりかりに焼いて、その油で目玉焼きとスクランブルエッグを作った。そして、マドコとシャロンとミュリエルがダイニングルームにある食卓に皿とナイフ、フォークを並べ、ナプキンを用意し、アンダーソン氏の料理を運んで、いよいよ準備万端調《ととの》った頃には、アンダーソン夫人も風呂から上がり、体にタルカムパウダーをはたき、顔にはヴァイタミンD&Eクリームをバッチリ塗って、白いバスローブを纏い、頭にはタオルを巻きつけたままでダイニングルームに下りてきていたし、夫妻が帰ってきたときは、部屋に閉じこもって顔も出さなかったウォルターもジュリアといちゃつきながら、食事の合図を待っていた。

It's time to eat! とアンダーソン氏が軍隊さながらの号令をかけ、家族が集まり、それぞれの配置についた。オーク材でできた大きな長方形の食卓の上座には、当然のことながら、アンダーソン氏が坐り、その真向かいにはウォルター、氏の右隣には、上《かみ》から下《しも》へとミュリエル、アンダーソン夫人、シャロン、ミュリエルのボーイフレンド、氏の左隣には、同様に、ウィル、マドコ、ジュリアの順で座が占められ、その席順を見れば、この家庭内での微妙な勢力関係が察せられるという仕組みになっていた。そして、また、食卓に常にかかっている生成りのレースのテーブルクロスをめくってみると誰が一番食事のマナーが悪いかということもわかるようになっており、一週間に一度、洗濯するためにテーブルクロスを取り除くと、レースを通して落ちた食べこぼしの一週間分の蓄積が食卓の上で白日のもとに曝《さら》されることになり、一番その量が多いのは、いつも上座なのだった。

それぞれ料理の皿が上座から順番に回されていき、和《なご》やかに食事が開始された。皆もくもくと料理を口に運ぶなかで、お喋りはアンダーソン夫人の独断場で、彼女は、ニューオリンズで過ごしたヴァケーションのおみやげ話にはじまって、今晩のパーティーに訪れることになっている人たちのことやら、料理のことやら、ダンスミュージックを演奏してくれることになっているミュージシャンのことやらを、皆が聞いているのかどうかもおかまいなしでとうとうと語り、彼女の前にある皿からは、いっこうに料理が減らなかったが、それでもひとりで喋り続け、やがて自分しか喋っていないことに気がついて、ウィルに話しかけた。

「今晩のパーティーが終わったら、すぐにワシントンDCに戻っちゃうの?」

「うん、そうだね。あさってにはここを発《た》たなくちゃ。ハネムーンだっていうんで、特別

に長くクリスマス休暇をもらってたわけだけど、もう勤めに戻らなくちゃいけないから
ね」

「どう、国務省でのお勤めは？　楽しい？」

「楽しいって、まあ、仕事だからねえ」とウィルは言葉をにごし、

「でも、あなたが大学院をやめて、国務省にお勤めするって聞いたときには、私、びっくりしちゃったわよ。はじめは、ちょっとした気まぐれで言っているのかと思ってたけど、国務省の試験も受けて、ほんとに受かっちゃったっていうし、あなたはおとなしくて勉強が大好きで、これはもう絶対に学者タイプだって思ってたから、ボブみたいに大学の先生になるものと信じてたもの」

　そこで、ミュリエルが、からかうように、

「だって愛するマドコのためだものねえ」と口をはさみ、ウィルは表情をくもらせ、

「関係ないよ」とぶっきらぼうに言った。

　マドコは、居心地悪そうにうつむいていたが、夫人は、そんなふたりのようすにはおかまいなしで、

「ああ、そうか。マドコのおとうさま、学生結婚は絶対にだめって反対なさったんだわねえ」と言った。

「結構、頭が固いのね」

そう言われて、マドコは一瞬カチンときたが、そこは今後の長いお付き合いを考えて、怒りをぐっと抑え、目を伏せて、

「はい、あの、国際結婚だし、娘を遠くにやるっていうんで、うちの父はたいへんに心配しまして、相手が学生となれば、なおのこと……」と言葉につまってみせると、夫人も、急に、うん、うん、と物分かりよさそうに深くうなずきながら、

「そりゃあ、まあ、わかるわよ。おとうさまのご心配もごもっともだわね」と言った。

それでもマドコは、ウィルの家族の手前さらにしおらしいヨメを気取って、

「でも彼が、あたしのために大好きな勉強を断念したんだと思うと、あたし、心苦しくって……。あたし、彼の重荷になってるのかもしれない」と言い、心の中で舌を出しながら言っているつもりだったのに、急に胸がいっぱいになって泣き出したいような気にさえなった。

すると、ウィルが、

「別に僕がやめたくてやめたんだから、きみが自分を責めることはないんだよ」と言って、うつむいてしまったマドコの背中をやさしく撫で、アンダーソン氏は、とても穏やかな口調で、

「人は誰もが皆、お互いの重荷になって生きているものだよ。誰かが誰かの重荷になって、支え合って生きているんだ。特に家族というものは、そういうものじゃないかね?」と言

ったものだから、マドコは、アンダーソン氏は、普段は口が悪いけど、本当はとても心の優しい人なんだわ、と、ひどく感動してしまった。

そこで、それまで黙って食べることに専念し、僅《わず》かの間に、ドーナツ二個とクロワッサン二個、マフィン一個、目玉焼き一つ、大振りのベーコン四切れをぺろりとたいらげてしまったウォルターが満足そうに口の端をナプキンで押さえながら、口をはさんだ。

「それにしても、因果なもんだね、ウィルが日本人の女の子と結婚することになろうとはね」

「本当にそうよねえ。不思議なような気もするわ」

アンダーソン夫人は感慨深げに溜息をつき、

「私なんか若いときは、日本に特に興味を持ったことはなかったけど、ボブが日本史を研究してたものだから、この人と知り合って結婚してからは、日本がずっと身近になって、何度か遊びにも行って、日本の文化も国民性も大好きになっちゃったわけだけど、それにしても、日本人の女性を家族に迎える日が来ようとは、思いもしなかったわよ」と言った。

するとウィルが、

「別に不思議でも何でもないじゃない。僕だって子どもの頃から何度か日本へ連れていってもらってたわけだし、おとうさんが日本史を教えてるっていうんで、大学で何となく必修の外国語に日本語を選択しちゃって、大学を卒業しても特に何もやりたいことがなかったから、大学院に進むことにして、何となくこれまでのナリユキにしたがって日本研究をすることになったわけで、日本研究をしてれば当然、日本に留学ってことになって、日本の大学でマドコと知り合って、そんでもって若い男女の当然のナリユキとして、こうなっちゃったわけで、因果っていえば、確かに因果なのかもしれないけど、過去の経過を眺めてみれば、こうなったのは不思議でも何でもなくって、当然のナリユキってもんだよ」と要領を得ないことを素っ気ない口調で語り、アンダーソン夫人は、少しばかり苛立ったようすで、

「その当然のナリユキっていうのが、私には、不思議な運命のように思われちゃうのよ」と言った。

そこでウォルターは、もっともらしい表情で、

「まあ、結局のところ、おとうさんの影響力が大きかったってことだろうね。僕たちは子どもの頃から、食卓で、日本の話をさんざん聞かされて育ってきたわけだからさ」と言い、アンダーソン氏は、自分の父親としての影響力をうんぬんされて、まんざらでもなく、上機嫌で、

「ふん。それはそうかもしれないが、それじゃあ、おまえには、私の影響力は及ばなかったとみえるな。日本人の奥さんを迎える気はないんだろう？」

ウォルターとジュリアを交互に見やって、からかうように言い、するとウォルターが待

ってました、とばかりに、満面のにやにや笑いを浮かべて、

「僕は、どういうわけか、おとうさんからよく聞かされてた日本人の女の子の陰毛の話には、全然興味がわかなかったんですよ、残念ながらね」と言った。

マドコは、一瞬、聞き間違いかと自分の耳を疑ったが、周囲を見回すと、シャロンとミュリエルのボーイフレンドがぽかんとした表情を浮かべていて、ジュリアが顔を赤らめており、ウォルターが意地悪そうな笑みを浮かべてマドコを見つめている他は、一様にバツの悪そうなようすで、うつむきがちにしていたから、ウォルターが「日本人の女の子の陰毛」と言ったのは間違いないと確信し、「おとうさんからよく聞かされていた日本人の女の子の陰毛の話」とやらが、いったい、どんなものだったのか、聞きたたす気には、到底なれなかったけれど、脛毛といい陰毛といい、ウォルターのやつがこうも毛に拘《こだわ》るのは父親の影響に違いないと苦々しく考えた。

さすがにその場では、陰毛の話は、それ以上は弾まず、皆——ウォルター以外の——は懸命に話題を別な方向にずらしていったのだけれど、本当のところは興味津々《しんしん》だったから、食事の後で、シャロンはウィルに、ジュリアはウォルターに、ミュリエルのボーイフレンドはミュリエルに、さっそく例の話の内容を訊ねた。その話は、実に、アンダーソン氏の十八番で、食卓で何度となく繰り返されたものだったのだが、日本人の女性の陰毛は（白人の女性のものとは違って）黒く、一般に薄くてまっすぐだというのだった。氏が朝鮮戦

争のおりにＧＩとして日本に派遣され軍医の助手を務めたとき、彼は、売春婦の性病の検査を手伝ったことがあったから、数えきれないほどの日本女性の性器を見てきたわけで、こんなにたくさんの女性器を見た男は、産婦人科医を除いては、そうそういるものではあるまい、という自信に裏打ちされて、おとうさんの言うことには間違いはない、と威厳を持って家族に語り、たまにアンダーソン夫人がキッチンに立ってジャパニーズクックブックを見ながら作った、彼女の自慢料理、ひじきの煮付けを食卓にのせると、氏は、これこれ、日本の女の子の陰毛は、これにそっくりなんだよ、と大真面目で言ったものなのだった。

## 3

昼食の後、急に不機嫌になってしまって黙りこくっているマドコをウィルは外に連れ出した。昼を過ぎてから、少しは気温も上がったとはいえ、歩くたびに足下の雪がぱりぱりと固い音をたて、寒さに体全体が緊張して、肩こりがするようだった。ウィルは、ぶ厚いダウンジャケットを着て、毛糸の帽子をかぶり、マフラーまで巻きつけていたけれど、マドコはウールのハーフコート一枚だけだったので、寒くてたまらず、ますます不機嫌になってしまい、空は青く晴れわたっていて、冬の弱い陽射しながらも太陽が出ていたから、顔を少し仰向ければ、ほっとした気分になれるはずなのに、ずっとうつむいて、足下の凍てついた舗道を見つめて歩いていた。

「どうして、こんな寒い中を、あたしたち散歩なんかしてんのよ。バカみたい。でもまあ、家にいるよりはいいか。あの家にいると、あたし、疲れちゃうもん」

マドコは、ぶつぶつと独り言を言い、

「ねえ、ダウンタウンで、アイスクリームでも食べようか？」

ウィルが猫なで声で言っても、アイスクリーム好きのマドコの常ならず、眉ひとつ動かさないで、

「こんなに寒いのに、アイスクリームなんか食べたくないわよ」と忌ま忌ましげに答えるのだった。

ウィルは、マドコの不機嫌に怯えてはいたけれど、それでも辛抱強く、どこか行きたいところ、ない？　と訊ねると、そうねえ、タイの国王に謁見《えっけん》に行って、見初《みそ》められて、国王の花嫁になって、毎日タイカレー食べたい、とか、ディズニー・ワールドに行って、ミッキー・ラッツの黒いシッポをちょん切ってやりたい、などと他愛もないことを言った後で、ぽつんと、ターキッシュコーヒーが飲みたい、と言った。

「あ、そりゃあ、いいね！」

ウィルもパチンと指を鳴らして、急に元気づき、どうして、その手に気がつかなかったんだろう、そうそう、その手があったんだ、とはしゃいで郊外の住宅地に向かって歩き始めた。

どれもこれも似通った雰囲気で、いかにもアメリカ、中西部のアッパーミドルクラスの典型的な住居、といった感じの家々——きれいに手入れされた芝生の敷きつめられた広い庭（今は冬だから雪の下で凍えているにしても）、車が二、三台入る大きなガレージ、ドライブウェイにはバスケットボールのゴールがしつらえてあったりもして、敷地がたっぷりとあるから住居を上に重ねていく必要がなく、ぺたんと平べったい印象の大きな平屋建ての家々——が連なる中、門からゆったりした構えの玄関まで続くコンクリートの舗道の両わきにアゼリアが植えてあるのが特徴といえば唯一の特徴である家にたどり着き、ウィルは玄関の呼び鈴を押した。まもなく、家の奥から出てきたのは、肌の色が濃く、二重瞼《ふたえまぶた》の輪郭のはっきりした目が深い輝きを放ち、きりりとした顔だちが印象的なアラブ系の中年の婦人で、ウィルの姿を見るなり、まあ、久しぶりねえと嬌声《きょうせい》を上げて、ウィルの体をきつく抱きしめ、それから続いてマドコのことも抱きしめて、結婚おめでとう、と言い、今晩のパーティーにはアンダーソン夫人から招待されてたけど、あなたたちの方から来てくれるなんて、本当に嬉しいわ、と、わずかにアラブなまりのある英語で言って、愛想よく笑った。デイヴィッドいますか？　とウィルが訊ねると、婦人は、冗談とも本気とも取りかねるしかめ面《つら》をして、それがいるのよ、まったく何してるんだか、とつぶやき、今、呼んできてあげる、それから何か温かい飲みものでも入れるわね、何がいい？　と訊ねるので、マドコは、ターキッシュコーヒー、と遠慮なく答え、僕も、とウィルが言った。

まあ、くつろいでてよ、と婦人に言われるまでもなく、ウィルは、勝手知ったる他人の家、で、脱いだジャケットを玄関わきのクロゼットに押しこむと、マドコの手を引いて家の奥へ行き、迷わずリビングルームに入って、TVをつけ、カウチに深く腰をおろした。マドコも隣に腰かけたが、落ち着く間もなく、騒々しい足音がして、いきなり熊男が現れた。

「よお。ウィル、結婚したんだって？　まいったなあ。新妻を紹介してくれよ」

「やあ。デイヴィッド、久しぶりだね」

ウィルは、カウチから立ち上がって、嬉しそうに顔を輝かせ、

「こちら僕の妻」とマドコを紹介し、熊男は、

「はじめまして、ミセス・ウィル・アンダーソン。元気そうじゃない」と人懐《ひとなつ》こく笑い、本当は以前にも何度か会ったことがある、このウィルのハイスクール時代のベストフレンドの冗談にマドコも調子を合わせて、

「はじめまして」と言ってから、何やら、とても嬉しくなってしまって、くすくす笑いを

噛み殺した。

ウィルの友人の中では、何といっても、このデイヴィッド・アンワーがマドコの大のお気に入りで、いつもぼさぼさで梳《くしけず》ったことなど生まれてからこの方《かた》一度もない、といった感じの黒い髪と黒い無精髭《ぶしょうひげ》、くりくりと丸くて感情表現豊かな黒い瞳が森の熊さん顔負けの可愛らしさ、とマドコには思われてならないので、密《ひそ》かに彼を「熊男」とか「デイヴィッド・熊」と呼んでいるのだった。

「どう、結婚した気分は？」

デイヴィッド・熊は、へらへら笑いながら、からかうような調子で訊ね、

「別に、どうもこうもないけどね」

ウィルが照れて答えると、

「でもさ、こう言っちゃ何だけど、よく結婚なんかするよね。おたくたち、まだ、若いんでしょ。それって、やっぱり、安定志向ってやつかね？」

デイヴィッド・熊は、今度はまんざら冗談でもない調子で言ったので、ずいぶん失礼なこと、はっきり言ってくれるじゃないの、あたしたちの苦労も何もわかっちゃいないくせに、とむっときたマドコが、

「仕方がなかったのよ、ヴィザのためだったんだから」とそっけなく言った。

するとすると熊は、

「えーっ、ヴィザのために結婚したわけ？」と素頓狂《すっとんきょう》な声を上げ、「おたくたちって結婚をそういうふうに割り切って考えてるのか」と感に堪《た》えない、というふうにつぶやいたので、マドコとウィルは、いささか、うんざりしてしまった。

「別にヴィザのためって言ったって、偽装結婚とか何とかっていうんじゃないわよ」

マドコは仕方なく説明をはじめ、

「そりゃあ、もちろん、結婚の大前提として、あたしたちの間には、ラヴがあるわけなんだけどね、だからといって、何も結婚しなくてもいいやって思っていたの。結婚なんて面倒な手続きを取らなくたって、一緒に暮らすなり、一緒に暮らさなくても、デートしたりすれば、それでいいって」

「うん。わかるよ。ニッポンじゃ、どうか知らないけど、アメリカの若い子は、だいたいそう考えているもんね。わざわざ結婚なんかしないで、恋人と共同生活を楽しんでるやつがたくさんいるし、結婚するのは、まあ、税金対策とか子どもができた場合とか、ここで一発盛大に結婚祝をせしめよう、っていう魂胆《こんたん》があるときだよな」とデイヴィッド・熊は同意し、

「でも、僕たちの場合には、結婚しないことにはデートすら儘《まま》ならなかったんだよ。なんたって国籍が違うからさ。国際デートはきびしいぜ。なにせ交通費がハンパじゃないからねえ」とウィルが溜息まじりに言った。

「そうだよなあ、飛行機代往復で千ドル以上かかるだろう?」

デイヴィッド・熊は、大真面目で深くうなずき、ウィルが、

「それに一緒に暮らすっていったって、どっちかがどっちかの国をツーリストヴィザか何かで訪れるしかないだろ。そうすると、働けないし、六ヶ月かそこらでヴィザが切れちゃうんだよね。ヴィザが切れてもそのまま黙ってオーヴァーステイしたって、バレやしないけど、何かの事情で帰国したりすると、次回に相手の国に入ろうとしたとき、すっごく面倒なことになるからね。ヴィザの延長っていうのも、最近じゃ大枚はたいて専門の弁護士を雇わなきゃほとんど不可能だしねえ」と言うと、熊は、しんみりと、

「そうか。おたくたちにとっては、ラヴを貫くには、みすみす社会の制度にはまって結婚するしかなかったわけだな」と言った。

そして熊は、今度は、マドコに向かって、

「てっきり偽装結婚かとばかり思ってたよ。悪かったね」と言うものだから、マドコはいきりたち、

「どうして、あたしが、偽装結婚なんかしなくちゃいけないのよ。ニッポンからの出稼ぎ労働者ってわけ?」と経済大国ニッポンの国民としての誇りに燃えて皮肉をかまし、まったく、アメリカは斜陽国家のくせに、いつまでたっても傲慢《ごうまん》なんだから、と金満国家の国民としての驕《おご》りをあらわにしてつぶやいた。

「まあ、出稼ぎってことはないだろうけど異国としてのアメリカに憧れてる、とか、アメリカの文化が好きでたまらない、とか、そういうことがあるのかと思ってさ」

そう熊は言い、

「あたしはウィルが好きでたまんないけど、別にアメリカはどうだっていいのよ」

マドコが、つんとして答えると、

「そうか。アメリカは、どうでもいいって思ってるのか」と屈託なく笑った。

デイヴィッド・熊は、初対面のときから、思っていることを率直に言って、マドコを傷つけることなんてしょっちゅうだったから、マドコは悲しくなって、あの人、あたしのこと嫌いみたいよ、とウィルに耳打ちしたことさえある。しかしウィルは、そんなことないよ、彼はきみのこと好きだよ、と自信を持って言うので、でも、あの人、あたしのこと傷つけようと一生懸命になってるみたい、とマドコもむきになって訴えたのだが、彼は正直なだけだよ、と、ウィルは実にさりげなく聞き捨てならないことを言い、僕の大学時代のガールフレンドはデイヴィッドに嫌われててさ、って言うよりお互いに嫌い合っててさ、ひどいもんだったよ、そのうち全然口もきかなくなる始末でさ、と思い出したくないことを思い出した、といったようにうんざりした表情で言ったものだ。

「へええ、どうして、そんなに嫌い合ってたんでしょ?」

「さあねえ、僕の昔のガールフレンドのスーザンは、デイヴィッドのことを不潔でだらしなくてチャランポランだって言ってたし、デイヴィッドの方は、彼女のことを、お堅くて口煩《くちうるさ》くて面白味のない女だって言ってたねえ」

「へええ、どうして、あなた、そんな嫌な女と付き合ってたわけ？」

デイヴィッドについてのスーザンのコメントには、なかなか鋭いものがあったので、スーザンについても、そのコメントをそっくりそのまま真に受けて、マドコが無邪気に訊ねると、

「彼女にだって、いいとこはあったんだよ」

ウィルは、さすがに少し嫌な顔をして答え、

「とにかくデイヴィッドは嫌いとなったら口もきかなくなるようなやつだから、きみは何でもはっきり言われてる分、好かれてると思って間違いないよ」と言うのだった。

マドコは、不潔でだらしなくてチャランポランなのに加えて、ハンサムでもなければ紳士的でもなく、おまけに学生でもないのに定職もなく、マイノリティとしてアメリカ社会で生きていかなければならないという宿命を背負っている、このアラブ系アメリカ人のことが、どういうわけか、とても気に入ってしまっていたから、きみは好かれている、と言われて、なんだか、嬉しかった。

香ばしいコーヒーの香りと共に先程のご婦人、アンワー夫人が現れて、マドコ、ウィル、デイヴィッドの前にそれぞれ、ほのかに湯気をたてている濃い色の液体で満たされた小さ

なカップを置くと、私は、今、ちょっと手が離せないから仕事に戻るけれど、ゆっくりしていってちょうだいね、後からお仲間に入れてもらうわ、とマドコとウィルに親しげに微笑みかけて、慌ただしく姿を消した。彼女は、アンダーソン氏が教鞭を執っている大学の、やはり教授で、心理学を専攻しており、アンダーソン氏よりもずっと野心家の学者だったから、一日の大半を書斎で過ごし、日夜、本の執筆に励んでいるのだった。

アンワー心理学博士が忙しい中をわざわざ作ってくれたトルコ名物、ターキッシュコーヒーは、その色といいサイズといい、見た目はちょっとエスプレッソのようだけれど、一口味わってみれば、その差は歴然としている。かなり細かい粉末になるまで挽《ひ》いたコーヒー豆を専用の小振りのポットに入れて、水と共に直接火にかけ、沸騰したらカルダモンと砂糖をどっさり入れていただくというもので、全般に味が濃くてコクがあり、独特の香りがあるのと同時におそろしく甘いのだが、マドコとウィルは、その舌が曲がるほどの苦さと甘さの調和の妙味が、このうえなくオツだ、と思っているので、その味が恋しくなると、こうしてアンワー家を訪れることにしているのだった。親戚一同をレバノンをはじめとして中東各地に持ち、現地直送のエスニック珍味を入手できるアラブ系アメリカ人の家庭ならではのおもてなしなのである。

まるで抽出したエキスを口に含んでいるような錯覚を起こすほど、濃くてどろりと重いコーヒーを飲みながら、そうそう、これこれ、これが飲みたかったんだよね、と、マドコは顔をほころばせ、徐々にご機嫌を回復しつつあり、ウィルがそれを見てほっとしているところに、デイヴィッド・熊がコーヒーをすすりながら言った。

「ところで、大学院の方はどう?」

「大学院って?」

「あれ? だって、あんた、大学院で日本研究してるんだろう?」

「ああ、あれはねえ、もうやめたんだよ」

ウィルは、実に素っ気なく言ったが、熊は目を剝《む》いて、声を上げた。

「えーっ、なんでさ?」

「なんでって、別に深い理由はないけれど、まあ、勉強にも飽きちゃったしね」

「ほんとかよ、ほんとに飽きたの?」

「じゃあ、今は何してんの?」と訊ねた。

熊は疑り深くつぶやいて、

「今? 今は、国務省」

「えーっ、まさか国務省で働いてんの?」

「うん」

「うわ。まじなの?」

「うん」

「あんた、それ、どういうことを意味してんのかわかってんの？　それって政府のために働いてるってことなんだぜ。国民のことなんか、ほんとは、これっぽちも考えてない連邦政府のために」

熊が、再び、目を剝いて、熱っぽく騒ぐので、ウィルはいささかうんざりしたように、

「僕は、アメリカ政府のために働いているつもりはないけどね。僕は僕自身のためにそうしているだけだよ」と言ったが、熊は、ますます激して、

「何言ってんだよ。政府の機関で働いていて、政府のために働いているつもりはない、ってことはないだろう？」

「まあ、間接的には、政府のために働いているってことになるのかもしれないけど、直接的には、僕は僕自身のためにそうしてるつもりだよ。僕は、いずれ外交官試験を受けるつもりなんだ。外交官になって世界をまわって、国際政治の最前線に立ちたいんだよ」

「はあ？　そんなこと本気で考えてんの？　国際政治の最前線に立つって言ったって、外交官になんかなっちまったら国の利益を最優先にしてしか動けなくなるんだぜ。世界のことなんか考えられなくなるよ」

「僕は考えるよ」

ウィルはきっぱり断言したが、熊は、あまーい！　と、それを否定し、

「今はそんなこと言ってたって組織の中にハマっちまえば、そんなこと言ってられなくな

るよ。環境は選ばなくっちゃ人間は変わっちまいますからね」と決めつけるのだった。

「でも、大学院に残って学者になったところで、何ができるわけでもないだろ」

熊の勢いに押されて、少しばかり弱気になってしまったらしいウィルがぼそぼそとつぶやくと、

「学者の方が、お役人よりはましだと思わん？　ま、つまんないっていえばつまんないけど、もしかしたら優秀な人材を世に送り出せるかもしれない。あんたが教えた学生が偉大な革命家にならないとも限らないだろ？」

熊は瞳を輝かせて言った。

ウィルはうなり、

「うーん、偉大な革命家ねえ……」

「ところで、きみの革命家としての活動はどうなった？」と今度は話の矛先《ほこさき》を熊に向けた。

「まあまあ、ぼちぼちってとこだね。三月くらいに、また、イスラエルに行こうって計画してるんだ」

「へえ。また行くの？」

「ああ、前に行ったときから、もう、そろそろ一年になるからさ、また向こうのようすがどうなってるのか見ておきたいし、うちの組織からあっちへちょっと運ばなくちゃならないものもあるんでね」

「何運ぶんだよ？」

「それは、組織の秘密だからさ、いくらあんたにでも話すわけにはいかないよ」

「ふぅん。密使ってわけだ。危険なんじゃないの」

ウィルが、心配そうに言うと、

「そりゃ危険に決まってるよ」

熊は胸を張って答えた。

「でも命を惜しんでいて革命ができるか。奪われた土地をパレスチナ人に取り戻すためなら、オレは何でもするつもりだからね」と政治的パフォーマンスとしての演劇にも参加している彼は、芝居がかった調子で言い、

「だから、そのために、あと二ヶ月ばっちり働いて、旅費を貯めなくちゃ」とつぶやいた。

「どこで働いてんの？」

「シカゴ」

「シカゴのどこ？」

「サウスの方のバー。例の組織のネジロがシカゴにあるからさ、オレも生活の拠点はシカゴにしてるんだ。今日は、おたくたちのパーティーに出席するためにこっちへ帰ってきたんだけど、明日には、また、シカゴに戻らなくちゃ」

「へえ、すごいね。タフな生活。体の方はダイジョブなの？」

ウィルが訊ねると、熊は、少し表情をくもらせて、

「相変わらずだね」と言った。

「相変わらず、薬漬け、月に二回は病院に行かなくちゃならないし」

「そう」

ウィルも一瞬表情をくもらせたが、すぐに笑顔を取り繕って、

「でも顔色もいいし、元気そうじゃない。人並み以上のバイタリティでいろんなことやってるわけだしさ」

そう励ますように言い、熊は、

「人並みの寿命があるか、わかんないから、今のうちに人並み以上に頑張っておかなくちゃいけないんだよ」と、ぶっきらぼうに答えた。

ウィルは、返す言葉がなくて黙りこみ、すると、熊が、急に明るく、

「でもさ、前よりはずっといいよ。オヤジから腎臓《じんぞう》をもらって移植手術をしてからは例のパイプをつけなくていいからね。あんたも覚えてるだろ。オレがハイスクールの生徒だった頃、オレの腎臓がポンコツで役たたずだったから、仕方がないからパイプをつけてオシッコをそこに通してチャチな袋に溜めててさ、そんなもんぶらさげて、オレ、学校に通ってたじゃない？　でもさ、そのパイプが、ときどき、袋からはずれてオシッコが漏れてたりするんだよな。Tシャツに染みてたりしてさ。あの頃はザマーなかったよなあ。今は、

もともとは人様のものだけど、曲がりなりにもオシッコを処理してくれる腎臓を持ってるからねえ、薬たくさん飲んで、ガンバレ、ガンバレってそいつにハッパをかけて、なんとか働いてもらってるって状態だけど、前よりはずっといいよね」と言って笑った。

それで、ウィルも、居心地悪そうに笑ってみせたが、すぐに話題を変えて、

「そういえば、ジェーンはどうしてる?」と訊ね、

「ああ、彼女も相変わらずみたいだよ」と熊が答えると、それまで、ターキッシュコーヒーを嘗《な》めながら黙りこくってTVを眺めていたマドコが、急に目をいきいきと輝かせ、カウチから身を乗り出して、

「忙しそう?」と訊ねた。

「うん、すごく。ブロードウェイとハリウッドを行ったり来たりしてる」

「へええ、すごいねえ」

マドコは夢見る瞳を見開いて、うっとりと言った。

「この間、彼女の映画見たよ。すっごく素敵だった。彼女、やっぱり綺麗ねえ。あんなすごいひと、ガールフレンドにしてるなんて、あなたも鼻が高いでしょ?」

熊は、しらけたようすで、すごくも何ともないよ、と言ったが、マドコは、そんなことにはおかまいなしで、すごい、すごい、と騒ぎ続けた。

デイヴィッド・熊の十年来のガールフレンドであるジェーン・ミラーは、今をときめく

人気女優なのである。物心つく頃から、子役としてＴＶドラマやコマーシャルにごくごくたまに出演していたが、数年前にハリウッドから主役級の女優として大々的に売り出してもらうという幸運に見舞われ、瞬く間に世界的に知られる存在になった。野心家の彼女は、やがてブロードウェイの芝居にも出演するようになり、この頃は、ロサンゼルスとニューヨークを慌ただしく往復しているのだった。その女優ジェーンが、もともとは、この中西部の小さな田舎町の出身で、ウィルと同じ高校に通っていたこともあって顔なじみだとか、ましてや熊のガールフレンドだなどという話を聞いてもマドコには到底信じられなかったものだが、昨年の夏、里帰りしてきていたジェーンを紹介されて、マドコも、信じないわけにはいかなくなった。目の前で微笑んでいるのは、確かに、映画館の暗闇の中で何度も何度もクローズアップで眺めた女優の顔だったのである。メタファーではない本物のハリウッド女優、生身の現代の売れっ子女優は、金髪でもブルーアイズでもなく、背が――一八〇センチはあろうか――ひょろひょろと高くて細っこく、火にくべた人参《にんじん》のような赤毛で、化粧っけのないうっすらとソバカスの浮かんだ健康的な肌に――スクリーンには、その可愛らしいフレックルスが映しだされることは決してなかったけれど――明るい茶色の人懐こい瞳をしていた。

その日は夏の盛りで、陽射しが焼けつくようだったというのに、ウィルとデイヴィッド・熊は、テニスをやろうと言いだし、テニスなんかやりたくないと言い張るマドコとジエーンにも無理やりラケットを持たせて、夏休みに入ってひと気の全然ないハイスクールのテニスコートにくり出した。ダブルスでいこうぜ、と熊は気炎を揚げたが、マドコとジェーンは、こんなに暑い中、テニスなんかやりたくないよ、第一、やったこともないんだもん、と尻ごみし、あなたたち勝手にやればいいじゃないの、とコートの隅に腰を落ち着けてしまったので、仕方なく、ウィルと熊がふたりでボールを打ち合うことになった。ふたりともテニスの腕はからっきしで、サーヴも満足に打てないという状態だったが、だからこそ練習する必要があるんじゃないか、と前向きな発言をしたのは熊で、ウィルは、僕たちだって、こんなに下手なんだから一緒にやろうよ、とマドコとジェーンを再び誘った。やったことがなくてもダイジョブだよ、僕たちが教えてあげるし、ボールを打つだけなら、そんなに難しいことないんだからさ、とウィルは主張したが、マドコもジェーンも無言で首を横に振り続け、断固として立ち上がろうとはしなかったから、ついにはウィルもあきらめて、再びデイヴィッド・熊とのラリーの続かないプレイに戻った。

夏の日盛りに太陽の照りつけるテニスコートの片隅で、ただ、なす術《すべ》もなくうずくまっている、というのも、実に馬鹿馬鹿しいことだったけれど、初対面のマドコとジェーンは、手にラケットを握ったまま、黙りこくってそれぞれのボーイフレンドのプレイを眺め、沈黙の気まずささえも忘れてしまうくらいに時間がたってから、唐突にジェーンが、

「あたし、テニスやったことないって言ったけど、ほんとはあるの」と言った。

「高校の体育の授業で、さんざん、やったの。でも、全然うまくならなくてね、うんざりしたわ。クラスで一番下手だった。デイヴィッドは、同じクラスだったから、知ってるはずなのに、どうして、あたしがさっき、テニスやったことがない、って言ったとき、黙ってたのかな？　あれって思いやりかしら、それとも、十年も前のことだから、忘れちゃったのかな？」

最後の方はほとんど独り言のようにしてつぶやき、

「あたしより運動神経が鈍い人って、この世に存在しないような気がする」と大真面目に言った。

洗いざらしの赤毛を無造作に後ろでひとつに引っ詰めているすっぴんの女優の横顔は、あまりに無防備で、子どもっぽくさえ見え、マドコは気負いを忘れて、笑って言った。

「あたしもテニスやったことないって嘘。あたしが大学生の頃、ニッポンじゃテニスがブームでね、巷《ちまた》じゃ猫も杓子《しやくし》もラケット持ってテニスコートを求めて血眼《ちまなこ》になってうろついていたものなのよ。そんで、あたしもふりふりのスコートはいて、ラケット振り回して、ボーイフレンドのひとりも作ろうと思って、テニススクールに通い始めたの。高級なラケットとブランド物の可愛いテニスウェアを買って、月に四回、三時間ずつのレッスンを受けて、かなりの投資をしたものよ。でも、ぜーんぜんうまくならなくって、三ヶ月目に入った頃、コーチのひとりからレッスンを受けているとき、あなた、今日が初めてですか？

って言われちゃったの。それがあんまりショックだったから、そのとき以来、一度もテニスしてないの」

「へえぇ。すごいね」

ジェーンは感嘆し、

「そうでしょ。だからね、こう言っちゃ何だけど、あたしの方があなたより運動神経鈍いと思うよ」とマドコは、誇らしげに言った。

パコーン、パコーンとボールを打つ音は徐々に確かになっていき、ウィルとデイヴィッド・熊は、マドコとジェーンのことなどすっかり忘れてしまったかのように、こちらを見向きもせずに、汗だくになってプレイに集中していた。夏の真昼の陽射しは、かげることなく照りつけ、ジェーンはポケットからサングラスを取り出してかけ、こんなに陽にあたったんじゃあ、またソバカスが出ちゃうな、とつぶやき、ま、いいか、どうせ映画に出るときは厚化粧するんだもんね、とマドコに笑いかけた。それから、彼女は、ここに帰ってきているときは、映画のことは忘れるようにしているし、実際、忘れることができるのよ、と言った。だって、何てったって、この街にはさびれた映画館が一軒しかないんだもん。

ふるってるわよね。

「でも、街の人たちは、あなたが歩いてれば、あ、女優だって振り向くでしょ?」とマドコが訊ねると、

「それが全然そんなことないのよね。化粧しないで普通のカッコして歩いていれば、誰もあたしがジェーン・ミラーだってことに気がつかないみたいよ」と言ってから、ジェーンは急にくすくす笑いだし、

「こんなこともあったたわ。ダウンタウンのピッツァ屋でデイヴィッドがバイトをしていたことがあって、あたしが彼の手伝いでピッツァを配達してあげたの。玄関のベルを鳴らして、ピッツァを持ってきました、って言ったら、家の奥から、悪いけど、こっちまで持ってきてよ、今、目が離せないとこだから、って声がして、あたしがピッツァかかげて奥まで行ったら、おじいさん、おばあさん、おとうさん、おかあさん、子どもたち、一家揃ってTVに釘付けで、あたしが主演した映画を見てんのよ。その映画っていうのが、また、大メロドラマでね、この女優、なかなか演技派で泣かせるんだ、なんて言いながら、おとうさんがピッツァのお金払ってくれたけど、あたしが当の演技派の女優だってことには、全然気がつかなかったわね。あたしの顔見てご苦労さまって言ってくれたのに」

「へええ、そんなもの?」

マドコは感心し、でも確かに素顔のこの人は、そのへんにいくらでもいる、ちょっと綺麗な女性とたいして変わらないかもしれないな、と考えた。

あたし、この田舎町のそういうところが好きよ、あたしが何者でもなかった頃のあたしに戻れるんだもん、ハリウッドにいると四六時中、女優の顔してなくちゃいけなくて、ほ

んと、疲れちゃう、とジェーンは語り、テニスコートから引き上げて、デイヴィッドの家に皆で押しかけた後も、短パンにTシャツ姿でデイヴィッドの野球帽を目深《まぶか》にかぶって庭の芝刈りをしたり、TVでクイズ番組を見ながら、急に思いたってマフィンを作りはじめて、結局は失敗したり、とごくごく普通の田舎の女の子の生活を満喫しているようだった。

そんなだったから、マドコは、本当は訊ねたくてたまらなかったハリウッドの内情や人気俳優たちのことは、一言も聞き出せなかったのだけれど、これは最大の謎だ、と思い、いったいどうして、と幾度も首をひねったことについては思いきって質問してみた。

どうして（あなたほどの方が）デイヴィッド（・熊）と付き合ってるの？　彼の（あんなのの）どこがいいの？

女優は首をかしげて少し考え、それから、ゆっくりと宝物を数えあげるようにして答えはじめた。

刹那的なところ。

世の中が価値を認めるものに対してなあんの執着心も持ってないところ。

馬鹿なんじゃないかと思われるほどこわいもの知らずなところ。

あたしを、決して、特別扱いしないところ。

女優は、うっとりと目を細めて微笑みながら語り、最後に、彼と一緒にいるとお家に帰ってきたって気持ちになれるのよ、でも明日には跡形もなく消え去っているかもしれない家だけどね、と芝居の科白がかったことを言い、ちょっと悲しそうに目を伏せた。

マドコは、不潔でだらしなくてチャランポランだと嫌う人もいる熊に対して、女優が語った愛情のこもった評価を聞いて、まったくものは言いようだ、と感心してしまったが、熊に一風変わった魅力があることは認めるところだったし、ハリウッドにいてハンサムな男たちばかり見ていると、そうじゃない男がやたら新鮮に目に映るものなのではないかしらん、などと考えた。彼女はしょせん女優であり、四六時中女優の顔をしているのは疲れる、とぼやいてみても、日常生活においても常に演じ続けているようにも見え、それが証拠に、この田舎町にいるときの彼女は普通の田舎娘を嬉々《きき》として演じているようじゃないか、とマドコは少しばかり意地悪く考え、熊と付き合っているのは、追放されたパレスチナ人の手に奪われた土地を再び取り戻そうと企てるアラブ系二世のアメリカ人——アラブ語はまったく話せないし、仕草も表情もすっかりアメリカ人ではあるが、中東への帰属意識ばかりは、どういうわけか強い熱血青年——を悲劇の革命家に見立てて、それを密かに支える影の女の役を演じて楽しむために違いない、と勝手に結論を出した。

熊と一緒にいると、お家に帰ってきた、という気持ちになれて嬉しい、と言った女優の言葉を思い出し、それなら、熊とほんとにお家『家庭』を築けばいいのよ、と思い、マドコは唐突に言った。

「ねえねえ、デイヴィッド、あなたもいっそのことジェーンと結婚しちゃえば？」

「何言ってんだよ、急に」

熊は顔をしかめ、

「さっき、あんただって、ラヴがあるからって結婚する必要はない、って言ったばかりじゃないの」と言った。

「うん、そりゃまあ、そうなんだけどさ。でも、ジェーンは、ああいう仕事してるじゃない？　だから心安らぐ場所が必要みたいよ。彼女、安心して帰ってこれる家が欲しいのよ」

「やめてくれよ、結婚なんか、カンベンだよ。家が心安らぐ場所だなんていうのは、とんでもない大嘘だよ。家ってのは人を束縛して自由を奪う場所じゃないの？」

熊は露骨に嫌な顔をして、そう言い、さらに、

「オレは結婚なんかして、ウィルみたいな腑《ふ》抜《ぬ》けにされたくないからね」とつけ加えた。

「どういう意味で言ってんだよ？」

さすがのウィルもむっとした声で口をはさみ、

「さっきは勉強に飽きたなんて言ってたけど、大学院を途中でやめたのは、それだけが理由じゃないだろ？　お役人になっちまうなんて、あんた、そういうタイプじゃなかったじゃない？　結婚のせいだろ？」と熊が言った。

すると、別に、そういうわけじゃない、とウィルが答えるのと、そうよ、ウィルは、あたしのために大学院をやめたのよ、なんか文句ある？　とマドコが叫ぶのが、ほとんど同時だった。

「さっきから黙って聞いてりゃ失礼じゃないの。そうよ、ウィルはあたしたちのラヴを貫くために進路をちょっとばかり変えたのよ。うちの親が国際結婚で娘を遠くに手放すうえに、学生結婚じゃあ、あんまりにも心配だって猛反対したもんだから、ウィルは、うちの親を安心させて、あたしたちのことを認めてもらうために大学院をやめて国務省に就職したのよ。そりゃあ、あたしだって、勉強が大好きだったウィルの気持ちを考えると胸が痛んだりもするわよ。でも仕方ないじゃない。うちの親の心配ももっともなことなんだから。インターナショナル学生結婚っていったら、ちょっとやそっとの厳しさじゃありませんからね。奨学金を貰《もら》えるっていったって大した額じゃないんだし、たぶん、あたしにはロクな仕事は見つからないもん。ウィルはラヴを貫くために勇気ある決断を下したの。あなたは、革命、革命って騒ぐけど、ラヴを貫くのだって、今日の打算的な世知辛《せちがら》い人間関係においては、立派に革命的行為よ」

マドコは、そう訴えて、熊を睨みつけ、熊は、ふぅん、と唸ってコーヒーテーブルに頬《ほお》杖《づえ》をつき、

「まあねえ、あんたとあんたのご両親のお気持ちもお察ししますよ。結婚っつうものはそ

ういうものだろうからね。結局さ、保守的な中流家庭の娘と恋愛しちまったウィルがついてなかったってことなんだよな。マルコムXも言ってるもんね、女には気をつけろってさ。どんなに優秀な革命家的素質のある男でも、女によってだめになっていくパターンが多いらしいよ」と言った。

そこでマドコは憤懣《ふんまん》やるかたない、といった調子で、

「女が男をだめにするだなんて、失礼じゃないの？」と言ったが、熊はマドコの言うことなど意に介すようすもなく、

「オレにとっては、家族っていうのは足枷《あしかせ》に過ぎないからね、結婚なんかしたら配偶者の家族までしょいこんじゃうことになって、二重の重みに耐えなくちゃならないだろ、ちょっと考えただけでもまっぴらごめんだな」と言い、ウィルが、

「へえ、でも、きみの両親って理解がありそうに見えるけどねえ。重荷っていう感じじゃないじゃない？」と言うと、

「とーんでもない！」と叫んだ。

「理解なんかあるもんか。オヤジもオフクロも、オレが大学を卒業した後、大学院にもビジネスクールにも法律学校にも興味がないって言ったとき、ひどくがっかりしたし、就職したけど、すぐに辞めて、アルバイトをしながら政治的な演劇活動を始めたときには、赤くなったり青くなったり大騒ぎで、まともな職に戻れ、って何とかオレを説得しようと

したし、パレスチナ解放を目指す政治組織に属するようになってからは、もう、ほとんどゴロツキ扱いで、上の息子は初めからいなかったものと諦めようとしてるみたいだぜ」

「ああ、そういえば、マイクはどうしてるんだっけ?」

ウィルが、下の息子つまりデイヴィッドの弟について訊ねると、

「あいつは、今、イギリスのケンブリッジにいるよ。経済を勉強しているんだ。オヤジと同様に、いずれはビジネススクールの教授になるんだろうね。あいつ、本当は経済の勉強なんか大嫌いで、文学にしとけばよかったってぼやいてたけど、今さら進路を変更する勇気もないんで、だらだらやってるよ。オヤジがあんまり嬉しそうにしてるんで、期待を裏切れないって思ってるらしいよ。まったく小心者だよな」

熊は、軽蔑しきったようにつぶやき、やおらソファから立ち上がると、

「だいたいうちのもんは、キザったらしいエリート意識ととどまるところのない野心が実に嫌らしいんだよな。オヤジもオフクロも若いときに中東からアメリカへ移民してきたくせに、なぜ、中東の危機についてもっと真剣に考え、対処しようとしないんだろう。彼らのアラブ人としてのアイデンティティはいったいどうなってるんだ?」と憤って言った。

「でも、アンワー夫妻は、今でもアラビア語を話すんだろう?」

ウィルが訊ねると、

「ふたりの間ではアラビア語を話してるけど、オレとマイクには、英語でしか話しかけな

いんだ。だから、オレたち、全然アラビア語ができないもんね。オヤジとオフクロはオレたちがアメリカ社会にうまく順応して生き抜いていけるようにと考えて、英語で教育したんだろうけど、アラビア語を教えてくれなかったのは、大した手抜かりだったと思うね。確かにオレはアメリカで生まれてアメリカ国籍を持つアメリカ国民だけど、同時にアラブ人でもあるんだぜ。以前、組織から派遣されて中東の国々を訪れたときだって、同じアラブ人同士だっていうのに言葉が通じないんだから、本当に自己嫌悪にさいなまれちまったよ。向こうに住んでる親戚とさえうまくコミュニケーションが取れなくってさ、情けないったらなかったね。でもさ、うちのオヤジもオフクロも、そんなことは屁《へ》とも思っちゃいないんだ。オヤジとオフクロにとって重要なのは、アメリカ社会に順応してある程度の地位と財産を築くこと。ある程度っていうのは、白人にバカにされずにお付き合い願える程度ってことで、郊外の閑静な住宅街にこぎれいな家を買って、庭には芝生を敷いて、車を二、三台所有して、大きな冷蔵庫と全自動の洗濯機と乾燥機、食器洗い機を備えて、毎日、消費に明け暮れるってことが、あの人たちにとってのあるべき生活なのさ」

「そんじゃあ、あなたのお父サマとお母サマは、中東問題について、いかがお考えなのでしょうか?」とマドコが口をはさむと、

「さあ、いかがお考えなんでしょうかねえ。まあ、全然、気にかからないってことはないだろうけれど、あんまり考えないようにしてるんじゃないかな。考えてもしょうがない、

とか何とか思ってるんじゃないの。そんでもって、オレにも、そういうこと考えてほしくないんだ。アッパーミドルクラスのアメリカ人らしくスーツを着て、お金の勘定をしてほしいんだろうね」

熊は吐き捨てるように言った。マドコは、何だか悲しくなって、

「アンワー夫人の淹《い》れるターキッシュコーヒーは、こんなに美味しいのに」と言い、

「そう。彼女の淹れるターキッシュコーヒーは、とても美味しい」

熊も鸚鵡返《おうむがえ》しにつぶやいて、

「彼女の作るアラブ料理も、すごく美味しい。だけど、彼女は、チーズマカロニやハンバーガーを美味しく作って、それを本当に美味しいと思いながら食べれるようになりたいのかもしれない」とつけ加えた。

そこでウィルが、

「それで、きみは？　きみは、どっちの方が好きなのさ？」と訊ねると、熊は少し考えて、

「両方」と、うつむいて答えた。

「そうだろうね。きみは、アメリカのジャンクフードを本当に美味しいと思おうと努力なんかしなくたって、すでに美味しいと思っちゃってるんだもんね。ハイスクール時代もよく皆で学校が引けた後、ダウンタウンのデリに寄って、ホットドッグやらピッツァを食べたじゃない。きみは、いつもピクルスとホットペッパーをたっぷりはさんで、マスタード

とケチャップをぐちゃぐちゃにまぜてホットドッグを食べてたね。そうすると、すごく美味しいんだとか何とか言ってさ」

ウィルは懐かしそうに語り、熊はくすくす笑いながら、

「ほんとにああすると美味しいんだぜ。皆はケチャップの赤とマスタードの黄色が混じり合って汚らしいって言って嫌がってたけどさ」と言った。

そのとき、ドライブウェイに車が乗り上げる音がして、リビングルームの窓を振り向くと、グレーのＢＭＷがガレージの前に停まり、運転席からがっしりと大柄な男が降りてくるのが見えた。顔だちは熊にそっくりで鼻が大きく、意志的な口元をしていたけれど、不精髭もなければ、髪もきっちり後ろに撫でつけてあって、たっぷりとした黒い革のジャケットをウールのスーツの上にはおっていた。

「あ、あれ、デイヴィッドのパパじゃないの？」

マドコは、デイヴィッドの父親に以前に会ったことがあるわけでもないけれど、一目見て親子とわかった。

「そうそう。あれがオレのオヤジだよ。こんなに早く帰ってくるとは思わなかった。まいったな」

デイヴィッドは慌てて立ち上がり、

「逃げようぜ」と言った。

「なんで逃げるんだよ」

ウィルが呆れて訊ね、

「そうよ。あたしだって、あなたのパパに挨拶したいもん」とマドコも言ったが、

「いいんだよ。挨拶なんてうざったいことしなくてもさ」

そう能は言って、クロゼットからマドコとウィルの上着を抱えてきて、ふたりに押しつけ、自分も薄汚れたオーヴァーをはおって、

「こっち。こっち」と言いながら、先に立ってふたりを誘導し、キッチンのドアから裏庭に出た。

「なんで、コソコソしてるんだよ」

ウィルは暖かくて居心地のよかった家の中から、急に寒い表に追い立てられて、ぶつぶつ不平を言い、マドコも、

「そうよ、そうよ、どうして、あたしたちまであなたに付き合ってコソコソしなくちゃなんないのよ」とトゲのある声を出したが、熊は、ふたりの不満にはおかまいなしで、

「ちょっと散歩しようよ」と言って、ずんずん先に歩いていった。

冬の陽は、早くも傾き、昼にアンダーソン家を出たときは陽の光を浴びて輝いていた凍てついた道は、空の色を映して陰鬱《いんうつ》なグレーに変わっており、マドコはブーツの中で凍えて感覚を失いつつある爪先《つまさき》と、革の手袋をして両手をポケットに突っこんでもいっこうに

暖かくならない指先を持てあまして、ねえねえ、こんな寒いなか、どこへ行こうっていうのよ、まったく、もう、いやんなっちゃう、あたしのココロもすっかりグレーになっちゃったわよ、とひっきりなしにぼやいていたけれど、聞こえているのか、いないのか、熊もウィルも黙って先を歩いていくので、マドコもやがてぼやき疲れて、黙ってふたりの後をついていくしかなかった。

住宅街を過ぎて、両側がちょっとした林のようになっていて裸の木や枯れた草が淋しげに繋っている細い道を抜けると、いきなり目の前に小高い丘が開け、木でできた素朴な立て看板がぽつんと立っていて、INDIAN MOUNDSと書かれてあった。

「ここに来ると思ったんだ」

ウィルは笑いながらつぶやき、

「僕たちがハイスクールの生徒だった頃もデイヴィッドはおとうさんをひどくこわがっててさ、おとうさんが帰ってくると、大慌てで家から逃げ出して、ここへ来たもんなんだよ」とマドコに向かって言った。

「別にこわがってやしないけどさ、うっとうしいんだよ、あの人は。オレの顔さえ見れば説教してさあ」と熊は言い、マドコが、

「それより、何なのよ、このインディアンナントカっていうのは？」と訊ねると、

「そうそう。これをね、絶対マドコに見せなきゃって思って連れてきたんだ」

口から白い息を吐きながら、熊は意気ごんで説明を始めた。

「INDIAN MOUNDSっていぅのはインディアンの墓のことなんだ。先住民たちは、こういぅ小高い丘を幾つか作って墓地にしたんだよ。上空から見ると、この丘は鳥や動物の形をしてるんだぜ」

「ふぅん」

マドコが寒さにうんざりして、空返事《そら》をすると、熊は苛立ったように、

「あんた、これからアメリカで生きていくんだろう?」と言い、

「そうよ、だから何だって言うのよ?」

マドコが半ば開き直って訊ねると、

「まったくもう、あんたは、何にもわかっちゃいないね。これは、ここに、もともと住んでいた人々の墓なんだ。アメリカ大陸は、彼らのものだったんだからね。今でこそ、白人たちが大きな顔をしてのさばっていて、生き残った先住民の子孫たちはマイノリティとしてひっそり生きているけどさ、もともと、ここは、あの人たちの土地だったんだってこと、忘れちゃならないんだよ。今では、オレもあんたも彼らも、ここアメリカじゃあ、同じマイノリティとしていっしょくたに括《くく》られてしまってるわけだけど、オレたちはずっと後から来て、彼らはずっと前からここにいたんだってこと、しっかり心に留めておくべきじゃないかね」

態は、いつのまにか真剣な表情で熱弁しており、一方、マドコは、マイノリティという言葉に少なからずショックを受けていた。

日本にいる頃はマジョリティであり、自分がマジョリティであるということを意識したことさえないほどに人種問題には無関心でいられたのに、飛行機に乗って一夜明けたら、たちまちのうちにマイノリティと呼ばれ、差別される側の人間になっていた、というのは、マドコにとっては何とも解せない話で、知らない人からいきなり背中に重い荷物を背負わされ、その鈍い重みに耐えながら、前かがみで歩いていかなければならなくなったような、そんな気がした。昔は、いつも、頭の上にはぴかぴかの太陽が照っていて、あたしは、その光を当然のことのように浴びたいだけ浴びて、胸を張って歩いていたものだ、あの頃はなんて無邪気で世間知らずで幸せだったんだろう、と思うと情けないやら、悲しいやらで、泣きべそをかきたくなり、いっそのことウィルと別れて、世界の離れ小島『ニッポンよいとこ』に帰り、また陽気に明るく能天気に生きていきたいものだ、と、その後、マドコは何度か真剣に考えることになるのだが、一度背負ってしまったこの重みは、これから先、どこへ行っても――たとえ日本に帰っても――決して消えるものではない、ということを知るのは、まだずっと先のことになる。

態が気負って、さあ、墓参りをしよう、と言い、ウィルも、何だか、久しぶりで懐かしいな、と嬉しそうにしているから、仕方なくマドコもふたりの後についてなだらかな丘の道をたどっていった。滑りやすいから気をつけて、と言って、ウィルはマドコに手を差しのべて、ここには夏の夜に、よくハイスクールの仲間と集まって、こっそりマリファナを試してみたり、ビールを飲んだりしたもんだよ、と昔話を聞かせてくれもした。冬でも緑の濃い針葉樹の林の小道を抜けて、丘をひとつひとつ制覇し、そのたびに熊が、これは鳥の形、これは馬の形、と説明するのだけれど、それは飛行機か何かに乗って上空から見下ろさなければわからないことで、実際に丘の上に立っている者にしてみれば鳥も馬もなく、知識をひけらかす熊にしても航空写真を見て仕入れた知識を披露しているに過ぎないのだった。この墓を作った先住民たちはどうやって、空から見なければわからないような動物の形の墓を作ることができたのか、考えてみれば不思議なことだった。

ここはコンドルが翼を広げている形をしているんだ、と熊が得意げに説明してくれた丘の上にたどりついたとき、ちょうど夕日が沈みかかったところで、冬の弱々しい陽ながらも小さな燃えさかる火の玉が、西の空を橙色《だいだい》に染めて、じっと自らの熱に耐えうずくまっていた。

「ここから見る夕日は最高なんだよな」

ウィルがつぶやき、

「そうなんだよ。間に合ってよかった」

熊が言った。

「なんだか、手をかざしたら、体がほかほかあったまってきそうな夕日ねえ」

マドコも嬉しそうに顔を輝かせ、三人はしばらくの間、寒さも忘れて丘の上に立ちつくし、夕日を眺めた。

「オレさ、さっき、家族なんて足枷で重荷にしかならないって言ったし、いつもオヤジから逃げ回ってるけど、ほんとは家族の暖かさもわかってるつもりだし、オヤジには感謝もしてるんだぜ」

不意に熊はそう言って、オーヴァーの上からお腹をさすりながら、

「だって、オヤジ以外に誰がオレに腎臓をくれる？」と肩をすくめた。けれど、

「そう思ってるなら、もうちょっと家族の気持ちも考えたらいいじゃないの」

マドコが説教じみた口調で言うと、熊は、

「オレは、ちまちま家族のことを考えるより、もっとグローバルに民族のことを考えていきたいんだよ」と熱っぽく言うのだった。

「ふぅん。おお、我らの故郷、肥沃《ひよく》な大地よ、ってやつね」

マドコが茶化すと、熊は吐き捨てるように、

「ふん、あんたにはオレの気持ちはわかんねえよ」と言い、それからウィルに向かって、

「あんたもだよ、白人のお役人さん」と刺々《とげとげ》しく言った。

その熊の言葉にこめられた侮蔑《ぶべつ》の匂いを嗅ぎ取って、

「あなたにだって、あたしの気持ちはわかんないわよ。絶対にわかりゃしないわよ」と叫び、一度叫んでしまうと不思議と気分はすっとして、わかり合えないなんて当然じゃない？　人はお互いにわかり合えるものだなんてデタラメ誰が言いふらしたんだろう、人間同士は決してわかり合えない、と認識するのが、ラヴ&ピースへの第一歩じゃないかしらん、と妙にさばさばした心もちになって、隣で膨れている、人種もバックグラウンドもまったく自分とは違う熱血政治青年を、あらためて愛ある瞳で眺めた。

一方、ウィルは、腑抜けと呼ばれた揚げ句に、白人のお役人とトドメを刺されて、ひどく傷ついていたけれど、デイヴィッドは、薬の副作用で精神的な落ち着きを失っているだけで、根は悪いやつじゃない、と古い友人に寛容であろうと努めていた。それにしても、白人だというだけで、何も悪いことをしていなくても、マイノリティから逆差別を受けるのには、いい加減、うんざりしていたから、後でマドコとふたりきりになると、

「こんなふうに考えるのは失礼で残酷で卑怯《ひきょう》なことかもしれないけど、それにしても長生きしなくてすむやつは気楽でいいよなあ」と悔しまぎれに言ったりもした。

今日明日の命、という切羽詰まったものではないにしろ、デイヴィッドが腎臓の故障のために、この先それほど長くはないだろうということは周知の事実なのだ。それでもマドコはとぼけて訊ねた。

「いったい何が言いたいのよ？」

「僕もやがては年老いるという恐怖さえなければ、国務省なんかには勤めずに、思うがままに生きることができるだろうにって思っただけさ」

「思うがままにって、いったい、何をしたいのよ？」

マドコは苛立って訊ねたけれど、ウィルは、それには答えずに、

「あの先住民の墓地で、デイヴィッドやその他の仲間たちと一緒に、マルクスやニーチェやイカした女の子たちのことを語り合ったもんさ」

マドコには立ち入る隙のない感傷をもって、そう言った。

## 4

家に帰りつく頃には、日はとっぷりと暮れていて、マドコとウィルは、こんな時間までいったいどこをふらついていたの？　と玄関で待ち構えていたアンダーソン夫人に叱《しか》られてしまった。今晩はあなたたちが主役だっていうのに、さあさあ、早く支度をしてちょうだい、と夫人が急《せ》かすから、ふたりは大慌てでシャワーを浴びて、ミュリエルの部屋で身支度を始めた。

ウェディングパーティーとは言っても、宗教色はまったくぬきの集まりである。アン

ダーソン家の人々は無神論者で、日曜日にも誰ひとりとして教会には行かないし、食事や就寝前にお祈りを唱える人もいないから、ウェディングも当然、教会でやろうなどと言い出す者はなく、身内と親しい友人を家に招いて、美味しいものを食べ、踊って騒いで、楽しく夜を過ごそうということになったのだった。

そもそも、この家で無神論を唱えはじめたのは、アンダーソン氏で、彼は幼少の頃は、敬虔《けいけん》なクリスチャンの家庭に育ち、毎週日曜日には早起きしてよそ行きの服を着て両親に手を引かれて教会に通い、小学校からずっとミッション系の学校で学び、白いガウンを着て蠟燭《ろうそく》を手に掲げ持ってオールターボーイを務めたことすらあるのだが、朝鮮戦争のおりに日本にしばらく滞在してから、彼の宗教観はころりと変わってしまったのだった。日本に来て、まず彼が驚いたことは、この小さな島国では、さまざまな宗教が特に衝突することもなく、仲良く共存しているらしいということだった。やっぱりこんな狭苦しいところに生活していると神様の側でも協調性を身につけなければやっていけないんだよ、と仲間のGIはジョークを飛ばしたものだが、それにしても、ちっぽけなみすぼらしい家の中には仏壇もあれば神棚もあり、日曜日の教会で神父の説教のすぐ後に、来週はおじいちゃんの法事で、などと立ち話をしている人がいたりもするし、そもそも日本人のクリスチャンたちは、はたして原罪の意識に苦しめられたことがあるのかどうかも大いに疑問であり、アンダーソン氏は、この神をも恐れぬ人々はいったい何者なのだろうか、と訝《いぶか》ったものだ。

それでも、このミソもクソも一緒のニッポン国民たちは、神の怒りに触れるでもなく明るく力強く生きており、アンダーソン氏もミッちゃんと日曜日の朝寝の味を覚えてからは、今まで、ずいぶん長い間、実にくだらないことに時間を費やしてきたように思われて、なあんだ、神様なんか、いやしないんじゃないか、とことさらに声に出して言ってみて、目の前にあるミッちゃんの餅肌《もちはだ》を撫でさすり、いや、ここにあるのが神であり至福である、と思い直して、覚えたての、英語なまりの強い日本語で、カンノン、カンノン、とつぶやき、あんた何言ってんのさ、あはは、とミッちゃんに裸のお尻をピシャリと叩かれたりもした。

アンダーソン夫人は、といえば、やはり、クリスチャンの家庭に育ち、教会に通い、神に祈りを捧《ささ》げて少女時代を過ごしたのだが、いつのころからか、教会のシステムに性差別の匂いを嗅ぎ取るようになり——夫人も、あの天使のような白いガウンを着て、蠟燭を持って、教会の赤い絨緞《じゅうたん》の上を歩きたかったのだけれど、女の子はだめと撥《は》ねつけられてしまったのだった——十代の終わりには、通いの教会の神父に、キリスト教が女性に不利な性役割を押しつけている、と言ったものだから大喧嘩になり、それでも、すでに身に染みついてしまっている神に対する恐れと宗教美術への関心ゆえに、ときおりは教会を訪れたりもしていたのだけれど、無神論者のアンダーソン氏と知り合い、いくばくかの影響を受け、さらに彼の子どもを孕《はら》むにあたり、当時は堕胎しようにも保守的なキリスト教勢力のせいで堕胎が法的に認められていなかったため、結婚、出産という「月並みな女の人生」を予定外にも歩むことになり、それ以来何もかもキリスト教が悪いんだ、キリスト教は女性を抑圧している、と憎悪をあらわにするようになった。

そんな夫妻のもとで育った三人の子どもたちは、当然、クリスチャンになるはずもなく、夕食の席でごちそうを前にして、お預けをくった犬のように空腹に耐えてお祈りを捧げることもなければ、日曜の朝は目が溶けるほどに朝寝坊を決めこんでも誰にも咎《とが》められないから、土曜の夜は夜更かしをして遊び放題という幸福な子ども時代を送ることができた。そして、この家族がこぞって支持熱狂しているのが、マドンナで、彼女がＭＴＶに登場すると、皆はヤンヤヤンヤの喝采《かっさい》で迎え、LIKE A PRAYER のヴィデオで十字架が燃え上がるシーンになると、口々にALL RIGHT! と叫んで、小躍りするのだった。

マドコとしては、ウィルの家族に面倒な宗教心がないのは、何よりのことだと安堵《あんど》したのだけれど、ことウェディングに関しては、結婚するときだけ急にクリスチャンに変貌し、遠路はるばる軽井沢の白い教会にまで馳せ参じてしまうニッポン人のミーハー・エナジーもしっかり蓄えていて、本場の教会で厳粛に誓いの言葉なんぞを述べるのもいいなあ、と考えていたから、堅苦しいことや形式ばったことは一切ないホームパーティーだと告げられたときには、少なからずがっかりしてしまったものだ。それでも、マドコは、絶対に純白のドレスを着るんだ、と頑張って、日本からわざわざスーツケースに入れて白いレースのドレスを運んできてあった。

ウィルは、ピンクのワイシャツにキャメルのスーツを着て、渋い色合いの細かいチェックのネクタイを手早く締めると、髪もろくすっぽ梳《とか》さないうちに、お腹が空いちゃったから何かつまみ食いしてくるよ、と言ってさっさと階下に下りていってしまったから、ミュリエルの部屋に取り残されたマドコは、ひとりぼっちで髪を整え、化粧をし、ドレスを着ることになった。けれど、こんな晴れの日にたったひとりで身支度をしなくてはならないというのは、ひどくわびしく淋しいもので、マドコは、NHKの朝の連続ドラマに出てくるヒロインの結婚式のようすを思い浮かべ、ツマンナイ、花嫁っていうものは、皆にちやほやされて母親に見守られて、賑やかに、時にはしんみりとしながら着つけをするもんじゃないの、それなのに、あたしはひとりぼっちじゃないか、と悲しいのを通り越して腹立たしくさえなってきた。

ウィルとの結婚を、マドコの両親は、はじめのうちは反対していたため、揉めに揉めて、最終的に結婚の許可が出たときには結婚式場の予約が間に合わず、結局、ふたりはアメリカ大使館で結婚の手続きを取っただけで華々しい結婚式はできずじまいだった。でも、そのときは、キャバレーの呼びこみみたいな司会者つきの披露宴で着せ替え人形みたくお色直しを三回も四回もやったり、もうもうとドライアイスの霧がたちこめるなかでキャンドルサービスなんかをやらされた日にはたまらないよ、というウィルの意見にマドコも、そうだよねえ、わかるよ、と心から同意したものだった。それでも本音を言えば、NHKの朝連ドラマや東芝日曜劇場にありがちな「結婚式の朝〜母と娘は〜」とか、「親父の長い一日」といった類いのウェットな情景にもいいものがあるよなあ、と思ってしまうことがあるのは否定できないし、純白のウェディングドレスにいたっては、人生におけるここ一番の衣装――シンデレラや白雪姫などの美しいけれども薄幸で、最後には王子様に幸せにしてもらう女の子のお話を喜んで読んでいた幼少の頃から、綺麗で魅力的なもの、それを身につければ自分も魅力的になれるかもしれないものに魅せられて、まだ意識していないにしろ、すでに物欲のトリコになりながらオリーブを友達と回し読みしていた少女時代から、教科書以上の必要にせまられてキャンキャン、ジェイジェイを読み耽《ふけ》った大学時代に至るまで、脈々と続いてきた女の子のふわふわして甘くて底なしに貪欲《どんよく》な夢の具現としてのファッション――であったからこそ、こんなふうにひとりぼっちでもそもそと支度をするのは、正しくあろうはずがないのだった。

それでも仕方がないから手早く身支度を整えて、鏡に姿を映すと、襟ぐりが大きく開き、ウエストから下がふんわりとバレリーナの衣装のように膨らんでふくらはぎにかかる白いドレスを着た姿は、思った以上に見映《みば》えがして、あれあれ？　あたしって、なかなか愛くるしい？　まるで妖精みたい？　と、マドコは忽《たちま》ち気をよくした。白いレースのストッキングスと手袋を身につけて、最後に、マドコはスーツケースから小振りの箱を取り出して、その中に大切にしまってあった靴を履いた。それは、日本にいる母親がこの日のために買ってくれた銀色の華奢《きゃしゃ》なパーティー用のハイヒールで、まるでシンデレラのガラスの靴のように繊細で神秘的に見えた。

ドアをノックする音がして、どうぞ、と言うと、ヴァイオレットのシックなドレスを着たアンダーソン夫人が、何かお手伝いすることあるかしら？　と言いながら、勢いよくドアを開けて現れて、マドコの姿を見るなり、大げさに両手を上げて、まぁ、すごく素敵よ、と叫び、ミュリエル、こっちへいらっしゃい、マドコが素敵なの、と騒ぐので、ミュリエルもドライヤーを片手にバスルームから顔を出し、綺麗よマドコ、とにっこり笑った。バゲットを齧《かじ》りながら階段を上ってきたウィルも頬を薔薇色に紅潮させて、うわあ、マドコすっごく綺麗で可愛い、と言ってくれたので、マドコは、ついさっきまでのわびしくてミジメな気持ちなど、あっという間にどこかに吹き飛んでしまって、ウィルにエスコートしてもらって満面の笑みを浮かべつつ、王子様に寄り添うお姫様気分で階段を下りていった。

ゲストの姿はまだ見られなかったけれど、キッチンにはコックとして来てくれた初老の婦人が、ピンクの小花模様のモスリンのドレスの上に白い木綿のレースのエプロンをして、甲斐甲斐《かいがい》しく料理を始めていた。彼女はマドコとウィルを見ると、まあ、なあんて可愛らしいカップルざんしょ、花嫁さんの綺麗なこと、と顔をほころばせ、手が粉だらけで握手はできないけれど、あたくし、ミセス・ジョーンズです、今日は、本当におめでとうございます、と丁寧に挨拶した。

花嫁さんと花婿さんは、ゲストのお相手をしなくちゃならなくて、ごちそうを食べてるわけにはいかないでしょうから、今のうちに何か口にしておいた方がようございますね、とジョーンズ夫人は言って、厚切りのスモークサーモンをバゲットにはさんでサンドイッチを作ってくれたので、マドコとウィルは、キッチンの片隅のスツールに腰かけて、それを食べながら、ジョーンズ夫人が手際よく料理を作ってゆくさまを眺めた。アンダーソン夫妻がニューオリンズから仕入れてきた海産物を前にして、こういったものはやっぱり、素材の味を生かしていくのが料理人の腕ってもんですからねえ、と言いながらジョーンズ夫人は、生牡蠣《なまがき》を割って、殻をつけたまま、砕いた氷をのせた大きなガラスの皿に盛りつけて、レモンの輪切りやマスタード、スパイシーなトマトソースを添え、蒸してチェリー色に染まった巨大なロブスターは、陶器の大皿にのせて、クレッソンと刻みパセリ、ディル、ピーナツのたっぷり入った目にも鮮やかなグリーンマヨネーズをつけ、スモークサーモンは取り分けやすいように切れめを入れて、イタリー製の木のトレイにサラダ菜を敷いた上に恭《うやうや》しくのせ、彩りには可愛らしい赤い花に見立てて切りこみを入れたプチトマトを添え、シュリンプはオリーブオイルとレッドペッパー、ガーリック、パセリ、オレガノ、黒胡椒などのシーズニングをふんだんに使ってブロイルして、その平たい焼き鍋に入れたままサーヴすることになった。手描きの向日葵《ひまわり》の絵がついた大きな陶器のサラダボウルにフェタチーズとオリーブを散らしたグリークサラダを盛りつけて、さまざまな種類のクラッカーやバゲット、サワーブレッドを食卓にのせると、ディナーの準備は万端で、わあ、すごい、美味しそう、とウィルとマドコは生唾《なまつば》をのんだが、ジョーンズ夫人は、お楽しみはこれからですよ、と言って、オーブンを指さし、悪戯《いたずら》っぽくウインクした。

ダイニングルームの食卓の上には、今日の日のためのとっておきの蜘蛛《くも》の糸で編んだように繊細なレースのテーブルクロスが掛けてあって、その上には、ところ狭しとごちそうの皿が並び、その隅にあるオーク材でできた渋い光沢のワゴンの上には、洋梨のカスタードパイとチョコレートがマーブル状に渦を巻いているチーズケーキがのっている。このうえ、さらにまだごちそうがあるのか、とふたりが驚いていると、

「これはミセス・アンダーソンが、花嫁さんのために作るように、とおっしゃってあたくしにレシピをくださったもので、彼女が結婚するときも、これをウェディングケーキとして皆さんで召し上がったんだそうですよ、お義母さまからあなたへ思い出のケーキをプレゼントなさろうということなのね」

そう言って、ジョーンズ夫人は、マドコに微笑みかけた。

やがて甘い香りがキッチンいっぱいに広がって、ジョーンズ夫人がオーブンから取り出してきたケーキは、ふっくらと膨らんで、何が入っているのか綺麗なローズピンクに染まっていた。

「へええ、こんなケーキ、初めて見たよ」

マドコが感心して眺めていると、

「これが冷めたら、まわりにホワイトチョコレートのガナッシュを塗って、それから、これを飾るんです」

ジョーンズ夫人は、金色のキャンディの空き箱にきれいに並べられた砂糖漬けの菫《すみれ》を見せてくれた。

「あ、これ、あたしが作ったのよ」

マドコは嬉しそうに声を上げ、

「そうですってねえ。本当にお上手にできてますよ」

ジョーンズ夫人はにこにこ笑った。

それは、昨年の夏、アンダーソン家の裏庭に一面に咲いた菫を見て、こんなに綺麗なのに枯れちゃうなんてもったいないね、とマドコがつぶやくのを聞いて、それじゃあ、永久保存にしちゃいましょう、とアンダーソン夫人が提案し、ふたりでせっせと花を摘み、卵白を表面に塗りつけて、粉砂糖をまぶし乾かして作った天然素材のキャンディで、あまりによくできていたから、クレイを使って形作った精巧な花弁にガラスの粉をまぶしたかのように作り物じみてさえ見えた。

「このキャンディをケーキの上に飾るように、ってミセス・アンダーソンから言われてい

るんですよ」とジョーンズ夫人は言い、

「あなたのことを実のお嬢さんのように愛《いと》しく思ってらっしゃるんですねえ」と微笑んだ。

ウィルは、型から取り出されたケーキを覗きこみ、思わず、その人工的な色に顔をしかめ、

「どんな着色料を入れたらあんな毒々しい色になるんですか？　体に悪くないのかな？」

と言って、ジョーンズ夫人に睨まれてしまった。

そうして、しばらくの間、ふたりはキッチンでパーティーが始まる前の活気に満ちた雰囲気を楽しんでいたのだけれど、何だかあちらがずいぶんと賑やかになってまいりましたよ、お客様がいらしてるんですよ、こんなところで油を売っていないでお相手をしなくちゃ、とジョーンズ夫人が急かすので、慌ててリビングルームへ駆けつけた。


いつのまにやら、リビングルームは、着飾ったゲストたちの華やかな色彩で溢れており、ウィルとマドコの姿をみとめたアンダーソン夫人に、こっち、こっち、と手招きされて、部屋の中央に導かれ、このパーティーの主催者であるアンダーソン氏を介して、ゲストたちに改めて紹介されることになった。アンダーソン氏は、いつもはアメリカ人らしい派手な色彩のものをラフに着くずしているのだけれど、今日ばかりはシックなスーツをきっちり着こんでいて、少々緊張した面持ちでゲストの前に立った。

「ようこそ、今日は、遠いところを私共のパーティーにおいでくださいましてありがとうございます」

氏は挨拶をしてから、ひとつ咳払《せきばら》いをして、

「こちら息子のウィル・アンダーソンと、このたびウィルと結婚いたしましたマドコ・アンダーソンです」と言った。

マドコは、えーっ、ちょっと待ってよ、あたしがいつマドコ・アンダーソンになったのよ？　と思ったけれど、大勢のゲストの前で騒ぐわけにもいかないから、ぐっと堪《こら》えたが、ウィルは露骨に嫌な顔をして、

「マドコ・サトー」と言い直した。

しかしアンダーソン氏は、そんなことには全然おかまいなしで、アンダーソン家に新しい家族を迎えることができてとても嬉しい、と述べ、ゲストの拍手のなか、にこやかに挨拶を終えたのだった。

マドコは、ゲストたちの祝福の声に包まれながらも、急に激しい疲労感を覚えてしまって、部屋の隅のソファによろよろと腰を下ろした。そして、心配そうに顔を覗きこむウィルに向かって言った。

「どうして、あなたのパパは、あたしをサトーのままでいさせてくれないの？　なんでアンダーソンってことに、そんなにこだわるのよ？」

「わかんない。あの人、妙に古くさいところがあるから、妻は夫の姓を名のるべきだって頑固に思ってるんじゃないかな」

ウィルは申し訳なさそうに答え、マドコは、そんなこと、どうだっていいじゃないのよ、と声を荒らげたのだが、そう言ってしまえば、自分がサトーの姓にこだわり続けていることも、どうだっていいことなのではないか、とも思われてきて、頭の中がいきなり混乱してきた。

だって、思えば、サトーというのは父親の姓じゃないの？

じゃあ、母の姓は？　祖母の姓は？　いったい、どこに消えちゃったんだろう？

アンダーソン夫妻は、新しい家族の一員としてあたしを迎え入れることを喜んでて、とても親切に愛情を持って接してくれているっていうのに、どうしてあたしはこうも頑《かたく》なにアンダーソンになることを拒んでいるのだろう？　ええと、どうしてなんだっけ？

日本にいる両親に淋しい思いをさせないため？

フェミニズム理論に従って、女性の地位向上のため？

そう理由づけたこともあったし、それは確かにそうなのだけれど、本当のところはそれだけではないような、マドコは、そんな気がしはじめていた。

さっきアンダーソン氏から大勢のゲストの前で、マドコ・アンダーソン、と呼ばれたときの違和感。あれは、いったい何だったのだろう。ちっぽけでささやかで、それでいて拭いようのないシミのようなタチの悪い違和感だった。けれど、そんな違和感にも、慣れてしまえばいいのだろうか。慣れてしまえるものなのだろうか。それとも、慣れるべきではないのだろうか。

そこまで考えて、マドコは急に、もう、これ以上考えない方がいい、と、ほとんど直感的に思い、ウィルに向かって、

「まあ、いいわ。もう、どうだっていい。アンダーソンだって何だっていいわよ。皆が好きなように、あたしのこと呼べばいいのよ」と投げやりに言った。

ウィルは、マドコを宥《なだ》めるように、

「まったくうちの親ときたら、うっとうしいったらないよな。ほんと、うんざりするよ」

そう努めて明るく言ったけれど、内心は、うっとうしいとかうんざりしている、というよりは、アンダーソン夫妻が、何十年もの歳月をかけて築いてきたHOMEであるところの、このヴィクトリア調の家に自分も、そして自分の妻までもがじわじわと取りこまれつつある、いや、もう、すでに取りこまれてしまっている、という空寒いような気持ちになっており、地下室に追放された冷蔵庫にさえ同情の念が湧き起こるありさまだった。

ちょっとあなたたち、そんなところで何してるのよ、こっちにいらっしゃい、ウィルの大学時代のお友達が遠くから、わざわざ見えたのよ、とアンダーソン夫人がリビングルー

ムの中央でふたりを手招きし、マドコは、しばらくひとりになりたいから、あなた、行ってよ、とうんざりしたように言い、ウィルは、マドコをひとり残していくのは少し心配ではあったけれど、懐かしい友達が来てくれたと聞いて、急に心が浮きたって、じゃあ、きみも後でおいでよね、紹介するからさ、と言うと、あたふたとその場を去った。

マドコはひとりになると、やっと少しほっとした気持ちになれたけれど、それもつかのまで、アンダーソン夫人が彼女をほっておいてくれるはずがなく、あなた、そんなところでぼんやりしていちゃだめよ、皆さんにご挨拶しなくちゃ、あ、でも、その前に綺麗な花嫁さんの写真を撮っておきましょう、とはしゃぎまくり、白いサテンのシャツに黒い光沢のあるベルベットのゆったりしたパンツを身につけて、ペイズリーの模様のついたくすんだ緑の蝶ネクタイを結んだ姿が、まるで小粋《こいき》な年若い男娼《だんしょう》のように艶《あで》やかなミュリエルをつかまえて、しぶしぶソファから立ち上がったマドコとふたり、部屋の隅に並ばせると、パシャパシャと立て続けにシャッターをきって、まあ、あなたたちったら本当の姉妹みたいよ、と嬉しそうに叫ぶのだった。

ミュリエルは、鼻の頭に皺を寄せて、

「まったく何言ってんだか。気のきいたジョークのつもりかもしんないけど、可笑《おか》しくも何ともないよね」と吐き捨てるように言い、マドコの背中を優しく摩《さす》りながら、内緒話でもするように彼女の耳に口を寄せて、

「まあ、あんまり気にしない方がいいよ。うちのおとうさんは、あのとおり家事を一切やる人だから、ほんもののマッチョってわけじゃないと思うんだけど、ちょっと誰かに対して威張ってみたいって気持ちがあって、自分がお山の大将でいられる家族っていうものに必死でしがみついちゃってるとこがあるのよ。そんでもって、自分の支配下にいるはずの息子の奥さんにも、その家族の一員になってもらわなくちゃどう接していいのかわかんないって感じなんじゃないかな。それから、おかあさんはねえ、普段はばりばりのフェミニストみたいな口をきくけど、どういうのかしら、子どもに対する執着心はけっこう強いみたいなのよ。あなたのこともアンダーソン家の家族の一員にひっぱりこんじゃえば、息子を失わずにすむとか何とか、まあ、そんなバカげたこと考えてはいないにしても、潜在意識の中にでもあるんじゃないかな。まったく、いい加減にしてほしいよね。子どもは親のものじゃないんだからさ」と心理カウンセラーのようなことを言い、マドコがちょっと驚いていると、

「なあんて、これはキャサリーンが我が家の家族関係を分析した結果なんだけどさ、当たってるわよね、きっと」と言って、ペロリとチェリーピンクの舌を出した。

マドコは、文学と演劇に夢中な、ミュリエルのベストフレンド——ウィルが、あの子はレズビアンだよ、と大真面目で主張する——の顔を思い浮かべて、彼女の言いそうなことだ、と納得していると、ミュリエルが真面目なようすで、

「あなたは、マドコ・アンダーソンになる必要なんかないんだからさ、多少プレッシャーがかかっても、頑張ってよ。あたしは将来、誰とも結婚なんかしないかもしれないけど、したとしても名字を変えるつもりはないもん。だから、あたしは、あなたの味方よ」と言って、マドコの肩を励ますようにぽんぽん叩いた。

マドコは、思わぬところで味方ができて、何やら、とても心強く、先程から感じていた奇妙な疲労感が一気に消し飛ぶような気がしたのだけれど、いつから、そこにいたのか、不意にウォルターが背後から、

「おいおい、おまえ、せっかくマドコがアンダーソンの姓を名のろうっていう殊勝な気持ちになったのに、また変な悪知恵つけてるんじゃないだろうな」

ミュリエルに向かって、冗談とも本気ともつかない睨みをきかせて見せた。ミュリエルは、リップスティックを塗っているわけでもないのに、綺麗な薄い桜色に染まった唇をちょっと尖らせ、上目遣いでウォルターを睨み返すと、何も言わずにその場を去ってしまい、マドコは、ウォルターに何か言い返してやろうと身構えた。

すると、背後から、いきなり、誰かがマドコの肩をふわりと抱いて、すごく綺麗よ、と囁いた。マドコが驚いて振り向くと、そこにはジュリアが立っていた。彼女は、ファウンデーション、ハイライト、アイシャドー、マスカラ、リップスティック――フルコースでメイキャップを施して、ドラッグストアに張ってある化粧品の宣伝のポスターのモデルの

ように一点の隙も乱れもない顔に艶やかな笑みを浮かべており、マドコと目が合うと、もう一度、本当に今日のマドコはとても綺麗、と言った。

ジュリアは、ブルーベルベットのタイトでシンプルなパーティードレスを着ていて、剝き出しになった肩や首のあたりが照明を落とした室内で柔らかくほの光るようだった。ドレスと共布《ともぬの》の二の腕までかかる長い手袋をはめた指先でマティーニの入ったグラスを弄《もてあそ》ぶようすは、とても自然で優雅で非の打ちどころがなく、あなたこそ、すごく綺麗よ、とマドコはお世辞抜きで言った。

「いいわねえ、こういうのって。愛する人と結婚して、ウェディングパーティーを開いて、純白のドレスを着て、皆に祝福してもらう。最高じゃない？」

ジュリアは、溜息まじりに言い、確かに、マドコも、素敵なドレスを着て、お世辞でも何でも、皆から綺麗、綺麗と褒めそやされるという経験は、女の長い人生の中で一度はあってしかるべきことなのではないか、と思っていたのだけれど、アンダーソン氏の、ゲストの前での発言とウォルターの感じの悪い態度に腹を立ててもいたから、皮肉な口調で、

「そうお？」とだけ答えた。

すると、ジュリアは、

「そうよ。今時、こういう考え方って古風すぎるのかもしれないけど、私は、女の幸せってこういうことにあるって信じてるの」と邪気のない、うっとりした表情で言うのだった。

「ふぅん、じゃあ、幸せな結婚をするのが夢ってわけね。それで、えーと、結婚のお相手にはどなたかお目当てがいらっしゃいますの？」

マドコが訊ねると、ジュリアは、頬をぽっと赤らめて、

「あら、わかってるくせに」

ウォルターと目を合わせて嬉しそうに微笑んだ後、

「まだ、皆に発表する段階じゃないから、あなただけにこっそり打ち明けるけど、私たち、ちょっとした将来のプランがあるのよ。ウォルターも私も、今、大学四年生でしょう？だから、私たち、今年の夏、卒業するまで待って、それから婚約発表しようと思ってるの」と言った。

「へぇえ。それで結婚は？」

「結婚は、ウォルターが就職してからね。彼は、高校の先生になる予定なの。それでね、アラスカの高校に就職するかもしれないわ」

「えーっ、アラスカ？　なんでまた？」

アラスカ＝地の果て、という偏見を持っているマドコは驚愕《きようがく》して叫び、ウォルターが、

「あそこは、どういうわけか給料がいいんだよ」と説明した。

「それで、アラスカで、あなたは何をするの？」

「何って、家の中のことをするわ。ベイビーもたくさんほしいし」

ジュリアは、また頬をほんのりと薔薇色に染め、ウォルターは、

「オレは彼女を外で働かせるつもりはないからね、だから給料のいいアラスカで職を捜すことにしたんだ。そして彼女は家庭を守る。彼女は、くだらない野心や欲のないすばらしい女性だよ。家族愛が一番大切だって考えてるんだ。そういうのってオレにとっては理想だね」と誇らしげに言った。

理想の女と呼ばれて、ジュリアもひどく嬉しそうに瞳を輝かせた。

そうして、その年の夏、ふたりはマドコに語ったプラン通り、無事大学を卒業して、大々的に婚約を発表し、ジュリアの関節のしっかりした白い長い指には、ウォルターから贈られたエンゲージリング——ウォルターが卒業までの半年間、職種を選ばずバイトをやりまくって稼いだお金で購入したエメラルドの指輪で、ウォルターのジュリアへの思い入れのほどを示すような高価なものだった——が輝くことになった。アンダーソン夫妻の喜びようはたいへんなもので、ウォルターも一日も早く花嫁を迎えたい、とばかりに就職活動に奔走し、首尾よくアラスカに職を得て、次の年のクリスマス休暇明けから勤めはじめることになり、いよいよ、ウェディングパーティーはどこでやろうか、誰を招待しようかと、話はそこまで煮詰まっていたのだけれど、土壇場のところで、この縁談は破談になってしまった。それというのも、ジュリアの両親がこの結婚に断固反対したからで、その反対の理由は最後まで明らかにされずじまいだったのだけれど、どうやら、ジュリアの両親

が大切な娘を一介の高校教師のもとに嫁がせるのが不服だったらしい。

高校の先生のどこがいけないっていうんだろうね、とマドコが首をひねると、ウィルは、もっとぱっとした職業についている男がいいと思ったんじゃないの、例えば、弁護士とかウォールストリートで働くビジネスマンとかさ、と答え、そうか、それはそうかもしれない、ジュリアは、確かにアラスカの高校の教師の妻、という柄ではなくて、グラビアに載っているような華やかなヤッピーの若奥様としての生活の方が似合いそうだもんね、とマドコもすんなり納得したが、それにしても、親に反対されたからといって、あっさりと婚約を破棄してしまったジュリアは、いったい、どういうつもりだったのだろう、と訝しく思いもした。彼女は、ウォルターと結婚して、ベイビーを産んで、家庭を守っていくのが夢と、あんなに瞳を輝かせて語っていたじゃないの！　けれど、思えば彼女の一貫した哲学は何よりも家族が大事、ということで、その大切な家族に反対されたとあれば、結婚を諦めたのも道理であり、家族を大切にする古風な女、ウォルターの理想の女が、その古風さゆえに最終的にはウォルターを裏切ることになったのは、何とも皮肉なことだった。

ところで、あの美しい指輪は、どうなっちゃったんだろう、ああ、もったいなや、もったいなや、とマドコは、ジュリアの指を飾って輝いていたエメラルドの行方を案じて、ぶつぶつ念仏を唱えたものだが、当の指輪は別れの手紙と共にウォルターのもとに郵便で送り返されて、彼は、それを買ったときの半値以下で売りとばし、そのお金でヤケ酒を浴びるほど飲み、ビール腹をさらに一回り大きくしたのだった。

リビングルームの隣の書斎には、今日のパーティーのために、大きな丸いテーブルが運びこまれて、その上にぎっしりとさまざまな種類のリカーの瓶が並べられ、ちょっとしたホームバーがしつらえてある。そこにジョーンズ夫人が作ったごちそうをのせた皿を片手にゲストたちが、何か飲み物をもらおうと列を作って集まっていた。テーブルの向こうではダウンタウンのバーから雇われてきたバーテンダーが、タキシードに蝶ネクタイを身につけて妙に取りすまして、盛んにシェーカーを振っており、順番が回ってきてマドコが何か甘くて飲みやすいカクテルが欲しい、と注文すると、それではミモザをさしあげましょう、と無表情のままで言って、シャンパンやらオレンジジュースやらを手早くシェーカーに注いで、瞬く間に可愛らしいオレンジ色のカクテルを作ってくれた。華奢なカクテルグラスに満たされた液体は、ほどよく甘くて微かな酸味があり、舌触りがよかったから、色といい、味といい、まさしくミモザって感じねえ、とマドコはいたく気に入って、何度も列に並んでは、同じカクテルを繰り返し作ってもらった。そうして並んでいる間にもマドコは、ゲストに挨拶をしてにこにこ愛想を振り撒《ま》き、綺麗、とか、可愛い、と褒めてもらって、すっかり気をよくしていたのだが、不意に背中の地肌に冷たいものが走る感触がして、きゃっ、と小さく悲鳴を上げて振り向くと、すぐ後ろに熊がブランデーのグラスを手にして、早くも出来上がってしまったらしく赤い顔をして立っていた。

「ちょっとあなた、あたしのドレスの背中に、そのブランデーを注いだわけじゃないでしょうねえ？」

マドコが叫ぶと、

「違うよ。氷のかけらを落としただけだよ。あんまり素敵なドレスだから、妬《ねた》ましくってさ」と熊は笑い、

「あらためて、おめでとうを言わせてよ。なかなか綺麗な花嫁さんだよ」と言った。

熊は、ウェディングパーティーだというのに、薄汚れたセーターにジーンズという格好で、マドコの姿を頭のてっぺんから爪先までじろじろと眺めると、

「ほんとに素敵なドレスだねえ、よく似合っているよ。日本から持ってきたの？　あんたのやさしいダディーが買ってくれたのかい？」

ひどく皮肉な調子で言い、それから、ちょっと顔をしかめて、

「そのドレスは、すごくいいけどさ、靴の方は、ちょっといただけないねえ。そんなに踵が高くて細っこいんじゃ履きにくいだろう？　危なっかしくって見てられないよ。スニーカーとかテニスシューズとか、もっと安定感のあるものに履き替えたらどうだい？」と言って、また笑いながら、足下もおぼつかないようすでダイニングルームの方へ歩いていった。

ようやくミュージシャンが到着したらしく、リビングルームからは、ブラームスの弦楽四重奏が聞こえてきて、酔いが回り始めていたマドコの耳に心地よく響いた。彼女は、すでに何杯おかわりしてしまったのかもわからなくなるほどにカクテルを飲んでおり、さすがにちょっとばかり目が回ってきたところだったけれど、同時に急に空腹を感じたので、ふらふらとダイニングルームに行き、ゲストに食べつくされて残り少なくなったごちそうを皿に盛り、今度は、ふらふらとリビングルームに行った。ミュージシャンの奏でる音楽は、甘いブラームスの調べから、いつのまにか、メリー・ウィドウ・ワルツに変わっており、ウェディングパーティーに未亡人のワルツというのも変じゃないの、と思ったけれど、旋律は長調で、あくまで明るく楽しげだったから、まあ、陽気な未亡人だから、いいのかこれで、と思いなおして、ソファに腰を下ろして、ごちそうを食べ始めた。

その頃、ウィルは、大学時代の懐かしい友人たちに取り囲まれて、お喋りに夢中になっていたのだけれど、生真面目な表情で演奏している四人のミュージシャンのそばで、酔って楽しそうに思い思いのステップを踏んで踊っているカップルたちの向こうに、ひとりでごちそうを口に運ぶマドコの姿を見つけて、飛び上がって手を振った。

「こっち、こっち、こっちへおいでよ、マドコ」

ロブスターや牡蠣の殻やらシュリンプの尻尾《しっぽ》が食べ散らかされた皿を片手に、マドコはウィルの方へ行き、ウィルの友人たちは、それぞれ自己紹介をした。酔っている上に、マドコは、どういうわけか横文字の名前はなかなか覚えられないのが常だったから、言われる先から相手の名前を忘れていったのだけれど、それでも、にこにこ如才なく微笑んで挨拶をして、お喋りの輪に加わることになった。

そうしている間にも、遅れてきたゲストが次々と到着して玄関ホールを賑わしており、アンダーソン夫妻が繰り返し、久しぶり、遠いところをわざわざ来てくれて、ありがとう、と挨拶しているのがリビングルームにも聞こえてきた。そのゲストのほとんどは夫妻の友人たちで、マドコもウィルも興味がなかったから、そばを通り過ぎるとき、簡単に挨拶するだけにしていたのだけれど、アンダーソン夫人が、いきなり、まあ来てくれたの？　と素頓狂な声で叫んだものだから、マドコもウィルも、ウィルの友人たちも何事かとホールの方に視線を走らせた。そして、アンダーソン夫人が肩を抱いてリビングルームへ案内してきた女性を一目見て、一同は一瞬驚きに目をみはった。その女性は、ウィルの大学時代のガールフレンドのスーザンだったのである。

スーザンは、人目を引く鮮やかな緑のスーツを着て、髪を後ろに引っ詰めて、薄くファウンデーションを引いたうえにヌードカラーのリップスティックをつけており、いい女・キャリアウーマン篇といった雰囲気を漂わせていたが、それは実際に、スーザンがコスモポリタンの「オフィスで恋を見つける」という特集を見て、モデルのファッションをそっくりに模倣した結果だった。

スーザンは、ウィルの姿を見つけると、ウィルの大学時代の友人たち、つまりスーザンも当然知っているであろう人たちが、元気？　久しぶりだね、と口々に声をかけるのにもまったく気づかないといったようすで、ウィルだけをじっと見つめ、少々オーヴァー過ぎるくらいの抑揚をつけて、

「ウィル、久しぶりねえ。元気だった？」と言い、熱烈な仕草でウィルを抱擁した。

ウィルは、大学時代の四年間を共に暮らした元ガールフレンドの突然の出現に、驚き、戸惑い、心臓がぱたぱたと激しく高鳴り、どうして、彼女が、ここに来たのだろう、誰が僕が結婚したことを彼女に知らせたのだろう、という疑問も浮かびはしたけれど、それ以上に彼女の変貌ぶりに心を奪われていた。大学生だった頃のスーザンは、化粧もしないで、いつもジーンズをラフに身につけ、いかにも学生らしいさっぱりとした魅力に溢れていたものだけれど、今、目の前にいる女性はスーツとパンプスがよく似合っていて、匂うような女らしさを感じさせるのだ。

「久しぶり」

ウィルは、それだけをやっとの思いで言って、そのまま言葉を失ってしまった。スーザンの脇で上機嫌で控えていたアンダーソン夫人は、

「私が招待したのよ。来てくれるかしら、どうかしらって思ったんだけど、何といっても

大学時代にはスーザンとウィルは一番の仲良しで、家にも何度か遊びに来てくれたこともあったしねえ」と婉曲《えんきょく》ともあからさまとも取れる言い方で説明し、そばにいるマドコにスーザンを紹介する段になると、

「こちらスーザン。ええと、ウィルの古い友達で……」

さすがに言葉につまったが、

「ええ。知ってます。彼女のことは、ウィルから聞いてますから」

マドコは極めて平静なようすで答え、アメリカでは、それが礼儀になっている「親しみ」をこめて、初めて会う、とはいっても、以前に写真で見たことのあるウィルの思い出の人を抱きしめた。端《はた》から見ると、それは、夫の過去の本当のところを知らない新妻が無邪気にも、夫の昔の恋人を抱擁している図か、もしくは、現在の幸福に裏打ちされた絶大な自信から何事にも寛容で、少しばかり傲慢にさえなっている花嫁の図とも受け取れたけれど、実のところは、マドコは、いつか偶然に目にした、ウィルの本の間にはさまっていた写真のなかで、今よりずっと少年らしさの残る屈託のない笑顔のウィルに肩を抱かれて、幸せそうに微笑んでいた女の子が、頬にあるホクロもそのままに物理的にはまったく同じ笑顔で、それでいてずっと洗練された雰囲気を漂わせながら、自分の目の前に立っている、という事実に、少なからずショックを受け、あまりにびっくりしてしまったから、むしろ感情がおもてに出なかったのだった。

スーザンは、マドコを思い入れたっぷりにきつく抱きしめて、「結婚おめでとう。お幸せにね」と言い、それから、再び、ウィルを抱きしめて、しばらく無言でじっとしており、ようやく体を離すと、なんと、その目にはうっすらと涙が浮かんでいた。

マドコは、「夫の昔の恋人が自分のウェディングに乗りこんできて涙を浮かべる」の図を目の当たりにして驚愕したけれど、ふとウィルの方を見ると、ウィルまで目を潤ませてスーザンをじっと見つめていたものだから、二度驚いた。

驚いたのはマドコだけではなくて、ウィルの友人たちやアンダーソン夫人も同様だったようで、一瞬、ひどく気まずい間《ま》ができてしまったのだけれど、アンダーソン夫人が、そこはパーティーのホステスの腕の見せどころとばかりに、にこやかに場を取り繕って、スーザン、お腹が空いていない？　ダイニングルームにごちそうが用意してあるから、ぜひ、試してみてちょうだい、と言い、さあさあ、あなたたちもよ、デザートにウェディングケーキを食べてちょうだい、とっても美味しいんだから、と一同の関心を食べ物にそらそうとばかりに、ダイニングルームへ導いていった。そうして、その場にいた皆は、アンダーソン夫人の後をぞろぞろと付いていったのだが、マドコはひとり、妙にしらけた気持ちになって、一杯引っかけないことには、やってらんないよ、とホームバーに向かっていった。

バーには、相変わらずゲストが多く集まっていて、その中には、熊もいた。マドコは彼を部屋の隅に引っ張っていき、たった今の出来事をさっそく報告しにかかった。

「ちょっと、ちょっと、聞いてよ。今誰が来たと思う？」

「知らないよ」

熊は、すでにしたたかに酔っていて、面倒くさそうに言った。

「スーザンよ、スーザンが来たのよ」

「スーザン？　どこのスーザンだよ？」

「ウィルの前の彼女のスーザンに決まってるじゃない」

マドコが苛立って言うと、熊は顔をしかめて、

「ちぇっ、あの女が来たのか。じゃあオレは、もう帰ろうかな」とつぶやいた。

マドコは、ウィルが、熊とスーザンは仲が悪かった、と言っていたことを思い出し、別にあなたが帰ることないじゃない、と宥め、

「それよりもさ、こういうことってアメリカじゃあ、当たり前なの？」と訊ねた。

「こういうことって？」

「だから、昔の恋人が結婚のパーティーにやってくるってことよ」

「うん。そうだね。わりとよくあることらしいよ。決して、珍しくはないね」

熊は、こともなげに、そう答え、マドコが、

「でも、そんなの、ちょっと変じゃない？」と息巻くと、

「そうねえ。変って言えば、変なんだけどねえ、よくあることなんだな、これが」と言った。

　そして、今度は、熊の方から、

「ニッポンじゃ、こういうことないの？」と訊ね、

「まあ、全然ないってことはないかもしれないけど、常識じゃ考えられないことね」とマドコが答えると、

「そうかあ。そうだよな。やっぱりアメリカ人って、ちょっと変なとこあるのかなあ？」と、ほとんど、独り言のようにつぶやき、それからマドコの肩をぽんと叩いて、

「このとおり、アメリカっていうのは変な国だけど、少しずつ馴染《なじ》んでいかなくちゃ」と励ました。

　マドコは、今の熊のコメントは、アラブ人としてのものだろうか、それともアメリカ人としてのものだろうか、とぼんやり考えながら、

「それより、もっと変なのはね、スーザンもウィルもお互いに見つめ合って、泣いちゃったってことなのよ」と言い、今度は、さすがの熊も驚いたように、

「ほんとかよ。泣いちゃったの？」と声を上げた。

「ほんとよ。泣いてたわよ、あのふたり。ねえ、こういうのもアメリカじゃ、よくあるこ

となの?」

「いや、そういうのは、あんまし、聞かないねえ」と熊は答え、急にしんみりとしたようすで、そうか、泣いてたのか、そうか、とつぶやいた。

休憩を取ることにしたのか、ミュージシャンたちは演奏を止め、かわりに女の子たちがスキャットをうなる歌声が聞こえてきた。歌っているのは、ミュリエルとキャサリーンとその他ふたり、やはりミュリエルの仲良しの友達のハイスクールガールである。この四人は、パーティーのゲストであると同時に、アンダーソン夫人からアルバイトに雇われてゲストへのサービスを任されており、食器をさげたり洗ったり、飲み物を運んだり、と細々とした雑用をこなしていたのだけれど、ミュージシャンが休んでいる間、ゲストをエンターテインしようと歌い出したのだった。四人は、小粋なパリジェンヌ風でいこう、と、前もって打ち合わせをしてあったから、黒と白で統一した服装をして——どういうわけか、そういった服装が小粋なパリジェンヌっぽいと、この田舎のハイスクールガールたちは信じて疑わないのだった——それでもまるっきりお揃いというのでもなく、それぞれ趣向を凝らしたらしく、キャサリーンはフリルのいっぱいついた白いブラウスに黒のビロードのニッカボッカを穿《は》いて小公子風だったし、もうひとりは白いシンプルなシャツに黒のジャンパースカート、別のひとりは襟ぐりの大きい白のニットのシャツに黒いミニのタイトスカートを穿いていた。四人はアルバイトの一部として義務感にかられてそうしている、というよりは、こっそり飲んだお酒に酔って、実に楽しそうに歌って踊って、場を盛り上げており、キャサリーンは、書斎から、熊と並んで四人を眺めていたマドコを目敏《めざと》く見つけると、花嫁さんもこっちに来て歌ってよ、と威勢よく声をかけた。

えーっ、スキャットなんて歌ったことないよ、とマドコは尻ごみしたのだけれど、キャサリーンは、マドコの腕を取り、無理やりリビングルームの中央に引っ張ってきて、ゲストもヤンヤの喝采で迎えたから、マドコとしても引っこみがつかなくなり、カクテルと花嫁に向けられた賛辞の甘さに酔っていたこともあって、よし、歌おうじゃないの、という気持ちになった。四人のハイスクールガールがリードしながら歌ってくれて、マドコは、スキャットも日本の演歌も大した違いはないじゃないの、と一生懸命下手なスキャットをうなった。そのうち、肩までかかる、ちょっと長めの茶色の髪を後ろでちょこんと結んだ、大柄な若い男がサックスを抱えて現れて、酔っているらしいほんのり赤い顔で、僕も参加するよ、と言った。彼は、ゲストのうちの誰かの友達の友達か何かで、どこで聞きつけたのか、ちゃっかりパーティーにやってきたらしい。だからパーティーの主催者はもちろんのこと、その場の誰も彼のことを知らないのだった。彼は、僕はバークレー音楽院の学生でジャズを勉強しているんだ、と簡単に自己紹介し、さっそくサックスを吹き始めたが、それは、なかなかどうして見事な演奏だったので、四人のハイスクールガールと花嫁はさらにはしゃいで歌って踊った。そして、いつのまにか、この即席エンターテイナーのまわりには人垣ができて、一緒に歌い出すゲストまで現れたのだけれど、ふと気がつくと、その人垣の向こうから、アンダーソン氏が、手招きをしてマドコを呼んでいた。

アンダーソン氏もかなり飲んだ後らしく、ネクタイをはずして、ワイシャツの襟もだらしなく開いて、上機嫌で、マドコもなかなか芸達者だね、と彼女の歌と踊りを褒めてから、私の古い友人がきみを紹介しろってうるさいんだよ、と相好を崩して言った。背後のカウチに中年の大男ふたりが腰かけて、ウイスキーを飲みながら、ウィルと話をしている。マドコが近づいていくと、ウィルが振り向いて、こちら僕の妻のマドコです、と、礼儀正しく紹介し、マドコも愛想よく微笑んで、はじめまして、と挨拶した。そのふたりは、自己紹介をしながら、大きな手を差し出して握手を求め、何やら意味深な笑いを脂が滲《にじ》んだような赤ら顔に浮かべて言った。

「オレたちは、日本にしばらくいたことがあるんだよ」

「そうそう。ウィルのオヤジさんと一緒に日本で遊んだもんさ」

そこでアンダーソン氏が、

「朝鮮戦争のときにね、私たち三人ともGIとして日本に派遣されていたんだよ」と説明し、

「悪友だったよなあ、オレたちは」と言って、ひとりは高笑いし、もうひとりがマドコに向かって、

「もちろん、あんたは、まだ生まれてもいなかったろうけどさ」と言った。

「日本はいかがでしたか。楽しかった?」

アンダーソン氏の大切な友人だと思うからこそ、マドコが、愛想よく、そう訊ねると、

「楽しかったかって、そりゃあ、もう」

「楽しかったなんてもんじゃないよな」

ふたりはアンダーソン氏に向かってにやにやと笑いかけ、

「それはよかったですね」

他に言いようがないから、マドコがそう言うと、急に下品な高笑いをして、

「ねえ、あんた、何が楽しかったのか、わかってんの。ねえ、わかってんのかな」と言い、それから、今度はウィルに向かって、

「いいねえ、日本人の奥さんもらってさ」と言った。

このふたりの中年男が言わんとしていることはもはや明らかで、マドコはひどく不愉快だったけれど、ウィルは顔を赤くして、照れ笑いを浮かべているだけだった。

「よし、マドコ、スキャットなんかより、きみの国の歌を歌ってもらおうじゃないか。私らがこよなく愛するニッポンの歌だ」

アンダーソン氏が、いきなり、気勢を揚げて、他のふたりも、そりゃいいいね、と手を叩いた。

「マドコ、『支那の夜』を歌ってくれよ」

アンダーソン氏は言い、シナノヨル？　なにそれ？　とマドコが戸惑っていると、

「『支那の夜』を知らないのかね？　しようがないな。それじゃあ、『蘇州夜曲』でもいいよ」と言った。

『蘇州夜曲』といえば、そのタイトルくらいは聞いたことがあったけれど、歌自体は聞いたことがあるかどうかもあやしいものだったから、マドコは、そんなもの歌えない、ときっぱり断ったのだが、アンダーソン氏は友人に向かって、

「悪いね、この子は日本人のくせに自分の国の文化を全然知らないんだよ」と謝り、ふたりも、

「いやあ、若いやつらは、皆、そうさ。アメリカ人だってそうだよ」と、したり顔で言うのだった。

マドコは、何で、こんなヒヒジジイたちのために歌なんぞ歌わなくちゃならないのよ、と内心うんざりしていたのだけれど、きっぱりはねつけるわけにもいかなくて、それじゃあ何が歌えるんだ？　と訊ねられ、うーん何が歌えるかな、と真剣に考えた。とっさに頭に浮かんだのは、松田聖子やユーミンの歌だったが、そういった歌をこのジイサンたちが知っているはずがない。苦し紛れに考えついたのが、『銀座カンカン娘』だった。

「じゃあ、『銀座カンカン娘』はいかがでしょう？」

マドコがおずおずと訊ねるとアンダーソン氏とふたりの中年男は、おお、ギンザ・カンカン・ムスーメ！　と叫んで大喜びで手を叩き、マドコは、しぶしぶ歌い始めた。

歌詞を全部知っているわけではなかったから、ところどころ、というよりは、ほとんどの部分は、ハミングでごまかしたのだけれど、昔のＧＩたちは、ノリにのって一緒にハミングをし、あのコ可愛やカンカン娘、のところだけは歌詞を知っているものだから、英語なまりの日本語で声を張り上げて歌い、何度も何度も繰り返しマドコに歌わせるうちに、スキャットを聞いていたゲストたちも、今度はカンカン娘の方に人垣を作り始めた。

マドコは、歌いながらも、このひとたち、あたしを何だと思ってんの、あたしは、あんたたちが目一杯お楽しみを満喫した女とは違うんだからね、と腹立たしくてならず、その当時の日本の情景――とマドコが信ずるもの――を頭の中に描いて、眩暈《めまい》を覚えたけれど、戦後まもなくの日本といえば、マドコには、ＴＶドラマや映画のシーンなどで見たヴィジョンしか頭に浮かばないから、それは坊主頭で裸足の薄汚れた子どもたちがギミーアチョッコレッと叫びながらＧＩのジープを追いかけるところであったり、髪にくりくりのパーマをかけて、真っ赤な口紅を塗りたくったパンパンと呼ばれる女性たちの姿であったり、とあまりに一面的であり、そのうえ、それが敗戦直後にのみ見られた光景なのか、それとも朝鮮戦争の頃の復興期の日本でも、まだそういった光景が見られたのか、実にマドコは知らないのだった。それでも、マドコは、今じゃあハーシーのチョコなんかより美味しいチョコが日本にはたくさんあるんだ、日本の女の子たちは、アメリカ人の男より日本人の男の方がリッチでいいって言ってるんだ、あたしたち日本人は、もう、誰も物乞いなんかしやしないんだ、日本は経済大国なんだ、と心の中で毒づきながら、耐え難きを耐え、忍び難きを忍んで、ほとんど泣き出したいような気分になって、カンカンムースーメェと声を張り上げていた。

いつしか可愛らしいハイスクール組コーラスガールも加わって歌って踊り、ゲストもハミングで参加して、カンカン娘は幾度となく繰り返し歌われた。アンダーソン氏とその悪友たちは大喜びで手拍子を打ち、アンダーソン夫人は、ソファに腰をおろしている氏の友人の膝の上に坐って、体をゆすりながらリズムを取り、ウォルターとジュリアはゲストの輪の中で、ぴったりと体を寄せ合ってふたりだけの世界に浸っていた。

ウィルは皆と一緒にハミングしながら、花嫁が歌い踊る姿を目を細めて眺め、彼女がこのパーティーを楽しんでくれているらしいことに安堵していた。そして、花嫁が履いている銀色に輝く靴にふと目をとめて、シンデレラみたいだ、と胸を熱くした。そのとき、そのシンデレラの足が華奢すぎる靴の中で浮腫《むく》んでしまっていることを、ウィルは知るよしもなかったし、当のマドコさえ、まだ気がついてはいないのだった。

初出：『海燕』一九九二年三月号［発表時作者二七歳］／底本：『ヨモギ・アイス』集英社文庫、二〇〇七年

## 第一〇七回芥川賞選評より〔一九九二（平成四）年上半期〕

**大江健三郎**　野中柊さんの『アンダーソン家のヨメ』は、かつてなく個性あきらかなアメリカ市民たちを生きいきと語っている。多和田葉子さんの『ペルソナ』には、ドイツで暮す日本人たちと異邦人の関係がくっきり書き記されている。自分の小説の文体を発明して使いこなす技量では、彼女たちがトップを走っていた。

**黒井千次**　藤原智美氏の「運転士」は、地下鉄の運転という仕事そのものを土台にして書かれている点が新鮮である。（中略）受賞作の他には、いずれも外国を舞台にした多和田葉子氏の「ペルソナ」、野中柊氏の「アンダーソン家のヨメ」が印象に残った。

---

**野中柊**　のなか・ひいらぎ

一九六四（昭和三九）年、新潟県生まれ。立教大法学部卒業後、渡米。九一年、ニューヨーク州在住時に「ヨモギ・アイス」で海燕新人文学賞。翌九二年、「アンダーソン家のヨメ」で第一〇七回芥川賞候補になったのに続き、「チョコレット・オーガズム」でも第一〇八回候補になった。『ダリア』『小春日和』など、まばゆい少女たちの世界を描く作品も多い。『パンダのポンポン』シリーズ以降、童話・絵本の分野でも愛くるしい動物たちの物語を描いている。二〇一九年には『猫をおくる』（新潮社）を出版、詩人の谷川俊太郎さんによる、〈柊さんは現世に生きる人間を描きながら少しずつそこからはみ出していのちの時を超えた宇宙へと滲んでいく気配がある〉との帯文が載せられている。

# 量子のベルカント

村上政彦

無音の世界があった。

背筋を緊張させて躰《からだ》の力を垂直に保ち、ほんの少し視線を落として両手を翼のように広げてバランスを取り、直線上にゆっくりゆっくり足を運んでいく。歩く速さは呼吸をメトロノームにして測る。頭の中は真空にすること。すべてを歩くことに集中しなければならない。少しでも注意が逸れると大怪我をする。それは厳かな儀式なのだ。

昼過ぎまでの雨を吸って滑りやすくなっている、地上二メートル三十センチ、幅十五センチのマンションの塀の上で、紗也はいつもより慎重にサーカスの綱渡りめいた歩行を続けていた。高い場所を歩くのが彼の趣味のひとつだった。これまでにも交通量の多い歩道橋の手摺りや大きな球場のスタンドの柵やさまざまなポイントを征服していた。四月の終わりに引っ越して来てからはマンションの塀を歩くのが日課になっていた。

すべての知覚を閉ざして歩くことに専念している紗也の耳にある音が引っ掛かった。それは頭の上から降ってくる二階の通路を歩く特徴のある柔らかな足音だった。階段側から始まって突き当たりで止まり、やがてまた少し階段側へ戻るそれは無差別にインターホンを押していく飛び込みのセールスマンに多い歩き方だが、その足音は紗也が知っている普通のセールスマンとは違っていた。スニーカーのものらしいし、歩くリズムが変則的な二拍子なのだ。耳は馴れた音には鈍いが、珍しい音には敏感に反応する。

やがてひかえめな咳払いがして心地のいいバリトンの声が響いた。ゆっくりゆっくり狭い塀の上を移動する紗也の耳に閉ざされたドアの向こうとこちらで交わされるインターホン越しの会話が聞こえてきた。

「どなたですか?」電気処理された女の声が訊いた。

「ホーリー・ガーゴイルと申します」

「はあ……」

「すみません。このマンションの方みなさんにお願いしているのですが」男の声は丁寧な口調で話しかけた。それは日本語の教習テープでも流しているような不自然なほど端正な話し方だった。

「どういうご用件でしょう……」

「こちらのみなさんの、ご家族のですね、声を録音させていただきたいのですけれども」

紗也の足が止まった。インターホンは少し沈黙した。

「……おっしゃることがよく分からないんですけど、どういうことでしょうか」

「私、今、カセットレコーダーを持っています。これにこちらのご家族の声を録音させていただきたいと思います。お時間は取らせません。ほんの五分ほどで終わります」

数人の小人達《こびと》が会議をしているような騒めきが聞こえて、

「今ちょっと立て込んでるんですけどねぇ」露骨に迷惑そうな声が返った。

「それでしたら、また、出直して来ますけれども、いつ伺えばよろしいでしょう」男は根気よく話しかけた。

「しばらくずっと忙しいと思いますから」

「そうですか……。あの、こちらのマンションの方には、みなさんご協力いただくのですけれども、ご都合のいい時に伺うわけにはいきませんでしょうか」

「ちょっと手が離せませんから」

「ええ、ですからまたご都合のいい時に」

「どうぞお引き取りください」インターホンは昂然《こうぜん》と宣言して切れた。

沈黙の後、ドアの郵便受けへ何かを押し込むような音が聞こえて足音は隣へ移動した。

紗也は塀を飛び下りて急いで階段を昇ると二階の通路を窺った。黒い長方形のインターホンに顔を近づけているのは、アングロサクソン系の容貌の、ちかちかした黄色い野球帽を被り鮮やかな星条旗のプリントがあるTシャツを着たレスラーのような大男だった。彼は単一指向性のマイクが付いたカセットレコーダーを太く毛深い腕で胸の辺りに捧げ持ってマニュアルにあるようなやりとりを交わし、断られるとドアの郵便受けへチラシらしいものを押し込んで片足を少し引き摺りながら隣のインターホンへ移動した。三度、続けて呼び出しても返事がなかったのでチラシだけ押し込んで紗也のほうへ歩いて来た。珍しい生きものを観察するように見ていた彼は慌てて階段を駆け降りると玄関の観葉植物の鉢植えに隠れた。ホーリー・ガーゴイルと名乗る男は一階でも同じことを繰り返してマンションを出ていった。紗也は彼を密かに尾行した。家庭教師の授業はとうに終わっていたし、今の季節で母親が帰宅するのはたいてい真夜中だった。紗也は暇潰しができたと喜んだ。

ホーリーという男は、派手なくせに周りの風景との異質さはそれほどなく、まったく同化しているわけでもない、不思議な印象の人物だった。地になったり図になったり（風景に溶け込んだり浮き上がったり）している様子は手の込んだ騙し絵のようだ。体格はレスラーのようだし、言葉使いや行いはセールスマンみたいだが、肩から黒革のケースに入ったテープレコーダーを提げ、チラシらしい紙束を抱えて不自由らしい右足を少し引き摺りながら歩く姿はレスラーにもセールスマンにも見えなかった。通行人は擦れ違いざまたいてい彼を見上げていた。

公園のある通りに出たところで紗也は赤信号を無視してタクシーの怒号を浴びながら横断歩道を突っ切った。わざわざ窓を開けて罵りを投げかける運転手に頭を下げて振り返るとホーリーがいなくなっていた。あっちこっち走り回って探してみてもどこにも彼の姿はなかった。通行人は多かったが黄色い野球帽や星条旗をプリントしたTシャツは見当らなかった。道路には銀鼠《ぎんねず》色のキャンピングカーや普通の乗用車や何台かの車が駐まっているだけだった。

暇潰しを失ってがっかりした紗也は代わりに珍しいものを見つけた。夕暮れの空に巨《おお》きな虹がかかっていた。虹はいつもふと気がつくものだ。雨上りの公園の薄い青い空に冴えた大気のプリズムが雄大な光学現象を起こしている。哀しいほど深い青や怖いような赤が規則的に混じり合った光の帯のせいではかなく不確かな輪郭を与えられた街は砂漠に浮かんだ蜃気楼《しんきろう》みたいに見える。空の光の戯れが終わると公園や歩道橋やマンションまでがいっしょに消えてなくなりそうだ。紗也は不安なくらい美しい虹に圧倒されてしばらくぼんやり空を仰いでいた。

日曜の朝、紗也はこの間、ホーリーの残していったワープロ印刷のチラシを握り締めてマンションを出た。それには、東京ベルカント協会主催、誰でも何でも出品できるフリーマーケット、という簡単な案内があって、愉《たの》しいアトラクションもあります、と結ばれていた。

会場の公園へ近づくにつれて好奇心のセンサーが反応して紗也の脚を早めた。広い公園の端から端までぎっしり人が詰まっているのは遠くからでも分かった。彼の関心は近づくにつれてますます高まった。鉄柵に腰かけて煙草を吸いながら話し込んでいる数人の男——安っぽいTシャツにストーンウォッシュのジーンズやいかにもバーゲン品のスラックスに同系色のカッターシャツ姿の彼等は鋭い眼をして縮れ毛で肌が浅黒い。見るからに日本人ではない。そう、公園でひしめいているのはほとんど外人の男なのだ。

鉄柵の向こうでは大量の中近東系やスパニッシュの男達が、木陰に腰を下ろし、陽に顔を顰《しか》めて立ったまま缶ジュースを飲み、水飲み場の水道で戯れ、それぞれ数人の塊になって話し込んでいる。集会の始まりを待っているような静かな騒めきが厚い音の層を造り、ギターの弾き語りをする歌声やハーモニカやバイオリンの独奏が混じり、演奏者の周りにできた人の環から手拍子や笑い声が起こる。外国語の歌声が飛び交い耳馴れない旋律が聞こえる風景はまるで市の立った異国の広場のような活気だ。

異様な眺めに恐る恐る公園の入り口に立っていた紗也は、奥のほうの密生したぶなの樹で小規模な林のようになった辺りに目標を見つけた。樹と樹の隙間の芝生の広がりへ敷いた青いビニールシートの上へ、ポータブルTVや蛍光灯や掃除機の家電品、本箱や自転車や食器の生活用品をごちゃごちゃ並べて、鮮やかな紅い日傘を差した涼しげなふわふわしたワンピースの女がパイプ椅子で店番をしている。何人かの客がTVのチャンネルを回したり電子レンジの扉を開けたり丁寧に物色し、手持ち無沙汰な男達は女をマーケットへ出された中古品のひとつのように見物している。黄色い野球帽の男、ホーリー・ガーゴイルは商談でもしているのか木陰で数人の男と熱心に立ち話をしていた。マーケットは繁盛しているらしくて、紗也が帰ろうかもう少しいるか迷っているうちにTVと自転車が一台ずつ売れた。日傘の若い女は代金をもらうたび大きな声で売れた！　と大袈裟に叫んで、木陰のホーリーに紙幣を振ってみせた。

そのうちマーケットの辺りには日本人の子供が増えて、ファミコンをしたり友達同士でふざけたり衛星のように周囲を取り巻いた。紗也が少し離れた場所から様子を窺っていたら、ホーリーが小型のアンプへマイクを差し込んだのをきっかけに子供達は思い思いに見物席を確保した。彼は顔見知りらしい子供達と流暢な日本語でやりとりをしながらマイクをテストして、一度、咳払いをしたあと、

「さあ、ショータイム」と小さな観客に告げてごつごつした掌で覆ったマイクを口にぴったりつけた。アンプから金管楽器のファンファーレが鳴り響いた。それは彼の声が作り出す音だった。子供達の賑やかな拍手に鷹のような眼を細めて頷くとホーリーは深く息を吸った。

「タイムマシンに乗りましょう」彼は眼を瞑《つぶ》った。

アンプからは機械の回転音が聞こえてきた。それが止むとけたたましいワライカワセミの鳴き声がした。子供達の笑い声が起こった。続いて遠くから地面を踏みつける鈍く重い

音が近づいて来た。恐竜の足音だ。やがて炎が燃え、石器が樹を刻み、鍛冶屋が馬の蹄鉄《ていてつ》を打ち、蒸気機関車が鋭い警笛を轟かせ、電話のベルが鳴り、TVが天気予報を告げ、コンピューターの電子音が聞こえ、地鳴りのような重々しい音が低く響いて、だんだん大きくなって轟音に変わる。彼が視線を下から上へ移動させると音も上昇してゆき、やがて金属的な響きが混じって少しずつ衰えて消えていく。ホーリーの指はまっすぐ青い空を差している。スペースシャトルは大気圏を脱出したのだ。

音による人類百万年の歴史が終わると彼は子供達のリクエストに応えて戦車やアニメの主人公をやった。アンコールが何度も何度も繰り返されて、新宿の新都庁とグランドキャニオンを吹き抜ける風の違い、フィジーと雲南省の雨の音の違い、南極の吹雪とリムジンバスとベートーベンの弦楽四重奏の会話、口から始まって肛門で終わる人体・音の旅と続いて、最後は、ソクラテス、シーザー、アンリ二世、聖徳太子、織田信長、といった歴史上の偉人のげっぷやくしゃみで締め括った。

すべてが終わってアンプの電源が切られた時、紗也はホーリーに触れられる距離にきていた。夢中で聞いているうちにだんだん前へ出て来てしまったのだ。マイクのコードを巻いている彼と眼が合ったので慌てて傍らの木陰に隠れた。

「ホリさん、来週はなにやるの?」ほかの子供のひとりが訊いた。

「さあ、なにかな。それは今度までのお楽しみだね。でも、きみたちがびっくりするようなものをやるよ」彼はアンプを軽々、木陰に移しながら答えた。

ショータイムの幕が下りるとだんだん子供達は姿を消して、芝生の一角はステージからさっきまでのフリーマーケットになった。公園にはまた南の世界の集会のような猥雑《わいざつ》な雰囲気が戻った。


青いビニールシートの周りには日本経済の余剰に貧しい潤いを求める人々が集まってきた。彼等はリサイクルされた家電品や家具の中に自分の暮らしを豊かにしてくれる物を熱心に探した。芝生へしゃがみ込んだホーリーは細々した客の質問に友達のような親密さで応じて声をかけていくものには笑顔を見せたり手を挙げたりしていた。彼の態度にはあまり商売気が感じられなかった。まるでピクニックをしているようだった。

多くの男達がマーケットを訪れた。公園でひしめいている人々が入れ替わり立ち替わりやって来るようだった。実際の必要からだけではなくてただ世間話をするために足を運ぶものも少なくなかった。ホーリーはいつも誰かに話しかけられていた。ひとりが済むと待っていたように別のものが現われた。次から次からあとを断たない客や冷やかしに彼は厄介な病人の治療に当たる医師の根気よさで、笑い首を振り頷き、丁寧に説明した。彼が姿を消したのは一度だけ、それもほんの五分ほどだった。後はずっと眩《まぶ》しい緑の芝生の上で眼を細めて坐《すわ》っていた。フリーマーケットといっても店を出しているのは彼だけらしかった。紗也はずっとホーリーを見ていた。彼もちらちら監視者を気にしているようだった。何度か眼が合ったように思えてそのたび紗也は木陰に隠れた。

空の頂きに陽が達した頃、ファーストフードやコンビニの袋があっちこっちで見られるようになった。ホーリーは腕時計にちらっと眼を遣ると熱心に話し込んでいたポロシャツの若い男と握手をし、店番をしている女に何か呼びかけて腰を上げた。女は嬉しそうに大きく頷いて紅い日傘をくるくる回しながら飛ぶように木立ちの間をくぐっていった。ホーリーは大きく背伸びをした後、彼女と反対のほうへ少し脚を引き摺りながらまっすぐ歩いてどこかへいった。二人とも紗也の視界からいなくなった。

そろそろマンションへ引き上げようとした紗也の足元で何かが動いた。見ると小さな青蛙だった。それは不運にも剽軽《ひょうけい》な声で短く啼《な》いた。愚かな蛙だった。紗也の趣味のもうひとつは煩わしい音を立てる小動物を殺すことなのだ。彼はおもむろに傍の赤ん坊の頭ほどの石を抱えて蛙の上へ落とした。鮮やかな緑色の皮膚を持つ両棲類の弾ける音はドッという重い音にかき消され、地面は灰色の石の格好にわずかに窪んだ。靴にぬるぬる光る小さな生きものの内臓が飛び散っていた。紗也はそれを木の根元へ擦りつけた。

「いけないいね、生きものを殺すのは」

振り返ると黄色い野球帽を被ったホーリーが立っていた。

「朝からずっといるね」彼は腕組みをして訊いた。「ひとり?」

逃げそびれた紗也は黙って俯いていた。

「世の中はもう昼飯時だけれども、きみのお腹はどう？」彼は頭を傾げた。

紗也はスニーカーの爪先でざりざり芝生を掻いた。ホーリーは鷹のような眼を細めて笑うとごく自然に肩を組んだ。一瞬、紗也は身をかわそうとしたが、きわめて友好的な力に捕まって歩き出していた。

「きみを食事に招待しようと思うのだけれども、嫌いな食べものはある？」彼は公園を横切りながら訊いて紗也が黙っていると、「僕がきみくらいの頃は玉葱《たまねぎ》が嫌いだったね。剝いても剝いても中身のないのが嫌だった。よくママを困らせたよ。でも、いまは嫌いなものはほとんどないね。いくらだって雲丹《うに》だって大丈夫。きみは寿司は嫌い？」

不思議な親密さを感じさせる口調につられて紗也は首を振った。

「では、よかった」彼は言った。「きょうのメインディッシュは寿司なのね」

公園の柵沿いに銀鼠色のキャンピングカーが低周波の持続音《ドローン》を響かせて駐まっていた。

ホーリーは後ろのドアを開けて上がった。車内を覗いて紗也はびっくりした。そこはベッドや冷蔵庫やＴＶのあるきちんとした人の住みかになっていてさっきの日傘の女が食事の準備ができたテーブルで待っていたのだ。女は怖ず怖ずと鉄のステップを上がって来た小さな訪問者に人懐こい笑みを浮かべた。近くで見る彼女は骨格に娘の面影を残していた。本当は幼い顔立ちなのに印象的な眼を際立たせる濃い化粧のせいで老けて見えた。さっきの軽やかな身のこなしからは分からなかったが、ふわふわしたワンピースに浮き出た下半身の重そうな体形は彼女が妊婦であることを表していた。

「こんにちは」彼女は聞き馴れない抑揚の日本語で話しかけて、ラオと名乗った。

紗也は少しどきどきした。涼やかで仄《ほの》かに甘い匂いの漂う彼女は妊婦の健康さと紗也の母親やその友達にはない崩れた艶やかさを持っていた。

「子供達は？」テーブルについたホーリーは周りを見回して訊いた。「もしかしてきょうは僕らだけ？」

「来るよ」ラオは答えた。「ちょっと用事」

ホーリーは割り箸を袋から取り出しながら頷き、いただきますを言うと寿司の大きなパックを開いた。原型を残した妙に大きな焼き鳥と寿司と烏龍茶というちぐはぐな取り合せの昼食が始まった。午前中に消費したエネルギーを取り戻そうとするような彼等の食欲を見ながら、紗也は海苔《のり》巻きを啄《つい》ばんで缶入りの烏龍茶をちびちび飲んだ。焼き鳥は生々しくて食べる気になれなかったが、ホーリーに優しく強いられて少しだけ齧《かじ》ったらけっこう旨かったので半分、食べた。ラオはタッパーに詰まったフルーツサラダのようなものを、ソンタムねと勧めたが、細く刻まれた青い実をちょっと摘んでみたら視界が真っ赤になってたちまち全身の毛穴から汗が滲んだ。

「辛い？」とラオは愛らしい声で笑いながら訊いた。

紗也は烏龍茶を飲み干すことで返事をした。

「ラオは辛い国の人だから」とホーリーは言った。「僕でさえ適わない」

紗也は烏龍茶のお代わりをして警戒心のセンサーを働かせたが、二人から悪意は感じられず苛められてるような気はなかった。大人達は食事に専念している。彼はさっきから聞こえている音に注意を向けた。深海から微かな泡が昇ってくるようなとても懐かしい淡い音に、時折、重いものが鈍くはじける響きが混じる。車内に水槽はないが錯覚ではなさそうだ。彼は盲人のように耳を澄ました。紗也の様子に気がついたホーリーは満足そうに笑いながら傍らの黒いパネルのスイッチを押した。不思議な音が増幅されて遠い雷鳴めいた響きと巨大な硝子《がらす》が砕けるような音がし、大量の水の流れる音が車内に満ち溢れ、車ごと水中へ深く沈んでいくように感じられた。

「これは寒い北の海の、大きな氷の塊の下で聞こえる音だよ。きょうは蒸し暑いからせめて涼しくしようと思ってね。……ほら、これ。これは何千年も海の上を漂ってる氷同士がぶつかる音。僕は氷河のつぶやきって呼んでいるけれどもね。……もっと面白いのもあるよ」

ホーリーは音響装置のカセットを取り替えた。途端に嵐のような風の音が聞こえ、それはすぐに静かな波の音に変った。

「これは」とホーリーが言った。「人の声なのね。よく聴くと分かる。これが……」

その時、後ろのドアが勢いよく開いてさっきフリーマーケットに集まっていた子供達が何人か入って来た。彼等は乱暴に争ってテーブルへつこうとした。紗也はとっさに席を立って入れ替わりに外へ飛び出した。ホーリーの声が後ろから追いかけて来るのにも構わず撃たれた弾丸のように走った。彼は狂ったように逃げた。

紗也は百デシベルのけたたましい女の声で起こされた。音源はコンパクトを覗きながら熱い中国茶とオレンジ一個の朝食を済ませ、家庭教師が来るまでに昨日のおさらいをするよう息子に言い置いてハイヒールをつっかけた。鉄のドアが重々しく閉ざされてガチャンと鍵を掛ける音が続き、忙しない足音が遠ざかると静寂が戻った。いつもながら職業婦人の朝は慌ただしかった。窓際のソファーにもたれてぼんやりTVを視ていた紗也はほっと息をついて、あらためてマーマレードをたっぷり塗ったトーストと甘いココアでパジャマ姿の優雅な朝食を取った。

十時前にきちんと家庭教師はやって来た。彼女は窓を開いて大きく伸びをし、紗也の視ていたTVを消して持参したホワイトボードをソファーに立てかけ、文部省が公認した小学四年生の算数の教科書を開いた。授業は独り言を呟くように進められて、時々、ねぇ、面白くないでしょ？　という言葉で中断した。生徒が素直に頷くと教師は気の毒そうに笑い、でも、聞いてね、あと少しだから、と宥《なだ》めた。

大学院生の新しい家庭教師（彼が小学校へ行かなくなってから八人目だった）を紗也は気に入っていた。彼女のいちばんの長所は無口なことで生徒にも雇い主にも詰まらないことをまったく言わなかった。この好ましい特性は彼等の間に相手のテリトリーを侵さず互いの利益を守るための暗黙の協定を築いて、紗也は母親の間接的な監視を緩やかなものにし、家庭教師はたいした労力も使わないで高額なバイト料を手に入れた。

午前中のカリキュラムが終わって家庭教師が昼の休憩に入った時（彼女は昼食の後、長い長い休憩をとって分厚い本を読んでいた）、紗也は公園へ行ってみたが外国人の集会もフリーマーケットも行なわれていなかった。キャンピングカーもなかったし紅い日傘の女の姿もなく、昨日の出来事は幻のようだった。しかたなく彼はここしばらくの日課になっている新しい住みか周辺の探険を続けて街をさまよい、それにも飽きるともうひとつの日課のマンションの塀歩きをした。

夕暮れ近くになって部屋へ戻ると大学院生はつけっぱなしのＴＶの前で安らかな寝息を立てていた。

五月の最後の水曜は朝から気持ちの弾むような青空が広がった。紗也は無口な家庭教師と昼食を取った後、腹ごなしの散歩に赴いた。ようやく公園の傍らに銀鼠色のキャンピングカーが駐まっているのを見つけた。彼は青く繁った街路樹の陰に隠れた。誰もいない運転席の曇りなく磨かれた窓に透明な陽射しが眩しく跳ねていた。疎らな通行人はキャンピングカーの傍らを過ぎる時に誰もが物珍しげな視線をちらっと投げかけていった。男の大学生がふたり、いいなあ、こういうの、と大声で話しながら通り過ぎた。キャンピングカーは沈黙していた。昼寝の最中の獣のようだった。

「やあ」

不意に肩を叩かれた紗也はびっくりして振り返った。後ろに立っていたのは黄色い野球帽を被ったホーリーだった。電話をかけていたのか手にテレホンカードを持っていた。

「やっぱり」と彼は笑顔になった。「……きみ、日曜のマーケットに来てた子だよね。学校はどうしたの？　夏休みにはまだ早いし……もしかして創立記念日？」

紗也は応えなかった。眼を逸らして俯いていた彼は突然、走り出した。ホーリーは二、三歩、追いかけるとたやすく彼の腕を摑んで仔犬でも捕えるように肩を抱え、

「よし、よし。よかったらちょっと仕事を手伝って。時間、あるよね？」

通行人がレスラーのような外人と日本人の子供という奇妙な組み合わせの二人を珍しそうに見ていった。

「さあ、行こう」彼は親しげに肩を組むと鼻歌混じりでキャンピングカーのほうへ歩き出した。

ホーリーは紗也を助手席に乗せると思い出したように冷蔵庫からアイスキャンディーを

取り出してくれた。キャンピングカーは一度、大きく空吹かしをして穏やかに発車した。躰に感じる車の振動は心地がよかったし、アイスキャンディーはミルクの甘い味がして渇いた喉にしみわたった。紗也は誘拐される子供の心境を想像してみたが、それはあまり深刻なものではなかった。

古めかしい館の敷地と洒落《しゃれ》たブティックやレストランの並ぶ周辺の風景には明らかに時間の断層ができていた。現在と過去を強引にコラージュしたようだった。館の外壁は赤茶けてひび割れ、門は取り外されてとうにペンキの剝げ落ちた門柱がぽつんと佇み、ベランダの手摺りは遥か昔から錆《さ》びついたままのようで、濃い緑の蔦《つた》だけが旺盛な生命力で繁殖していた。ここが人の住みかであることを示しているのは乱雑に雑草の繁った庭に干してある白いシーツぐらいのものだ。まるで独り暮らしの躰の不自由な老人みたいな館だった。キャンピングカーは石畳になった坂を上がると雑草を掻き分けて玄関の前で止まった。

館の中は外見と同じように薄汚れた古び方をしていた。玄関には泥だらけのゴム長や腐ったような軍手が無造作に転がり、廊下には今時、珍しい裸電球がぶら下がり、天井や壁は大きな染みが浮き出て、二階へ続く木造の階段は人が歩くと壊れそうだった。

ホーリーは並んだ扉のひとつをノックして、

「志乃さん」と声をかけた。

「誰？」中から嗄《しわが》れた返事が返った。

彼が自分の名前を答えると扉が開いて小さな老婆が姿を見せた。黒っぽい長いドレスの裾を引き摺り、同じ色のスカーフで頭を覆って端を肩へ垂らし、皺《しわ》だらけの顔には念入りに化粧が施されていた。

「ああ、あんた。さっき仕度してたから、もう降りて来ると思うよ。……誰、この子」

「僕の助手」彼は笑顔で紗也に眼配せして窓際の丸椅子に腰かけた。

老婆は頭を振りながらそろそろテーブルのほうへ歩いて用意してあったらしいティーポットに湯を注いだ。

「あんた、こういう子供をいったいどこで拾ってくるの」

「助手だよ」ホーリーは隣に坐った紗也の肩に手を置いた。「拾ったのではなくて雇ったのね、正式に」

「何人、助手が要るの。そんなに忙しいのかね」

やがて薄青い磁器のティーカップに紅茶が満たされた。老婆は仕上げに焦茶色の小さな瓶から同じ色の液体をほんの少し落とした。

「ありがとう」ホーリーはティーカップを鼻の下へ持っていって深呼吸するように深く匂いを嗅いだ。「もう少し入れてもらおうか」

「だめ、だめ、昼間っから。……あんたは冷たいもののほうがいいね」

老婆は冷蔵庫からミルクパックを出してコップに注いで紗也に手渡し、

「そう、そう。池山建設から入金があったよ」と思い出したように言った。「ほら、この間のパキちゃんとイランの仕事の」

「いつ？」

「さっき。ついさっき銀行から電話があったばかり」

「僕もさっき電話したところ。入れ違いだね。まあ、よかった。これで今月も越せる」彼は旨そうに紅茶を飲んでウェストポーチから煙草を取り出した。

「それからね、ルビーがまた少し貸して欲しいって。国に仕送りしたいからって」

彼は一度、咥《くわ》えた煙草を手に取り、

「だめだよ、あの娘は」と険しい表情になった。「この間のがまだ残っているから。……仕事していないの？」

老婆は手を振った。

「それがね、二、三日前に客と喧嘩して警察沙汰になっちゃったの。店のほうじゃいい顔はしないわよねえ。で、ちょっと怪我してね、それからずっと寝てる」

「自業自得ね、それは」

彼はティーカップの底に残った紅茶を飲み干すと煙草に火をつけた。雑草の繁った窓の外を眩しそうに眺めながらゆっくり煙を吐いた。

「志乃さん、背中の具合はどう？」

「変らないよ。あんな音楽、本当に効くのかい？　どうもあのテープよりサロンパスのほうがいいみたいな気がするんだけどねぇ」

「効くとも」ホーリーは真剣な顔で言った。「でも、毎日、聴かないとだめだよ。ちゃんと処方箋通りに」

老婆は猿のような仕草で首を捻って椅子に腰かけた。彼は大らかな声で笑って、

「志乃さん、漬物をまた少し分けて。よく漬かってるやつをね」

「いいよ。いま袋に入れてあげる」

老婆は奥へ引っ込んでビニール袋を提げて戻った。ホーリーは煙草を咥えてジーンズのポケットから紙幣の束を出し、何枚か抜いて拒む彼女に握らせた。

「でも、これじゃ多いわよ」老婆が言った。「樽ごとあげなきゃいけないじゃない」

「ルビーの見舞い。でも、返してもらうから。利子もきちんともらうし。ちゃんと働いて……」

突然、ドアが開いた。紗也を見つけて嬉しそうに笑ったのはラオだった。その後ろから浅黒い肌と鋭い眼を持った若い男が入って来た。型遅れのスーツを窮屈そうに着込んだ彼はきちんと髪を撫でつけていかにも髭剃り後のさっぱりした顔をしていた。微かなコロンの香りさえ漂わせている。

「はっはっ」ホーリーは膝を叩いて笑った。「上出来の花婿だよ」

「これ、だめ」ラオは顔を顰めて若い男の頭に手を伸ばし、ぴんと跳ねた髪を押さえつけた。それはバネのようにすぐ戻った。

「ああ、寝癖だね」老婆が言った。「お湯で浸せば直るけどね」

「いい、いい」ホーリーは笑いを噛み殺して緊張気味の若い男の装いを点検した。「大丈夫、僕が保証する。よし、行こう」


ホーリーとラオが戻ったのは小一時間ほどしてからだった。紗也はほっとした。彼は初対面の老婆と二人きりで過ごしていたのだ。志乃は何もしゃべらなかった。TVを視ているようでも眠っているようでもあった。しかたなく紗也はホーリーから託されたカードの隅へパンチで穴を開ける作業に熱中する振りをしていたが気詰まりな雰囲気だった。もう少し待ってみて彼等が戻らなければ館から脱走するつもりだった。

ホーリーは遅くなったことを詫びながら、紗也を草叢《くさむら》に埋もれたプレハブ（彼はこの建物をスタジオと呼んだ）へ案内した。

入り口で訪問者を迎えたのは怒りに全身の毛をこわばらせて険しい眼で睨みつける獣だった。紗也は思わず立ち竦んでラオに笑われた。それは猪の剝製だった。よく見ると黒く光る眼は硝子でできていて、冷ややかな輝きには血の温かみが欠けていた。

彼女が窓を開けるとホーリーは煙草に火をつけた。美しい青の煙がひとすじ立ち香ばしい匂いが漂った。窓越しに射し込む初夏の光が室内のものに柔らかな輪郭を与えていた。正面と右の壁際には膨大な量のカセットテープを収納した棚が控え、左の壁際にはシンセサイザーやアンプや音響装置のパネルが並び、床には解体中のピアノらしいものや線の切れた公衆電話などが置かれ、ノートや古雑誌が堆く積み上げられ、四隅には傷の入ったバイオリンや松葉杖が立てかけられ、天井からは自転車のチェーンやロープが下がり、この世で使用価値として一通り消費されたありとあらゆるがらくたが骨董屋の店先のような賑やかさでひしめき、グリセリンや埃やさまざまなものの混じり合った複雑な匂いがしていた。スタジオと呼ぶにはふさわしくない雑然とした室内だった。

圧倒されている紗也を適当な場所に坐らせるとホーリーは隅に立てかけてある奇妙な物体を大切そうに手に取った。

「これはマッサージホルン」彼は得意げに言った。「日本にもアメリカにもスカンジナビアにもない。世界中でひとつしかない楽器」

ブリキ製らしい飴色のそれは細いパイプ状の根元から末広がりに太く、先は開きかけの朝顔のようになって大昔の蓄音器のスピーカーみたいな格好をしていた。古びてはいるけれど手入れがいいようでところどころくすんだ柔らかな光りを放ち、厳かな雰囲気を醸していた。

「どう？　そこへ腰かけて試してみない？」

紗也は首を振った。

彼の代わりにラオが椅子に腰かけた。ホーリーは煙草を灰皿で揉み消すと向かい合う格好で床へ坐り込み、太腿の間に紡錘形の楽器を挟んで朝顔の花のように突き出た先をラオの下半身へ向け、息を整え唇を嘗《な》めそこだけ薄い飴色に剝げた根元を咥えた。遠い角笛のような幻めいた印象の不思議な音が広がった。それは手触りさえ感じるような確かさを持ち、紗也にまで微かな振動で細胞が共鳴するような錯覚を起こさせる音だった。ホーリーは眉を顰《ひそ》めて赤みがかった顔で不思議な響きを持続させた。

ラオは演奏者へ覆い被さるようにして奇妙な楽器を弄び始めた。指先を微妙に色合いの違う肉厚のブリキの肌に走らせて、軽く叩くように根元へ触れ、すうっと背を撫で、開いた先の縁《へり》をゆっくりゆっくりなぞった。奇妙な楽器は指の動きに合わせてごろごろ喉を鳴らしそうだったが、実際、紗也に聞こえるのは重い広がりのある低い音だった。そのうち彼女の表情に変化が現われた。幻でも見ているかのようにぼんやり宙を漂っていた眼差しが微かな熱を帯び、開きかけた唇から洩れる息が少し早くなって、頰へ仄かな赤みがさしてきた。

奇妙な光景だった。ホーリーもラオも様子が変だった。やがて彼女は眼を潤ませ、荒い息を吐き、顔へ内側からの艶やかな輝きを浮かべた。ホーリーは眼を瞑ったまま額に細かな汗さえ浮かべて数音からなる単純な旋律を陶然と操っていた。いつまでも終わりそうにない儀式を続ける二人の大人の姿には淫らな異様さがあった。

ラオがほんの少し苦しそうに頭を振って大きく吐息をついた。演奏に没頭していたホーリーは奇妙な楽器の根元から口を放し、ふーっと息を吐いてハンカチで唇を拭った。

「マッサージホルンは僕の考えた楽器なのね」と彼は言った。「音というのは二〇ヘルツが触覚と聴覚の境目でね、それ以下だと聴くだけではなくて触れられるの。この楽器は気持ちのいい周波数が出るように作ってあるから、音楽を聴きながらマッサージもしてもらえる。腰痛、肩凝り、偏頭痛、何にでも効く万能の薬。マッサージホルン。僕の発明だよ」

ラオはさっきまでの彼女に戻りつつあった。眼に気怠い笑みを浮かべて二人を見守っていた。

「気持ちいいよ」彼女は言った。「シャワーね。やったら?」

紗也は首を振った。

「脳細胞の働きが活発になって頭も良くなるよ。学校の成績も上がる」ホーリーは楽器を隅に立てかけて煙草をつけた。「テストが戻ってくる時には真っ先に名前が呼ばれる……そうだ、きみ、まだ名前を聞いてなかったね。教えてくれる?」

紗也は黙って俯いていた。

「なんだ、まるで啞《おし》みたいね」そう言って笑った後、ホーリーは咥えた煙草を指に挟んで何か思い当ったように真顔になって、「きみ、もしかして本当に口がきけないの？」と訊いた。

紗也はしかたなく頷いた。

「でも、耳は聞こえる……よね？」

紗也はもう一度、頷いた。

「生まれたときからそうなの？」

紗也は首を振った。

「病気をした？」

紗也はもう一度、首を振った。

「最近、そうなった？」

紗也は頷いた。

「病気でもなくて、生まれた時からでもなくて、耳は聞こえる。しゃべりたくないから黙っているわけではない？」

紗也は頷いた。

ホーリーは低く唸って考え込む素振りになったが、やがて、

「……きみをベルベルと呼ぶよ。ベルベルというのはアフリカ大陸の小さな町でね、近く

にすごく大きな滝があるから、そこに住んでいる人はみんな普通の人間の何倍も大きな声が出るの。きみも大きな声が出せるようにベルベル。……よかったら明日もおいで。僕の車はいつもあの公園に停まっているから。あれは僕の住みかね」

彼は思いついたように唇を窄《すぼ》めて小鳥の鳴き真似をした。まるで口の中に金糸雀《かなりあ》や鶯《うぐいす》を潜ませているような巧みさだった。

「ベルベル、きみは口笛を吹ける？」

紗也は首を振った。

「よしよし、教えてあげる。声が出なくても口笛は吹けるよ。鳥は囀《さえず》りで会話する」

ラオが手を差し出してきた。紗也は躰を反らせた。彼女は構わず掌を小さな頭に置いて病んだ生きものを慈しむように優しく撫でた。彼は大人のそういう仕草に慣れないので恥しかったが奇妙に心地のいい感触にされるがままになっていた。ホーリーは深い思索に沈んだ哲学者のような顔で鳥の鳴き真似をした唇から白い煙をゆっくり吐いた。

蚊の羽音は人を苛立たせるひどい痒みと緊密に結びついている。人は耳元にあのプーンという特有の音を聞くと眠っていても無意識に手を牛の尻尾のようにして払い除ける（耳は一晩中、起きているのだ）。それでも攻撃がやまない場合、突然ベッドから身を起こして殺虫剤という武器を片手に小さな昆虫へ宣戦布告する。

デシベル単位に換算すると蚊の羽音はたいしたことはない。しかし、高周波の煩わしい音の響きに人は極めて敏感に反応する。この例は騒音が量だけでなく質にも関係していることを示している。騒音とは人を苛立たせる音をいう。たかが音ぐらいと軽くみてはいけない。都会ではピアノの音のせいで殺人事件が起きる。だから紗也の両親の別居がそれをきっかけにしていても不思議ではない。蚊の羽音はひとつの家族を木っ端微塵《こぱみじん》にする破壊力を秘めているのだ。

去年の春、紗也は転校した。引っ越したわけではなかった。彼の入学した小学校が児童数の減少に伴って廃校になったのだ。これは寂れた地方都市の出来事ではない。彼の両親が未来を抵当に入れて手にした３ＬＤＫのマンションは東京の中心地にあった。土一升金一升の日本において過疎は都市化の遅れた地域だけではなくて高度に進んだ地域でも起きるのだ。

あまり社交的な子供ではない紗也は新しい環境に馴染めなかった。前の学校のクラスは複式学級だったのでひとつ年上の子供達が穏やかな秩序を築いていて、紗也が同級生から苛められそうになると男気を見せて庇う先輩がいた。ところが新しい学校の教室には同じ年齢の子供がこれでもかこれでもかと詰め込まれていたので彼を庇う余裕のあるものはいなかった。紗也は新しい環境に馴染めず級友から消極的に拒まれた。

この頃、紗也の家庭ではありふれた些細なことが原因で両親の離婚が取り沙汰されていた。彼等は子供の人格を認めて意志を尊重しようとする立派な思想の持ち主だったので、父親と母親のどちらといっしょに暮らしたいか、しつこく息子に訊いた。けれど紗也は答えられなかった（いったい誰がそんな質問に答えられるだろう）。その代わり学校で手負いの野獣のように暴れてクラスの鼻摘みものになった。彼の変身には元の学校の同級生もびっくりしていた。ある日、とうとうひとりの女の生徒が激怒した。それに煽られて男の生徒も憤慨した。紗也はすべての級友から積極的に拒まれた。

子供の社会を支配しているのは物理的な力である。一度、腕力で敗けた紗也はクラスの鼻摘みものから慰みものに降格された。男の生徒はテストがあったり宿題が多かったり教師や学校に不愉快な思いをさせられると紗也でストレスを解消した。彼は脅されて中庭の木に昇って何時間も蝉の鳴き真似をし、授業中に突然、起立してコケコッコー！　と叫ばなければならなかった。子供達の要求はどんどんエスカレートした。ある日、とうとう紗也は我慢できなくなった。いくらなんでも裸になって学校を一周しろという命令は聞けなかった。それで彼は二階の窓から飛び下りた。幸い落ちたのが自転車置場の屋根の上だったので怪我はたいしたことはなく（右足首の骨折と打撲症）、医師は全治三カ月の入院加療という診断を下した。この事件があって紗也は小学校へ行かなくなった。

二階の窓から飛び下りる時、紗也にはある期待があった。子供のことを心配した両親が離婚を見合わせるのではないかとちらっと考えた。この願いは甘かった。父親と母親は息子の不祥事と学校へ行かなくなったことを相手のせいにして争い始めたのだ。小学校という子供の社会を追われた紗也にとって家庭も安住の地ではなかった。

ここに蚊の羽音が登場する。夏の夜だった。寝室で寝ていた妻を居間で寝ているはずの夫が訪れた。妻が煩わしそうに返事をすると夫は怖い顔をして彼女の鼻先に掌を突き出した。寝呆《ねぼ》け眼で見てみると、そこにはすでに絶命した一匹の蚊が潰れていた。夫は、なぜ、窓を閉めておかないんだと怒った。妻は、何度も言うようにクーラーの風に当たると頭痛がするからだと答え、このマンションは七階から上は窓を開けていても蚊が入って来ないというから買ったのではないか、文句があるなら不助産屋か管理人に言うべきだと言い返した。潔癖《プリッグ》症気味の夫は蚊の不潔さをくどくど訴え、妻の家事の手際や大雑把な性格を責めた。そのうち妻は居眠りを始めた。TV局の制作部に勤めている彼女は徹夜続きで睡眠不足だった。仕事の忙しさと疲労では大手の広告代理店で市場調査をしている夫も負けてはいなかったので、不真面目な彼女の態度に腹が立って揺すり起こした。これが引き金になった。とうとう夫が暴力をふるったと妻は憤慨した。

騒ぎの大きさに眼が醒めて紗也が起きてくると両親は居間で大喧嘩をしていた。父親は息子の姿を見て興奮した口調で、これからマンションを出るから仕度をしろ、と言った。母親は、紗也は私の息子よ、私といっしょにずっとここにいる、と言った。ふたりは戸惑う彼にどちらといっしょに暮らすかという究極の問いを突きつけた。パパと来るだろ、紗也？　ママといっしょにいるわね、紗也？　どっちだ、紗也？　どっちなの、紗也？　紗也？　それは裸になって学校を一周しろ、それが嫌ならここから飛び下りろ、という意地の悪い級友の言い草とまったく同じだった。あの時は窓から飛び下りるほうを選んだ。しかし、今度はどちらも選ばなかった。紗也は爆発したように暴れ始めた。手元にあったナイトスタンドを薙《な》ぎ倒してテーブルの灰皿を飾り棚に投げつけると大声で喚きながら外へ飛び出した。両親の追跡はエレベーターのドアに阻まれた。それは三階と四階の間で停止してそのまま動かなかった。朝になって救出された紗也は脱水症状を起こしていたので病院へ運ばれた。点滴を受けて気がついた時、彼は声を失い、蚊に代表されるうっとうしい音を出す生きものへの悪意を抱え込んでいた。

一枚の奇妙な地図を紗也は手渡された。街の簡略な見取り図にところどころ鳥やギターやイラストの徴しと番号のついたそれを「音の地図」とホーリーは教え、今から音歩きに出かけるので耳を開いて蝸牛殻《かぎゅうかく》へ神経を集中するようにと言った。それはキャンピングカーを訪れた子供達すべてが受ける洗礼、ホーリーの助手を務めるための研修だった。

キャンピングカーを道路添いに駐めて二人は歩いた。高層ビルの林立する通りには気紛れで粗野な風が吹いて紗也の前髪をそよがせた。眼を細め心持ち顔を伏せた彼の耳元を気持ちのいい刺激が過ぎていった。心地よさにぼんやりしていたらホーリーは足早に黒いビルの玄関をくぐった。紗也は慌ててあとを追った。彼等は天井の高いホールを通ってエレベーターに乗ると展望台のある階で降りた。都心を一望できる三六〇度ぐるりと硝子張りになったそこには何組かのカップルや家族連れがいた。ホーリーはさっさと窓際へ歩き、紗也を手招きして備え付けのヘッドホンを手渡した。彼は耳を澄ませた。それは虹のようにさまざまな倍音を含んでいた。その気になれば幽かな女性の声も聴こえたし、ジェットコースターが急傾斜を下る激しい音や遠い海のざわめきも聴こえた。

エオリアンハープ、とホーリーは教えた。そして手で見えないハープを奏でる仕草をすると芝居がかった口調で、「演奏者は風でございます」と言った。「エオリアンハープは何千年も昔、ギリシャ人が考えた楽器。その頃の演奏者は神様だったけれども、今は風とハイテクのセッション。ここの屋上には風に反応する特殊な楽器があるの。分かる？　……はっはっはっ、分からないね。いいの、分からなくても。この音を聴くことができればいいの」

彼は紗也からヘッドホンを取り上げて耳に当てると、東京の風は情けない、肺活量が乏しいね、と呟いた。

高層ビルを出て横断歩道を渡ると古い家並みが見えた。寂れた木造アパートや生け垣や町内会の掲示板や舗装されていない路地があった。町の一角をまるごと博物館が保管しているような雰囲気の場所だった。その区画に一歩、足を踏み入れると後ろから遠く谺《こだま》してくる表通りのざわめきに混じって高音域の賑やかな物音が聞こえてきた。どうやら鳥の囀りらしいことは分かったが、どういう種類の鳥なのか、どこから聞こえてくるのかは見当がつかなかった。映画かTVのセットのような現実感の乏しい人気のない風景を進んで行くとだんだん囀りが大きくなってきた。突き当たりのコンクリート塀を曲がって、さっきまで木造のアパートに隠れて見えなかった一本の電柱が現われると音の正体が分かった。それは鳥と共に苛酷な都市の住環境にめげず生き抜く鳥類のひとつ、電線に留まった雀だった。コンクリートの電柱から家々へ伸びる電線のいくつかにはびっしり雀が留まっていたのだ。

「僕は焼き鳥が食べたくなるとここへ来る」とホーリーは笑った。「カンボジアにいた頃は大切な蛋白源だったからね。それに都会の雀は天敵がいないから少し食べて減らしたほうが彼等のためにもいいいの」

少なくとも百羽いじょうはいるだろうか。彼等は褐色の小さな胸を脹《ふく》らませてうるさいほど囀っていた。紗也はこの間、キャンピングカーで出された原型をとどめた焼き鳥を思い起こして胸焼けがした。

音の地図の三番目にある駅の構内は人で溢れていた。ホーリーは紗也の肩に手を懸けて人混みを避けながら構内を奥へ進んだ。地方から出て来た年寄りが駅員に道を訊ねて冷くあしらわれ、三越の買物袋をいくつも抱えた婦人の二人連れが花屋の前で人待ち顔に佇み、これから遅い昼食を取りにいく会社員がキオスクでスポーツ新聞を買い、大学生のグループがやがやがや話し込んでいた。若い娘の巨大な笑顔のポスターが張ってある壁の下では浮浪者が新聞紙の絨毯に坐って拾った折りに拾った食物を盛った弁当を食べていた。ホーリーは彼のほうへ近づいた。友達や知り合いの多いホーリーのことなので紗也は親しく抱擁されたりするのを警戒してちょっと尻込みした。

ホーリーは空調の囲いの上に左足を懸けて、よいしょっと声をかけて上がった。太い腕をクレーンのように使って紗也を引き上げた。彼は壁の通風口へ耳を近づけると納得したように頷いて紗也を抱き上げた。一人や二人ではない人の話し声が聞こえた。どこにも人間の姿は見えなかったが、つい眼の前で話されているような会話はまるで大勢の透明人間の話し合いを聴いているようだ。

「向こうの通風口の下にさっきの雀の電線みたいなものがあるの。人のなる電線ね」そう言ってホーリーは、はっはっと笑った。「人も雀も同じことやってる」

裏へ回るとそこには公衆電話のブースがあった。人々は電線に規則正しく雀が並んだようにー列に並んで受話器に話しかけていた。

「新宿駅の西口に新宿の眼というのがある。壁に大きな眼の彫刻があって世の中を見ているの。……ここはこの街の耳かも知れないね。いろんな人の話に耳を澄ましている」

構内を裏へ抜けて少し歩くと周りをビルとビルに囲まれた雑然とした汚い広場があった。

アスファルトの地面には風俗関係のチラシが何日も前の雨に溶けてへばりつき、踏みにじられた煙草の吸い殻が散らばり、待ち合わせやただの時間潰しや大勢の人々が思い思いの格好で向かいのビルの壁面に映し出される巨大なＴＶを眺めていた。広場を見渡せる交番の前では若い警官がぼんやりなにかを警備していた。

地下鉄の入り口の側でひとりの若者がアンプとリズムボックスを据えて大音量でギターを弾いていた。通行人はたいてい知らん顔で行き過ぎていくが、わずかに人の環ができて少女や大学生や場違いな年配の会社員や数人の聴衆がいた。スピーカーからは細胞を攪拌するような重い低音が響いてくる。紗也はあまりうるさかったので両手で耳を塞いだ。ホーリーは自由のきく左足でリズムを取りながらスモークオンザウォーターのコピーを聴いていたが、やがて彼の肩に手を懸けてそこを離れながら、

「ずっと昔、パリに辻音楽師という人々がいた」と大きな声を張り上げた。「日本にもいたね、三味線の流しが。彼等は道で音楽を奏でて暮らしていた。それが急に姿を消した。政府が取り締まったのね、傍迷惑だからって。実際、物乞いみたいな悪い連中もいたけれども、みんなを禁止するのはよくない。街がつまらなくなる。だから、ああいうのはあったほうがいいのね。もちろん、上手でないとだめだけれども。あれは山の中の虫の音みたいなもの」

ホーリーの足が止まったのは悲鳴のような電子音が外まで洩《も》れるゲームセンターの前だ

った。彼は入り口で立っている係員らしい外人の男にちょっと手を上げて中へ入った。室内には凄まじい音の狂乱があった。ＰＡ装置で増幅された大音量のギターよりうるさかった。外の音は広がって消えていくが、ここでは昔の逃げ場がなかった。建物そのものが騒音の共鳴体になって揺れるように鳴り響いていた。

「ここは人間が頭をからっぽにするところ」とホーリーは言った。「パチンコやディスコと同じ。だから、音もそう。これはものを考えられなくする音だね。うるさいけれども、そのうち慣れて気にならなくなる。でも、ちょっと」と彼は耳に指を突っ込んで、「難聴になる」。

フロアには月曜の午後だというのにたくさん客がいた。たいていは大学生らしい若いカップルだったが、スーツ姿の年配の会社員やコンビニの袋を傍らに置いた水商売風の女もいた。彼等、都市の高等遊民は無心に遊んでいた。ホーリーはポケットから時刻表を出して腕時計を見た。そろそろだね、と頷いた。

銀行の角を曲って大通りを逸れると通行人がほとんどいなくなった。道路の両側に車が何台か駐まっているだけだった。少し先に小さなガードがあった。ガード越しにはまだ点灯していないホテルのネオンサインが盛りを過ぎた化粧前の女のようなすさんだ表情で見えていた。案内人はガードに入ると足を止めて低い天井を仰いだ。紗也にも同じことをするように言った。枕木の隙間からわずかに灰青色の空が覗いていた。やがて遠くから振動が伝わってきた。それはだんだん増幅し、頭上からタービンの回転音や鉄と鉄が擦れ合う大音響が降ってきた。紗也はびっくりしてガードの壁際へ飛び退いた。ホーリーは大きな声で笑ったが、それは列車の通過する音に消えてしまった。やがて街の騒音が戻ってくると、

「鉄道を最初に走ったのは蒸気機関車だった」と彼は言った。「その頃、機関車はゴジラみたいに思われていたのね。でも、このゴジラはだんだん人々に歓迎されてそのうちに世界中に進出した。蒸気機関はエンジンのいちばん古いかたち。ワットは今の都会の音の生みの親。……さあ、そろそろ音の散歩も終わりだね。最後は水の音だよ。水の音は人間の記憶の深いところに収まっている。ママのお腹の中にいた頃、それから生物が生まれた海、みんな水の音の記憶」

音の地図の最後の徴しは水の流れになっていた。ところが彼等のいる場所は海も川もない都心の繁華街だった。紗也が首を捻っていると、それまで変則的な二拍子のリズムで歩いていたホーリーが突然、道端にしゃがんだ。工事夫が作業をしているような手慣れた様子で歩道と車道の境に塡まった鉄格子を持ち上げてずらし、ついておいで、と紗也に声をかけて梯《はしご》を降りた。通行人はちらっと見るだけで知らん顔をして通り過ぎていく。早くおいで、とホーリーに急かされて彼は道路に空いた矩形《くけい》の闇へ沈んだ。梯に足をかけると下から幽かな生臭い匂いが昇ってきた。どこかで生きものが腐っているような匂いだった。

ホーリーは紗也が下へ降りると、一度、梯を上がって鉄の格子をもとに戻し、また降りて来た。そこでは確かに静かな水音が聞こえていた。下水の流れる音も水音には違いなかった。

「ビルの屋上の風が東京の呼吸だとすれば、あの自動車の騒音は心臓の鼓動。そしてここの音は内臓の音。人間ならこの辺り」

彼は下腹を押さえて、だから、この先を辿ってゆくとおしっこの音が聞こえると大らかに笑い、ひとつ咳払いして人差し指を立てると真面目な顔で音の地図を開いた。

「風、雀の囀り、人の話し声、ギター、ゲームセンター、電車、水、今、聴いた音はこの街の音のほんの一部。本当はもっともっとたくさんの色々な音がこの街全体の響きを作っている。けれども……よく聴いてご覧。どういう音が聴こえる？」

紗也は耳を澄ませた。膨大な量の内燃機関の低周波の持続音《ドローン》の隙間に人の足音や話し声といった不規則な周波数の断続音《パルス》が混じってマンホールの穴へ注ぎ込んでくる。

「どこの土地にもそこを表している音の風景があるけれども都会はたいてい同じ。どんな音もエンジンの音に消されて聞こえなくなる。これはいいことではない。色々な音がそれぞれの響きを殺さないで、混じって、響き合って、ひとつの音の宇宙をつくるのがいちばん。都会の音をスープだとすればやたら塩辛いだけの味。躰にも悪いし、だいいち不味《まず》いよ。僕はエンジンの音やスピーカーの音をなくせとは言わない。そういうごちゃごちゃした雑音も嫌いではないからね。ただ、今のままではバランスと趣味が悪い。四百年前は人の耳が聴く音はほとんど自然の音だった。今は逆だもの。これはちょっと考えもの。この音のスープの味を良くするためには、余計なものを取り除いて隠し味を入れること。レシピを作るようなものだよ。でも、これは難しい。旨いものを作るにはそれなりの舌が必要だから。つまりね、聴こえる音はもちろん、聴き取りにくい音、聴こえない音にも、敏感に反応する耳が要るの。それには」とホーリーは耳を指差して洗濯機の音を真似た。

「耳をクリーニングしないとね」


プレハブのスタジオは少し蒸し暑かった。ラオは盆を作業机の上に置いて窓を開け放った。新鮮な空気が流れ込んで涼しくなった。彼女はホーリーと紗也にオレンジの冷い生ジュースの入ったグラスを手渡すと自分の分を持って丸椅子に腰かけた。生ジュースを一息に飲み干すと煙草をつけて、

「さあ、研修の続きを始めよう」とホーリーは言った。

ラオは愉しそうに微笑んでいた。紗也は少し草臥《くたび》れていたが彼女の朗らかな様子が感染し、グラスを満たす濃くて甘酸っぱいジュースを飲むと疲れがほぐれた。ホーリーはシンセサイザーの前に坐って注意を促すように人差し指を立てて鍵盤を押した。すべての番組が終わった後の真夜中のＴＶみたいな響きの音がアンプから聞こえた。

「これはホワイトノイズ。雑音ね。音楽の音ではない。でも、この雑音を加工して音を作る。ホワイトノイズは音の原子スープ。つまり宇宙の始まりの状態。分かる？」

教師のような口調で話しかけるホーリーに紗也が首を捻ると、はっはっと太い声で彼は笑い、分からなくてもいいの、聴くことができれば、とさっきと同じことを言った。一枚の板硝子をアンプの前に置いて砂を撒き、シンセサイザーの鍵盤を押してスイッチを操作した。微かなシャワーのような響きが洩れていたスピーカーから音が消え、そのうち板硝子に撒かれた砂が微妙に動き始めた。運動する砂粒はやがて板硝子の対角線上に並んでシンメトリーな図形を描いた。ホーリーはびっくりしている紗也に満足そうな笑みを浮かべて人差し指を立て、砂の図形を壊して元の状態に戻し、シンセサイザーを微調整して鍵盤を押した。すると砂粒がだんだん渦を巻き、ぼんやり紡錘形になり、どこか見憶えのある貌《かたち》に落ち着いた。それは食卓でよく見かける魚の骨の図形だった。ホーリーは更にびっくりしている紗也に更に満足して魔術師のように手を触れないで新たな図形を描いた。それはヒトデ、オウム貝、珊瑚の枝、そらまめ、植物の葉や花弁の貌になった。

「手品ではないよ」と彼は得意げに言った。「今、このアンプからは普通の人間には聞こえない音が出ていたのね。……ちょっと難しいけれども、これで分かるのはヒトデやオウム貝の貌が決まった振動に関係していること。振動ということは音だよ。音は空気を伝わってくる波、空気の揺れだから。つまりものの貌を決めるのは音というわけ。音が眼に見えるようになって現われたのがものの貌。貌は眼で聞く音ね。この世の貌のあるものはアイスキューブから白鳥座まで、光や色もみんなそれぞれの振動、つまり音を持っている」

ホーリーは壁の収納棚から一本のテープを出して音響装置に入れた。スイッチをｏｎにすると不思議な高周波の旋律が聞こえた。それはある科学者が物質の振動を人の可聴域にまで落として制作した、酸素の歌、水銀のアリア、窒素の叫び、という曲だった。彼はまたシンセサイザーで単純な短い旋律を奏でて、別の科学者が火星や土星の運行する軌跡を採譜した曲や宇宙空間を通過してくるプラズマ波が作曲した交響楽を聴かせた。

「これは普段、人の耳には届かない音だけれども、聴くことのできるものには素粒子から惑星までが音を奏でる楽器になる。もちろん人間も」

彼は演奏に臨むピアニストが指の運動をするように唇を嘗めると、バッハの荘厳なミサ曲の第一楽章を静かに口笛で吹いて、そこへシンセサイザーの人工的な口笛の音を合わせて奏でた。厳かな雰囲気が漂った。

「……楽器というのはもともとお祈りの道具だった。大昔の人は自然の力や神様に話しかけるための電話として楽器を使っていたのね。古い音楽の歴史を調べると面白いことが分かるよ。今の音楽は聴いて愉しむだけのものになっているけれども、原始時代は病気を治したり災難を防いだりするために使われることが多かった。驚いた？　でも、原始人にとって音はとても不思議だったの。彼等は音が人間を超えたものからのメッセージ……神様や自然の力ね、そういうものが人間に話しかけていると考えたのね。で、例えばここに完成したジグソーパズルがあるとするね。それが何かの拍子に壊れてしまう。これが病気や災難ね。するとお祈りをする人が楽器を使って人間を超えたものに電話をする。そしてもう一度、元通りにするための力を貸してもらうわけ」

「もしもし、神様。ちょっとお金、貸して」ラオがジュースの残ったグラスを耳に当てる仕草をして言った。

ホーリーはすかさず、ただいまおかけになった電話番号は現在、使われておりませんと答えて二人を笑わせた。

「よく憶えておきなさい。この神様は時々、引っ越しする。……それで、その、大昔には病気や災難のために音楽を使ったのだけれども、これは誰にでもできることではなかったのね。祈禱師や祭司という専門家がいて彼等が原始的な楽器で苦しんでいる人のために神様へ電話した。その時、いちばん最初にするのはその人が持っている音を見つけることだった。今、ジグソーパズルの壊れた状態が病気や災難と言ったけれども、それはその人の持っている音が乱れていること。調律の狂った楽器で演奏しているみたいなもの。これがオーケストラの一員なら馘《くび》になる。だからこの乱れを神様に直してもらって正しい音が出るように調律すれば病気や災難から救われる。そういう考えがあったわけだよ。でも、今はもう神様に頼ることはできない。人間自身の手で調律するしかない」

彼は鍵盤をめちゃくちゃに押えて不協和音を響かせ、それを一音ずつずらして快い和音にしていった。

「人間はデリケートで精巧な楽器だけれども、いちばんの特色は声を出すこと。声はね、僕等の喉のこの辺りに二枚の薄いピンクの膜があって、それが肺からの息に震えて響いた音ね。原理はフルートやオーボエみたいな吹奏楽器といっしょ。口笛も同じ。ピンクの膜の代わりに唇を使うだけ。人間は声という音を出す楽器だよ。調律の状態は声にいちばん現われる」

ホーリーがパネルを操作すると部屋の隅のスピーカーから聞き憶えのある音が流れた。それはこの間、キャンピングカーで流れていた北アフリカの部族が自然の音を声で模倣するコンサートの模様だった。風や雨や砂嵐や夜行性の獣の遠吠えやさまざまな響きが交わり、歌い踊る人々の熱狂が手に取るように伝わってくる。

「……何度、聴いてもすごい。僕のショータイムはこれがお手本。楽器はお祈りの道具と言ったけれども、このコンサートをやっている人々のお祈りは病気や災難のことではないのね。彼等は、風が吹く音、雨が降る音、雷が落ちる音、川のせせらぎ、草や木の騒めき、動物の吠える声、そういう音を真似することで自然や宇宙という大きな世界へ入っていこうとしている。これは遊びだけれども、やっているほうは真剣なのね。真似をすることで砂嵐になったり獣になったりできると信じているから。……言葉の始まりを知っている?」

紗也が首を捻ると（彼といっしょにいると首を捻らされることばかりだった）ホーリーはグラスの氷をひとつ口へ放り込んで齧りながらこう言った。

「この音の状態は言葉の始まりかも知れないのね。人間がコミュニケーション……お互いの考えを伝え合うようになったのは、原始人が声で遊んでいるうちに言葉を発見したからだというのね。これには色々な考えがあるけど信じるかどうかの問題。だって誰も見て来た人はいないのだからね。まあ、それはいいとして、この、物真似をするのに大切なのは聴くことだよ。まず耳がよくないとうまく真似ることはできないのね」

ホーリーは耳に手を当ててスピーカーから聞こえるコヨーテの吠える声を真似し、外から聞こえる自動車の遠ざかる音を真似してみせると、ラオに薄く笑いかけて手招きした。彼女は丸椅子ごと彼の前へ移動して産婦人科の診察室を訪れた妊婦のように畏まった。

「人がいちばん最初にするのは聞くことなのね。母親のお腹の中で赤ん坊がいちばん最初にするのは聞くこと。五カ月もすると耳はできているからね。だから面白いよ。オーケストラのティンパニーを聞かせるとびっくりして跳ねるのね。それにモーツァルトを聞かせると心臓の動きが遅くなっておとなしくなるけれどもベートーベンだといきなり暴れる。これは赤ん坊が音を聴いている証拠。人は母親のお腹の中で聞いた音を憶えているの。メニューインやルビンシュタインや有名な音楽家はたいていそう言っているね。ラオのお腹の赤ん坊はビバルディーで歩く練習をしている。……耳は大切だよ。自分の音や調律の狂いを確かめるには耳が鈍いとだめ。性能が良くないとね。それには耳のクリーニングと鍛えることが必要なのね。僕は両方やったよ。……お陰で内緒だけど宇宙のすべての音が聞こえるようになった。何でもだよ。まだ聴いたことがないのは自分の子供の声ぐらいね」

ホーリーは、はっはっとよく響く声で笑ってひとつ咳払いし、

「ところでベルベル君」とわざとらしい勿体ぶった口調になった。「僕はきみの音を探してみたのだよ」

紗也は瞬きをした。

「きみの音。何だと思うかね？」

紗也は首を捻った。ホーリーは収納棚から新しいテープを取り出して音響装置に入れるとパネルの上に置いてあるヘッドホンを手渡した。

「聴いてごらん。これがきみの音だよ。おまけに人がいちばん最初に聞く音でもある」

紗也はヘッドホンをつけて耳を澄ませた。それは水音らしいものを加工して作られた音楽作品だった。無限に寄せる波のようでも無限に落ちる滝のようでも無限に流れる川のようでもあった。心地いい安らかな響きがあった。ホーリーはウィンクをすると傍らのマイクを手に取ってラオの腹に当て、パネルのスイッチを切り換えた。同じような音が聴こえた。テープはラオの胎内の音を素材にしているらしかった。心臓の鼓動する音、骨の軋む音、腸がごろごろ鳴るグル音、血の流れる音、神経細胞の音、じっと耳を澄ましていると

生きている人の躰からは無数の音が聞こえてくる。ホーリーはまた音を切り換えて、これもホワイトノイズ、宇宙の始まりの音と呟いた。

「……これで研修は終わり。きょうからきみは僕の助手だよ。どんどん仕事を手伝ってもらうからね。まず、きみがやらなければいけないことは耳のクリーニング。聴くことから始めなさい。ラオのお腹の中の赤ん坊みたいに世界の音に耳を澄ませる。そのうち宇宙の響き《サウンド》が聴こえてくるよ」

彼は研修の終了を記念して一冊の大学ノートと紗也の固有音が入ったテープを手渡した。

「きょうから音の日記をつけること。毎日、自分が聞いた音を、冷蔵庫のモーター音でも人の話し声でも何でもいいから、ここに書いていくの。そして僕と会う時に見せてくれればいい。それから口笛はラオに教えてもらうといいね。ラオは僕の助手の第一号。びっくりするぐらい上手に吹くよ」

ラオは優しく微笑んで厚めの唇を丸く突き出して口笛を吹いてみせた。それはピッコロのような冴えた響きがした。

五月三十一日　金曜　マンション　街

テレビの音　ファミコンの音　シルビアの音　クラウンの音　ディアマンテの音　セルシオの音　クレスタの音　シビックの音　ポルシェの音　BMWの音　ジャガーの音　ア

ウディーの音　セリカの音　トラックの音　ボルボのワゴンの音　パトカーの音　ベンツの音　軽自動車の音　オートバイの音　セドリックの音　バスの音　タクシーの音　キャンピングカーの音　団地のインターホン　ラオさんの口笛

音の日記の最初のページを見たホーリーは、きみは車が好きなの？　と質問し、紗也が首を振ると眉を顰めてしばらく考え込み、やがて冷蔵庫からラオが作った桃のシャーベットを出して振る舞い、キャンピングカーを走らせた。正式な助手になった紗也は彼の日課に同行することを許されて、人物と同じように風変わりで刺激的で娯楽性に富んだホーリーの日常生活を知ることになった。彼の仕事はキャンピングカーを器材を積み込んだ軽トラックに乗り換えて東京に棲《す》む人の声と東京の音を録音することだった。紗也は意味も分からないままひたすら愉しいからという理由でいそいそと働いた。

街での作業は単純で難しかった。街頭の音を録る場合には周囲の雑音から目的の音を選り分けること——縁日の呼び売りの嗄れた声と周辺の話し声、街角のからくり時計の音楽と車のエンジンの唸りを分離するのはほとんど不可能に近かったし、うまく録れたと喜んでも見物人が話しかけてきたり後から聴いてみたらとんでもない雑音が入っていたりした。ホーリーはこうした録音を「音のスナップ」と呼んでいたが音と被写体は現場でしか録れないことでは似ているもののかなり性質が異なっていた。テープレコーダーはカメラと違って対象へはっきり焦点を合わせることができないし、ある音だけを純粋に抽出しようとすると音の生まれてくる場の雰囲気を損なってしまう。ありのままの街の音を捕獲するのは街の光を捕獲するよりもきわめて難しい。どれだけ性能が良くても機械は人間の耳のように聴いてはくれないのだ。ホーリーは紗也に録音を手伝わせながらそういう意味のことを嬉しそうに嘆いて教え、テープの最後に、音の分類番号、タイトル、録音年月日、テープ速度、音源からの距離、デシベル単位の原音の強さ、周囲からのテクスチャー（ハイファイかローファイか）、天候などの環境条件、ドリフトや変位の有無を彼自身が吹き込んで記録した。

街に棲む人の声を録る場合にはほかの厄介があった。人間の声は街の音と違って本人の許しを得ないで録るわけにいかないが、声を録らせて欲しいというホーリーの依頼に快くドアを開けるものはなく、たいていセールスか妙な宗教の伝道者と勘違いして追い返そうとした（でも、突然、訪れたアングロサクソン系の外国人から、ちょっといいですか、貴方の声を録らせてくださいい、と請われて笑顔で応じる日本人がいるだろうか?）。そういう場合、ホーリーは彼が音楽家であることを述べた後、玄関先で分かりやすく趣旨を説明した。彼は東京に棲むすべての人の声を録るという壮大な事業を企てていた。それはある音楽作品の素材なのだが作品の意図を詳しく解説するには手間がいるので、「これは世界でもっとも大規模な合唱としてギネスに登録されます」と言った。たいていの日本人は暇でさえあればそれで納得した。作業の工程は都会人の疑り深さで閉ざされたドアを開けることから始まった。

録音は玄関先で、時にはチェーンをかけたままのドアの隙間からマイクを差し入れて、行なわれた。住人は、お早よう、今日は、今晩は、お休みなさい、をゆっくり発音し、指示に従って深呼吸をした後、彼女（彼）の自然なキーで十五秒間、〔ə〕音のロングトーンを発声した。一連の作業が終わるとホーリーは礼を述べて隣近所に紹介してもらえる顔見知りがいないか訊ね、いればそこへ出向き、いなければまた飛び込みで見知らぬ家のドアを叩いた。中には好奇心の強い主婦がいて知り合いを集めてくれたり近くをいっしょに回ってくれたり、勢いで日頃つきあいのない家にまで訪れて住民同士が互いに自己紹介しあうこともあった。学生下宿や大学生の多いアパートは部屋の主に会えたらたいていうまくいった。セールスには厳しい団地も一軒成功すればドミノ式に成功した。大変なのはマンションと大きな屋敷でそういう場所は確率が低かったが、ホーリーは忍耐強く一軒、一軒、声をかけて回った。人の声を録る時間は午前中なら十時から十二時までで午後は二時から四時までに限られていた。それ以外は効率が悪かった。

ホーリーの住みかは公園の大きな銀杏《いちょう》の傍らのキャンピングカーだったので、朝でも夜でもそこへ行けば彼に会えるのだが、紗也が訪れることができるのは午後からだった。小学校の下校時間にならないうちは助手としての活動は許されなかった。日曜だけは例外で午前中から録音に同行することが認められた。そういう時、作業が終わると出かけた場所が近くであれば館へ戻ってラオのこしらえたカオニャオやソンタムの辛い昼食を取りながら、紗也はカセットテープや東京の音についての記録カードの単純な整理をし、ホーリーは音の等高線のついた地図に細かな書き込みをした。彼女は西瓜《すいか》でも抱えているような腹を抱えて二人につきあった。気をきかせて大量の資料を運んだり重い器材を移動したりしてホーリーに注意を受けた。食事と手作業が一段落すると彼はラオと紗也をキャンピングカーに乗せて公園に行った。

週日の午後のキャンピングカーはまるで応接室だった。さまざまな訪問客があった。それは工務店の名前が入ったワゴンを乗りつける作業服の男だったり最寄りの交番の警官だったり窮屈なミニスカートを穿いた厚化粧の娘だったりした。公私のけじめをきちんとつけるホーリーは、事業のパートナーである作業服の男や若い娘が顔を見せると喫茶店へ案内し、警官にはキャンピングカーでコーヒーを出して世間話をした。夕暮れ近くなると賑やかな一団がやって来た。ホーリーを慕う子供達は学校から塾へ続く放課後の忙しない時間を工面してちょっと寄り道し、彼に音の日記を見せ、ラオが振るまう甘くて冷たいおやつを食べながらファミコンや漫画やＴＶのアニメで束の間の休息を愉しんだ。そこには子供のための治外法権が確立していたので親や教師や大人の手はとどかなかった。ラオは子供達に新参の紗也を弟だと紹介したが、無遠慮で粗野な集団に親しめない彼は子供達が現われるとキャンピングカーを抜け出して公園で遊んでいた。

自分のことを「繫ぎ屋《ホチキス》」と呼ぶホーリーの周辺にはさまざまな種類の人が集って来た。奇妙に相手を打ち解けさせる彼の雰囲気はみんなと家族のような関係を築き、普通なら出会うことのない生活圏の異なった人々がホーリーを介して交流し、雑多な人のネットワークを織り成していた。このネットワークは彼自身の生活を扶けてもいて、マーケットへ出品する中古品も新しい音が聴ける場所の情報もここから供給された。

ホーリーは東京ベルカント協会という在日外国人のための私設の共済組織に携わっていた。協会はフリーマーケットのほかに、就労ビザを持たない有り余っている労働力を糾合して不足しているところへ供給したり、豊かな日本人に憧れる外人のために日本国籍を持った物分かりのいい配偶者を紹介したり、それらの手数料を蓄えて恵まれない外人の同胞に貸し付けたり、職業安定所と結婚相談所と金融業を混合したような事業を営んでいた。一般の施設と違って税の網の目を逃れたところで行なわれるきわめて率のいい収益はすべて協賛金として協会の名目上の代表である館の管理人、志乃名義の銀行口座に振り込まれた。ホーリーが警官とつきあうのは一種の保険だった。彼等は公園に集まる外人に関係した厄介が起こると仲間内に顔のきくホーリーを訪ね、同胞の地位向上の妨げになる行いを犯したものに厳しい彼から質の高い情報を引き出した。警官は協会の収益事業に気がつかないらしかった。ホーリーは確信犯の周到さと大胆さで東京ベルカント協会を運営していた。

ホーリーが訪問客と会っている間、紗也はラオから口笛を習った。レッスンはまず彼女が歌を歌い、それを口笛で吹いてみせ、紗也が後に続くという手順で進められた。教室はたいていキャンピングカーか館の彼女の部屋だったが、スーパーの野菜売場や人混みを歩いている最中に行なわれることもあった。最初、慣れない紗也はラオの振る舞いにびっくりした。彼女はどこにいてもオペラの歌手がアリアを歌うように突然、歌い出すのだ。しかしオペラの歌手と違うのは歌が脈絡なく歌われることと聴衆をまるで無視していることだった。つまりラオの歌はオペラの歌手のアリアよりも鳥の囀りに似ていた。これは隠喩ではない。求愛や警報やさまざまな意味を持っている鳥の歌にも機能を明らかにできない種類の歌がある。その場合、鳥類学者は鳥は歌いたいから歌うと説明する。ラオの歌はこの範疇だった。彼女は鳥のように歌いたいから歌うのだ。天から降ってくるような誰に聞かせるためでもないこの歌は美しかった。紗也は周囲の人々の物珍しそうな視線を浴びながら聞き惚れてしまった。彼はまた笑い声に魅了された。ラオはよく笑った。ホーリーの太い笑い声とは対照的な柔らかで緻密な笑い声だった。紗也は母親のせいで女性の不機嫌な声や酔った愚痴っぽい声は聞き慣れていたが、輝くような笑い声やうっとりさせられる歌声には縁がなかった。でも、それは聞いてみるとどちらも渇いた土が水を吸うような心の奥がしんと落ち着く気持ちのいい体験だった。

ホーリーから貰ったラオの胎内の音を収めたテープは紗也の子守歌になっていた。彼は毎晩、ラジカセから流れる規則的な鼓動や動脈を血が流れる潮騒に似た響きを聴きながら眠った（人間は母親の胎内でアミノ酸が人に進化した過程をなぞる。ラオの赤ん坊の成長をモニターした音を聴いている紗也は三十五億年の生命体の歴史を聴いているわけだった）。

館の彼女の部屋でレッスンを受けている時、ラオは口笛を吹きあぐねている生徒に身振り手振りで故国の言葉を教えた。私はチャン、どういたしましてはマイペンライ、ｙｅｓはチャイ、ｎｏはマイチャイ。彼はチャイを発音する彼女の声の響きに魅せられた。ホーリーが用事を頼んだ時、ラオはチャーイと狭い帯域の高周波の鈴を振るような甘い声で返事をする。それは二人の親密な関係を表していた。紗也は何となくホーリーが羨ましかった。

ラオの部屋も紗也は気に入っていた。そこにはスタジオに劣らないほど珍しいものが詰まっていた。愛用の竹と紙でできた鮮やかな色の日傘（故国に強制送還された友達から貰った記念品）、持ち重りのするブーメランのような水牛の角（彼女の実家で飼っていた水牛の形見）、真新しいベビーベッドや歩行器や木馬、ガラガラや小さなメリーゴーランドや音の出る玩具、そしてベビー服やタオルの類いが整然と積まれて並んでいた。それはベビー服を除いてすべてホーリーの手作りだった。彼は人の声や街の音を録音し、さまざまな訪問客と会い、スタジオで東京を調律するためのプログラムと未知の音楽作品を作り、その合間を縫ってこの世に生まれて来る赤ん坊を歓迎する準備をしていた。

ホーリーとラオとの日々は紗也に潤いをもたらした。ラオは彼の心の奥のささくれを癒してくれたし、ホーリーは興味の尽きない謎として好奇心をそそった。彼は午後になると公園のキャンピングカーへ出勤した。ホーリーは小さな助手を歓迎しつつ提出された音の日記を見て考え込んでいた。紗也は音の日記に凝っていた。家庭教師の話を聞いているよりも音の世界を探索しているほうがずっと面白かったので授業をさぼって音歩きをし、それを克明に記録した。そこには今まで気づかなかった新しい世界が広がっていた。未知の海に挑んだ船乗りの航海日誌のような音の日記は二週間ほどのページが埋まった。

紗也の家庭教師の良心が眼醒めたのはこの頃だった（いや、大学院生の娘は生徒が不在の部屋で昼寝をすることや読書をすることに飽きたのかも知れない）。彼女はある日、わざわざ紗也の母親が勤めるTV局まで出向いて彼がこの二週間ほど授業をさぼっていることを告げた。夜遅くマンションへ帰った母親はベッドへ入っていた息子を起こして、とにかく刺激をしないようにというカウンセラーの忠告に従って優しく詰問したが、紗也が聞こえない振りをしていると傍らで流れている奇妙な音を響かせるラジカセのスイッチを切った。彼はまっすぐ玄関へ走って彼女の可愛がっている小鳥を靴箱の上の鳥籠から摑み出して床へ叩きつけた。母親が息を呑む声と小さな生きものの潰れる悲鳴が同時に響いた。

六月十五日　土曜　マンション　街

ドアの閉まるガチャンという音　階段をかけおりる足音　TVの天気予報　電子レンジのチン　桜並木に雨の降る音　電線が風で鳴る音　シーマの音　ゲームセンターの機械　自動販売機のカップめんにお湯が入るじょろじょろいう音　からくり時計が十二時を打つ音　キャンピングカーのエンジン　ラオさんの歌　ラオさんの口笛

公園のフリーマーケットにラオの姿はなかった。キャンピングカーにもいなかった。ホーリーは彼女が館に残っていることを教えた。ちょっとした不注意で赤ん坊が早産しそうになったのでしばらく安静の必要があると言った。危ない時期が過ぎるまでは外へ出られないらしかった。安心するようにと言うわりにホーリーの笑い声には大らかさと張りが欠けていた。このところ耳の鋭くなった紗也はすぐにそれを感じ取ったが、マーケットが始まると彼は周りに集まる大量の男達と精力的な話し振りで相手をし、リサイクルした家電品や家具をピクニックでもしているように愉しく商った。日曜の公園の治外法権的な時間はゆったりした速度で過ぎていった。ラオのいないせいか紗也は店番をしながらどこか愉しくなかった。

「おまえ、こんなところで何やってるの？」

聞き覚えのある声に振り向くと淡いクリーム色の麻のスーツを着た父親が顔を顰めて立っていた。傍らには顔見知りの警官と紗也の新しい小学校の若い教師がいた。紗也はあまりの不意打ちに逃げ出すこともできず意外な組み合わせの大人達をぼーっと見上げた。

「ここの責任者は？」父親が訊いた。「おまえに店番させて自分は休憩してるの？」

男達に囲まれている黄色い野球帽に気がついた警官はそっちへ小走りに駆けてホーリーに話しかけ、紗也のほうを指差しながら事情を説明するような仕草をし、彼を伴って引き上げて来た。

ホーリーはふたりの訪問者に丁寧なお辞儀をして鷹のような鋭い眼を向け、

「ホーリー・ガーゴイルです。お話を承りましょう」と静かに言った。

眼の前に現われたレスラーのような外人に父親と小学校の教師はちょっと沈黙した。

「じゃあ、私はこれで」警官が父親に眼で会釈をした。

父親も軽く頭を下げたが交番へ戻る警官を忌ま忌ましそうに見送り、事が起きてからしか動かない警察は役立たずだ、と小学校の教師になじった。

「息子さんのことでお話というのはどういうことでしょうか？」ホーリーが訊いた。

「ここはゆっくり話ができる雰囲気じゃありませんね」と父親が言った。「どうですか、食事でもしながらっていうのは？」

「結構です」ホーリーは答えた。「でも、今すぐは無理です。ご覧のように僕は仕事中ですから。お手数ですけれども、五時頃、もう一度、おいでいただけませんか？」

父親は若い教師に相談して同意を求めた。

「いいでしょう。じゃあ、五時に伺います。その時、ゆっくりお話します」

そう言って彼が息子といっしょにマンションへ戻ろうとすると紗也の姿はなかった。勘の良い彼は父親に捕まるのを警戒して公園を飛び出していた。


細い階段を降りると箱庭のような庭があった。かわいそうなほど小さい池や苔むした灯籠や鹿威《ししおど》しのミニチュアがあるさっぱりした庭だった。そこから店の中へ手入れのきいた淡い光を放つ御影石の床が続いていた。父親は案内もないのに先へ立って歩き、奥の障子を開けて靴を脱ぐと真新しい床の間を背にして坐った。後のものも彼に倣って狭い和室へ上がり、民芸調の箸置きを枕に白木の割り箸がきちんと並ぶ黒い食卓についた。若い教師は父親の隣、向かいにホーリー、その間に紗也が坐った。大人達はお互いの出方を窺うようにしばらく無言だった。やがて紺絣《こんがすり》の着物を着た若い娘がお絞りを持って来た。父親はいかにも常連らしい口振りで食事と飲み物を注文し、お絞りで丁寧に手を拭いた。

「話というのは」と父親はホーリーにビールを勧めながら言った。「実は息子のことなんですが」

「はい」彼はビールを受けながら相手をまっすぐ見据えてよく響く声で応えた。

父親は勿体ぶった言い方で、ある事情で紗也が小学校を休んでいること、学力を補強するための家庭教師の授業をここしばらくさぼっていることを告げて、昼の間どこで何をしているのか非常に心配していると別居中の妻からの訴えを繰り返した。紗也は憮然《ぶぜん》として聞いていた。

「なるほど」ホーリーはビールに口をつけて応えた。「それがこの二週間ほどのことでしたら息子さんは僕といっしょでした」

「ほー」父親はわざとらしく驚いてみせた。「で、息子は何をしてたんですか？」

「仕事を手伝ってもらっていました」彼は毅然と答えた。

父親は眼鏡を外してお絞りで拭きながら、

「ハリーさん、失礼ですけど……」

「ホーリーです」と彼は言った。「日本名は堀です」

父親は彼の冗談を無視した。華奢《きやしや》な縁無しの眼鏡をかけて神経質そうに瞬きをして、

「失礼。その、ホーリーさんは非常に日本語がお上手ですけど、お国はどちらですか？」

ホーリーはビールを飲み干して国籍はアメリカにあると応えた。父親はなぜか首を傾げた。

「私には外国の方の歳がよく分からないんですが、ホーリーさんは今……」

「四十をいくつか過ぎています。ベトナム戦争の世代ですよ。……ところでぼくは就職試

験の身上調査を受けているみたいですね。それともこれは警察の取り調べですか？　だったら黙秘権というのがありますけれども」

　ホーリーはそれが冗談であることを示すために、はっ、はっ、と大らかな声で笑った。そして相手の関心を先回りして、自分が音楽家であること、母親が日系人であること、音楽学校を中退してインドやアジアの国々を放浪し、日本を活動の拠点に選んで三年前から滞在していることなど簡単な履歴を述べた。

「なるほどね。日本語はお母さんに習ったわけですね。それで、その、ホーリーさんはどういう仕事をしてらっしゃるんですか？」

「ですから音楽家です」

「ほー、お仕事が音楽ですか……で、どういう音楽を？」

　ホーリーは肩を竦《すく》めた。

「一言でいうのは難しいですけれども……宇宙論的な、実用の音楽です」

「……よく分からないんですけどね、具体的に言うと……」

　ホーリーはひとつ咳払いをすると、全世界の人々を演奏者として構想されたアイヴスの宇宙の交響楽やポンヌフ橋や島を梱包するクリストの作品を引用しつつ、調律した東京の街の音とそこに棲む人々の膨大な声を交響させる彼の作品『量子のベルカント』について説明した。

父親は腑に落ちない様子で烏賊《いか》の塩辛を摘んだ。

「なんだかよけい意味が……」

ホーリーはビールをひとくち飲んで唇を舐め、

「要するに」と言葉を継いだ。「僕等の生活している世界をひとつの音楽と考えるわけです。楽器としての東京は今のままでは調律が狂っている。街には要らない音や趣味の悪い音が溢れています。例えば音の出る信号、とうりゃんせ、が流れる奴ですね、あれは最悪です。とても鹿威しや風鈴を発明した民族が作ったものとは思えない。それからこれはどの国でもそうですけれどもパトカーや救急車のサイレンはやはり趣味が悪い。僕ならもっと違った音にしますね」

ますますどうも、と父親は唇を歪《ゆが》めた。

「何だか難しそうですけど、例えばCDか何か、そういう作品集のようなものはお出しになってるんですか?」

「試験的にテープを作っていますけれども、何しろ時間のかかる作品なのでまだ完成はしていません。それに多分、僕の音楽はお父さんの考えている音楽とは違います。まず僕は音楽を鑑賞用に限定するのは反対です。一頃、日本でもブームになったサティーは家具の音楽を作りましたけれども、僕はもっと役に立つ実用の音楽を考えています。音にはそれだけの力があります。亡国の音は哀しみてもって悲し……中国の思想家は音が国を滅ぼすこともあると言っているぐらいです。でも、工場の生産性を上げるためのミューザックのような低俗な音楽を想像しないでください。あんなものではありません。音楽として優れていて、しかも人々の生活に利用できる、もっと言うと人間そのものを変えてしまうような、実用の」

「例えばですね」広告屋の父親は会議の時のせっかちな調子で割り箸を振って早口でホーリーの話を遮った。「どこどこでリサイタルを開いたり、音大で教えたり、実際にどういった音楽活動をしてらっしゃるのかということなんですが……」

ホーリーは少し考えて我慢強く答えた。

「それがもし僕の家計を支えているのが何かというご質問でしたら、音楽を核にして色々なことをやっています。あのマーケットはそのうちの一部です」

「何かブローカーのようなことをやってらっしゃると理解していいんですか？」

「ブローカーというと語弊があります」とホーリーは言った。「僕の立場を一言でいうとホチキスみたいなものです。ここにちぎれた紙テープや破れた布や革や、色々な切れ端がある。僕はそれを拾ってこっちの端とこっちの端をパチッと繋ぐ。この時の針が音楽ですね。僕はきょうのようなフリーマーケットをやったり、貧しい外人のための基金を設ける活動や色々やっていますけれども、それはすべて僕の作品の一部です。どれが本業でどれが飯の種ということはありません」

飯の種、と父親は皮肉に笑った。

「ホーリーさん、あなた本当にアメリカの方ですか？　日本人よりもうまく日本語を話しますねぇ。……なるほどね。で、音楽はどちらで勉強なさったんですか？」

彼は淀みなくジュリヤード音楽院で作曲と指揮法を学んだことを教えた。

「はー、ジュリヤード。名門ですねぇ、僕が名前を知ってるぐらいだから」父親はあまり関心なさそうに形式的な頷き方をすると、「ところでホーリーさん、ご家族は？」

ニュージャージーに両親と妹が住んでいると彼は応えた。

「でも、それが結婚しているかどうかというご質問なら独身です」

「じゃ、お子さんも？」

「今のところはいません」

父親はなるほどねと嫌味な響きの呟きを洩らし、納得したように頷くと、ホーリーとの会見の主題を婉曲に持ち出した。

「最近、息子は学校を変わりました。まあ、一種の転地療養を兼ねてるんですが、新しいところへ移っても代わり映えしません。でも、カウンセラーからも無理強いはいけないと言われてるんでね、ご存じのように、その、ちょっと不自由ですから。で、新しく雇った家庭教師とはうまくやってるみたいなんで様子を見てました。ところがあなたの、その、仕事を手伝うようになってから家にいなくなった。彼はまだ小学校の三年生です。今年、もう一度、三年生をやるんです。……ちょっと身の上話をすると、実は僕も今のところ独身なんですよ。息子は彼の母親と暮らしています。まあ、妻とは他人になったとしても子供はそうはいかない……要するにね、僕は息子のことが心配なんですよ。義務教育の途中なのに学校へも行かないで、街の音を録るの人の声を録るの妙なことに夢中になって、これからいったいどうなっていくのか。あなたのお国ではどうだか分からないけど、今のままだと日本では彼は敗者になります。僕は息子の将来に責任があるんですよ。こういう気持ちは子供を持ってみないと分からないでしょうが……」

愚痴っぽく述べ立てられる話を聞きながらホーリーは押し黙ってウィスキーを飲んだ。烏龍茶でも飲むようにグラスを空けると手慣れた仕草で新しい水割りを拵《こしら》えた。ほんの十分ほどの間に同じ動作を三度、繰り返して四杯目の水割りも胃袋に収めてしまうと、「古代のペルシャの神話によれば人の祖先は音です」と唐突に言った。「宇宙に響いた第一音が遍くゆきわたって光になり、光がいつか物質に変成し、世界が創造された。宇宙が音で始まったという神話は珍しくないですね。エジプトにもインドにもあります。ブッダの教えを記録した仏教の聖典は、『私はこのように聴いた』という象徴的なフレーズで始まりますし、聖書は世界の始まりを言葉、つまり音の響きとして捉えています。ピタゴラスは宇宙には星の運行が奏でる調べに満ちていると考えて、その音楽を天体のハーモニーと呼びました。実際、彼は普通の人間には聞くことのできない、この妙なる調べを愉しんでいたと伝えられてます。

要するに古くから、音が存在の本質に深く関わっているという考え方があったわけですけれども、ペルシャ人の神話には続きがあります。音から光、光から物質、という順序で世界はできたのですけれども、この物質は不完全なのですね。なぜなら音を持っているから。この場合の音というのは宇宙の第一音の名残りです。その頃の人々はすべての存在に固有の音があると考えていました。ものはそれぞれの音を持っている。その音は宇宙が生じた時の響きを微かに残している。それは残響に含まれているとされました。

このペルシャ人の考え方には非常に興味深いものがあります。彼等によると人はその気になれば一八〇億年前の、その、混沌から調和ができた現場に立ち合うことができる。方法は簡単です。ただ耳を澄ますだけ。人の耳は潜在的なタイムマシン。分かりますか？人は残響を手がかりにして宇宙の第一音に到達することができる。それはわれわれの起源を探ることでもありますけれども、もうひとつ重要な意味を持っている。宇宙の第一音へ回帰することはつまり完全になることです。僕の考えでは存在やものが音を持つのはこのためです。音は不完全な存在やものが完全をめざすための最低の資格なのですよ。

あまりにも神話的だという理由でこういう思想を嗤《わら》うのは過ちです。と言いますのも宇宙論はもともと神話ですから。宇宙論はいくら高度な科学を基礎にしていても神話なのですよ」

父親は茄子《なす》の味噌焼きを突きながらうっとうしそうにホーリーの演説を聞いていた。

「すべての存在は固有の音を持っている。人間に固有の音は声ですよ。ベルベル……息子さんはそれを失った。このことの意味が分かりますか？　学校へ行かないから家庭教師を雇う。それは単なる対症療法です。根本的な問題解決の途《みち》ではありませんよ。彼の奥深いどこかで何かのスイッチがＯＦＦになっているのですよ。彼は何かと切れてしまっているのね。これが問題の本質ですよ。分かりますか？」

生真面目な若い教師は料理をたいらげながら考え深そうに頷いた。

「僕はたくさんの国を旅行したけれども、将来のある子供達がすさんだ生活をしているのを見るのは、その、嫌だった。どこの国にもそういう子供がいたね。もちろんこの国にも。僕は彼等といい関係でいたいですね。子供達は色々な情報を持っていて僕を扶けてくれるし、僕は子供が好きです。旅行者にとって子供は情報センターみたいなもの。それでお返しに僕の立場で彼等の力になりたい。ベルベル……お子さんを思う親御さんの気持ちはお察しします。けれども僕のところへ来るのは彼の意志です。強制してはいません。このことはきちんと申し上げます。お子さんが僕から悪い影響を受けると言うのなら、僕のほうから遠ざかることを考えてもいいですよ。きょうの話し合いのテーマはこれでしょう？　僕はそう理解しました。けれども子供の友達を親が選ぶのは間違っています。僕は他人の家庭に干渉するつもりはありませんけれども、友達は本人が選ぶべきですね」

ホーリーは空のコップに溢れるほどウィスキーを注ぎ、生のまま飲み干すとすぐボトルを傾けた。ウィスキーの早飲み競争でもしているような飲み方だった。たちまちボトルの半分ほどが彼の胃袋へ消えた。やがてホーリーは急に酔いが回ったように頭をがくんと落として動かなかったが、突然、小鉢や皿やグラスを畳へ下ろして食卓を綺麗に片付け、太い腕を自慢げに載せて、

「さあ、腕ずもうをしましょう」と言った。「どっちから来ますか？　お父さん？　それとも先生？」

父親は露骨に軽蔑の薄笑いを浮かべて、

「それに何の意味があるんです？」と拒んだ。

「卑怯者」ホーリーは軽く言い放った。「日本の男は卑怯だ。戦いを挑まれて背中を見せる。もう侍はいないのね」

ずっと食べることと聞くことに専念していた若い教師が、いいですよ、やりましょうと食卓に腕を載せた。父親は渋い顔でなりゆきを見ていた。ホーリーは暇を持て余していた紗也を審判に任命した。対戦はあっけなく彼の勝ちになった。まるで大人と子供の勝負だった。話にならなかった。

「さあ、今度はお父さんだ」

頑なに拒む父親の腕へホーリーは強引に彼の太い腕を絡ませて対戦に持ち込んだ。結果

は同じだった。父親は惨敗した。彼は子供じみた真似を嘲笑ったが、その顔には強姦された少女のような屈辱の色が微かに滲んでいた。

ホーリーは野蛮な凱歌《がいか》をあげる海賊のように高く腕を掲げて勝ち誇った。

翌日は雨が降ったりやんだりの梅雨に特有のうっとうしい天気になった。紗也は朝から公園へ行ってみたが、キャンピングカーは定位置になかった。びしょびしょとした風景の中をうろついて待っていても、いつまでもホーリーは現われなかった。昼近くなって彼はマンションへ戻り、ソファーの腹に隠してある母親の帰りが遅くなった時のための夕食基金を出し、広い通りにいって信号待ちをしているタクシーの窓を叩いた。厄介な客を乗車拒否しようとした運転手は、僕は迷子です、家へ連れて帰ってください、と幼い文字で書かれた館の住所入りのメモと大きな紙幣を見せられて渋々、車を出した。

館の前庭にはキャンピングカーと軽トラックが並んで駐まっていた。タクシーを降りた紗也は石畳の坂を上がると戦地を征《ゆ》くコンバットの兵士のように息をひそめて群生する濡れた雑草をかきわけながら進んだ。ホーリーはプレハブにはいなかった。パネル類のそばにもカセットテープの収納棚にも彼の姿はなかった。物だけがひっそり静まり返ったスタジオには人の気配はまったく感じられなかった。紗也は草叢を館のほうへ進んだ。

志乃の部屋が見えたところでさっと身を伏せた。ホーリーが窓際にいたのだ。彼は椅子に腰かけてお茶を飲んでいた。紗也は草叢をさわさわ後退して足元の雑草を引き抜くと粘り気のある小さな土の塊を窓に向かって投げつけた。それは狙い通り硝子に当たったが反応はなかった。地面を剥がしてもうひとつ土の塊を投げた。思ったより大きな音がして硝子に土の汚れがついた。しばらくすると窓が開いてホーリーが顔を出した。紗也は雑草に埋もれて濃い緑の葉と葉の隙間から様子を窺った。

「……誰？　智？　千佳子？　そこに誰かいるのは分かっているよ、出ておいで」

紗也は応えなかった。彼は一本の草になって身動きしないで息を殺していた。

「さあ、出ておいで。きょうは隠れんぼをする気分になれないよ。僕は気分が悪いの」

返事がないのでホーリーは窓を閉めた。椅子を立ってどこかへ行った。なかなか戻って来なかった。紗也は土の塊を窓へ投げつけた。

「ベルベル、風邪を引くよ」

不意打ちに慌てて紗也は草叢に沈んだ。音を立てないようそっと声のほうを振り返るとホーリーがいた。いつの間にか館の玄関に佇んで眩しそうにこっちを眺めていた。

「ベルベル、そこにいるのは分かっているよ。さっきからずっと見ていたよ」

紗也は沈黙していた。

「……ベルベル、きみがここへ来るとお父さんやお母さんが怒るよ」

紗也は手に触れていた草を力を込めてゆっくり引いた。手に血が滲んだ。遠くをトラックが行き過ぎていった。彼は死ぬまで草叢に隠れているつもりだった。返事の代わりに志乃の部屋の窓へ土の塊を投げつけた。何度も何度も投げた。やがて窓が開いて志乃が戸惑った表情で庭を見回した。

「窓が割れるよ、ベルベル。……話をしよう。出ておいで。こっちへおいでよ」

紗也は草叢から頭を出した。怖ず怖ずとスタジオへ入った。室内にはたちまち頭痛のするほど濃い酒の匂いが霧のように充満して紗也は息を詰めた。明け方までひとりで飲み続けていたホーリーはひどく酔っていた。小さな客に丸椅子をすすめて無理につくった笑顔はすぐ歯医者の待合室にいる患者みたいな憂鬱さで覆われた。眼に血が走って表情に張りがなかった。一度、パイプ椅子に坐ったものの居心地が悪そうに立ち上がって窓を開け放つとTシャツを脱いで裸になった。きょうは暑いね、と言い訳のように呟いて坐り直し、煙草をつけた。窓越しのくすんだ柔らかな光に紫色の煙が昇って香ばしい匂いがした。酔っているせいかホーリーはどこか様子が違っていた。遠い眼をして放心したように煙草を吸っていた。紗也は太い指の間から昇る青い煙や彼の吐き出す白い煙が縞を描く様子をじっと見つめていた。

煙草を一本、吸い終わると深い吐息をついて、

「今朝、早く、表の通りで事故があった」と彼は言った。「それで起こされてお陰で眠れない。ひどい事故だったね。昼過ぎまで救急車やパトカーや見物人で賑わっていた。軽自

動車とトレーラーがぶつかったのね。軽自動車はぐしゃぐしゃだよ。多分、運転手は助からない」

彼はまた煙草をつけて不味そうに吸った。

「……若い頃、僕は学校を放り出して世界中をうろうろ旅行していた。その頃は僕のような若者は珍しくなかった。僕の国は日本の梅雨のようなじめじめ続く戦争をしていたから……。で、インドを旅行していた時にパンジャブというところで事故に遭った。ヒッチハイクで知り合ったトラックの運転手を手伝っていて積み荷の下敷きになったのね。積み荷といっても工事現場で使うブルドーザーだよ、小さいやつだけれどもね。重体だよ。病院に運ばれた時には意識がなかった。

でも、不思議にはっきり憶えているけれども、ブルドーザーが滑り落ちてきて、躰のどこかの骨の折れる音が聞こえて、救急車で病院へ運ばれて、手術台へ寝かされて……そういう場面を古いアルバムでも眺めるように思い出せる。ところがこのアルバムは手術が終わると写真がなくなる。後の記憶は音だけになる。

色や味や匂いや手触りやそういう感覚はみんな消えてしまっている。残ったのは音だけ。躰はお湯のプールに浮かんでいるような感じ。耳を澄ましていると色々な音が聞こえてくる。人の声、虫の音、風、木の揺れる音、車の音、それは実に色々な音が、僕がそれまでまったく聞いたこともない音までが聞こえる。ありとあらゆるものがワーンと反響して鳴っているのが聞こえる。僕は声を出そうとした。でも、恐ろしいことに出ないのね、全然、声が出ない。

そのうちすべての音がひとつの調和のとれた音になった。僕の躰もその響きに共振して奥のほうで振動している。ものすごく小刻みに運動する強力な按摩器にかかっているみたいな感じ。それは躰がばらばらになりそうなくらい強烈な振動ね。まるで嵐だよ。躰ごと広い宇宙空間のどこかへ噴き上げられるような凄まじい力。その力に全身の細胞という細胞が音叉みたいに共鳴してワーンと鳴る。僕はとうとう耐えられなくなって吐きそうになった。そうしたら雷みたいな音が響き渡ったのね。びっくりしたけれども、それが僕の声だった。強烈な響きが僕の躰を振動させて、僕の発声器官を通じて、雷みたいな音になって響いたのね。つまり僕の躰が何かの声帯になったわけ。面白くって何度も何度も声を上げた。叫んだのね、ワーッと。でも、そんなの全然、聞こえなくなる。ひとつの全体の音に吸い込まれていく。頭で分かるのではなくて躰で感じる。僕はほら、音楽家だから、その響きとセッションをしたくなった。けれども楽器を持っていなかったから声を使って仲間に入った。

それは普通に考えたら気の狂いそうな音の氾濫だった。けれども違う。実に色々な音が混じり合って壮大なドームをつくっている。バラの花はバラの花として、花崗岩は花崗岩として、無機物も有機体も、量子の一個一個までが、ひとつの声帯、ひとつの楽器になって、それぞれの音を響かせて力強い声《ベルカント》で歌っている。しかもそれが全体としてひとつの調和を保っている。退屈な調和ではない。刺激的なカオスもある。けれどもそのカオスもコスモスの一部。カオスモスだよ」

ホーリーは夢見るようなうっとりした表情になった。指に挟んだ煙草が根元まで灰になったことにも気がつかなかった。

「それはこれまでの僕の音楽の経験の中で最高のものだった。後にも先にも一回きり。意識が戻った時、看護婦がびっくりしているのが分かった。医者も何人も集まって来た。まるで見物人が珍しい動物の檻に群がるみたいな雰囲気だよ。病院中の人間が集まって来たね。後から聞いた話だとその時に僕は息を吹き返したのね。つまり一度、停まった心臓がまた動き出したわけ……」

彼は裸の厚い胸を撫でて立ち上がるとフィルターだけになった煙草を窓から投げ捨てた。

「僕は今でもあの音を思い出す。あれは宇宙の響き《サウンド》だった。あれは僕等の宇宙が奏でている音だった。腐ったものを新しくして、衰えたものに力を与えて、病んだものを健やかにして、死んだものさえ生き返らせる、それを聴くものすべてをよみがえらせる生命のシャワーだよ……量子のベルカントはあの宇宙の響きを音楽で表現したものなのね」

窓枠にもたれた彼は拳を振り上げて右の太腿を強く叩いた。何度も何度も叩いて聞いているほうが痛そうな音を立てた。顔を顰めた紗也へにやっと笑いかけて腰の辺りに手を当

て、

「僕は今でもこの辺りがうまく繋がっていないのね。細かな神経が切れている。きょうのような天気だとちょっと痛む。……ベルベル、僕もきみと同じだ……」

煩わしそうに頭を振ると彼は奇妙に優しい眼差しを紗也へ向けた。

「……ひとつ約束して欲しい。これからは家庭教師の授業をきちんと受けて、僕のところへ行くとちゃんとお母さんに断ってから、来るようにしなさい。それからわざわざここまで来なくてもいいよ。午後には公園のキャンピングカーにいるからね」

紗也は頷いた。ホーリーは幼い助手の肩に手を懸けてスタジオの出口へ歩いた。二人は館のラオの部屋へ行った。彼女は二階で彩りの鮮やかな季節の花に囲まれて寝ていた。ドアが開いて大男の後ろから怖ず怖ずと顔を出した幼い見舞い客の姿を見ると、ベルベル！と嬉しそうな声を上げてヘッドホンを外し、肘をついて起き上がろうとした。ホーリーは慌てて彼女の肩を押えると人差し指を立てて注意した。彼女はきゅっと唇を窄めて風にそよぐ草のように小首を傾げ、腕を枕にして冴えない顔を載せ、不満そうに片方の頬を脹らませた。

「わたし、たいくつ」

ラオの訴えにホーリーは、

「今は安静にすることがラオの仕事」と応えた。「昨日も言った。落ち着いたらいくらでも遊べる。ディズニーランドでも、六本木でも、水族館でも、どこでも連れて行ってあげるよ」

彼女は小さな吐息をついた。気分がすぐれないらしくて表情の輪郭がはっきりしなかった。顔が少しむくんだようだった。

「それよりベルベルにレッスンをしてやりなさい」彼は窓際の椅子を引き寄せて紗也を坐らせた。

ラオは眼に気怠い笑みを浮かべて紗也を見つめ、唇を突き出して小さく掠《かす》れた口笛を吹いた。


久し振りね、と大学院生の家庭教師は意味ありげに笑った。紗也はこっくり頷いた。それで二人の関係は修復された。彼女は毎日、十時前にきちんと現われてホワイトボードを使って文部省の指導要領に沿った授業をし、紗也は親の安心を購うためよりもホーリーやラオと遊ぶための義務として少年の日の貴重な数時間を差し出した。

授業が終わって公園へ直行するとホーリーのキャンピングカーが待っていた。彼は助手をまっすぐ館へ運んだ。安静を強いられて退屈の極致にあるラオはほとんど言葉の通じない異郷の少年を相手にいくつかの日本語の単語と身振り手振りという共通語で故郷の思い出話をした。紗也は彼女に弟や妹がどっさりいることや可愛がっていた水牛が大家族の飢えを凌《しの》ぐために殺されたことを知った。ラオはいちばん下の弟が親戚の結婚式でおもらしをした逸話を身振り混じりに教えて大笑いし、話が途切れると自分に聴かせるようにしんみり物悲しい歌（それはタイのイサーンの民謡だった）を口笛で吹いて濃い睫《まつげ》に縁取られた眼にうっすら涙を浮かべた。子供の紗也には妊婦が情緒不安定になることや遠い異国で初産を迎える女性の心境は想像もつかなかったが、ラオがひどく孤独で不安がっていることは分かった。それは等しい周波数の音同士が響き合うように伝わってきた。ホーリーの周囲に集まる子供達の誰よりも自分を可愛がってくれる彼女のために紗也は進んでラオの退屈凌ぎを引き受けた。彼女は紗也が見舞いに来ないとホーリーの作曲した妊婦のためのエチュードを聴くことが一日の生活になってしまうのだった。

週末になるとホーリーは紗也が助手を務めることを許した。声の録音や東京の音の録音に伴い、フリーマーケットの店番をさせ、収益事業の手伝いまでさせた。紗也はホーリーといっしょに協会から貸し付けを受けている外人のアパートへ出向き、生きるためには何でもしそうな逞しさを持った貧しい男達から厳格に決められた手数料を取り立てる手伝い（ドアのノックや領収書の発行）をした。

母親は紗也が義務を怠りさえしなければ息子が得体の知れない外人とつきあうのを黙って認めていた。お陰で彼は多少、帰宅が遅くなっても咎められることはなくなった。心安らかにホーリーを手伝い、ラオの口笛のレッスンを受けることができた。

七月十日　水曜　マンション　ラオさんの部屋

歯医者へ行くの忘れないでねというママの声　マンションのクーラーの音　テレビのアナウンサーの声　ドアの閉まるガチャンという重い音　階段をかけおりていく高い足音　おはようという先生の声　ホワイトボードをマジックがこする音　先生のあくび　キャンピングカーのエンジン　木の枝が折れる音　どぶであわの立つぽつぽつぽついう音　小学校のチャイム　ホリさんが氷をかむ音　ホリさんの笑い声　ラオさんの笑い声　志乃さんの寝言　ラオさんの口笛　赤ちゃん

やがて紗也は思う存分、音の遊戯に彩られた生活をすることができるようになった。家庭教師の大学院生が見合いを兼ねて帰省したのをきっかけにして、母親との交渉の末、世間の小学生並みに夏休みを勝ち取ったのだ。一日、ホーリー達と過ごしても誰にも文句を言われない身の上になった彼は朝から公園の銀杏の傍らのキャンピングカーへ出かけて夕暮れまで帰らなかった。母親は面白くなかったものの息子が悪いほうへ変化していないことが分かってきたのでやっぱり黙っていた。ホーリーは気を使ってどれだけ遅くなっても必ず夜の七時前にはマンションまで紗也を送って来た。その頃、母親は帰宅していないことがほとんどだったが、なぜか息子の帰る時間は知っていた。彼女は仕事柄、あっちこっちに多様な情報網を持っているらしかった。

紗也の音の日記にはさまざまな種類の音が記録されていった。ホーリーの導きを受けて無機物から有機体までさまざまな音を蒐集《しゅうしゅう》した。それはまるでこの世の音のカタログのようになっていった。ホーリーは提出される音の日記を見て、ほかの子供達のものと同じように、自然音、生物音、機械音、楽音、……とカードに分類したが、数のうちにはさすがの彼も戸惑う音があった。夢の音がそうだった。

最近、紗也は内容のはっきりしない悪夢を立て続けに見ていた。醒めた後には映像はすべて消えて恐ろしい音の印象だけが残った。その昔にはこれまでの彼の生涯で経験したあらゆる不気味なものと不快なものを凝縮した響きがあった。まったくでたらめで無関係な音ではないらしくどこか聞き覚えがあるものの、どこで聞いた何の音かと考えると分からなくなった（夢の音は空気を揺るがせる波や地下鉄の線路を伝わる振動ではない。それは音のイメージだ。夢の音を聴くのは外に張り出した耳ではなくて人の内的な耳だ。脳のどこかに蓄えられた音を心の耳で聴くのが夢の音なのだ）。

というわけで捉えどころのない曖昧な音を記述するのは難しく、ただ夢の音と書くしかなかった。ホーリーもそれに倣ってカードに夢の音と記録した。

紗也はすべての音に耳を澄ませて一対の耳になろうとしていた。ホーリーが聴いたという宇宙の響きを聴きたかった。

八月八日　木曜　マンション　街　館

夢の音　ママのくしゃみ　マンションのクーラーの音　テレビのアナウンサーの声　ドアのゆっくり閉まるにぶい音　階段をおりていく重い足音　空の高いところを飛ぶ飛行機の音　自転車のベル　蟬のなく声　ピーツォ、ピーツォ、という野鳥のさえずり　プールの水音　おじいさんのせき　西口くんはうるさいからね、という子供の声　猫の甘える声　ラオさんの口笛　赤ちゃん　ロケット花火のヒューッという音　お母さん、つかれちゃったわというママの声　口笛

銀鼠色のキャンピングカーは車のひしめく幹線道路を不活発な動きで進んだ。ひどい渋滞だった。道路の上に無数の車で織りなされた一枚の絨毯が敷いてあって遠くで誰かがその端を少しずつ少しずつひっぱっているような感じだ。運転手は誰もが諦め顔で漫画を読んだりラジオを聴いたりカーステレオに合わせて歌ったりしていた。ホーリーは彼が旅行をして回ったケープタウンや台北やウィーンの交通事情と比較しながら日本の渋滞のひどさを嘆いた。やがてキャンピングカーは道路を右折してようやく渋滞の織物から抜け出した。

こっち側の道路はほとんど車が走っていなかった。住宅地だった。緩やかに傾斜しなが

らくねくね曲がる道路の両側には、頑丈な高い塀に囲まれて車庫にメルセデスやBMWを格納した大きな家が並び、ときおりぽつんと蕎麦《そば》屋の上品な紺色の暖簾《のれん》が下がっていたり、真新しい小綺麗なパン屋が店を開いていたりした。あまり活気のない静かな町だった。やがて銀杏並木のある通りに来るとホーリーは道路沿いにキャンピングカーを停めてサイドブレーキを引き、紗也を促して車を降りた。外はさっきまでの騒音がぴたっとやんで昼間だというのに人影のない風景には緑の光と静寂が隅々まで浸透し、どこもかしこも美しく掃き浄められている印象があった。騒々しいのは蟬の啼く声ぐらいだった。

ホーリーはひとつ咳払いをして黒い御影石の表札がついた家のインターホンを押した。

「はい」年配の婦人の声が物静かに響いた。

「協会のものですが」彼は身を屈めるように話しかけた。「きょう、伺うお約束になってました協会のものです」

「お待ちしてました」声の調子が#《シャープ》した。「いま参りますから」

彼は頷いてインターホンを離れると、それとなく自分の服装を点検して上着の糸のほつれを摘み取り、ついでに紗也の肩をさっさと払った。ベージュのスーツ姿の彼はいつもと人が違って見えた。まるで教材会社のセールスマンか英会話学校の講師のような雰囲気だった。門が開いて穏やかな笑みを浮かべた銀髪の婦人が現われた。彼女が二人を案内しながら紹介したい人がいると告げるとホーリーは心得たように微笑んだ。紗也は大人達の話よりも見慣れない周囲の風景に気を取られていた。広大な庭には青々とした量感のある庭木が繁って、水をよく吸った眩しい芝生の上を白い兎と毛脚の長い黒い犬が仲良く散歩していた。館とは大違いでとても同じ人間の住みかとは思えなかった。蟬の啼く声さえ品があった。

つるつるに磨き込まれた廊下を通って大きなシャンデリアのついた居間に入ると、紅いペルシャ絨毯の上に電子レンジやアイロンや扇風機やまだ新しい家電品がきちんと並び、傍らにクリーニング屋のビニール袋に入ったスラックスやワンピースが積まれ、奥で年配の婦人が二人とやや若い婦人がひとり控えていた。彼女は銀髪の婦人にうながされてホーリーと挨拶を交わした。

彼は上着から名刺を取り出して、

「ホーリー・ガーゴイルです」と恭しくお辞儀をした。「日本名は、堀です」

やや若い婦人はたいして可笑しくもない彼の冗談で咽ぶように笑った。

「それから彼は私の助手です」婦人達が紗也を見る怪訝そうな様子を察してホーリーは言った。「この間からボランティアで仕事を手伝ってくれています」

婦人達は慎み深い笑い声を上げた後、可愛いボランティアだ、親善大使だ、と口々に紗也を褒めそやした。銀髪の婦人が新しい訪問客のアイスティーとケーキを運んで来た。彼等は大きな木の切り株めいた明るい色の木製のテーブルについた。ホーリーはやや若い婦人に協会が設立を進めている在日外国人のための基金の説明をした。

「多くの在日外国人はとても貧しいです。彼等は非合法で働いていますから失業しても保障はありません。生身ですから病気もしますけれども、保険がないから出産も手術もままならない。そういう場合、この基金から生活費や医療費を借り受けて働けるようになったら利子をつけて返済します。将来は子供達の育英基金も設ける予定です。

本来ならこれは政府の仕事ですけれども、彼等の国の政府は貧しくてそれどころではありません。もともと彼等は彼等の国の貧しさから逃れて日本に来るわけですから。ところがこの国の政府ときたらびた一文、援助をしようとしません。おまけに国の利益を損なうからという理由でこれまでの法律をさらに厳しくして外人の受け入れを拒んでいます。でも、現実を見てください。日本には三百万を超える外人が生活していて、そのうちの数十万人が政府の人々がいう不法就労者なのですよ。もう、開国か鎖国か、と議論している段階ではありません。この国には現に数十万の貧しい外人が後ろめたい気持ちで働いているのです。でも、彼等だって好きこのんでそうなったのではないのです。貧しさがそうさせたのです」

低く心地のいい響きのある声で流暢な日本語を話すホーリーには吹き替えられた外国映画の主人公を観ているような不思議な印象があった。婦人達は笑ったり真剣に頷いたりしながら話に引き込まれていった。

「日本にもブラジルやペルーに移民を送った歴史があります。その人々と、今、日本で働いている外人は同じ立場なのです。日本の政府は健忘症にかかっています。彼等がそれを思い出すまで我々、民間人が力を合わせるしか手はないのです」

最後に寄付を受け付けている協会事務局の銀行口座を教えてホーリーは話を結んだ。婦人連はその場でかなりの額の寄付を手渡し、賛同者を募ることを約束した。彼は篤く礼を言って日本が良心を失っていないことに感激してみせ、重い家電品を運び、紗也に衣服類を運ばせた。四人の婦人は門の前でキャンピングカーを見送った。

篤志家の婦人達の姿が見えなくなるとホーリーは、きょうはすき焼きパーティーだよと笑い、紗也が土産にもらったクッキーを食べた。彼は、ディナーはすきやき、肉は買って帰る、という英語のメモを託し、館へ紗也を降ろして事業の協力者を迎えにいった。


ラオは一階の応接間を掃除していた。ようやく安静が解けたのだ。淡いピンクのエプロンをつけた新妻のような姿でいきいきと家事に勤しんでいた。びっくりさせるつもりで紗也が後ろからそっと近づくと勘のいい彼女は振り向きざま掃除機を向けて彼を吸い取ろうとした。髪の毛が少しノズルに吸われて紗也が顔を顰めるとラオは歌うように笑った。明るい声だった。紗也は髪を整えてホーリーのメモを手渡した。それを見た彼女はすぐ悪戯を思いついた少女のような表情になって卵と長葱が切れているから買い物に行こうと唆した。二人は監視の志乃の眼を盗んで（といっても老婆はＴＶを子守歌にして居眠りの最中だった）館を出た。久し振りの外出で興奮したラオが大量の買い物をしたので、帰り道の紗也は長葱や卵だけでなく不必要なもので脹らんだ買い物袋をやじろべえのように両手へ提げて歩かなければならなかった。

夏らしい午後だった。はちきれそうな陽射しはびっしり茂った街路樹の濃い緑の葉を眩しく輝かせ、大きな人影と小さな人影を克明に歩道へ刻んだ。ラオは気持ちよさそうに空を仰ぎながら突然、イサーンの民謡を歌い出した。まるで籠を放たれた小鳥の囀りのように伸びやかな声で驚いて振り返る通行人を無視して歌った。この振る舞いに多少、慣れた紗也は歌に合わせて口笛を吹いた。彼はわざと冬の初めの風のような弱々しく掠れた音を洩らしていたが、繰り返しの箇所にくると唇を緊張させて慎重に肺から空気を送った。一瞬、ラオの歌声が途絶えた。彼女は足だけ自動的に動かしながら？　という表情で音源をじっと見下ろした。紗也は口笛をやめて荷物運びの少年に専念した。

「……なに？」

荷物運びは涼しい顔で歩き続けた。確かに小さな木枯らしの音の間に異質な高音域の音が混じったが、それはとても微妙な響きだったので空耳と言われれば素直に頷けた。ラオにしてみれば蜃気楼を見たような感じだった。紗也は演奏に入るピアニストがタキシードの裾を跳ね上げるようにおもむろに唇を窄めて静かに息を吐いた。

「出たよ！」ラオはびっくりしたように叫んだ。

紗也はぴょんと跳ね上がった。ホーリーの言う通り口笛はある日、突然、吹けるようになる。昨日の夜、いきなり不器用な唇から音が生まれた。紗也は自分の唇を調律して古代ギリシャの縦笛《アウロス》に変えたのだ。彼は両手に買い物袋を提げたままブロック塀へ攀《よ》じ登った。世界が広がった感じがした。成長へまっすぐ通じているような期待が心を躍らせた。ラオは家鴨《あひる》の真似をして手を尻尾にしてよちよち歩いた。通行人の物珍しそうな視線を浴びながら二人はふざけた歩行を続けた。狭い塀を進むリズムに合わせて紗也は有頂天で拙い断続的な口笛を吹いた。どこまでもどこまでも歩いて行けそうだった。

ブロック塀の曲り角に来た。後ろから来るラオを驚かせてやろうと振り向きざまに飛び下りた紗也は歩道の敷石よりもっと柔らかいものの上に落ちた。思ったより早く歩いて来ていた彼女と縺《もつ》れて転がった紗也が躰を起こすと、ラオは獣のように歩道へ四つん這いになって腰の辺りを摩りながらスーパーの袋を持ち上げて情けなさそうな顔をした。

「あーあ」と彼女は吐息をついた。

長葱や焼き豆腐やしらたきは無事だったが卵は潰れていた。透明なパックに入ったそれはほとんど割れて黄身の薄い皮膜が破れ、ねっとりした黄色い液体が流れ出していた。

「ホーリー、内緒ね」

紗也が頷くと彼女は軽く足を引き摺ってスーパーのほうへ歩き出し、何事もなかったように民謡を歌った。彼は調子に乗らず地に足をしっかりつけて（つまり塀の上ではなく歩道を歩いて）口笛を吹いた。それでも嬉しさはなかなか収まらなかった。

夕暮れになって肉の塊を抱えたホーリーが二人の日本人の娘を伴って帰って来た。彼は助手が口笛を吹けるようになったのを知ると、ショパンの夜想曲だの、荒城の月だの、カレンダーガールだの、少年の知らない曲をリクエストし、紗也が首を傾げると得意げに自分で吹いてみせ、はっはっと大らかに笑った。それから彼等はスタジオで野外調査の整理をし、紗也はテープに索引を貼ったり音響学的な難しい記述を施したカードを束ねたり単純な作業を手伝った。ホーリーは彼に口笛での会話の基本、ｙｅｓは一回、ｎｏは二回、吹くことを教えた。やがて夕食の用意が整ってルビーが呼びに来た。

テーブルには志乃のほかにイランとパキスタンの青年にフィリピン人のルビーが集まっていた。三人とも館の住人で、青年達は協会の事業を手伝っているホーリーのパートタイムの部下だったし、ルビーはラオが妊娠するまで勤めていた店の同僚だった。ホーリーは獲物を仕留めた海賊の船長のようにすき焼き鍋の周囲に揃った身内を満足そうに挑め、大袈裟に合掌をしていただきますと箸を取った。彼の隣へ坐った紗也の正面にはさっきの日本人の娘達がいた。黒いレザーの短いスカートを穿いた痩せた娘とピンクのワンピースの腰に金の鎖を巻いた小太りの娘は、二人とも冴えない顔色を濃い化粧で装い、紗也にまで匂うほどたっぷり香水を振りかけていた。彼は心の中で鼻を摘んだ。

食卓にはいつもながらの万国親善交歓会の風景があった。ホーリーは陽気に新しいお見合い要員の小太りの娘へ商売上の注意を与えながら器用に箸を使い、イランの青年はしらたきをスパゲティーみたいにフォークへ絡ませ、人懐こいルビーは醤油を差したり野菜を入れたり給仕をしながらわずかな英語と日本語の単語でラオに話しかけ、哲学者のような風貌のパキスタンの青年は深く思索するように物静かに口を動かし、志乃はテーブルに覆い被さって羊のようにもそもそ食べた。ラオはまた気分が悪いのか悪阻《つわり》の時のように野菜を箸で突いていた。

「ラオ。僕はあることを発見したよ」ルビーにお代わりの茶碗を渡しながらホーリーが言い出した。「きみの着ているものだけれども」

彼女は箸を噛んで頷いた。

「僕はそれをどこかで見たのね。それでさっきからずっと考えていた。いったいどこで見たのだったか……やっと思い出したよ、鯉のぼりの吹き流し」ホーリーは日本人の娘達に得意げな表情を向けた。

「そう思わない？　ベルベル？」

紗也は口笛を一回、吹いた。

ラオは裾のひらひら割れた涼しそうなマタニティーを着ていた。赤や黄や原色の混じった太い縦縞の寸胴の格好は確かに吹き流しに見えないこともなかった。小太りの娘が、やだー、この人、なんでそんなこと知ってるのーと咽ぶように笑い、痩せた娘は薄笑いをしてすき焼きの汁で光る唇を嘗めた。紗也はひとり無言で笑っていた。ホーリーの冗談は外人の青年や娘には通じなかった。ラオも吹き流しは知らなかったものの自分が笑われたことは分かった。乱暴にお茶碗を置くと瞳に強い光をぎゅっと集めて立ち上がった。

ホーリーはぱちぱち瞬きをして真顔になった。

「冗談だよ、ラオ」

つんと彼女は横を向いて、

「卵、なくなった。持って来る。ベルベル、行こう」子供のようにべーと舌を出した。

ラオの後ろ姿を見送りながらホーリーは頭を振って、

「ラオは役者になればよかった」お茶碗を手に取った。「進む道を間違えたのね、きっと」

階段に来ると彼女は手摺りを摑んでぱんぱんと腰を叩いてみせた。紗也は大きく脹らんできた妊婦の尻を後ろから押してやった。ラオはまるで登山でもするような重い足取りで一段一段、上にあがり、ようやく頂上に辿り着くと、ふーっと息をついた。後は紗也の肩に手を置いて彼を杖代わりにして廊下を歩いた。なんだか大変そうだった。紗也は言われるままに部屋のドアを開けて冷蔵庫から卵をいくつか取り出し、ついでに氷をアイスポットに入れて部屋を出た。風船を針で突いたようなぱつっという小さな音がして肩にかかっていたラオの手がずるずると下がった。彼女は腰が抜けたように廊下へぺたんと坐り込んだ。白い太腿を卵の白身のような流れが伝わってきた。

紗也を降ろすと軽トラックはすぐヘッドライトの流れに戻った。律儀なホーリーは館に残りたいという彼の願いを許さなかった。彼は心の中で不満を呟きながらもしかして引き返して来ないかと期待してゆっくり流れていく車の列を見守っていたが、輪郭のぼんやりした白い車体はやがて見えなくなった。紗也はしかたなく投げ遣りな足取りで家路を辿った。すっかり陽は暮れていた。さっきまで侘しい夕焼がしていた空は濃い葡萄《ぶどう》色に沈んでいた。もう夜だった。

街路樹の傍らを通り過ぎようとした彼の足元で、ジジ、という響きのいい乾いた音が聞こえた。驚いて顔を近づけると一匹の褐色の昆虫だった。その油蟬は太陽の余熱が立ち昇るアスファルトの上で誰かの落とし物みたいに無造作に転がっていた。どうやら命が尽きかけているらしくわずかな余力を残した玩具のねじが何かの弾みで戻るように、ジジッ、ジジッ、と啼いた。紗也は瀕死の小さな生きものを壊れ物でも扱うように拾い上げると掌を担架にして大切に持ち帰った。

マンションにはまだ母親の姿はなかった。いつものことだった。紗也は居間のテーブルへティッシュを敷いて油蟬を寝かせると、冷蔵庫から冷凍のドリアを出して電子レンジで温め、独りで夕食を取りながら音量を上げてTVを視た。天井をじっと見つめて思い出したように、ジッ、ジッ、と啼いていた油蟬はだんだん沈黙の間隔が長くなってきた。それでも指先で触れると、ジ、と短く応えていたのにやがてしんとしてしまった。彼は口笛を吹いた。ラオに教えてもらったイサーンの歌を思い出し思い出しなぞった。ひとりの部屋にそれは小さく響いた。母親はなかなか帰って来なかった。留守電にもメッセージは入っていなかった。

トイレへ行きたくなった。彼はわざと陽気に口笛を吹いてドアを開けたが、馴れないものだからすぐに掠れた音しか出なくなった。換気口から車の走り去る音や風のような遠い音が滑り込んできた。習慣的に耳を澄ましている紗也にふと違った音が聞こえた。電線が風で鳴るエオルス音のような音だ。どこから聞こえて来るのか分からないそれには兇々《まがまが》しく不安な響きがあった。ラオの容体が気になってきた。ホーリーは心配しなくてもいいと慰めてくれたものの夕暮れの館の廊下で見た彼女の様子は普通ではなかった。

TVでは十一時のニュースが始まった。この時間になっても戻らなければ母親はたいてい深夜まで働いている。それが一段落して息子の寝顔を見に帰るのは真夜中だからしばらくの間なら外へ出ていても大丈夫だった。紗也はマンションの戸締まりをして（蟬が元気になったら飛んでいけるように少しだけベランダの窓を開けて）近くの駅のタクシー乗り場まで行くと大人に混じって並んだ。運転手は小学生の夜遊びにつきあうのを嫌がって拒んだが、迷い子メモと大きな紙幣に説得されて渋々、車を出した。

館は穏やかな静けさに満ちていた。雑草の群生する庭の古い外灯は電気が通じていないので建物全体が暗く、いくつかの窓から洩れる仄かな明かりが辛うじて人の住みかの輝きを夜の中へ放っていた。プレハブも眠り込んでいるようにひっそりとして真っ暗でホーリーがいる様子はなかった。紗也は足音を忍ばせて館の玄関をくぐった。どこからかＴＶの音が小さく洩れて聞こえているだけで階段にも廊下にも人の気配はない。二階のラオの部屋へ行こうとしたら古い階段は踏み潰された小人みたいな悲鳴を上げた。昼間は気にならない微かなその音が大音響のように感じられて思わず足を止めて周囲を見回した。どこもかしこも静まり返っていた。紗也は息を詰めてゆっくり階段を昇り、ラオの部屋の前で中の様子を窺った。物音も人の気配もまったくしなかった。誰もいないみたいだった。それでも紗也は用心をして慎重にノブを回してドアを細く開けた。

部屋の中の雰囲気は想像と違っていた。そこにラオの笑顔はなかった。彼女はホーリーに付き添われて、脹らんだ腹の上にタオルケットをかけて濃緑のゴムマットを敷いたベッドへ臥し、苦しみの余韻が残る表情で眼を瞑っていた。紗也は不安になった。冷やかに輝く銀色のスタンドから点滴の管が彼女の腕に伸び、壁際のソファーへ洗面器や消毒薬やガーゼや白いベビーバスが置かれて大小のタオルが山積みになっている光景にはどこか不吉な不協和音の響きがあった。強い動悸がしてたちまち口の中が渇いた。入り口に置いた無音の走査線だけが白々と運動するブラウン管をぼんやり眺めていたホーリーは闖入者《ちんにゅう》に気がついて険しい顔で丸椅子を立った。

「どうしたの今頃」廊下へ出てドアを後ろ手に閉めるとホーリーは言った。

紗也は黙って眉を顰めた彼を見上げていた。

「お母さんはきみがここにいることを知っている？」

彼は頭を振った。

「今は真夜中だよ。きみはとっくに寝ている時間。僕がお母さんに叱られる。タクシーを呼んであげるから帰りなさい」

彼は頑なに拒んだ。ホーリーのTシャツに縋《すが》りついてラオに付き添っていたいことを訴えた。

「ラオなら大丈夫。病気ではない。赤ん坊が生まれるかも知れないのね、ちょっと早いけれども」

点滴を受けている彼女の姿が網膜に残っている紗也には彼の言うことが気休めにしか思えなかった。階段の手摺りにしがみついて帰らないという固い決意を示した。ホーリーは涙眼になっている彼を見てひとつ深い吐息をついた。

「分かった。いっしょにおいで」

二人は階下へ降りて老婆の部屋へ行った。志乃は寝ていた。ホーリーはそっと電話をかけた。やがて彼は舌打ちをして受話器を置くと、日本は留守番電話に征服された、と頭を振った。彼等は壊れたオルガンのような音を響かせる古い階段を昇った。ホーリーは紗也に二度と親に無断で夜遊びしないことを誓わせてラオに付き添うことを許した。

部屋に戻るとラオは眼を開いていた。紗也の姿を見て無理につくろうとした笑顔が苦しそうに歪んだ。

「ベルベル」太い息を吐きながら、どうしたの？　という表情になった。

ホーリーは紗也も出産に立ち合うようになったことを告げた。

「そう」ラオは疲れた様子で微笑んだ。「ありがとう」

紗也は頷いた。ホーリーはベビーバスや山積みのタオルをずらしてソファーへ彼のための場所を開けて、少し眠っておくようにと言った。紗也は躰を横にしたものの眠るのは難しかった。頭の上からはラオが刺されたように身を撚《ね》じってゴムマットの擦れる鈍く不快な音をさせ、低い苦しげな呻きを洩らすのが周期的に聞こえてきた。そのたび紗也は身の置き所のない気持ちになった。ホーリーもそわそわ落ち着かずベッドの枕元にセットされた録音器材をいじったり煙草を吸いに廊下へ出たり彼女の手を握って声をかけたり普段の彼と違っていた。ＴＶと壁の鳩時計だけが憎らしいほど淡々と活動を続けていた。

苦しげな呻きには少しずつ差し迫った響きが混じってきた。ホーリーはラオの額の汗を拭き、楽飲みで湯ざましを飲ませようとしたが、彼女は首を振って拒み、口をきくのも辛そうに横を向いて荒い息をした。ソファーに起き直っている紗也と眼が合うと微笑もうとするのだが気遣いはすぐ痛みに踏みにじられた。そのうち雄鶏のように長く尾を引く呻き声を上げてホーリーの手を苦し紛れに強く握った。彼は慌てて部屋を出ると階下から志乃を伴って戻って来た。壁の鳩時計は一時半を過ぎていた。

さっきまで仮眠していた老婆はベッドの側でラオの手を握っている紗也の姿に寝呆け眼を見開いて、

「あら、どうしたの、今頃」と嗄れた声を張り上げた。

ホーリーは早口でさっきラオに告げたのと同じ説明を繰り返し、悠長な彼女を急かすように丸椅子へ坐らせた。妊婦は不安げな訴えるような表情で老婆を見つめた。

「大丈夫だよ」白い割烹着《かっぽうぎ》のようなものを被りながら志乃は軽く言った。「女は誰でも子供を産むんだよ。あんたのお祖母ちゃんだってお母さんだってみんな経験したことさ。心配いらないよ」

手慣れた様子で点滴を外し、浣腸を手にした老婆は男二人を追い出した。志乃はてきぱきとしていた。TVの前で転寝《うたたね》ばかりをしている普段からは想像できない姿だった。許しが出てホーリーと紗也が部屋へ入るとテーブルの洗面器に消毒薬を満たして手を消毒し、産婦のタオルケットを剝ぐと膝を立てさせて脚をMの字に開かせた。露わな黒々とした性

器を見て紗也は思わず眼を逸らした。志乃は解剖台の蛙のように無防備な格好になった彼女の大きく張った腰を叩いて、

「さあ、産むよ。ここに力を入れて。大きな声を出して」と言った。

ラオは腹の底から搾り出すような太い荒々しい声を上げて紗也を怯えさせた。

「もっと力を入れて」志乃はラオの耳元で言った。

ラオはウッと呻いて頬を脹らませた。首に太い筋が浮き出た。

「だめだめ。もっといきんで。もっと」

志乃さん、と傍らで手を握っているホーリーが心細そうに口を挿《はさ》んだ。

「あたしに任せるって言ったの、あんただよ」志乃は叱るように言った。「黙ってしっかり手を握ってやりな。油断してると指の骨を折られちゃうよ」

ラオは二人の会話が耳に入らないのか犬が鼻を鳴らすように呻いて頭を振った。紗也はソファーで金縛りにあったように固まっていた。ラオは人が違っていた。ベッドで悲痛な呻きを上げている彼女には普段の優しく陽気な面影がまったくなかった。それは見知らぬ生きものだった。老婆は腰を叩き、彼女の耳元で、それいきめ、それいきめ、と声をかけて脹らんだ腹を練り歯磨きのチューブでも搾るように雛だらけの手で押した。それに合わせてラオは口をきつく閉じて息を詰め、ウッと呻いて上体を起こし、全身を硬直させて首

に太い筋を走らせ、真っ赤な顔でホーリーの手をきつく握り締め、腕ごと胸のほうへ引っ張り寄せた。その勢いにはタフな彼も圧倒されていた。寝巻の前がはだけて露わになった乳房から汗が流れた。

「お湯」自分の汗を拭きながら老婆が言った。「お湯を沸かして」

ホーリーは祈るようにラオを見つめていた。

「ほら」志乃は彼の脇腹を突いた。「ぼやぼやしてないで、お湯を沸かして」

ホーリーは機械的に頷くと流しに立ち、用意してあった大きな薬缶に水を入れてガスレンジにかけた。紗也に沸いたら教えてと声をかけた。ラオの呻きはクレッシェンドで大きくなって聞くのも息苦しいほどの激しさが加わった。志乃は産婦の脚を押し広げた。太腿がゼリーの表面のように揺れた。

狂おしい熱を帯びた瞳を潤ませて荒い息をし、唇を嚙み破って血を滲ませながら泣きそうな表情でラオは躰を折った。そのたび力任せに引っ張られるホーリーの手の甲には彼女の爪がくい込んで血が滲んでいた。彼の腕にはすでに無数のひっかき傷ができて蚯蚓《みみず》脹れになっていた。部屋中に悲痛な呻きと熱の籠った叱咤と囁くような励ましが溢れて反響していた。紗也だけがじっと息を殺していた。顎が疲れるほど奥歯をぐっと嚙み締めて掌に汗を滲ませていた。

ラオの顔は血の気が引いて真っ白になっていた。紗也は躰の芯が震えた。湯が沸くと老婆の指示で手をぶるぶる震わせて熱く重い薬缶を運び、テーブルの上のベビーバスへ火傷《やけど》をしそうな湯気の立つお湯を注いだ。ベビーバスは一杯にならなかった。彼は流しの水道を捻って薬缶に水を満たした。熱い金属の急速に冷える硬質な音が聞こえた。

「まだ指が三本だよ」と志乃が大きな声で叫んだ。「もう少し、あと少し」

ラオの泣き声が聞こえた。彼女は身も世もなく泣き喚いた。紗也が教えてもらっていない故国の言葉を繰り返し繰り返し悲鳴のように叫んだ。幼い子供が母親を呼ぶような響きは、お母さん、お母さん、と聞こえた。紗也はお湯をベビーバスに注いだ。ホーリーの励ます声が聞こえた。それは彼らしくなく上擦っていた。ラオはウーッと深く押し込むように呻いた。Mの字に開いた脚の奥は血に塗れて息づくように動き、老婆は脱脂綿で汚れを拭き取って性器を押し開いた。ゴムマットは血と褐色の汚物と濁った体液でぬるぬる濡れて光っていた。強い異臭が漂った。開いた脚の向こうの異様に脹らんだ腹越しにラオの痛みに歪んだ汗塗れの顔が持ち上がる。紗也の眼に涙が滲んだ。ラオが哀れでしかたなかった。

壁の鳩時計が三時を差しても分娩は終わらなかった。窓の外の闇には仄かな明け方の兆しが窺えた。ホーリーは立ちづめで産婦の汗を拭き、楽飲みで水分を補給してやっていた。紗也は怠さに変わった眠気と長い緊張のせいで躰が重かった。老婆はとうとうベッドへ上がって産婦の足元に跪《ひざまず》いて作業を始めた。紗也はスプリングの軋みに異質な音の混じるのに気がついた。神経が昂《たか》ぶって異様に聴覚が鋭くなっていた。百キロ先から一本の髪の毛が床に落ちる音でも拾えるようだった。それは呻き声でも嗄れた叱咤でも荒い息使いでもゴムマットの擦れる音でもなかった。聞き憶えのある遠い秘かな響きを持っていた。紗也の耳は習慣的に反応した。

「よし、袋を破るから」

老婆は口を開いた性器にすっぽり手を入れた。途端に水のようなものが流れ出した。ラオの叫びの音量が増して両脚の間から黒いものが覗いた。

「お出ましだよ」

ホーリーはラオの手を離して録音器材に接続しているヘッドホンをつけて、興奮した表情でマイクを産婦の下半身に向けた。縦に裂けた穴は瞑った瞼が開くように脹らんだ。赤ん坊の頭が出て来た。張り切った性器の間から覗く黒いそれは大きな瞳のようだった。老婆はかなり乱暴に小さな頭をひっぱった。それはずるっと滑り出た。皺だらけの手は仰向けになった胎児を捻りながら俯せにし、勢いをつけてひっぱった。ようやく胎児は母体を離れた。赤ん坊を見た途端、なぜか紗也はどきんとした。それは深い衝撃だった。

外気に触れたばかりの赤ん坊は頭も躰も流線型の細長い姿をして肌は青みがかっているように見えた。萎みかけた青い風船のような生きものは精巧に刻まれた瞼と唇を固く閉ざしていた。老婆は赤ん坊の足首を持って逆さまにするとゆさゆさ揺さ振った。だらりと垂れた小さな手は水中の植物のように気怠く揺れた。赤ん坊はみずからの意志では動かなかった。なすがままに力なく揺れて老婆の動きが止まるとぴくりともしなかった。

志乃は赤ん坊をベッドへバスタオルを敷いて寝かせ、ベビーバスの湯加減を確かめ、浸した脱脂綿で血や体液に汚れた無垢《むく》な皮膚を丁寧に洗った。さっきまでの騒がしさがぴたっと止んで部屋には水音だけが静かに響いた。産湯が終わると赤ん坊は乾いた新しいバスタオルを敷いたテーブルに寝かされた。あいかわらず口も眼も固く閉ざしていた。動くことも声を上げることもなかった。紗也の躰の奥深くから抑えのきかない細かな震えが這い上がってきた。気持ちの悪い冷汗が滲んだ。あの音は何だろう。

脱け殻のようになったラオが顔を上げて弱々しい眼差しをテーブルの赤ん坊に向けた。老婆はタオルで自分の手を拭きながら疲れきった顔でホーリーを眺めた。彼はヘッドホンを外して首にかけ、ステレオのテープを確かめてスイッチを入れた。

部屋の隅のスピーカーからはしわぶきのような微かな響きが洩れ、そのうちさまざまな音が流れ出した。爪が硝子をひっかき、夜の石畳の街路を夜警が歩き、ビルが爆破され、性器が擦れ合い、レジスターが勢いよく舌を出し、転轍器《てんてつき》が接続し、アコーディオンが大道で奏でられ、蝿が飛び交い……。

ホーリーは老婆に代って赤ん坊をゆさゆさ揺さ振り、青い母斑が浮かんだ尻や濡れて撚じれた産毛の密集する背中を叩いて湿った音を響かせ、同じ動作を機械のように繰り返していた。紗也は発熱したように震えていた。沈黙の肉塊から血と体液の混じり合った醜い匂いが漂った。吐き気がした。彼の耳はだんだん明らかになるあの音を聴いていた。

スピーカーからはおよそ人の聴き取れるありとあらゆる音が響いていた。アメーバーの増殖する微小な音や火山が爆発する大音響があった。群衆が死者を悼む巨大な沈黙とサバンナの夜明けに広がる果てしない静寂があった。トゥーランドットのアリア、深海の海流が動く音、獣の獰猛な唸り声、火葬の音、スタジアムでの歓声と拍手、晩鐘、猫の甘え声、0時を告げるビッグベン、ささやき、宝石が緻密に触れ合う音、時間が過ぎる音、ものを咀嚼《そしゃく》する音、地鳴り、酒樽を割る音、心音、ザトウクジラの歌、蝗《いなご》の大群の飛ぶ音、戦争で人が殺される音、子供の笑い声……この世のすべてのものが振動し、音を発し、共鳴し、交響していた。

紗也には聴こえた。最近ずっと彼を悩ませていた音が露わに聴こえた。それはトラックに撥ねられて内臓をぶちまけたシャム猫の声や脚をもがれて川へ捨てられたイモリの声や庭石の下敷きになって潰れた鈴虫の声や、紗也が殺めた無数の小さな生きものの断末魔の叫び、彼の内側から涌き上がってくる音だった。彼は気がついた。赤ん坊はその叫びを身に纏《まと》っていた。その叫びが赤ん坊の輪郭を描いていた。震えはますますひどくなって膝ががくがく笑った。眼から涙が溢れた。泣けよ。彼は心の中で声にならない叫びを上げていた。泣いてくれよ。大きな声で泣いてくれよ。思い切り泣いてくれよ！

老婆は精魂つきたようにベッドへ崩れ落ちた。ホーリーは赤ん坊を抱いて祈るように揺さ振り続けていた。ラオは彼女の産み落とした命に故国の言葉で泣きながら呼びかけた。やがて部屋を無数の声が響き合う壮大な声楽曲が覆うとナイフのような高音域の声が分厚い音の層を鋭く貫いた。それはどこまでも轟いていく天籟《てんらい》のような響きを持っていた。紗也の喉は畏れとホーリーの祈りとラオの呼びかけに交響して震えていた。声は痙攣のように不器用に迸《ほとばし》り出て、ソプラノの透きとおった音をさせ、彼が奪った無数の声を鎮魂し、よみがえらせようとするかのように青みがかった夜明けの空へ響きわたった。

ホーリーは小さな赤ん坊を窓から射してくる光の中へ高く捧げた。

初出・底本：『文學界』一九九二年六月号［発表時作者三三歳］

## 第一〇七回芥川賞選評より〔一九九二（平成四）年上半期〕

**吉行淳之介**　村上政彦氏は、以前の候補作の「ナイスボール」が印象に残っていた。（中略）微細な音の採集からはじまって、複雑な話をよく調べまとめ上げていた。しかし、十分な票が集まらなかった。

**古井由吉**　私としては、音の脅迫にたいしてずいぶん闊達な態度を守って、救いらしきところへ浮上した「量子のベルカント」に惹かれたが、無機的な整合の世界と、それで内面を支える人物へ綿密に付いて、それによって作品の情念のボルテージをじわじわと高めた、「運転士」のほうがやはり一枚上か。

**田久保英夫**　私は村上政彦氏の「量子のベルカント」に注目した。口のきけない小学生の少年と、音を蒐集する日米混血の外人との交流を描き、音響を通して万象の始源に迫ろうとする。この種の専門の研究もあろうが、それとも違う形で生活の中の音に徹底し、小説的イメージに転換する力を感じた。

**村上政彦**　むらかみ・まさひこ

一九五八年（昭和三三）年、三重県生まれ。玉川大学文学部中退後、業界紙記者、学習塾経営。八七年、「純愛」で、吉本ばななとともに海燕新人文学賞を受賞し、作家生活に入る。九一年「ドライヴしない？」で第一〇四回芥川賞候補になってから五回候補になる。九八年、第一〇五回候補になった「ナイスボール」が、「あ、春」と題され、相米慎二監督・佐藤浩市主演で映画化された。著書に『トキオ・ウイルス』『ニュースキャスターはこのように語った』など多数。二〇一四年からはウェブサイト「ムラマサ小説道場」を開設。新人・若手の育成に力を入れている。日本文藝家協会常務理事。二〇二〇年には『台湾聖母』（コールサック社）が出版された。

# 後生橋《グソウ》

小浜清志

雨は降り止まなかった。一日中泣く童と、一日中降る雨はないとの言い伝えのあるこの島で、まる三日間雨は降りつづいていた。

「天が破れてしまったかや？」

一間しかない畳の座敷で三味線《サンシン》を弾いていた父の廉勝《れんしょう》が、指を止め万里《パンリ》に嘆くように言った。万里は雨にぬれた身体を台所の板間で横になって休め、夕闇で次第に見えなくなる屋根からの雨だれを見ていた。三味線が止まると地面を叩く雨の音だけになった。万里はウナリ森へ行こうと決心して立ちあがった。胡坐《あぐら》をかき、三味線を抱えている廉勝の着物の裾がはだけ、ふんどしがのぞいている。廉勝が万里の決心を見透かすように言う。

「いえ、パンリ。うわや童のくせして、またウナリ森へ行くんと？」

廉勝の嫌味を無視して万里は台所の土間に降り握り飯を作るついでに、自分の腹にも納めた。台所の土間から板間そして畳の座敷と一つの空間しかない家であるから、万里の動きは廉勝にまる見えであるはずだった。万里はそれでも背を向けたままウナリ森へ持っていく飯の支度に取りかかった。竈《かまど》に火をくべ何日か前に獲ってきたグルクンに竹串を刺した。琉球列島の南西はずれにあるこの島でもグルクンは姿と味の良さで客のもてなしなどに重宝されていた。口を薪に寄せて息を吹きかける。薪のはぜる音もウナリ森へ行く後ろめたさを刺激する。炎が揺れ勢いがつくと、頬が熱くなる。万里は廉勝の前で欲望をむきだしにしている羞恥も加わり顔中が赤くなった気がした。

　グルクンの焼ける匂いが広がる。三味線を弾こうともせず、最も効果的な揶揄《やゆ》を探しているだろう廉勝の視線を背後に感じた。魚を裏返すと匂いは更に強くなる。万里は竈の火だけを見ていた。そして、支度ができたら一刻も早く廉勝の前から姿を消そうと考えた。ウナリ森へ行くことよりも廉勝の前から逃げ出す方がより重要なことに思えてくる。

　焼きあがったグルクンをユウナの葉で包み、更に握り飯も一緒に今度は芭蕉の葉で包み最後にそれを風呂敷にくるんで腰に巻きつけた。台所の土間から表にでようとして背後を見た。自分をずっと監視していると思っていた廉勝は、台所に背を向けずい分と暗くなった庭を見ていた。万里は廉勝の視線を感じつづけたことが徒労であったとの悔いを覚えながら、今度は少しゆったりとした気分で廉勝の背を見た。物音で何もかもわかっているだろうにこっちを見ようともせず、かすかな庭の明るさを背景に石像のような黒い影をつくる廉勝に声をかけた。

「出掛けてくるんど」

廉勝は何の反応もしない。万里が不安になってもう一度声をかけると同じ格好のまま舌打ちをして言った。

「やっぱり、まだ童とゆう」

万里は廉勝から二度も子供扱いをされたことに腹立ち喧嘩腰で聞いた。

「何が童とや？」

ふり向く廉勝の顔は黒い輪郭だけで表情が見えなかった。それでも廉勝が見下したような顔をしている気がして声をあらだてた。

「ウナリ森にいく年齢は、とうの昔にできてるどお」

「年が来れば、誰でも魔羅《まら》は立つ。しかしそれだけでは男じゃないらみ」

声はまったく違う方向から聞こえるようにも思えた。廉勝は諭すように、犬猫じゃあるまいし、年中ウナリ森のことだけを考えないで、もっとほかのことも考えろ、と険を含んだ声で言った。そんな忠告は聞きあきていた。廉勝だって若い頃はさんざんウナリ遊びをしたが故に、あらぬ噂が残っているじゃないかと万里は思ったが、口には出さなかった。何を言われようと、火のついた欲望は簡単に消えない。廉勝が舌打ちをして言った。

「それに、雨で他の人が来ないと思っているらみ。それが、童の証拠とゆう」

万里は廉勝の言うように雨でウナリ森へ登る人が少なくなるとの目論見で決心を固めた

のだった。それを童の浅知恵だと廉勝は唾棄するように言う。しかし、今更後には退けない。かといって何の口ごたえもせずに出掛けるには悔しい。しばらく睨み合いの沈黙が流れた。万里はいつでもとび出せる格好で挑むように言った。

「言いたいのはそれだけかや？」

ちょっと以前なら、そんな口のきき方をすれば、とびかかってきたものだが、最近は黙っている。こうして少しずつ力の均衡が崩れていくのだと思うが、どこか物足りなさがある。万里はじっと黙っている廉勝に今度はいたわるように言った。

「夕飯は、梅叔母に頼んでおくどお」

「あがや、飯くらい自分で炊ける」

廉勝がむげに断る。万里はどうしてこう歯車が合わないかと苛立ちながら、勝手にしろと言い残し土間をでようとしたとき、まだ話は済んでないと、廉勝が引き止めた。足を止め首だけを捻った。

「この家を見れ、座敷が一つしかないどお。ウナリ森へ行く暇があれば、がんがんと山へ入り木を伐り出す算段くらいできんかあ」

廉勝は家の小ささみすぼらしさをだらだらと喋る。

「もう少し待ちたぼうれ、今に驚《アボ》くような家を造る」

「あがや、もう聞きあきた。母が生きていれば毎日泣くんどお、これでは嫁も取れん」

万里は死んだ母のことを言われるとそれ以上言い返す気がなくなって、表にでた。台所に面している井戸の周りにできた水溜りが光っていた。折あるごとに小言をいわれてきたが、家を普請するための準備は進めている。ただその進捗具合が芳しくないだけだ。万里は胸の裡で悪態をつき、水溜りに唾を吐きすてた。母屋と並んでいる物置小屋で雨合羽を身につけると周囲を用心深く眺め庭からでた。家の前に繋っているアダンの形がぼんやりと見えるだけですっかり夜になっていた。アダンの枯葉にあたる雨が乾いた音をたてていた。万里は家の前の小道から村の真中を走る道へでて進み、橋の手前で止った。そこを右に折れればウナリ森への登り坂になる。橋が黒い固りとなって川を横切っている。向こう岸の雑木林がかすかな影をつくっている。水牛を十頭つなげたほどの川幅ではあるが、複雑な窪みのある川底のせいで流れは激しかった。それに、河口から入ってくる潮が川とぶつかると三角波がたち、川の流れは渦を巻いた。それが故に、橋は何度も壊されたという。村人は前城橋という正式な名称で呼ぶことなく、後生橋《グソウ》と呼んでいた。死んだあとにあるという世界へ架けるほど普請が難しいとの意味であったが、村人は畏怖と有難みを込めて、そう呼んでいた。川面のあちこちが光っていた。三日間の雨で増えている水量が夜目にもわかる。いつもと違う水の流れる音が届いた。たえ間なくつづく音を聞きつづけていると、大勢の人が口々に呪文を唱えているような錯覚におちいる。万里はしばらく立ち止り橋を眺めて、ウナリ森へ向かった。

ウナリ森の頂近くになると線香の匂いが、生い茂るヤラブの樹の間から漂っていた。年々枝を広げる本堂の周りのヤラブの樹に、雨はさえぎられていた。月があったとしてもこの付近にくると深い静寂と闇だけになる。丈の高いヤラブの樹のてっぺんに降り注いでいる雨の音が遠くに聞こえる。

ほとんど手探り状態で歩いてきたが、道を間違えることはなかった。生まれてこの方もう何十遍と通い慣れた道であった。童の頃は祭りがあるたびに登ってきた。樹の幹に触れただけでそれが本堂からどの位の位置にあるかぐらいはすぐにわかった。雨ですべる道を用心しながら足を運んだ。

本堂を間近にして五年前に切り倒したヤラブの切り株に腰をおろして息の乱れを整えた。水を含んだ切り株は着実に朽ちているのが、指の感触でわかる。ウナリ森の頂で道は終っていた。そこから奥まった所にある本堂までの間には草一本なく、等間隔でヤラブの樹が立ちそびえる。道からは円形の本堂、そして、一番奥まった位置にウナリの籠もる願い小屋という順に建物が配置されてある。

家を出てから歩きづめの身体は汗ばんでいた。雨合羽を脱ぎ切り株の後に置いた。そして、ここまでの道すがら幾度も確かめてきた腰の包みを手でふれ、息を深く吸った。いよいよ目的の本堂へ入るのだと思うと万里は緊張した。村の長老たちからウナリ森への出入りを許されて三年が経っていた。その間、月に一度ウナリ森へ籠もるウナリを求めて足繁く通った回数は正確に覚えているのは八回までだった。だが、何度来ても本堂に入る直前に感じる緊張は消えなかった。廉勝ならそのことも童の証拠だというかもしれないという気がしたが、万里は股間に手をあててその考えを払拭した。布越しに触れたものは本堂を前にしているだけでいきり立ち固い吐息をしている。

万里は手の刺激でますます張ってきた股間を押さえながら入口へ向かった。最初の入口は先に来ていることを示す棒が横になっているのを手で確かめた。どの入口も左右に浜福木が植えてある。先に入った者は立てかけてある棒で入口を塞ぐように二つの浜福木に棒を渡す。雨であるから登ってくるものが少ないと予想したことはやはり父の言ったように浅知恵であったのかという思いは、次の入口にも棒が横になっているのを確かめて深くなった。この分だと七つある入口にすべて棒がかけられているかもしれないと諦めながら、本堂をぐるりと回るように設けてある入口の三つ目へ向かった。何もかもが手探りであった。いつの間にか股間の張りは萎えていたが、三つ目の入口が開いているのを発見すると同時に元に戻った。

万里は手首ほどの太さの棒を用心深く浜福木の枝に差しこみ中へ入った。年に一度の豊年祭では村人のすべてが収容できる広さの本堂の内側はひときわひんやりとした空気が、漆黒の闇に淀んでいた。草履を脱ぎ地べたに座った。眼を開けていても閉じても視界は同じだった。祭りの最後の夜に篝火《かがり》がともされる以外、本堂を含むウナリ森に明かりが入ることはない。耳に入ってくる音もほとんどない。闇と静寂につつまれていると意識が希薄になってくる。万里は自分の外に最低二人の人がいるということに思い当った。それが誰なのかはわからないが、同じように地べたに胡坐をかきウナリの登場を息をひそめて待っている姿を想像してみた。しかし、闇の深さが想像さえも奪っていく。冷たかった地べたの感触が薄れていくと身体が失われていく気がした。咳払いを聞いたように思った。だがそれはすぐに静寂にのみこまれ空耳のような気になる。何もかもが実感を失っていく。時間の感覚も消え、自分がどこに居るのかも定かでなくなってくる。手を動かしても動いているという感覚はない。指で股間をさぐった。布の感触が伝わるだけで、それが身体の一部だとは思えなくなる。

万里は自分が眼を開けているかどうかもわからなくなっていた。時間の止まった闇の中を浮遊し、夢を見ている気分だった。身体が闇と融合し曖昧な意識も途切れがちになる。夜の海に浮かぶ小さな篝火が見え隠れするように、自分が居るという手応えのない感覚だけが去来していた。堅牢な闇は安らぎでもあった。耳に届く音は無音であった。万里は闇に居るだけで、何かがそがれていくのを常に感じた。仕事の疲れも、生活の悩みも闇が溶かしていく気がする。

遠くに海鳴りを聞いていた。一定の音でゆっくりと近づいてくる音が、海鳴りではなくウナリの歌声だとわかるまでに、しばらくの時間がかかった。遠のいていた意識が歌声に呼び覚まされて戻ってくる。それでも不動の闇に融けたような身体の感覚はきえたままだった。

闇と静寂に押し潰されていた意識が捉えるウナリの歌声は、思わず聞耳をたてるほど新鮮で温かかった。耳を澄まし歌に聞き入っていると、いつか夜の海で漂流し、空が白みかかったときの興奮が甦ってきた。歌の流れる方角に明かりがともるような錯覚があった。

ウナリは願い小屋から出てくると、男衆の持参してきた食料を山ごもりの空腹をみたすために集めていったん戻る。そして、再び現われると相手の男を一人だけ連れて行く。そのために相手を選ぶ基準が食料の良し悪しではないかとの噂はあったが、まったく信憑性はなかった。事実、万里が初めて選ばれたとき、握り飯だけだった。

歌声がより明瞭な距離になると、万里はほてってくる顔を掌で撫でてその場に立った。そして、ズボンを結んである藁縄《わら》をほどき、下半身をむきだしにした。しばらく萎えていたものは脈を打っていきりたっている。歌声はあちらこちらから反響するように聞こえた。間近にいることは確かだが、それがどこなのかははっきりとしない。思わず手をのばしてウナリの位置だけでも確かめたくなる衝動をこらえ、下腹に力を入れた。脈打っているものを必要以上に勇ましくさせようとの虚勢だった。なかなかウナリの手はのびてこなかった。居合わせた者のなかから一等たくましいのをウナリは好むとの噂もあった。ウナリ森へ籠もっている三日間ウナリが村の安穏を祈願する以外、何をしているかはまったく不明だった。後継の子種を得るために男衆を選ぶ基準もすべてが不問にふされていた。だが、万里のように嫁もなく手筒に飽きたものはウナリ森へ登ることが唯一の愉しみでもある。

闇の一部が揺れたと思った瞬間、ひんやりとした指が陰嚢から魔羅の腹をさっとひと撫でした。思わず洩《も》れそうになる声を掌で押さえ、再度触れてくることを期待した。だが、まるで何事もなかったように歌声が遠ざかっていく。万里は誰からも見られることのない闇であるとしりつつも、ズボンを引きあげ藁縄を結ぶとその場に座った。もしやと思い目の前に手をのばすと、中身はなくなり折り畳まれた風呂敷が残っていた。この闇の中でウナリがどのようにして風呂敷を見つけ男の股間を正確に触れるかはなぞだった。長い時間をかけ歌がゆっくりと本堂を一周しぷつりと途切れた。

歌声を聞いていた耳にふたたび静寂が押し寄せてきた。それは台風の吹きつける轟音にも似ていた。まったく物音のない静けさと耳をつんざく轟音は何かが似ていると考えながら、万里は少し寝たように思った。ウナリ森へ登ってきた緊張がウナリの試し触れの終わりで解放されていた。歌声は消えてもふとした拍子にその残音が耳鳴りのように甦った。

万里を生んですぐに産後の肥立が悪くなり息を引き取ったという母が夢に現われた。洗い髪を揺らして母が手招いている。懸命に走ろうとするのだが足が動かない。母は口元に笑みを浮かべゆっくりと手をふる。しかし万里が来ないとわかると顔を曇らせる。違う、違う、足が動かないとゆう、万里は自分の足元を指差し必死で歩けない理由を訴える。だが、母はそれを見ようともせず悲しそうに首を振っている。その時、誰かが肩を叩いた気がした。

万里は朦朧とした意識で辺りを見回してみたが見えるものは闇だけである。ふたたび肩が叩かれた。そのことで身体がひとりでに動いた気がした。闇の中でひんやりとした指が手を握ってきた。ウナリに選ばれたんだと思うが、それは夢と現実のはざまにしか感じられない。見えないはずの闇を眼を見開いて眺めた。夢ではないと言い聞かせる。それでもなにもかもがぼんやりとしている。

手をひかれるままに歩いた。地べたの感触が素足に一歩ずつ甦ってくる。それでもまだ現実味はない。手を握られて先導されていた。相手の指を握り返してみたが何の反応もなかった。

本堂を出ると石畳の固い感触があった。しかし闇はどこまでもつづいている。そこから先は例え豊年祭であろうと入ることのできない場所であった。皆目見当はつかない。それでも何かを知りたいと願い空いている手で周りを探った。だが、手がかりになるようなものはない。

藁を敷きつめてあるだろう上に座らされた。かすかに汗の匂いのしみた夜具が手に触れる。その瞬間、万里は少しだけ怯える。いきなり刃物で切りつけられてもまったくの闇であるから防ぎようがない。ややあってかしこまった声がした。

「後継ぎを授からせて下され」

ウナリは儀式めいて言う。その声は普段村で見かけるウナリとは似ても似つかなかった。本堂で聞く歌声もそうであった。まったく別人ではないかと疑ってみるが、それを調べる手だてはない。帯をとく音がする。万里もあわてて服を脱いだ。そしてウナリが肌を寄せてくる。なぜか肌の感覚は稀薄で、頭の芯の欲情さえも大きくはならない。しかし、一定の至福感は流れる。最後の一瞬だけ閃光が破裂し身体が硬直するが、至福感はつづいていた。

事が終わると同時に肌がさっと離れ、礼をのべる声を最後にウナリの気配は消えた。万里はしばらく座って様子をうかがうが吐息すら聞こえない。仕方なく服をまとい立ちあがる。手探りで探しあてた壁を伝って進んだ。ずんぶんと長い間、闇の中にいるのだがまったく何も見えてこないどころか、更に闇が濃くなっている。壁が途切れると石畳の感触を頼りに本堂へ戻った。本堂へ入る前に背後を振り返ってみた。けれども何も見えない、闇が立ちはだかっているだけだった。ふと、願い小屋は洞穴になっているのではないかとも考えたが、それはどう考えても答えのでない問題だった。

本堂を抜け雨合羽を隠した切り株まで戻ってくると、もう一度ふり向きウナリ森を後にした。

太郎の声で眼を覚ました。随分と長い間寝ていた気もするが身体を起こすとまだ眠気が残っていた。太郎は板を二枚合わせて造っただけの縁側に腰を下ろして腕組みをしていた。廉勝の姿はなかった。万里はズボンだけを穿くと寝床にしている台所の居間から太郎の所へ向かった。板の軋む音が昨夜の廉勝の嫌味と重なる。太郎が首を捻って万里を見るとにやりと笑った。

「うわや、昨夜ウナリ森へ行ったん?」

「我《ワン》の楽しみはそれぐらいしかないどお」

「して、どうなったん?」

万里は返事の代わりに腰を前後に振ると、並んで座った。雨は小降りだがまだ降り止まなかった。空気は冷えていない。太郎が疑うように問いかけた。

「どの入口で待っていたん?」

「三つ目」

「我は四っ目に居たどお」

太郎はなおも疑いを消さず小声になり顔を近づけた。

「まだウナリの匂いが残ってる、嘘だと思うなら嗅いでみるん?」

万里がいきなり立ち上がってズボンに手をかけると太郎が尻をずらし首を横に振り、もういいと言った。太郎は肩を丸めるとしばらくして悔しそうに洩らした。

「我は、三日間登っているさあ、だのに一度も選ばれん」

「あれは運だ、今に選ばれるどお」

太郎は敢えて返事をしなかったが、うなだれたまま軒先から落ちる水滴が地面にくぼみをつくる様を見ている横顔から察しはついた。万里ははっきりと残っている昨夜の出来事を思い浮べながら、あの深い闇に太郎も同席していたことを考えた。そして、突然に昨夜感じた疑問を聞いてみようという気になった。誰もいないとわかっていてもウナリの噂をするときは周りに目がいく。細かい雨が落ちる庭の垣根にしてあるユウナの木の先の小道に人影がないことを確かめ、それでも用心深く小声で聞いた。

「ウナリは本当は誰かや？」

太郎は聞き流したのかと思ったが、少しの間を置くと急に怯えた眼で、万里と同じように素早く周りをみて、何をいいだすのだといいたげに顔を向けた。

「昨夜、ふと思ったけど、声も身体つきも普段見かけるウナリとは、別の人に思われてならん」

ウナリは、考えてみれば、父の廉勝よりだいぶ分年下ではあるが、決して若いわけではない。太郎は山羊と交わるよりいいというが、万里にはそのことが納得できなかった。太郎は幼い時からのくせで緊張してくると眼をしばたたかせる。それでも興味深そうに顔を寄せた。

「何か判ったん？」

「そんな気がしただけださあ」

万里とてでたらめな作り話をするわけにはいかず、昨夜本堂で耳にした歌声を思い出しながら太郎に聞こうとしたとき、梅叔母が庭に入ってきた。村で唯一人若い頃街へ奉公にでたことのある叔母は毎年一着は作るという芭蕉布の着物を着ていた。叔母は包みを抱えていた。二人が急に黙ったのを見て怪訝な顔をした。

「若衆が朝からなんの密談かや？」

叔母は油の匂いのする包みを万里の前に置いた。そして、今夜はウナリの飯当番だから、これを持っていくようにと付け加えた。万里は飯当番の日をいつも心待ちにしているが、太郎の手前あえて忘れていたと嘘をつくと、叔母が叱った。

「ようよう、村中の笑い者にならぬように、夕方になれば、ちゃんと届けるんよう」

「童じゃないから大丈夫」

万里は叔母のいつもの気づかいに感謝して頭を下げた。どの家にも家の守り神としての女性がいて、祭事や儀式の指示をふるった。そして、その代表格が村のウナリとされていた。梅叔母は万里が嫁を貰うまではこの家のウナリのような役割を自認している。

「届けるときの口上は覚えているん？」

万里は叔母に童じゃないと言ったのにもかかわらず童のように強要されてウナリの家へ届けるときの口上を言わされた。

村人のために祈願をつづけられるように食事を届けましたという決まり文句であったが、万里は二度もくり返して言った。

叔母は帰りぎわ、今夜どぉ、と再度念を押した。叔母の着物から廉勝とは違う匂いを嗅ぎながら、後ろ姿を見送った。ウナリとさして年の変わらぬ叔母も、昨夜と同じことができるだろうかと万里は思ったが、あわてて自分の空想を打ち消した。叔母の姿が見えなくなると、太郎が話のつづきを催促してきた。万里が言い淀んでいると太郎が言った。

「ウナリが別の人だと言ったんどぉ」

「違うさあ」

万里は太郎の断言を別の人のような気がすると訂正し、疑問を口にした。

「うわも昨夜の歌を聞いたかや?」

万里はあの年であのような声がだせるかと重ねて聞いた。

「言われてみれば、別の人にも思えるん」

「やっぱりそう思うんか」

万里が同調を催促すると太郎は頷き、それからと、その後のことを聞きたがった。

「乳を触ってみたさ」

「手でなぁ！」

太郎は口に出した自分の声の大きさに驚いたように身をすくめ、本当にと聞き直した。ウナリの肌を手で直に触れることはできなかった。自然の成り行きで肌が触れる以外にちょっとでも不自然な動きがあれば痣《あざ》ができるほどにつねられるばかりか、時には追い出されることもあるという。万里は間違ったふりをして乳を触ったと言い直した。もしそうであっても痣をまぬがれることはない。

「痛かったん」

何度も痣をつくるという太郎が痛みを思い返すように顔を歪めた。

「ウナリは何人の童を生んだとや？」

太郎が片手の指を順番に全部折り曲げた。

万里は言おうかどうしようかと迷った末に、年も年だし、あれだけの童を生んだ割りには乳の張りがありすぎると結論を出した。突然に太郎が笑いだした。その笑いが理解できず、万里は少し憮然とした。

「女の肌は、幾つになっても変わらん」

太郎の断言が頭にきた。しかし太郎は自信のある顔で、言った。万里は疑問を否定されたことで腹立ったが、それ以上言い返すことはできなかった。太郎はこの話題を打ち切ったというように、秀二の所で酒を呑もうともちかけた。いつにない太郎の自信あり気な態度が気になった。

「雨は止みそうにもない、行くどお」

太郎は立ちあがって催促した。万里はしばらく渋ったが、泡盛の一升瓶を隠してあると告げられ腰をあげた。

弧を描いて繋っているアダンの葉にぶつかった雨が跳ねている。それはアダンの両側についている小さな刺がとび散っているようにも見えた。雨でなければ、直線の村の真中を走る道の先に後生橋が見えるはずだった。太郎が空を見上げて足を止めた。

「橋は大丈夫かや?」

万里も気にはしていることだった。三代前のウナリの年に完成したという橋は、村と川向こうの耕地を結ぶ重要なものであった。祭りのとき弥勒《ミルク》の面をかぶる村長を先頭に、村中を練り歩く行列は橋で終る。橋を作った先祖をたたえ、橋の安全を祈願する。そこで衣装をとき、ウナリ森へ向かい祭りが終る。

「昨夜は大丈夫だったん」

太郎がちらっと疑いの目を向けると、万里はウナリ森へ登る前に見たとつけ足した。

「あれから、まだ止んどらん」

「でも、ずっと小降りどお」

太郎は何も言わずに歩きだした。草履からはねた水滴が、ズボンの裾にかかっている。

これまで幾度も台風に打ち勝ってきた橋である。万里は太郎と歩調を合わせながら目を細め先を見た。だが、間遠に立っているモクマオウの何本目かあたりで視界は途切れ、後生橋は見えなかった。

後生橋の下を流れる河に沿って海へせり出しているのがウナリ森だった。常緑のヤラブの樹におおわれているウナリ森もくすんで見えなかった。村はウナリ森と急勾配にそびえる山にはさまれる位置にあった。村全体が見渡せる山寄りの高台に建つウナリの家の村で唯一の瓦屋根も雨でくすんでいる。泡盛を隠してある、ウナリの家の裏手の雑木林へ向かった。

ウナリの家の前を通るときラジオから流れる音楽が聞こえた。雨のせいか音はくぐもっていた。

石垣で囲まれたウナリの家はひっそりとし音楽だけが軽快だった。門を横切るとき閉まっている雨戸が見えた。ウナリの産んだ唯一人の女《ミドン》である小ウナリ《グマ》の姿が見えることを期待していたが無駄だった。

「早くウナリが交代せんかな」

太郎は門をすぎても家を覗きみようと二三度とびあがって、照れるように言った。万里はそのことを思うと複雑な気持になった。幼い頃から万里を慕っていた小ウナリが、昨年の祭りの夜、突然耳元で囁いた言葉が甦った。三味線が乱れ鳴り太鼓が叩かれ、広場一杯に踊りがくり広げられていた。手も足も自由気ままに動かす、モーヤ踊りに次々と人が加わる。万里は酒が入ると絡む梅叔母の夫につかまっていた。モーヤ踊りの三味線が鳴りだすと身体はうずうずしていたが、酔った勢いの話は切れなかった。踊りの輪から抜けだした小ウナリが万里を踊りに誘った。これ幸いと立ち上がる万里はすぐに手を動かした。そのとき、小ウナリが耳元に口を寄せ、我を嫁にせんかあ、と言った。万里は一瞬意味をのみこめなかった。踊りを止め、聞き返した。しかし、小ウナリはすぐに腰をふり踊りの輪の中へ入って行った。万里も年に一度の祭りに溶けこんだが、小ウナリの言葉は頭の芯にこびりついていた。酒の入った冗談ともとれる言葉であったが、まっすぐに向けられた眼が消えなかった。あれから直接口をきいたことはなかった。それでも、あのときの真意が何であったのか万里はもう一度問い質したいと願った。

泡盛をかかえ、秀二の家への近道を通ろうと密集するアダンの森へ入ったとき、雨が強くなった。二人は雨足が弱くなるのをアダンの下で待つことにした。獣道であったのをいつしか人間が通るようになったアダンの森の道は、トンネル状になっており雨は落ちてこない。幼い頃、遊びに飽きるとこの場所によく忍びこんだ。太郎も丸くなっている出口の空間を眺めている。

「秀二は、この場所で遊んだことがあったん?」

太郎に聞かれて万里は遠い昔を呼び起こしてみたが、はっきりとは浮かんでこなかった。

「秀二はいつ里子で来たん？」

万里はそのことも正確に覚えていなかった。物心ついた頃にはいつも一緒に遊んでいた記憶はあるが、いつからであったのかわからない。慶田の長男が生まれてすぐに亡くなってから、秀二が養子として来たという。実質は慶田家の跡とりになるがあえて秀二という名前になっている。太郎が万里を横目で見ながら何かを言いたそうな表情をしている。万里はそれを察しながら、腰を折って足元に生えている幼い草を引き抜いた。まったく陽が差さないのに芽を出す草が不思議だった。芽を出した倍以上の白い根についている泥を指先で丁寧におとした。何の草かはわからないが違う場所に移そうと思った。太郎はそんな仕草を漠然と見ていたが、意を決したように口を開いた。

「この前、聞いたんだが、秀二はウナリの童かも知れんとさあ」

万里は反応をしなかった。その手の噂話は酒になれば必ずといってよいほどどこかで誰かが口にした。ウナリの後継とされている小ウナリが、廉勝の種らしいとの噂は未だに根強く残っている。引き抜いた草の根を見ながら太郎のつづきを待っていた。

「秀二は初め種取島へ里子に出されたん、それから、波手島に貰われたとゆう」

ウナリは男の童を産むとすぐにあちこちの島から要望のある里子に出し、女の童だけを育てる。太郎が言うようにウナリの産んだ四人の男の童はどこかの島で生きているし、何かの都合で戻る形になることもあるだろう。だからと言って秀二がウナリの童とする証拠はどこにもない。

「秀二がウナリ森へ登る資格を与えられないのは、そのためだとさあ」

万里は反論しかけたが、引き抜いた草を結局元の場所に植え直しながら考えた。一度、島を出て生活をした者や、他の島から来たものは、条件が整っていてもなかなかウナリ森へ登る長老たちの許可がでない。秀二の場合もそうだと思っていたが、それにしても秀二は歳月がかかり過ぎている。不自然といえば不自然であった。しかし、事ウナリに関する噂を公然と口にすることはできない。

「もし、そうであるんなら、秀二は不運さあ」

太郎は言葉とは裏腹に楽しそうに言うと弱くなった雨に目を止め腰をあげた。

「さあ、酒どお」

太郎はアダンの繁みを抜けでると、背伸びをして声を張りあげたが、急に肩をすくめ助けを求めるように万里を振り向いた。万里の隣家の風呂敷婆がパテルマ草の草むらから竹籠を抱えこっちを見ている。雨になると這い出てくるかたつむりを獲っているのだろう。行く手を塞がれた格好になり太郎は立往生していた。

婆はある年砂糖船に乗っていた女がはいていたスカートを真似て、風呂敷を腰に巻いているところから、風呂敷婆と呼ばれていた。廉勝を慕って出入りしている風呂敷婆にはいつも世話になっている。万里は愛想笑いをして近づいた。婆は太郎に向かって露骨な嫌味を言った。

「アダンに隠れ、何の相談をしてたん」

太郎が苦笑する。

「嫁を取ろうと思ってさあ」

婆は竹籠を下に置き、太郎に詰め寄った。

「何処から取るん？」

「街にいけば、大勢の女が居る」

「街？」

婆は顔を歪めた。そして心底心配するように一段と声を低くして言った。

「街はダメ、人殺しも盗人も居るん、ああ、怖い怖い」

婆は街を想像するだけでも怖くなるというように首を横にふった。万里は一年に一度やってくる砂糖船の船員から街での人殺しを聞いたことが今でも信じられなかった。婆でなくても街は怖いと思うが、梅叔母が勧めるように街へ出て働こうかと考えることもあった。

婆が急ににこやかな顔で太郎に告げた。

「街に行かずとも、いい女は居るさあ」

「何処に」

「うり、目の前に居る」

太郎があきれ顔をすると、婆が風呂敷の真中をさして言った。

「ここも、まだ新品どお」

婆が言いながら万里を見た。万里は婆の言わんとしていることがわかっていた。婆も廉勝も二十年以上も前につれ合いをなくしている。婆が出入りしているのは、後妻を望んでのことであるだろうが、廉勝は何の関心もみせなかった。太郎が婆をからかうように新品かどうか見せろと絡んでいた。婆はこれ以上とりあうのを止めたというように舌打ちをして空を仰いだ。小雨になった遠くの空から明るさが戻っていた。

「もう雨は上がった、早く獲らんと、逃げられるどお」

万里が言うと婆はあわてて草むらにかがんだ。それを見て二人は歩きだした。

竹をつなぎ合わせてあるだけの戸が半開きになっていた。二人は表から声をかけ中を覗いた。秀二はいつでも暇ができるとタコ取り用の籠を編むのを習慣としていた。土間一杯に籠を作る材料のウーマニイが散乱している。ウーマニイの皮は竹皮よりやわらかく、籠づくりには適している。二人が台所の土間に入っても秀二は手を休めない。秀二の籠はよくタコがとれると評判だった。何年か前、船員とその籠で交換したというズボンをはいていた。二人は勝手に、ゴザ敷の座敷にあがった。

慶田の家を出るために秀二独りで建てた家は、村で一等粗末なものであったが、秀二はまったく気にする様子もなく住みつづけている。慶田が決めた嫁を嫌って秀二が家を出てから二年が経っていた。一度も会ったことがない女を嫁にはできないというのが秀二の理由だった。初めは村人も秀二に同情したが、二度目の縁談も断ると今度は慶田に同情が集まり、秀二の立場は孤立しつつあった。それでも一人住まいの気楽さで、何かあると仲間うちの集合場所にもなっていた。妻を貰うまではもう一人の仲間であった山盛も頻繁に出入りしていたが、今ではほとんど顔を出さず太郎と万里が主な訪問者であった。

勝手知ったる家で飯台を出し湯呑を並べる頃になると秀二も腰をあげて加わる。酒が入るにつれ、寡黙な秀二も二人の会話に口をはさんでくる。太郎が万里をこづき秀二の関心を引くように言った。

「ヒデーよう、こいつは、昨夜、ウナリに選ばれたどお」

秀二は頬をぴくりとさせたが黙って湯呑を握っている。

「我は三日間、通いつめたというのに、不公平さあ」

秀二は表情を変えない。太郎が反応を待つようにじっと見ると、秀二は下を向いた。太郎はそれを見ると、慰めるように小声でいった。

「もう少し待て、今に、うわもウナリ森を登れるようになるん」

「我は、いい」

秀二がいつものようにきっぱりと断ると太郎が声を変えささやくように言った。

「痩せ我慢は身体に毒どお」

「ほんとうに、いい！」

語気の荒さに気後れして太郎は一瞬息を止めたが、すぐに今度は高飛車な言い方をした。

「うわも、男だろう。いつまでも手筒だけでは物足りないと思わんかあ。そうだろう、パンリ」

いきなり話を向けられた万里は瓶を持ち上げると順に注いで間を保った。秀二が万里の手元を探るように見る。万里は雨宿りのとき太郎から聞いた噂話をもう一度、思い出した。

「街では、女が男を手招きする場所があるとさあ」

太郎は酔ってきたのか、船員から聞いたという話を持ちだした。その話は何度も聞かされているが、どう想像しても街の女の顔は浮かんでこないのが不思議だった。

話題が砂糖黍《きび》の穫り入れのことに変ってすぐにずぶ濡れの童がいきなり台所の土間にとびこんできた。肩が激しく上下し頻りに背後を手で示した。秀二が舌打ちをして出て行けというように手を振った。いつもウナリ森に登れない者と秀二をからかう村長《ムラオサ》の孫の童であった。童は秀二に邪険にされると睨みつけたが、走りすぎたのか腰を折って咳きこんだ。力ずくでもつまみ出そうとするように秀二が立ちあがった。

「何かがあったんだろう、話を聞いてみれ」

「やかましい、この童は我のタコを喰った餓鬼どら」

秀二は立ちあがった拍子にさらに赤くなった顔に怒りを表わし、咳きこんでいる童を睨んだ。童は急に咳きこんだせいで秀二と同じ赤い顔をあげるとふたたび背後を手で差した。

「誰かがハブにでも嚙まれたん？」

秀二が仁王立ちのまま詰《なじ》るように聞いた。

童は激しく首を横に振ったがすぐにまた咳きこんだ．太郎はしばらく放っとけと言って、自分の湯呑にだけ酒を注いだ。

「後生橋にすぐに来てたぼうりと」

童は途切れながらやっと用件を言った。万里は持ちあげた湯呑を元に戻して聞いた。

「後生橋がどうなったん？」

「押し流されるかもしれん」

童はまた咳きこんだが、三人は互いの顔を見て黙った。悪い予感が頭をかけ巡る。万里は急に酔いが醒めていくのを覚えた。童は確かに伝えたどお、と言い残してあわただしく土間から消えた。すぐに席を立ち無言のまま三人は家をでると、村の真中を走る道にでた。

太郎が大股で歩きだした。万里はとっさに物置小屋にしまってある道具を思いだしながら太郎の後についた。鶏のけたたましく鳴く声がする。さっきの童が触れ回っている大声が背後で聞こえた。今の今までたかをくくっていたが、考えてみれば確かに雨が降りすぎたと思った。静まり返っていた村がゆっくりと動いているように見える。鼓動が少しずつ異変をきたし、鳩尾《みぞおち》がしめつけられてくる。

連れ立った童が水をはねあげて追い抜いて行った。その童たちを自転車に乗った童が更に追い抜いた。太郎は自転車を見ると、舌打ちをした。足に自信のあった太郎がいつか童の自転車と競争をして村の話のたねになったことがあった。出だしこそ太郎は優位であったが、村の一本道を走り終えると大差で負けたことが悔しいのか、それ以後太郎は自転車を目のかたきにしていた。小雨だった雨がほとんど止みかけていた。昨年、寡婦となったお喋り婆が開け放した家の中から身をのりだすように聞いてきた。

「後生橋がどうかしたん?」

少しでも相手をすれば延々と話にまきこまれることを知っているので、秀二と万里は顔も向けなかった。遠縁になる太郎が首を振って、判らないと答えたが、お喋り婆は矢継ぎ早に質問を浴びせてくる。太郎は何を聞かれても首を横に振りつづけて、お喋り婆の家の前を通りすぎた。

遠目に橋は何も変わっていないように見えた。橋の上を行ったり来たりしながら、橋桁を覗きこんでいる村長を何人かが遠巻きに見ていた。ほとんど頭髪のない村長は遠目にもわかる。万里は土堤まで来ると集まっている人のなかに廉勝が居るのではないかと見渡した。先に来ていた風呂敷婆が、万里の傍に寄ってくると小声で状況を報せた。童が面白がって土堤から橋に移ろうとすると、村長が睨みつけた。増水しつつある川の水が橋桁を弱らせているとのことだった。聞耳を立てていた太郎が首をひねって言った。

「雨は上がったというのに、何たることだあ」

川の上流になる山の頂に靄《もや》がかかっているほかは雨あがりの鮮やかな緑をのぞかせている。傾きかけた陽が雲間から筋状の光を降らせている。村長は橋の上から川面を覗きこんでいた。普段より水嵩は増しているが、橋が崩れるとは思えない量だった。雨で濁った水が速い流れをみせている。

村長が川面に向かって何かを叫んだ。声が返ってきた。

「山盛が居るん」

腰をかがめ橋の下を見ていた秀二が指差した。

「もう来ていたとお」

太郎も腰を折り橋の下の人物が山盛であることを確かめると、嫌味を含んだいい方をした。山盛は太郎と隣り合わせに住んでいる。しかし、嫁を取ると同時に、幼い頃から親しい付き合いをしてきた山盛が口すらきかなくなったと、太郎はいつもこぼしていた。

腰まで川につかり橋桁の一本一本を点検している山盛は所帯を持ってから日ごとに精悍になっていくように見える。ねじり鉢巻きを頭に結び、口元を真一文字に閉じ、懸命に動いている姿は誰の目にも勇ましく映る。山盛もそれを意識しているのか動作がいつもとは違う気がする。万里は山盛に目を止めたまま、サヨもこの顔が自分よりよかったのかと思った。

村長が手招きしてあがれと叫んだ、山盛は頷くと、身体を左右に大きく振って川岸に向かい、土堤を固めてある石垣をよじ登ってきた。童たちが山盛の所へかけ寄る。万里たちは所在なげに立っているしかなかった。土堤に登った山盛に視線が集中する。太郎が目立ちたがりやめと独りごちた。山盛の右腕の付け根から血が流れているのを発見した童が声をあげた。山盛は手のひらで血を払い土堤に生えているチョーメ草をむしり口の中で嚙み砕き、草の固まりを傷口にあてねじり鉢巻きを頭から取った。いつの間に現われたのか、お喋り婆がつかつかと歩み寄り、手拭を右腕に巻きつける。

「我がもっと若ければ惚れたさあ」婆がかいがいしく手を動かして言うのを山盛はまんざらでもなさそうに見ていた。ズボンから流れ落ちる水を見て女の童が小便をしているようだと笑った。山盛が白い歯を見せ、そうだと応えると、女の童が喚声をあげて後ずさった。

村長が橋から山盛の所に来ると、二人を取り囲むように人垣ができる。村長は集まってくる人を確かめるように見渡し、舌打ちをして唾を吐いた。万里は遅れてきたことを責められている気がして下を向いた。砂利を敷きつめてあった土堤はあちこちから赤つちがのぞいている。

村長と山盛の会話を聞こうと人垣は静かになった。水の流れる音が大きい。村長が山盛に幾つかの質問をした。山盛は再度確認するように橋の下をのぞきこみ身振りを入れて慎重に答えた。

二本ずつ四ケ所にある橋桁の一本の様子がおかしいとの結論だった。大人が二人で囲むほどの柱は見た目にはビクリともしないように見える。柱と柱を結んでいる梁も弱っているかもしれないという。

村長が村の男衆を指を折って数えていた。役たたずの老人一人を除くと三十五人ということだった。数えのこしがないかと集っている人たちも指を折っている。目の合った村長が万里に鋸《のこぎり》のことを聞いた。昨年、砂糖船が運んで来た鋸のことはしばらく話題になったことがあった。

「大引きが一丁と、あとは両刃が二丁あるん」

万里は家を普請するため購入した鋸が使われることに少し抵抗を覚えて答えた。

「他に鋸のある家は、何処だあ」

目の合った太郎が首を横にふる。

夜に緊急の会合を持つということを村長は腕組をして言い、みんなに伝えてくれとつぎ足した。集ってくる人たちはそれでもすぐには帰ろうとしなかった。太郎が酒のつづきをしようと万里の袖を引いた。山盛一人が目立ったことが太郎には面白くないのか、さっさと先に歩きだした。万里は秀二と連れ立って土堤からわずかな登り道になっている村への道を歩きだした。三人は並んで歩いていたが、誰も口をきこうとはしない。橋の修復にさかれる日数を思うと気が重くなるのは皆同じだった。

夕暮れになると、万里はウナリの家へ梅叔母の作ってくれた飯の包みを届けることにした。三ケ月に二度程の割り合いで回ってくるウナリの飯当番を万里は複雑な気持ちで迎えた。

ウナリの家は昼間通ったときと同じくひっそりとしていた。万里はしきたり通り庭に入る前に門口から声をかけた。しばらくして雨戸が小さく開き、様子を窺っているのが見えた。万里は返事を待つ自分が平常心を失ないつつあると思った。

「入り下され」

声にうながされ対の獅子像《シーサー》が置いてある門をくぐった。

「何の用?」

押し殺した声だけではウナリなのか小ウナリなのかわからなかった。自分でも顔が赤らんでくるのがわかる。万里は当番の飯を持ってきた、と伝えた。すると、のぞいていた雨戸は閉まり別の雨戸が開いた。薄暗い座敷の畳が見えた。

畳の座敷に通されると万里は正座で入口の近くで待機した。応対に出たのは小ウナリだった。袈裟《けさ》の裾を少し短かくしたようなウナリ服で現われると、すぐに引っこんだ。裾からはみでた、白いふくらはぎが目に焼きついた。もう現われないだろうと諦めていた小ウナリが盆に湯呑をのせて現われると喉の喝きを覚えた。向き合って座ると畳をすべらして盆がきた。万里は正視できず湯呑に目を落としたまま、しきたり通りの口上をのべた。小ウナリが両手をついて頭を下げた。野良にでたことのない白い手が、漂いはじめた薄暗がりにあった。

「今、水浴びに出掛けてるん。呑みながら待ちたぼうり」

小ウナリは頭を上げると抑揚のないゆっくりとした声で言った。万里が見つめると、平然と見返してくる。昨夜のウナリ森のことが頭を横切った。ウナリではなく本当は小ウナリではなかったか。万里は突然、自分の思いつきを否定するように湯呑を持ちあげた。口に含んだものは水だと思っていたが泡盛だった。それも口中が焼けるような濃いものであった。小ウナリが表情を崩した。

「酒の匂いがするんで、この方がいい思って出したん」

万里はあわてて呑み込み、礼を述べた途端むせた。咳の途中で泡盛がひっかかっている。万里は胸を拳で叩きながら懸命にこらえようとした。小ウナリはその仕草を眺め、心底愉しそうに小声で笑った。笑い声だけは顔とつり合っている。笑うとえくぼができるのは童の頃と変わっていなかった。

「ラジオが聞きたいさあ」

万里は飯の包みを渡してしまえば用が終ることを避けるように言った。

「夜は電波が悪くてよう」

小ウナリはそう言いながら席を立ち、仏壇の脇の棚にあるラジオのスイッチを入れた。

雑音がしばらくあったが静かな音楽が流れた。

「我はよう、こういう音楽が好きさあ」

小ウナリは席に戻ると幼い頃のように甘えたいい方をした。万里は言葉がつなげなくなり視線をずらした。案内された座敷の前後に、もうひとつずつ座敷がある。奥の座敷は今のウナリが登座したとき、村で寄進したものだ。畳の座敷が三つもあるのは村ではここだけだった。ウナリが替るたびに座敷の数が増える。万里は広い座敷を改めてぐるりと眺めた。

「こんな家に住めて羨ましいどぉ」

部屋数の多さをうらやむと、小ウナリが顔を曇らせた。

「我は、普通の暮らしがしてみたいさあ」

「何して？」

常日頃、何かとウナリは羨望されている。たいていの女衆がどうせ生まれるならウナリがいいと思っている。月に一度の祈願さえすれば飯も住まいもラジオも村中で守ってくれる。万里は小ウナリが普通の暮らしを知らないから言えるのだと思った。泡盛が胸で熱になっていた。万里は下を向いている顔をまじまじと眺めた。ついこの間まで童だと思っていたが、すっかり女の身体になっている。一年前の言葉が甦った。真意を聞こうと思うが切口が見つからない。居辛くなって立ちあがった。縁側で草履をはくのを小ウナリが見ていた。万里はすぐ傍の身体から匂ってくる芳ばしい香りを、気づかれないように吸いこみゆっくりと草履をはいた。万里が去ろうとするとき、小ウナリがぽつりといった。

「我は、ウナリにはなりたくないどお」

万里は思わず周りを見た。こんな告白が知れ渡ったら、大騒ぎになる。万里は一礼をして歩きだした。


集会所の中央には焚火が燃えていた。集会所は板壁に囲まれた土間だった。壁には板や棒切れやゴザがあちこちに立てかけてある。集った人は各々ゴザを敷き座っている。上座にあるゴザは空いていた。村長と並ぶ長老たちの顔が赤かった。だれもが一様に黙っている。その沈黙は大勢の人のかけ引きでもあった。下手な意見をのべるとそれを引き受ける羽目になるが、何も言わないでいることはずるいと思われる。早急に橋を補修しなければならないということは明らかだった。いつからどのように行なうかという問題で話が止まっていた。だれが真っ先にこの沈黙を破るのかと万里は注意深く見守っていた。

「若衆よ、薪が少なくなったん」

立ちあがったのは山盛であった。昼間村長の手足となって働いたことは村じゅうの知るところになっているはずであろうし、そつのない行動に村人が一目置きつつあった。太郎が顔を伏せた。なにかと張り合っていた太郎はここにきて大きく水をあけられたことを悔やんでいるのだろう。

入口付近がざわめきウナリが現われると、一同が正座をして迎えた。村長が立ちあがり空いている上座に案内する。ウナリはきちんと巻きあげた髪に手をそえ、ウナリ服の裾を折って座った。そして、一同をぐるりと見回し両手を膝の前につき改まった口調で言った。

「我の祈願が天に届かず、このような事態を引き起こし、肝苦《キム》しく思うん」

言い終えると頭を深々と下げた。一同もそれに応える。集会所を覗き見ようと表にいる童たちも静まり返っている。薪のはぜる音が響いた。村長の禿げた頭に汗が浮いている。頭を下げ続けているウナリに村長がいたわるように訴える。

「もう頭を上げて下され」

焚火の周りに陣取っている老人たちも口々に村長と同じことを言う。そこでやっと頭をあげたウナリの顔を見た多くの人が息をのんだ。ウナリは何かを深く秘めているということが一目のうちに読み取れた。

村長がこれまでの経過を説明するのを、ウナリは瞑想するように聞いている。万里は火に照らされているウナリを見て首をひねった。老女に見えるときがあるかと思えば非常に若やいで映ることもある。日によっても場所によっても風貌は一定しないのがウナリだった。ふっくらとしている頬肉が引きしまり、こめかみが動いている。その顔は入ってきたときよりうんと若く見える。一同の関心はウナリに集中していた。説明が一通り終わってもウナリはまだ瞑想に耽っている。山盛は運んできた薪をくべていいものかどうかと悩んでいる。それは薪を握っている指先が小刻みに動くことに現われていた。

表で童の話し声がする。誰かの注意する声があるとすぐにおさまり薪のはぜる音だけになった。万里はウナリを見ながら昨夜のことを思い出そうとしていた。時間が経てばまったく夢と変わらなくなることが悔しい気がした。やはり小ウナリではなかったかと推測しようとしたが、もう、どうでもよかった。

ウナリの沈黙は長かった。太郎が耐えかねるように万里の耳元で、寝てしまったんじゃないのと呟いた。万里は相手にせず、老人たちの思惑をあれこれと想像していた。秀二はじっとウナリを見ている。山盛が握っている薪を小さくなりかけた焚火にゆっくりと近づけた。何人かが目ざとく視線を向けると、山盛は動きを止め村長を見た。無言のまま小さく頷く村長の許可を得て山盛が薪をのせた。それは太すぎたためか重なっていた薪が音をたてて崩れた。あわてた山盛は火のついている薪を素手で集めようと躍起になった。髪のこげる臭いが漂った。

ウナリが長い沈黙を破って咳払いをした。真一文字に結ばれた口元を一同が注視する。山盛のくべた薪に火が移りつつあった。ウナリの赤く染まった顔が今度は急に老けて見える。

「我は、橋の補修が無事に終わったら、ウナリを交代するどお」

集会所は声にならないどよめきに充ちた。ウナリは村芝居の長台詞のように淡々と語りだした。後生に架けるほど困難だといわれた橋を造ったのはひとえに村の繁栄に欠かせないからであった。先祖が心血を注いで造りあげたものである。これを守るのもウナリの義務である。従って明日より祈願のために森へこもる。

太郎はもっぱら交代のことを考えている風だった。それは万里もほとんど同じだったし、もう役に立たないと公言している老人の何人かさえ浮かれた顔になっていた。かつて今のウナリが登座したての頃は、村中の資格を持った男が夜になるとウナリ森を目ざしたという。大人たちをひやかそうと童たちが草むらに隠れていたという話が浮かんだ。とすれば当然、今回も同じことが起こるのではないかと、万里は忌々しく思った。ウナリが話し終えて立ち上がった。そして、もう一度ゆっくりと一同を見ると言った。

「今度の祈願は、断食で行なう。誰一人として登ることのないようにして下され」

村長が恐る恐る聞き返した。

「どれ位籠もるのかや？」

「判らぬ！」

決然と言い放ったウナリは歩きだしていた。ふたたび声にならないどよめきが起き、それはウナリが退席すると、騒然とした声になった。断食の祈願とは死すら意味している。それがために、敢えてウナリの交代を予告したのだ。表に居る老婆たちの感極まったすすり泣きが起きた。

村長は興奮したように口ばしった。

「我たちのウナリは一番どう！」

集会所がウナリの宣言で興奮に包まれている頃、止んでいた雨がふたたび降りだした。それでも三味線を持ちだし集会所では唄と踊りが始まった。万里は黙って席を立った秀二が気になったが、踊りの輪に入ると、何もかもが消えていた。三味線の音色が、手を持ちあげ足をはねあげる。集会所に入れなかった童や女衆もなだれこんできた。血が騒いでいた。指笛がけたたましく鳴り響く。口元が自然にゆるみ、かけ声が喉からとびでる。集会は夜更になってようやく解散になった。


ウナリが森にこもって三日目の朝、激しく雨戸を叩く音で眼を覚ました。廉勝が立てつけの悪い雨戸をゆすっている。万里が駆け寄ると、早く家を普請せよと怒った。

雨は一度小止みになったが、集会の夜からふたたび降り始め、ウナリが断食に入っても雨足が地面をたたいていた。三日目にしてようやくあがった。朝陽が昇りかけていた。雨戸から顔をだしたのは風呂敷婆だった。鼻の頭に汗が滲んでいる。婆は早口で橋が崩れたんどお、と伝えた。

「すぐに見に行きば！」

廉勝が万里に命令した。万里は半信半疑のまま、婆に何して崩れたと聞いた。廉勝が片手を振りあげて怒鳴った。

「ともかく見て来りば！」

万里はいきなり起こされた不機嫌に腹立ち台所の土間から草履をはき庭にでた。廉勝がまた怒鳴った。

「何しとる、駆け足で行くんど！」

万里はわざと反抗するようにゆっくり歩いたが、廉勝の姿が見えなくなると走りだした。昨日まで無事だったものが何故急に崩れたのか。走りながら思案を巡らせた。野良の行き来で渡るたびに覗いた橋である。別に異常があったとは思えなかった。橋のたもとに小さく人影のあるのが見えた。ウナリ森にさえぎられていた陽が久しぶりに姿を出すと、顔が熱くなった。わずかな時間でも徐々に熱をおびてくる。

橋の手前の一部が傾き、横倒しになった水牛車が欄干にひっかかっていた。わずかに橋桁の一本が斜めになっている。水牛車の操作を誤まり欄干にぶつけたのかと思ったが、どうも様子が違っている。近づくと水牛車は慶田のものだというのがわかった。橋の周りには大勢の人がうごめいていた。万里が到着すると先に来ていた太郎が事情を説明した。橋桁の一本がこのところの長雨で土台からずれ橋板に亀裂ができた。そこへ慶田の水牛車が通りかかり車輪がはさまって身動きがとれなくなったのではないか。突然に動けなくなった水牛は狂ったように暴れたのであろう、橋板に生々しいひっかき傷が残っている。普段はおとなしい水牛であるが、暴れだすと手がつけられない。水牛がぶつかったのだろう、欄干の板が何本かへし折られていた。横倒しになったとき、水牛も慶田も川に放りだされたらしいとのことだった。この三日間、何台もの水牛車が通ったはずだのに、まったく偶然に慶田が災難にあったとしか考えられなかった。

「それで慶田は何処?」

「まだ行方は判らぬ。秀二と親類の者が船で海を見に行ったたん」

「水牛は?」

「川を泳いで向い岸まで渡りたん」

童でも渡れるような川幅であるが流れは急である。万里はウナリ森の対岸にのびるヌスク岬を見た。岬の先は大海である。放り出された慶田は気を失ったまま河口から大海へ流された可能性が大きい。人の輪がいくつもでき様々な憶測がくり返されていた。

四ケ所八本の橋桁のうち七本までは見た目には異常がなかった。しかし、安定を欠いた一本がある限り橋の役目を失ないつつある。

村長が大声を張りあげ全員を手で招いた。万里は野良仕事に出られなくなったことが残念だった。雨で遅れた仕事はたまってくる一方だった。村長を中心に半円ができた。村長は皆に聞こえるように説明を始めた。太陽が真上に来るときが満潮である。そのとき潮と川の流れで傾いている橋桁が更に大きく傾き、もがれるかもしれない。従って至急に補修にかかる。全員が家に戻りありったけの材料と道具を用意してくるようにと叫んだ。

浮き足だっている何人かが、すぐに走りだした。

万里は家に戻ると廉勝に簡単に説明し物置小屋に入った。家の普請用に買い求めた大鋸を取りだしてはみたものの、勿体ない気がしてならなかった。まだ一度も使っていない大鋸は油紙から出すと銀色の鋭い刃を見せる。しかし、村の大事なときに誰でも知っている大鋸を隠して置くことは後日の噂の種になる。万里は刃先と柄に縄を結び肩に下げた。万里はそのときまで、傾いた橋桁を元に戻し、水牛車の壊した所を補修すれば直るものだと思っていた。しかし、大鋸をかついで橋に戻ると事情が異なっていた。橋桁はさっきよりも大きく傾いている。村長の見たてによると橋桁に渡してある梁が弱っているのではないかということだった。だが、あれこれと詮索している時間はない。

何台かの水牛車でいろいろな材木が運びこまれ男衆の作業が開始されると、女衆は即席の竈の準備にとりかかった。土堤が喧騒に包まれるのは祭り以来のことだった。それを楽しむように女衆の会話は弾んでいる。橋の修復作業にとりかかったのは、ウナリ森の頂から朝陽が丁度抜け切った時刻だった。陽はぬかるんでいた地面を一気に乾燥させ、川の上流がある、カサ岳の深い緑をきわだたせている。だが、慣れない作業には辛い陽差しでもあった。斜めになった橋桁に縄をかけ、全員が川に入り引っぱった。縄はすぐに切れ、もう一本の丈夫な縄が用意されたが、橋桁はわずかに動くが縄が次々と切れる。何度か元に戻そうと試みたが、まったく無駄のまま時間だけが経過する。仕方なくそのままの形で橋を維持しようと、手分けされた作業が始まった。万里は梅叔母の夫と組になり斜めになった橋桁の横に足場を作ることにした。斜めのままの橋桁と他の橋桁を固定する予定だった。反対側からも補強する用意が始まった。たいていが親族どうしで組になり、村長の出す指示通りに作業を進めていた。廉勝は土堤で二人の長老と一緒に鋸を引いていた。とび交う声とカサ岳にこだまする金槌の音は、橋の修復を着実なものにしている錯覚に陥らせた。だが、橋桁にどれほど細かく板を打ちつけ棒でささえても、小細工でしかないようにも思えた。梯子《はしご》段の他方を支えながら足場を組み上げている他の者も、その不安はあるらしく、周りの作業をちらりと見ては、本当にもちこたえられるかと呟き溜息をついた。

一度目の休憩がきた。炊き出しをしている女衆も男衆にまけず劣らず汗だくになり、芋の握り飯を運び大きな薬缶で沸かした黒砂糖湯を配っていた。うだる暑さが始まっていた。汗をしぼりだした体に黒砂糖湯は甘く沁みた。万里は手拭で頬かむりをしていた。水で濡らした手拭を頭上にのせている者もいる。

村の男衆が総出で取りかかっているにもかかわらず、作業の進捗具合は芳しくなかった。海側から徐々に水位があがってくる。絶え間なく流れる川の水は潮とぶつかり複雑な動きになる。作業に熱中していれば忘れることもできるが、遠くから眺めるとどうしても修復作業が役に立っていないのではないかという不安がひろがってくる。草むらに寝ころんでいる者や、隣の握り飯を頬張り雑談に興じる者や、所在なげに川面に目を落としている者に、喝を入れるように村長が大声を張りあげた。

「潮の上がるまでが勝負だ。うりうり、仕事を始めるどお!」

その声を後押しするように、お喋り婆が三味線を弾きだした。婆はやっと自分の出番がやってきたとばかりに喉を絞りだす。唄はたちまちひろがり、女衆が手拍子をとり土堤が賑やかになる。男衆もそれぞれの持ち場に戻りかけ声で応えふたたび喧騒が始まったが、それは慶田の溺死体が発見されたという報告で中断した。

「頭にこぶのあったんとお。橋から落ちるときにぶつけたらしい、今夜は葬式どお!」

駈けつけた老婆が橋の周りにいる男衆に聞こえるように、土堤から息をつぎながらありったけの声で叫んだ。三味線で盛りあがっていた空気が急に冷えた。足場を打ちつけていた梅叔母の夫はその報告を聞くと黙って目頭を拭いた。多くの者が放心したように土堤の方を向いていた。お喋り姿は三味線を抱えて泣いている。万里は秀二の気持ちを思うとやりきれなかった。しかし、慶田の死は、運が悪かったと悲しんで諦めることもできるが、橋だけは守らなければならない。

「手を動かせ、すぐに潮が満つどお」

村長のかけ声はどこか空虚であった。それでも作業の喧騒がふたたび始まったが、お喋り婆はもう三味線を弾かなかった。万里は重苦しい空気をふり払うように打ちつけられた厚い横板のはみだし部分を鋸で切り取ることにした。板に鋸を当てる。切れ目をつけゆっくりと引く。切り屑が次々と川面に降る。鋸の刃先だけを見るようにした。橋の不安も慶田の死も、周りの物音も消える。万里は鋸と同化している気になる。汗が首すじから胸板へ流れる。指先が痺れてくると、腹に力を入れ、さらに刃先を凝視して鋸を引きつづけた。やがて、切り取った板が回りながら川へ落ちていくのを見ると、息を深く吐きだした。

万里たちは足場を伝い橋桁を結ぶ段階に入った。だが、手頃な材料はなく足場を降り、つなぎ合わせた板を運んでは打ちつけるという動作をくり返した。足場から土堤を往復するたびに水位が上がってくるのをはっきりと認めた。そして、傾いている橋桁が水位の上昇と共に軋《きし》みだす音がしてくる。初めは蚊が鳴くほどのものであったが、水位が腰を越えたあたりから律動的なはっきりとした音に変わった。村長が呼ばれた。村長一人だけは川に入っていなかったが、ためらうことなく水につかり橋桁の下に来た。たてよこ何本もの補強材は打ちつけられているが、波が動くたび音が鳴った。

作ったばかりの足場にへばりついている村長が、足元近くまで迫っている水位に目を止め耳を傾けていた。万里は腰まで川につかりながら、村長を見上げていたが目を反らし、小さな波音をたてている周囲の水面を眺めた。耕地と村を区切っている水でもある。川のあることを嫌い居住地を耕地のある場所へ移し替えたものも遠い昔にはいたとのことだが、ほとんどが疫病や不慮の事故などに遭い長続きしなかったと言い伝えられていた。

ウナリ森を離れて人が生きていけるか。何かあると耕地への移住を主張する元気な者の意見を、老人たちは唾棄するように言い、取り合おうともしないのが常だった。

実際、秀二が慶田の元からとび出して独り住まいをしようとしたとき、耕地側へ移り住むつもりであった。しかし、慶田は勿論のこと、親類そして、道で行き合う誰も彼もが、秀二の計画を断念させようと、忠告を与え、あるいは諭し、最後は罵声まであびせる始末だった。そして、慶田の死んだ今となれば、結局、あの時秀二の企てがあったればこそ、このような結末になったと陰口を叩かれるのは明らかであった。

村長の思案は長かった。軋む音は誰の耳にも届くほどになり、土堤と橋に補強材を渡している者までが、不気味な音がすると口にし始めていた。作業に行き詰まった他の者が指示を仰ごうと村長を呼んだ。村長は川面に目を落としたままだった。万里は聞こえないのかと思い見上げて声をかけた。

「呼んでるどお」

「判ってるん」

威圧するような太い声の反撃にあい、万里はそっぽを向いた。川の流れにのって枯葉や小枝が上流から流れている。それは、丁度橋のたもと付近で潮に押し戻される格好になる。橋桁の周りには行き場を失った流木などが浮いていた。

村長が足場から降りた。無言のまま、川につかり上体を大きく揺すりながら土堤に辿りつき、石垣で築いてある土堤止めに両手をつき登った。乾いていた石垣の石に村長のズボンからたれる水がかかって黒くなった。

橋の下からいきなり日向に出た眩しさでか、村長は掌で額に庇《ひさし》をつくり、橋全体を見た。上体を屈めたり伸したりしてくまなく見ていたが、手拭で首節と禿頭の汗を拭くと、全員に集まるように指示を出した。それでも金槌の止まない組がある。

「早く来んかあい！」

「もう一本打ちつけたら片がつくどお」

橋の欄干に板を打ちつけている男衆が上体を捻って答える。村長は有無を言わさぬように叫んだ。

「もういい、あと回しでいいどお！」

こだましていた音がぷつりと消え、川のせせらぎだけになった。村長を中心に徐々に人が集まる。万里は濡れたズボンに泥がつかないように土堤の草むらに座った。つぎはぎされた橋は無残な格好に見える。全員が集まるのを待っている村長の表情は急に憔悴《しょうすい》したように見える。万里は耳にこびりついて離れない、軋む音に心を奪われていた。太郎が傍に座るのも気づかなかった。

「ウナリの交代はいつかや？」

太郎が耳うちした。万里はこんな場所で持ち出す話題ではないというように、無視し村長へ目をやった。

村長は軋みが聞こえるかと全員にうながした。

「鳥が籠められているんらみ」

誰かの冗談に小さな笑い声が起きた。言われてみれば、逃げ場を失い悲鳴をあげている鳥の声にも聞こえる。

村長がざっと現状を説明した。橋桁に渡してある梁がずれているから軋むという。橋桁には一回り細いが、それでも滅多にない丸太が凹凸に刻まれて組んである。それがずれかけた所へ、慶田の水牛車がさらに打撃を加えた。組み直すとするなら大工事になる。全員が村長の次の言葉を待っていた。

「今日明日で直せる問題ではないどお」

何人かが深く頷く。しかし、すでに水位は上がりつづけている。村長は言葉に詰まったのか橋をふたたび眺めた。

「明日も補修作業をするん？」

村長は質問を無視して口を開いた。

「今のままだと橋全体に歪《ゆが》みが起るん。これから、傾いた橋桁を切り離すどお。しかし我の一存では決められん」

思わぬ提案にどよめきが湧いた。どよめきの中から怒りをあらわにする声も飛ぶ。村長は村人を無視して長老の一人を手招いた。長老は村長と二言三言交わすとすぐにその場を去った。走っているつもりだろうが、ほとんど歩いているような後姿を万里は見ていた。長老がウナリ森へ向かっているのは誰でも知っているが、ほとんどの者が目を向けようともしない。ウナリ森へ行ったところで決定が覆るわけでなく、単なる報告をするにすぎない。村人の興奮は消えなかった。村長が両手を前に差し出し声を静めようとするが、橋を失うという非常事態を宣言された村人は思い思いの言い分を主張し、騒ぎは膨らむ一方だった。

万里はもうすぐ収穫となる砂糖黍のことが頭に浮かんだ。ウナリ森の裏手にある船着場まで水牛車で何度も往復をした前の収穫より今度は増える予定であった。橋が使えなくなるとするならどうすればいいのか。それは他の人たちにとっても同じことであった。しかし、やっと静まりかけた村人に、今のまま放置しておき橋を全壊させるのか、それともずれた橋桁だけを取り除き、日を改めて造り直すか、二つに一つだと言われてみれば、頭をひねってしまう問題だった。

「もっと補強すれば持ちこたえられるのではないかや」

村長の親族になる老人が提案すると、多くの者が同調するように、そうだ、そうだと声を重ねた。村長は眉間に深い皺《しわ》を寄せ提案した老人を恫喝するように睨んだ。

「必要があるなら、我の家の柱も持って来る。このまま補強をしてみらんか」

必死で訴える他の者を村長は見ようともせず、最初に言った結論をくり返した。

「どうして、全壊すると断言できるん？」

一人の若者が村長の判断を批判した。家造りになればいつも采配をふるう村長の判断ではあるが、もしかするとそれ自体が間違っているのであり、橋は今まで通りに使えるのではないかという、一縷《いちる》の望みを託した若者の言い分であった。心で思ってはいても直接口にできない言葉を、よくぞ言ってくれたという風に若者を振り返る者がいる。村長はその問いかけが村人の代弁であると悟ると、説明をした。軋む音がどこからきているのか、そして、それがどうなるのか、橋桁をじっと見ろ、と言った。普段はどんなことにも異論を唱えるへんくつ爺さえもずっと黙っている。

ほとんどの者が片目を閉じ、言われた通りのことが実際に起こっているかどうかを確かめるように橋桁をくい入るように見た。傾いている橋桁の動きはすぐにわかるが、それと対になっているもう一方の橋桁は見た目には真すぐだった。背後のマングローブの樹の幹と橋桁を重ね合わせて見た。それは村長が説明したように軋みと呼応してゆっくりと動いた。補強を嘲笑うかのように、小さく動いている。村長が言うようにこのまま放置しておけばその動きはやがて橋全体に伝わるだろう。

実際に自分の眼で確認しても信じたくないというように、誰もが黙っている。

「奥の方も、小さく動いているんどお！」

　大方が見ることを諦め、重い決断を思案しているというのに、童の遊びのように橋桁を見つづけていた若衆が、発見を得意がるように叫んだ。万里は、得意げに動いている動いていると、わめく声の響きをいまいましく思ってはみたが、他の人同様に目を注いだ。確かに言われた通りの動きがあった。しかしそれは村長の説明を裏打ちするだけであり、重い決断が更に重くなったにすぎなかった。

　腕組をしている村長は、手拭で頭部を覆い、疲れ切った表情で、村人たちを漫然と眺めていた。今となっては一刻も早く傾いた橋桁を切り離すのが得策だとはわかっていても、村人の誰もが動こうとはしなかった。例え切り離しに成功したとしても、その後の修復作業が大工事であることは明らかだし、明日から耕地への行き来を想像すると、何一つとして明るい材料はない。それに、早朝から総出で取り組んできた作業が何の役にも立たないどころか、それは分断作業を増しただけであり、まったくの徒労であったということが二重の苦しみになっていた。何もかもが八方塞がりである。しかし、そうしている間も残っている橋桁に被害が波及するのだ。ウナリ森から長老が戻ってきた。もしかすると思いもかけぬ打開策がとびだすかもしれないとの淡い期待で村人は長老に注目した。しかし、ウナリの言葉は村長を中心に全員が一致団結するようにとの予想どおりのものだった。ウナリの伝言に誰一人として異議を唱えるわけにはいかない。

「うりうり、潮が満ちてくるん」

あえて陽気な声を発して一人の老人が立ちあがると、つられるように村人は次々と腰をあげた。そして、作業の段取りが話し合われるうちに、重くのしかかっていたものがいつのまにか消え去り、これから祭りの支度でも始めるというような雰囲気が流れる。

橋の切り離し作業が始まった。橋板をはぎとり、その下の梁を一本一本用心して切った。少しずつ橋の形が変っていく。万里の大鋸は大活躍であった。手のあいている者は使える材料を選びだし土堤へ集めた。全員がずぶ濡であった。解体作業が進んでいくと、橋桁の歪んだ原因がわかった。村長が予想した通り、橋桁に渡してある二本の梁のうちの一本が折れていた。滅多にない太いキヤン木である。それをどうするかという問題を残したまま、最後に橋桁を土堤へ引きあげてすべてが終った。大人が二人で抱える太さの橋桁を引きあげる際、呼吸が合わずに何度もやり直したが、予想していたより早く作業は終了した。しかし、分断が終るとだれもが無口になった。

「とりあえず、人間は通られるん」

村長が土堤と残った橋へ渡した一枚の板を足で踏み、独りごちた。万里は汗だくになり作業を終えてみたものの、気が抜けて土堤に座りこみ、切り離された橋を眺めるしかなかった。

「ほんとうに、切り離したどお」

橋へ初めて鋸を入れるとき、痛いらみと人間に語りかけるように呟いていた老人が、煙草の煙をはきながら、涙声を洩らした。いつもなら、そのような感傷に半畳を入れたがる若衆も、老人の洩らした言葉を、今初めて現実を知らされたという風に聞き、橋を眺めている。切りとられた厚い板や梁の切り口が陽に晒《さら》されている。それは橋の傷口を見るようで、万里は直視できなかった。誰からともなく祭りの唄が口ずさまれた。はじめは少人数であったが次第に声は広がり、いつしか大合唱になった。しかし、楽しいはずの歌を口にしながら目頭を押える者がいる。万里も声を合わせ、橋を見た。

座っている土堤から橋までの距離は、思いきり飛びあがれば飛び越せそうにも思える。だが、そのわずかな距離が後生への道のりではないかと思った。

葬式の準備が集会所で始まった。祭りのとき以外は滅多に火を入れない集会所脇にしつらえてある竈に大量の薪がくべられていた。ニンマイ鍋と呼ばれる大鍋から湯気が盛んにでている。指示を出すのはここでは女衆だった。村長さえ慶田の姉になる婦人に祭壇作りを指図されていた。

万里は太郎と連れ立って竹藪《やぶ》に向かった。どこの家とてまとまった数の湯呑みはない。何かあれば手頃の竹を節ごとに切り、入れ物代わりにするのが常だった。真新しい竹づつは香もよく、使い終えれば薪にもなる。

後生橋へ向かう直線の道が十字路になる。ウナリ森へ向かう道と反対側の山側へ行く道が交差する唯一の十字路だった。二人は歩きだしてから一言も言葉を交わしていなかった。十字路を山側に折れ、人家のないのを確かめると、太郎がウナリの交代を話かけてきた。万里は小ウナリのことを想像すると気やすく話にのれなかった。

「山盛も一番籤《くじ》を引くんだと、張りきっていたどお」

「勝手にすればいいさぁ」

「うわや、いつ行くん？」

万里は返事を避け少しずつ勾配のきつくなる山道を黙って歩いた。仲たがいしていたはずの山盛と太郎が口をきいたというのが面白くなかった。ウナリの交代は村中の男が気にしていることだった。風呂敷婆の息子夫婦がそのことを巡り喧嘩をして口をきかなくなったという。太郎は黙っている万里の顔色を見るために横から覗きこんだ。

「人の噂を気にしているんか」

「本当のことを誰がわかるか。うわの妹かもしれないらみ」

万里は足を止めて言い返した。生まれてこの方一度も女に触れたことがないという去年死んだ墓守の爺以外、誰にでも確率はある。なぜ廉勝の児と断定できるのか。自然と握り拳になる。もう一度口にしたら容赦なく殴ろうと身構えた。太郎が後ずさり、悪かったと詫びた。

万里は握り拳のまま、雑草に蔽われてきた道を歩きだした。雑木林を抜けると、道の両側に百合《ゆり》の花が咲いていた。かつては耕地であった場所であるから木はなく茅《かや》とすすきが生え放題になっている。そこに女たちの姿が見えた。年頃の女たちは万里と太郎の存在を察しただろうが、顔を向けようともせず、祭壇に飾る花を摘んでいる。

「ナビーはいい腰つきになった」

太郎は無遠慮な視線で女たちの中から一等器量よしのナビーを眺めて言った。

「押し倒せば、うわの女だ」

万里はさっきの腹立ちが残っていて嫌味な言い方をした。だが、太郎は視線を向けつづけている。

「いえ！　みっともない」

「ウナリではないらみ、見たって構わん」

万里は太郎を置きざりにするつもりで速度を早めた。首すじを虫が這うように汗が流れた。サヨのことが突然に浮かんだ。祭りの夜、誘いだして砂浜で押し倒した。思ったほどの抵抗もなく身をまかした。それから機あるたびに誘い村はずれの草むらや砂浜で股を開かせた。当然、世帯を持つものだと早合点していたのは万里だけで、月がでていた夜更け、いつものようにサヨの家の裏庭で山羊の鳴声を何度くり返しても現われなかった。そして、何日か後にサヨが山盛と祝言をあげるとの噂が流れた。それ以来、サヨは道で出会っても会釈すらしないようになった。万里はサヨを誘った夜の睦言が、今では幻ではなかったかと思うことさえあった。

竹藪を目の前にして、折れた枝が垂れ下っている老木の根元に腰を降ろし一服した。かなり遅れて太郎が坂道を登ってくる。万里は足の膝に両手をのせ、村を一望した。ウナリ森は濃いヤラブの緑でおおわれ、そこへ通じる曲がりくねった道が見える。ウナリ森の手前で横ひろがりに点在するどの家も風よけのガジュマルに囲まれ茅ぶきの屋根だけが見える。ウナリ森とは一番遠ざかる位置にある集会所から煙が昇っている。集会所から山よりに広い共同の煙草畑がある。その畑と隣り合った一区画に死人を火葬する所がある。病気などで死ねば、川を渡った先のウナリ森と向き合うヌスク岬で風葬になるのだが、事故死や原因不明の死などは火で魂を焼いてしまうという火葬になるしきたりだった。

朝からの晴天はつづいていた。陽は少しだけ傾きかけたが見つづけていると自然に目が細くなる陽差しは弱まっていなかった。頭上にいるカラスが間のびした鳴声を放った。花を摘み終えただろう女たちが坂を下っていくのが点景となって見える。太郎が到着した。

「暑いさあ」

太郎は万里の傍に座りながら、手の甲で顎の下を拭った。そして後生橋を指差した。

「ここからは、元通りに見えるん」

確かに見た限りでは、切り離された部分が川沿いに繋っているモクマオウに目隠しされ橋はつながっているように見える。

「だから何？」

万里は喧嘩腰で言った。どう見えようと橋はもう切り離されている。サヨだって、山盛の子供をみごもっている。太郎が機嫌をとるように上目づかいになりながら小声で言った。

「面白い事を教えてやろうかや」

面白いことと言われても万里は興味を示さなかった。女たちの姿はもう見えなかった。またカラスが鳴いた。いかにも気だるそうな鳴声に苛立った。

「うり、切るどお！」

万里は腰紐に差してある鉈《なた》を手にとった。

「もう少し休もう、まだ暑くてならん」

立ち上がろうとするズボンの裾を引かれて元に戻った。憮然《ぶぜん》とする万里に太郎が下卑な笑いを向けた。

「ほんとうに、面白い事があるんどお」

「何だ。さっさと言いみれ！」

「聞きたいかや？」

いかにももったいぶって太郎が顔を寄せる。さっきの失言をとりつくろおうとしているようにも見えた。余裕のある表情が気にはなったが、万里は無関心を装った。

のぼってきた道の細い轍《わだち》の両側に繁っている茅の葉先が揺れると一陣の風が届いた。かすかに涼風になっている。陽差しの盛りはすぎ、ようやく涼の訪れる時間になっていた。それでも葬式の始まる時刻まではまだ間がある。あわてて竹を切りだす必要もなかった。

万里が催促するように太郎へ顔を向けると、また下卑た笑いをつくった。

「ほんとうに開きたいかや？」

太郎がもう一度念を押してきたら、当分口をきくことを止めようと決心をして頷いた。

太郎は溜息のように息をゆっくりと吐きだした。

「小ウナリがいなくなったどお」

「いっ！」

万里は半信半疑のまま問いかけた。太郎の顔からさっきまでのからかうような表情が消えている。ウナリになりたくないと洩らした小ウナリの心細げだった眼が浮んだ。

「どうして判ったん？」

「カンヤールの洞穴で見かけたとゆう」

「カンヤール」

「そう一昨日の夜どお」

集会所の先の山道を登り、小川づたいに海へでた場所がカンヤールと呼ばれていた。烏《い》賊《か》がよく釣れる海辺ではあるが、往復の道のりを考えるとたいていは行くことを諦めた。

「ナビーが烏賊を好きだと聞いてとりに行ったん」

万里はそのことにも驚いた。ナビーは親がひそかに種取島の若衆と話をすすめているというのに、太郎が接近しようとしている。

「ナビーから聞きだしたん？」

「当り前さあ」

万里は太郎の変化が俄《にわか》に信じられなかった。万里の生活といえば、野良に出、帰宅してすぐに寝るだけのくり返しだった。ウナリが籠もる日以外は太郎と秀二とたまに酒を呑むぐらいで何もしてこなかった。サヨが山盛と一緒になってからはとくにそうだった。太郎の太い顎が急にたのもしく見える。取り残されたような焦りがでてきた。廉勝が嘆くようにこのままでは生涯嫁をとれないのかとの不安がひろがる。

「もう交代が決まっているんだ。明日の夜一緒にカンヤールに行かんかあ」

「やめとけ、まだ正式には決ってないどお」

万里が語調を荒げると、太郎が下卑た笑いを作った。

「ほんとうは行きたくてうずうずしてるらみ」

「何を言うかあ！」

「皆んなが、陰口を言ってるんどお。万里は小ウナリと一緒になりたがってるとなあ」

万里は図星をさされて竹藪に入った。陰口のことが頭から消えなかった。万里は小ウナりとは決して一緒になれないと思った。ウナリの生活には村人は関与できなかったから、所帯を持とうと持つまいと自由であった。しかし、男と暮らしたからといって、ウナリが普通の生活をするわけではない。月に一度のウナリ森での祈願を始めとし、村人の要請があれば昼夜をわかたずに出向く。従って、ウナリには結婚する人もいるけど、しかし、たいていの男がとびだすという。ウナリと所帯を持つことは男としての自尊心を捨てることともされていた。ウナリの行動に何一つ口出しできないばかりか、下男のようにつくすのが耐えられなくなり、一緒になっても男は逃げだすという。

道寄りの場所はかなりの広さで切り取った跡があり、使いものにならない細い竹が目立った。それでも少し奥まったところまで入れば手頃の太さはいくらでも目についた。鉈で上から下へ一気に切れ目をつける。そして、今度は反対側に鉈を切りつけて押すと、身の丈の数倍の竹が倒れた。小ウナリのことがまだ頭の中で処理できなかった。太郎は単純な家出だと思っているようだが、万里は飯を届けた日の言葉を何度も思い出し、考えを巡らした。あのときの言葉が予想より重く万が一命を絶つようなことにでもなればと想像しただけで鉈を持つ手にふるえがきた。万里が二本目を切り倒しても太郎は木の陰に座ったままだった。普段なら一喝するところだが黙って三本目に取りかかった。太郎がようやく腰を上げたのは、用意すべき竹をすべて切り終え、枝をさばき竹筒にならない先端を切り払いだしてからだった。遅れた手伝いを詫びようともせず、太郎は傍にくるなりふたたび同じ話題を口にした。

「明日の夜火葬が始まれば出歩いてもあやしまれないどお。一緒に行かないかあ」

万里は太郎を無視して切り倒した竹の枝をさばいた。

「嘘だと思っているん？」

今度は怒ったような声をだした。万里がなお無視すると、太郎はムキになって言った。

「カンヤールの洞穴に着替えまで隠してあるどお。我はこの眼でちゃんと見たん」

万里は黙々と自分の竹を束ね先に帰路についた。

「嘘だと思うなら、自分で確かめれ」

太郎が歩きだした万里の背後から叫んだ。


葬儀の間も万里は太郎の言ったことを考えつづけていた。

女衆のすすり泣く声が静かに流れていた。慶田の妻は放心状態で座っていた。何も前ぶれもなく突然に夫を失ったことがどれほど深い悲しみになっているのか、万里は慶田の妻をみると涙が滲んだ。戸板に乗せ白い布をかぶせてあるだけの遺体の前に白い百合の花が左右に飾られていた。花の数はいつもより多く、それが唯一の華やぎになっている。

誰からともなく遺体の前に敷いてあるゴザに正座し手を合わせた。それを終えたものは集会所の表に並べてある席へ腰を下ろした。慶田の親類一同が腰を下ろした者の前へ天ぷらとタコの酢の物を並べ、万里が切り取ってきた竹筒に泡盛を注いだ。

集会所に吊したうす暗い電灯より表でともるかがり火の方が明るかった。次々と席に人が埋まった。ひとしきり慶田の話題はでるが、それはすぐに後生橋に切り換わった。補修の着工はいつになるのか。それが果たして無事に進められるかどうか。中でも折れた梁の代わりになる材木をどこから入手するかは切実な問題であった。

万里はかがり火の明かりがやっと届いている末席の方へ腰を下ろし、話題の中心になっている長老たちの陣取る上座の話に耳を傾けていた。廉勝は相槌をうつばかりで何も話そうとはしなかった。それは少し奇異に映った。

遅れてきた太郎は神妙な顔で集会所に入り席にくると、万里の傍に座った。秀二が盆を運んできた。秀二は盆を板を渡しただけの台に置くと正座をして両手をついた。

秀二が礼を述べると、太郎はあわてて脚を組み替え頭を下げた。秀二は疲れのにじんだ顔で、泡盛を注ぐとすぐに竈のある方へ去って行った。

太郎は竹筒を口に運び、万里を見てにやっと笑った。そして、耳元で昼間のつづきを囁いた。

「あのことは誰にも言ってないらみ」

太郎は万里を覗きこむと、竹筒の自分で削った切り口の出来具合を確かめるように指の腹でさわった。

長老たちの周りには、所狭しと人が座っている。万里は首を捻り左右を見たが、末席には自分と太郎以外にいなかった。公の席では長老とそうでないものの、所帯持ちと独り身の席は区別され、嫁がいなければ肩身が狭くなる雰囲気はこのような場では強かった。

「もう少し食べるらみ」

太郎が空になった皿をつかむと席を立ち、集会所と並んで設けられてある、屋根をわたしただけの料理場へ向かった。そこも、既婚未婚の女衆がきちんと分担されていた。竈の前に置いてある大皿に次々と揚げたての天ぷらを積むのは夫もちの女衆である。未婚の女衆が入れ替わり立ち替わり入っては、料理を運んでいる。酒甕《びん》をわきに置き、天ぷらの具にする芋を刻みながら、あれこれと指図する老婆の傍にナビーの姿があった。太郎は皿をナビーに渡し二言三言話していたが、老婆に追いだされる格好で戻ってきた。

「誰も居なくなったどお」

独身の席からさらにはずれて座っているのを、太郎が咎めるように言い皿を乱暴に置いた。油の匂いが届いた。太郎の指は油で光っている。

長老たちの席で竹筒が倒れたらしく、布を持った女衆が駆け寄る。膝立ちをしてズボンを拭いているのはこの前嫁をもらった男だった。男は一つ年下だがすでに子持ちであった。しかし、男のように顔も知らない村の外の女と、親の命令で所帯を持つ気にはならない。

太郎は万里のことなど忘れたように、料理場に出入りしているナビーの動向を探りながら竹筒を口に運んでいる。

「何処へ行くん？」

万里が立つと、太郎が尋問のように言うのを無視して料理場の裏へ向かった。アダンの黒い繁みを前にして小便をした。枯葉が音をたてる。その音は雨が降りだすように聞こえ、万里は空を仰いだ。朝からの天気はまだつづいていた。

席に戻ると太郎の姿はなかった。祭りかこのような日でなければ女衆と親しく口をきく機会はない。太郎はこの機会を利用しナビーと接近しようと躍起になっているのだろう。万里は竹筒に残っていた酒を一気に空けると、席を立った。万里に関心をはらっている者はいなかった。

集会所の広場を横切ろうとしたとき、背後から呼び止められた。梅叔母が包みを差しだした。

「男二人では、食い物に不自由らみ」

万里は梅叔母の哀れみに素直に従った。梅叔母の心づかいがいつもながら身にしみた。言われた通り、すぐに食べる物は何もない。廉勝は五人兄弟の三男であるが、生きている肉親は梅叔母だけだった。梅叔母は包みを渡しながら、子供の頃と変わらぬ口調で、腹が減ったら我の家に来るんだぞ、と諭すように言い添えた。万里は曖昧に頷き背を向けた。

包みからは油の匂いがしていた。広場を横切り村の真中を走る道に出た所で、突然にカンヤールに行こうと思った。集会所での酒席は深夜までつづくであろうし、急ぎ足で行って来れば廉勝より先に家に戻れる。

カンヤールの弓状に広がる砂浜が見えてきた。思ったほど時間はかかっていなかった。月ののぼる時間だった。満月まではまだ間のある月が海の方角に見えた。

アダンの実をあさるやどかりの動きまわる音を聞きながら、万里は身を隠し砂浜をざっと見た。風はなく月の淡い光を浮かべた海面には小さな波が漂っていた。砂浜の先端にある岩場が黒々としている。波にえぐられ洞穴状になっている岩場に、小ウナリは住みついているのだろう。

岩場まではかなりの距離があった。しばらく様子を探ることにした。ふと、太郎の作り話かと思った。しかし、岩場で何かの動きが見えた。目を凝らしたが、はっきりと見ることはできなかった。

万里は砂浜を取り囲むように繋っているアダンの間を縫って岩場に近づいた。天ぷらの包みが邪魔だった。それでも空いている手でアダンの葉を払い進んだ。

岩場を目の前にした位置でもう一度様子を探った。石を打ちつける音がする。人が居ることは確実だった。

万里は短い枝を片手に砂浜にでた。小ウナリから見られることを覚悟しながらも、偶然に来たふりを装おうとした。天ぷらの包みを置き、服を脱ぎ銛《もり》に見せかけた枝を握って海へ入った。入江の水は温かかった。一気に沖へ泳ぎだすと水の温度が下がってくる。日中の陽に晒された身体には心地よかった。立ち泳ぎになり、岩場を見た。人影が砂浜にあった。万里はしばらく砂浜の様子を見ていた。

砂浜から歌が聞こえた。水を掻く手をゆるめ耳を澄ました。ウナリ森で聞いた歌だった。あの夜の歌と比べようと声に聞き入った。しかし、似ているようにもまったく違うようにも聞こえる。万里は少しずつ砂浜に近づいた。人影は動かない。足が届く浅瀬まで来ても首から下は海面に隠して様子を見た。

歌が終わると人影が近づいてきた。万里が立ちあがると動きが止まった。万里は大股で水を切り砂浜に向かった。人影もゆっくりと近づく。仔細に眺めると小ウナリに似ているがどこかが違って見える。顔が確認できる位置で止まった。いつも巻きあげている髪がだらりと下がり、別人に見えるが、確かに小ウナリだった。

「魚は獲れたんかや?」

万里は返事の代わりに首を振った。その拍子に水滴が目にかかった。掌で顔面を拭いまじまじと見た。

「腹に入れるものがあるどぉ、食べるん?」

小ウナリは返事をしなかった。万里は下着姿のまま、服を脱いだ所に戻り天ぷらの包みを差しだした。小ウナリは黙って受け取ったが、放心したように海の一点に目を注いでいる。気になって同じ方向を見たが、月の光を受ける波の動きがあるだけだった。

「いつからここに居るん」

小ウナリはまだ海の一点に目を注いでいる。

「飯はちゃんと食べてるのかあ」

小ウナリは万里の渡した包みを片手に持つと岩場へ向かって歩きだした。しばらく進み急に止まると、詫びるように頭を下げた。

「こんな遠くまで足を運んでもらって肝苦しい」

小ウナリは万里が来ることを予想していたように小声で言うとふたたび頭を下げた。長い髪が顔をおおった。

「ここは涼しくていいとゆう」

万里は砂浜に座った。小ウナリはちょっとの間ためらっているようにみえたが隣りに腰を降ろした。

「ここへ一度、烏賊を獲りにきたことがあったん、覚えてるん?」

「あのときは獲りすぎて運ぶのに難渋したどお」

小ウナリが昔をなつかしむように言った。初潮があるまでいつも一緒に遊んだことが次々と浮んでくる。二人の仲の良さが噂の種になっていたのかもしれないと思った。海風が流れている。小ウナリの肩にかかる髪先が小さく動いた。万里は胸のなかでわだかまっていたことを口にした。

「祭りのことを覚えているん？」

「忘れようにも忘れられんさあ」

万里は胸がしめつけられる気がして次の言葉が出せなかった。小ウナクがいきなり立ちあがった。

「一体、どうしたん？」

「我の母が呼んでるとゆう」

「どこでなあ？」

万里は近くにウナリが居るのかと思って周りを見た。どこにも人影はない。呼んでる、呼んでると小ウナリはつぶやいて立ちすくんだ。言ってることがわからなかった。小ウナリが歩きだした。足取りが変だった。酔っているように上体がゆれる。突然歩きながら笑い声をもらした。その声が徐々に大きくなる。

何年か前、旅芸人の女が村にきたことがあった。背におぶった乳飲み子はすでに死に蠅がたかっていたが、女の人を見るとその子を背から降ろし乳をせがんだ。その女は歩きながらいつも笑っていた。それは狂った笑いであったが、その女をめぐり村中の人があらゆる憶測をしたことがあった。

万里は目の前を歩く、小ウナリもあの旅芸人と同じく気がふれたのかと思った。さっきまではどこにも異常はなかったのに豹変する様も、旅芸人と同じだった。万里は後をついていった。岩場にはあちこちに小石が積み上げてあった。小ウナリは、一段と高くなった岩場を前にして立ち止まった。万里は足の踏み場を考えているのだろうと思っていたが、首を捻り岩場に耳を傾けている。万里も耳を澄ました。さざ波以外に別段変わった音は聞こえてこない。小ウナリはそれでも必死に何かを聴こうとする姿勢を崩さない。

万里は足音を忍ばせ横に回った。固く眼を閉じ苦悶の表情を浮かべ、耳だけに神経を集中させているように見える。

「うりうり、動いたん！」

小ウナリの顔に喜悦が走った。万里はハブでもいるのかと岩場を見たが、何の変化もない。しかし、何かが聞こえるらしくまだ同じ姿勢だった。

「うりうり、力を出せ、もう少しどお」

万里が前かがみで顔を覗いていると、小ウナリの目が突然に開いた。そして、万里と目が合うと頬をゆるめ、口元に笑みを作った。

「やっと根が張ったどお」

安心したように呟く意味が呑みこめなかった。

「何か聞こえるん？」

「ウガナー草の根の張る音」

万里は小ウナリが素っ気なく言う意味がわからなかった。

「ウガナー草の根の音が聞こえるん？」

「やっと聞こえたどお」

小ウナリはうれしそうに岩場に四つん這いになって登った。万里は混乱してきた。根の張る音が聞こえるはずなどない。やはり気がふれているのではないかとの思いは確信に変わりつつあった。

岩場に登った小ウナリは小石を積みあげてある所で手を合わせた。

案の定、波にえぐられた岩の奥には枯草が敷きつめられてあった。着替えと思える服が岩のとんがりにかけてある。太郎が言ったように、この場所で寝泊りしている。しかし、聞こえるはずのない根の張る音を聞いたということが頭から消えない。

「そこに座ってくだされ」

棒立ちになっている万里へ小ウナリが席を勧めた。言われた通り枯草の上に座った。小ウナリは丁寧に包みをほどくと、木の枝で作ったと思われる箸を使って、天ぷらを口に入れた。そして、ゆっくりと噛み喉を鳴らして呑みこむと、いままでの表情とは違った顔で言った。

「誰が死んだとお？」

万里はいきなり尋ねられて、他にも訪れる者がいると思った。

「誰が知らせたとお？」

「聞かずとも判るん」

「どうしてや？」

小ウナリは質問にすぐ答えようとはせず、今度は握り飯を箸で割り小さな固まりにして挟むと器用に口へ運んだ。しかし、天ぷらも握り飯も一口だけ口に入れると箸を置いた。

「人が死ぬと、風が哭《な》くん」

「風！」

万里はますます混乱してきて、小ウナリの顔をじっと見た。月明かりの届かない岩場では、はっきりと相手の顔が見えなかった。けれども、口の動き声の響きには変わった様子はない。

「風で人の死んだことの判ったとお？」

「そうだ」

万里は背筋が寒くなった。草の根だとか風だとか、意味のわからないことがでてくる。小ウナリがまた何かを言いたげに箸を止めた。万里はもうこれ以上何も聞きたくなかった。梅叔母に返す包みを手にすれば退散しようと決めた。だが、天ぷらも握り飯もほとんどが残っている。移しかえるものがないかと、周りを見た。しかし、目をはなした途端小ウナリが豹変するような気がしてすぐに顔を戻した。

「我はもう嫁にはいけないどお」

万里は急にしおらしくなった小ウナリを見た。

「そんなことはないとゆう」

「いや、もういけないどお」

万里はなぐさめるように、何年か前波手島の後継ぎとされていたウナリが駈け落ちした話をした。当然大騒ぎにはなったが、結局村の女からウナリの後継ぎを選び出したという。ウナリの役割を捨てて嫁に行くこともできるのだ。

「どうしても嫁にいきたければできないこともないどお」

「違う、今となってはもう無理とゆう」

小ウナリは幼い頃のように上目づかいの甘えるような顔をした。万里はかつてその目で魚が食べたいと懇願され一日中海に入って風邪をひいたことを思い出した。

「どうしても嫁にいきたければ手伝いをするどお。こんな島にしばられることはないとゆう」

「ほんとかや」

小ウナリが顔を近づけ万里の目をじっと見た。手をのばしても逃げないと思うと頭の中が熱くなった。

「去年の祭りのことを覚えているん」

小ウナリが心底甘えるように言った。万里は頷いた。小ウナリが膝でにじり寄った。

「我は、ウナリになりつつある。でも、今ならまだ間に合うかもしれないとゆう」

万里はやわらかい手が膝に置かれると身震いした。

「我を嫁にして下され」

小ウナリは右肩から服を脱いだ。太い眉の下のくっきりとした二重の眼がじっと見ている。半開きの唇がかすかに動いている。万里はあわてて腰を浮かした。

「今日はならん」

さらにしがみつこうとする手を払って立ちあがった。

目の前にいるのが違う人に思えてきて万里はあとずさった。小ウナリが立とうとしたとき、万里はくるりと背を向け走りだした。

「どうしてとなあ」

小ウナリの声が背後でする。万里は岩場から砂浜へとび降り一目散に走った。脱いだままの服をつかむと後ろを見ずに走った。一気に砂浜を走り抜け後ろを見た。岩場に小ウナリの人影がある。走るのは止めたが、それでも自然と歩調が早くなる。小川にでたところで手足を洗い服を着た。そして、うつ伏せになり水をたっぷりと飲んだ。

集会所での飲み食いはまだつづいていた。篝火の残り火がくすぶり、煙の匂いがした。

電灯の明かりのもとで何人かの姿がみえた。万里は立ち止まり中を覗いたが、太郎の姿はなかった。残っている長老たちに混じって声を張り上げている山盛の赤ら顔の傍にサヨがいた。山盛を連れ戻しに来たのだろうが、酒席に引きずりこまれた困惑がにじみ出ていた。目立ってきた腹をかばうように両手で下腹を支え面倒そうに頷いていた。万里は久しぶりにサヨを見ても何の感慨も湧いてこなかった。サヨの立ち上がる気配にその場から離れた。着物の前裾を何度もなでていたサヨの残像から、あの頃のことを思い出そうとしたが、浮かんでくるのは道で出会ったときに視線を外した顔だけだった。顔をつくろい声をかけようとした仕草が、サヨの態度で凍りついた。それ以来、目線すら合わせたことはない。万里は昨夜、廉勝が残した酒を持ち出し秀二と飲もうと思いながら家に向かった。

明かりの消えた家から誰かが出てくるのを見ると万里は身を隠した。カンヤールに行ったことだけは誰にも知られたくなかった。

人影は廉勝だった。まだ飲み足らなくて集会所に戻るのかと思ったが、方向が逆だった。廉勝は浜へ出る道を選んだ。万里は後をつけることにした。廉勝は家から道に出るときだけ着物の帯をしめ直し周りを見たが、浜へ出るとひたすらウナリ森の方へ進んでいた。魚でも獲るのかと思ってみたが、手ぶらである。何のためにこんな夜更けに浜を歩くのだろう、廉勝はついに耄碌《もうろく》したのかと、不安になった。

万里はすそを跳ねあげ大股で歩く廉勝との距離をつめすぎないようについていた。いつでも身を隠せるように浜づたいに繁茂しているモクマオウの傍を通った。

月は真上まで昇っていた。沖合で魚の跳ねるのがすぐ近くのように聞こえる。橋の分断作業と葬式のあった夜に、海へ出る者などいないとふんでいるのか。廉勝は一度もふり向くことなく目的のある進み方をした。砂浜がウナリ森の先端になる岩場につき当たるところで廉勝が足を止めた。月が雲にかかった。周りからさっと月明かりが持ち去られた。廉勝の姿が見えにくくなった。万里は距離を取りすぎたことを後悔し、腰をかがめて廉勝に近づこうとした。遠い海上から月の光りが戻ってくるのが見える。それまでに廉勝との間を詰めようと思った。廉勝が誰かに語りかける声が聞こえた。万里はモクマオウの繁みに入り、できるだけ近くまで行こうとした。しかし、砂浜が岩場とぶつかっている場所には雑草しかなかった。

線香の匂いがしてくる。月明かりが帰ってくると砂の上に正座している廉勝の後ろ姿があった。廉勝が線香を薫《た》き何かを祈願しているのかとも思ったが、その様子はなかった。

「苦しいらみ、辛いらみ」

廉勝は涙声で語りかけている。万里は脈絡もなく小ウナリがまったく正反対の岩場まで移動したのかとも考えてみたが、それはあり得ないことであった。もし海岸づたいに進むとするなら優に倍の時間はかかる。どんな健脚であっても万里より早くなることはない。しかし、誰に語りかけているのだろう。岩場から急勾配にそびえるウナリ森で断食の祈願をしているウナリには届くはずがない。

「耐え給《たぼ》うり、耐え給うり」

廉勝は絞りあげた声で訴えていた。岩場は月明かりをあびると油を塗ったように光って見えた。光の帯を映す海面は穏やかだった。砂浜の奥まったモクマオウの下では波音も聞こえてこない。廉勝がこのままの姿勢をつづけるなら連れ戻そうと決めた。万が一、誰かに見られたら、廉勝はプリムンとの烙印《らくいん》を押され村人から相手にされなくなる。

五年前、山仕事へ行った若衆が二日間戻らなかったことがあった。三日目に村人総出で樹の下敷きになっているところを発見したが、頭を強打しプリムンになっていた。何を話かけても涎《よだれ》を垂らし笑うだけのプリムンだった。ウナリの祈願の結果プリムンの霊を封じこめるためウナリ森のヤラブを切り出し掘っ立て小屋を建てることになった。若衆は一年後に死んだが、あの小屋はいまでも村外れに残っている。このままだとあのときと同じように廉勝がそこへ閉じ込められることになるのだろうか。

「苦しいらみ、辛いらみ、耐え給うりよ」

廉勝は岩場に向かいさらに訴えている。最近では煩わしいだけの存在であったが、畳二つほどの家畜小屋同然の場所に、廉勝が幽閉されると思うと胸が締めつけられてくる。思いきってモクマオウの陰から出ようとしたとき、女の歌が流れた。尻上がりに高音になる歌は岩場から湧き出しているように聞こえた。月明かりが一段と冴えた気がした。廉勝は歌に応じてすくっと立つと両手を前に差しだし、ゆっくりと足を踏みこんだ。それは廉勝の得意な舞だった。歌は人の世に縛られ思いを遂げられぬ男女の気持ちをうたう、相聞歌だった。女の歌が終ると廉勝は舞いながら返し歌を唄った。

すると岩場から白い姿が現われた。万里は幽霊ではないかと逃げ腰になった。全身が白で片手に線香の束をかざしている。白の頭巾に白の装束そして白足袋といういでたちは不気味であった。線香の煙が波打って横にゆっくりと流れている。女がウナリとわかるまで時間がかかった。月の光を浴びた姿は絹をまとっているようにも映る。足のつま先を摺りあげ一歩ずつ前に進む舞は豊年祭の掉尾《ちょうび》を飾るものより美しく優雅であった。

廉勝の喉は昂《たか》ぶりを伝えるようにふるえている。岩場で舞うウナリの姿と砂浜で舞う廉勝の姿を見つづけていると、どこからともなく太鼓を刻む音と三味線の音がとどいてくる気がした。別れを覚悟した二人の踊りだということがわかると万里は小ウナリが二人の童だという噂を素直に信じる気になった。

交互に唄われた歌が終わりに近づくと、ウナリの白い姿が後向きになり、ゆっくりと岩場へ消えた。歌がぷつりと途絶えると廉勝はその場に立ちウナリの消えた方角を見つづけた。万里は二人がなんらかの会話をするのではないかと聞耳を立てた。だが、足元で這うやどかりの枯葉を踏むせわしない音があった。万里は身じろぎもせず、立ちすくんでいる廉勝に自分を重ねていた。ふり払ってきた小ウナリの声が浮かぶ。これが血のなせることなのか。親子して同じことをくり返している運命を呪った。それでも、今すぐにカンヤールに戻ろうとする衝動が湧いてくる。

長い間立っていた廉勝が踵《きびす》を返すと、万里はモクマオウ林を抜け、近道になる野原を家に向かって駆けだした。

翌朝、万里はめずらしく廉勝より先に起きた。葬式の翌日であるからどの家でも始める家の四隅に線香を一本ずつ立てるというしきたりを守ることにした。手を合わしながら、不思議なことがたてつづけにあった昨夜の出来事を思いだした。どれもが、曖昧な記憶に思えるが、疼《うず》くような痛みが残っている。昇りだした朝陽が庭に撒いてある白砂を照らした。万里は井戸端に回り、仏壇に供える水を汲みあげて一息つくと小ウナリと白装束で舞ったウナリが同じような表情をしていたことを思いだした。

隣の風呂敷婆が庭に入ってきた。別段用がある訳でもないのに勝手に訪ねてくる婆を無視し、つるべの水を底広がりの仏壇用の入れ物に移した。

「うわあや、親孝行どお」

婆は傍まで来ると感心するように言った。

「父《イザ》は、まだ寝てるどお」

「かまわん、かまわん」

追い返すつもりで言ったのに、婆はつるべを横から奪い、口を突きだして水を飲んだ。

「やっぱり、水の初は美味いさあ」

万里は仏壇用の入れ物を掌にのせ目の高さまで持ちあげると井戸端を離れた。

「今日でウナリの祈願は終るんどお」

婆が言うと、万里は家に入りかけたところで振り向いて聞いた。

「どうして、判るん？」

「暦を計算すれば、すぐに判るどお」

首をひねっていると、婆が急に愛想笑いを浮かべ、起きてきた廉勝を迎えた。

「うわの童は、孝行どお、線香も供えの水の初もちゃんと汲みとる。我の童はこれまで一度もしたことがない。我が死んでも、水さえ供えてくれないかと思うと、淋しくて悲しくて夜も寝られん」

最後は本当に泣きだしそうに訴える婆に廉勝は苦笑して井戸端に近づいた。婆がかいがいしくつるべで水を汲みあげ、洗顔を手伝っている。万里は昨夜の廉勝と目の前にいる廉勝がどうしても同一人物に思えなかった。

当然のように婆が台所にずかずかと入り薬缶を持ちだし茶の用意をする。婆はこれまで何度もあからさまに廉勝の後添えになりたいと言っていた。少々口うるさいところはあるが、気だても面倒見も悪くはない。周りの者もそうなっても不思議ではないと見ていたが、廉勝はその話になるといつも黙りを決めこんでいた。万里はその理由がわかったような気がした。

母が死んで二十年以上も経っている。廉勝が後添えを貰っても先妻への義理だては済んでいるだろう。だが、廉勝の心は別の所にあったのだ。

万里が仏壇に水の初を供えていると、前の家の爺が新品のシャツ姿で庭から声をかけてきた。風呂敷婆が井戸端から返事をする。廉勝は婆と一緒の所を見られたくないのか台所の土間を通り座敷にあがってから縁側へ行った。

「慶田の線香をあげに行かんか」

前の家の爺は庭に立ったまま誘ったが、廉勝は支度があるから先に行ってくれと断った。

「わざわざ着替えなくてもいいとゆう」

井戸端から回ってきた婆が口を挟んできた。

「うわは、その格好で行くんか」

廉勝が風呂敷を指して皮肉のようにいった。婆がすぐに言い返すのを見ると、前の家の爺は晴れがましいシャツ姿を誇るように庭をでていった。しかし、すぐに血相を変えて戻ってきた。指で道の方を差したまま絶句している。婆が庭を素早く横切って垣根のユウナの木の所まで行ったが、爺とならび口をあんぐりと開けた。

万里は二人の所へ行こうと縁側から庭にとび降りたが、廉勝は動こうとしなかった。

村の大通りをウナリが歩いていた。婆は足を震わせている。ウナリは落とし物を探すように道の両端に目をやりながら歩いていた。しかし、どこか様子がおかしかった。ふと立ち止まり道端の一点を凝視していたかと思うと肩で息をし溜息を洩らす。

風呂敷婆は廉勝を呼ぶことも忘れ、ウナリの動きを食い入るように見ている。ウナリの足取りは乱れていた。断食で失った体力を必死でふり絞っているのだろう。少し歩くと足を止め大きく息をする。

断食で頰肉がおちている。くぼんだ眼窩《がんか》からは鋭い眼光があった。だが、その眼はどこか虚ろで、道の脇にしか向けられない。

「見えないどお、見えないどお」

ウナリは道端に目を注ぎながら嘆いていた。万里は断食で視力が失われたのかと思った。しかし、歩行には何の支障もない。ウナリがかがんだ拍子に白い頭巾がほどけた。巻きあげた髪にかろうじて下がっていた頭巾はほどなくして地面に落ちた。ウナリは拾うことなく、一点を見つめ肩を落としまた歩くという動作を繰り返していた。昨夜月明かりで絹のように見えた白装束はあちこちが汚れていた。

やっと余裕を取り戻した婆が、顔を横にすると小声で廉勝を呼んだ。廉勝は屋根にまでのびてきたガジュマルの枝を見上げていた。婆に呼ばれちらっと視線を向けたが、また、枝を見上げた。

「あがや、うわまでプリムンになってしまったのか」

婆が動こうとしない廉勝に独りごちた。万里はプリムンと言われ、改めて廉勝を見た。廉勝はガジュマルの剪定《せんてい》でも考えているようにじっと枝ぶりを眺めている。昨夜のことが浮かんできた。もしかすると、衆人監視の元でも、昨夜のように舞いだすのかと思うと、気が気でなかった。

ウナリが脇道に消えると同時に前の家の爺があわてて戻っていった。婆も垣根をくぐって帰っていった。

万里は縁側に戻ると、廉勝の様子を注意深く見ながら今の出来事を手短に伝えた。しかし、廉勝は平然として呟いた。

「ウナリにはウナリの算段があるんとゆう」

万里は更に話を聞きだそうと、相槌をうち横に座ったが、廉勝はガジュマルの枝を見上げるだけだった。


鎌だけを腰に差し畑に向かった。どの家もひっそりとしていた。大方は仕事に出ている だろうが、人目につかない奥座敷でウナリの噂が交わされていることはたやすく想像ができた。いつもなら、庭にゴザを持ち出し、砂糖船が来るときに売る竹籠を作る風呂敷婆さえ、家にこもったきりだった。万里とて気にはなったが、廉勝を相手に噂話をするわけにはいかなかった。

ほぼ村の真中を示す黒松の下に童が自転車を真中にして三人寄り固まっていた。万里が近づくとぴたりと話し声が止んだ。三人とも上半身は陽にやけた裸だった。

「ウナリの噂をすると、口が裂けるどぉ」

万里が脅すと、パンツしか穿いていない一番小さい童があわてて口を押さえた。一等年嵩《かさ》の半ズボンの童が反抗するように口をとがらせた。

「我は、自転車の話をしてたん」

「嘘をついても口が裂けるどぉ」

「ほんとうさあ」

童たちは自転車を押して突然駆けだした。万里は苦笑し、それから慶田の家に寄り二本の松の幹が埋めこまれている門口から手を合わせて畑を目指した。

橋と土堤に渡してある板にはいろんな足跡がついていた。橋の欄干に海鳥がとまっている。川の水はだいぶきれいになっていた。橋を渡り向こう岸に着くと、群生しているマングローブを見た。海中に根を張るこの木を育てあげれば橋の代わりにならないかと考えてみた。マングローブの林は川の両岸にびっしりと繋り、河口までつづいている。万里はウナリ森の川に面している岩場を見上げた。その切り立った岩場は丁度ヌスク岬の風葬場と向き合う位置にあり、村へ迷いこもうとする死霊を防いでいると言われていた。

何日か足を運ばなかった畑は荒れていた。砂糖黍の下葉が増えている。万里は背丈を優に越している砂糖黍の列に入り、鎌で下葉を払った。何列かを終え下葉を集めて火をつけた。あちこちで同じような煙があがっている。しかし、山の麓一面にのびている砂糖黍がうまく船着場まで運べるかどうかと考えると気が滅入ってきた。米や芋であれば食料として保存することもできるが、これだけ大量の砂糖黍はどうすることもできない。

何組かが早々に仕事を切り上げ、後生橋を渡り村へ帰っていくのが見えた。誰もが橋の修復には欠かせないウナリの異変が気になるのだろう。万里も陽が少し傾きかけると帰り支度を始めた。もしかすると、丹念に手入れをしてもそれが無駄になるかもしれないとの思いが、仕事へ没頭する気を失わせていた。用水路で手と顔を洗い帰路についた。

出がけの時と同じように村はひっそりとしているように見えた。どの家も戸を開け放ってはいるが、人の姿はない。

家が近づくと三味線の音が聞こえた。縁側にできた木陰に胡坐をかき三味線を鳴らしている廉勝を目にすると、万里は思わず怒鳴った。

「昼間から、みっともないどお！」

廉勝は手を止めたが、悪びれた様子はなかった。万里はそれでふたたび怒りをあらわにした。ウナリのことが心配ではないのか、と言おうとしたが、大声でウナリの名を口にすることはできない。

「砂糖黍が心配にはならんかあ！」

万里が詰問しても廉勝は黙っていた。昨夜のことが頭に浮かんだ。万里は急に口調を改めて聞いた。

「昨晩は遅くまで飲んでいたん？」

どのような反応をするかと注意深く見たが、息子と対等な口がきけるかと言わんばかりに、早く飯を作れと言った。

万里は仕方なく井戸端を通って台所の土間に入った。竈に火を起こしているとき、集会のあることを報せる鐘がなった。鐘は三つ連打されて間を置きまたくり返すということを三回つづけて止んだ。鐘が終ってすぐに廉勝が布団を敷きはじめた。そして、台所の板間に来ると唐突に万里に告げた。

「我は、具合が悪い。集会は欠席するどお」

「どこが悪いなぁ？」

「あがや、悪いから悪いんどお」

言い分はまったくのこじつけにしかなっていなかった。しかし、さっさと布団にもぐりこむ廉勝に万里は昨夜のことを重ねた。廉勝の行動はどう考えてもわからなかった。長老の一人という立場を考えれば欠席は重大事である。しかも、その席では後生橋の談合になるのはわかりきっている。

陽が暮れるとすぐに再度集会を報せる鐘が鳴った。廉勝は本当に寝入ってしまったのか咳払い一つしなかった。

廉勝の分も飯の用意をすると、万里は向かいの家の爺を、訪ねた。家の中は真暗だった。庭から声をかけると返事があり、ややあって電灯がついた。万里は電灯の明かりが届いている場所まで進み、廉勝が欠席する旨を伝えた。爺はすでに着替えていた。朝と同じ服装だった。座敷と台所の間にある戸が閉まっているのを見て、万里は爺が誰かと話しこんでいたのだと察しをつけた。爺はそれを糊塗《こと》するように、慶田の線香をあげに行くところだったと、まくっていたシャツの袖をのばしながら言った。

万里は家をでる前に廉勝に声をかけたが返事はなかった。月が一段と丸くなりつつあった。この月が満ちた日が事を始めるには最もいい日だと、誰かが言っていたことを思いだしながら集会所へ向かった。

さすがに人の集まりは順調だった。先に来ていた太郎が傍にくると聞いてきた。

「うわの父は、具合が悪いとお?」

「寝たまま起きられん」

「いつからや?」

「最近、ずっと身体がだるいと言ってたん」

廉勝を擁護するように作り話をした。傍を通りかけた長老が足を止め根掘り葉掘り質問を投げかける。万里は集会を欠席するほどの重病になりつつあると強調した。

「慶田の魂が迷っているらしい。道づれにならないように気をつけれえ」

「誰が言ってたとゆう？」

「誰でも知ってるどお」

長老はそう言い残すと前の席へ向かった。万里は太郎に本当かと聞いた。太郎は意外だという顔をしてウナリが夕方言ったと小声で耳うちした。

誰でも知っているという噂がなぜ回ってこなかったのか。普通、その手の噂話は一戸ももらさず回るものである。万里は真先にとんできそうな風呂敷婆が来なかったことに悪い予感を覚えた。もしかすると昨夜のことが知れわたっているのではないか。廉勝はそのことを知っていて突然に集会を欠席する気になったのでは。こう推測すると納得できたが人の視線がやたらと気になってくる。

集会が始まった。火葬に使う薪の準備はできたと慶田の親類のものが目に隈《くま》のできた顔で言った。

「それでは、火の番を決めるどお」

村長が全員に顔を向けて切りだすとすぐに太郎が手を挙げた。

「我に五番をさせたぼうり」

火葬は七組の火の番があった。最初と最後は血縁者があたるが、あとは話し合いである。

しかし、最も嫌がられる明け方の五番目を太郎が申し出ると、感嘆の声が洩れた。ここ数日、山盛一人が目立っていることを挽回しようとしているのだと、万里は思った。しかし当然の如くあっさりと五番目が申し入れどおりに決まると、太郎が耳元で言った。

「今夜、カンヤールに行くどお」

万里が絶句して見返すと、太郎は薄笑いで応えた。そして、あえて五番目を申し出たのは、その時刻まで何をしていても疑われないための偽装作戦だったことがわかると、万里は太郎の画策に舌を巻く思いがした。

集会所の入口で物音がした。こんなに遅れて現われるのは誰だろうと、視線が集中した。篝火のない入口は暗くてはっきりと見えない。万里は父ではないか気をもんだ。なかなか入ってくる様子はなく村長がしびれを切らして言った。

「早く入り下され」

現われたのはウナリだった。村長が弾かれたように立つと機敏に駆け寄った。他の者たちも慌てて胡坐から正座になる。万里はまだ気をもんでウナリの背後を見た。廉勝がふらりと現われる気がする。

ウナリは白装束のままだったが、電灯の光でもかなりの汚れが見えた。だが、ススキに似たパイ草を根ごと握っている手を見たとき、ウナリの異変に誰もが諦めを抱いた。うやうやしく上座に案内する村長もパイ草を見ると眉をしかめた。

ウナリの顔つきは朝よりも更に憔悴していた。眼窩はさらに窪み目やにがたまっている。眼光だけはそれでも鋭かった。何日か前まではふくよかであった顔は見るかげもない。村長が挨拶をしようとするのをウナリがさえ切った。

「草の根までは見られる、だが、どうしても見られぬものがあるん……」

ウナリはそう言ってパイ草をランプの下の最も明るいところへ投げだした。泥のついているパイ草の白い根をウナリが指差した。

「引き抜いて見ると、見た通りの根があったん。だけど、これ以上は見られん」

ウナリは歯ぎしりしている。ようやくウナリの言っている意味をのみこんだ長老の一人が、根を見るだけでも驚きであるのに何を見ようとするのか、とおそるおそる尋ねた。

「地の奥」

「地！」

「そうだ。地の奥から聞こえる声を聞かなければ橋は立たん」

「それが聞こえないとお？」

「そうだ。それを聞くために全力をつかっているんどお」

ウナリが正確な受け答えをしたことに、村長の顔に安堵が浮かんだ。それは多くの者が得た印象でもあり、諦めていたものが期待となり、ウナリに視線が集まる。しかし、地の奥という意味がわからない。万里はカンヤールでのことを思い浮かべながら、背筋がひんやりとしてくるのを覚えた。親子して同じことを言っている。

「この地面に声があるんとなあ」

「あるん。ありすぎるん。ほら」

ウナリが集会所の土間を指でさした。全員が土間の踏み固められた地面を見た。

「松の根がまだ残っているどお。それが太陽を見たいとさわいでいるん」

「どんな声だとゆう」

「あがや、自分で聞きみれ」

ウナリはそう言ったきり、土間を見つづけている。それは、声をかけるのが憚《はばか》られる真剣な表情だった。集会所の人たちが固唾をのんで見守る。しかし、ウナリは動きそうにもない。火の番はまだ決まっていないが、ウナリに出て行けと言える者はいない。ただ、黙ってウナリの行動を見るしかなかった。村長が催促するように口に手をあて咳払いをしたが、ウナリはピクリともしない。時間が経つにつれ、どうしたものかと隣りどうし顔を見合わせるが、どうすることもできない。ウナリの目から涙がすっと頬を流れた。顎で止まっていた涙が地面に落ちると、そこだけ染みができた。

口を閉じたまま嗚咽《おえつ》がもれる。涙の意味がわからずに全員が黙っている。万里も前の人の肩ごしにウナリを見ていた。小ウナリとウナリが同じことで悩んでいる。しかし、小ウナリは聞こえると言う。

「我も地の声を聞きたかったたん」

　ウナリが絞りだすように語り始めた。人のために尽くそうと決心し願いを深めてこそ聞くことのできる無上の声。その声こそが地の声であり、ウナリの最高の目的であるという。

「だが、我にはもう聞くことが叶わん」

　ウナリは次々と涙を落として立ちあがった。

「橋はどうなるん？　梁にする木はどこにあるん？」

　若衆の一人が切羽詰ったように聞いた。長老格でなければ直接口をきけない習慣を破った発言であったが、誰も咎めようとせず、ウナリの応対に注目した。ウナリはしばらく無言でいたが、ぽつりと洩らした。

「我はもう役立たずだ。カンヤールに行けば判るどお」

　ウナリは肩を上下させて出口に向かった。いつもなら丁寧に見送る村長も我を忘れたように座っている。ウナリが立ち去ると太郎が万里の膝をつついた。

「どうしてカンヤールがわかったんかや」

「それ位わからずしてウナリといえるかあ」

　万里は声がかすれていた。

　それから集会所はあわただしくなった。火の番が決まるとカンヤールへ行く者が連れ立って出かけた。

火は勢いよく燃えていた。盛んに火の粉が真上にあがるのを、万里は見ていた。月は雲に隠れ黒い空をさらに黒くするように煙が上空でたちこめている。少しでも火勢が弱まるとすぐに立ちあがり、背丈ほどにつんである腕ほどの太さと長さの丸太を放り投げた。かなり離れているが、それでも熱気で顔がほてってくる。太郎はカンヤール行きが無駄になった腹いせで酒を呑んだといって現われたが、火の傍の草むらであお向けに寝ていた。

慶田の遺体は判別できないほどに焼かれている。万里はカンヤールから連れ戻された小ウナリのことを考えつづけていた。昨夜、耳にした言葉が甦るたびに胸がしめつけられ、後悔の念にかられた。ほとんど歩けないほどに疲労していた小ウナリは迎えにいった者に代わる代わるおぶわれて来たという。それでもうわ言のように梁に使うキヤン木が川の上流の大きな松と竹林の間にあると予言したとの噂でもちきりだった。

太郎が起き出して傍にきた。顔が火を受けて真赤に見える。

「まるで赤鬼だとゆう」

太郎は火の番用に置いてある包みの中から酒を取り出した。

「うわも呑むかあ」

形だけ聞いたが、万里が断るとピンごと持ち上げラッパ飲みをした。

「小ウナリの予言はほんとうかや」

太郎が口元を拭いて聞いてきた。

「ほんとうに決まりぶる」

「そうかな。我はあの辺りに何度も行ったことはあるが見たことがないどお」

万里も小ウナリの予言には疑問を持っていた。耐久性があるキヤン木であれば見のがすことはなかった。しかし、入り組んだ密林になっているからないとは言いきれない。明朝、その予言を確かめるために山盛が出かけるという。二人はそれっきり黙って燃え盛る火を見つづけた。

万里は再び小ウナリに思いを巡らせていた。あのとき、服を脱がせていたらどうなっただろうとの思いがまとわりついていた。今更どうすることもできないと諦めていながら、その思いは小さな棘《とげ》の痛みのように疼いた。

「こうなるとわかっていれば五番目など申し出なければよかったとゆう」

太郎があくびをして嘆いた。

「しい!」

万里が口に指をあてた。太郎の顔に緊張が浮ぶ。

「どうかしたん?」

太郎が怯えるように小声で聞く。

「ほら、今慶田の魂が抜け出しているどお」

「なんだそんなことかあ」

太郎はそう言いながらも火に目を注いだ。万里も冗談で言ったが、生きもののように動いている火炎を見ていると、ほんとうにそこから目に見えない魂がとんでいくように思えた。


月はウナリ森の横の海から昇ると一点の窪みもなく集会所の広場を照らした。三日間行われた補修に使う材料の準備はどうにか終り、明朝を迎えるための支度が集会所の広場で行なわれた。供物になる豚料理が即席の台に次々と並べられ、女衆が点検をしたあとほこりと夜露を防ぐために芭蕉の葉がかぶせられた。アーサ汁を煮ているエンマイ鍋からは湯気がたっている。これらの品の他に酢の物が用意される。

陽の出と共に橋の修復に使われる材料にお神酒がかけられ、村人総出の祈願があり、供物にした料理を腹に納めて、作業の開始となる手筈であった。

小ウナリの予言が的中したことで準備は着実に進んでいた。四日間の疲れは誰の顔にも現われていたが、いよいよ橋が修復できるという期待も浮かんでいる。黙々と明朝の料理を支度している女衆を遠巻きにしながら男衆は夕飯をとっていた。寝起き以外は何もかもが一緒であった。万里は大鋸を引きつづけてできた血まめに唾を塗りながら、皆にまじり箸を動かした。今度の作業に参加しなかったのは慶田の妻と廉勝だけだった。秀二さえ三日目からは顔をだした。そのため、万里は廉勝の分もという気持ちで誰よりも懸命に動いた。それでも、廉勝の具合はどうかと聞かれるたびに肩身の狭い思いをした。

飯を運んできた風呂敷婆が、万里を含めた鋸をあつかっていた組に向かって言った。

「小ウナリのことを聞いているん?」

万里は箸を止めて婆を見た。他の者も初めて聞くという顔をしている。鋸組だけは小ウナリの予言したキヤン木を伐り出しに川の上流で作業をしていたから情報が遅れていた。

「小ウナリは今日からプリムン小屋に入ったどお」

「プリムンになったとお!」

万里は思わず身をのり出して聞いたが、婆はにこやかに首を横に振った。

「違うさあ、神ダーリになりたん」

万里は神にとりつかれるという神ダーリを想像した。寝ても起きても神との交信状態がつづくという神ダーリになると、意識がないまま、いきなり暴れたり、夜中でもむやみに歩き回ったりすることが危険で一時監禁することもある。箸を止めていた万里の背を婆が叩いた。

「橋が出来たら、新品のウナリどお」

聞き耳をたてていた周囲の者が笑った。

大方の飯が済んだ頃合を見て、村長が全員に聞こえるような声を張りあげた。

「いよいよ、明日どお、最後まで気をひきしめて取りかかるようにとゆう！」

村長の声が合図のように飯の終った順に広場から人影が消えていった。万里は梅叔母の用意してくれる廉勝の飯を待っていた。梅叔母はなかなか来なかった。仕方なく女衆の固まっている所へと行くと、梅叔母が家まで届けると言う。

雲一つない空に月が浮いている。万里はできるだけ小ウナリのことを考えまいとしていた。月明かりは遠くの木までも照らしている。万里は家に入る前に裏庭につないだままにしている水牛の様子を見回った。寝ていた水牛は万里の姿を見ると、のっそりと起きあがった。内側に大きく曲がっている角に草の葉がこびりついているのさえ見える。万里は野良仕事の遅れを月明かりでやろうかと考えた。

家の中は暗かった。万里はあの日以来、本当に具合が悪くなっていくように見える廉勝が気がかりだった。廉勝を呼びながら手探りでランプのほやを取り芯に火をつけた。敷きっぱなしの布団に廉勝の姿はなかった。便所だろうと思ったが、水牛を見た帰りに通った便所に人の気配はなかった気がした。

台所の板間に座ると疲れが襲ってきた。便所を見にいくのが億劫になる。肘枕でしばらく横になった。

梅叔母に揺り起こされても万里はまだ寝ぼけていた。

「廉勝は何処に居るんとお？」

叔母が包みを置きながら聞いた。万里は座敷にある布団が変わっていないのを見ると一気に眠気が消えた。一寝入りしていたというのに廉勝はまだ戻っていない。便所ではないのは確かだった。万里はそのことを叔母に伝えた。しかし、叔母はたいして驚いた様子もなく傍に座った。叔母が黙って包みを開けると、食えというように顎をしゃくる。

「もういい、腹が破れるん」

万里は腹をさすりながら叔母の顔をもう一度見た。廉勝とウナリのことを誰かに聞いて欲しかった。しかし、ことウナリに関する限りうかつには言えない。太郎にさえも黙っていたが身内でもある叔母なら許される気がすると思った。

「ウナリが、森から降りた前の晩のことだがゆう……」

万里は小声で叔母の顔色をさぐりながらあの夜のことを話した。梅叔母は聞き終えると、誰かにこのことを話したかと尋ね、万里が首を横に振ると、お利口お利口と童の頃ほめると必ずした頭のてっぺんを撫でるという仕草をした。叔母の顔が沈みがちになった。そして、万里が小さい頃だと前置きし廉勝とウナリの関係を話した。

先代のウナリには女が二人いて今のウナリは後を継ぐ予定はなく廉勝は再婚するつもりでいたが、突然に後継と目されていた女が病気で亡くなったという。いくら好き合っていてもウナリの役目を持ったままでは廉勝は所帯を持つ気にはなれなかった。

万里は初めて聞いた廉勝の過去に複雑な思いを抱いた。ウナリの話題になると廉勝はこれまで何も言わなかった疑問が氷解していった。

「廉勝はほんとに好きだったんどお」

叔母はそういうと目頭を押さえた。万里は砂浜で目撃した舞いを思い浮かべると、廉勝の底深い淋しさが何となくわかる気になった。叔母がしめった話を切り替えるように街へ出る気はないかと聞いた。

「街へ出て何をするんとお」

「うわの鋸の腕なら欲しいと言ってるん」

何度か聞く話だった。万里はふと街へ行くのも悪くないと考えた。

「行く気があるなら、今のうちがいいどお」

万里が考えをまとめていると庭で物音がした。廉勝がようやく帰ってきたと思った。村人総出の仕事を休んでいながら、出歩くことをきつく叱ろうと腰をあげた。

「秀二がプリムンになったんどお！」

月明かりの庭に立っているのは太郎だった。万里は庭からまる見えになる廉勝の布団を隠すようにあわてて縁側まで行き、太郎の前に立ちはだかった。

太郎は自分の目撃してきたことに興奮しているようだった。秀二がウナリの庭で座りこんでいるという。

「人違いであらぬ？」

「いいや、間違いなく秀二だったさあ」

庭に降っている月明かりを見た。太郎が見間違える明かりではない。でも、長老たちの懲罰をまぬがれないことを、なぜ秀二はしているのか。

「まず、見に行かんかあ?」

「判った。すぐに行くどお」

万里は太郎に余計な詮索を与えないためにすぐ庭へでた。二人は走った。前を走る太郎の濃い影が揺れていた。

秀二はタコ籠と交換した船員のズボンで庭に座っていた。大勢の人が見物していると予想してきたのに、人影はなく、秀二の緊張した顔が月に照らされている。ウナリの家は一番座敷だけ戸が開いているが、残りは閉まっていて、明かりもなかった。

万里は背をかがめた太郎の後から眺めていた。二人が隠れているトウナチの大木から道をへだてて庭が見える。秀二は時折何かを言っては長い土下座をした。

秀二の肩が小刻みに動きだし嗚咽が聞こえてきた。掟を破ってまで、秀二は何を懇願しようとしているのか。嗚咽が大きくなった。太郎が耳元で囁いた。

「秀二は、当分、ウナリ森には登られん」

万里は太郎の蔑んだ言い方に腹が立った。

秀二がゆっくりと立った。諦めて帰るものだと思っていたが、家に近づき閉まっている戸を叩きだした。

「教えてたぼうり！」

秀二の声は絶叫になっていた。

「最後に教えてたぼうり、我はうわの童かや！」

ウナリが答えるはずもないだろうに、自分を産んだのかと問いかける秀二の姿があわれだった。尻にこびりついている庭の砂が声をあげるたびに落ちた。

道の両脇に立っているモクマオウの細い葉が光っている。月の当たっているどの葉も光沢がある。だが、その下は闇だった。少しの窪みでも黒い固まりにしか見えない。

万里は月明かりに映し出される光景を見ていて、ふとこの村もそうではないかと思った。見えないところで何があるのか、何が起きているのかまったくわからない。表面の一部だけは見えるけれども、それ以外は闇に覆われている。静まり返ったウナリの家の黒い影が秀二におおいかぶさっていた。

早朝のひんやりとした風が淀んでいた。陽の出はまだ先だが、光がゆっくりと膨らんでいた。村で一等早いニワトリはもう鳴き終え、雀のさえずりが始まっている。ヌスク岬とウナリ森の間から見える水平線にのしかかるように雲がたちこめていた。

東の空に徐々に赤味がでてくる。土堤には大勢の村人が立ち川の一点へ顔を向けている。話声はなく遅れて駈けつける足音が響いていた。万里は黒い川面に目を向けていたが、足音を耳にするたびに背後を振り返った。廉勝はまだ現われなかった。太郎が万里の脇に来て足を止めた。かなり走ったのだろう、息が弾み何度も肩を上下させている。太郎のすぐあとからやってきた梅叔母の姿を見ると、万里はずっとのばしてきた、街行きの話の返事をしようと決心した。

風呂敷婆の周りでひそひそ声がしている。夢を見たという婆は空が白み始めると真先に土堤へ来て川に浮んでいる溺死体を発見したという。

「やっぱり明け方の夢は正夢だとゆう」

婆の感きわまった声は離れている万里の耳にも届いた。一人だけ外れた所でうずくまっているのは秀二だった。

ウナリが役目を果せなくなると村を出て朽ち果てるか、乞食同然に生きのびるしかなかった。婆が土堤に来たときはウナリ森の岩場の下で浮いていたという溺死体は潮に押され橋に近づいていた。ウナリ森の岩場から身を投げたのだろうとは誰でも推測できたが、まだ暗い川へ入り溺死体を引きあげることはできない。

つぎつぎと足音がして土堤に人が増える。到着した者は、先に並んでいる人の視線を黙ってなぞり川面に釘づけになる。

空の赤味が放射状にゆっくりとひろがっていた。

「もうすぐ、陽の昇るんどお」

誰かが独りごちた。水平線がいきなり燃えた。光が一気にあふれると雀のさえずりが一段と高まる。橋桁の影がぼんやりと川面に映った。川向こうのぼやけていた雑木林が見る間に鮮やかになる。水鳥がけたたましく啼いて橋をくぐり抜けた。

陽が出ると同時に低い声が土堤いっぱいに充ちた。長い髪の毛が海藻のようにゆらいでいる。溺死体の白装束がはっきりと見える。何人かが川に入って行った。上を向いている溺死体は波にゆられ橋桁の傍で漂っていた。万里はふり向くことを諦めその場にしゃがんだ。ひんやりとしていた空気が熱をはらんでくる。足元で踏み倒されているチョーメ草の葉に露が丸い粒で浮いていた。葉をつかむと粒が転がった。

初出・底本：『文學界』一九九四年六月号［発表時作者四三歳］

## 第一一一回芥川賞選評より 〔一九九四（平成六）年上半期〕

**古井由吉**　このたびの受賞の両作（笙野頼子「タイムスリップ・コンビナート」と室井光広「おどくでく」）を見ると、むやみに強調することは控えたいが、若い世代の文学がある段階に差しかかってきたことは否定しがたい。新しいとは敢えて言わず、むしろ難儀な段階と呼んだほうがふさわしい（中略）どちらの作品も小説になる以前の境を、いきなり小説の瀬戸際としてひきうけているように見られる。

**河野多惠子**　落ちた五作のなかでは、小浜清志さんの「後生橋《グソウ》」が好評だった。以前の候補作よりも、進歩を見せていた。この作品には、沖縄（と一応しておく）の作者たちの沖縄を扱った作品の傾向を感じた。一つは、女の人の存在が濃いことで、私は興味をもっている。もう一つは、土地に対する作者の優しみであって、その優しみが、一体に少々手放しになりがちではあるまいか。

**丸谷才一**　『後生橋《グソウ》』は、前近代と近代とがいりまじつてゐる生き方をとらへようとしたもので、着眼点がよく、野心が大きい。（中略）作者はおそらく架空の島を借り来《きた》つて、じつに具体的に、つまり観念的にではなく、それを村の生活のなかで描いてゐる。

---

**小浜清志**　こはま・きよし

一九五〇（昭和二五）年、沖縄県八重山の由布島に生まれる。六九年、八重山高校を卒業と同時に上京。硝子会社など様々な職につく。七八年、東京都の清掃作業員となった頃から創作を始める。八七年、中上健次と知り合い、師事。八八年「風の河」で文學界新人賞。九二年下半期、「消える島」で第一〇八回芥川賞候補、九四年上半期には「後生橋」で第一一一回芥川賞候補になった。著書に『火の闇』。

# キオミ

内田春菊

決定的となったその電話のあとしばらく、あたしはただぼんやりと座り込んでいた。今さら泣こうとしてもきっかけがつかめない。だいいち晋《しん》がいない。晋の前で泣かなきゃ何にもなんない。なのに晋は、出張だと嘘《うそ》を言ってどこかへ行ってしまった。堕《お》ろすことを考えるのさえ恐ろしい妊娠四カ月の体をかかえて、あたしは「オレ子ども大好きなんだよね。子ども欲しいから結婚すんだかんね。そのへんちゃんと考えててくんないと困るよオレ」という晋の言葉を思い出していた。もうお腹の中で五センチくらいになってて指もまぶたも出来ているのよ、ってちゃんとどっかの雑誌に出てた胎児の写真も見せてたのに！　超音波写真だっていつも見せて、ここが心臓よ、可愛《かわい》いねってあんなに……なのにどうして!?

そういえば入籍したてのときにも似たようなことがあった。式と披露宴まではあんなにはしゃいでて、みんなのまえで「キオミをしあわせにする！」って言ってキスまでしたのに、旅行から帰って区役所に行って入籍したら、その帰り道急に無口になった晋。なぐさめてもなぐさめてもだめだった。最後には小さい声で、

「オレこれから一生おまえのことやしなっていかなきゃなんないんだよなあ」

って言った。そしてそれきり会社に行かなくなってしまった。あたしはすごくいやな気分で毎日を送ったわ。会社の人たちは何も知らずに「新婚旅行疲れですかあ？　がんばったんだなあ」なんて言ってたけど、こっちは目の前真っ暗だった。前の会社にバイトでまた入れてくれと頼んだのも、生活の不安よりも晋の沈んだ顔を見て一日が過ぎていくのが耐えられなかったから。せめてもの罪ほろぼしと思ったのか晋は毎日あたしを迎えに来てくれたけど、ただ黙って歩いて、そして黙ったまま夕飯を食べて帰った。まてよ、今考えるとあたしの代わりにご飯を作ったりするのはプライドが許さなかったのかも。そのたび外で食事をしていたから、そんな状況なのに経済的にはすごくぜいたくをしていたことになるのよね。でもあたしは恐くて晋にそんなこと言い出せなかった。言ったらおしまいな気がした。あまり話はしなかったけど、なぜかよくセックスしていた。でもある日、バックでしていた彼が膣外射精のためにペニスを抜いた瞬間、あたしの腰の動きがついていって、もういちど彼のペニスを飲み込んでしまった。そしてあたしは妊娠した。

「おまえがあんなに腰を振るからだよ……なんとかなんないの？」

彼のせりふを聞いて、あたしはついに泣き出した。すでに始まっていたつわりがシンクロして、泣きながらげえげえトイレで吐いた。晋は黙っていた。トイレから出てきてうがいをしようとしたら、今度は洗面所で吐き気がして「ウエッ」と大きな声が出てしまった。

「やめろよ、こっちまで気持ち悪くなるじゃん」

その晋の一言で、とうとう頭に来た。顔を上げると、目も頬《ほお》も真っ赤に充血しているのが鏡に映って見えた。あたしは黙って奥の部屋へ行き、バッグに着替えを詰め込んだ。

「……何やってんだよ」

晋が不服そうに声を掛けた。

「あたし、家に帰る」

「なんで」

「家で相談してくる」

「やだよ。行くなよ」

「いま、なんとかしろって言ったじゃん！」

あたしは思わず大きな声を出した。

「やめろよ、キオミ」

晋はあたしの腕を思いきりつかんだ。

「痛いな。放してよ！」

「やめろって言ってるだろ」

もみあううちに、晋の右手があたしの乳房をつかんでるのに気づいた。

「ちょっと、何してんの」

晋はあたしの乳首をやっつけようとしている。無理矢理シャツがまくりあげられ、ブラジャーがはずされ、左の乳首に当てた舌を思いきり激しく動かされた。晋の右手の指はもうパンティの中でうごめいている。あたしは観念した。濡《ぬ》れているのは、妊娠して分泌が多くなっているせいだ。でもきっと晋はあたしがすぐさま欲情したと思ったのだろう。いかにも、これが欲しかっただけのくせに、というような余裕の身ぶりで、あたしにしゃぶらせた。のどの奥まで突っ込まれても、不思議と吐き気はしなかった。晋の好きなバックで最後を決めるとき、晋は「いいんだよな、もうなかでしても」と言った。


それからしばらく晋は落ちついていた。何かを取り戻したような表情になって、会社へも通いだした。それと引き替えにあたしはつわりで動けなくなり、こっちが頼んで入れてもらったというのに、バイトも辞めることになってしまった。

「もうこれで、あの会社へは戻れないな……」

涙ぐむあたしを晋は、

「いいじゃんか、キオミはこれからおかあさんになるんだから」

と励ましてくれた。

「名前考えようぜ。なんか、かっこいいのにしよう」

「あたし、まだそんな気になれない」

それよりあたしは、晋に抱いて欲しかった。まだはっきりと頭で考えられない不安が性欲に変わっていくのが自分でも不思議だったが、何も言ってくれなくていいからして！と叫びたいくらいだった。それとなく誘ったけど、

「だめだよ妊娠してんだから。妊娠したてのときがいちばん危ないんだろ」

と言って抱いてくれなかった。

「いいの、したいの。体がそう言ってんだからさ」

と言っても、

「だめだよオレが恐いもん。三原家の初孫流産されたりしちゃ困るし」

と言うのだった。じゃあ、あのあたしが出ていくって言った日のあれはなに？　とあたしは言いたかった。深く入ると言われているバックであんなに突いたくせに。

「だって、こないだ……」

あたしは言いよどんだ。

「しょうがねえなあ。フェラチオだけならさせてやるよ」

「…………」

冗談でなく言ってるらしいその態度にあたしはしばらくあきれたが、結局負けてしまい、しかたなく晋のパジャマのズボンを下ろした。歯が当たらないように唇を丸め、一心に顔を上下する自分がむなしかった。晋は気持ちよさそうな演技をする気遣いもなく、排泄《はいせつ》するかのように黙ってあたしの口の中に射精した。あたしは生臭さに涙ぐんだ。つわりで苦しんでいるのを知ってて、なんで外に出してくんないの、とむっとしたが、晋の機嫌を損ねないよう一気に飲み込んだ。飲み込んだあとも吐き気がこみあげてきて、あたしは思わず口を手で押さえた。すると晋が手を伸ばしてティッシュの箱を引き寄せ、二、三枚抜き出したので、あたしはてっきり労をねぎらって口元を拭《ふ》いてくれるものと思い、「ありがと」と言ってしまった。ところが彼は自分のペニスだけをさっさとぬぐい、そのあと箱をあたしに渡すそぶりすらなかった。あたしは心からしらけた。なのに晋は余裕の笑みを浮かべ「気が済んだ？」と言った。それはこっちが言いたいせりふだった。

そのあと晋はすぐに眠った。あたしはフェラチオで興奮して濡れた自分を一人で慰めたが、すっきりしなかった。あの日みたいに、頭がぼうっとして何もかも忘れるくらい突きまくられたかった。

「オレも父親になるんだよな。父親らしくもっと胸板厚くしようかな」

そんなことを言って、晋はエキスパンダーを買って来たりした。

「なんでこれが父親らしくすることになんの？」

と聞くと、

「これから子どもを抱き上げたり、子どもに体当たりされたりすんのに、薄い体じゃさまんならないじゃん」

と答えた。

「そんなもんなのかなあ」

なんか腑《ふ》に落ちなかったが、とにかく晋が張り切っていることは確かだった。ほかにも、

「あっこの俳優、すげえ若くて子どもつくってんだよな。そんでそのままアメリカ行っちゃって、ずっとほったらかしだったんだよな。オレよりも七つも若くてオヤジになってんのかあ」

などと、いろんな俳優やタレントがいくつで父親になったかをことあるごとに気にしたりしていた。

晋には昔からこういうところがあった。ちょっと髪を切りに行くだけなのに、雑誌を開いては「こんどこの頭にしようかと思うんだけどさあ」とどこかの俳優を指さしてあたしに相談した。オレ異常に頭伸びんの早いからと二週間に一度必ず美容院に行くくせに、そのたびに何か変化を加えたいのらしかった。最初は真面目に聞いていたあたしも、途中からうっとうしくなってある日とうとう「どうでもいいんじゃないの」と言ってしまった。そのときの晋の顔を今でも覚えている。あわてて「だって晋、かっこいいから何でも似合

うもん」とつけ加えたが遅かった。「オレさあ、今の美容師に出会うまですんげえ苦労重ねて来たんだよね、悪いけど」と、何度も聞いた話がそのいちばん長いヴァージョンで始まってしまった。そして晋の髪はちょっとしたくせの加減でスタイリングがとても難しいこと、染めもしないのに少し栗色なこと、へたな美容師にうっかり変な頭にされたこと、美容院では今でも学生に間違われることなど、もう暗記してしまっててかわりにあたしが話すことだってできるそれら、そういえば晋とまだ肉体関係が出来る前から繰り返し聞かされたそれらを、また長い時間をかけておとなしく聞かなければならなかった。あたしはいつも不思議だった、どうして晋がこの話にこんなに情熱をかたむけるのか。晋は自分の髪はしょっちゅう切らなければならないと言い張っているが、あたしにはそんなに伸びるのが早いようにも見えないし、くせだって（いつも晋はほらここここ、ここが変なほう向いてるだろ、と指さすけど）全然見分けられない。「変な頭にされた」ときだって「切りすぎた」ときだってあたしはそれを見ているのだが、どこがそうなのかやっぱりわからなかった。

そういえば髪だけじゃなかった。晋はちょっと見にはけしておしゃれしているような感じはしないが、実は晋にしかわからない細かい細かい理論があって、あたしはそっちも暗記してしまっていた。股上《またうえ》の長いジーンズを、ぴったりベルトで締め上げて穿《は》くのは、そのほうが脚が長く見えるから。晋はあたしにまでルーズなボトムを身につけることを禁じる。たとえば買い物に行って、これいいなあ、とゆったりしたパンツなんか見てると、「おまえは脚が短くてちびなんだから、そんなの似合うわけねえだろ」と頭からけなして試着もさせようとしない。一度、ちょっと着てみるだけだよって試着したら、カーテンを開けるなり「似っ合っわっねえー!」と大声で言われ、笑われ、あきらめるしかなくなった。それから青や緑のシャツはだめ。顔にそれらの色が反射すると、色白な晋は病人みたいに見えるからなのだそうだ。でも、遠目にもあざやかな真紫のセーターや、真っ赤なシャツには全く抵抗がないのらしい。もしかしてこの人、なんだかんだ理由をつけて派手な色を身につけていたいだけなんじゃないかしら、というほどはっきりした色を平気で着る。でもいちばんお気に入りなのは白いシャツ。なんだ、シンプルじゃんですって? とんでもない。小さなシミでも付けたら最後、すぐ捨ててしまうのだ。ジーンズも同じ。だってジーンズなのよ? なのに、ちょっと色落ちしてきたから捨てたって平気で言う。「あれ、気に入ってるって言ってたじゃない」って驚いて聞いても、「だってもう古いんだもん。いいよ、また買うから」普通ジーンズって穿き古して味が出そうなもんなのに、こんな晋がなんでジーンズが好きなのかよくわからない。きのうなんかあたしにまで「そのパンツもう古いから捨てろよ」って言ってた。「いいよこれ、気に入ってるし普段着だもん」と言うと「だってもう色落ちてんじゃん、友だち来たときみっともないから新しいの買ってよ」。なんか、もしかして晋ってうちにいくらでもお金がある気でいるんだろうか。これから子どもだって生まれるのに、ずっとこのままなんだろうか。

「オレのいとこにさあ」

ある日晋が遠くを見るような目で言った。

「医薬品の仕事してるのがいるんだよね。オレより五つくらい上の。その人アフリカに出張が決まっちゃったの。で、そんときつきあってた人と急いで結婚して子ども作ってそのままアフリカ行っちゃったんだよね。だから奥さん一人で留守番して子ども産んで、一人で育ててんの。なんか、すごいだろ、それって。すごいよなあ。自分の知らないところで子どもが生まれて育っていくってさあ、男のロマンじゃん」

「えーそんなの、かわいそうだよー」

「なんでよ」

晋は不服そうだった。

「だって生まれる瞬間とか見れないんだよー」

「生まれる瞬間？　なんでそんなの見なきゃなんないの？」

「なんでそんなこと言うの？」

「だってあそこから出てくんだぜ？　オレ考えただけでもゲロ吐きそー」

「…………」

あたしは絶句した。なのに晋は、ひどいことを言ったことに気がついていない。のどがしめつけられて、涙がぽたぽたこぼれ落ちた。それでも彼はあたしのほうを見ない。あたしはついに声を絞り出して言った。

「あたし、堕ろす」

晋はびっくりして振り向いた。

「何言ってんだよ急に」

「堕ろすって言ったのよ」

「何でそんなこと言うんだよ」

「あそこから出てくるの嫌なんでしょ。ゲロ吐きそうだって言ったじゃん！」

「だってしょうがないだろ。オレは男なんだもん！」

「しょうがなくないよ！　なんでそんな言い方しなきゃなんないのよ！」

「うるせえなあ。なんでいちーちおまえの顔色うかがって口きかなきゃなんねーんだよ。せっかくオレがアフリカのいとこの話してたのにおまえが気分悪くなるようなこと言ったんだろーが。おまんこから出すのが嫌なら帝王切開でもなんでもすりゃいいだろ！」

「あんた……自分でものすごいこと言ってんの、わかってんの!?　あたし産まない！　実家に帰って堕ろす！　あんたのおかあさんにだって電話してやるから！」

「！」

殴られた。

立ち上がったとたんだったからだろう、その衝撃に立ち眩《くら》みが重なって、目の前が暗くなった。足がもつれて、壁にごん、と頭が当たった。よろめいて座り込んだその周りに、晋が積み上げていたCDががちゃがちゃと音を立ててなだれ落ちた。殴られたんだ、妊婦なのに！　こんなひどいことを言われた上に殴られた……屈辱で涙があふれた。泣かないと自分の体が危ないとも思った。あたしは声をあげて泣きじゃくった。あんたのおかあさんに電話するってのがいけなかったんだ、それはわかっていた。晋は自分の悪事が母親にばれるのを何よりもおそれていたから。でもあたしはおどしただけ。あんな人に電話なんかするもんか。わかってる。キオミさん、晋は優しい子なのよ、あの子は未熟児で生まれて何度も死にかけたの。いじめないでね、晋はどうしていいかわからないだけなのよ……言われることは全て想像がついた。その上、だって今度の妊娠ってあなたが強引に望んだんじゃないの？　とまで言われるかも知れない。晋は自分が責められないためには、あたしの腰の動きまで母親に報告する男だ。あたしはもうわかってしまっている。冗談めかして話した晋の欠点も、すべて「あなたが悪いんでしょ？」という話に変えて言い返されてしまったのも一度や二度じゃない。こんなときにだれがあんな人と話なんか！

「……泣くなよ……」

晋が小さく言った。

「おなか痛い、おなか痛いのー！」

嘘だった。

「……寝ろよ」

「動けなーい！」

「じゃあ、そこに寝ろよ」

晋は黙って枕《まくら》と毛布を持って来た。あたしはそれにくるまり、小さくしゃくりあげていたが、しばらくして眠ってしまった。


「まいっちゃったよ、何でも妊娠を盾にされんだからよ」

ふと目覚めると隣の部屋で晋の声が聞こえた。誰かと電話でしゃべっている。それもあたしの悪口だ。あたしは顔から血の気が引いた。お義母さんだろうか。

「だいたい誰のせいでこんなことになったと思ってんだよな。結婚してくれ攻撃もすごかったけどよ、自分で勝手に妊娠してぎゃーぎゃー騒いでよ。失敗したよ。おまえと結婚するべきだったよ」

女！

「え？　何言ってんだよ。離婚はやなんだよ。オレ一度結婚したら離婚はな……あ？　起きた？」

か」

「誰と話してんの?」

「ん? 高校時代の友だち。ああ、ああ、また連絡するよ、そいじゃな」

「なんて人?」

「佐藤だよ。知ってっだろ。久しぶりにかかってきたからよ。さっ、風呂《ふろ》にでもはいっか」

晋が風呂場に行ってから、あたしはリダイヤルボタンを押した。知らない番号。「かかってきた」のも、嘘だ。あたしはその番号を手帳にメモした。

妊娠三カ月の定期健診。超音波写真には、丸まった手足も見てとれる、赤ん坊の影がはっきり映っていた。

「ねえ、見て見て。先月はただの丸い影だったのに、もうすっかり人間だよ。手も足も見えるよ。ねえなんか可愛くない?」

晋はしばらくそのプリントをながめていた。

「この頭の形がなんか晋に似てたりして。ウフフッ」

晋はにっこり笑って言った。

「これ写真たてに入れて会社の机に置いちゃおうかなあ」

あたしは嬉《うれ》しくなった。

「やっだー、親ばか！」

そんな言葉をつかうのも心が弾んだ。そして晋は翌日、本当に会社にその写真を持って行ってしまった。

「晋ったら。晋ったら。やっぱりほんとは嬉しいのね」

その日は心なしかつわりも軽い気がした。電話の鳴る音も耳に優しい。ママかしら、うん、もしかして晋かも？

「もしもしー？」

どちらでもなかった。信じられないほど長い沈黙のあと、電話は切れた。


「いやあウケちった。すっかり人気。子どもの写真」

上機嫌で帰ってきた晋に、無言電話の話はしにくかった。

「えーやだー、人に見せたのー？」

あたしは明るさを装った。

「すごいよもう。知らなかったけどオレって結構もてんのな。なんか女の子とか嫉妬《しっと》しちゃってさあ」

「へえ」

「ほんとに三原さんてお父さんになるんですねーだって、ふーんとか言ってんの。だれが嘘なんてつくかよなあ」

「じゃあその女の子にはあたしが妊娠してるって、話してたんだ」

「ん？　ああ、なんか人に話してるとこ勝手に聞いてたみたいよ。オレのこと、好きなんじゃねえの？　くっくっくっ」

晋は心底嬉しそうに笑った。


そうだ。あの女に決まってる。

晋が出張と偽って一緒に消えた相手。そしてあたしの悪口を言っていた相手。あたしは手帳を引っぱり出し、あの日リダイヤルボタンが表示した電話番号を押した。

「ただいま留守にしております……」

本人でなく、留守番電話に組み込んである機械的な声が出た。発信音のあと、あたしはだまって電話を切った。留守だ。それだけの事実しかなかったが、相手はこいつだとあたしは決めていた。一週間の出張だと言った晋。妊娠したあたしを置いて、一週間も他の女と過ごすつもりの夫。


「えっ？　神戸に出張じゃないんですか!?」

晋もまさか会社の友人から電話が入るとは思わなかっただろう。もっと驚いたのはその友人、近藤だ。

「えっ？　いや、あの、有給で、あの、すいません、奥さんのつわりがひどくて入院するからって聞いてたんで……ほんとにすいません！」

近藤は自分が悪いわけでもないのに必死で謝っていた。あたしと晋の結婚式のあと、一度だけここにも遊びに来たことのある、気の小さな男の子だった。

「あたし入院なんかしてません！」

あたしはあたしで彼が悪いわけでもないのに大声を出した。

「いやほんとです、すいません、なんかのまちがいだと思います、ほんとに申し訳ありません、あのポケベル鳴らしてみます」

「ポケベル……ですか？」

「ええあのポケベル、あそうか、おとといからいないんですよね、じゃあ電源切ってるかもしれませんね、ああまたぼくなんか余計なことを。すいません、ほんとにすいませんでした」


思えばあのときもっといろいろ聞くべきだった。あんまり驚いてどなってしまったから、聞くきっかけを無くしたのだ。会社の女で同時に休んでいるのがいるはずなのだ。そいつがあたしのおなかの中の写真まで見ているはずなのだ！

あたしは電話に飛びつき、晋の会社に通じる短縮ボタンを押した。心臓がのどまであがってきているような気がしたが、自分よりあがっている近藤の声を聞くと次第に落ちついた。

「三原さんの奥さん、さ、さっきはすみませんでした」

「あの、主人のことなんですけど」

「あ、それなんですけど、やっぱしあの、出張でした、ぼ、僕が勘違いしてたんです、すっ、すみませんでした」

ポケベルの電源は入っていたのらしい。これはもう、何を聞いてもだめかもしれない。慎重にやらなきゃなんない。

「あの、じゃああたし、出張先の電話番号を知りたいんですけど」

「あっそれは、僕ではちょっと、わからないんです。すみません」

「近藤さん」

「はい」

「あたしが妊娠してること、ご存知でしたよね」

「えっ、あっ、……はい」

「主人が、あたしの超音波写真、会社で人に見せてませんでした?」

「ああ、ああそれは、あの事務の林さんが見たって言ってたやつかな?」

「すいませんけどその林さんてかたにかわっていただけませんか？」

「えっとそれが、林さんもおとといから休みで……あっ」

「ありがとう。それだけ聞けば十分」

「あー奥さん。お願いです三原さんに言わないで下さい」

近藤は泣き声を出した。

「すいません謝りますから。ごめんなさい許して下さい」

「じゃあたしの言うこと聞いてくれる？」

「はあ」

「今日、あたしと会って」


近藤があまりに思い通りに動くので、あたしは少し気味が悪かった。家まで来させたのは、晋のアルバムから林という女を見つけ出せるはずだと思ったからだが、まさか近藤のほうから言い出すとは思わなかった。

「三原さんて社員旅行のとき、やたら林さんと写真撮ってもらってましたから、写真いっぱいあるんじゃないでしょうか」ときたもんだ。晋が、つきあった女との写真をやたら残したがるのはあたしがいちばんよく知っている。何よりも自分の写真がいちばん好きな晋だが、自慢出来そうな容姿の女との写真はとにかく沢山残す。結婚したときさすがに処分したらしいが、昔は秘密のアルバムにキスしている写真や、ベッドで一緒の写真ばかりを分けてあった。そういうものがあることをちらちらさせて、今同時につきあっている女たちが嫉妬しあうようにしむけるのが、結婚前の晋の何よりの楽しみだった。

「そうだと思うわ。じゃあこの人ね？」

社員旅行の写真にいちばん登場する女はすぐに割り出せた。髪が長くて目の大きい、甘ったるい感じのする二十代後半くらいの女だった。写真によってブラのひもやスリップのすそのレースがちょっとずつ見えている。晋の大好きなタイプ。

「でもなんでそんなこと自分から言うの？　近藤さんさっき、絶対晋に言わないでって泣いてたじゃないの」

「この……社員旅行のときから三原さん……林さんとなんかすごく仲良かったんです……ほんとは僕……ずっと奥さんが可哀そうで……」

「…………」

「あの超音波の写真も、三原さん林さんにしか見せてないです……林さんすごく怒ってて……」

「そんなもん見せるなって？　そりゃあ、当然よね」

「いいえ……そうじゃなくて……三原さんが可哀そうだって……」

「はあ？　どういう意味？」

「えっとあの……三原さんは、毎日奥さんに、あたしは妊娠してるんですからねって言われてて可哀そうだって言うんです……超音波の写真も会社の机に飾って、あたしのことを思いやりながら仕事しろって押しつけられて、そいで持って来たって……」

「うそ！」

「あっすいません……それは林さんが……きっといろんなところで話が変わっているんです……僕はなんか、そういうのを林さんに言われてしまうタイプっていうか、なんか僕には話しても大丈夫だって思ってるらしくて……すごくいろいろ言うんです僕に……」

「なんでそんな話になるのお!?」

「あっだから僕……ずっと変だなって思ってたんです……適当に聞いてましたけどずっと……なんか奥さんそんな人じゃなかったって……だから今日、なんか胸のつかえが取れたっていうか……」

「………ひっどーい……」

「すいません……」

「近藤さんは悪くないわ」

言ったとたん、涙がぽろぽろとこぼれた。

「あっ奥さん泣かないで下さい、ごめんなさいやっぱりこんなこと言うべきじゃありませんでした、三原さんにも言われてたんです。オレの女房を可哀そうだと思うなら最後までとぼけろって。僕が悪かった」

晋らしい開き直りだった。晋は何でも、ばれなければなかったことに出来ると思っているのだ。あたしは聞かないほうがしあわせだったのだろうか。今にも泣き出しそうな近藤の顔を見ながら、あたしは必死で身の振り方を決めようとしていた。ふと見ると、近藤の両手が、畳の上のあたしの手を握っている。そしてその腕が少し不自然に足の間に寄せられているのを見て、気づいた。こいつ、勃起してる。気づかれないようにと思うあまり、及び腰になってそれを両腕で守っているのだ。あたしの涙は止まった。

「近藤さん」

「はい」

「めまいがするの。ベッドに横にならせて」

近藤の体が、ビクンと跳ね上がった。


「どうしたんですか急に……？　大丈夫ですか？」

近藤はまだ男の子の振りをしていた。ブリーフの中ははちきれそうなくせに、とあたしは意地悪く近藤の腕に妊娠で大きくなった乳房を押しつけた。

「あっ……」

「うーん、気持ち悪い……」

わざとよろめき、ベッドの手前でしゃがみ込んだ。

「あっ、しっかりしてください。奥さん。大丈夫ですか」

あたしはもうすっかりこのお芝居が面白くなっていた。股間《こかん》を守りながらあたしを助け起こそうとする近藤の腕をすり抜け、わざとズボンにしがみついた。若い男の匂《にお》いがプンとした。

「あっ」

「あっ」

あたしもわざとらしく声をあげ、いかにも意外という表情であとずさりしてやった。

「近藤さん……」

「えっあの……どうかしたんですか、大丈夫なんですか奥さん」

近藤はまさか勃起してることを指摘まではされないだろうと思っているのらしい。あたしは作戦を変更した。

「あっ……大丈夫……でも、ベッドに横にならせて、すいません、お願い」

近藤はあたしを助け起こし、あたしたちは抱き合うような形を取った。そのままあたしだけベッドに置こうとした近藤の背中にあたしはしがみついた。唇のすぐ前に彼の耳があった。あたしは思いきり息の成分を多くした声でそこに、

「勃ってる」

とささやいてやった。近藤の耳が真っ赤に染まった。続けて、

「いいよ……しても」

と言ったあと、耳の中に舌を差し入れた。熱い息が首筋にかかったかと思うと、近藤はあたしの唇に吸い付いてきた。


態度からももちろんわかってはいたが、そうとう女を知らないようだ。かれこれ五、六分もべちゃべちゃ舌をからませるだけで胸さえ触らない。まさか、この子初めてじゃないよね？　と少し心配になってきた。

やっと、乳房を揉み始めた。

「大きい……」

と小さな声でつぶやいた。

「乳首もすっかり大きく黒くなってるのよ。恥ずかしいな、あたし……」

あたしは自分でブラウスのボタンをはずした。近藤にまかせていたら裸になるのは何時間後だかわからない感じだった。

「あ……きれいなブラジャー……」

そういえばあたしは、昼間近藤が来ることに決まったあと、下着も服も綺麗《きれい》にしておいたのだ。

「はずせる?」

「ええ……なんとか……」

近藤は晋の五倍の時間をかけてホックをはずした。裸の胸を見られる瞬間、あたしは思わずあっと小さく声を出した。

「ほんとだ……乳首、大きい……」

近藤は舌を突き出して、そうっと左の乳首を舐《な》め上げた。

「強く、しないでね、強くすると痛いの……普段より敏感になってて……ああ……」

晋のときは言ったこともないせりふだった。晋は最初こそ乳首に触れるが、そのうちそんなことなんか忘れて突いて突いて突きまくって自分だけさっさと終わってしまう。近藤はゆっくり優しく乳首を舌で転がした。どうやら童貞じゃないようだ。でももう片方を指でつまんだりしない、と思っていたら舌をすべらせて来て右を舐めだした。あたしは思わず身をよじった。口に含まず、舌を出したままでいつまでも舐めている。すごくいやらしい、子どもみたいな顔してるくせに。そしてまた左に。近藤の舌はいつまでもそれを繰り返した。あたたかいなめくじがからみつくようなその感触に、あたしは鼻にかかった声をいっぱい出した。近藤のペニスがあたしの足に当たっている。握ってあげたいけどまだ、上半身しか触られてないのに、と迷ってしまう。でもあたしの胸はもう近藤の唾液でぬるぬるだ。きっとあそこも同じようになっているはず。

「いやあん」

ついにあたしは耐えられなくなった。

「乳首だけでいかせるつもり？」

「すいません僕……赤ちゃんいるのにと思うと、どうしていいかわかんなくて……」

「大丈夫だよ」

そういいながら、あたしは自分でパンティを脱いだ。

「触ってごらん……濡れてるから」

近藤の手を握って、そこにみちびいた。

「ほんとだ……」

近藤の指はちゃんと敏感な部分を知っていた。その上ちゃんと、下から上にさすり上げてくる。同時に乳首も舐められ、あたしはもう入れて欲しいくらいだった。

「ねえ……あっ……けっこう慣れてるよね……？」

「えっ？　そうですか？　いやあんまし……知らないです。ただ、痛くしないようにってそれだけ思って……」

「でも……ああん……そんなていねいにされたらあたし……あっそんな……」

近藤の舌がみぞおちまで下りてきた。

「だめ、だめ、そんなことまでしちゃだめよ。あたし、いいってば。あたしがしてあげるから」

ある予感にあたしはあわてた。そんなこともう何年もされてない。されたら、取り乱してしまう。もっとして欲しくなってしまう。近藤との関係が止められなくなってしまう。

「させて。奥さん。僕、あんまし自信ないんですよ。赤ちゃんが可哀そうで、入れられないかもしれない。入れても、初めてだとだめになること多くて……だから、せめてさせてください」

「だってあたし、そんな。あたしがしてあげるってば」

「奥さんがしたら僕、すぐいっちゃうかもしんないし、だめです。したいから……させて」

次の瞬間、あたたかいなめくじはあたしの間にヌルリとはいりこんだ。

「あっ」

あたしは思わず両手で顔を覆った。だめ、もうだめだ。あたしはこれに弱い。それにさっきの指の動きで予想した通りの、確実な刺激。そのいちばん敏感なところの守りを少しずつはぐように、下から上へ押し上げてくるその濡れた生き物の感触。思わず膝《ひざ》に力が入り、あたしの脚はぴんと伸びた。もしかしたらこのままいってしまうかも知れない。すると近藤は、それをそらすかのように、あたしの両足を思いきり開き、今度は舌を堅くしてあたしの中に入れたり出したりするのだった。

「いやああ。もうだめ。入れて」

あたしは泣き声を出した。

「もうちょっと……」

近藤はまた敏感な部分の刺激に戻った。両足を伸ばさせたまま、そこだけ指で開いて、その部分をしっかり舐め回している。止めない。いつまでも止めない。こいつ、あたしを絶対舌でいかせる気なんだわ。なんで？ 最近の若い子ってこんなことするの？ うそ……いきそう……

「あーん、いっちゃううう……」

言ったとたん近藤の舌の動きが倍になり、期待した以上に大きなそれがそこを中心に広がった。

「いやああ、いく、いくの！ あああ！ だめぇー」

快感のすぐ下の空洞がたまらなく淋《さび》しい。

「お願い入れて、今入れて、来てえ、一人にしないで！」

近藤は急いでそれに応えてくれた。あたしの中は近藤でいっぱいになり、快感は奥までそれが広げていってくれた。

「ああん、大きい」

あたしは近藤の背中に爪《つめ》を立て、脚で彼の腰にしがみついた。これは晋の好きなやり方だった。晋は、あたしが体じゅうで彼を欲しがっているようにして見せないと機嫌が悪くなる。普通にしてたらわざわざ男の背中に爪なんか立てることはない。でもそのほうが興奮するのは、近藤も同じだったみたい。まるでメロドラマみたいに「奥さん、奥さん」と言いながらあたしを突き上げている。奥さんと呼ばれながらやられるのがこんなに興奮することだったなんて。近藤自身も、自分が口にしている奥さんという単語に酔っている感じ。そのくせ近藤は突き上げながら熱心に乳首をなめたり、指を横から差し込んであそこを刺激したりするので、あやうくもう一度いくかと思った。

「ああ、僕、もうだめかもしれない」

「来て。あたしもう十分よ。気持ちいい、すごく。中に出して」

「でも、それじゃ」

「いいの。頂戴。今して。お願い。ああん」

「あ。出る」

近藤はちょっと泣きそうな顔になり、小さく声をあげた。そして妊婦のあたしの中にいっぱい出した。

終わったあとに髪をなでられるのも何年かぶりだった。

「なんか、近藤さんって、すごい……あたしまだぼーっとしてる……」

「すいません、どうしていいかわからなくて。赤ちゃん、大丈夫だったでしょうか」

「大丈夫。もうすぐ安定期だもん。それに、ずっとしてなかったし……」

「………」

「なんだかんだ言ってね。結局避けられてたのね、あたし……」

近藤は黙ってあたしの髪をなでた。さっきとは違う快感が体に広がった。

「でも僕、嬉しかったです」

「あたしも。近藤さんがいなかったらどうなってたかわかんないもん。死にたくなったかもしれない」

「そんなこと言わないで下さい。もとはと言えば僕が余計なこと言ったから」

「余計なことじゃないわ、ほんとのことよ」

「三原さんにはどう言ったらいいでしょうか」

「とぼけ通しましたって」

「それでいいですか」

「そのほうがいいのよ。あの人はそういうのが好きなの」

近藤は淋しそうな顔になった。あたしは彼の耳元で「でも、あなたのほうが良かったわ」とささやいてあげた。その晩、あたしたちは何度もした。

四日後、どこで買って来たんだか、神戸みやげを手に日焼けした晋が戻って来た。そしてさっそく、

「いやーもう外回りばっかで焼けちゃったよ。あ、そう言えば近藤のバカが勘違いして電話してきたんだって？」

と先制攻撃をしかけた。

「そうなのよ、何かと思ってびっくりしちゃった」

あたしはもうそんなの平気だ。あのあと毎日近藤はこの部屋に来てあたしを粘液だらけにして行った。ありとあらゆることをしてあたしを感じさせた可愛い彼。今朝なんかお風呂に入って余韻を消すのが淋しくてしょうがなかったわ。

「なんかあの子ぼーっとしてるじゃない？　会社の中のことよくわかってないみたいだよね。もしかしてお荷物？」

目の前にいない人物を必要以上に悪く言って、相手を笑わせ油断させるのは、晋から学んだやり方だ。なのに晋はあっさりそれに引っかかった。すぐにいつもの嬉しそうな笑顔になり、得意げに言った。

「そーなんだよ。ガキだしよ。こんど連れて来て謝らせっからよ」

あたしはどきどきした。これは晋の直感が言わせているのかも知れないと思った。二人の顔をそろえさせて様子を見る気なのだろうか。

「いいよ、そんなの、うっとうしい。妊娠してる女とか、珍しがってじろじろ見そうじゃない」

「ああ、そうかもな。妊娠してるって言うと『あっ、じゃあセックスしたんですね！』とか言いそうなタイプだよな」

「やあよ、そんなの。やっと安定期に入ったっていうのに」

「そういえばおまえ母親らしくなったよな。やっぱそういうのって芽生えてくるもんなんだな」

ほんとうは近藤といっぱいセックスしたから気が済んで落ちついただけ。あたしのお腹の中はもう、晋の作った胎児より、近藤の出した精液の量のほうが多いくらい。晋は女は妊娠すれば自然に母性が出てきて子どものことだけ考えるようになり、性欲がなくなると思いこんでるのだ。おめでたい男。あんたの浮気相手が近藤にいろいろ漏らしてるとも知らないで。いい気味だわ。そうだ、思い出した。そういえばあの女。

「ねえ最近、無言電話あるんだよ」

「うそ」

「あっ最近はないか。最後にあったのはねえ。……そーだ、あたしがこの前の前病院に行った翌日だからー」

「なんだよ最近って、えらい前のことじゃん」

「んーでも、ほらあんとき超音波の写真、会社に持ってってったじゃなーい。その日の夕方だったからー、よく覚えてんの。なんかまわりざわざわしてたよ。どっかの会社かなんかみたいなの。変だよねー。普通、無言電話って自分ちからかけるじゃない？　だからよく覚えてんだー」

嘘。周りがざわざわなんて真っ赤な嘘だった。まあでも晋の顔色の正直なこと。ぼーっとして、気づかずにあたしの前でワイシャツを脱ぎ、小麦色の胸を見せてしまっている。ばーか、だれが外回りで胸まで日焼けするかっつーの。


「グアムだったらしいですよ」

近藤からそれを聞いたのはその二日後だった。

「えー!?　グアムー!?　何それ！　あいつらなに様？」

あたしは腹が立つのを通り越してあきれた。

「それ、林があんたに言ったの？」

「うん。もう何かすごくなってきて。同時に休み取ったのみんな知ってるのに、あたしずっと好きな人と一緒にいたのって言ってた。ばれたくてうずうずしてるって感じ」

それが晋の手なのだ。あたしは結婚前の自分を思って胸がしめつけられた。晋は、あたしを恋人として紹介する相手と、しない相手を計算高く分けていた。あたしがステディだと言って欲しい相手に限って、友だちですと紹介するのだ。あたしはじりじりして、彼と同じ腕時計を買ってこれ見よがしに身につけたり、絶対身内しか知らないような話をわざと振ったりした。でも彼がそう言ってくれなきゃ何にもならない。あたしは陰で何度も悔し涙をこぼした。絶対勝ってやる、ぜったい晋と結婚するのはあたしだと毎日日記に書いた。でも結婚しても晋のすることは同じだった。あたしは心配そうに見上げる近藤を抱きしめた。

「大丈夫、あたしにはあんたがいるもん」

近藤はあたしの唇に自分の唇を優しくかぶせてきた。そして確かめるように何度も角度を変えながら押し当てた。このあとの快感を思うと全身に鳥肌が立った。乳首にむしゃぶりつく近藤の顔を見ているともうそれだけで濡れてくる。晋は相変わらずあたしの体には指一本触れなかった。あたしをもう、子ども製造器とでも思っているのだ。

出産の時期が近づいてきた。いくら晋から気持ちが離れているとは言っても、まさか近藤に立ち会ってもらうわけにもいかない。

「晋さんは……立ち会わないいんじゃないの？　当てにしないでいたほうがいいよ」

ママは最初からそう言っていた。でもあたしは出来れば立ち会って欲しかった。それを最後の望みとも考えていた。晋はあたしががまんしているのをいいことに、一週間に一、二度、外泊するようにまでなっていた。もちろん日曜日なんてほとんど一日じゅう家にいない。帰って来た日はあたしの大きなお腹を見て暗い目をする。実家はたった三駅先だというのに、「実家に帰って産むんだろ? 用心して早めに行ってたほうがいいぞ」とあたしを追い出そうとする。近藤とあたしはすでにいっときも離れられない。

「こんな話ほんとはしたくないけど……もう最近僕も参ってしまって……『三原さんかわいそう、オレは何もしてないって頭抱えてる』って……あの女、自分も子どもを産む体だってことがまるでわかってないよ! どなりたいのをがまんしてるんだよ、いつも……。どうするのキオミさん? 僕が立ち会ってもいいんだよ?」

こんなときはほんとうにどうしてこれは近藤の子どもじゃないんだろうと涙が出てくる。まだママには話してはいないが、晋と別れることも考えてはいた。興信所に一本電話さえすれば、晋の浮気の証拠をそろえるのなんて簡単なことだった。無言電話もたまにかかってきた。耳を押しつけると、誰かが入浴しているような音が聞こえたこともある。晋の入浴中にせっせと無言電話をする女。あたしは結婚前の自分や、近藤に抱かれる前の自分を思い出していた。そんなのいらないよもう、あんたにあげる、と言いたかった。晋と結婚すればいい。そしてさっさと妊娠して、あたしと同じ目にあうといいんだわ。

立ち会い出産したい、という申し出は「冗談でしょ」のひとことで却下された。わかっていたが、つらかった。「別れようか」と言ってみた。「ああ、知ってるよ。マタニティブルーって妊娠初期と出産前にあんだよな。だから早く実家に行けって言ってるじゃん」晋の浮気を見て見ぬ振りをした期間の結論がここにあった。別れよう。興信所の電話番号はすでに控えてあった。依頼の問い合わせのあと、ママに電話した。ママはとにかくいらっしゃいと言ってくれた。それから近藤に電話をしようとしたら、電話に出た女の声が一瞬戸惑った。こいつ、林だ。あたしの声を覚えてるんだ。とっさに、近藤を指名するのを思いとどまった。

「三原でございますが」

これで最後の、思いきり妻らしい声を出してみた。

「なんだ」

晋は普段より不機嫌な声で出た。

「ねえ、今電話にでた人、なんて人？」

「え？　だれだったかなあ。わかんないよ。事務の子だよ」

晋は思いきりとぼけた。

「なんか感じ、悪かったあ」

「用はなんなの」

「たいしたことじゃないんだけどお、なんか急にお産が心配になっててえ」

晋のいらついた顔が目に浮かぶ。

「そういう話は家で聞くから！」

晋はさっさと電話を切った。ふん。もうこれであんたとも最後だわ。

数分後、様子を察して近藤が電話してきてくれた。あたしは自分がこれからしようとしていることを話した。「なんか僕、どきどきする」近藤はあくまでけなげだった。

ところが甘かった。予定は大幅に狂ってしまった。味方になってくれるとばかり思っていたママが、あたしを説得しだしたのだ。

「あんたは若いからそんなことを言うけどね。晋さんはけして珍しい人じゃないよ。パパだって似たようなもんだったのよ。生まれれば変わるから。今別れてどうすんの」

あたしはもどかしかった。あたしと晋はもうだめだということを必死で説明した。近藤のことを言いたかったがまだ言うわけにはいかない。

「だからそんなのよくあることなんだってば」

「嘘！　嘘よ！　なんでそんなのがまんしなきゃいけないの！　あたしがどいだけヤな思いしてきたかママにはわからないのよ！」

「わかるよ。だからパパだってそうだったって言ってるじゃないの」

「じゃあ妊娠したとき、堕ろせって言われた？」

「言われたよ」

「！」

ショックだった。それは長女のあたしのことだ。

「パパもノイローゼみたいになっちゃってさ。いなくなったりしたよ。女の人のとこ行っちゃってね。それでもあんたは専業主婦でしょうが。あたしは働かなきゃ暮らしていけなかったのよ」

「嘘！　嘘よ、パパがそんな……」

「だからそんなの珍しくないんだってば」

ママがその言葉を口にする度に、あたしは大きく膨らんだ下腹がしくしく痛んだ。何か嫌な予感のする痛みだったが、今はそれどころじゃなかった。どうすればこの気持ちをわかってもらえるんだろう。ママの時代にはたとえ当たり前でも、今あたしは嫌なのだ。

あたしはついに決心した。

「ほんと言うと、もう、晋よりあたしに優しくしてくれる人がいるの」

「……男？」

「そう。その人と再婚したいのよ！」

声が震えた。

「そりゃあ、あんたのほうが珍しいわ」

「止めてよ！　そんな言い方！」

下腹に力が入り、胎児が重く感じる。あたしは両手で下腹を抱えた。

「大きい声出すと生まれちゃうよ。でもあんた、それは晋さんの子どもなんでしょ？」

「そうよ」

「そんなのうまくいくわけないって、止めなさい。大変なことよ。あんた、今離婚したらその子の父親はいなくなるのよ」

「すぐその人と結婚するもん！」

「何言ってんの、法律で女は半年再婚出来ないでしょうが」

忘れてた！　そうだったんだ！　あたしはあわてた。そのとたん、脚の間にあたたかい水がざあっと吹き出した。

「うそ！　おしっこ出ちゃった！」

ママも驚いた。

「何言ってるのそれは破水よ！　病院に電話するからタオル当ててなさい！」

破水？　出産!?　まだ先のことだと思ってたのに！　ママとタクシーで病院に駆けつけてまもなく、陣痛が始まった。もちろん晋はつかまらない。近藤に電話も出来ない。だんだん痛みがひどくなる。このまま産むの？　あたしこのまま産むの？　ママと同じがまんを繰り返して暮らしていかなきゃなんないの？

やっぱり女の子だった。3812グラム。長かった。何度も弱気になって、お腹切ってえと叫んだ。産声を聞いてあたしも泣いた。

「大きい女の子だねえ。声が大きくて、男かと思っちゃったよ」

ママも目に涙をためていた。

「晋に連絡は?」

「まだだけどね……大丈夫大丈夫、女の子だし、晋さん顔見たらすぐもとに戻るって」

もとって、どの辺のことなんだろうか。晋のすることは結局、結婚まえからどこも変わってなんかいないのに。でも今はただ眠い。うまく考えられない。とにかく寝る。決めた。


翌日、会社で知らせを受けた晋があわててやってきた。まだ面会時間にもなってないのに病室までやってきてきょろきょろしている晋は子どもみたいだった。

「あらまだ面会時間じゃないんですよ」

看護婦の一人が声を掛けた。

「すいません、きのう生まれたんですけど、仕事で来れなくて……」

晋はすっかり萎縮《いしゅく》していた。仕事、ね。あたしは黙ってその様子を見ていた。まだ眠かったがひどくお腹が空いていた。

「あらそう、まだお顔見てないのね。じゃあちょっと待っっててね」

看護婦は出ていった。赤ん坊を連れて来てくれるつもりらしい。あたしもきのうちょっと顔を見たきりだったから、どきどきした。晋は黙ったままあたしのほうをちらちら見ていた。

赤ん坊はベビーベッドに乗ってやってきた。

「ひゃあ」

晋は声をあげた。

「なんか、でかいな」

「大きかったのよ」

「難産だった？」

「うん」

「そうか、大変だったな……」

晋のしおらしい横顔を見て、あたしはなんとなく気が済んだような気分になった。

お昼近くに授乳指導が始まった。乳首に吸い付く赤ん坊の顔を見おろして、あたしは近藤のことを思った。

深夜、近藤の部屋に電話をして、あたしは晋と別れられなかったことをわびた。

「どうすればいいのか僕にもわからないけど、今はただ回復することと、赤ちゃんのことだけ考えたほうがいいよ」

近藤はあくまで優しかった。電話を切り、ふと思いついて晋にかけてみた。呼び出し音が七度鳴り、電話に出たのは林の声だった。あたしは黙って電話を切った。

赤ん坊の名は由佳と付けた。出生届はママが出してきてくれた。退院してもあたしはすぐには晋のところへ戻らず、だらだらと実家で暮らし、時折近藤に電話をした。晋はときどき来ては赤ん坊を不思議な顔で見つめていた。まだ実感は涌《わ》かないようだった。相変わらず「オレもオヤジになったんだからこれからは……」と公約だけは並べていたが、あたしは聞き流していた。ママは「ああ見えても晋さん、もうとっくに由佳にはまってるよ。これから会社から帰って来る度に寝てるのを起こしたりして大変だよもう」と言っていたが、あたしにはそうは見えなかった。ときどき晋は、ほんとのことも言っているのかも知れないなと思うことがある。由佳のためにこうする、ああすると果てしなく並べている約束のうちの二つ三つは本気で守る気なのかもしれない。でもどれが本物の約束なのか推測する気はあたしにはもうない。

あたしが晋のもとへ帰ると、トイレットペーパーが三角に折ってあった。部屋は嫌味なくらいに綺麗だし、冷凍庫には手の込んだシチューやミートソースが並んでいる。

「なんか会社のやつらがぞろぞろ世話焼きに来てくれてさ。あ、蒲田とか近藤とか。女の子は掃除して冷凍もん分けてくれるし、助かっちった」

「へえ、良かったね」

あたしは洗面所の脱衣かごにベージュのパンティがわざと放り込んであるのをもうとっくに発見していたが、黙っていた。しばらくして、洗面所に行った晋が「うおっ」と声を上げるのが聞こえてきた。

「どうしたの？」

「うん。ゴキブリ」

確かに嫌なものを見た顔になっていた。

「ベージュの？」

あたしは聞こえるか聞こえないかくらいの声で言った。

「えっ？」

「ううん、何も言ってないよ。ねー、由佳ちゃん」

由佳は嬉しそうににこにこしていた。そしてその夜、初めて声を立てて笑った。

ママのいない部屋での育児は大変だった。晋は、気が向くと由佳をお風呂に入れてくれたり、おむつもかえてくれるが、たいがいは、「なあーメシまだ？」と不機嫌そうにしていた。由佳のことは可愛くてしかたないらしいが、めんどくさい世話はあまりしたくないのらしい。とくにうんちのおむつは見たくもないらしく、それらしい臭いがするとあたしに知らせもしないでトイレに逃げてしまう。

「一言声かけるくらいしてくれたっていいじゃないの!」と言うと、「だっておまえ、すきがあればオレにやらせようと思ってるだろ。一回でもやればこっちのもんだと思ってるもんね」とすねた子どものようにあたしを指さした。

それでも由佳が帰ってきてから、毎日早めには帰ってくるようになった。由佳が可愛いからか、パンティまで置いていく相手に嫌気がさしたからか、それはあたしにもわからない。きっと晋自身にもわからないだろう。でも、あたし自身はまだときどき近藤に電話をしている。だから晋が「こんどの日曜さ、会社のやつらが由佳見に来たいって言ってんだけど」と言い出したときにもすぐに近藤と連絡を取った。

「三原さんが、おまえも来いって言うから断るわけにもいかなくて……ごめん、きっとお邪魔することになるよ。それとも当日病気の振りしようか?」

「ううん、いいの。来てよ。顔が見たいの」

あたしはうきうきした。

ところが当日、近藤の表情は暗かった。不審に思っていると、最後に入って来た女を見て、晋まで同じ表情になった。それで、やっとわかった。林だ! 呼ばないのにくっついて来たんだ！　あたしは必死で平静を装った。負けてたまるものか。

勝負はしかしあっけなかった。林は由佳の顔を見るなり黙り込んでしまい、

「急用を思い出してしまって。お先に失礼します」

と言って帰ってしまった。あたしは、

「あら、お紅茶だけでも召し上がっていらしたら？」

と思いきり奥様奥様した声を掛けてやったが、林は振り向きもしなかった。

「どうなさったのかしら……」

晋は黙っていた。近藤も黙って、由佳の顔を見つめていた。それが、林の最後だった。あとで近藤に電話で聞いたところによると、結婚すると言って辞めていったのらしい。でも会社の中のだれも結婚式に呼ばれはしなかったのだ。


あたしの敵は去った。近藤とはたまに電話では話すが、さすがに逢《あ》ってセックスする暇はない。それでも毎日乳首に吸い付いている由佳を見ると近藤のあたたかい舌がなつかしい。晋は相変わらず、女としてあたしを見ることはない。まあいっか、おだやかな日々だ、とあたしは納得することにした。

「トイレ行くから、見ててね」

「時間かかんの？」

「うん、ちょっと」
　こんなことを頼めるのも今は晋だけだ。気分が良かったせいか、珍しくすぐ出た。嬉しくて報告しようと晋を見ると、由佳の股間に顔を埋めている。次の瞬間、おむつがはずされているのに気づき、体が凍りついた。今度は新しい敵を私自身が自ら産んでしまったのだ。訳もなく、後ろでママが見ているような気がした。

初出：『海燕』一九九四年八月号［発表時作者三五歳］／底本：『キオミ』角川文庫、一九九八年

## 第一一二回芥川賞選評より〔一九九四（平成六）年下半期〕

**田久保英夫**　今回はひさびさに「なし」の結果が出たが、最後まで二作が問題となった。なかでも、私は中村邦生氏の「ドッグ・ウォーカー」に眼をひかれた。

**黒井千次**　内田春菊氏の「キオミ」は、必要なことだけを書く作品の短さに好感を持ちつつも、その軽快さが何かを取り落しているのではないか、と危ぶまれた。

**古井由吉**　この選評を書こうとしている今もこのたびの大震災の、市街炎上の光景が念頭に浮かぶ。私も家の内で安楽にテレビの報道を見ていた一人である。映像の体験に過ぎないが、幼少の頃の空襲の《現在》が同じ戦慄で甦った。その時、自分にとってこの五十年は空白なのではないか、と疑念が掠めた。それが空白なら、今の私は幽霊になる。しかしそう思わせるだけの、ブラックホールめいたものがたしかに私の内にある。おそろしいことだ。

**内田春菊**　うちだ・しゅんぎく
長崎県生まれ。漫画家、作家、俳優、歌手。現代女性の愛と性、生活のかたちを描いて共感を得る。漫画作品に『南くんの恋人』『シーラカンスＯＬ』『私たちは繁殖している』など多数。自らの体験をもとにした一九八三年刊の小説『ファザーファッカー』はベストセラーになり、第一一〇回直木賞候補に。九四年下半期には「キオミ」で第一一二回芥川賞候補になった。二〇一八年には、『ファザーファッカー』を母親の視点から描く『ダンシング・マザー』を出版。大腸がんの発覚から手術、術後の日々をセキララに描く闘病コミックエッセイ『がんまんが〜私たちは大病している〜』も注目されている。

# 漂流物

車谷長吉

去年の夏、私は資生堂「花椿」編輯長《へんしゅう》・小俣千宜《おまたちよし》氏の依頼で、同誌の対談に出た。私には初めての経験だった。七月半ばの暑い夜に、麴町《こうじまち》三番町の「小富美」という旅館で行なわれた。

「花椿」は、化粧品会社のPR雑誌であり、私のごとき粗雑な男が顔を出すのは、場違いの場所である。が、小俣氏の「場違いだからこそ。」というお考えに押し詰められて出たのであった。化粧品会社では、このごろはそういう考え方もするようである。けれども、どこへでも顔を出したがる私のさもしい性根《しょうね》も、相当に煩悩《ぼんのう》の深いものであった。私には、私《わたくし》小説集が一冊ある切りである。小俣氏は書店でその本の「あとがき」をお読みになって、求めて下さったとか。

英国大使館裏の「小富美」へ行くと、すでに小俣氏と林央子《なかこ》さん、それに後藤繁雄氏が、広い座敷に坐《すわ》ってお待ちになっていた。化け物が出そうなほど広い座敷である。隅には朱塗りの大きな化粧台がおいてある。

その鏡の中で、やがて後藤氏の口切りによって対談ははじまった。私がこれまでに書いて来た私小説について語るのである。ところが、事前の小俣氏のお話では、その晩は後藤氏の問いに私が答える、というのが話の流れであるはずなのに、小俣氏は横からちょくちょく、ご自分の話をなさるのであった。それで話の脈絡はしばしば乱れ、もつれた糸を解きほぐすようなことになった。氏としてはその夜は、本来だまって陪席しているだけの積もりが、後藤氏と私とのやり取りを聞いているうちに、何かうずうずし、口をつぐんではいられないものがあったようである。

この横からの「うるさい話」は、併《しか》し私には忘れられないものだった。私の小説集「鹽《しお》壺《つぼ》の匙《さじ》」は、三年前の秋、新潮社から上板された。小俣氏はこの本を読んで下さった時、「この人は、もう終ったところから、自分の人生をはじめた人だ。」とお思いになったのだそうである。「これは、俺と同じだ。」と思われたとか。私は奥歯を嚙《か》んだ。

が、さらに氏は話をつがれた。氏は慶応義塾で私の二年後輩になるとか。して見れば、昭和四十五年春に世の中へ出た、ということになるが、つまりその年の春、氏は資生堂へ入社した。併し入社式が終った日、氏はこれで俺の人生は終った、と思った。翌朝、きのう通ったのと同じ道を歩き、同じ電車に乗って、資生堂へ出勤するべく、山ノ手線有楽町駅で下車した。が、もう終ったはずの自分が西銀座の街を会社へ歩いて行くのは、何か空虚であった。すでに亡霊となった自分が歩いて行くようであった。その翌日も同じであった。さらにその翌日も、その次ぎの日も。資生堂は、みずから望んで入った会社である。入社式の日、なぜ突然、これで俺の人生は終った、と思ったのか。いくら考えても分からなかった。併しこの死者となった新人は、そのまま会社へ出勤しつづけた。

　やがて小俣氏は詩を読むようになった。詩を書くようになった。数年を経たところで、それまでに書きためた詩篇をまとめて「遺書」と題する私家版の詩集を作った。同時に、書くことは捨てた。氏の話は、脈絡をたどれば、凡《およ》そこれだけである。

　私の「鹽壺の匙」は、天明から昭和まで、播州飾磨《ばんしゅうしかま》の在に生死の相剋《そうこく》をいとなんだ、ある百姓一族の運命を書いたものである。無論、小説であるから、叙述は虚実皮膜の間《かん》をぬうており、併しもしそこに、ささやかなりとも歴史の冷酷な姿が影写しになれば、と考えて書いたものだった。私は本の「あとがき」に、「詩や小説を書くことは救済の装置であると同時に、一つの悪である。ことにも私《わたくし》小説を鬻《ひさ》ぐことは、いわば女が春を鬻ぐに似たことであって、私はこの二十年余の間、ここに録した文章を書きながら、心にあるむごさを感じつづけて来た。併しにも拘《かかわ》らず書きつづけて来たのは、書くことが私にはただ一つの救いであったからである。凡《すべ》て生前の遺稿として書いた。書くことはまた一つの狂気である。」と書いた。

　併し私がはたして小俣氏の言うように、「もう終ったところから、自分の人生をはじめた。」のかどうかは、も一度、考えて見ざるを得ないことだった。私もまた学校を出ると、小俣氏と同じように会社員になった。東京日本橋の広告代理店に勤め、営業局に配属された。その日その日、企画書を持ち歩いて広告取りをするのである。私はそういう自分に何も期待してはいなかったが、併しそれでよいと思うていた。小俣氏のように、入社式の日、これで俺の人生は終った、などとは思わなかった。どんな仕事でもよい、これからは自分で自分の口を餬《のり》し、ひっそりと生きて行けばよいと考えていた。

が、突然、一つの転機が来た。ある日、私が外廻《そとまわ》りから帰社すると、私の机の抽出《ひきだし》の中に仕舞ってあるはずの一冊の文庫本が、上司の滝山氏の机の上においてあった。それは私が通勤の往《い》き帰りに、電車の中で少しずつ読んでいたものだった。新潮文庫のプラトーン・田中美知太郎訳「ソークラテースの弁明」だった。滝山氏に呼ばれ、「こんな本は、お前が読むような本じゃないだろう。俺はお前が週刊誌読んでるの、一遍も見たことねえぞッ。」と、面罵《めんば》された。滝山氏は、文庫本を返してくれた。私は薄笑いを浮かべて、その本を滝山氏の前でごみ箱に捨てた。が、会社からの帰りに、まったく同じ文庫本を求めた。求めないではいられなかった。

あとで考えれば、通勤電車の往き帰りにこっそりプラトーンを読むなどということは、やはり私は会社員生活のくさぐさに、何かもう一つ物足りないものを感じていたのだろう。その「もう一つ」が何であるかは、私には正確には分からないが、併しそのあき足りない部分は、私には抜き差しがたい欠落であって、その埋め合せがプラトーンだったのだろう。そういうことを思い知らされたあとで、また一から読みはじめたプラトーンの言葉は、まったく違っていた。新鮮だった。それは特に深い思いもなしに読んでいた時には、ないものだった。言葉が心に沁《し》みた。滝山氏は、氏の意図とはあべこべに、私に私の鈍感な自己欺瞞《ぎまん》を思い知らせてくれた。

そのころから、私は少しずつ文章を書きはじめた。私の古里の、無名の人々の生死について書きはじめた。書くことによって己《おの》れを慰める以外に、精神の均衡を保つことが出来なくなった。が、浅はかな私においては、それは同時に、会社員生活の均衡を破るものだった。私は会社生活に身が入らなくなり、退職した。別の会社に勤めた。が、ここでの仕事は私の能力に余るものがあり、また辞めた。あとは無一物の腑《ふ》抜けになるまでは、一瀉《いっしゃ》千里だった。三十の身空で、冬が来ても、身に付けるセーター一枚なかった。文章を書きはじめたことが、次ぎ次ぎになり行《ゆ》くいきおいを呼び込み、私をそこまで追い詰めたのだった。無論、書きはじめた時には、そんなことはかけらも思うてはいなかったが。

私は書くことは捨て、播州飾磨の在所へ帰った。やがて姫路で旅館の下足番になり、その後、料理場の追い回し（下働き）となって、京都、神戸、西ノ宮、尼ヶ崎、大阪曾根崎《そねざき》新地、泉州堺《さかい》、ふたたび神戸三ノ宮町、さらに神戸元町と、風呂敷《ふろしき》荷物一つで、住所不定の九年間を過ごした。

併しここでは、そういうことが語りたいのではない。過日、小俣氏の話を聞いた時、この漂流物の生活をしていた時分に、堺で出逢《であ》った人の話が色濃く甦《よみがえ》って来た。それを、語りたいのである。その話を聞いた時にも、私は「もう終ったところから、自分の人生をはじめた。」のかどうかを、考えて見ざるを得なかった。

もう十数年も前のことである。南海電鉄堺東駅の近くに「柿山《かきやま》」という料理屋があった。ビルの二、三階を広く領していて、祝言《しゅうげん》・法事の会席膳《ぜん》なども作る料理屋ではあったが、併し基本は大衆料理の安物屋であった。板場は、朝九時からの組と昼十二時からの組とが、それぞれ七人ずついて、私は遅番組で夜十一時まで天麩羅《てんぷら》を揚げたり、鍋物《なべもの》を作ったりしていた。これだけ料理人の数がいるというのは、かなり大きな料理屋である。

ところが、この店は「柿山」新店であって、本店は近くの路地奥にあった。そちらは木造家屋の料理屋であって、そこにも板場が四人いた。仕入れの基いは別であり、仕事の上では普段はまったく往き来はない。が、たまに客数《かず》の関係で、俄《にわ》かに魚・野菜などが足りなくなることがあり、そういう時は、たがいに追い回しが走って行って、穂紫蘇《ほじそ》や車蝦《くるまえび》を借りたりするのだった。私も一度、兄《にい》さんに言われて、刺身に使う菊葉を借りに行ったことがある。兄さん、とは言っても、無論、私よりは十歳も年の若い人である。そういう人は中学校出で料理場の下働きに入ったので、三十代も半ばの会社員くずれの私などとは、わけが違うのだった。

本店の方からも、時々、人が来た。こちらも大抵は追い回しが走って来るのであるが、何度か、青川という人が来た。この人は私よりは年が少し上の、本店の煮方である。煮方というのは、料理場では「シン」の次ぎに位する人である。シンというのは、料理師範の免状を持った料理長のことであり、若い衆はこの人のことを「親ッさん。」と呼ぶのである。これを関東では「花板」と言うのは、のちに知ったが。シンは、料理場では絶対の存在であり、あとは煮方も脇鍋《わきなべ》も向板《むこいた》も追い回しも、すべて若い衆である。店によっては、シンと煮方との間に、シンの代行として立板《たていた》をおいている料理場もあったが。私は追い回しであり、追い回しは「ぼんちゃん。」とも言われるのだった。

青川さんは、蓬髪《ほうはつ》で、大きな目がきょとんとした人だった。来ると、こちらの脇鍋あたりと、「どや。あのあと、九レースは取ったか。」というような話をして、帰るのだった。いつも不精髭《ぶしょうひげ》をうっすら生やしていて、飄々《ひょうひょう》とした話し方のうちに、仕事の合間に油を売りに来た、という気配がほの見えた。一度、私があすの早番が使う天麩羅の材料をととのえていると、そばへ来て、車蝦の背わたを取ったのを一本、指でつまんで、きれいに取れているかを見たあと、私の目を見て、「まあ、料理いうのは段取りだけのものやから。」と言って、去った。

青川さんは関西弁であるが、併しこの時の口ぶりに、「だけのもんやから。」と言うところを、「だけのものやから。」と言ったところに、この人もどこか遠くから来た人であるのが、のぞいた。板場にはこういう人は沢山おり、新店の早番の中にも、千葉から来た夏原という若いのがいた。夏原は母一人子一人で、その母を千葉に残して関西へ修業に来たのであるが、「わっちら、父親は分からへんのやもんね。」と言っていた。

私は遅番であるから、仕事が終るのは午後十一時である。それから反正《はんぜい》天皇陵の暗い森の前を通り、十五分ほど歩いて三国ヶ岡町の建売住宅へ帰るのだった。ここは店が若い衆のために借りた寮であるが、言うなれば夏原や私のような渡り者たちが雑居する、タコ部屋である。時には、ここが賭場《とば》になることもある。遅番では、ここを塒《ねぐら》としているのは私と西島の二人だった。西島は、鹿児島県の離島の中学校を出て、大阪へ働きに来た男である。が、私は大学出の会社員くずれである。私に遠慮があるのか、反感があるのか、西島は仕事時間を抜ければ上べはそれとなく、併しはっきりと私を忌《い》む風があった。

寮は三部屋と台所・物置きである。そのうちの一部屋が、西島と私に割り当てられた部屋である。が、西島は私が来たあとしばらくして、玄関脇の物置きのようなところに、ふとんをつつ込め、半ば壁にもたれるような恰好《かっこう》で眠るようになった。残された私は、一人部屋である。併し私は何も言えず、気ずつないことである。部屋には、私の前に西島といっしょにいた男が捨てて行った、小鳥籠《かご》がおいてあった。籠の中には、黄色い脊黄青鸚哥《せきせいインコ》の屍《しかばね》がそのままになっていた。

そこへ夜遅く帰って、私は一人で酒を呑《の》むのだった。酒は、客の呑み残しを仲居が下げて来たのが、調理場の隅に料理用に溜《た》めてある。それを空き罎《びん》に入れて、持って帰って来るのである。味のない酒である。が、も早うまい酒を呑みたいとも私は思わなかった。私はくずれである。いずれ私も鸚哥のようになるはずであった。すでに蛆《うじ》がわき、腐敗が進み、嘴《くちばし》と骨と羽が散乱していた。片づけてやろうとは思うのであるが、また最後まで見届けたいとも思うのだった。ある晩、そこへ青川さんが訪ねて来た。思い掛けないことだった。

青川さんは私の前に酒と罐《かん》ビール、つまみの袋をおき、「一遍、あんたと話したい思てたんや。」と言った。いつものようにうっすら不精髭を生やした、色の悪い顔である。恐らくはここからそう遠くないところに、アパートを借りているのだろうが、嫁はんはあるのかないのか。青川さんは罐ビールを抜いてくれると、まずそれとなく、私の来し方を聞くことから話をはじめた。「あんたもむかしは東京で会社勤めしとった、言うやないか。」「ええ。」「なんで辞めたんや。」「それは。」「言えへんのか。」「いえ、そんなことは。」「学校出てサラリーマンになったら、それだけで、挫折感《ざせつかん》があったやろ。」「えッ。」「あんたはそういう人や。」「……。」「わしはあんたが来た言うて、タケから聞いて、そのあとはじめてあんたを見た時に、これは、思た。」「いや、私は。」「違うなァ。あんた、そやなかったら、こんなとこへ来るかえ。」「いえ、私は東京で会社勤めしとったのは事実ですが。」「ま、ま、ええ。わしは何もあんたのことほじくり出そう思て、ここへ来たわけやない。わしは一遍あんたと呑みたかったんや。」青川さんはそう言って、罐ビールを呑むのだったが、白目の部分が充血していた。これはいつぞや、店で私の目を見た時も同じだった。

それから青川さんは少し慄《ふる》えの来た手で、ぐいぐい冷や酒を呑みながら、こんな話をした。「わしもむかし堺へ来た時は、はじめはここにおった。けど、一年ほどして外へ出た。いまはこの近くにおる。ここへ来てから、もう三年になる。三年もおるとは思わなんだ。けど、だんだん年取って来ると、動きとうなくなるんかの。もうどないでもええわ、いう気ィになるんや。わしも若い時分は、あんたと同じようにあっちこっち転々として、ここへ来た。どこへ転んでも、いっしょや。わしは神奈川県茅ヶ崎《ちさき》の生れでの。学校を出て、二十七の時まで茅ヶ崎におった。親の家や。わしは学校出たあと、日産自動車へ勤めたんや。自分で望んで入った会社や。わしは自動車が好きやったし、ええ会社や。わしの学校では望んでも、そう簡単には入れへん会社やった。入社が決まった時は、嬉《うれ》しかった。親も喜んでくれた。先生もよかった言うてくれた。友達もお前、ええの言うてくれた。ところが、わしは入社式の日、ふと、これでわしの人生は終った、思たんよ。あんたも同じやろ。えッ、違う。ま、ま、それはええ。いや、あんたも思たはずや。そやなかったら、どの詰まり、こんなとこへ来るかえ。えッ。ま、ま、それはええ。ともかくわしはそう思たんよ。ほら、あるやないかえ。サラリーマンになったら、それだけで挫折感、覚えるいうの。わしはこれだけのもんか、思て。えッ。そんなことない人もある。そら、ない人はあるやろの。挫折感ない人の方が多いが。けど、そない見える人にもあるんやな、やっぱり。あれ悲しいの。つらいの。けど、あしたからは会社へ行かんならんが。わしは行ったが。はじめは電車に乗って行ったけど、そのうちにすぐ会社の車買《こ》うて、それで出勤よ。具合ええが。けど、もう終ったはずの自分が、なんで会社へ行くんか。つらいの。悲しいの。けど、わしは会社へ行った。なんで行くのか分からへんけど、行った。給料もらいに行くんよ。ボーナスもらいに行くんよ。人に金もらいに行くいうの、あれつらいの。悲しいの。勿論《もちろん》、いまでも柿山へもらいに行きようけどの。雀《すずめ》の泪《なみだ》ほどの銭をの。人に銭もらうの、淋《さび》しいの。いや、ありがたいの。頭下げて、ありがとうございます、言うての。乞《こ》食《じき》といっしょやがえ。背広着て、恰好つけて、ええ自動車に乗って、乞食しに行きよんのやがえ。けど、乞食には見えん。高級サラリーマンに見えるが。ええ車に乗っての。粋《いき》やの。颯爽《さっそう》と行くがえ。交通渋滞の道をの。いらいらしながら。あんた自分のこと、乞食や思わへん。えッ。思う。思わへん。思う。ほう粋な。そうやろ、やっぱり思うやろ。粋やの。あんた柿山で毎日毎日、鍋や天麩羅作っとって、これみないずれ人の口に入って、いずれみな糞《くそ》や小便になって行くんや、思うやろ。思う。思わへん。水槽《すいそう》の中に泳いどう鯛《たい》や平目、あれみないずれ人の尻《けつ》の穴から、糞と小便になって、水洗便所へ流されて、海へ流れて行くが。わしら毎日、柿山の調理場へ糞と小便作りに行きよんのやがえ。きれいな皿に糞と小便、うまそうに盛り付けしての。それで銭もらう。料理人ちゅうのは、悲しいの。粋やの。あッ、小学校の時に、学校で検便いうのがあったの。マッチ箱に糞詰めて、学校へ持って行くんよ。わしらも料理場で、折り箱に糞詰めての。粋やの。わしは二十七の時に、会社から休み取った。鞄《かばん》に衣類詰めて、有り金全部持って、預金通帳と判こ持って、家を出た。けど、どこへ行くんやろ。行きたいとこ、どこもあらへんが。いまでも、行きたいとこ、どこもあらへんが。けど、いずれ行く先は決まっとる。あの世や。その時はとりあえず東海道線の茅ヶ崎駅へ行って、最短区間の切符買うた。当時、なんぼやったやろ。二十円かの。三十円かの。それで東京駅へ着いた。着いたら、電車降りな、しょうがない。こんどは山ノ手線に乗り換えてぐるぐる、ぐるぐる何周かして、着いたとこが上野駅。わしはいったんそこで改札口を出て、駅前の旅館に泊まった。それからその明くる日、またとりあえず初乗り区間の切符買うて、埼玉県の大宮へ行った。そこでまたとりあえず東北本線、津軽の弘前《ひろさき》行きの鈍行列車に乗った。別に弘前へ行きたいわけやない。行き当りばったり、どこでもええんや。どこまで行っても、とりあえずや。汽車の窓から外見とって、不意に気が向いたら、そこで切符精算して降りる。勿論、列車の中で検札に来ることもあった。その時はその時のことや。来たら、そこでも、とりあえずや。適当なとこまで切符買うての。そんなことしながら、わしは仙台から山形県の酒田へ行った。そこで鳥海山と日本海見て、また宮城県の栗駒山《くりこまやま》。とりあえず一ノ関。それから岩手県をほっつき歩き、ぶらついての。あッ、「ぶらつく」という漢字、どない書くか知っとうか。「しんにょう」に狂人の「狂」。つまりこない書くんよ。「逛く」。わし妙なこと知っとうやろ。週刊誌の「漢字コーナー」に書いてあったが。バスで八甲田山の山ン中の酸《す》ヶ湯《ゆ》温泉へ行った。それから、青森から青函《せいかん》連絡船に乗って、北海道へ行った。もうそのころには会社の夏休みは切れとった。けど、そんなことは茅ヶ崎を出る時から、どうでもええことやった。三陸海岸の気仙沼《けせんぬま》の宿屋で、今日で休みは終りや、とは思た。が、それはそれだけのことや。とりあえず、そない思た、いうことや。その翌日は、宮古の町をうろうろし、宿屋で住込みの女中しとる婆《ば》ァさんに一萬円チップやっての。わしその時、生れてはじめてチップいうもん出した。ほら、自分が金持っとるいうの、なんや知らんけど、胸糞悪いやろ。口のうまい婆ァさんでの。わし一萬円だけ、だまされて見となって、うずうずしての。ほんなら婆ァさん、これ何ですか、言うての。わしは、あ、あ、言うとった。ほんならその三十過ぎの女、夜中にわしの部屋へ来たが。お背中をさすらせて下さい、言うての。わしのちんぽこ、こってりもみほぐしてくれたが。あはは。さあ、そないなったら、翌日は別れるのんがつらいが。女はわしの朝飯、よそいでくれるんよ。いそいそしての。あれが女や。けど、わしは宮古から船に乗って、北山崎の断崖《だんがい》を見に行ったが。凄《すご》い断崖絶壁での。雨の降る日ィやった。波のうねりは激しいし。颱風《たいふう》が近づいとる言うとったが。暗い海や。わしはこのまま船が沈めばええ思とった。もう無断欠勤二日目や。そろそろ会社では、あれこれ言いはじめたころやろ。親も心配しはじめたやろ。けど、宮古で女にこってりもみほぐされたあとやでの。たった一萬円で、ひっこい女での。気が狂うたように、うちの乳吸うて、吸うて言うての。くり返し、もみほぐしてくれんのよ。具合ええが。つらいが。朝まで。わしはもう抜かれてもて。この船、もうこのまま沈んでしまえばええ思て、北山崎の絶壁見とるが。けど、そのままわしは三沢、八戸《はちのへ》。そのあとは下北半島と津軽半島をそれぞれぶらついて、そのあとが、青森から八甲田山の酸ヶ湯の千人風呂《ぶろ》や。また青森へ引っ返し、青函連絡船に乗って、八甲田丸。夏の終りでの。八月の最後の週に、わしは一週間休み取ったんよ。八甲田丸に乗船した時は、もう九月も半ばになっとったが。さあ、それから十一月の末まで、わしは北海道をぶらついた。函館《はこだて》、室蘭《むろらん》、苫小牧《とまこまい》、札幌、小樽《おたる》。札幌では、薄野《すすきの》で女買《こ》うたが。宮古では思い掛けないことやったけど、札幌では何やむしゃくしゃしての、それで、女一発蹴《け》りに行ったろ、思ての。抜かずの三連発よ。あはは。いや、それからは行く先行く先で、女買うて。小樽でも買うたが。小樽からは船で利尻《りしり》・礼文《れぶん》。稚内《わつかない》。稚内は日本最北端や。そのあとは旭川《あさひかわ》。ここでも買うた。ここには自衛隊の生きのええ兄《にい》ちゃん目当ての女が、じょうにおるが。男に功徳《くどく》ほどこしての、男から銭むしり取るんよ。女も悲しいな。わしみたいな世間知らずにも、だんだん世間が身に沁《し》みて来たが。旭川には町ン中に、路面電車が走っとったが。勿論、親にも会社にも連絡はせえへん。その時分の流行語で言うたら、「蒸発」や。もうどないでもなれ、なるようになったらええ、いう気ィや。女買うがな。釧路《くしろ》、根室、知床《しれとこ》半島の先っぽ、網走《あばしり》。買わずには、いられへんがな。このあたりにも漁師目当ての女が、ようけ流れて来とるが。サロマ湖。どこまで行っても、とりあえずや。あッ、サロマ湖の観光食堂で、昼飯にうに丼《どん》喰うとったら、テレビが目の前においてあって、三島由紀夫が市ヶ谷の自衛隊で腹切った言うて、大騒ぎしよったが。あんたあの時、どこにおった。何、東京日本橋の会社。ほう、粋な。わしもあれで、ぷっつんや。もう帰ろ思て。こなことしとっても、しゃあない思て。昼飯喰いながらテレビ見る、いうことは、ようあることや。けど、それがわしにとって特別の日ィになる、いうことは、おかしなことやの。粋やの。悲しいの。あんたでも、あの日のことはちゃんと憶《おぼ》えとうやないか。わしが二十歳《はたち》の時に、アメリカでケネディが暗殺されたが。あの日のことも、よう憶えとうが。あの日も、特別の日ィや。三島もケネディも、わしには何の関係もあらへん人やけどの。けど、その日ィ、わしがそこで死んでも、そのへんのドブ鼠《ねずみ》が一匹死ぬんといっしょや。また汽車に乗って、札幌、函館。淋しいの。津軽海峡の上には、一面に鰯雲《いわしぐも》が広がっとったが。けど、ほんま言うたら、わしにはもう帰るとこはあらへんが。」

青川さんは不意に、ここで言葉を切った。しんみりした空気が生れた。が、こちらとしても言葉の接《つ》ぎ様がなかった。これほどの土手の決壊ではなくても、「もう帰るとこはあらへんが。」については、私にも身に覚えのあることだった。

「津軽海峡の上に、きれいな雲が広がっとるが。それが夕焼けにそまって。摩周丸は青森へ向って航行されて行く。わしには何の関係もなしに、舵《かじ》は切られて行くが。恐ろしいが。恐ろしい船やが。けど、船は青森目指して、行くが。行くが。青森へ着いた。どないしょ、思た。夜の九時ごろや。国鉄へ乗り換えるための、長い連絡通路があるやろ。暗い電燈《でんとう》のついた通路。人はどんどん先へ歩いて行くが。けど、わしには歩いて行く先があらへん。最後に残ったんが、わしや。売店のおばはんが、店仕舞いしよるが。その背中見とったら、おばはんが小銭入れの銭箱ひっくり返した。バラ銭が散らばった。わしの足許《あしもと》にも十円玉が一個、転がって来た。おばはんは、あわてて拾う。拾い終ったら、荷物かかえて向うへ行ってしもた。早《はよ》う家へ帰りたい一心や。わしの足許の十円玉は、そのままや。わしはそれを拾た。わしは十円玉、上へ放り上げた。裏が出たら、夜行列車で茅ヶ崎へ帰ろう。表やったら、ここにとどまって、あしたのことはあした考えよう、そういう気ィやった。結果は表やった。わしは急に恐ろしなった。も一回、十円玉を上へ振った。手のひらで受けた。未練なもんや。未練なもんやで。中開けて見るのが恐かった。慄えたぞ。やっぱり表やった。わしはその翌日、秋田行きの汽車に乗った。途中、陣場いう小さな駅で降りて、日景《ひかげ》温泉へ行った。白神山地の谷間《たにあい》の、一軒宿の温泉やった。もう冬が近いが。わしはもう茅ヶ崎へは帰らへん気ィやった。十円玉は、表やった。そんなことで行き先決めるの、おかしいかも知れへんけど、まあ、人生はゲームもんやがえ。二遍も表が出たんや。学校の入学試験でも、同じようなもんや。違うか。えッ。ゲームもんやろ。山ノ手線の電車が上野止りやったんも、大宮駅で弘前行きの鈍行に乗ったんも、たまたまや。十円玉がわしの足許へ転がって来たんかて、たまたまやろ。わしはそれから日本海沿いに、またふらふらと金沢の方へ下《くだ》った。行き当りばったり、なり行きまかせ。粋な旅人《たびにん》や。ほら、映画や歌謡曲にあるやないか。吹浦では、夏に見た鳥海山をまた見た。冬の青空に、全山雪におおわれ、神さんみたいな姿やったが。目ェの底に沁みたが。親は警察に捜索願いを出したかどうか。指名手配の容疑者みたいなもんや。もう持っとる銭も、あとわずかや。わしはどうあっても、これを使い果たしてしまう積もりやった。あとのことは、あとのことや。この世は一寸先は闇《やみ》や。途中、富山県の高岡で素寒貧《すかんぴん》になった。やっとなった。もう十二月の歳《とし》の暮れが近い。高岡は梵鐘《つりがね》の町や。いや、銅製品を作る町で、銅板葺《ぶ》きの家が並んだ古い町や。腹すかして、町の外歩いとったら、小さな肥料工場があって、「従業員募集」と書いた白い紙がはってあった。わしはそこの事務所へ入って行って、雇ってもらえへんやろか言うた。痩《や》せぎすのおやじやった。わしは簡単な履歴書を書いた。神奈川県で自動車会社に勤めとったが、いやになったので辞めたと言うた。高岡には、はじめて来た。銭は一銭もない。泊まるとこもない。とも正直に言うた。肥料の臭《くさ》い臭《にお》いがしとった。寒い日やった。おやじはそんなら、うちの社員寮に寝泊まりしたらええが、と言うてくれたが。その翌日から仕事や。仕事は牛や馬の糞《ふん》を乾燥させて、それを袋詰めにするんよ。日産自動車の流れ作業の中で、車体を組み立てるのと、どっちがええか。まあ、どっちもどっちやな。仕事は仕事や。仕事して、銭もらうんよ。それだけや。じきに正月が来た。寮は田んぼの真ン中にあった。一階が倉庫で、二階に二タ部屋。そこにわしをふくめて三人がおった。わしより年取った、五十過ぎのおっさんが二人。二人とも、正月にはそれぞれ富山県と新潟県の山ン中の家へ帰ったな。わしは一人で、寮のふとんにくるまって、寝とった。そしたら二日の朝、その肥料工場の社長の娘で、小学生の直子ちゃんいう女の子が、焼いた餅《もち》、砂糖醬油《じょうゆ》につけて、持って来てくれたが。お母さんがこれ持って行ったげ、言うたんや、言うての。黒目の大きい、可愛《かわい》らしい子ォや。けど、わしは一文なしや。ほんまやったら、そういう時、お年玉せなあかんのやろ、思うんやけど、銭がない。わしはありがとう言うて受け取って、一人で餅喰うたが。浅ましい餅やった。それからわしはその肥料工場に、その年の夏までおった。仕事は一生懸命した。別にいやではなかった。社長もそろそろ、青川もここに落ち着いてくれそうや思いはじめたやろ。わしは寮と工場を往復するだけや。どこへも行かへん。あたりの田んぼに稲の苗が植えられて、それがだんだん生育して行くの、毎日見とった。それが楽しみ言うたら、楽しみやった。山の上に月が上がる。それ見ながら、寮へ帰る。夜、ふとんの中で、一晩中蛙《かえる》が鳴いとるの、じっと聞いとる。それも楽しみやったの。高岡の町外れの、田んぼの中では、何でもないことやけどの。けど、あれが楽しみやった言うたら、楽しみやったの。静かな時間やったが。いま思えば、あの半年間が、わしのこれまでの人生の中で一番ええ時やったの。直子ちゃんが工場の庭で、縄飛《なわと》びしよったが。わしはすまんことした思ての。宮古でいっしょに寝てくれた婆《ばば》ァにも、すまんことしたな思ての。わしに飯、よそおうてくれたな。あの女も、淋しかったんよの。気が狂うたように、わしにしがみ付いての。男がよろこぶこと、何遍もしてくれたが。わしはあれで抜かれてもたんよ。男の生血《いきち》。あの明くる日、わしは北山崎の断崖を見に行った。悪天候の中。わしの頭ン中にも崖《がけ》があるんかの。夏の終りやった。八月分の給料を月末にもうて、その明くる、明くる日ぐらいやった。わしはまた荷物をまとめて、その肥料工場の寮を抜け出した。なんでやろの。自分でも分からへん。電車に乗って、金沢へ行った。四十分ほどや。電車の中では、おやじさんに手ェ合せるような気持や。わしの窮地を、なんも言わんと救うてくれた人や。口数の少ない、ええ人やったが。牛や馬の糞で、肥料作っての。青川君、私は自分が人の世の肥料になれたらええ思うて、この仕事しよるんです言うての。けど、わしはおやじさんを裏切った。なんでやろの。わしは裏切った。山の上に上がった月、見とったら、不意にいやになったんよ。何もかもが、いやになったんよ。わしは逃げ出したんや。けど、そうして金沢へ来たけど、別に当てがあるわけやない。行って見たいとこがあるわけでもない。まだ夜の九時半ぐらいや。とりあえず、あッ、またとりあえずやけど、ともかくそのとりあえず、駅裏の安宿へ入った。わしはそこで考えた。いまからやったら、まだ高岡のあの田んぼの中の寮へ帰れると。わしはまた十円玉を上へ放り上げた。裏が出たら、終電で帰る積もりやった。併《しか》し今度も表やった。

わしはその十円玉の表見て、恐ろしい思た。目の前が真ッ暗になった。逆へ逆へ自分の運命が転がって行くような気がした。表が出るか裏が出るか、そんなことは偶然や。偶然裏が出て高岡へ帰るんも、偶然や。表が出たんも、偶然や。どっちでもいっしょや。わしはこの偶然を必然に換えて、生きて行く以外にない思た。わしは、わしがわしであることが、いややったんや。自分が自分であるいうことは、堪えがたいことやろ。明くる日、宿を出て町をぶらぶら歩いて行くと、武蔵ヶ辻《むさしつじ》いうとこへ出た。がらんとした、大きな交叉点《こうさてん》やった。そのすぐ先に、近江町《おうみちよう》市場いう市場があった。魚や蟹《かに》や野菜や肉や、いろんなもの並べた店が百軒ほど。にぎやかな市場やった。その市場の中の食堂で、昼飯喰うた。刺身定食。金払《はろ》て店出る時、ふと見たら、表の窓ガラスに「洗い場さん募集」いう貼《は》り紙がしてあった。わしはそれから二日間、金沢の町ン中、ぶらぶらほっつき歩いとった。九月はじめの、まだ残暑のきびしいころや。犀川《さいがわ》の水が涸《か》れて、河原の石が手に持てへんほど熱かったが。別に観光名所へ行くわけやない。一日目はほとんど、そうして河原の中うろうろしとっただけや。翌日は、どっちの方向か分からへんけど、町の外へ外へと歩いて行った。その日は灼熱《しやくねつ》の暑さやった。裏日本独特のフェーン現象いうのかの。三十七、八度はあったんと違うやろか。」

青川さんは、また言葉を切った。私の目を見た。ぞッとした。白目の充血した目である。併しその目が動かない。

「いや、わしはなんでここへ来たんかの。わしはいま何を話しよんのかかの。いや、そやない。そうや、その日は、暑い日やった。けど、そういう暑い日に、日が照りつける道をどこまでも、どこまでも歩いて行くんは、気持がええが。歩いて行くうちに、所々、田んぼが見えはじめたが。腹もへった。併し食堂のようなものはあらへん。バス停があったんで、そこで待っとった。ともかく来たバスに乗って終点で降りたら、そこに食堂ぐらいはあるやろ思て。バスは来た。後ろの方の座席に坐《すわ》った。どこへ行くんかは分からへん。バスの前に書いてあったかも知らんけど、金沢は知らん町や。二つ三つ先の停留所に止まったとこで、小学生の男の子が二人乗って来た。おや、思た。その日は学校がある日や。それにまだ学校がある時間や。けど、その男の子二人は、学校帰りの風をしてない。手ぶらで、どこぞへ遊びに行くような恰好《かっこう》や。何や知らんけど、二人でカードのようなもん取り出して、ささやき合《お》うとる。学校をずる休みして、どこぞへ行くんやろか。もしそうやとしたら、わしが会社の休暇を過ぎても、東北・北海道をぶらついとったんといっしょや。まだこんな餓鬼の癖して、早くも外れること知っとんのか。そう思うと、胸が詰まった。わしは子供のころは、そんなことは一遍もしたことなかった。ところがそのうちに、二人はポケットから有り金全部出して、算《かぞ》え出した。どうやら降りるバス停が近づいたらしいが、料金が足らんらしい。二人は目の色変えて、ポケットをひっくり返しよるが。が、金は出て来《こ》うへん。わしはそれ見とって、足らんのか、と声かけた。二人は顔見合せて、いいえ、言う。併しまた必死になって小金算えよる。足らんのやったら出したるで、返さんでもええ銭、とわしはまた声をかけた。ほんのわずかの銭やが。けど、わしはその時、二人がわしの銭で救われたら、わしも救われる、思た。なんでやろ。分からへん。次第に、どうぞわしの銭使《つこ》てくれ、いうような、何どを必死に願うような気持になって来る。拝むような気持になって来る。けど、二人はまだ目ェ見合せて、何かをささやき合《お》うとうが。突然、バスが停車した。男の子は二人、だあッと前へ走って行って、金を料金箱へ入れ、下車した。わしは息を呑《の》んだ。勝手な願いをいだいたわしは、バスの中に取り残された。はぐらかされた願いが宙をさ迷うとうが。次ぎの停留所が、終点やった。わしは白々とした気分で降りた。そこは内灘町《うちなだまち》いうとこやった。北陸鉄道の内灘駅、いうのがあった。私鉄や。わしは何や知らんけど、げっそりしたような気分や。内灘、いうたら、聞いたことがあるが。わしが小学校の時分、映画館のニュースで見たが。たしか何や米軍基地反対闘争みたいなことしよったが。けど、そんな気配はもうかけらもあらへん。ただの田舎町や。駅の観光看板見たら、海べりに砂丘があるらしい。わしは駅前の中華屋でビール一本呑んで、炒飯《チャーハン》喰うた。それから海に向って上《のぼ》り勾配《こうばい》の道を、歩いて行った。最前も言うたようにフェーン現象の、凄《すさ》まじい暑い日や。目ン中がちかちかするが。白い光と黒い影がはっきり分かれた、真昼の午後よ。ビール呑んだあとや。物凄《ものすご》い汗が噴き出して来るが。けど、坂道を歩いて行くに従って、砂地の丘の上に、かなり広い宅地造成された場所が広がり、そこにぽつん、ぽつんと家が建ちはじめよう。併し大部分は木も生えてえへん裸土《はだかつち》や。どこにも光を遮るもんがあらへんが。かげろうの影が、地上からゆらゆら立ち昇っとうが。風景がゆがんで見えるが。人ッ子一人通らへん、真昼の舗装道路や。暑い。ただそれだけや。わしはそういう道を歩いて行った。粋《いき》やろ。かなり歩いて行ったら、坂道の天井みたいなとこへ出た。海が見えた。そこには立派な幹線道路が横に走るように出来とって、その道の海側には、防風林いうのかの、防砂林いうのかの、松やアカシアや、木がいっぱい植えてあるが。その道をつっ切って、今度はわしは海に向って下りて行く坂道を歩いて行った。両側は松林や。目の前は日本海や。砂浜には物凄い砂かげろうが立っとるが。その砂かげろうの中へ向って、坂道を下りて行くんよ。暑かったぞ。ビール呑んだあとや。あとからあとから汗が噴き出して来るが。と同時に、喉《のど》がからからに渇いて来る。ついに砂浜へ出た。海や。ぎらぎらしとるが。けど、夏の終りや。しーんとして、誰もおらへん。大きな海の家が並んどるけど、みな戸ォ閉めて、そこにも誰もおらへん。真昼の幽霊屋敷や。わしはそこの日陰に入って、海を見た。海は、真昼の海や。それだけや。これから、どないして生きて行くねん。考えとうないことが、吐ッ気みたいに上《のぼ》って来るが。渇いた喉に。ふと足許見たら、砂の上にいっぱい、小さい双葉が散らばっとるが。西瓜《すいか》の種から出た、緑色の双葉や。誰どが西瓜喰うて、吐き出した種が芽ェ出しとんや。わしはこれから、どないすんねん。ここはどこや。内灘砂丘や。いや、そんなことやない。茅ヶ崎を捨て、東北・北海道をほっつき歩き、あの高岡の肥料会社を籠抜《かごぬ》けして来た果てのここは、どういうとこや。海からの涼しい風が吹いて来るここは、この幽霊屋敷の日陰は、どういうとこや。十円玉の賭《か》けで表が出た場所が、ここや。けど、わしにはここがどういうとこか、分からへん。すべてを捨てて来た果ての場所なんか、すべてを失った果ての場所なんか。所持金は、わずかしかあらへんが。あと二、三日したら、また空っぽや。すっからかんや。そのあとは、どないして生きて行くねん。考えとうはないことが、立ち上がってくるが。わしの中に、棒みたいに立ち上がってくるが。つらいが。悲しいが。粋やが。その時、ふと三人連れの男と女がやって来て、わしの顔見た。一人は坊主《ぼうず》刈りで、丸い眼鏡をかけとるが。紺色の頭陀《ずだ》袋提げて。一人は背の高い、日の経《た》ったお祝いの花みたいな女や。もう一人の男。これは「ポパイ」いう漫画に、オリーブいう女が出て来るやろ。手と足の長い、ひょろ高い、痩せの女。あの女を男にしたみたいなやつよ。ところがこの男、このえらい暑い日に、長袖《ながそで》の上着、着とるんよ。粋な縞柄《しまがら》の、ジャケットいうのかの。それで、いやア、言いながら、汗ふくんよ。映画に出て来る西洋紳士みたいな手つきで。日陰へ入っても、上着脱がへんが。わしは卦《け》ッ体《たい》なやつらやな、思た。三人はわしの顔見るんよ。見るともなしに、じっと見るんよ。ことに丸坊主のやつは。三人とも四十代やろか。三人の話に、下谷《したや》の御徒町《おかちまち》、いう言葉が聞こえたが。下谷の御徒町、いうたら、東京やないか。わしは海の家の壁に、手指の先を這《は》わせながら、歩いて行った。海の家は五、六軒並んどった。それが果てたとこは、また烈《はげ》しい日差しの砂やった。目の前に、コンクリート二階建ての廃墟《はいきょ》があった。もう古い建物や。戸ォが打ちつけてあるんで、中へは入れへんけど、窓ガラスは全部割れとるが。戸ォに何や横文字が見えた。恐らくは米軍施設の跡なんやろ。ガラスの毀《こわ》れた窓が、黒々としたほら穴みたいに見えたが。救いのない穴みたいに。その廃墟の先は、徐々に砂が盛り上がり、長い砂丘や。わしはそれからその砂丘を一日中、さ迷い歩いたが。呑み水もなしに。夏の日差しと、焼けた砂と、ぎらぎら光る海と、熱い風と、挫折感《ざせつかん》。靴の裏が熱うて、立っとられへんが。けど、とどの詰まり、結論ははじめから見えとったが。パチンコの外れ玉が、最後に消えて行く穴があるやろ。あの穴が、はじめから見えとったが。別にええ恰好して、砂丘や、さ迷い歩かんでも。金沢の近江町市場の食堂にはってあった、あの白い紙や。要するに市場食堂の洗い場さんよ。日が暮れるころになって、わしはまた海の家が並んどう場所まで帰って来た。するとそこでまた人の姿を見た。建物と建物との間に、あのバスの中で見た子供がいた。ほかには誰もおらへん。しーんとしとるが。子供は、今度は一人やった。小学校四年生ぐらいやろか。子供も驚いた目ェで、わしを見た。学校へも行かんと、こんなとこで何しよんやろ、思た。けど、子供の方でも、わしの足の先から頭のてっぺんまでを、じっと見とるが。見られたら、わしはなりの悪い男じゃが。が、子供はさっと背中を向けると、逃げ出した。咄嗟《とっさ》にこっちも走った。なんでわしは走り出したか分からへん。分からへんけども、走り出した。砂の上や。足取られるが。けど、それはわしだけやない。子供は転んだ。わしは、飛びかかった。子供はもがいた。わしの手頸《てくび》に嚙《か》みついた。そこに、釘抜《くぎぬ》きの鉄棒が落ちとった。咄嗟にわしはそれを拾《ひろ》た。子供の頭を殴りつけた。手頸に嚙みついた歯ァがゆるんだ。子供は、全身に痙攣《けいれん》走らせた。ぐったりした。死んだんや。わしはあの十円玉の表を思い出した。いや、あんた心配せんでええで。これは話や。話なんや。そやから何も気にすることあらへんが。話やないかえッ。ま、ま、あんたも、も一杯いこ。さ。」

青川さんは、こう言って私に酒をついでくれた。「話」とは何なのか。幼稚園で保母さんが園児に読んで聞かせる「舌切り雀《すずめ》」も「話」であり、テレビから流れて来るＣＭも「話」と言えば「話」であるが。いや、日日《にちにち》の新聞に出る記事もすべて「話」であり、思想書の中の言葉もすべて「話」である。私たちは半ば「話」を通じて、現実を呼吸して行くのである。青川さんは布包みの中から、釘抜きの鉄棒を取り出して、「これや。」と言った。私は驚いた。工事現場などで使う、片鈎《かぎ》の形をした、錆色《さびいろ》の釘抜きである。

青川さんはまた、「これが。」と言った。血痕《けつこん》反応を見れば、出るのだろうか。浜茶屋のような簡易普請《ぶしん》の建物を建てる時には、かならずと言っていいほど使うものだろう。が、これを見せられただけでは、それが内灘の海べりに落ちていたものであるとは言い切れない。こんなものは、どこの普請場にもあるものだ。とするならば、青川さんがこの釘抜きを取り出して見せたのも、実はこれも「話」なのではないか。いちおうは、それも考えられた。が、これまでの長い「話」の果てに、この釘抜きを取り出したのは、やはり何事かではあった。けれども青川さんは、「これは話や。話やないかえ。気にせんでええが。」と言う。言われて見れば、新聞やテレビ、小説、映画などには、人殺しの「話」など、犬の糞《くそ》ほども転がっている。そういう「話」を読んでも、見ても、いちいちこちらは気にはしない。併しこの青川さんの「話」は何なのか。通常はこういう「話」を「自白」と言うのであるが。青川さんは舌打ちをし、唇の内側を噛んで、しばらく沈黙していたあとで、また語り出した。

「わしはその子供の屍体《したい》を、とりあえず、あッ、またとりあえずや、ともかくそのそばの海の家の床下へ押し込んで、いったんその場を離れたが。それからまた砂丘の上へ戻った。海は夕焼けや。夕焼け言うても、海面の上のとこだけは靄《もや》のような雲がかかっとって、そン中へ夕日が落ちて行くんよ。横に長い、蛇みたいな形の雲や。心臓はどきどきしとるがえ。たとえばやな、鉄の棒で西瓜をたたき割っても、別にどきどきはせん。鯛《たい》の頭、庖丁《ほうちょう》で割っても、別にどきどきはせん。わしら、いまは毎日、調理場で生《い》けの鯛しめよるが。けど、子供の頭をたたき割ったら、これは別や。わしはことがばれたら、それはそれでええ思た。捕まるんやったら、それはそれでええ思た。けど、自分から警察へ行く気はせなんだ。会社にも親にも、わしがどこにおるか分かってしまう。あのおやじさんにも、直子ちゃんにも分かってしまう。わしはもうこの世にはおらへん人や。けど、まだおるんやな。

心臓がどきん、どきん動いとるが。慄《ふる》えとるが。砂丘の後ろは野菜畑やった。そこへ下りて、歩いて行くと、さっき言うた防風林や。その藪《やぶ》ン中抜けて、道へ出た。その先は宅地造成された広い裸土や。あっちこっち掘り返したようなとこもある。わしは普通に道を歩いて、内灘駅へ戻った。宅地造成してあるとこでは、一人だけ女の姿見た。ぽつんぽつんと建っとる家の、どこぞの家の主婦やろ。坂道の反対側の歩道、買物袋提げて上《のぼ》って来たが。わしは普通に前見て歩いとった。顔見られるんやったら、それはそれでええいう気ィや。ふとその時、昼間、顔見られたあの三人連れの顔を思い出した。駅が近づいたとこでは、ほかにも人に出逢《でお》うた。わしは電車に乗って、金沢へ帰った。三十分ほどや。わしはその日ィ、紺色のポロ・シャツ着とったんやけど、金沢へ帰ってから見たら、シャツに血痕がついとった。手ェの甲にもついとった。シャツは、その明くる日ィ、国鉄金沢駅の公衆便所のごみ箱へ捨てた。北鉄金沢駅は、その隣りやが。その日はまた金沢の町ン中うろうろしとって、夕方、また電車で内灘へ行った。きのう宅地造成してあるとこで、スコップが一本放《ほ》かしてあるの見とった。坂道のそばや。電信柱に立てかけてある野立看板の布が破れとるそばや。まだうっすら夕明りが残っとるころやし、すぐに分かった。わしはそれ持って、防風林の中へ入って行った。道の側からも、畑の側からも一番奥になるようなとこに、穴を掘った。えらい藪蚊《か》や。わしは畑ン中を走って行って、砂丘に上《のぼ》った。海が見えた。沖のいさり火がちかちかして、波の音が耳に響いた。きのうもここに立ったはずやのに、はじめて波の音を聞くような気がした。夜ン中に白い波頭《なみがしら》がくり返し、来るが。わしは走って行った。れいの廃墟があった。大きな幽霊屋敷の陰へ入った。屋敷と屋敷の間の路地へ入って、咄嗟に身を屈《かが》めた。人の話し声が、ふと聞こえたんや。波の音に混じって、かすかに聞こえて来るが。男と女の声や。海の家は五、六軒並んどる。二、三軒先の路地におるらしい。わしは息をひそめた。きのうの三人とは違う。あたりは真ッ暗や。家の陰や。わしは腹を決めた。そんなとこに、ぐずぐずしていとうはなかった。見られるんやったら、見られてもええ、思た。向うかて、顔は見られとうはないはずや。わしは男の子の屍体を引き出した。その時、指が釘抜きにもさわった。これや。わしの手ェが、きのうこれにさわったがために。子供は、目ェ剝《む》いとるが。わしはそれを抱えて、藪ン中へ戻った。そのまま子供を穴の中へ放り込んだ。スコップを取った。が、子供は俯《うつぶ》せになっとるが。わしは男の子の屍体を起こして、上向きにした。また目と目が合うた。星みたいな目ェや。わしは息を呑んだ。わしは砂土《すなつち》をかぶせた。けど、ああいう時は、顔には一番に土かけられんもんやな。顔が見えんようになった時は、ほっとした。どんどん土をかぶせた。ところがその時になって、わしはこれもいっしょに埋めんの、忘れとったことに気がついた。この釘抜き。しゃあない。わしはこれは持って行くことにして、枯れ落葉をかぶせて、藪を出た。スコップはしばらく行ったとこで、造成地の端に放かした。そのあとは内灘駅へは行かず、途中で横へ折れて、一つ先の駅まで歩いて行った。だんだんに田んぼ道になった。満天下の星やった。きれいな星やった。バスの中でわしの銭もうてくれとったら、わしは救われとったのに。たった一滴かも知らんけど、わしは救われとったのに、そない思ての。いまでもあの男の子の顔思い出すが。星の目ェやったが。その明くる日、わしは近江町市場のれいの食堂へ行った。そしたらそこの女が、あんた客の汚した鉢や皿や洗うのもええけどな、うちは実はこの市場の中で魚屋もやっとんね、いうことで、わしはそっちで働くことになった。わしはそこではじめて魚の扱い覚えた。けど、毎日朝晩にはかならず新聞見る。北國新聞。けど、あの子供が発見された、いう記事は出えへなんだ。子供が行方不明になった、いう記事も出えへなんだ。何やしらん、物たりないような気持やった。出たら、どないするか。それはその時のことや。そない思うて、わしは毎朝毎晩、新聞見た。青川さんは新聞見るん好きやな、言われて。どきんッ、とした。人はよう見とるが。新聞見る時は、戦慄《せんりつ》が走るが。けど、出えへなんだ。そないなると、わしはだんだんにこれを捨てられんようになった。早う捨てよ、早う捨てろ思うんやけど、まただんだんにこの釘抜きが、わしン中へ喰い込んで来て、捨てられんようになった。この釘抜きが、わしや。わしそのものや。わしが、わしを捨てることが出来るか。あの時、スコップといっしょに放かしてまえば、よかったんやけど。魚屋では、仕出しの弁当も作るやろ。魚の扱いにもなれる。わしはだんだんに料理覚えて、そこに三年おった。料理人になる、いうても、いきなり追い回しで料理場へ入ったら、はじめて魚にさわらしてもらうまでには、まず二年はかかるが。それまでは雑用係や。それに料理場で扱う魚の数いうたら、魚屋の十分の一や。わしはいきなり魚を覚えた。これが十円玉の表が出た、いうことやったんかの。わしはそのあと京都へ出て、寺町蛸薬師《たこやくし》の料理屋にちょっとおった。あんたも京都におった、言うやないか。あとは大阪へ来て、市内やその周辺の料理屋、和歌山県の白浜や裏六甲の有馬温泉、転々として、三年前からこの堺や。淋《さび》しいの。わしら、漂流物やの。北陸や紀州の温泉場から温泉場、回り歩くやつもようけおるが。流れ者《もん》になって。その日暮らしの、はかない生活や。いや、わしも大阪におった時、そこの親ッさんに、スケに行たってくれへんか、言われて、山陰の美保ノ関の旅館へ、一年ほど行ったことがある。その時また、日本海見ての。えさどい海やが。あッ、「えさどい」いうのは、金沢弁で「きれいな」いう意味や。つらかったが。わしには、この釘抜きでは抜けん五寸釘が突き刺さっとるが。わしには救いはない、思ての。わしは返り血あびた男やが。その日その日、料理場で魚や蟹やマル（すっぽん）や、殺すがえ。血みどろやの。時には鼠《ねずみ》捕り仕掛けて、鼠も殺すがえ。いや、鼠はまだ生きとるの、そのままごみ箱へ捨てることもあるが。板場いうのは、罪が深いの。わしらにそういうことさせて、喰うやつはもっと深いの。ほんなら、わしはもう帰る。深いの。……。深いな。あんた、すまなんだの。あんたはこの小鳥、片づけへんのやの。そういう男やの。旅鴉《たびがらす》やの。漂流物やの。粋《いき》やの。繁野がこの鳥、飼《こ》うとったんやが。あいつもの、加賀の山中温泉まで女追っかけて行って、どないしたかの。

わしはあいつとも、ゆきずりやったが。ほんならの。あんたに、ごみの片づけさして悪いの。」

青川さんは、帰った。青川さんの「話」は、「これが、わしや。わしそのものや。」という「話」であった。その呑み残した酒が、茶碗《ちゃわん》の底に少し残っていた。手が慄えていた。アルコール中毒らしい。顔色が悪く、すさんで、白目の部分が充血していた。無論、この青川さんの「話」は、十数年前に青川さんが私に語った「話」を、私の記憶に基づいて、たどったものである。恐らくは細部においては、錯誤があるだろう。けれども大筋においては、凡《およ》そこういう「話」だった。「話」がうそでないならば、黙っているのは苦しいことである。恐らく青川さんは「自白」したくて、うずうずしていたのだろう。たとえ「話」の半分はうそだとしても、きやきやしていたのだろう。

それは、私とて同じである。私には、青川さんから「話」を聞いたことだけが本当であって、「話」の内容が本当であるのかどうかは分からないことである。それでも私は「語り」たくて、うずうずして来た。それを思えば、何事をも「語らない」で、生を終える人は凄《すご》い人である。「語る」ことによって、身を破滅させた人は多い。私にしても、古里の人々の運命を「物語り」はじめたことによって、一度は無一物の腑《ふ》抜《ぬ》けになった。そこには当然、因果の風が吹き渡り、言葉はすべて自分に撥《は》ね返って来る。「語る」ことは、恐ろしいことである。小俣氏も「語った」のである。恐らくは「語らない」ではいられなかったのであろう。詩集「遺書」を私《ひそ》かに上板後、小俣氏は沈黙の生活を送って来た。その謂《いい》では、氏の「話」も、「これが、私である。」という「話」ではあった。けれども、氏の「話」の真偽もまた、どこまでが実で、どこからが虚なのかは、私には分からないことである。「語り」は多分に「かたり」である。強請《ゆすり》かたりの「騙《かた》り」である。とは言うても、氏がまったく根も葉もないことを「語った」とも思えないし、私の聞く耳にもゆがみはあろう。「語る」ことは、血みどろである。恐らくことの真《まこと》は、近松浄瑠璃《じょうるり》に言われるように、虚実皮膜の間《かん》にあるのであろうが。青川さんの「話」も「語り」であった。

去年の秋、私はたまたま、いま勤めている会社の用で、はじめて金沢へ行った。その時、内灘へも行った。北陸鉄道内灘駅から砂丘のあたりの光景は、ほぼ青川さんから聞いた通りだった。防風林もあった。ただ青川さんの「話」では、宅地造成後の裸土だったあたりには、今風の、住宅会社が商品開発したショートケーキ・ハウスが、ぎっしり建ち並んでいた。これが時代の思想である。思想は、思想書の中にだけあるのではない。雨の降る日だった。砂丘の上に立つと、前に海が見え、後ろに長い防砂林が見えた。米軍の廃墟《はいきょ》もあり、戸を閉じた海の家も並んでいた。沖に防潮堤が築かれた影響で、この数年で砂浜が三倍も沖に向って広くなった、と言うことだった。青川さんは砂丘の上に立つと、心臓がどきん、どきんと慄えたと言った。波の音が高く聞こえたと言った。私にもその動悸《どうき》が聞こえるようだった。私は九年間の住所不定の生活のあと、ふたたび無一物で東京へ戻って来て、また会社勤めをはじめたのだった。それからでも、もう十一年余が過ぎた。けれども、青川さんが言うた「漂流物」という言葉は忘れられないことだった。東京での生活も、区役所に住所届けは出してはいても、漂流物の生活だった。

　青川さんと話をしたのは、あの晩一遍だけである。その後も時々、私のいる新店の方へ顔を出していた。私はたまたま目が合えば、目顔で挨拶《あいさつ》するにはしたが、そういう時は、にがい思いがした。それはまた同時に、もう一つの危懼《きく》でもあった。

　そのころすでに青川さんには、別の「話」が発生していた。店へ、やくざ者風の男が二人、三人と、青川さんを訪ねて来ると言うのである。「今日もまた来た。」と言うのである。サラリーマン金融。つまり、サラ金から青川さんは途方もない借金をし、その債権を買った取立屋が来て、店で青川さんがもらう給料を差し押さえて行ったとか、どうとか。いや、それ以前にすでに、店から相当に前借りをしていたとか。恐らくは競馬や競艇か、何か博《ばく》奕《ち》に金を突っ込んだのだろうと言うことだった。いつぞや競輪場でばったり出喰わした別の若い衆の「話」では、空恐ろしい車券の買い方だったとか。外れれば外れるほど、目を血走らせて、「粋やの。」「粋やの。」と言うのだそうである。

　青川さんは、店へ来なくなった。店の若い衆が、親ッさんに言われてアパートへ行って見たら、すでに蛻《もぬけ》の殻だった。親ッさんは、「ふんッ、馬の餞《はなむけ》じゃ。」と言っていた。青川さんが踏み倒した前借りのことを言ったのだ。

私は胸を衝《つ》かれた。青川さんは、姓は青川であるが、下の名前が何であるかも、私は知らない。板場のつき合いは、毎日一つ釜《かま》の飯を喰い、一つ屋根の下に起き伏ししてはいても、併《しか》し大抵はそういうつき合いである。その多くは渡り者であり、その日その日のことは、その場限りのことである。

さらに、追い回しの中には、修業の辛《つら》さに堪え得ないで、タコ部屋から夜逃げする人も多い。そうなれば、それはそれッ切りで、翌日にはもう忘れられている。夏原は、目先の利にあせって、夜中にいなくなった。青川さんが消息を断った前後のことだった。なまじ頭がいいので、早く楽になりたい、と考えたようだったが、小利口なやつは小利口なやつなりのことを思案して、じたばたするのだった。西島は、意地の坐《すわ》ったやつだったが。青川さんは、あの釘抜きだけは抱いて逃げたに相違なかった。たとえ、つかの間、一ト夜の「語り」の中だけで輝いた釘抜きであったとしても。けれども、その輝きは私の中には喰い込んでいた。

私はそれからしばらくして、親ッさんに「話」をつけ、神戸三ノ宮町の料理屋へ移った。「部屋に証文をまいて。」移るのである。この場合の「部屋」とは、板場職人の口入屋のことであるが。そういう風に、板場が料理場から料理場を転々とすることを、仲間内では「旅に出る。」と言うのである。会社員の言語感覚では、無論、大時代《おお》な気取った言い方である。会社員くずれになってはいても、私には昔の生活感覚の根が残っている。だから、私は「旅鴉」などという言葉を使うことはなかったが、併し荷物をまとめて部屋を出る時はいつも、己れが漂流物だという気はした。堺では、私は小鳥の屍骸《しがい》はそのまま残して来た。

初出：『文學界』一九九五年二月号［発表時作者五〇歳］／底本：『漂流物』新潮文庫、一九九九年

**第一一三回芥川賞選評より**〔一九九五（平成七）年上半期〕

**河野多恵子**　『この人の閾《いき》』は、本当に新しい男女を活々と表現していた。（中略）男女共学の収穫の達成を想わせる人たちの創造に成功した文学作品が、遂に出現したのである。（中略）『漂流物』の作者の車谷長吉さんは、人生に対する姿勢の上でのある種のスタイリストであるようだ。そのスタイリストぶりが、この作品では聊《いささ》か強引に出すぎて、灰汁《あく》の浮んでいる印象を受けた。

**黒井千次**　車谷長吉氏の「漂流物」は、筆力において他に擢《ぬき》んでている。終ったところから自分の人生をはじめるという男達の漂流感は伝わるが、ただ語り手と聞き手と作者の重なり具合が明らかな効果を生み出さず、構成上に難がある。無用の力みが抑えられ、言葉が漂流に即してより自然に流れて行けば、作品はもっと大きな力を持ったことだろう。

**丸谷才一**　車谷長吉さんの『漂流物』はいちおう上手に書けてゐる。小説技法に習熟してゐると見る人もゐるかもしれない。しかし読後の印象は空虚だつた。

［特別掲載］

# 変

車谷長吉

平成七年は、私の身には凶事《まがごと》の連続だった。

三月に、いきなり飄風《ひょうふう》が吹いた。会社のリストラクチャリングで、嘱託社員解雇を申し渡された。私のように田舎から東京へ出てきて、借家住まいをしている身には、何を措《お》いても月々の家賃を払って行かなければ、生活が基いから崩壊してしまう。それが払えなくなった。些少《さしょう》の貯えがあるとは言え、思い屈した。四十九歳の私は、健康保険、厚生年金の支払いも出来なくなり、当然、将来のことが不安になる。毎日、家の中に閉じ籠もっている身には、居ても立ってもいられず、併《しか》しどこへ行く当てもなく、ただじっと小暗い家の中に坐《すわ》っているばかりだった。

家は駒込動坂町の貉《むじな》坂の露地の奥にある。嫁はんの叔母・石津信子は霊能者で、私達がこの家を借りた時、「家相が悪いわ。」と言われた、あばら家である。

だいたいこの年は正月明けの一月十七日午前五時四十六分、突然、阪神淡路大震災が起こって、阪神高速道路が倒壊するなど、目を瞠《みは》るような被災があり、続いて三月二十日午前八時過ぎ、東京の帝都高速度交通営団でオウム真理教の兇徒《きようと》による地下鉄サリン事件が発生、さらに三月三十日午前八時半、國松孝次警察庁長官が南千住の自宅前で何者かによって狙撃されるという事件が相次いだ。

私が会社解雇を申し渡されたのは、この暗殺未遂事件の翌日である。帰宅して、嫁はんにその事実を告げると、嫁はんは一瞬、顔から血の気が引いた。その色を見て、会社で私が解雇を告げられた時の顔色もこれだろうと思った。

この時、嫁はんが言うた言葉で、いまに忘れられないことがある。正月に下総《しもうさ》九十九里浜飯岡町へ里帰りした時、生家にあった高島易断の卜《うらない》を見たら、昭和二十年生れ、つまり、あなたは一白水星の星の許に生れたのだけれど、今年のあなたの運勢は●、底迷運と言って最低の星なのよね、と言うのだった。

されば、五月四日の夜半、風呂から上がると、突然、心臓発作に襲われ、胸から背へ太い畳針を貫《つらぬ》き通されるような差し込みが来た。私は「ううッ。」とうめいた。卒倒した。嫁はんが驚いて駆け寄って来る。胸と背をなでてくれる。併し劇痛はますます烈《はげ》しくなる。そのうちに手と足が痺れて来た。冷たくなって来た。心臓から送り出される血が、手足の先まで届かなくなって来たのである。

私は死ぬなと思うた。死んでもいいと思うた。併し嫁はんは私にしがみ付いて、「長吉さんッ、長吉さんッ、死なないでッ。」と叫ぶ。絶叫する。まだ新婚二年目であるが、嫁はんは祝言を上げた直後に、私の中の霊《もの》に感じて、「あなたは、死を恐れない人です。恐い。」と言うたことがあった。私は頭の中で辞世の俳句を考えていた。

嫁はんが上ずった声で東京消防庁へ電話をした。救急車を呼ぼうとしたのである。が、生憎《あいにく》救急車は払底していた。こんどは日本医科大学病院へ電話をした。では、自動車ですぐに連れて来なさい、という返事だった。併し私方《かた》には自動車などないし、と言うて、表通りのタクシーが走っているところまで歩いて行くのも、容易ではない。

けれども、そうしてそこに卒倒したままでいるわけにも行かない。烈しい痛みである。全身に膏汗《あぶらあせ》がにじみ出て来る。私は玄関まで四つン這いに這って行くと、下駄を突っ掛け、外へ転げ出ると、あとは蟇《がま》が地べたを這うような恰好で露地を出、貂坂を降りて行った。

着いたところは、日本医科大学病院高度救命救急センターである。もう深夜である。すぐに車椅子に乗せられ、集中治療室へ運ばれた。煌々《こうこう》と電燈の輝いた、白々しい部屋である。若い医者が聴診器を当てたり、血圧を測ったりしたあと、「しばらく様子を見たあと、すぐにカテーテル検査を行ないたいと思います。ただし、カテーテルは非常に危険な検査なので、あらかじめ患者さん本人の同意が必要です。奥さん、いかがでしょう。」と言うた。

「カテーテル」は独逸語《ドイツ》で、日本語では「管」という意味である。それぐらいのことは分かったが、医者は管で何をするのかは言わない。言わなくても分かっていると考えているのか、言う必要はないと思うているのか。嫁はんが慄《ふる》え声で「カテーテルというのは、どうするのですか。」と訊くと、目玉の大きな医者は「あッ。」と言う声を出して、「足の太《ふと》腿《もも》の付け根から、血管の中へ管を差し込んで、管を心臓まで押し込み、心臓の様子を調べるのです。」と言うた。

私はそなな恐ろしい検査はいやだと思うた。併し嫁はんは「はあ、何でも結構です。出来ることは、すべてやって下さい。」と勝手に言うている。私はこの阿呆めと思うが、劇痛で声が出ない。医者が「それでは、すぐにそうさせていただきます。」と答える。それが奇妙に嬉しそうな声だった。

カテーテル検査は、全身麻酔を掛けて行なわれた。が、よく麻酔の効かない私には異常な苦痛だった。ところが、である。医者は心臓の臓器には異常はないと言う。私は怒りに囚われた。異常がなくて、どうしてこんな畳針を貫き通されたような劇痛が起こるのか。私は奥歯を噛《か》み締めた。

集中治療室から病室へ移された。ここでもまた引き続き検査である。全身に電極を十七本も繋がれ、それがそれぞれにＴＶの受像機に繋いであって、画面に心電図が現れる仕掛けになっているのだった。画面は二十四時間、集中管理室で監視されている。従って電極を外すわけには行かないので、便所へ立つことも許されない。ベッドの上で、お丸で大・小便をするのである。

病室へ移って四日目のことだった。ベッドの上のお丸では大便が出ないことを訴えて私ははじめて電極を外してもらって、廊下の便所へ行った。その時、廊下の角々に異形《いぎよう》の人相の、目付きの鋭い、いかつい男が何人も立っているのを見た。みんな拳銃を抜き身で構えている。撃鉄を起こして、いつでも弾《たま》を発射できる体勢なのである。何だろうと思うて、便所から帰って看護婦に尋ねて見ると、何と私達の病室の隣りの部屋には、暗殺未遂事件で九死に一生を得た國松孝次警察庁長官が入院していて、廊下に立っていた男たちは私服刑事で、オウム真理教の兇徒がふたたび襲って来るのを警戒していると言うのだった。

その翌日だった。突然、廊下で一発の銃声がした。看護婦室で騒ぎが起こった。それから廊下の方で、何か叫ぶ者があったり、走り過ぎる人がいたり、慌ただしい動きが続いた。するうち、ことの次第が知れた。國松長官を警備していた刑事のうちの一人が、便所の大便用個室へ入って、ズボン・下穿きをずり降ろしてしゃがんだ瞬間、ズボンのポケットに押し込んだ拳銃が暴発したと言うのだった。自分の拳銃で、自分の腹を撃ち抜いた。無論、安全装置が外してあったから、そういうことになったのだが。

一週間の全身検査の結果、私の心臓の差し込みは、心臓の臓器そのものに障害のある内因性の痛みではなく、さまざまな内力《ストレス》による心因性のものだという診断が下された。医者の話では、あなたは文章を書く人です、しかもあなたの小説を読んで見たら、読む人が読むだけで気が滅入るような内容です、そんなものをあなたは書いているのだから、心臓に差し込みが来る内力《ストレス》が溜まるのは当然でしょう、あなたが身を削ってお書きになっているのはよく分かりますが、我われでも医学論文を書く時は、それだけで胃が痛くなったりしますよ、書くことをお止めになるのが一番いいと思いますがね、と言うことだった。

ところで、と医者は言った。一枚のレントゲン写真を見せて、ここに黒い固まりが写っているでしょう、ほら、これはあなたの胃の中ですが、これは癌《がん》ですよ、すぐに、もう一遍胃の再検査、癌だと判明したら、ただちに手術、と言った。胃癌だと聞いて、私は血が引くのを覚えた。髪が小刻みに逆立った。心臓が悪いのかと思うていたら、意外な魔がひそんでいたのである。

その翌日、私はふたたび胃カメラをのんだ。胃カメラというのは、グラスファイバーの管の先に付けられた小型カメラを、口から胃の腑《ふ》の中に押し込むのであるから、それだけでもくり返し嘔吐《おうと》をもよおすほど苦しいのであるが、天井から目の前に吊り下げられたTVの画面に、胃の腑の内部の様子が写し出されるのを、見せつけられるのである。赤黒い肉の、醜悪な画像である。美人の女医がグラスファイバーの先のカメラを動かすに従って、赤黒い肉の襞《ひだ》が盛り上がる。胃は烈しく生きているのだ。

やがて女医はグラスファイバーの管の中に仕込まれた鋼鉄線の先の小さな鋏《はさみ》で、患部の肉を切断し、口の外へ取り出して、顕微鏡で調べはじめた。癌細胞ではないかと疑われている肉片である。女医が「あッ。」と声を出した。私の目玉が静止した。併し女医はまた次ぎの肉片を取り出して調べる。そういうことを何度もくり返す。丹念に調べているのだろう。へたをすれば、この女医は私に死刑宣告をする羽目に陥るのである。医者というのは、何といやな職業だろう。無論、文士だって自分の小説の中で人を殺すこともしばしばあるのだが。私の緊張は極点にまで達した。

医院を出る日は、嫁はんが迎えに来た。私は胃癌ではなく、胃潰瘍だった。会社解雇通告後の心労がもたらしたものに相違なかった。日本医科大学病院の隣りは根津権現である。嫁はんが眩《まぶ》しそうな顔をして、「長吉さんが入院してる間、私、毎晩、根津権現にお参りに来てたの。」と言う。私は口の中で舌を嚙んだ。病院の前には警察の警備車が停車しており、あたりには制服の警察官が立っている。國松長官はまだ入院しているのだった。

六月八日だった。私が病院から駒込動坂町の家へ帰ると、文藝春秋の人から電話が掛かって来た。私がその年の文學界二月号に発表した「漂流物」が、平成七年上半期の芥川賞候補作になったという報せだった。日本文学振興会が行なう文藝春秋社内の予選では、満場一致で推挙されたという。みずから願望していたことではあるが、えらいことになった、と思うた。私は過去に一遍芥川賞の候補になったことがあって、その時の経験では、七月十八日の銓衡《せんこう》会の当日まで、箸一本が転がり落ちてもそれが落選の前触れではないかと怯える、緊張の日々を過ごさねばならないのである。

翌六月九日の夜だった。田舎のお袋から電話が掛かって来た。「あんたッ、えらいこっちゃ、雅彦が自殺したんや。」私ははッとした。雅彦というのは母の末弟で、私よりは年が一つ上、同じ村内《むらうち》で私とは乳兄弟として育った。三十年余前、田舎からいっしょに慶応義塾の入学試験を受けに来た時は、私だけが合格して雅彦叔父は落第した。以来、「わしはお前に恋人を奪われた。」と言うて、私のことを怨み続けて来た人である。享年五十。私は、ド佛滅《ぶつめ》が入った、と思うた。茫然とした。

翌六月十日の夜、日本文学振興会から私の経歴書を送れと言うて来たので、それをしたため、千駄木小学校前の郵便ポストへ投函しに行った。ゴソッ、という悪い響きだった。そのあと、小学校のそばのたばこ屋の自動販売機に二百二十円入れた。が、釦《ボタン》を押してもたばこは落ちなかった。いくら押しても落ちず、金銭返却レバーを回しても、お金も落ちない。私はたばこ屋の戸をたたいた。併し誰も出て来ない。結局、二百二十円損して家へ帰った。

が、追い追い他の候補がどういう顔ぶれであるかが分かって来ると、また各新聞社の文藝記者の下馬評では、私の書いたものが有力であるという話なども伝わって来て、私は憂鬱な気分の中にも、期待は高まった。愚かである。受賞すれば、その賞金で、秋に迫った借家契約更改の金も払えるのである。それ以外には何の当てもなかった。

私は気持がくさくさしていた。七月初めのよく晴れた日、山ノ手線田町駅で降りて、虹橋《レインボー・ブリッジ》を渡り、品川沖のお台場へ行った。お台場は擂《す》り鉢状になった小島で、その底に降りると、辺りには一面に夏草が生い繁り、ひっそりしていた。夏の顔が青に染まるような空だった。私はたばこを一服喫《す》うた。そして土手を登ろうとしたら、足が草に滑って、下へ転げ落ちた。咄嗟に、先夜二百二十円盗られたのを思い出して、いやな予感がした。阿呆な験《げん》かつぎであるが、併し次ぎ次ぎに験が現れるのが恐ろしかった。

さて、七月十八日の銓衡会の当日、私は朝のうち、根津八重垣町の床屋へ散髪に行った。その帰り、根津権現の樹木の鬱蒼と繁った森の中を通り抜けようとした。ふと左手の乙女稲荷の下の池を覗くと、金色の鯉が白い腹を見せて死んでいた。その瞬間、落ちた、と思うた。候補になって以来、次ぎ次ぎになり行く勢いで現れる予兆に怯えて、そう観念した。いやな気分だった。

果たしてその夜、文藝春秋の人から電話が掛かって来て、落選を告げられた。糞ッ、と思うた。一回目の投票では、私の「漂流物」は過半数に達していたのに、併し「漂流物」の如き妖刀のような殺人小説は、阪神淡路大震災やオウム真理教事件で世の中が打ちひしがれている時には、芥川賞にふさわしくない、という理由で落とされたのだった。

入選したのは、保坂和志氏の毒にも薬にもならない平穏な日常を書いた「この人の閾《いき》」(新潮三月号)という作品だった。記者会見で、日野啓三が「こういう物情騒然とした世の中にあっては、何事も起こらない静かな日常がいかにありがたいか、を感じさせてくれる作品である。」と言うたとか。おのれッ、と思うた。

翌日、所用があって小石川柳町のキネマ旬報社へ行った。烈しい日盛りの道を歩いていると、水のないプールの底に、私の屍体《したい》が沈んでいるような気がした。用を済ませて、夕方、また歩いて帰って来ると、私は道灌山下の金物屋で五寸釘を九本求めた。

夜になった。私は二階で白紙を鋏で切り抜いて、九枚の人形《ひとがた》を作った。その人形にそれぞれ、日野啓三、河野多恵子、黒井千次、三浦哲郎、大江健三郎、丸谷才一、大庭みな子、古井由吉、田久保英夫、と九人の銓衡委員の名前を書いた。書き了えると、嫁はんが寝静まるのを待った。

私は金槌と五寸釘と人形を持って、深夜の道を歩いていた。旧駒込村の鎮守の森・天祖神社へ丑の刻《とき》参りに行くのである。私は私の執念で九人の銓衡委員を呪い殺してやる積もりだった。人を呪わば穴二つと言うが、併したとえ自分が呪い殺されることになろうとも、どうあってもそうしないではいられない呪詛が、ふつふつと滾《たぎ》っていた。水のないプールの底の私の屍体が、それを狂的に渇望した。

天祖神社は鬱蒼とした樫《かし》や公孫樹《いちょう》の奥に鎮まっていた。あたりは深い闇である。私は公孫樹の巨木に人形を当てると、その心臓に五寸釘を突き立て、金槌で打ち込んだ。金槌が釘の頭を打つ音が、深夜の森に木霊《こだま》した。一枚終ると、また次ぎと、「死ねッ。」「天誅ッ。」と心に念じながら、打ち込んで行った。打ち終ると、全身にじっとり冷たい汗をかいていた。全身に憎悪の血が逆流した。

八月に入ると、いよいよ家賃が払えなくなった。嫁はんといっしょに、京成電鉄お花茶屋、常磐線亀有、千葉県流山、江東区大島《おおじま》などへ借家捜しに行った。いまの家の契約は九月いっぱいだから、どうしても八月中には家主に出ると言わなければならない。言ってしまえば、またどうしても、九月中にはどこかへ越さなければならない。歩き疲れて帰宅すると、嫁はんも私も物を言う気力もなかった。

そういうある日、嫁はんが住宅情報誌で、いまの駒込動坂町とは隣り町の、駒込林町に家賃の安い家があるのを見つけた。早速に二人で見に行った。安いと言うても、失業者には荷が重い家賃だったが、もう歩き疲れた私はそこに決めることにした。こんども露地の奥で、しかもこんどは袋小路のどんつきの家だった。不動産屋の言う死ニ地である。一日中、日の当らない家だった。九月十七日の土砂降りの日に引っ越した。引っ越しの夜、疲れから私はまた心臓発作に襲われた。

新しい家の向いは老婆が一人で住んでいた。この女は夜中に大きな音で歌謡曲を鳴らすことがあった。その奥の家にも、老婆が一人で住んでいた。こちらの方はことりとも音をさせなかった。庭に虫喰いだらけのダリヤの花を植えていて、余計それがいとおしいようであった。私方の隣家には、何で飯を喰うているのか分からない、得体の知れない五十過ぎの男が一人で暮らしていた。要するにこの露地のどんつきの死ニ地にいる住人は、みな敗残者の臭いを持っていた。男は勤めに出るでもなく、朝から晩まで、家の中の掃除をし、庭の草毟《むし》りばかりしていた。目が貝殻の内側のような光を発している男である。うちの嫁はんの高橋順子が詩を書いて、ユリイカに発表した。

隣家の男

隣家の主人の懸け声が定時に聞こえてくる
なにものか上げ下げしている
バーベルか胴体か
一から十をつぶれた声で三回数えると気息が止む
腰痛体操か延命体操の類いか
今日はうちの洗濯機が懸け声にあわせて
水の胴体をひねっている

　そのうちに木枯しが吹き、お酉《とり》さまに行った。十一月二十四日の朝、三好陽子さんから電話が掛かって来た。まず嫁はんが電話に出て、私を起こしたのだが、併し私が電話口に出ても、陽子さんは何も言わない。恐ろしい沈黙である。毛物のような、烈しい息遣いばかりが聞こえて来た。

「三好が死にました。」「えッ。」「……。」「どうしたんですか。本当ですか。」「……。」畏友三好隆史氏は、平成七年十一月二十四日午前四時二十九分、心筋梗塞のため他界した。享年五十三。三好氏は十七歳の時、急性灰白髄炎（小児麻痺）のために両足を喪った。以来、鉄の義足だった。どんなにか苦しい生涯だったことだろう。

やがてこの厄年も年の暮れになって、平成八年が来た。正月に嫁はんと句会をして、駄句を作った。

元旦や柱時計の音がある
去年今年《こぞ》逢ひたき人はさらになし
千駄木に犬鳴く夜や肉喰らふ

平成八年の五月四日は荒川砂町水辺公園へ罌粟《けし》の花を見に行った。新聞に写真入りで二萬本の花がいまが見ごろと書いてあったので、行ったのだが、貧相な花の群れだった。私の身には、去年五月四日の入院以来、まだ時折心臓発作が起こるのだった。嫁はんと私は川べりで握り飯を喰うたあと、河口まで歩いて行った。貧しい夫婦者の休日である。

それから暫《しばら》くして、会社の先輩の小川道明氏から電話をいただいた。「あッ、車谷くん、どうしてるの。」「はあ……。」用件は、また会社へ復帰しないかというものだった。一も二もなく飛び付いた。ただし以前は全時間勤務だったが、こんどは木・金曜日だけの出勤で、給与も四分の一になるという条件だった。手取り十萬円余。併しそれでも素寒貧《すかんぴん》の私には、ありがたかった。小川氏の尽力でそうしていただいたのである。

六月十五日から出勤しはじめた。一年三ヶ月ぶりの復帰だった。

間もなく夏が来た。小川氏は囲碁が趣味で、四段の腕前である。夏休みに囲碁仲間と伊香保温泉へ研修合宿に行くのだと話しておられた。それが迚《とて》も楽しみで、うずうずしておられるような話し方だった。ところが、その小旅行から帰って来てから、小川氏は会社へ顔を出されなくなった。病院へ検査入院なさったのだと聞いた。秋になると、肝臓癌だったという話が伝わって来た。目の先が暗くなった。

十二月十日、私の短篇小説集「漂流物」が新潮社から上板された。私の生の残骸のような作品集だった。勿論、小川氏にも一冊献本させていただいた。

が、小川氏は平成八年十二月二十三日午前零時四十二分、東京東大和市の病院に逝かれた。新聞に死亡記事が出た。享年六十七。翌十二月二十四日の降誕祭前夜《クリスマスイヴ》の通夜は寒い晩だった。下高井戸の龍泉寺には、沢山の白菊黄菊が飾ってあった。御香奠《こうでん》を差し出すと、係りの人から一通の封書を渡された。帰宅したあと、開封して見ると、小川氏直筆の会葬者へのお礼の言葉がしたためてあった。

皆さんへ

小川道明

人間は生れた時から死へのカウントダウンがはじまります。だから何年生きたかに価値があるのではなく、どれだけ充実し凝縮した人生を送るかにあります。

私は素晴しい家族に恵まれ、良き兄弟・身内に囲まれ、とくに子供のファミリーは過ぎたる果報これに尽きるものはありません。

私の生まれた昭和一桁は貧困と激動で良く命がつながったものと思っております。その頃だったら眺めることもできなかった絵画、聴くこともできなかった音楽、心豊かなあるいは人生を考えるための文学・思想に深く感謝する次第です。

あと四年で世紀がかわります。驕《おご》りたかぶりは地球環境の危機に至りました。どうぞクリーンな地球で生活してください。

六十七歳まで本当に有難うございました。

私は見事な訣別の辞であると思うた。胸を打たれた。あとで紀子夫人に伺ったところでは、小川氏は夫人に秘して、この文章をすでに十一月半ばに記しておられたとか。死の床では、枕辺《まくらべ》に飾られた花を見て、この花や草もやがて枯れて行くが、また咲く、そうして生命は循環してるんだ、とよくつぶやいておられたと言う。

また、小川氏の亡くなる少し前、紀子夫人が自宅に届いた私の「漂流物」を、病院へ持って行かれると、氏にはもう早、本を読む力は残っていず、本の表紙をなでさすりながら「ああ、やっぱり車谷くんの言っていた通りになった。」と何度も小声で洩《も》らされたとか。夫人が「車谷さんが何を仰っていたんです。」と何度訊き返されても、やはり「ああ、やっぱり車谷くんの言っていた通りになった。」とだけ洩らされたと言う。それが死の二、三日前のことだったとか。私は小川氏に何を言うたのだろう。まったく思い当るふしはなかった。

越えて平成九年五月四日、夜、阿辻祥郎がやって来て、岡藤静男が下咽頭癌で入院したと告げた。年はまだ五十二歳である。もう駄目だという話であった。阿辻は昔、私が二十《はた》歳《ち》代の頃、勤めていた会社の同僚で、岡藤は年が二つ上の先輩だった。岡藤は企画会議にまともな企画書一つ出せない私を軽蔑し、目の敵にして、私に骨の髄まで己れの無能を知らしめた男である。そういう意味では私とは逆縁の人であるが、併し私は己れの無能を思い知らされたお蔭で、その後の生を、この無能を己れの原罪にして生きて来ることが出来た。岡藤の業病を伝える阿辻の頭は、吹き出物だらけだった。

阿辻を送って近所までいっしょに出ると、ある邸の樹木の影が道に覆い被さるようになっていて、その側の電信柱の下で、犬を連れて散歩中の女が小便をさせていた。私はその黒い影の女を憎んだ。阿辻と別れて、家へ帰ろうとすると、西の空に濃い鱗雲《うろこぐも》が掛かり、併しその雲のまだらな隙間に気味悪い赤みが射していて、雲の広がりが蛇の肌のように見えた。

続いて平成九年六月十八日の夕、ＴＶで中村吉右衛門の池波正太郎原作「鬼平犯科帳」を見ていたら、突然、講談社の人から電話が掛かって来て、私の「漂流物」が平林たい子賞に決まったことを知らされた。私は平林たい子なんて、読んだことがない。明日、図書館へ行って読んでから、お受けするかどうか返事をしたいのですが、と言うと、新聞発表の時間が迫っていますので、と強引に押し切られた。何が何だか分からないうちの受賞だった。

翌日、新聞を見ると私といっしょに保坂和志氏の「季節の記憶」（講談社刊）が受賞していた。二年前の芥川賞落選の不快な記憶が甦って来て、私は保坂氏を忌んだ。

講談社の人から、あなたの受賞の言葉と写真を群像八月号に載せるから、すぐに文章を書いて写真といっしょに送れ、という手紙が来た。命令である。私は急いで受賞の言葉を書いて、写真といっしょに講談社へ持って行った。駒込林町から講談社のある音羽町までは、歩いて三十分ほどの距離なのである。私ははじめて講談社へ行った。講談社は一ト昔前までは大日本雄辯會講談社という社名であっただけに、その名に恥じず、屋上に旗を靡《なび》かせた大正時代風の、大《おお》時代な、物々しい建物である。

その日、私は玄関脇の古風な応接室で、ある一人の女性と出逢った。二十数年前、私が思いを寄せ、恋い焦がれていた女性である。名前を佐沼瑶子と言う。

佐沼瑶子と知り合ったのは、四ツ谷番衆町の酒場「ほたる」だった。講談社の女性編輯《へんしゅう》者たちで「音羽ゆりかご会」という仲間を作っていて、よく呑みに来ていたのである。「音羽ゆりかご会」とは言うものの、実際は嫁《い》かず後家たちの集まりで、佐沼さんはその中では一番若く、併しそれでも私よりは六つ年上の三十二歳だった。私は毒舌を吐いて「音羽ごみため一家」と言うていた。

ある時、会社で若い社員たちが衝立のこちら側に佐沼さんがいるのを知らないで、「あのおばさんも誘わないと、怒るかな。」と放言しているのを耳にして、「あのおばさん。」が自分のことだと分かった時は、「佐沼さんもさすがに衝撃を受けたらしいのよ。」と、仲間の石川秋子が言うていた。

佐沼さんは奈良女子大学国文科の卒業、父は東京高等師範学校出の物堅い数学の先生で、夕食後には高木貞治の「解析概論」を繙《ひもと》いて時を過ごすような人だと聞いたことがある。瑶子さんが、戦前の伏字の多い改造社版モーパッサン全集を読んでいると、お父さんが「そんなものは、余り読まない方がいいよ。」と優しくたしなめたことがあるとも。

会社では小説現代編輯部に所属し、中山あい子のエロ小説などを担当していたので、酒を呑むと、つい口が軽くなって、ある時、「短小包茎」「早漏」などという言葉を口走った。咄嗟《とつさ》に私が「あなたはまだ処女の癖に、そんな言葉を、知ったかぶりして言わない方がいいよ。」と言うと、佐沼さんは耳まで赤くなって下を向いてしまった。私としては生意気な耳年増をやり込めてやったので、いい気分であった。

私は意を決し、生真面目な青インキの文字で、佐沼瑶子に恋文を書いた。数ヶ月して返事が来た。勿論、拒絶の手紙だった。その手紙はその後の私の貧乏生活の間に失ってしまったが、次ぎのようなことがしたためてあったのを鮮列に憶えている。

小学校六年生の学芸会で、いっしょに「橋姫物語」に出ることになった一級下の女の子が、それを切っ掛けに瑶子さんの家へしばしば遊びに来るようになった。はじめは、いっしょにお稽古させて下さいな、と言って来ていたのであるが、学芸会が終ってもやって来る。そしてその辺りにあるものを勝手に触ったり、「おねえさまの目、迚もきれい。」と言って、瑶子さんの目を見詰めたりする。瑶子さんの顔は瓜実《うりざね》の蛇顔である。母方の叔母にそんなことを言うているのを耳にしたことがあった。瑶子さんはいつしかその女の子が来るのを、うとましいと思うようになり、やがては髪をなでられたりすることを、いやだと感じるようになった。ある日、「触らないでッ。」と言うた。ほとんど悲鳴に近い声だった。女の子は泣きながら帰って行った。

以来、人が近づいて来るのを、おぞましいと感じるようになった。誰が近づいて来ても、そうである。だから自分から人に近づくこともない。臆病なのだと思うこともあるが、併し生物《いきもの》に触れるのが恐い。男に見初められた喜びを頬に輝かせている女を見ると、虫酸《むしず》が走る。瑶子さんは「私は私かな《ひそ》ミュザントロープなのです。」と文章を結んでいた。佛蘭西《フランス》語の読めない私は、「ミュザントロープ」を辞書で調べると、「人間嫌い」と出ていた。

以来、二十数年が過ぎた。講談社の古風な応接室で再会した佐沼瑶子は、一ト目見てまだ結婚していない老嬢だった。併し頬が薔薇《ばら》色に輝いて、肌がつやつやしている。相変らず自信に満ちた物腰だった。「私ももう五十八歳で、あと三年で定年退職なの。石川秋子さんは去年定年になって、いまは悠々自適だわ。私は母が数年前に亡くなって、いまは父と二人暮しなの。恐いものはもう何もないの、私。」こういう話を、にこにこ笑いながら取り留めもなく語る。私は悪い癖で、またこの女を虐《いじ》めたくなった。いきなり「あなた、まだ処女ですか。」と訊いた。併し佐沼瑶子は「ええ、そうよ。それがどうかして。おほほ。」と平気な顔で答えた。その笑いが気味悪かった。私は、これは化け物だ、と思うた。

平林たい子賞の授賞式は、平成九年七月十九日夜、丸ノ内の東京會舘で行なわれた。第二十五回平林たい子賞で、この賞は今回を切りに廃止されるので、最後の授賞式だった。会場で保坂和志氏にはじめて逢って、挨拶されたので、私も深々と頭を下げた。併し私の中の保坂氏を忌む感情は少しも薄れなかった。そういう謂《いわ》れのない人を忌む感情が、絶えず血みどろに私を切り裂いていた。

私方のある露地の奥にばたばたと足音がした。普段はまったく人通りがないので、不思議なことである。足音はさらに頻繁になって、誰かが闇の中で「おいッ、こっちだ。」と叫ぶ声もする。平成九年七月二十四日の夜である。

私は夕食後、二階の自室に引き取って、明治の内閣総理大臣樞密院議長陸軍大将元帥従一位公爵山縣有朋関係の資料を読んでいた。この世の悪を極《きわ》めた男である。露地の騒がしさはいよいよ烈しくなった。嫁はんが二階へ上がって来て、「長吉さんッ、大変、お隣りの高橋さんが殺されたの。」と言った。咄嗟に、目に貝殻の内側のような光を発している隣家の男の顔が浮かんだ。「台所に倒れているんだって。庖丁で刺されて。死後五日は経ってる腐爛《ふらん》屍体だってよ。」

私は急いで下へ降りて行った。玄関の戸を開けた。暗い街燈の下に警察官や近所の人が立っている。警察官が「この露地から出てッ。」と言いながら、人を制しようとしている。私服刑事風の男が私に近づいて「お隣りの方ですか。」と言う。嫁はんは私の後ろに身を隠している。「この数日、隣りに何か変ったことはありませんでしたか。たとえば叫び声が聞こえるとか。」刑事風は身を押し付けるようにして訊問《じんもん》して来る。そう言われれば、この数日、れいの腰痛体操だか延命体操だかの懸け声が聞こえて来なかった。併しそれはいつから聞こえて来なかったかと言われると、定かではない。

隣家の高橋春夫氏とは、うちの嫁はんの名前が高橋順子で苗字が同じなので、時折、郵便物やお届け物があっちに行ったりこっちに来たりするので、その時、互いに知らせ合う以外には、付き合いがない。つまり普段は互いの動静については、ほとんど無関心で、あとは顔を合わせた時に、目礼するだけである。「そうすると、その腰痛体操だか延命体操だかの懸け声は、この数日聞こえなかったのですね。」「そうです。」「それ以外には。」「さあ……。」

梅雨時のむし暑い日に、若い女が昼間から遊びに来ていて、隣家で嬌声が聞こえたことがあった。「さあさあ、早く裸になって、風呂へ入って。」高橋春夫氏のこんな声も聞こえた。隣家へ人が訪ねて来るなんてことは、絶えてなかったことだ。いつもひっそりしていた。いや、いつも朝から夕方まで庭の草取りに躍起になり、偏執的に除草剤や殺虫剤を撒いたりするだけで日を潰していた。だから、庭はいつもつんつるてんだった。なのに、高橋氏の上ずった声が聞こえて来たので、阿呆め、と思うた。その阿呆めの部分を省いて、そんな話を刑事風に話したあと、私は戸を閉めて、二階へ引き上げた。あとから嫁はんが上がって来て、私のそばに坐ると、蒼白な顔で「恐いわね。」と言うた。私は五月四日に阿辻が来た夜、西の空に懸かっていた、紅に染まった気味悪い鱗雲のことを思い出していた。

翌朝、新聞に高橋氏の事件は報じられなかった。夕刻、会社から帰ると、嫁はんは近所の老婆たちからさまざまな情報を聞き込んでいた。それによれば、高橋氏は若い頃は絵描きだったが、無論、それでは喰うては行けないので、浅草六区の映画館の絵看板を描いて生計《たつき》を立てているうちに、腰を痛め、絵看板が描けなくなったので、そのあとはずっと無職で暮らして来た、ということだった。併しいつごろ腰を痛めたのかは知れないが、以来、無職でどうして喰うて来れたのか。

嫁はんは一ト頻りしきり自慢顔にそういう話をしてしまうと、「私、今日、高輪の叔母に電話をして見たの。あの人、霊能者でしょう。だから、何か言ってくれるかと思って。」「石津の叔母さんは何て言ったんだ。」「それがその殺された人には、背中に若い女の生霊《いきりょう》が取り憑《つ》いていた、って言うのよ。」「……。」

私は麦酒《ビール》を呑みながら、あの高橋氏の「さあさあ、早く裸になって、風呂へ入って。」という言葉を反芻《はんすう》していた。あれがこの世で聞いた高橋春夫氏の最後の声だった。

初出：『別冊文藝春秋』一九九八年秋季号／底本：『金輪際』文春文庫、二〇〇二年

**車谷長吉**　くるまたに・ちょうきつ

一九四五（昭和二〇）～二〇一五（平成二七）年。兵庫県飾磨市（現姫路市）生まれ。慶應義塾大文学部独文科卒。広告代理店、総会屋下働き、下足番、料理人をしながら私小説を創作。八一年下半期、「萬蔵の場合」で第八六回芥川賞候補。九二年に上梓した『鹽壺の匙』で三島由紀夫賞と芸術選奨文部大臣新人賞。九五年上半期、「漂流物」は第一一三回芥川賞に落ちたが、九七年に短編集『漂流物』で平林たい子文学賞を受けた。九八年『赤目四十八瀧心中未遂』で第一一九回直木賞。同作は映画化もされた。二〇〇一年には短編「武蔵丸」で川端康成文学賞。著書に『金輪際』『贋世捨人』、対談集『反時代的毒虫』、句文集『業柱抱き』など多数。妻は詩人の高橋順子。誤嚥による窒息のために六十九歳で死去した。

## 解説　安部公房、中上健次と平成初頭の芥川賞

鵜飼哲夫

昭和から平成に元号が変わったのは一九八九年である。それは昭和天皇の崩御に伴う日本固有の時代区分にすぎない。だが、この年は世界史の分水嶺と言える年でもあった。社会主義圏のソ連・東欧で民主化の波が広がり、十一月にはベルリンの壁が崩壊、十二月の米ソ首脳によるマルタ会談では東西冷戦の終結が宣言された。そして、中国では天安門事件が起きた。今、思えば、それは効率性、画一性が世界を覆うグローバリズムの始まりであった。

東京ディズニーランドが開園し、「おしん」がブームになった昭和五十八（一九八三）年に読売新聞社に入社、五年間の宇都宮支局勤務を経て、昭和六十三年に東京本社整理部（現編成部）に異動したばかりの私は、昭和から平成にかけての数年、大ニュースに追われ、胃がキリキリ痛むような日々を過ごしていた。世界は二十四時間止まらない。深夜の最終版の記事にすべて見出しをつけ、レイアウトをし終えた途端、時差の関係で海外の重大ニュースが飛び込み、短時間のうちに紙面を組み直すこともざらであった。

国内でも政財界を揺るがすリクルート事件の報道、昭和六十三年に吐血した天皇陛下

の病状が連日伝えられていた。連続幼女誘拐殺人事件の犯人、宮崎勤が逮捕され、「オタク」という言葉が世間に広がったのは平成元（一九八九）年だった。

国内ニュースで思い出すのは、なぜか「数字」である。天皇の闘病を報じる記事では連日、陛下の下血量から体温、脈拍などの数字が伝えられた。値上がりの確実な未公開株を政・財・官界の要人にばらまいたリクルート事件では何株譲渡されたかという数字が躍っていた。何より、この時期はバブル期で、昭和六十三年当初二万円超だった株価は急騰し、最高値更新が続いていた。昭和最後、平成最初の年となる一九八九年の東京株式市場は大発会の四日、三万二四三円と史上最高値を更新、この年最後の大納会では三万八九一五円八七銭を記録している。しかし、翌平成二年にはバブルの終息が叫ばれ始め、この年の大納会の平均株価は二万三〇〇〇円台にまで落ち込んでいた。

私が文化部に異動し、芥川賞の取材を始めたのは平成三年五月である。東西の冷戦が終結し、核の危機は遠ざかり、国際的な平和が期待されたが、この年一月、湾岸戦争が起き、世界は再び揺れ始め、二月になると柄谷行人、中上健次、津島佑子ら日本の作家、評論家らが、「日本国家が戦争に加担することに反対します」との声明を出した。その直後の異動であった。

核時代の脅威を描く純文学書き下ろし長編『方舟さくら丸』から七年。「カンガルー・ノート」を「新潮」に発表したばかりの安部公房を、東京の京王プラザホテルで取材したのは、異動から一ヶ月後の六月である。この時、安部はこう語っている。

二大強国の恐怖の均衡という安全弁が無くなったからね。ほっとしているようだけど、本当は違うんじゃない。湾岸戦争、インドで暴動。むしろ小さい戦国時代に戻ったじゃない。

これは予測にすぎないけど、この前まで赤(ソ連)と白(米国)というのは、思想だったんだよ。これからは、人種になる。もっと深くて、もっと怖い。

冷戦の崩壊が、新たな激動の始まりであったのは歴史の教えるところである。作家安部公房は、炭鉱のカナリアであった。

中上健次とよく、新宿の「風花」など文壇バーで会ったのもこのころである。中上は深夜、文芸評論家の柄谷行人や作家の島田雅彦らと一緒に流れてくることも多かったが、ひとりでやって来ることもあった。中上と言えば、文学の土壌をツルハシで深い穴を穿《うが》ち、大きなスコップで荒々しく、しかし、掘り跡には、鮮やかな肉体の痕跡が残る表現で書く作家で知られたが、荒ぶる人という印象も鮮烈だった。戦後生まれで初の芥川賞を昭和五一年、「岬」でとった時の登場シーンは、読売新聞文化部記者だった白石省吾の記事の冒頭からも明らかだ。

ホテルの受賞者会見場にあらわれたとき、すでにできあがっていた。知らせを待つ間、近くで飲んでいた酔いが決定でどっと回ったのだろう。

二十九歳。ぎりぎりではあるが、久しぶりの二十代作家の受賞である。

初対面の時、「何本もの小説連載を抱えて大変ではありませんか」と聞くと、「なんだよ、俺は作家だよ」と目を三角にしてすごまれ、ヒヤリとしたものだが、会えば気さくで、一人で飲んでいると、「おー、こっちへ来いや」と声をかけられ、何度も同席した。親しい編集者の首に手をまわし、戯れたかと思えば、若い作家に「おまえのはまだ文学じゃない」と愛情をもって抑圧する。そして、私が不用意な発言をすると、にらみつけ、「バカ記者は黙ってろ！」と言われたこともあるが、バカにされていると思ったことはない。時に照れたように笑う表情には、やさしさがあり、なんとも吸引力のある作家だった。

その中上は、平成四（一九九二）年二月、腎臓癌の告知を受け、手術をした。二ヶ月後の四月、入院中の慶應義塾大学病院にいた中上から電話で呼び出された。伝説の男は、一〇〇キロ以上あった体重が六十五キロまで落ち、抗癌剤で薄くなった頭部に野球帽をかぶって病院近くの喫茶店にやってきた。足取りはやや心もとなかったが、意気軒昂で、「癌と戯れて生きる」と語りつつ、「詩歌文芸への不意の一撃《クー・デ・タ》を起こす」と、四時間以上にわたり、大いに語った。一方で、飲み歩いていた日々を顧み、「路地」に生まれた自分は、『風の又三郎』みたいに、かなたから来ているというんで珍しがられても、本当の友達はいないんじゃないか、という思いがどっかにあったのかもしれない」「一人で寝るのがこわかった。中野の自分の部屋に帰るのがこわくてさ、飲んだらサウナに泊まったりもした」と、意外な述懐をした。この「暴走」を止めてくれたのが病気で、「癌さまさまだよ」とも語っていた。中上の体は大きく、文学も野太かったが、計算用紙に小さな字でぎっしり書く原稿は繊細そのものであった。

中上はその年の八月十二日に死去した。四十六歳になったばかりだった。告別式では、安岡章太郎が「雷に打たれた大木が、裂けて燃えながら立っているのを見る思いがする」と追悼した。中上の死で、夜の新宿は静かになった。そして、平成五年には安部公房が六十八歳で亡くなった。

平成の文学界では若い女性作家の台頭が顕著になっていた。戦後の芥川賞は、昭和二十四年上半期の第二十一回で、由起しげ子がとって以降、昭和三十八年上半期第四十九回で、河野多恵子が受賞するまで、女性の受賞者はゼロ。その後、田辺聖子、津村節子、大庭みな子ら、次第に女性の受賞者は増えるが、昭和全体で言えば、男性八十人に対して女性は二十人にすぎない。しかも、男性の場合、初の学生受賞者となった石原慎太郎をはじめ、大江健三郎、開高健、柴田翔、中上健次、村上龍、三田誠広ら二十代の若手作家の受賞作が注目され、ベストセラーになったが、戦後の昭和時代について言えば、女性の二十代での受賞者はゼロ。二十代で候補になった有吉佐和子、曽野綾子、倉橋由美子、津島佑子、松浦理英子、山田詠美、吉本ばなならはことごとく落ちている。

それが、平成二年下半期、第一〇四回で「妊娠カレンダー」を書いた小川洋子が二十九歳で受賞して以降、二十代、三十代の女性芥川賞作家が相次いで登場し、平成十五年下半期の第一三〇回では、史上最年少である十九歳の綿矢りさと、二十歳の金原ひとみがダブル受賞し、社会的事件にまでなった。

第一〇一回から一六〇回の平成時代の受賞者六十九人の男女比は4：3ほどになり、綿矢、金原が同時受賞した第一三〇回から一六〇回を見ると、男性十八人、女性十八人と同数になっている。

令和二（二〇二〇）年に個人編集の『日本文学全集』（全三十巻、河出書房新社）を完結させた元芥川賞選考委員の池澤夏樹は、朝日新聞にこう書いている。


平安時代までは、紫式部、清少納言ら文学者の半ばが女性でした。その後は明治期に樋口一葉が出るまでほとんどいなくなる。この20年は女性作家の活躍がめざましい。ようやく平安時代に戻りました。男女格差の甚だしい国で、文学だけはフェアです。

文化部に異動した平成三年度の芥川賞は、第一〇五回が荻野アンナ「背負い水」と辺見庸「自動起床装置」、第一〇六回は松村栄子「至高聖所《アバトーン》」、第一〇四回の小川洋子以来、三回連続女性作家が受賞し、もはや女性の受賞は、かつてほどのニュース性はなくなりつつあった。

出版社が主催する公募の新人文学賞でも女性は台頭し、平成三年の群像新人文学賞は、ドイツ在住の多和田葉子の「かかとを失くして」。干刈あがた、佐伯一麦、吉本ばなな、小川洋子を世に送り出した海燕新人文学賞はアメリカ在住の野中柊の「ヨモギ・アイス」で、受賞式後の二次会が行われた四谷三丁目の文壇バー「英」は、受賞者を囲んで前年の同賞受賞者である松村栄子、角田光代らが集まり、立錐《りっすい》の余地もない賑やかさだった。

「ヨモギ・アイス」の主人公は、アメリカ人の大学院生と結婚し、アメリカに住む日本人女性ヨモギで、男性中心の社会に取りこまれて経済活動に邁進《まいしん》するアメリカのキャリアウーマンにも迎合せず、専業主婦として家事、子育てに励み、〈男にとって都合のいい社会性のない女〉としてステレオタイプ化されるジャパニーズガールにもならないと、心に決めて生きてゆく。その批評力に裏打ちされたユーモラスな語り口は、選考委員の津島佑子らから高く評価された。

その二作目が第一〇七回芥川賞候補になった「アンダーソン家のヨメ」で、日本で知り合ったアメリカ人男性ウィルと結婚、シカゴ空港から車で三時間ほどの夫の実家「アンダーソン家」にやってきたサトー・マドコが主人公である。到着の日と翌日のウェデイングパーティーのたった二日間の模様を描いただけなのに、本編収録作中最も長い二五〇枚ほどある作品は密度が濃く、国籍、人種、宗教、文化、性差といった様々な違いがもたらす問題に直面し、葛藤する若い女性の姿を、テンポのよいキュートな口語体で、これまたユーモラスにつづり、主人公マドコの息吹が軽やかに伝わってくる。

男女の格差が著しい日本から、夫婦別姓なんてあたりまえに行われていると思っていたアメリカにやってきたのに、マドコは到着そうそう不機嫌である。ジャンクフードにうんざりし、日本人は、「silence、smile、そして、しまいにはsleep」の3Sになるというステレオタイプな見方にはげんなり。なにより大学教授をしながら家事をこなすウィルの父親、壁画家の母親が、結婚してもマドコがアンダーソンの姓を名乗らず、「アンダーソン家の嫁」にならないことを淋しい気持ちで受け止めていることを知って、とっても不愉快になる。

そこからのマドコの躍動が面白い。

「なにそれ！」とかん高い声で叫んでベッドにつっ伏し、ウィルに対して、「あたしは、あなたと結婚して、アメリカに住むことになっちゃったけど、それでもニッポン人なのよ。これから先、何年何十年アメリカに住んで、英語がぺらぺらになったって、あたしは、ずっと死ぬまで日本国籍を保持するつもりだし、いつまでも、いつまでも、ニッポンにいるおとうさんとおかあさんの娘なんだからね」と説教口調で抗議するうちに、日本の両親の淋しい気持ちを思い出し、〈ふぇーと声を上げて泣き真似《まね》をしたら、本当に涙が出て〉しまう。かと思えば、まわりの女性に、「あなたには姓をかえて都合が悪いようなキャリアも仕事も、今のところはない」と突っ込まれれば、「家父長制を打ち砕くためには、女性は結婚によって家にからめとられてしまってはだめなのよ」と、〈どこかで聞きかじったフェミニズム理論〉を切々と訴える。それでいて、これから長いつきあいになるアンダーソン家とあえて対立はせず、怒りをぐっと抑えることもやってのける。

そうしてパーティーの日。〈脈々と続いてきた女の子のふわふわして甘くて底なしに貪欲《どんよく》な夢の具現としてのファッション〉、つまりは白いドレスを着た自分の姿に、まるで妖精みたい、と気分をよくしたマドコは、はたと考える。思えば、自分がこだわっているサトーというのは、

——父親の姓じゃないの？

じゃあ、母の姓は？　祖母の姓は？　いったい、どこに消えちゃったんだろう？

そう内省する。学生運動が華やかなりし昭和四十四（一九六九）年芥川賞受賞作、庄司薫「赤頭巾ちゃん気をつけて」は、女の子にもマケズ、ゲバルトにもマケズ、男の子いかに生くべきか、をテーマにしたとすれば、平成の「アンダーソン家のヨメ」は、人種差別にもマケズ、家父長制にも母性神話にもマケズ、若い女性いかに生くべきかを描いていると言えよう。

本作は、平成四（一九九二）年に福武書店から単行本として出版され、六年に福武文

庫になり、さらに十年以上たった平成十九年にはデビュー作とともに集英社文庫『ヨモギ・アイス』に収録され、復刊した。その解説で、米文学者で翻訳家の柴田元幸は、「アンダーソン家のヨメ」の一節〈人はお互いにわかり合えるものだなんてデタラメ誰が言いふらしたんだろう、人間同士は決してわかり合えない、と認識するのが、ラヴ&ピースへの第一歩じゃないかしらん〉を引きつつ、矛盾を抱えた個人同士からなる社会で、制度から自由に、軽やかに生きようとする主人公の姿に着目する。

その上で、〈この二作のヒロインがどちらも、仕事につくでもなく、専業主婦として夫に尽くそうとするのでもなく、ヨモギの使う言葉を借りればdoing nothingをモットーに生きようとしていることは特筆に値する〉と評価した。

二作の主人公が、わがままが許される女の子でもなく、社会の酸いも甘いも嚙み分けた大人の女性でもない、女の子と大人の女性の中間にある少女的な人物として造型されていることにも注目したい。

昭和の最後の十二月になった昭和六三年、「俘虜記」「レイテ戦記」などで知られた大岡昇平が亡くなり、平成元年は戦後日本の漫画表現の開拓者、手塚治虫、昭和の歌姫、美空ひばりが死去している。まさに昭和から平成にかけては、国内でも「戦後」という時代の終わりの始まりであり、「数字」の上での右肩上がりの成長が見直され、新しい生き方の模索が始まる時代でもあった。それは、「知識人」という言葉の重みが失われていく混迷の時代の幕開けにもなった。

野中文学にある少女性は、混迷した時代に右往左往しながら、キラキラした瞳を失わず、新しい生と性を模索するための、武器としての語りであった。

女性の性的被害を訴える「#MeToo」運動や性の多様性を求めるLGBTの広がり、「Black Lives Matter」（黒人の命も大切だ）という動きは今なお現在進行形で、新型コロナウイルスの発生当初は、アジア人差別も顕在化した。「アンダーソン家のヨメ」が提起した問題は、いまだになお解決のないまま、世界を覆っている。


今日でも小説や童話作品などを精力的に発表する野中柊に限らず、昭和の終わりから平成のはじめにかけて登場した若い女性作家の語りには漢字が少なく、ひらがなやカタカナが目立つ。平安時代の女性文学は「ひらがな」の文学だった。字の形に意味がついてまわる漢字に比べ、ひらがなやカタカナは、意味や価値観の呪縛から解き放たれた軽やかさがあり、「あ」「う」「な」「ぬ」「め」など丸い曲線が多く、しなやかであり、時に読む者の心にからみつくなよやかさがある。

この時代に登場した女性たちは、ものごころがついた頃からテレビでアニメを楽しみ、少女マンガなど活字以外のサブカルチャーにも親しんできたこともあり、表現は多彩である。そして、漫画家として、同時代の作家たちにも影響を与えた内田春菊が書いた芥川賞候補作が「キオミ」である。キオミとは、彼が膣外射精のためにペニスを抜いた瞬間、腰の動きでもう一度、「彼のもの」を飲み込んでしまい、妊娠してしまった主人公の女性の名前である。

欲望としての「性」をあっけらかんと描いたこの短編の夫は、妊娠を知って、「おまえがあんなに腰を振るからだよ……なんとかなんないの?」と毒づき、キオミを泣かせる、困った男である。妊娠した妻を女性とは見ず、会社の同僚とあやしい関係になる独善的な輩《やから》で、時に暴力まで振るう、しょうもない奴でもある。

が、ここからの展開が春菊流である。自分を女と見ない彼を、キオミは冷ややかに見つつ、妻の顔と女の顔を使い分けていく。男が勝手に思い描く、「女性」「性」のイメージを軽やかに転倒させ、解体し、性愛という理性では割り切れないものの正体を、せつなく、たくましく描く佳品である。

漫画に『私たちは繁殖している』がある内田春菊は、平成の後半に、癌となり、人口肛門になるまでを描いた『がんまんが~私たちは大病している~』(ぶんか社)を出した。人類がある限りついてまわる繁殖と病気に代表される肉体の不思議を、内田春菊は、とらわれぬ眼で描き続けている。


なだいなだ、阿部昭、増田みず子、島田雅彦らとともに、芥川賞で最多となる六回候補になった多田尋子の「毀《こわ》れた絵具箱」は、上記二作に比べると、華やかさも軽やかさもなく、地味で古風な小説である。毎回のように三浦哲郎委員を中心に、一部の委員から高く評価されながらも、もう一つ票が伸びなかった。当時、三十代のはじめだった筆者にも、男との恋に落ちることもなく、微妙な時間が流れる本作は、もう一つ、響かなかったとの印象がある。それが、これを書いた時の著者とほぼ同世代の還暦を過ぎた今読み直すと、なんとも危うい均衡の上を歩く、男と女の不思議な関係がひたひたと伝わってくる、ちょっとホラーテイストの短編であることを再発見した。

北関東の地方都市から上京し、画学生となった朋子は、ある美術の集まりで、色の黒い小さな菱形の顔に大きな鼻とくぼんだ小さな目がある男と出会う。

「わたしこんな顔きらい」。

見た目の第一印象で人生が決まるのなら、これでおしまいのはずだが、このひとまわりも年上の画材店の事務員、藤倉に、暗い夜道を家まで送ってもらったのが縁で、二人は奇妙な関係になる。困ったことがあると、すぐに助けてくれる藤倉との関係を面倒だ、など思いつつ、つい便利さに甘える朋子。こうして朋子にとって、〈こちらに好意があればそれで返せるが、ない場合にはどんどん借金が溜っていくような気がする〉関係が、彼女が学校を卒業してからも何年も続く。

一方で、決して朋子に手を出すことはしない藤倉の押しの一手は次第に強くなり、「ぼくは一生あなたに奉仕します」とまで言い出す……。

多田さんは、男と女の関係になる以前の、男女の交わりを描いて精彩がある。二十七歳で結婚し、二人の息子がいる多田が、小説を書き始めたのは下の子が大学に入った四十九歳の頃で、カルチャーセンターにあった駒田信二の小説教室に通い始めたのがきっかけだったという。五十四歳の時、「白い部屋」で最初の芥川賞候補になり、本作収録の「毀れた絵具箱」で六回目の候補になったのは五十九歳になる年であった。今日で言えば、結婚後、主婦になり、夫に先立たれた直後の五十五歳で小説講座に通い始め、平成三〇（二〇一八）年、六十三歳の時、「おらおらでひとりいぐも」で芥川賞を受けた若竹千佐子と経歴が似ている。若竹さんの受賞は、「人生100年時代にふさわしい新人の登場」と受け止められたが、多田さんはその先達の一人である。

なぜ、小説を書くのか、という質問に対して多田さんは、平成二（一九九〇）年の文芸誌「文學界」五月号の特集「新人作家33人の現在」で、「あこがれの性格になったり、がまんしてた悪いことがやれたりとか」「ずばり言って（中略）変身願望」と語っている。そして、中でも書きたいことは「どうせ死ぬんだから」「せめて死ぬまでの間、片方だけが仕合わせで、片方だけが不幸、というのではない人間の組み合わせっていうのはないか。その辺にわりとこだわってますね」と語っている。

好きでもないから、つっけんどんにしながらも、なにかと世話を焼いてくれる画材店の事務員、藤倉に甘える画家の卵の朋子、自分が嫌われていて、愛情を得られないことは知っていながら、朋子の油断や隙に入り込む藤倉。幸せというゴールのないいびつな男女の関係ではあるが、そこには、一方的な女性の甘えもなく、一方的な男性の抑圧もない。男と女五分と五分が生み出す、奇妙だが、ひとつの男女の形が鮮やかに描かれた。

「欲しがりません、勝つまでは」と叫ばれた戦中を経た敗戦後の日本社会の格差は、甚だしいものであった。昭和二十年八月十五日の玉音放送は、戦争の終わりを告げたが、満洲（現中国東北部）や朝鮮半島など外地にいて、難民となった日本人には、引き揚げという新たな生きるための戦いの始まりだった。戦中、戦後の混乱を生きてきた人にとっては、国内で戦争のなかった平成という時代は、それなりの安定期であった。中国の奉天（現瀋陽）で敗戦を迎え、国家の消滅を目の当たりにした劇作家、評論家の山崎正和さんは、阪神・淡路大震災以降、日本に広がったボランティア活動に注目して、「個人が自分の意志で公共の利益に奉仕し、個人主義と公徳心を両立させることは、今や日本人の自然な習わしとなった」（令和元年、読売新聞朝刊一面「地球を読む」から）と、平成日本の転換を評価している。

一方で、戦後の高度経済成長期に育った世代には、バブルが崩壊後の平成は、低迷と格差拡大の時代であった。

平成二（一九九〇）年の第七〇回文學界新人賞を満場一致で受賞し、芥川賞候補になった河林満の「渇水」は、水道代の滞った家を巡って、水を止める市職員の目を通して、格差社会に生きる人々のせつない姿、あわれみを乞い、時にふてくされ、反抗する料金滞納者の表情を、やさしさと哀切をもって描いた佳品である。四歳で母親と死別し、小学校時代から本に親しみ、「お風呂の薪をくべながら本を読んだ」という河林は、中学卒業後、定時制高校に通いながら働き、後に地方公務員となり、行政の末端から市民に接した。

呑むと陽気になり、赤ら顔でよく話し、「社会の地熱で孵化《ふか》するような文学を書いていきたい」と語ったが、作風は古風であり、派手さはなかった。だが、平成五(一九九三)年、「穀雨」で芥川賞候補になった際、選考委員の大庭みな子が「古風なようだが、あっという間に古びる新しそうに見える風俗に彩られた作品群の中ではむしろみずみずしく、命の手ざわりがある」とした評が、その特性をよく示している。

「渇水」では、両親が不在がちで、「停水」におびえながら暮らす少女を気にかけずにはいられない市職員の心の揺れを、簡潔な文体で表現している。

水は高きより低きに流れ、やがて海に戻り、そして水蒸気となり、再び雨として地に落ちるが、水道局職員として働いたこともある河林が描く水は、止められた水である。文學界新人賞の〈受賞のことば〉で、河林は「水のように生きたい、と思う者が、しだいにひからびていく、そんなことを書いてみたかった。水は流れ、貯蔵され、また流れる。動きを止めた水は、腐るしかない」と書いている。

バブル時代には、お金をジャブジャブ、水のように使う人たちもいたが、水を止められる人たちもいた。そして平成になってからは、「おいしい水」を健康などのため、金を出して買う時代になった。グローバル化で格差が進む今、「渇水」を読むと、彼は、時代から取り残された人々を書きながら、次の時代の最先端となる格差社会を描いていたことがわかる。

稲葉真弓と初めて会ったのは、平成四（一九九二）年に、自殺した作家鈴木いづみとミュージシャン阿部薫の自滅的な日々を描いた『エンドレス・ワルツ』で女流文学賞をとった頃で、ちょうど作家として脂がのってきた時期だった。平成七年には「声の娼婦」で平林たい子文学賞を受賞、すでに芥川賞は卒業した作家であった。この稲葉がまだ雌伏期だった平成二年度下半期に唯一芥川賞候補になった「琥珀の町」も、今日読むと、時代の前衛を走っていたことがわかる小説である。

舞台となる東京のウォーターフロントが、おしゃれな高層ビルが並ぶ場所になったのは平成になってからであり、かつての東京の湾岸は、漁村の風景も残り、ゴミを捨てる島もある、都市の成長からは取り残された場所であった。

「琥珀の町」は、この湾岸の古びたアパートなどが地上げにあい、高層ビルやマンションなどに変わる、端境期の時代が舞台である。双子の弟を事故で亡くした少年を主人公した本作では、息子に先立たれた哀しみの癒えぬ母親との間の葛藤、地上げで廃墟と化しつつあるアパートに独り暮らしするお年寄りとの奇妙な交流を通して、様々なものから置き去りにされた淀んだ空間に生きる人たちの鬱屈と不安を、じわじわとにじみ出すように描いている。

昭和の後半から平成のはじめにかけての稲葉も、都市の片隅であえいでいた。離婚し、フリーライターになったものの、報酬はあっという間に生活費に消えていく毎日で、

「倉田悠子」というペンネームでアニメのノベライズをしながら、口を糊《のり》する日々を過ごしていた。その頃を回想したエッセイ「私が〝覆面作家〟だったころ」では、「覆面でリングに上がる孤独なプロレスラーのように生きた時」だったと書いている。

令和二（二〇二〇）年に湾岸などで開催される予定だった東京オリンピック・パラリンピックは、新型コロナウイルスの世界的な流行のために延期となった。これから先、どんな未来がやってくるのか、コロナの渦中にあっては誰も見通せないが、ウォーターフロントという輝かしい言葉も、いつか、その場所が、かつてそうであったような「どんづまり」にならないとは限らない。それは、稲葉が書いた、増殖しつつ変容するある都市の摂理なのだから。

稲葉は、休みの折りなどに三重県の志摩半島にある別荘で暮らし、海を舞台に小説を書くようにもなった。平成二〇（二〇〇八）年に「海松《みる》」で川端康成文学賞をとった頃には、「文學界」のインタビューに「自分の帰るところはどこかと考えると、海がいいなぁと思います」と語っている。

なぜ、海の見える自然を愛したのか。稲葉は「志摩にいて周囲の自然の圧倒的な変化を見ていると、人間の〝生〟がものすごくヤワなものに思えてきて、自然に対する羨望を感じるんです」と述べている。平成二十六（二〇一四）年に膵臓癌のため六十四歳で亡くなった。移ろいゆく人の営みと、変わらぬ自然をよく観察しながら、生きることのいとおしさを描く作家であった。

都市が変容し、東京への一極集中が進む中で、平成の地方はあえいでいた。平成の大合併で古い地名は消え、地方の色合いは薄まり、郊外に大型ショッピングセンターが進出し、地方都市の賑わいが失われ、シャッター商店街は増えた。

そうした中で、小浜清志「後生橋《グソウ》」は、時代からすっかり見放されたかのような沖縄の離島の風習と厳しい自然の中を生き抜く人々の姿を描き、今日読むと、神話的なまでの豊穣さを感じさせる。

ウナリ森に行き、聖なる女性ウナリと交わり、大人の男になる風習が残る離島を舞台に、万里《パンリ》という青年と、ウナリの後継とされる小《グ》ウナリ《マ》の女性との交流を描く小説は、増水で橋桁が毀《こわ》れた後生橋の修復工事の進展とともに、一気に動きだし、島の荒々しい自然とともに、複雑な人間模様が浮かび出す。

昭和六十三（一九八八）年、「風の河」で文學界新人賞を受けた小浜は、崎山多美、又吉栄喜、目取真俊らとともに戦後生まれの沖縄を代表する作家だが、芥川賞を受けた又吉と目取真、二度芥川賞の候補になり、令和二（二〇二〇）年、『月や、あらん』（なんよう文庫）が復刊された崎山に比べると、影は薄く、単行本は『火の闇』一冊しか出していない。しかし、文學界新人賞で、選考委員の中上健次から「文章には、物をきっちりと見ようという明視への意志がある。ヘミングウェイの短篇のような感触をこの部分から抱くのは、いままでの日本の小説になかった新鮮なものがある」と評価された小浜は、もっと見直されてもよい作家である。
「後生橋《グソウ》」は、島に生きる若い男の体温、風土の感触が濃厚に伝わる作品でもあり、今回が単行本に初収録となる。

これに対して、五回芥川賞の候補になった村上政彦の「量子のベルカント」は、いかにも現代の空気をよく映す作品でありながら、風俗の変化による腐食を免れた、今日でもなおみずみずしさを保つ小説である。

両親の離婚やいじめで、心の調子を狂わし、自分よりも弱い小さな生き物を痛めつけてしまう少年、紗也と、世界のもろもろの「音の地図」をつくり、これらの音をもとに、「世界でもっとも大規模な合唱」となる曲をつくろうとしているホーリーというアメリカ人の大男との奇妙な交流を描く設定は、実にいい。

胎児のうちに聞いた母親の心音、骨のきしむ音、腸のごろごろする音を宇宙の始まりの音とすれば、人は、生まれ出てから、時代と場所に特有の音と日々接しながら成長する。死が無音の世界だとすれば、生は、自然を含め、生きとし生けるものが奏でる音の世界であり、音は、場所、時代の個性を示す。そして、その音には、人には聞こえない音もあれば、ある人には美しくても他の人には雑音にしか聞こえない音もある。

村上は、「楽器としての東京は今のままでは調律が狂っている」と語るホーリーらの言動を通して、時代のゆがみ、きしみに耳を澄ませ、音を通して、新しい世界の息吹を伝えようとしている。

少子化の進んだ平成では幼児が遊ぶ姿を見かけるのは少なくなり、保育園や幼稚園の子供たちの歓声が、「騒音」とされ、異物とされるようになった。しかし、幼児たちの声を不協和音とする社会の叫びこそ、不協和音なのではないか。「世界が、不協和音を奏でているとすれば、それをチューニングする小説を書いてみたかった」と村上は、振り返っている。本作もまた、今回が単行本初収録となる。

「20年近く前から、アメリカ発のグローバリゼーションへの対応として、アジアの物語作家になる」と念じてきたという村上は、近代の日本語とは何かを総括しようと、令和二(二〇二〇)年、日本統治下に於いては日本語が通用した歴史をもつ現代の台湾を舞台にした小説『台湾聖母』(コールサック社)を出している。


最後に、車谷長吉をとりあげる。彼は、平成一〇(一九九八)年の第一一九回直木賞を受けており、芥川賞・直木賞を受賞した作家は掲載しない、という「芥川賞候補傑作選」の基準からは外れるが、例外的に芥川賞候補作「漂流物」を掲載した。特別掲載の「変」をぜひとも紹介したかったからである。直木賞受賞直後に発表された「変」は、「漂流物」で芥川賞候補になった前後の心境を描いたエッセイとも私小説ともつかぬ文章で書いた〝変〟な作品だが、なにより、芥川賞に落選後、夜中の神社で、選考委員の名前が書かれた紙人形に、「死ねッ。」「天誅《てんちゅう》ッ。」と心に念じながら五寸釘を打ち込んでいたというくだりは、鬼気迫り、読みようによってはユーモアすら漂う。

自尊心、虚栄心、劣等感を人間精神の三悪とした車谷だが、自らの中にある三悪をとことん暴き、「生き血を吸うた言葉」を求めて、さまよい、七転八倒しながら私小説を書いた。「漂流物」も、会社員をやめ、漂流時代に出会ったはぐれ者の語りを、語りなのか、騙《かた》りなのか、区別もつかぬ救いようのない人生のひとコマを虚実皮膜の間で描いた短編であり、芥川賞には落ちたが、本作を収録した同名の単行本『漂流物』(新潮社)は、その回で最後になった、平成九年の第二十五回平林たい子文学賞を受けている。

没後五年たつが、忘れがたい作家である。昨年の令和元(二〇一九)年、『車谷長吉の人生相談　人生の救い』が、朝日文庫創刊四〇周年記念特別企画「ライバルからのイチ押しフェア」の一冊に入り、久しぶりに車谷節を堪能した。曰く、

不幸な人はしばしば、他人から思いやってもらうことを願いますが、その願いはほとんどの場合、かなえられません。ひとりぼっち(孤独)を決意する以外に、救いの道はありません。

「漂流物」が発表されたのは平成七(一九九五)年一月七日発売の「文學界」二月号だった。この直後の一月十七日午前五時四十六分五十二秒、阪神・淡路大震災が起き、三月二十日には、東京でオウム真理教による地下鉄サリン事件が起きた。バブルが崩壊後

の日本は、大地だけではなく、人々の心も大きく揺さぶられた。そして、芥川賞も新たな時代を迎えることになった。

令和二年八月記

## 選考委員一覧［第一〇一回～第一一三回］

**大江健三郎**　おおえ・けんざぶろう　一九三五（昭和一〇）年、愛媛県生まれ。東京大学仏文科在学中の五八年、「飼育」で芥川賞。『芽むしり仔撃ち』など、閉ざされた空間に生きる現代人の諸相を戦慄的に描いた。障害を持って生まれた長男を描いた『個人的な体験』、『万延元年のフットボール』は国際的に評価され、九四年、日本人としては二人目のノーベル文学賞。著書に『新しい人よ眼ざめよ』『同時代ゲーム』『水死』など。

**大庭みな子**　おおば・みなこ　一九三〇（昭和五）～二〇〇七（平成一九）年。東京生まれ。敗戦の夏、軍医の父の転勤先広島で、被爆者の救援隊の一員となる。津田塾大学卒。夫の赴任先の米アラスカで本格的に小説を書き始め、六八年、群像新人文学賞受賞作「三匹の蟹」で芥川賞。著書に『浦島草』『啼く鳥の』『津田梅子』など。短編に「海にゆらぐ糸」「赤い満月」がある。八七年、河野多恵子とともに女性初の芥川賞選考委員に。

**黒井千次**　くろい・せんじ　一九三二年（昭和七）年、東京生まれ。東京大学経済学部卒業後、富士重工に入社。サラリーマンをしながら執筆し、「穴と空」「時間」などで五回芥川賞候補に。「内向の世代」と呼ばれる。著書に『春の道標』『群棲』『カーテンコール』『一日　夢の柵』など。『働くということ』などエッセイも話題になり、二〇〇五年から読売新聞夕刊に老いにまつわるエッセイを連載している。日本芸術院院長も務めた。

**河野多恵子**　こうの・たえこ　一九二六（大正一五）～二〇一五（平成二七）年。大阪府生まれ。大阪府女子専門学校卒。丹羽文雄主宰の「文学者」同人となり、一九五二年に上京。六三年「蟹」で芥川賞。人間の底知れぬ性の秘密や倒錯した感覚を直視した。著書に『みいら採り猟奇譚』『後日の話』『秘事』など。『谷崎文学の肯定の欲望』など評論もした。八七年、大庭みな子とともに女性初の芥川賞選考委員に。二〇一四年、文化勲章。

**田久保英夫**　たくぼ・ひでお　一九二八（昭和三）～二〇〇一（平成一三）年。東京生まれ。下町の料亭で育った。慶應義塾大学仏文科在学中から「三田文学」に参加。「深い河」で六九年、芥川賞。〝短編小説の熟練工〟とされ、「髪の環」「辻火」「生魄」など、日常にひそむ情念、官能をえぐる世界を、気品ある文章で描いた。著書に『触媒』『海図』『木霊集』など。没後に『仮装』が出版された。

**日野啓三**　ひの・けいぞう　一九二九（昭和四）～二〇〇二（平成一四）年。東京生まれ。小中学校を植民地・朝鮮で過ごす。東京大学在学中から文芸評論を書き始め、読売新聞社入社後は、ベトナム特派員を務める。一九六六年、初の著作『ベトナム報道』を出版。七五年、「あの夕陽」で芥川賞。『夢の島』『砂丘が動くように』など都市小説で知られ、晩年は闘病体験を描いた『断崖の年』『台風の眼』などで相次いで文学賞を受けた。

**古井由吉**　ふるい・よしきち　一九三七（昭和一二）～二〇二〇（令和二）年。東京生まれ。都立日比谷高校では芥川賞作家の庄司薫、作家の塩野七生と同級生。東京大学大学院修士課程修了。大学教員となり、ブロッホ、ムージル等を翻訳。一九七一年「杳子」「妻隠」が同時に芥川賞候補になり、「杳子」で受賞。「内向の世代」と呼ばれる。著書に『山躁賦』『仮往生伝試文』『白髪の唄』など。競馬好きでも知られ、短編に「中山坂」などがある。

**丸谷才一**　まるや・さいいち　一九二五（大正一四）～二〇一二（平成二四）年。山形県生まれ。東京大学英文科卒。徴兵忌避をテーマにした『笹まくら』を経て、六八年、「年の残り」で芥川賞。市民小説で知られ、『たった一人の反乱』『女ざかり』など著書多数。ジョイスの翻訳など西欧小説、日本の古典への該博な教養をいかした『文章読本』『新々百人一首』『輝く日の宮』も評判に。軽妙洒脱なエッセイや、あいさつ文でも知られた。二〇一一年、文化勲章。

**三浦哲郎**　みうら・てつお　一九三一（昭和六）～二〇一〇（平成二二）年。青森県生まれ。早稲田大学仏文科卒。在学中から井伏鱒二に師事。六一年、薄幸の男女の恋愛を清冽に描いた「忍ぶ川」で芥川賞。同作は栗原小巻、加藤剛主演で映画化された。『拳銃と十五の短篇』など短編の名手と言われ、「じねんじょ」「みのむし」で二度にわたり川端康成文学賞。他の作品に『白夜を旅する人々』『ユタとふしぎな仲間たち』。

**吉行淳之介**　よしゆき・じゅんのすけ　一九二四（大正一三）～九四（平成六）年。岡山県生まれ。作家、吉行エイスケと美容師あぐり夫妻の長男。東京大学英文科中退。五四年、「驟雨」で芥川賞。「娼婦の部屋」「鳥獣虫魚」など恋愛や性を題材に、日常と隣り合わせにある危機の感覚を、硬質の抒情がある文章で作品化した。代表作に『星と月は天の穴』『暗室』『鞄の中身』『夕暮まで』。対談の名手としても知られた。

※ ■は授賞作、■の無いものは候補作を指す。 ●は本書掲載作品。

● 村上政彦「量子のベルカント」
塩野米松「昔の地図」
鷺沢　萠「ほんとうの夏」
多和田葉子「ペルソナ」
安斎あざみ「樹木内侵入臨床士」

第108回　1992年(平成4年)下半期

■ 多和田葉子「犬婿入り」
魚住陽子「流れる家」
小浜清志「消える島」
角田光代「ゆうべの神様」
野中　柊「チョコレット・オーガズム」
奥泉　光「三つ目の鯰」

第109回　1993年(平成5年)上半期

■ 吉目木晴彦「寂寥郊野」
角田光代「ピンク・バス」
塩野米松「オレオレの日」
久間十義「海で三番目に強いもの」
村上政彦「分界線」
河林　満「穀雨」

第110回　1993年(平成5年)下半期

■ 奥泉　光「石の来歴」
角田光代「もう一つの扉」
笙野頼子「二百回忌」
石黒達昌「平成3年5月2日、後天性免疫不全症候群にて急逝された明寺伸彦博士、並びに……」
引間　徹「19分25秒」
辻　仁成「母なる凪と父なる時化」

第111回　1994年(平成6年)上半期

■ 笙野頼子「タイムスリップ・コンビナート」
■ 室井光広「おどるでく」
阿部和重「アメリカの夜」
● 小浜清志「後生(グソウ)橋」
中原文夫「不幸の探究」
塩野米松「空っぽの巣」
三浦俊彦「これは餡(あん)パンではない」

第112回　1994年(平成6年)下半期

■ 該当作なし
● 内田春菊「キオミ」
伊達一行「光の形象」
引間　徹「地下鉄の軍曹」
三浦俊彦「蜜林レース」
中村邦生「ドッグ・ウォーカー」

第113回　1995年(平成7年)上半期

■ 保坂和志「この人の閾(いき)」
柳　美里「フルハウス」
藤沢　周「外回り」
● 車谷長吉「漂流物」
川上弘美「婆」
青来有一「ジェロニモの十字架」

## 芥川賞授賞作・候補作一覧［第101回～第113回］

※ ■は授賞作、■の無いものは候補作を指す。●は本書掲載作品。

| 第101回　1989年(平成元年)上半期 |
|---|
| ■ 該当作なし |
| 小川洋子「完璧な病室」 |
| 崎山多美「水上往還」 |
| 伊井直行「さして重要でない一日」 |
| 多田尋子「裔の子」 |
| 鷺沢　萠「帰れぬ人びと」 |
| 大岡　玲「わが美しのポイズンヴィル」 |
| 魚住陽子「静かな家」 |
| 荻野アンナ「うちのお母んがお茶を飲む」 |

| 第102回　1989年(平成元年)下半期 |
|---|
| ■ 瀧澤美恵子「ネコババのいる町で」 |
| ■ 大岡　玲「表層生活」 |
| 長竹裕子「植物工場」 |
| 多田尋子「白蛇の家」 |
| 中村隆資「流離譚」 |
| 荻野アンナ「ドアを閉めるな」 |
| 小川洋子「ダイヴィングプール」 |

| 第103回　1990年(平成2年)上半期 |
|---|
| ■ 辻原　登「村の名前」 |
| 佐伯一麦「ショート・サーキット」 |
| 奥泉　光「滝」 |
| 清水邦夫「風鳥」 |
| 小川洋子「冷めない紅茶」 |
| 荻野アンナ「スペインの城」 |
| ● 河林　満「渇水」 |

| 第104回　1990年(平成2年)下半期 |
|---|
| ■ 小川洋子「妊娠カレンダー」 |
| 有爲エンジェル「踊ろう、マヤ」 |
| 鷺沢　萠「葉桜の日」 |
| 村上政彦「ドライヴしない？」 |
| 福元正實「七面鳥の森」 |
| ● 稲葉真弓「琥珀の町」 |
| 崎山多美「シマ籠る」 |

| 第105回　1991年(平成3年)上半期 |
|---|
| ■ 辺見　庸「自動起床装置」 |
| ■ 荻野アンナ「背負い水」 |
| 村上政彦「ナイスボール」 |
| 魚住陽子「別々の皿」 |
| 長竹裕子「静かな部屋」 |
| 多田尋子「体温」 |

| 第106回　1991年(平成3年)下半期 |
|---|
| ■ 松村栄子「至高聖所(アバトーン)」 |
| 藤本恵子「南港」 |
| 奥泉　光「暴力の舟」 |
| 村上政彦「青空」 |
| 田野武裕「夕映え」 |
| ● 多田尋子「毀れた絵具箱」 |

| 第107回　1992年(平成4年)上半期 |
|---|
| ■ 藤原智美「運転士」 |
| ● 野中　柊「アンダーソン家のヨメ」 |

## 編者略歴


**鵜飼哲夫　うかい・てつお**

1959年、名古屋市生まれ。中央大学法学部法律学科卒業。

1983年、読売新聞社に入社。

1991年から文化部記者として文芸を主に担当する。

書評面デスクを経て、2013年から編集委員。

主な著書に、『芥川賞の謎を解く 全選評完全読破』(文春新書、2015年)、

『三つの空白　太宰治の誕生』(白水社、2018年)がある。



芥川賞候補傑作選《あくたがわしょうこうほけっさくせん》

平成編《へいせいへん》① 1989-1995

2020年10月30日　初版第1刷

編　　者　鵜飼哲夫

発 行 者　伊藤良則

発 行 所　株式会社 春陽堂書店

〒104-0061

東京都中央区銀座3-10-9

電話　03-6264-0855(代)

装　　丁　寄藤文平＋古屋郁美(文平銀座)

校正・校閲　株式会社 鷗来堂

印刷・製本　シナノパブリッシングプレス





ISBN978-4-394-19006-6 C0393